AS PEÇAS INFERNAIS

Princesa mecânica

Obras da autora publicadas pela Editora Record:

***Série* Os Instrumentos Mortais**

Cidade dos ossos
Cidade das cinzas
Cidade de vidro
Cidade dos anjos caídos
Cidade das almas perdidas
Cidade do fogo celestial

***Série* As Peças Infernais**

Anjo mecânico
Príncipe mecânico
Princesa mecânica

***Série* Os Artifícios das Trevas**

Dama da meia-noite
Senhor das sombras
Rainha do ar e da escuridão

***Série* As Maldições Ancestrais**

Os pergaminhos vermelhos da Magia

O códex dos Caçadores de Sombras
As crônicas de Bane
Uma história de notáveis Caçadores de Sombras e Seres do Submundo:
Contada na linguagem das flores
Contos da Academia dos Caçadores de Sombras
Fantasmas do Mercado das Sombras

CASSANDRA CLARE

AS PEÇAS INFERNAIS

Princesa mecânica

Tradução de
Rita Sussekind

23ª edição

Galera
RIO DE JANEIRO
2021

CIP-BRASIL. CATALOGAÇÃO NA FONTE
SINDICATO NACIONAL DOS EDITORES DE LIVROS, RJ

C541p Clare, Cassandra
23ª ed. Princesa mecânica / Cassandra Clare; tradução Rita Sussekind. - 23ª ed. - Rio de Janeiro: Galera Record, 2021.
(As Peças Infernais; 3)

Tradução de: Clockwork Princess
Sequência de: Príncipe mecânico
ISBN 978-85-01-09270-0

1. Romance americano. I. Sussekind, Rita. II. Título. III. Série.

13-03066 CDD: 813
CDU: 821.111(73)-3

Título original em inglês:
Clockwork Princess: The Infernal Devices

Publicado primeiramente por Margaret K. McElderry Books, um selo de Simon & Schuster Children's Publishing Division.

Publicado mediante acordo com Barry Goldblatt Literary LLC e Sandra Bruna Agencia Literaria S.L.

Texto revisado segundo o novo Acordo Ortográfico da Língua Portuguesa.

Adaptação da capa original: Renata Vidal
Composição de miolo: Abreu's System

Direitos exclusivos de publicação em língua portuguesa somente para o Brasil
adquiridos pela
EDITORA RECORD LTDA.
Rua Argentina, 171 – Rio de Janeiro, RJ – 20921-380 – Tel.: (21) 2585-2000,
que se reserva a propriedade literária desta tradução.

Impresso no Brasil

ISBN 978-85-01-09270-0

Para a família Lewis:
Melanie, Jonathan e Helen

Eu acreditava, junto àquele que canta
Com uma harpa em tons profundos,
Que os homens podem se elevar
De suas vidas vãs e alcançar coisas maiores.

— Alfred, Lord Tennyson, "In Memoriam A.H.H"

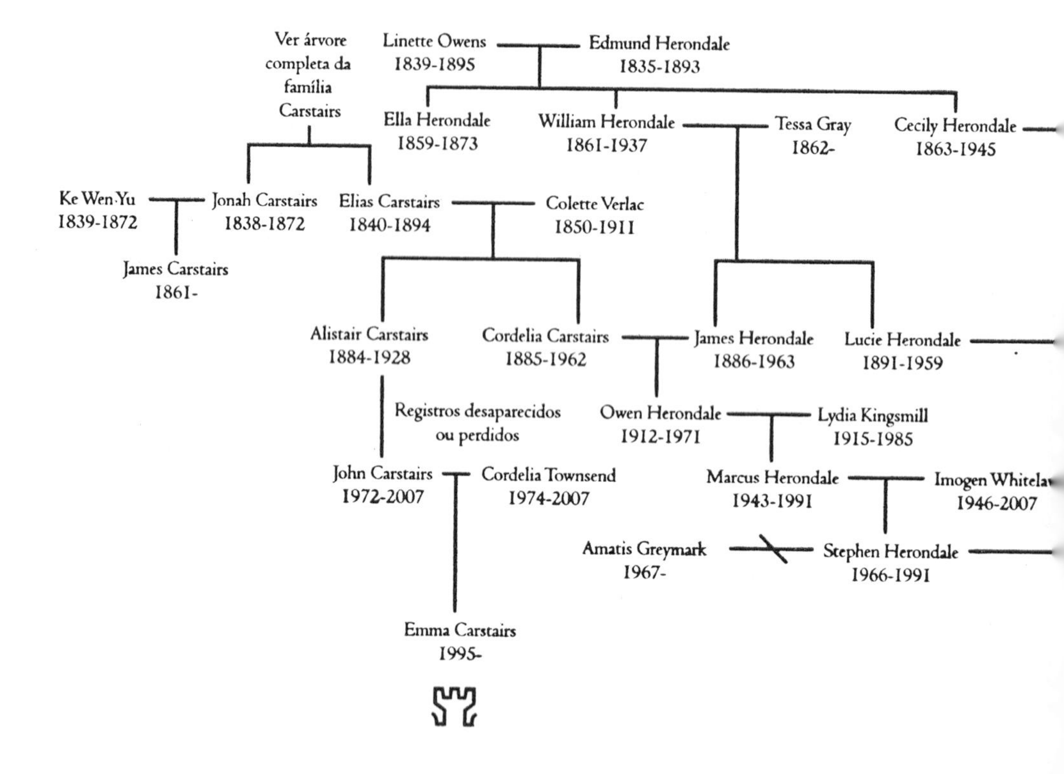

Famílias Carstairs, Herondale e Lightwood
1831–2007

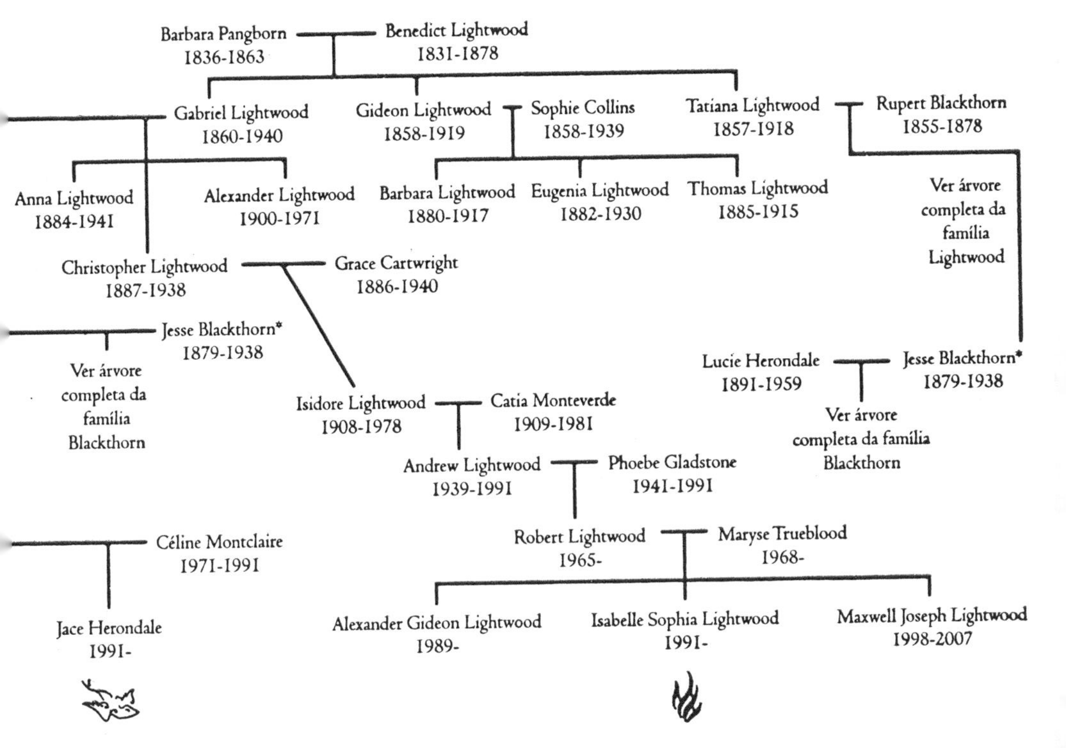
Barbara Pangborn
1836-1863
Benedict Lightwood
1831-1878
Gabriel Lightwood
1860-1940
Gideon Lightwood
1858-1919
Sophie Collins
1858-1939
Tatiana Lightwood
1857-1918
Rupert Blackthorn
1855-1878
Anna Lightwood
1884-1941
Alexander Lightwood
1900-1971
Barbara Lightwood
1880-1917
Eugenia Lightwood
1882-1930
Thomas Lightwood
1885-1915
Ver árvore completa da família Lightwood
Christopher Lightwood
1887-1938
Grace Cartwright
1886-1940
Jesse Blackthorn*
1879-1938
Ver árvore completa da família Blackthorn
Lucie Herondale
1891-1959
Jesse Blackthorn*
1879-1938
Isidore Lightwood
1908-1978
Catia Monteverde
1909-1981
Ver árvore completa da família Blackthorn
Andrew Lightwood
1939-1991
Phoebe Gladstone
1941-1991
Céline Montclaire
1971-1991
Robert Lightwood
1965-
Maryse Trueblood
1968-
Jace Herondale
1991-
Alexander Gideon Lightwood
1989-
Isabelle Sophia Lightwood
1991-
Maxwell Joseph Lightwood
1998-2007

Prólogo

York, 1847

— Estou com medo — disse a garotinha sentada na cama. — Vovô, pode ficar comigo?

Aloysius Starkweather emitiu um ruído impaciente do fundo da garganta ao aproximar a cadeira da cama e se sentar. O som impaciente era sério apenas em parte. Na verdade, o fato de sua neta confiar tanto nele, a ponto de por vezes ser o único capaz de acalmá-la, agradava-o. Sua postura rude jamais a incomodou, apesar da natureza delicada da menina.

— Não há o que temer, Adele — disse. — Você vai ver.

Ela olhou para ele com olhos arregalados. Normalmente a cerimônia da primeira Marca seria realizada em um dos espaços mais grandiosos do Instituto de York, mas por causa dos nervos e da saúde frágeis de Adele, ficou acordado que poderia ocorrer na segurança de seu quarto. Ela estava sentada na beira da cama, com as costas muito esticadas. O vestido cerimonial era vermelho, e uma fita da mesma cor prendia seus cabelos claros e finos. Seus olhos eram enormes para o rosto delgado, e os braços, magros. Tudo nela era tão frágil quanto uma xícara de porcelana.

— O que os Irmãos do Silêncio vão fazer comigo? — perguntou.

— Dê-me o braço — pediu o avô, e ela estendeu o braço direito, confiando plenamente nele. Ele o virou, observando os traços azul-claros das veias sob a pele. — Vão utilizar estelas, você sabe o que é uma estela, para Marcá-la. Normalmente começam com o símbolo da Clarividência, do qual você se lembrará pelos seus estudos, mas, no seu caso, começarão pelo da Força.

— Porque não sou muito forte.

— Para fortalecer sua constituição.

— Como caldo de carne. — Adele franziu o nariz.

Ele riu.

— Com sorte, não tão desagradável. Você vai sentir uma leve picada e precisa ser corajosa e não gritar, pois os Caçadores de Sombras não choram de dor. Aí a dor passa, e você se sentirá muito mais forte e melhor. Então será o fim da cerimônia, desceremos, e haverá bolos com coberturas para comemorarmos.

Adele balançou os pés.

— E uma festa!

— Sim, uma festa. E presentes. — Ele bateu no próprio bolso, no qual trazia uma caixinha escondida; embrulhada em fino papel azul e detentora de um anel de família muito pequeno. — Tenho um bem aqui. Vai recebê-lo assim que a cerimônia de Marcação terminar.

— Nunca tive uma festa antes.

— É porque está se tornando uma Caçadora de Sombras — explicou Aloysius. — Sabe por que isso é importante, não sabe? Suas primeiras Marcas significam que você é Nephilim, como eu, sua mãe e seu pai. Simbolizam que faz parte da Clave. Parte da sua família guerreira. Algo diferente e melhor do que todos os outros.

— Melhor do que todos os outros — repetiu a menina lentamente, quando a porta do quarto se abriu e dois Irmãos do Silêncio entraram. Aloysius viu uma faísca de medo nos olhos de Adele. Ela puxou o braço que o avô segurava. Ele franziu a testa; não gostava de enxergar medo em sua neta, apesar de não poder negar que os Irmãos fossem assustadores com seu silêncio e os peculiares movimentos deslizantes. Eles foram até o lado de Adele, então a porta tornou a abrir, e os pais da menina entraram: o pai, filho de Aloysius, com uniforme de combate em tom escarlate; a mulher usando um vestido vermelho em formato de sino a partir da cintura e um colar de ouro no qual havia um símbolo *enkeli*. Sorriram para a filha, que retribuiu tremulamente, mesmo enquanto os Irmãos do Silêncio a cercavam.

Adele Lucinda Starkweather. Era a voz do primeiro Irmão do Silêncio o Irmão Cimon. *Chegou à idade. É hora de receber suas primeiras Marcas do Anjo. Tem ciência da honra que lhe está sendo concedida, e fará tudo que estiver ao seu alcance para corresponder?*

Adele assentiu, obediente.

— Sim.

E aceita estas Marcas do Anjo, que permanecerão eternamente em seu corpo como um lembrete do que você deve ao Anjo e do seu dever sagrado com o mundo?

Ela balançou a cabeça afirmativamente mais uma vez, obediente. O coração de Aloysius inflou com orgulho.

— Aceito — respondeu.

Então comecemos. Uma estela brilhou e surgiu, sustentada pela longa mão branca do Irmão do Silêncio. Ele pegou o braço trêmulo de Adele, tocou a ponta da estela em sua pele e começou a desenhar.

Linhas negras serpenteavam da ponta da estela, e Adele assistia maravilhada enquanto o símbolo da Força tomava forma na pele pálida da parte interna do braço; um desenho delicado de linhas que se intercediam, cruzando as veias, envolvendo seu braço. O corpo estava tenso, e os pequenos dentes penetravam no lábio superior. Seus olhos brilharam para Aloysius, no alto, e ele encarou o que enxergou ali.

Dor. Era normal sentir um pouco de dor durante a aplicação de uma Marca, mas o que viu nos olhos de Adele — aquilo era agonia.

Aloysius se levantou de súbito, derrubando a cadeira na qual estivera sentado.

— Pare! — gritou, mas era tarde demais. O símbolo estava completo. O Irmão do Silêncio recuou, encarando-o. Havia sangue na estela. Adele choramingava, atenta à recomendação do avô para que não demonstrasse fraqueza, mas então a pele ensanguentada e dilacerada começou a se separar dos ossos, escurecendo e queimando sob a Marca como se fosse fogo, e ela não conseguiu se conter: jogou a cabeça para trás e gritou...

Londres, 1873

— Will? — Charlotte Fairchild abriu suavemente a porta da sala de treinamentos do Instituto. — Will, você está aí?

Um resmungo abafado foi a única resposta. A porta se abriu por inteiro, revelando o recinto amplo e de teto alto do outro lado. A própria Charlotte crescera treinando ali, e conhecia cada deformação nos tacos do chão, o antigo alvo pintado na parede norte, as janelas quadradas, tão antigas que eram mais espessas na base do que no topo. No centro do cômodo encontrava-se Will Herondale, com uma faca empunhada na mão direita.

Ele virou a cabeça para olhar Charlotte, e mais uma vez ela pensou na criança estranha que ele era. Apesar de, aos 12 anos, mal ser criança ainda. Era um menino muito bonito, com cabelos escuros espessos que se enrolavam ligeiramente onde tocavam o colarinho — agora molhados de suor e grudados na testa. Quando chegou ao Instituto, tinha a pele bronzeada pelo ar do campo e pelo sol, mas seis meses na cidade extinguiram a cor, fazendo com que o rubor nas maçãs do rosto se destacasse ainda mais. Tinha olhos de um raro azul luminoso. Seria um homem bonito um dia, se conseguisse fazer alguma coisa a respeito da carranca que constantemente distorcia suas feições.

— O que foi, Charlotte? — perguntou ele, irritado.

Will ainda falava com um singelo sotaque galês, um arrastar de vogais que seria charmoso se o tom não fosse tão amargo. Ele passou a manga na testa enquanto Charlotte entrava hesitante, parando em seguida.

— Estou te procurando há horas — disse ela, com um toque de aspereza, apesar de não surtir muito efeito em Will. Pouca coisa o afetava quando ele estava de mau humor. — Não se lembra do que avisei ontem, de que estaríamos recebendo um novo membro no Instituto hoje?

— Ah, me lembrei. — Will atirou a faca. Esta se fincou ao largo do círculo do alvo, o que piorou a careta do menino. — Apenas não me importo.

O menino atrás de Charlotte emitiu um ruído abafado. Quase uma risada, ela pensou, mas ele certamente não podia estar rindo, não é? Charlotte fora alertada para o fato de que o menino vindo do Instituto de Xangai não estava bem, mas mesmo assim se espantou quando ele saltou da carruagem, pálido e cambaleante como juncos ao vento, os escuros cabelos cacheados com mechas pratas, como se ele fosse um homem de 80 anos, e não um menino de 12. Tinha grandes olhos cinza, estranhamente lindos, porém assustadores em um rosto tão delicado.

— Will, você *terá* de ser educado — disse ela, e puxou o menino de trás de si, convidando-o a entrar na sala. — Não se preocupe com Will; ele só está mal-humorado. Will Herondale, apresento-lhe James Carstairs, do Instituto de Xangai.

— Jem. Todos me chamam de Jem — disse o menino. E deu mais um passo, assimilando Will com uma curiosidade amistosa. Falava sem qualquer sombra de sotaque, para surpresa de Charlotte, mas seu pai era, fora, britânico. — Você também pode.

— Bem, se todos o chamam assim, não é nenhuma gentileza comigo, certo? — O tom de Will era ácido; para alguém tão jovem, ele era surpreendentemente capaz de ser desagradável. — Acho que descobrirá, James Carstairs, que se ficar quieto e me deixar em paz, será bom para nós dois.

Charlotte suspirou silenciosamente. Torcera tanto para que este menino, da idade de Will, servisse como ferramenta para desarmá-lo de sua raiva e amargura, mas aparentemente ele falou a verdade quando disse que não ligava para a presença de outro menino Caçador de Sombras no Instituto. Não queria amigos, nem sentia falta deles. Ela olhou para Jem, esperando vê-lo piscar surpreso ou magoado, mas ele apenas esboçou um sorriso, como se Will fosse um filhote de gato que tentara mordê-lo.

— Não treino desde que fui embora de Xangai — falou. — Seria bom ter um parceiro, alguém com quem lutar.

— Para mim, também — respondeu Will. — Mas preciso de alguém capaz de me acompanhar, não de uma criatura que parece com o pé na cova. Mas suponho que você sirva para treinamento de tiro ao alvo.

Por saber o que sabia sobre James Carstairs — algo que não compartilhara com Will —, Charlotte foi dominada pelo horror da declaração. *Com o pé na cova, oh, céus.* O que seu pai havia dito? Que Jem dependia de um medicamento para viver, uma espécie de remédio que prolongaria sua vida, mas não o salvaria. *Ah, Will.*

Fez um gesto como se fosse se colocar entre os dois, como se pudesse proteger Jem da crueldade de Will, que neste momento estava mais afiada do que ele próprio podia imaginar — mas depois se deteve.

Jem sequer mudara de expressão.

— Se com "pé na cova" você quer dizer morrendo, sim, é isso mesmo — informou. — Tenho mais ou menos dois anos de vida, três, se tiver sorte, ou pelo menos é o que me dizem.

Nem Will conseguiu conter o choque; ficou com as bochechas ruborizadas.

— Eu...

Mas Jem já estava caminhando em direção ao alvo pintado na parede; ao alcançá-lo, arrancou a faca da madeira. Depois, virou-se e caminhou diretamente para Will. Por mais frágil que fosse, tinha a mesma altura do outro, e, apenas quando estavam muito próximos, seus olhares se fixaram um no outro.

— Pode me utilizar como alvo, se desejar — disse Jem, com a casualidade de quem conversava sobre o tempo. — Acho que tenho pouco a temer, pois você não tem muita pontaria. — Jem deu meia-volta, mirou e atirou. A faca foi direto no centro do alvo, tremendo ligeiramente. — Ou — prosseguiu, olhando novamente para Will — pode permitir que *eu* ensine *você*. Pois sou *muito* bom de mira.

Charlotte observava. Havia seis meses via Will afastar todos que tentavam se aproximar — tutores; o pai e Henry, o noivo dela; ambos os irmãos Lightwood — com uma combinação de ódio e crueldade absurdamente precisa. Não fosse pelo fato de que ela era a única pessoa que já o vira chorar, supunha que também já teria desistido, há tempos, de acreditar que ele algum dia seria bom para alguém. No entanto, cá estava Will, olhando para Jem Carstairs, um menino de aparência tão frágil que parecia feito de vidro, a rigidez da expressão se dissolvendo lentamente em uma incerteza experimental.

— Você não está morrendo *de verdade* — falou, com um tom muito estranho na voz —, está?

Jem assentiu.

— É o que dizem.

— Sinto muito — respondeu Will.

— Não — retrucou Jem baixinho. Abriu o casaco e tirou uma faca do cinto. — Não seja tão clichê assim. Não diga que sente muito. Diga que vai treinar comigo.

Ele estendeu a faca para Will, segurando-a pela lâmina. Charlotte prendeu a respiração, com medo de se mexer. Tinha a sensação de estar testemunhando algo muito importante, apesar de não conseguir dizer o quê.

Will esticou o braço e pegou a faca, sem tirar os olhos do rosto de Jem. Seus dedos tocaram os do outro menino enquanto pegava a arma. Foi a primeira vez, pensou Charlotte, que ela o viu tocar outra pessoa por vontade própria.

— Vou treinar com você — disse ele.

1

Uma Briga Terrível

Case na segunda e terá saúde,
Na terça, riqueza,
Na quarta, o melhor dos dias,
Na quinta, as aflições.
Na sexta, as perdas, e,
No sábado, nenhuma sorte.
— Versos folclóricos.

— Dezembro é de bom augúrio para um casamento — comentou a costureira, com a boca cheia de alfinetes e a calma de quem tinha anos de prática. — Como dizem, "quando a neve de dezembro cai depressa, case, e o amor verdadeiro perdurará". — Colocou um último alfinete no vestido e deu um passo para trás. — Pronto. Que tal? Foi feito a partir de um dos desenhos de Worth.

Tessa olhou-se no espelho da parede do quarto. O vestido era de seda dourada, pois este era o costume dos Caçadores de Sombras, que reservavam o branco para o luto e não se casavam vestindo tal cor, apesar de a própria Rainha Vitória ter criado a moda. Rendas de Bruxelas debruavam o corpete justo e desciam pelas mangas.

— Está lindo! — Charlotte bateu as mãos e se inclinou para a frente. Seus olhos castanhos brilharam, satisfeitos. — Tessa, a cor ficou ótima em você.

Tessa virou e rodou diante do espelho. O dourado emprestava a cor que faltava em suas bochechas. O espartilho em forma de ampulheta moldava e lhe dava curvas nos lugares certos, e o anjo mecânico no pescoço a confortava com o tique-taque. Abaixo dele, balançava o pingente de jade que Jem lhe dera. Ela aumentara a corrente para poder usar os dois ao mesmo tempo, pois não queria se separar de nenhum.

— Você não acha que talvez a renda seja um pouco demais?

— De jeito algum! — Charlotte recostou-se e inconscientemente colocou a mão protetora sobre a barriga. Ela sempre fora magra demais, muito, aliás, para precisar de espartilho, e agora que ia ter um filho tinha passado a usar vestidos mais soltos, que a deixavam parecida com um passarinho. — É o dia do seu casamento, Tessa. Se há desculpa para excesso, é essa. Imagine só.

Tessa passou muitas noites fazendo exatamente isso. Ainda não tinha certeza de que ela e Jem se casariam; o Conselho estava estudando a situação. Mas quando imaginava o casamento, era sempre em uma igreja, sendo conduzida ao altar, talvez por Henry, sem olhar para a esquerda nem para a direita, sempre para o noivo à sua frente, como uma noiva deveria fazer. Jem estaria com trajes oficiais — não os de luta, mas feitos sob medida como um uniforme militar, especial para a ocasião: preto com punhos dourados e símbolos no mesmo tom bordados no colarinho e no cós.

E ele pareceria tão jovem. Os *dois* eram muito jovens. Tessa sabia que era incomum se casar aos 17 e 18 anos, mas o relógio estava contra eles.

O relógio da vida de Jem, que corria para o fim.

Tessa pôs a mão no pescoço e sentiu a vibração familiar do anjo mecânico, cujas asas lhe arranhavam a palma da mão. A costureira a olhou, ansiosa. Era uma mundana, e não uma Nephilim, mas tinha o dom da Visão, assim como todos que serviam aos Caçadores de Sombras.

— Gostaria que retirasse a renda, senhorita?

Antes que Tessa pudesse responder, ouviram uma batida à porta e uma voz familiar.

— Sou eu, Jem. Tessa, está aí?

Charlotte sentou-se ereta, de súbito.

— Oh! Ele não pode vê-la com o vestido!

Tessa ficou estupefata.

— Por que não?

— É um costume dos Caçadores de Sombras; dá azar! — Charlotte se levantou. — Depressa! Esconda-se atrás do guarda-roupa!

— Do guarda-roupa? Mas... — Tessa se interrompeu com um gritinho quando Charlotte a pegou pela cintura e a empurrou para trás do guarda-roupa como um policial faria com um criminoso que lhe oferecesse resistência. Depois que Charlotte a soltou, Tessa alisou o vestido, fez uma careta para a outra, e ambas ficaram espiando ao lado do móvel enquanto a costureira, após um olhar espantado, abria a porta.

A cabeça prateada de Jem apareceu na brecha da porta. Parecia um pouco desgrenhado, com o casaco torto. Olhou em volta, confuso, antes de ver Charlotte e Tessa, semiescondidas atrás do guarda-roupa.

— Graças a Deus — disse. — Não fazia ideia de aonde tinham ido. Gabriel Lightwood está lá embaixo, causando uma briga terrível.

— Escreva para eles, Will — disse Cecily Herondale. — Por favor. Só uma carta.

Will jogou os cabelos escuros e encharcados de suor para trás e a fitou com cara feia.

— Posicione os pés. — E foi tudo que disse. Apontou, com a extremidade da adaga. — Ali e ali.

Cecily suspirou e moveu os pés. Sabia que estava fora de posição; fazia de propósito, para provocar Will. Era fácil irritar o irmão. Ela se lembrava de quando ele tinha 12 anos. Mesmo naquela época, desafiá-lo a fazer alguma coisa, como subir no telhado íngreme da casa, provocava o mesmo efeito: uma chama azul furiosa nos olhos, o maxilar tenso e, às vezes, uma perna ou um braço quebrado no fim.

Claro que o irmão, esse Will quase adulto, não era o mesmo de quem ela se lembrava da infância. Havia se tornado mais explosivo e mais recluso. Tinha toda a beleza da mãe e a teimosia do pai — ela temia que também tivesse a tendência do último aos vícios, apesar de só ter chegado a esta conclusão a partir dos cochichos entre os ocupantes do Instituto.

— Levante a lâmina — orientou Will. Sua voz era tão fria e profissional quanto à da governanta dela.

Ela o fez. Demorou um pouco a se acostumar ao toque da arma em sua pele: a túnica folgada e as calças, o cinto na cintura. Agora se movia tão confortavelmente quanto o faria em sua camisola mais folgada.

— Não entendo por que não considera a possibilidade de escrever uma carta. Uma única carta.

— Não entendo por que não considera a possibilidade de ir para casa — rebateu Will. — Se você concordasse em voltar para Yorkshire, poderia parar de se preocupar com nossos pais e eu poderia providenciar...

Cecily o interrompeu, pois já tinha ouvido esse discurso mil vezes.

— Consideraria uma aposta, Will?

Cecily ficou ao mesmo tempo satisfeita e decepcionada ao ver os olhos de Will brilharem exatamente como acontecia com seu pai quando uma aposta entre cavalheiros era sugerida. Homens são tão facilmente previsíveis.

— Que tipo de aposta? — Will deu um passo à frente. Ele vestia o uniforme de combate de um Caçador de Sombras; Cecily pôde ver as marcas entrelaçadas nos pulsos do irmão e o símbolo *mnemosyne* na garganta. Ela demorou um tempo para enxergar as Marcas como algo mais que uma desfiguração, mas já havia se acostumado; assim como fez com o uniforme, com os corredores cheios de eco do Instituto e com seus habitantes peculiares.

Ela apontou para a parede diante deles. Havia um alvo antigo pintado de preto: a mira desenhada em um círculo maior.

— Se eu acertar o centro três vezes, você terá de escrever uma carta para mamãe e papai, contando como está. Tem de falar da maldição e explicar por que foi embora.

O rosto de Will se fechou como uma porta, como sempre acontecia quando ela fazia este pedido. Mas:

— Nunca vai acertar três vezes sem errar, Cecy.

— Bem, então, não deve temer a aposta, William. — Ela usou o nome completo de propósito. Sabia que o incomodava quando vinha dela, apesar de o mesmo não acontecer quando quem o fazia era seu melhor amigo. Melhor amigo não, seu *parabatai*; desde que chegara ao Instituto, aprendera que eram coisas bem diferentes. Quando Jem o chamava pelo nome, Will parecia interpretar como um sinal de afeto. O problema deveria ser porque ele ainda tinha lembranças dela correndo atrás dele com pernas gorduchas, chamando *Will, Will* arfando e com sotaque galês. Jamais o chamou de "William", apenas de "Will" ou o nome galês, *Gwylym*.

Os olhos do irmão se fecharam, aqueles olhos azul-escuros da mesma cor dos dela. A mãe dizia afetuosamente que Will destruiria corações quando crescesse, e Cecily sempre teve dúvidas. Naquela época, ele era todo braços e pernas, magrelo, desgrenhado e sempre sujo. Agora, porém, ela conseguia enxergar, e percebera isso quando entrou na sala de jantar do Instituto pela primeira vez. Ele se levantou, espantado, e ela pensou: *esse não pode ser Will.*

Ele voltou aqueles olhos para ela, iguais aos da mãe, e ela enxergou a raiva neles. Não tinha ficado nem um pouco satisfeito em vê-la. E no lugar das lembranças do menino magrelo com cabelos negros emaranhados como os de um cigano e folhas nas roupas, agora havia este *homem* alto e assustador. As palavras que pretendia dizer dissolveram na sua língua, e ela retribuiu em pé de igualdade, olhar por olhar. Assim ficou, desde então: Will mal tolerava sua presença, como se ela fosse uma pedra no sapato dele, um incômodo constante, porém pequeno.

Cecily respirou fundo, levantou o queixo e se preparou para atirar a primeira faca. Will não sabia, jamais saberia, das horas que ela passou nesta sala, sozinha, praticando, aprendendo a equilibrar o peso da faca na mão, descobrindo que um bom arremesso começava atrás do corpo. Esticou os dois braços para baixo e puxou o direito para trás da cabeça, antes de lançá-lo, junto com o peso do corpo, para a frente. A ponta da faca estava na linha do alvo. Soltou-a e recuou a mão, arfando.

A faca acertou a parede, exatamente no centro do alvo.

— Uma — disse Cecily, e sorriu com ar de superioridade.

Ele a olhou sem expressão, arrancou a faca da parede e a entregou novamente.

Cecily lançou. O segundo arremesso, assim como o primeiro, voou diretamente para o alvo e lá ficou, vibrando como um dedo desdenhoso.

— Duas — anunciou Cecily, em tom sepulcral.

O queixo de Will enrijeceu quando ele pegou novamente a faca e a entregou à irmã. Ela aceitou com um sorriso. A confiança corria por suas veias como um sangue novo. Ela sabia que era capaz. Sempre conseguiu subir tão alto, correr tão depressa e prender a respiração por tanto tempo quanto Will...

Lançou a faca novamente, que acertou o alvo, e ela deu um pulinho no ar, batendo palmas e relaxando por um instante na empolgação da vitória. Seu cabelo soltou dos pregadores e caiu no rosto; ela puxou-o para trás e sorriu para o irmão.

— Você *terá* de escrever a carta. Concordou com a aposta!

Para surpresa de Cecily, ele sorriu.

— Ah, vou escrever — falou. — Vou escrever, depois eu a jogarei no fogo. — E levantou a mão diante da explosão de indignação da irmã. — Falei que escreveria. Jamais disse que *enviaria*.

Cecília bufou.

— Como você *ousa* me enganar assim!

— Falei que você não tem o dom de uma Caçadora de Sombras, ou não seria tão facilmente enganada. Não vou escrever uma carta, Cecy. É contra a Lei e ponto final.

— Como se *você* se importasse com a Lei! — Cecily bateu o pé e imediatamente ficou mais irritada do que nunca; detestava meninas que batiam os pés.

Os olhos de Will se estreitaram.

— E *você* não se importa em ser Caçadora de Sombras. Que tal o seguinte? Escrevo a carta e a dou a você, se prometer entregá-la pessoalmente e não voltar mais.

Cecily se esquivou. Tinha muitas lembranças de brigas aos berros com Will, das bonecas de porcelana que ele quebrara ao derrubá-las de uma janela do sótão, mas também guardava memórias generosas — era o irmão que fazia curativos em seu joelho ralado ou apertava os laços de seu cabelo quando eles se soltavam. Não havia mais essa gentileza no Will diante dela. A mãe chorou durante um ou dois anos depois que ele se foi, e dizia, apertando Cecily contra ela, que os Caçadores de Sombras "retirariam todo o amor dele". Uma gente fria, ensinara a Cecily, que proibiu seu casamento com o marido. O que ele poderia querer com eles e com seu Will, seu pequeno?

— *Não* vou — respondeu Cecily, encarando o irmão. — E se insistir que devo, eu... eu...

A porta do sótão se abriu, e o vulto de Jem apareceu na entrada.

— Ah — disse ele —, estão trocando ameaças, pelo que percebo. Foi assim a tarde inteira ou começou agora?

— Ele começou — afirmou Cecily, apontando com o queixo para Will, apesar de saber que não adiantava nada. Jem, o *parabatai* de Will, tratava-a com a doce gentileza distante com que se tratava a irmã caçula de um amigo, mas sempre ficaria ao lado de Will. Gentil, porém firmemente, colocava Will acima de tudo no mundo.

Bem, quase tudo. Cecily ficara impressionada com Jem ao chegar ao Instituto — ele era dotado de uma beleza sublime e incomum, com cabelos e olhos prateados, além de feições delicadas. Parecia um príncipe em um livro de conto de fadas, e ela poderia ter considerado a hipótese de sentir alguma afeição por ele, se não tivesse ficado absolutamente claro que todo o amor do rapaz pertencia a Tessa Gray. Seus olhos a seguiam aonde quer que ela fosse, a voz mudava ao falar com ela. Cecily já tinha ouvido a mãe falar entretida sobre um rapaz vizinho que olhava para uma moça como se esta fosse "a última estrela do céu", e era assim que Jem olhava para Tessa.

Cecily não se ofendia com isso: Tessa era agradável e gentil com ela, apesar de um pouco tímida, e vivia com a cara em algum livro, assim como Will. Se era esse o tipo de menina de quem Jem gostava, os dois jamais seriam adequados um para o outro — e quanto mais tempo ficava no Instituto, mais ela percebia como isso tornaria estranhas as coisas com Will. Ele era ferozmente protetor em relação a Jem, e ficaria o tempo todo de olho nela, caso estressasse ou magoasse o rapaz de alguma forma. Não; estava muito melhor fora daquilo tudo.

— Estava pensando em empacotar Cecily e servi-la aos patos no Hyde Park — disse Will, puxando os cabelos molhados para trás e lançando um raro sorriso a Jem. — Sua ajuda seria muito bem-vinda.

— Infelizmente, talvez precise adiar seus planos de sororicídio por mais tempo. Gabriel Lightwood está lá embaixo, e tenho duas palavras para você. Duas das suas palavras *favoritas*, pelo menos, justapostas.

— "Total simplório"? — indagou. — "Arrivista inútil"?

Jem sorriu.

— *Varíola demoníaca* — respondeu.

Sophie equilibrava a bandeja em uma das mãos ao mesmo tempo que batia à porta de Gideon Lightwood com a outra, com a facilidade de quem tinha anos de prática.

Ouviu o ruído abafado de pés se arrastando, e a porta se abriu. Gideon estava diante dela vestindo calça, suspensórios e uma camisa branca com as mangas enroladas até o cotovelo. Suas mãos estavam molhadas, como se ele tivesse acabado de passar os dedos pelos cabelos, também úmidos. O coração de Sophie deu um salto no peito antes de se acalmar, e ela fez um esforço para franzir a testa para ele.

— Sr. Lightwood — disse. — Trouxe os bolinhos que solicitou, e Bridget também preparou um prato de sanduíches.

Gideon deu um passo para trás a fim de permitir que ela entrasse. Era como todos os outros quartos do Instituto: mobília escura e pesada, cama grande com reposteiro, lareira ampla e janelas altas, que neste quarto davam para o pátio abaixo. Sophie pôde sentir o olhar do rapaz fixo nela enquanto caminhava para colocar a bandeja sobre a mesa em frente à lareira. Ela se esticou e voltou-se para ele, com as mãos cruzadas sobre o avental.

— Sophie... — começou Gideon.

— Sr. Lightwood — interrompeu ela. — Gostaria de mais alguma coisa?

Ele a fitou meio revoltado, meio triste.

— Gostaria que me chamasse de Gideon.

— Já disse, não posso chamá-lo pelo nome cristão.

— Sou um Caçador de Sombras; não tenho um nome cristão. Sophie, por favor. — E deu um passo em direção a ela. — Antes de eu me mudar para o Instituto, achei que seríamos bons amigos. Contudo, desde que cheguei, você tem sido fria comigo.

A mão de Sophie subiu involuntariamente para o rosto. Lembrou-se do Mestre Teddy, filho de seu antigo empregador, e da forma terrível como ele a agarrava nos cantos escuros e a encostava contra a parede, passando as mãos sob seu corpete, murmurando ao seu ouvido que era melhor agradá-lo, se soubesse o que era melhor para ela. Pensar nisso a enojava, mesmo hoje.

— Sophie. — Os olhos de Gideon se enrugaram, preocupados, nos cantos. — O que foi? Se lhe fiz algum mal, se fui desrespeitoso, por favor, diga-me o que é para que eu possa remediar...

— Não houve nada, nenhum desrespeito. Você é um cavalheiro, e eu, uma serviçal; qualquer coisa, além disso, seria intimidade exagerada. Por favor, não me deixe constrangida, Sr. Lightwood.

Gideon, que erguera um pouco a mão, deixou que ela caísse na lateral do corpo. Pareceu tão abatido que o coração de Sophie amoleceu. *Tenho tudo a perder, e ele não*, lembrou. Era o que dizia a si mesma, tarde da noite, quando deitava na cama estreita com a lembrança de um par de olhos cor de tempestade pairando sobre a mente.

— Pensei que fôssemos amigos — disse ele.

— Não posso ser sua amiga.

Ele deu um passo à frente.

— E se eu lhe pedisse...

— Gideon! — chamou Henry, que estava parado junto à porta aberta, sem fôlego, e vestia um de seus horrorosos coletes listrados de verde e laranja. — Seu irmão está aqui. Lá embaixo...

Gideon arregalou os olhos.

— Gabriel está aqui?

— Sim. Gritando alguma coisa sobre seu pai, mas não nos contará mais nada sem sua presença. É o que jura. Venha.

Gideon hesitou, movendo o olhar de Henry para Sophie, que tentava parecer invisível.

— Eu...

— Venha *agora*, Gideon! — Henry raramente era incisivo, e, quando o era, o efeito era avassalador. — Ele está coberto de sangue.

Gideon empalideceu e alcançou a espada pendurada em cavilhas duplas perto da porta.

— Estou indo.

Gabriel Lightwood estava apoiado contra uma parede no interior do Instituto, sem o casaco, e com a camisa e as calças ensopadas de vermelho. Lá fora, através das portas abertas, Tessa viu a carruagem dos Lightwood, com o brasão de chamas na lateral, parada ao pé da escadaria. Gabriel provavelmente viera sozinho.

— Gabriel — falou Charlotte suavemente, como se estivesse tentando domar um cavalo selvagem. — Gabriel, conte-nos o que aconteceu, por favor.

Gabriel — alto e esguio, com cabelos castanhos melados de sangue — esfregou o rosto, com olhos arregalados. As mãos também estavam ensanguentadas.

— Onde está meu irmão? Preciso falar com meu irmão.

— Está descendo. Mandei Henry buscá-lo e Cyril preparar a carruagem do Instituto. Gabriel, você está machucado? Precisa de um *iratze*? — Charlotte soava tão maternal quanto se o menino jamais tivesse tentado confrontá-la por trás da cadeira de Benedict Lightwood e jamais tivesse conspirado com o pai para tirar-lhe o Instituto.

— É muito sangue — observou Tessa, avançando. — Gabriel, não é todo seu, é?

Olhou para ela. Era a primeira vez, pensou Tessa, que o via se comportando sem tentar se exibir. Tinha apenas medo assombrando seus olhos. Medo e... confusão.

— Não... É *deles*...

— Deles? Quem são *eles*? — perguntou Gideon, e desceu correndo as escadas empunhando uma espada na mão direita. Com ele vinham Henry, Jem e, mais atrás, Will e Cecily. Jem parou na escada com ar espantado, e Tessa percebeu que ele a vira com o vestido do casamento. Os olhos dele se arregalaram, mas ele foi empurrado e conduzido escada abaixo como uma folha ao vento. — Papai está ferido? — prosseguiu, parando diante do irmão. — Você está? — Gideon levantou a mão e segurou o rosto do irmão na altura do queixo, virando-o para ele. Apesar de Gabriel ser mais alto, a expressão de irmão mais novo era nítida em seu rosto: alívio pela presença do irmão e um quê de ressentimento pelo tom autoritário.

— Papai... — começou Gabriel. — Papai é um verme.

Will soltou um riso curto. Vestia o uniforme, como se tivesse acabado de deixar a sala de treinamento, e os cabelos se enrolavam, úmidos, na têmpora. Não olhava para Tessa, mas ela já havia se acostumado com isso. Will quase não a olhava, a não ser que fosse necessário.

— Que bom ver que passou a enxergar as coisas do nosso jeito, Gabriel, mas esta é uma forma estranha de anunciar.

Gideon lançou um olhar de reprovação na direção de Will antes de se voltar novamente para o irmão.

— O que quer dizer, Gabriel? O que ele fez?

Gabriel balançou a cabeça.

— Ele é um verme — repetiu, apático.

— Eu sei. Envergonhou o nome dos Lightwood, mentiu para nós dois. Envergonhou e destruiu nossa mãe. Mas não precisamos ser como ele.

Gabriel afastou a mão do irmão e subitamente mostrou os dentes, fazendo uma careta.

— Você não está me ouvindo — falou. — Ele é um verme. *Um verme.* Uma coisa em forma de serpente. Desde que Mortmain parou de fornecer o remédio, ele piorou. Mudou. Aquelas feridas nos braços começaram a cobri-lo. As mãos, o pescoço, o... o *rosto*... — Os olhos verdes de Gabriel procuraram Will. — Foi a varíola, não foi? Você sabe tudo sobre o assunto, não sabe? Você não é um tipo de especialista?

— Bem, não precisa agir como se eu tivesse inventado a doença — disse Will. — Só porque eu acreditava que ela existia. Há registros, histórias antigas na biblioteca...

— Varíola demoníaca? — perguntou Cecily, com uma expressão confusa no rosto. — Will, do que ele está falando?

Will abriu a boca, e as bochechas ficaram levemente coradas. Tessa conteve um sorriso. Fazia semanas que Cecily viera para o Instituto, mas sua presença ainda o incomodava e irritava. Ele não parecia saber como se comportar na frente da irmã caçula, que não era a criança de quem se lembrava e cuja presença ele insistia não ser bem-vinda. No entanto, Tessa o vira seguir Cecily com o olhar, com o mesmo amor protetor que, às vezes, dirigia a Jem. Certamente a existência de varíola demoníaca e a forma de contágio eram as últimas coisas que ele gostaria de explicar a Cecily.

— Nada que precise saber — murmurou.

Os olhos de Gabriel se voltaram para Cecily, e o menino abriu a boca, surpreso. Tessa pôde vê-lo observando Cecily. Os pais de Will devem ser muito bonitos, Tessa pensou, pois Cecily era tão bonita quanto Will e tinha os mesmos cabelos negros brilhantes e os impressionantes olhos azul-escuros. Cecily o encarou, corajosamente, com expressão curiosa; devia estar imaginando quem seria esse menino que parecia detestar seu irmão.

— Papai morreu? — quis saber Gideon, elevando a voz. — A varíola demoníaca o matou?

— Não matou — respondeu Gabriel. — Mudou. Mudou. Há algumas semanas, ele mudou nossa residência para Chiswick. Não explicou por quê. Então, há alguns dias, se trancou no escritório. Não saía nem para comer. Hoje de manhã fui até a sala dele para tentar despertá-lo. A porta tinha sido arrancada das dobradiças. Tinha um... um *rastro* de alguma coisa gosmenta até o corredor. Segui-o até o andar de baixo e para o jardim. — Olhou em volta para a entrada que agora estava em silêncio. — Ele se transformou em um verme. É isso que estou contando.

— Não suponho que seja possível — falou Henry, em meio ao silêncio —, hum, pisar nele?

Gabriel o olhou enojado.

— Procurei pelos jardins. Encontrei alguns dos serventes. E por "encontrei" quero dizer exatamente isso. Tinham sido feitos... em pedaços. — Ele engoliu em seco e olhou para as próprias roupas ensanguentadas. — Ouvi um ruído... um uivo agudo. Virei e o vi rastejando na minha direção. Um verme enorme e cego como um dragão de uma fábula. A boca aberta, coberta de dentes afiados. Corri para os estábulos. A coisa veio atrás de mim, mas saltei para a carruagem e saí pelos portões. A criatura, nosso pai, não me seguiu. Acho que teme ser visto pela população em geral.

— Ah — disse Henry. — Grande demais para ser pisado, então.

— Eu não devia ter fugido — disse Gabriel, olhando para o irmão. — Devia ter ficado e lutado com a criatura. Talvez pudesse argumentar com ele. Talvez papai esteja ali em algum lugar.

— Ou talvez tivesse lhe partido ao meio com uma dentada — completou Will. — O que você está descrevendo, a transformação em um demônio, é o estágio final da varíola.

— Will! — Charlotte jogou as mãos para o alto. — Por que você não *avisou*?

— Sabe, os livros sobre varíola demoníaca estão na biblioteca — respondeu Will, em tom magoado. — Não impedi ninguém de ler.

— Sim, mas se Benedict ia se transformar em uma *serpente* gigantesca, poderia ter ao menos mencionado — observou Charlotte. — Por uma questão de interesse geral.

— Em primeiro lugar — disse Will —, eu não sabia que ele ia se transformar em um verme gigante. O estágio final da varíola demoníaca é a transformação em um demônio. Poderia ser de qualquer espécie. Em segundo lugar, o processo leva semanas para ocorrer. Achei que até mesmo alguém com um certificado de idiota feito o Gabriel aqui fosse observar e notificar.

— Notificar quem? — perguntou Jem, o que era uma pergunta até bastante razoável. Ele se aproximou de Tessa no decorrer da conversa. Quando estavam lado a lado, as costas das mãos roçaram uma na outra.

— A Clave. O carteiro. Nós. *Qualquer pessoa* — respondeu Will, lançando um olhar irritado a Gabriel, que estava recuperando a cor e parecia furioso.

— Não tenho certificado de idiota...

— A falta de um certificado não é sinônimo de inteligência — murmurou Will.

— E como eu disse, meu pai se trancou no escritório durante a semana passada...

— E não reparou em nada de estranho nisso? — perguntou Will.

— Você não conhece nosso pai — disse Gideon, com o tom seco de voz que às vezes adotava quando era inevitável falar sobre a família. Voltou-se novamente para o irmão e pôs as mãos nos ombros de Gabriel, falando baixo, em tons comedidos que ninguém podia escutar.

Jem, ao lado de Tessa, entrelaçou o dedo mínimo no dela. Era um gesto afetuoso habitual, ao qual ela havia se acostumado nos últimos meses, o bastante para fazer com que ela esticasse a mão sem pensar quando estava ao lado dele.

— Esse é seu vestido de noiva? — perguntou baixinho.

Tessa foi poupada de precisar responder quando Bridget apareceu, trazendo uniformes de batalha, e Gideon de repente virou para todos, dizendo:

— Chiswick. Temos de ir. Eu e Gabriel, pelo menos.

— Sozinhos? — perguntou Tessa, espantada o suficiente para falar quando não devia. — Mas por que não convocaria outros para irem junto...

— A Clave — explicou Will, com os olhos azuis penetrantes. — Ele não quer que a Clave saiba sobre o pai.

— Você ia querer? — falou Gabriel, irritado. — Se fosse a *sua* família? — Ele curvou o lábio. — Esqueça. Você não sabe o significado de lealdade...

— Gabriel! — Gideon o repreendeu. — Não fale assim com Will.

Gabriel pareceu surpreso, e Tessa não podia culpá-lo por isso. Gideon sabia da maldição de Will, da crença por trás de sua hostilidade e dos modos bruscos, assim como todo o Instituto, mas a história só era conhecida por eles, e ninguém de fora sabia disso.

— Vamos com vocês. Claro que vamos — declarou Jem, soltando a mão de Tessa e dando um passo à frente. — Gideon nos fez um favor. Não nos esquecemos, não é mesmo, Charlotte?

— Claro que não — respondeu Charlotte, virando. — Bridget, os uniformes...

— Convenientemente, já estou pronto — disse Will, enquanto Henry tirava o casaco e o trocava por um de combate e um cinto de armas; Jem fez o mesmo, e de repente a entrada ficou movimentada. Charlotte falava baixinho com Henry, com a mão sobre a barriga. Tessa desviou o olhar daquele momento particular e viu uma cabeça escura de alguém curvada perto de uma clara. Jem estava ao lado de Will com a estela empunhada, traçando um símbolo na lateral da garganta do rapaz. Cecily olhou para o irmão e fez uma careta.

— Convenientemente também estou vestida — anunciou.

Will levantou a cabeça, fazendo com que Jem emitisse um ruído de protesto irritado.

— Cecily, de jeito nenhum.

— Você não tem o direito de me dizer sim ou não. — Os olhos dela brilhavam. — Eu vou.

Will virou a cabeça para Henry, que deu de ombros como se pedisse desculpas.

— Ela tem direito. Treinou por quase dois meses...

— Ela é uma garotinha!

— Você fazia o mesmo aos 15 — comentou Jem, em voz baixa, e Will virou na direção dele. Por um instante, todos pareceram prender a respiração, inclusive Gabriel. O olhar de Jem deteve o de Will com firmeza, e não foi a primeira vez que Tessa teve a sensação de que palavras não pronunciadas foram trocadas entre os dois.

Will suspirou e cerrou os olhos.

— A próxima a querer ir será Tessa.

— Claro que vou — disse ela. — Posso não ser Caçadora de Sombras, mas também tive treinamento. Jem não vai sem mim.

— Você está com o *vestido de noiva* — protestou Will.

— Bem, agora que todos já viram, não posso usá-lo para me casar — disse Tessa. — Dá azar, você sabe.

Will resmungou alguma coisa em galês — ininteligível, mas claramente em tom de derrota. Do outro lado da sala, Jem esboçou um sorriso preocupado para Tessa. Então a porta do Instituto se abriu e permitiu que um raio de sol de outono entrasse. Cyril estava na entrada, arfando.

— A segunda carruagem está pronta — disse. — Quem virá, afinal?

Para: Cônsul Josiah Wayland
De: O Conselho

Prezado senhor,

Como o senhor, sem dúvida, já sabe, seu período de serviço como cônsul, após dez anos, aproxima-se do fim. É hora de apontar um sucessor.

Quanto a nós, estamos pensando seriamente na indicação de Charlotte Branwell, Fairchild quando solteira. Ela realizou um bom trabalho como chefe do Instituto de Londres, e acreditamos que conte com sua aprovação, considerando que foi indicada pelo senhor após a morte do pai.

Visto que sua opinião e estima são muito importantes para nós, agradecemos qualquer ideia que tenha sobre o assunto.

As mais cordiais saudações,

Victor Whitelaw, Inquisidor, em nome do Conselho.

2

O Verme Conquistador

E muito de loucura, e ainda mais de pecado,
E horror, a alma do enredo.
— Edgar Allan Poe, "O verme conquistador"

Quando a carruagem do Instituto cruzou os portões da Casa dos Lightwood, em Chiswick, Tessa pôde apreciar o local como não o fez em sua primeira visita, no meio da noite. Uma longa estrada de cascalhos, ladeada por árvores, levava a uma enorme casa branca com uma entrada circular na frente. A construção lembrava os desenhos que vira de templos clássicos da Grécia e de Roma, com suas linhas fortes e simétricas e as colunas lisas. Havia uma carruagem parada diante dos degraus e trilhas de cascalho espalhadas pelos jardins.

E que jardins adoráveis. Mesmo em outubro eram uma confusão de flores — rosas vermelhas tardias e crisântemos em tom laranja, bronze, amarelo e dourado-escuro cercavam pátios claros que se estendiam através das árvores. Enquanto Henry parava a carruagem, Tessa saltou, auxiliada por Jem, e ouviu um ruído de água: um riacho, imaginou, que fora desviado para percorrer os jardins. Tratava-se de um lugar tão adorável que mal conseguia associá-lo ao mesmo local em que Benedict promoveu seu baile infernal, embora pudesse ver o pátio que circundava a lateral da casa, pelo qual caminhou naquela noite. Conduzia a uma ala da casa que parecia ter sido incorporada recentemente...

A carruagem dos Lightwood chegou depois da deles, conduzida por Gideon, e Gabriel, Will e Cecily saltaram. Os irmãos Herondale continuavam discutindo um com o outro enquanto Gideon descia. Will ilustrava seus argumentos com gestos firmes de braços. Cecily olhava feio para ele, e a expressão furiosa a deixava tão parecida com o irmão que, em outras circunstâncias, teria sido divertido.

Gideon, ainda mais pálido do que antes, girou com a espada na mão.

— A carruagem de Tatiana — disse rapidamente quando Jem e Tessa o alcançaram. Apontou para o veículo parado perto dos degraus. As duas portas estavam abertas. — Ela deve ter vindo nos visitar.

— Que hora para isso... — Gabriel soou furioso, mas seus olhos verdes estavam cheios de medo. Tatiana era a irmã recém-casada. O brasão na carruagem, uma coroa de espinhos, devia ser o símbolo da família do marido, pensou Tessa. O grupo ficou paralisado, assistindo, enquanto Gabriel se aproximava da carruagem, sacando um sabre longo do cinto. Inclinou-se pela porta e praguejou alto.

Recuou, encontrando os olhos de Gideon.

— Tem sangue nos assentos — informou. — E... esta coisa — cutucou uma das rodas com a ponta do sabre; ao retirá-la, um longo fio de gosma fedorenta se esticou.

Will pegou uma lâmina serafim do casaco e gritou:

— *Eremiel*!

Quando começou a brilhar, como uma estrela branca e clara à luz do outono, Will apontou primeiro para o norte, depois para o sul.

— Os jardins percorrem toda a casa até o riacho — falou. — Sei bem; persegui o demônio Marbas por todo esse território em uma noite. Onde quer que Benedict esteja, duvido que tenha deixado a propriedade. Muita chance de ser visto.

— Vamos para a ala oeste da casa. Vocês cuidam da leste — disse Gabriel. — Gritem se avistarem alguma coisa, e correremos.

Gabriel limpou a espada no cascalho da entrada, levantou e seguiu o irmão para a lateral da casa. Will foi para o outro lado, seguido por Jem, Cecily e Tessa. Ele parou no canto da casa e examinou os jardins com o olhar, alerta a qualquer visão ou som estranho. Um instante depois, acenou para que os outros o seguissem.

Ao avançarem, o salto do sapato de Tessa prendeu em um dos pedaços soltos de cascalho sob as cercas vivas. Ela tropeçou e imediatamente se ajeitou, mas Will olhou para trás e franziu o rosto.

— Tessa — disse. Houve um tempo em que a chamou de Tess, mas não fazia mais isso. — Não devia estar conosco. Não está preparada. Pelo menos, espere na carruagem.

— Não — respondeu, revoltada.

Will voltou-se novamente para Jem, que parecia esconder um sorriso.

— Tessa é *sua* noiva. Faça-a enxergar com clareza.

Jem, com a bengala-espada em uma mão, percorreu o cascalho até ela.

— Tessa, faça-o como um favor a mim, pode ser?

— Você acha que não posso lutar — disse Tessa, recuando e sustentando o olhar prateado. — Porque sou uma menina.

— Acho que não pode lutar porque está com um vestido de noiva — respondeu Jem. — Se serve de consolo, acho que com essa roupa Will também não poderia lutar.

— Talvez, não — comentou Will, que tinha ouvidos afiados. — Mas eu seria uma bela noiva.

Cecily ergueu a mão para apontar algo ao longe.

— O que é aquilo?

Os quatro se viraram para ver uma figura correndo na direção deles. A luz do sol estava diretamente à frente, e, por um instante, enquanto os olhos se ajustavam, tudo o que Tessa viu foi um borrão. O borrão rapidamente se materializou em uma figura feminina correndo. Já tinha perdido o chapéu; os cabelos castanho-claros voavam ao vento. Era alta e magra, usava um brilhante vestido fúcsia que provavelmente fora elegante, mas no momento estava rasgado e manchado de sangue. E continuou gritando enquanto avançava até se jogar nos braços de Will.

Ele cambaleou para trás, quase derrubando Eremiel.

— Tatiana...

Tessa não soube dizer se Will a empurrou para trás ou se ela recuou por conta própria, mas, de qualquer forma, Tatiana afastou-se um pouco de Will, e Tessa viu o rosto da moça pela primeira vez. Era uma menina magra e angulosa. Tinha cabelos cor de areia, como os de Gideon, olhos verdes, como os de Gabriel, e seria bonita, se o rosto não tivesse feições de reprovação. Apesar das lágrimas e da falta de fôlego, havia algo de teatral, como se soubesse que todos os olhos estavam nela, principalmente os de Will.

— Um monstro enorme — choramingou. — Uma criatura... arrancou meu querido Rupert da carruagem e correu com ele!

Will a empurrou mais para longe.

— O que quer dizer com "correu com ele"?

Tatiana apontou.

— A-ali. — Ela soluçou. — Arrastou-o para os jardins italianos. Rupert conseguiu se esquivar inicialmente, mas o monstro sacudiu-o pelas trilhas. Por mais que eu gritasse, a criatura não o largava! — E ela se debulhou em nova onda de lágrimas.

— Você gritou — disse Will. — E isso foi tudo que fez?

— Gritei muito. — Tatiana pareceu magoada. Afastou-se do rapaz e o olhou fixamente com os olhos verdes. — Vejo que continua desprezível como sempre. — Ela desviou os olhos para Tessa, Cecily e Jem. — Sr. Carstairs — falou formalmente, como se estivessem em uma festa a céu aberto, e estreitou os olhos quando os fixou em Cecily. — E você...

— Ah, em nome do Anjo! — Will passou por ela; Jem sorriu para Tessa e foi atrás dele.

— Você só *pode* ser a irmã de Will — disse Tatiana para Cecily enquanto os rapazes desapareciam ao longe, e ignorou Tessa de propósito.

Cecily a fitou, incrédula.

— Sou, apesar de não conseguir imaginar que diferença isso faça. Tessa, você vem?

— Vou — respondeu Tessa, e se juntou a Cecily; mesmo que Will ou Jem não a quisessem ali, ela não poderia assisti-los caminhando para o perigo sem acompanhá-los. Após um instante, ouviu os passos relutantes de Tatiana no cascalho atrás dela.

Estavam se afastando da casa em direção aos jardins formais semiocultos pelas cercas vivas altas. Ao longe, a luz do sol refletia na estufa de vidro e madeira com uma cúpula no teto. Fazia um belo dia de outono com uma brisa fria e o cheiro de folhas no ar. Tessa ouviu um ruído e olhou para a casa atrás dela. A fachada branca e lisa se erguia, interrompida apenas pelos arcos das varandas.

— Will — sussurrou Tessa quando ele soltou as mãos dela do próprio pescoço. Ele tirou as luvas de Tessa, que se juntaram à máscara e às pérolas

de Jessie no chão de pedra da varanda. Ele retirou a própria máscara e a descartou, passando as mãos nos cabelos negros e úmidos, retirando-os da testa. A parte inferior da máscara havia deixado marcas nas maçãs do rosto dele, como leves cicatrizes, mas ao se esticar para tocá-las, ele pegou gentilmente suas mãos e as abaixou.

— Não — disse. — Me deixe tocar você primeiro. Tenho desejado...

Muito vermelha, Tessa desviou os olhos da casa e das lembranças ali contidas. O grupo havia chegado a uma abertura nas cercas vivas do lado direito. Através delas via-se o que claramente se tratava do "jardim italiano", cercado por folhagens. No círculo, o jardim era ladeado por fileiras de esculturas de heróis clássicos e personagens da mitologia. Vênus entornava água de uma urna em um chafariz central, enquanto estátuas de grandes historiadores e estadistas — César, Heródoto, Tucídides — se entreolhavam com olhos vazios através das passagens que partiam do ponto central. Havia também poetas e dramaturgos. Tessa apertou o passo e deixou para trás Aristóteles, Ovídio, Homero (com os olhos cobertos por uma máscara de pedra, indicando sua cegueira), Virgílio e Sófocles, antes de um grito estridente rasgar o ar.

Ela girou. A alguns passos, Tatiana estava parada como uma pedra, os olhos esbugalhados. Tessa correu em sua direção, com os outros a seguindo, e foi a primeira a alcançar a menina. Tatiana a agarrou cegamente, como se, por um instante, tivesse se esquecido de quem era Tessa.

— Rupert — gemeu Tatiana, olhando para a frente, e Tessa seguiu seu olhar e viu um calçado masculino saindo de trás de uma cerca viva. Pensou por um instante que ele devia estar caído no chão, com o resto do corpo escondido pela folhagem, mas, ao se inclinar para ver melhor, percebeu que a bota e os centímetros de carne mastigada e ensanguentada que emergiam da abertura do sapato eram as únicas coisas que restavam.

— Um verme de 12 metros? — murmurou Will para Jem enquanto atravessavam o jardim italiano com botas que não faziam ruído no cascalho graças a um par de símbolos de Silêncio. — Pense no tamanho do peixe que poderíamos pegar.

Os lábios de Jem se curvaram.

— Não tem graça, você sabe.

— Tem um pouco.

— Você não pode reduzir a situação a piadas de vermes, Will. É do pai de Gabriel e Gideon que estamos falando.

— Não estamos apenas falando, mas perseguindo por um jardim de esculturas porque ele se transformou em um *verme.*

— Um verme demoníaco — completou Jem, parando para olhar com cautela ao redor da cerca viva. — Uma grande serpente. Isso contribui com seu senso de humor inadequado?

— Houve um tempo em que meu senso de humor inadequado o divertia — suspirou Will. — Como o verme mudou.

— *Will...*

Jem foi interrompido por um berro estridente. Os dois meninos giraram a tempo de ver Tatiana Blackthorn cair para trás nos braços de Tessa. Esta segurou a moça, apoiando-a, enquanto Cecily ia em direção à abertura nas cercas vivas e sacava uma lâmina serafim do cinto com a tranquilidade de uma Caçadora de Sombras treinada. Will não a ouviu falar, mas a lâmina acendeu na mão da menina e iluminou seu rosto, fazendo com que o pânico ardesse no estômago de Will.

Ele começou a correr, com Jem logo atrás. Tatiana estava mole no colo de Tessa, o rosto distorcido em um lamento.

— Rupert! *Rupert*!

Tessa lutava contra o peso da moça, e Will queria parar para ajudar — mas Jem já o fizera e estava com a mão no braço de Tessa, o que era razoável. Era seu lugar como noivo dela.

Will desviou a atenção, voltando-a para a irmã, que se movia na abertura da cerca viva, com a espada estendida ao se aproximar dos restos macabros de Rupert Blackthorn.

— *Cecily!* — gritou Will, exasperado. Ela começou a se virar...

E o mundo explodiu. Um chafariz de sujeira e lama borrifou diante deles em direção ao céu. Torrões de terra e lodo caíram como granizo. No centro do chafariz, uma serpente enorme, cega, branco-acinzentada. Cor de carne morta, pensou Will. E emitia um fedor como o de uma sepultura. Tatiana gemeu e sucumbiu, puxando Tessa para o chão.

O verme começou a se balançar para a frente e para trás, tentando se libertar da terra. A boca se abriu, e parecia mais um rasgo imenso que dividia sua cabeça, coberto com dentes iguais aos de um tubarão. Um sibilo ressonante saiu de sua garganta.

— Pare! — gritou Cecily, e estendeu a lâmina brilhante. Ela parecia absolutamente destemida. — Volte, criatura maldita!

O verme se jogou na direção dela. Cecily manteve-se firme e empunhou a lâmina enquanto a boca enorme descia; Will saltou na direção dela e tirou-a do caminho. Ambos rolaram para uma cerca viva enquanto a cabeça do verme atingia o chão, exatamente onde ela estivera parada, e deixava uma marca imensa de dentes.

— Will! — Cecily se afastou do irmão, mas não a tempo. A lâmina serafim já tinha cortado o braço dele, deixando uma queimadura vermelha. Os olhos da menina pareciam fogo azul. — Isso foi desnecessário!

— Você não tem treinamento! — gritou Will, quase louco de fúria e pavor. — Vai acabar se matando! Fique onde está! — Ele se esticou para pegar-lhe a espada, mas ela girou para longe dele e se pôs de pé. Um segundo depois, o verme estava descendo outra vez, com a boca aberta. Will tinha derrubado a própria lâmina quando mergulhou para ajudar a irmã. A espada estava distante. Ele saltou para o lado, escapando por pouco da mordida da criatura, e, então, lá estava Jem, com a bengala-espada na mão. Ele enfiou a lâmina com força na lateral do corpo do verme. Um grito infernal explodiu da garganta, e o verme cambaleou para trás, esguichando sangue negro. Com um sibilo, desapareceu atrás de uma cerca viva.

Will girou. Mal conseguia enxergar Cecily; Jem havia se jogado entre ela e Benedict, e estava coberto de sangue negro e lama. Atrás de Jem, Tessa havia puxado Tatiana para o colo; as saias de ambas estavam espalhadas, o cor-de-rosa brilhante de uma se misturando ao dourado arruinado do vestido de noiva da outra. Tessa se curvou sobre Tatiana para protegê-la da visão do pai, e grande parte do sangue de demônio havia pingado no seu cabelo e roupas. Quando olhou para cima com o rosto pálido, os olhos encontraram os de Will.

Por um instante o jardim, o barulho e o fedor de sangue do demônio desapareceram, e ele ficou sozinho em um local silencioso com ninguém além de Tessa. Ele queria correr para ela, envolvê-la nos braços. Protegê-la.

Mas era Jem quem deveria fazer essas coisas, e não ele. *Não ele.*

O momento passou, e Tessa se pôs de pé, levantando Tatiana com muito esforço depois de passar o braço da menina nos próprios ombros enquanto esta caía sobre ela, semiconsciente.

— Você precisa tirá-la daqui. Vai acabar morrendo — declarou Will, passando os olhos sobre o jardim. — Ela não tem treinamento.

A boca de Tessa começou a enrijecer naquela linha teimosa e familiar.

— Não quero abandoná-los.

Cecily pareceu horrorizada.

— Não acha... A criatura não se conteria? Ela é filha dele. Se... se restar algum noção de família...

— Ele *matou* o genro, Cecy — irritou-se Will. — Tessa, vá com Tatiana, se quiser salvar a vida dela. E fique com ela perto da casa. Seria um desastre se ela voltasse correndo para cá.

— Muito obrigado, Will — murmurou Jem, enquanto Tessa arrastava a menina cambaleante o mais depressa possível, e Will sentiu as palavras como três agulhadas no coração. Sempre que Will fazia algo para proteger Tessa, Jem achava que fosse em seu benefício, e não no do próprio Will. E Will sempre desejava que Jem tivesse razão. Cada agulhada tinha um nome. *Culpa. Vergonha. Amor.*

Cecily gritou. Uma sombra cobriu o sol, e a cerca viva em frente a Will explodiu. Ele se viu encarando a garganta vermelha do imenso verme. Fios de saliva escorriam entre os dentes imensos. Will agarrou a espada no cinto, mas o verme já estava recuando, com uma adaga na lateral do pescoço. Will reconheceu sem precisar virar. Era de Jem. Ouviu seu *parabatai* gritar um alerta, e, em seguida, o verme estava vindo na direção de Will mais uma vez. Ele acertou um golpe na parte de baixo da boca da criatura. O sangue escorreu entre os dentes, respingando na roupa de combate de Will com um ruído sibilado. Alguma coisa atingiu a parte de trás do seu joelho, e, despreparado, ele caiu pesadamente, com os ombros batendo forte na relva.

Ele se engasgou ao perder o fôlego. A cauda fina e anelar do verme estava enrolada em seus joelhos. Will chutou, vendo estrelas, o rosto ansioso de Jem e o céu azul acima dele...

Pow. Uma flecha se enterrou na cauda do verme, logo abaixo do joelho de Will. O aperto de Benedict afrouxou, e Will rolou pela terra, fazendo um esforço para cair de joelhos, a tempo de ver Gideon e Gabriel Lightwood correndo naquela direção pela trilha de terra. Gabriel trazia um arco e o empunhava enquanto corria. Will percebeu com uma surpresa distante que Gabriel Lightwood tinha acabado de atacar o pai para salvar sua vida.

O verme caiu para trás, e, sob os braços de Will, surgiram as mãos que o fizeram levantar. *Jem*. Ele soltou Will, que se virou e constatou que o *parabatai* já estava com a bengala-espada empunhada e olhava para a frente. O verme-demônio parecia se contorcer de agonia, ondulando enquanto sacudia a cabeça enorme e cega de um lado para o outro, arrancando os arbustos pela raiz com tantos movimentos. As folhas preencheram o ar, e o pequeno grupo de Caçadores de Sombras se engasgou com a poeira. Will pôde ouvir Cecily tossindo e quis mandá-la de volta para casa, mas sabia que a irmã não obedeceria.

De algum jeito, o verme sacudiu a mandíbula e conseguiu se livrar da espada; a arma caiu com barulho entre os canteiros de rosas, manchada de icor negro. O verme começou a deslizar para trás, deixando um rastro de gosma e sangue. Gideon franziu o rosto e avançou para recuperar a espada caída com a mão enluvada.

De repente, Benedict se retraiu como uma cobra, a boca aberta e babando. Gideon ergueu a espada, parecendo absurdamente pequeno contra o tronco vasto da criatura.

— *Gideon*! — gritou Gabriel, pálido, levantando o arco; Will se esquivou quando uma flecha voou por ele e se enterrou no corpo do verme. O verme gritou e rodou, afastando o corpo em uma velocidade incrível. Ao rastejar, um movimento da cauda acertou a ponta de uma estátua com força: a estátua explodiu e se transformou em poeira, chovendo na piscina ornamental seca.

— Pelo Anjo, a criatura acabou de destruir Sófocles — observou Will enquanto o verme desaparecia atrás de uma grande estrutura em forma de templo grego. — Ninguém respeita os clássicos hoje em dia?

Gabriel, arfando, abaixou o arco.

— *Tolo* — falou furiosamente para o irmão. — No que você estava pensando, correndo para ele desse jeito?

Gideon virou-se, apontando a espada sangrenta para Gabriel.

— Não é "ele". É *aquilo*. Não é mais nosso pai, Gabriel. Se não consegue aceitar isso...

— Atirei uma flecha nele! — gritou Gabriel. — O que mais você quer de mim, Gideon?

Gideon balançou a cabeça como se sentisse nojo do irmão; até Will, que não gostava de Gabriel, sentiu uma pontinha de solidariedade por ele. Afinal, ele *tinha* atirado na fera.

— Temos de persegui-lo — declarou Gideon. — Foi para trás do capricho...

— Do *quê*? — perguntou Will.

— Capricho, Will — respondeu Jem. — É uma estrutura decorativa. Presumo que não haja um interior.

Gideon balançou a cabeça.

— É apenas gesso. Se nós dois fôssemos por um lado, e você e James pelo outro...

— Cecily, *o que* você está fazendo? — quis saber Will, interrompendo Gideon; tinha consciência de que agia como um pai distraído, mas não se importava. Cecily tinha guardado a espada no cinto e aparentava tentar subir em uma das pequenas árvores na primeira fileira de cercas vivas. — Isso não é hora de subir em árvores!

Ela o olhou furiosamente, com os cabelos negros voando pelo rosto. Abriu a boca para responder, mas antes que conseguisse falar, ouviram um barulho como um terremoto, e o capricho explodiu em cacos de gesso. O verme avançou na direção deles com a assustadora velocidade de um trem descontrolado.

Quando chegaram ao jardim da frente da casa dos Lightwood, o pescoço e as costas de Tessa doíam. O espartilho estava muito apertado sob o pesado vestido de noiva, e carregar Tatiana aos prantos forçava seu ombro esquerdo, machucando-a.

Ela sentiu alívio ao avistar as carruagens — alívio, mas também espanto. O cenário no pátio era tão tranquilo — as carruagens estavam onde tinham sido deixadas, os cavalos comiam capim, a fachada da casa estava impassível. Após carregar e arrastar Tatiana para o primeiro veículo, Tessa abriu a porta e a ajudou a entrar, franzindo o rosto quando as unhas afiadas da menina se enterraram em seus ombros enquanto se recompunha e ajeitava o vestido no interior do veículo.

— Oh, Deus — gemeu Tatiana. — Que vergonha, que terrível vergonha. Que a Clave possa descobrir o que recaiu sobre meu pai. Será que ele não poderia ter pensado em ser solidário a mim, nem por um instante?

Tessa piscou.

— Aquela *coisa* — disse. — Acho que não era capaz de pensar em ninguém, Sra. Blackthorn.

Tatiana a olhou tonta, e, por um instante, Tessa teve vergonha do ressentimento que sentiu em relação à outra. Não tinha gostado de ser expulsa dos jardins, onde poderia ter sido útil — mas Tatiana tinha acabado de ver o marido destruído diante de seus olhos, pelo próprio pai. Era digna de mais solidariedade do que Tessa estava oferecendo.

Ela deixou a voz mais gentil.

— Sei que passou por um terrível choque. Se puder deitar...

— Você é *muito* alta — comentou Tatiana. — Os cavalheiros reclamam?

Tessa a encarou.

— E está vestida de noiva — completou Tatiana. — Isso não é *muito* estranho? O uniforme de combate não seria mais apropriado? Entendo que não cai muito bem, e situações extremas exigem medidas extremas, mas...

Fez-se um súbito barulho alto. Tessa saiu da carruagem e olhou em volta; o ruído veio de dentro da casa. *Henry*, pensou Tessa. Henry tinha entrado na casa, sozinho. Claro, a criatura estava nos jardins, mas mesmo assim — era a casa de Benedict. Pensou no baile cheio de demônios durante a última vez em que estivera ali, e segurou as saias com as mãos.

— Fique aqui, Sra. Blackthorn — pediu. — Tenho de descobrir o que provocou esse ruído.

— Não! — Tatiana se sentou ereta. — Não me deixe!

— Sinto muito. — Tessa recuou, balançando a cabeça. — Preciso fazer isso. Por favor, fique na carruagem!

Tatiana gritou alguma coisa, mas Tessa já tinha virado para correr pelos degraus. Atravessou as portas da frente e emergiu em uma entrada grandiosa com chão de mármore preto e branco, como um tabuleiro de xadrez. Um lustre imenso pendia do teto, apesar de nenhuma de suas velas estar acesa; a única luz do recinto vinha do sol que penetrava pelas janelas altas. Uma escadaria curva muito grandiosa conduzia ao andar superior.

— Henry! — gritou Tessa. — Henry, onde você está?

Um grito em resposta e outra batida vieram do andar de cima. Tessa correu pelas escadas, tropeçando quando o pé prendeu na bainha do vestido e abriu uma das costuras. Ela tirou a saia do caminho, impacientemente, e continuou correndo por um longo corredor com paredes pintadas de azul e gravuras em molduras douradas, atravessou uma porta e entrou em outro recinto.

Provavelmente tratava-se de um quarto de homem, uma biblioteca ou um escritório: as cortinas eram de tecido escuro e pesado, e pinturas a óleo de grandes navios de guerra estavam penduradas. Papel de parede verde e rico cobria o cômodo, apesar de parecer mosqueado com manchas escuras e estranhas. O lugar tinha um cheiro estranho — um cheiro parecido com aquele próximo às margens do Tâmisa, onde coisas esquisitas apodreciam à luz fraca do dia. E, cobrindo isso tudo, o odor cúprico de sangue. Uma estante de livros fora derrubada, uma confusão de vidro estilhaçado e madeira quebrada, e, no tapete persa ao lado, Henry, lutando contra uma *coisa* de pele cinzenta e muitos braços. Henry gritava e dava chutes com as pernas longas, e a coisa — um demônio, sem dúvida — arranhava seu uniforme com as garras e, com o focinho de lobo, empurrava-o pelo rosto.

Tessa olhou em volta, desesperada, pegou o atiçador que estava perto da lareira e atacou. Tentou se lembrar do treinamento — todas aquelas horas com Gideon conversando cuidadosamente sobre calibração, velocidade e punho — mas, no fim das contas, o que pareceu conduzir o longo pedaço de metal para o tronco da criatura foi puro instinto, acertando o ponto onde deveriam estar costelas, caso fosse um animal real, terreno.

Ela ouviu *algo* quebrar quando a arma entrou. O demônio uivou como um cachorro e rolou para longe de Henry, e o atiçador bateu no chão. Icor negro esguichou, preenchendo o recinto com cheiro de fumaça e podridão. Tessa cambaleou para trás, e seu calcanhar prendeu na bainha rasgada do vestido. Caiu no chão exatamente quando Henry levantou e, praguejando baixinho, rasgou a garganta do demônio com uma lâmina que brilhava com símbolos. O demônio soltou um grito gorgolejado e se dobrou como papel.

Henry ficou de pé, os cabelos ruivos manchados de sangue e gosma purulenta. O uniforme de combate estava rasgado no ombro, e um líquido escarlate vazava do ferimento.

— Tessa! — exclamou, e em seguida estava ao lado da moça, ajudando-a a se levantar. — Pelo Anjo, somos uma dupla e tanto — disse à sua moda pesarosa, fitando-a preocupado. — Não está machucada, está?

Ela baixou os olhos e entendeu a preocupação dele: seu vestido estava ensopado de líquido negro, e, no antebraço, tinha um corte feio, em consequência da queda no vidro quebrado. Ainda não estava doendo muito, mas sangrava.

— Estou bem — respondeu ela. — O que aconteceu, Henry? Que coisa era aquela e por que estava aqui?

— Um demônio guardião. Eu vasculhava a mesa de Benedict e devo ter mexido ou tocado em alguma coisa que o despertou. Uma fumaça negra entornou da gaveta e se transformou *naquilo*. Pulou para cima de mim...

— E o arranhou — completou Tessa, preocupada. — Você está sangrando...

— Não, isso fui eu mesmo que causei. Caí na minha adaga — revelou Henry timidamente, sacando uma estela do cinto. — Não conte a Charlotte.

Tessa quase sorriu; em seguida, lembrando-se, atravessou o recinto e abriu as cortinas de uma das janelas altas. Dava para ver os jardins, mas, infelizmente, não o italiano; estavam de outro lado da casa. Cercas vivas e grama baixa, começando a perder a cor verde por causa do inverno, estendiam-se diante de seus olhos.

— Preciso ir — disse ela. — Will, Jem e Cecily... estavam lutando contra a criatura. O demônio matou o marido de Tatiana Blackthorn. Tive de levá-la de volta para a carruagem, pois estava quase desmaiando.

Fez-se um silêncio. Em seguida:

— Tessa — disse Henry com uma voz estranha, e ela deu meia-volta para vê-lo, preso no ato de aplicar um *iratze* no próprio braço. Ele olhava fixamente para a parede à sua frente; a parede que Tessa há pouco julgara estranhamente manchada. Agora ela notou que não se tratava de uma confusão acidental. Letras imensas se espalhavam pelo papel de parede, pintadas com o que parecia sangue escuro e seco.

AS PEÇAS INFERNAIS NÃO TÊM PENA.
AS PEÇAS INFERNAIS NÃO TÊM ARREPENDIMENTO.
AS PEÇAS INFERNAIS NÃO TÊM NÚMERO.
AS PEÇAS INFERNAIS JAMAIS DEIXARÃO DE VIR.

E ali, sob os rabiscos, uma última frase praticamente ilegível, como se o autor estivesse perdendo a funcionalidade das mãos. Imaginou Benedict trancado nesta sala, enlouquecendo aos poucos durante o processo de transformação, sujando a parede com palavras escritas com o próprio sangue purulento.

QUE DEUS TENHA PIEDADE DE NOSSAS ALMAS.

O verme atacou — e Will mergulhou para a frente, rolando, escapando por pouco da mandíbula. Encolheu-se, depois levantou e correu até chegar à cauda que se debatia. Girou e viu a criatura se erguendo como uma cobra sobre Gideon e Gabriel — embora, para sua surpresa, o monstro parecesse congelar, sibilando, mas não atacando. Será que reconhecia os filhos? Sentia alguma coisa por eles? Impossível dizer.

Cecily tinha subido até a metade da árvore e estava agarrada a um galho. Torcendo para que ela tivesse juízo e ficasse ali, Will virou para Jem e levantou a mão para que seu *parabatai* pudesse vê-lo. Havia algum tempo, eles tinham desenvolvido uma série de gestos que utilizavam para comunicar as respectivas necessidades em situações de confronto, caso não pudessem se ouvir. Os olhos de Jem se iluminaram em sinal de compreensão, e ele jogou a bengala para Will. Em um lançamento perfeito, o objeto girou até Will pegá-lo com uma das mãos e apertar o cabo. A lâmina apareceu, e Will aplicou um golpe forte e veloz, cortando a pele espessa do demônio. O verme se encolheu e uivou quando Will atacou novamente, separando o rabo do corpo. Benedict se debateu nas duas extremidades, e icor jorrou em uma explosão gosmenta, cobrindo Will. Ele se desviou com um grito, a pele queimando.

— *Will!* — Jem correu para o amigo. Gideon e Gabriel estavam batendo na cabeça do verme, fazendo o possível para que a atenção do demônio se mantivesse neles. Enquanto Will limpava o líquido que ardia em seus olhos com a mão livre, Cecily saltou da árvore e aterrissou nas costas da criatura.

Will derrubou a espada-bengala, em choque. Jamais havia feito isso antes; nunca derrubara uma arma no meio de uma batalha, mas ali estava sua irmã caçula, agarrando-se, determinada, às costas de um imenso verme-demônio, como uma pulga se prendendo ao pelo de um cachorro. Enquanto ele observava, horrorizado, Cecily pegou a adaga do cinto e enfiou furiosamente na carne do demônio.

O que ela pensa que está fazendo? Como se aquela adaga mínima pudesse matar uma coisa desse tamanho!

— Will, Will — dizia Jem ao seu ouvido, com a voz insistente, e Will percebeu que falara em voz alta, e, pelo Anjo, a cabeça do verme ia virando em direção a Cecily, com a imensa boca aberta e cheia de dentes...

Cecily soltou o cabo da adaga e rolou de lado, abandonando o local onde estava. O verme errou o alvo apenas por um fio e mordeu violentamente o próprio corpo. Icor negro esguichou, e o verme chegou a cabeça para trás, emitindo um uivo semelhante ao grito de uma banshee. Uma ferida imensa se abriu no flanco do verme, e bocados de sua própria carne se penduravam das mandíbulas. Enquanto Will olhava, Gabriel ergueu o arco e soltou uma flecha.

Ela voou até o alvo e se enterrou em um dos olhos cegos e negros do verme. A criatura recuou — em seguida, sua cabeça caiu para a frente, e ele dobrou-se sobre si mesmo, contorcendo-se e desaparecendo, como acontecia com demônios quando morriam.

O arco de Gabriel caiu no chão com um ruído que Will mal escutou. O solo pisado estava encharcado com o sangue do corpo destruído da criatura. No meio daquilo tudo, Cecy se levantou e franziu o rosto, com o pulso direito contorcido em um ângulo estranho.

Will nem sentiu quando começou a correr para ela — só notou quando foi contido pela mão de Jem. Ele virou-se, agitado, para o *parabatai*.

— Minha *irmã*...

— Seu *rosto* — respondeu Jem, com uma calma surpreendente, considerando a situação. — Está coberto de sangue demoníaco, William, e sendo queimado por ele. Tenho de aplicar um *iratze* antes que os danos se tornem irreversíveis.

— Deixe-me ir — insistiu Will, e tentou se libertar, mas a mão fria de Jem segurou-o pelo pescoço, e, em seguida, veio a ardência da estela no pulso, e a dor que ele nem sabia que estava sentindo começou a diminuir. Jem o soltou com um próprio sibilo de dor; caiu um pouco do líquido em seus dedos. Will parou, indeciso, mas Jem acenou para que fosse enquanto aplicava a estela na própria mão.

Foi apenas um instante de atraso, mas quando Will chegou perto da irmã, Gabriel já a tinha alcançado. Ele estava com a mão sob o queixo da menina, observando-lhe o rosto com os olhos verdes. Ela o fitava, atônita, quando Will se aproximou e agarrou-a pelo ombro.

— Fique *longe* da minha irmã — gritou, e Gabriel recuou, contraindo a boca em uma linha firme. Gideon estava logo atrás, e eles se aglomeraram em torno de Cecily enquanto Will a segurava com uma das mãos e sacava a estela com a outra. Ela o encarou com olhos azuis e ardentes enquanto o irmão talhava um *iratze* preto em um dos lados da garganta e um *mendelin* no outro. Os cabelos negros se soltaram da trança, e ela parecia a menina selvagem da qual Will se recordava, feroz e destemida.

— Está machucada, *cariad*? — A palavra escapou antes que ele conseguisse contê-la: uma ternura infantil da qual tinha quase se esquecido.

— *Cariad*? — ecoou Cecily, os olhos brilhando incrédulos. — Não estou nada machucada.

— Só um pouco — respondeu Will, indicando o pulso ferido e os cortes na face e nas mãos, que começavam a se fechar sob o efeito do *iratze*. Sua raiva cresceu, e não ouviu Jem tossir atrás dele; um ruído que o faria entrar em ação como uma faísca lançada em palha seca. — Cecily, o que você...

— Aquela foi uma das coisas mais corajosas que já vi um Caçador de Sombras fazer — interrompeu Gabriel. Ele não estava olhando para Will, mas para Cecily, com um misto de surpresa e mais alguma coisa na expressão. Tinha lama e sangue no cabelo, assim como todos os presentes, mas os olhos verdes brilhavam muito.

Cecily ruborizou.

— Eu só...

E interrompeu-se, arregalando os olhos ao fitar além de Will. Jem tossiu novamente, e desta vez Will escutou e virou a tempo de ver seu *parabatai* cair de joelhos no chão.

3

A Hora Final

Não, eu não vou, carniça de consolação, Desespero, banquetear-me contigo;
Não desentrançarei — por mais fracos que
estejam — estes restos de um homem
Em mim, nem exaurido gritarei Não posso mais. Posso;
Posso ter esperança e desejar um novo dia, e não querer não ser.
— Gerard Manley Hopkins, "Carrion Comfort"

Jem estava apoiado na lateral da carruagem do Instituto com os olhos fechados, o rosto pálido como papel. Will se colocou ao lado dele, e segurava com força seu ombro. Tessa percebeu, ao se aproximar, que não se tratava apenas de um gesto fraterno. A mão de Will era praticamente a única coisa que mantinha Jem de pé.

Ela e Henry tinham ouvido o grito derradeiro do verme. Gabriel os encontrou alguns instantes depois, correndo pelos degraus da frente. Contou, sem fôlego, sobre a morte da criatura e, em seguida, o que acontecera a Jem, e tudo ficou branco para Tessa, como se de repente tivesse sido atingida com força no rosto.

Eram palavras que não ouvia havia muito tempo, mas pelas quais sempre esperava, e, às vezes, ela as escutava em pesadelos, que a faziam despertar de súbito, engasgando: "Jem", "colapso", "respirando", "sangue", "Will", "Will está com ele", "Will...".

Claro que Will estava com ele.

Os outros estavam reunidos à sua volta: os irmãos Lightwood com a irmã, e até Tatiana estava quieta, ou talvez Tessa simplesmente não tenha escutado a histeria da moça. Tessa também tinha consciência da presença de Cecily ali, e de Henry desconfortável a seu lado, como se quisesse consolá-la, mas sem saber como começar.

Os olhos de Will encontraram os de Tessa quando ela se aproximou, quase tropeçando outra vez no vestido rasgado. Por um instante, eles se compreenderam perfeitamente. Jem era o único assunto sobre o qual conseguiam olhar nos olhos um do outro. No que se referia a Jem, ambos eram ferozes e inflexíveis. Tessa viu a mão de Will se fechar na manga de Jem.

— Ela está aqui — disse ele.

Os olhos de Jem se abriram lentamente. Tessa lutou para conter a expressão de choque. As pupilas do noivo estavam enormes, e as íris não eram mais que um anel de prata fino.

— *Ni shou shang le ma, quin ai de?* — sussurrou ele.

Jem vinha ensinando mandarim a Tessa, depois de muita insistência por parte dela. Ela entendeu "*quin ai de*", pelo menos, se não o resto. *Minha estimada, minha querida.* Alcançou a mão dele e apertou.

— Jem...

— Você está machucada, meu amor? — disse Will. A voz soou tão firme quanto os olhos, e, por um instante, o sangue subiu às bochechas de Tessa e ela olhou para a própria mão, que segurava a de Jem. Os dedos dele estavam mais pálidos que os dela, como as mãos de uma boneca de porcelana. Como pôde não perceber que ele estava tão doente?

— Obrigada pela tradução, Will — respondeu ela, sem desviar os olhos do noivo. Jem e Will estavam sujos de pus negro, mas o queixo e a garganta de Jem também apresentavam manchas de sangue vermelho. O sangue dele.

— Não estou ferida — sussurrou Tessa, em seguida, pensou, *não, isso não serve, nem um pouco. Seja forte por ele.* Esticou os ombros e continuou apertando a mão de Jem. — Onde está o remédio dele? — perguntou a Will. — Ele não pegou antes de deixarmos o Instituto?

— Não fale de mim como se eu não estivesse aqui — disse Jem, mas sem raiva. Virou a cabeça para o lado e falou alguma coisa, suavemente, baixinho, para Will, que assentiu e soltou o ombro do amigo. Tessa pôde sentir a tensão na postura do outro; estava parado como um felino, pronto para agir caso Jem escorregasse ou caísse, mas ele se manteve de pé. — Fico mais forte quando Tessa está perto. Contei isso a você — prosseguiu Jem, com o mesmo tom suave.

Ao ouvir aquilo, Will desviou o rosto para que Tessa não pudesse ver seus olhos.

— Estou vendo — respondeu Will. — Tessa, o remédio dele não está aqui. Acho que deixou o Instituto sem tomar o suficiente, apesar de não admitir. Volte com ele na carruagem e cuide dele. Alguém precisa fazer isso.

Jem respirou fundo.

— Os outros...

— Eu conduzo para vocês. Isso não será problema; Balios e Xanthos conhecem o caminho. Henry pode levar os Lightwood. — Will foi rápido e eficiente demais para que pudessem agradecer; ele não parecia querer agradecimento. Ajudou Tessa a colocar Jem na carruagem, com muito cuidado para não tocá-la no ombro nem na mão, e afastou-se para informar aos outros o que se passava. Tessa captou um pouco da explicação de Henry sobre a necessidade de retirar os livros de registros de Benedict da casa antes de esticar o braço para fechar a porta da carruagem, isolando-se com Jem em um silêncio muito bem-vindo.

— O que havia dentro da casa? — perguntou Jem enquanto atravessavam os portões que cercavam a propriedade dos Lightwood. Ele continuava pálido, com a cabeça apoiada nas almofadas da carruagem, os olhos semicerrados, as maçãs do rosto brilhando com febre. — Ouvi Henry falar sobre o estúdio de Benedict...

— Ele enlouqueceu lá dentro — respondeu ela, segurando as mãos frias do noivo. — Nos dias que antecederam à transformação, quando Gabriel disse que ele não saía de lá, deve ter perdido a cabeça. Com o que parecia ser sangue escreveu na parede frases sobre "as Peças Infernais". Que não tinham pena, que não deixariam de vir...

— Ele devia estar se referindo ao exército de autômatos.

— Devia. — Tessa tremeu levemente e se aproximou de Jem. — Suponho que tenha sido tolice minha... mas os últimos dois meses foram tão pacíficos...

— Tinha se esquecido de Mortmain?

— Não. Nunca me esqueci. — Ela olhou em direção à janela, apesar de não conseguir enxergar o lado de fora; tinha fechado as cortinas quando a luz pareceu incomodar os olhos do noivo. — Torci para que ele talvez tivesse se concentrado em outra coisa.

— Não sabemos se ele fez isso ou não. — Os dedos de Jem se entrelaçaram aos dela. — A morte de Benedict pode ser uma tragédia, mas esse mal já vinha sendo feito havia muito tempo. Não teve nada a ver com você.

— Havia outros itens na biblioteca. Anotações e livros de Benedict. Diários. Henry está levando tudo para examinar no Instituto. Meu nome estava lá. — Tessa se conteve; como podia incomodá-lo com essas coisas quando ele estava tão mal?

Como se pudesse ler os pensamentos dela, Jem moveu o dedo para o braço de Tessa, repousando-o levemente sobre o pulso.

— Tessa, é só um ataque passageiro. Não vai durar. Prefiro que me conte a verdade, toda a verdade, seja ela amarga ou assustadora, pois quero dividi-la com você. Jamais permitiria que o mal se abatesse sobre você nem sobre ninguém do Instituto. — Ele sorriu. — Seu pulso está acelerando.

A verdade, toda a verdade, seja ela amarga ou assustadora.

— Eu te amo — disse ela.

Jem a olhou, com uma luz no rosto esguio que o deixou ainda mais bonito.

— *Wo xi wang ni ming tian ke yi jia gei wo.*

— Você... — Ela franziu as sobrancelhas. — Você quer se casar comigo? Mas já estamos noivos. Acho que as pessoas não podem noivar duas vezes.

Ele riu, e o riso se transformou em tosse; o corpo inteiro de Tessa enrijeceu, mas a crise foi leve e sem sangue.

— Eu disse que me casaria com você amanhã, se pudesse.

Tessa fingiu jogar a cabeça para trás.

— Amanhã não é muito conveniente para mim, senhor.

— Mas você já está vestida para a ocasião — respondeu ele, com um sorriso.

Tessa olhou para o dourado arruinado do vestido de noiva.

— Se eu fosse me casar em um abatedouro — concedeu ela. — Ah, bem. Eu não estava mesmo gostando muito deste vestido. Era exagerado demais.

— Achei que você ficou linda — comentou ele, com voz suave.

Tessa apoiou a cabeça no ombro de Jem.

— Haverá outra ocasião — disse ela. — Outro dia, outro vestido. Um momento em que você esteja bem e tudo seja perfeito.

Jem continuava com a voz suave, porém, demasiadamente fatigada.

— Não existe perfeição, Tessa.

Sophie estava à janela do quartinho onde dormia, com a cortina aberta e os olhos fixos no pátio. Já fazia horas que as carruagens haviam deixado o Instituto, e ela deveria estar limpando as grades, mas a escova e o balde permaneciam intocados no chão.

Pôde ouvir a voz de Bridget subindo suavemente da cozinha:

Earl Richard tinha uma filha;
Uma formosa dama ela era.
E entregou seu amor ao Doce William
Mas não tinham o mesmo nível.

Às vezes, quando Bridget estava com o humor particularmente melodioso, Sophie pensava em descer e empurrá-la no forno, tal como a bruxa de "João e Maria". Mas Charlotte certamente não aprovaria. Mesmo que Bridget *estivesse* cantando sobre o amor proibido entre diferentes classes sociais no exato instante em que Sophie se reprimia por agarrar com força o tecido da cortina, vendo os olhos cinza-esverdeados na mente enquanto ficava imaginando coisas e se preocupava — será que Gideon estava bem? Estaria machucado? Conseguiria lutar com o pai? E como seria horrível se ele tivesse de...

Os portões do Instituto se abriram, e uma carruagem entrou; Will era o condutor. Sophie o reconheceu, sem chapéu e com os cabelos negros voando. Ele saltou do banco do cocheiro e deu a volta para ajudar Tessa a descer — mesmo a essa distância, Sophie viu que o vestido dourado estava arruinado — e, em seguida, Jem, apoiando-se pesadamente sobre o ombro do *parabatai*.

Sophie respirou fundo. Apesar de não achar que continuava apaixonada por Jem, ainda se importava muito com ele. Era difícil não fazê-lo, considerando a generosidade do rapaz, a doçura e graciosidade. Ele sempre se limitou a ser extremamente gentil com ela, e, ao longo dos últimos meses, ela se sentiu aliviada por ele não ter tido nenhum de seus "momentos ruins", como Charlotte os chamava — porque apesar de não ter sido curado pela felicidade, parecia mais forte, melhor...

O trio desapareceu no interior do Instituto. Cyril viera dos estábulos e estava cuidado dos cavalos, Balios e Xanthos. Sophie respirou fundo e soltou a cortina. Charlotte podia precisar dela, querer que ela ajudasse com Jem. Se pudesse fazer alguma coisa... Afastou-se da janela e se apressou pelo corredor e pelas escadas estreitas dos serventes.

Na entrada do andar inferior encontrou Tessa, pálida e abatida, hesitando do lado de fora do quarto de Jem. Através da porta entreaberta, Sophie pôde ver Charlotte curvada sobre Jem, que se sentara na cama; Will recostara-se sobre a lareira, com os braços cruzados, a tensão evidente em cada linha do corpo. Tessa levantou a cabeça ao ver Sophie e recobrou um pouco da cor.

— Sophie — choramingou baixinho. — Sophie, Jem não está bem. Ele teve outro... outro ataque da doença.

— Vai ficar tudo bem, Srta. Tessa. Já o vi adoentado antes, e ele sempre supera; isso é certo.

Tessa fechou os olhos. A área sob os mesmos estava cinza. Não precisava dizer o que ambas estavam pensando, que um dia chegaria a hora em que um dos ataques não seria superado.

— Preciso buscar água quente — acrescentou Sophie — e panos...

— Eu é quem deveria buscar essas coisas — respondeu Tessa. — E o faria, mas Charlotte falou que preciso trocar o vestido, pois sangue de demônio pode ser perigoso se grandes doses entrarem em contato com a pele. Ela mandou Bridget buscar panos e cataplasmas, e o Irmão Enoch chegará a qualquer momento. Além disso, Jem não ouvirá nada diferente, mas...

— Basta — interrompeu Sophie, com firmeza. — Não fará nenhum bem a ele se você adoecer também. Ajudarei com o vestido. Vamos, temos de cuidar disso, e depressa.

Os olhos de Tessa se abriram.

— Querida e sensata Sophie. Claro que tem razão. — E começou a atravessar o corredor em direção ao quarto. Ao chegar à porta fez uma pausa e se virou para olhar Sophie. Seus olhos cinzentos e arregalados examinaram o rosto da moça, e ela pareceu mover a cabeça afirmativamente para si mesma, como se tivesse acertado um palpite. — Saiba que *ele* está bem. Não tem nenhum ferimento.

— Mestre Jem?

Tessa balançou a cabeça.

— Gideon Lightwood.

Sophie enrubesceu.

Gabriel não sabia ao certo por que estava na sala de estar do Instituto, exceto que seu irmão mandou que fosse até lá e esperasse, e mesmo depois de tudo que aconteceu, ainda estava acostumado a fazer o que Gideon dizia. Surpreendeu-se pela simplicidade do recinto, em nada parecido com as grandiosas salas de estar das casas dos Lightwood, em Pimlico ou Chiswick. As paredes eram cobertas por papéis com estampa desbotada de rosas, a superfície da mesa tinha manchas de tinta e marca de abridores de cartas e pontas de canetas, e a lareira estava cheia de fuligem. Acima dela, havia um espelho com manchas d'água, emoldurado em dourado.

Gabriel contemplou o próprio reflexo. O uniforme estava rasgado no pescoço, e ele exibia uma marca vermelha no queixo, onde um arranhão comprido passava pelo processo de cura. Tinha sangue por toda a roupa — *seu próprio sangue ou sangue de seu pai?*

Afastou rapidamente o pensamento. Era estranho, pensou, que fosse ele o parecido com a mãe, Barbara. Ela era alta e esbelta, com cabelos castanhos ondulados e olhos dos quais ele se lembrava ser do mais puro verde, como a grama que crescia em direção ao rio atrás da casa. Gideon parecia com o pai: largo e corpulento, com olhos mais cinzentos do que verdes. O que era irônico, considerando que foi Gabriel quem herdou o temperamento de Benedict: teimoso, rápido para se irritar, lento para perdoar. Gideon e Barbara eram mais apaziguadores, quietos e firmes, fiéis às próprias crenças. Ambos eram muito mais parecidos com...

Charlotte Branwell entrou pela porta aberta da sala com um vestido largo e olhos tão brilhantes quanto os de um passarinho. Sempre que Gabriel a via, se impressionava com o quão pequena era, com o quão mais alto ele era. No que o cônsul Wayland estava pensando quando entregou a esta criaturinha o poder sobre o Instituto e todos os Caçadores de Sombras de Londres?

— Gabriel. — Ela inclinou a cabeça. — Seu irmão me disse que você não se machucou.

— Estou muito bem — respondeu ele brevemente, e no mesmo instante percebeu que tinha soado grosseiro. Não fora sua intenção, precisamente. Seu pai passou anos repetindo que Charlotte era uma idiota, inútil e facilmente influenciável, e, apesar de saber que seu irmão discordava (o suficiente para vir morar neste lugar e deixar toda a família para trás), era uma lição difícil de superar. — Pensei que estivesse com Carstairs.

— O Irmão Enoch chegou com mais um dos Irmãos do Silêncio. Eles nos baniram do quarto de Jem. Will está no corredor, caminhando de um lado para o outro como uma pantera enjaulada. Coitado. — Charlotte olhou por um segundo para Gabriel antes de se dirigir à lareira. Tinha no rosto um olhar aguçado, o que era rapidamente disfarçado quando ela abaixava os cílios. — Mas chega desse assunto. Entendo que sua irmã foi levada para a residência dos Blackthorn, em Kensington — disse. — Gostaria que eu mandasse uma mensagem para alguém?

— Uma... mensagem?

Ela parou diante da lareira, juntando as mãos nas costas.

— Você precisa ir a um lugar, Gabriel, a não ser que queira que eu o ponha daqui para fora.

Colocar-me para fora? Essa mulher horrível estava expulsando-o do Instituto? Pensou no que o pai sempre lhe disse: *os Fairchild não se importam com ninguém além deles mesmos e da Lei.*

— Eu... a casa em Pimlico...

— O cônsul em breve será informado sobre tudo que se passou na Casa Lightwood — informou Charlotte. — Ambas as residências londrinas de sua família serão confiscadas em nome da Clave, pelo menos até que sejam revistadas e determinem se seu pai deixou para trás algo que possa dar pistas ao Conselho.

— Pistas de *quê*?

— Dos planos de seu pai — respondeu ela, imperturbável. — Das conexões com Mortmain, do conhecimento dos planos dele. Das Peças Infernais.

— Nunca ouvi falar de nenhuma merda de Peças Infernais! — protestou Gabriel, e, em seguida, ruborizou. Tinha acabado de falar um palavrão na frente de uma dama. Não que Charlotte fosse como as outras damas.

— Acredito em você — disse ela. — Não sei se o cônsul Wayland vai acreditar, mas o cenário que se apresenta é esse. Se me der um endereço...

— Não *tenho* um — disse Gabriel, desesperado. — Para onde acha que posso ir?

Ela apenas olhou para ele, com uma sobrancelha erguida.

— Quero ficar com meu irmão — declarou afinal, ciente de que soava petulante e irritado, mas incerto quanto ao que fazer.

— Mas seu irmão mora aqui — disse ela. — E você deixou muito claro o que pensa sobre o Instituto e minha direção. Jem me contou no que acredita. Que meu pai levou seu tio ao suicídio. Não é verdade, mas não espero que confie em mim. No entanto, fico imaginando por que você quereria permanecer aqui.

— O Instituto é um refúgio.

— Seu pai planejava governá-lo como um refúgio?

— Não sei! Não sei quais são... quais eram... os planos!

— Então por que concordou com ele? — A voz era suave, porém, impiedosa.

— Porque ele era meu *pai*! — gritou Gabriel. Girou para longe de Charlotte, e sua respiração irritou a garganta. Pouco ciente do que estava fazendo, abraçou o próprio corpo, como se isso fosse impedi-lo de se destroçar.

Lembranças das últimas semanas, lembranças que Gabriel vinha se esforçando para confinar aos recessos da mente, ameaçaram explodir: semanas na casa depois que os servos foram afastados, ouvindo barulhos dos aposentos superiores, gritos durante a noite, sangue na escada pela manhã, o pai gritando coisas sem sentido por trás da porta trancada da biblioteca como se não fosse mais capaz de formular palavras...

— Se vai me expulsar — disse Gabriel, com uma espécie de desespero terrível —, então o faça agora. Não quero achar que tenho uma casa, se não tenho. Não quero pensar que vou voltar a ver meu irmão quando não é este o caso.

— Acha que ele não iria atrás de você? Encontrá-lo onde quer que esteja?

— Acho que ele já provou com quem se importa mais — respondeu Gabriel —, e não é comigo. — Ajeitou-se lentamente, afrouxando o abraço ao redor de si mesmo. — Mande-me embora ou deixe-me ficar. Não vou implorar.

Charlotte suspirou.

— Não será preciso — falou. — Nunca mandei embora alguém que tenha dito que não tinha para onde ir, e não vou começar agora. Só peço uma coisa. Permitir que alguém more no Instituto, no coração do Enclave, significa confiar nas boas intenções da pessoa em questão. Não faça com que me arrependa de confiar em você, Gabriel Lightwood.

As sombras tinham aumentado na biblioteca. Tessa encontrava-se sentada em um foco de luz perto de uma das janelas, ao lado de um abajur azul. Há horas estava com um livro aberto no colo, porém sem conseguir se concentrar nele. Seus olhos passavam pelas palavras sem absorvê-las, e frequentemente se pegava parando, tentando se lembrar de quem seria a personagem ou por que estava fazendo aquilo.

Estava começando o capítulo cinco mais uma vez quando o rangido dos tacos no chão a alertou, e ela levantou os olhos para encontrar Will à sua frente, com os cabelos úmidos e luvas nas mãos.

— Will. — Tessa repousou o livro no parapeito ao lado. — Você me assustou.

— Não tive intenção de interrompê-la — falou ele, com voz baixa. — Se você está lendo... — E começou a virar.

— Não estou — respondeu Tessa, e Will parou, olhando para ela por cima do ombro. — Não consigo me concentrar nas palavras agora. Não consigo acalmar a confusão da minha mente.

— Nem eu — concordou ele, virando-se completamente agora. Não estava mais coberto de sangue. Vestia roupas limpas, e a pele quase não tinha marcas, apesar de Tessa conseguir enxergar arranhões branco-rosados no pescoço, que desapareciam no colarinho da camisa à medida que os *iratzes* faziam seu trabalho.

— Alguma notícia do meu... alguma notícia de Jem?

— Nenhuma mudança — disse ele, embora Tessa já imaginasse. Se tivesse havido alguma mudança, Will não estaria aqui. — Os Irmãos continuam não deixando ninguém entrar, nem mesmo Charlotte.

— E por que você está aqui? — prosseguiu ele. — Sentada no escuro?

— Benedict escreveu na parede da sala dele — disse Tessa, com voz baixa. — Antes de se transformar naquela criatura, imagino, ou enquanto acontecia. Não sei. — "As Peças Infernais não têm pena. As Peças Infernais não têm arrependimento. As Peças Infernais não têm número. As Peças Infernais jamais deixarão de vir".

— As Peças Infernais? Presumo que se refira às criaturas mecânicas de Mortmain. Não que tenhamos visto alguma nos últimos meses.

— Isso não quer dizer que não vão voltar — observou Tessa. Olhou para a mesa da biblioteca com o verniz arranhado. Quantas vezes Jem e Will devem ter sentado juntos, estudando, gravando as respectivas iniciais, como faziam os estudantes entediados, na superfície da mesa. — Sou um perigo para vocês aqui.

— Tessa, já conversamos sobre isso. Você não é o perigo. É você que Mortmain quer, sim, mas se não estivesse aqui, protegida, ele poderia pegá-la facilmente; e em que destruição ele transformaria os seus poderes? Não sabemos. Mas sabemos que ele a quer para alguma coisa, então para nós é vantajoso mantê-la longe dele. Não é altruísmo. Nós, Caçadores de Sombras, não somos altruístas.

Com isso, ela levantou o rosto.

— Acho que são muito altruístas. — E continuou quando ele emitiu um ruído discordante: — Certamente, você deve saber que o que fazem é exemplar. Existe uma frieza na Clave, é verdade. *Somos poeira e sombras.* Mas são como os heróis clássicos, como Aquiles e Jasão.

— Aquiles foi morto por uma flecha envenenada, e Jasão morreu sozinho, pelo próprio navio apodrecido. Este é o destino dos heróis; o Anjo sabe por que ninguém gostaria de ser um deles.

Tessa olhou para ele. Percebeu as olheiras sob os olhos azuis e que seus dedos mexiam no tecido dos punhos da camisa, distraídos, como se ele não soubesse o que estava fazendo. Meses, ela pensou. Fazia meses desde a última vez em que estiveram juntos, só os dois, por mais de um instante. Tiveram apenas encontros acidentais nos corredores, no pátio, trocaram gentilezas forçadas. Ela sentia falta das piadas dele, dos livros que emprestava, do brilho das risadas em seu olhar. Envolvida pela lembrança do Will mais simples de uma época mais antiga, falou sem pensar:

— Não consigo parar de me lembrar de uma coisa que você me disse uma vez — falou.

Ele a fitou com surpresa.

— É? E o que é?

— Que às vezes, quando não consegue decidir o que fazer, finge ser uma personagem de um livro, pois é mais fácil resolver o que ela faria.

— Talvez — disse Will — eu não seja alguém de quem você deva aceitar conselhos, se busca a felicidade.

— Não a felicidade. Não exatamente. Quero ajudar... fazer o bem... — Ela se interrompeu e suspirou. — E recorri a muitos livros, mas se existe alguma orientação neles, não encontrei. Você disse que era Sydney Carton...

Will emitiu um ruído e afundou em uma cadeira no lado oposto da mesa. Os cílios do menino estavam abaixados, encobrindo os olhos.

— E suponho que eu saiba o que isso faz do resto de nós — continuou ela. — Mas não quero ser Lucie Manette, que não fez nada para salvar Charles e permitiu que Sydney fizesse tudo. E foi cruel com ele.

— Com Charles? — perguntou Will.

— Com Sydney — respondeu Tessa. — Ele queria ser um homem melhor, mas ela não ajudou.

— Não podia. Era noiva de Charles Darney.

— Mesmo assim, não foi gentil — disse Tessa.

Will se levantou da cadeira tão depressa quanto sentara. Inclinou-se para a frente, colocando as mãos sobre a mesa. Seus olhos ficavam muito azuis sob a luz azul do abajur.

— Às vezes, a pessoa deve escolher entre ser generoso ou honrado — declarou. — Às vezes, não dá para fazer as duas coisas.

— Qual delas é a melhor? — sussurrou Tessa.

A boca de Will se curvou com humor amargo.

— Suponho que dependa do livro.

Tessa esticou a cabeça para trás e o encarou.

— Sabe aquela sensação — disse ela —, quando está lendo um livro, e percebe que vai acontecer uma tragédia? Você sente o frio e a escuridão se aproximando, vê a rede se fechando em torno das personagens que vivem e respiram nas páginas. Mas está preso à história como se fosse arrastado por uma carruagem, e não consegue largar nem mudar o percurso? — Os olhos de Will estavam escuros e cheios de compreensão; claro que Will entenderia, e ela continuou apressadamente: — Agora sinto como se isso estivesse acontecendo, exceto que não são personagens em uma página, mas amigos e companheiros queridos. Não quero ficar sentada enquanto a tragédia se aproxima. Eu a afastaria, só que luto para descobrir como isso pode ser feito.

— Você teme por Jem — disse Will.

— Sim — concordou ela. — E por você também.

— Não — retrucou Will, com voz rouca. — Não desperdice isso comigo, Tess.

Antes que ela pudesse responder, a porta da biblioteca se abriu. Era Charlotte, parecendo esgotada. Will virou-se rapidamente para ela.

— Como está Jem? — perguntou ele.

— Acordado e falando — respondeu. — Tomou um pouco de *yin fen*, e os Irmãos do Silêncio conseguiram estabilizá-lo e conter a hemorragia interna.

À menção da hemorragia interna, Will pareceu prestes a vomitar; Tessa imaginou que ela havia exibido a mesma expressão.

— E pode receber uma pessoa — continuou Charlotte. — Aliás, foi ele quem pediu.

Will e Tessa trocaram um rápido olhar. Ela sabia o que os dois estavam pensando: quem seria? Tessa era noiva de Jem, mas Will era seu *parabatai*, o que já era algo sagrado. Will começou a recuar quando Charlotte falou novamente, soando completamente exaurida:

— Ele pediu que você fosse, Will.

Will pareceu espantado. Lançou um olhar a Tessa.

— Eu...

Tessa não pôde negar a surpresa e a quase inveja que sentiu no peito ao ouvir as palavras de Charlotte, mas combateu as impressões implacavelmente. Amava Jem o bastante para querer o que ele queria, e ele sempre tinha seus motivos.

— Vá — disse gentilmente. — Claro que ele ia querer vê-lo.

Will começou a se mover em direção à porta para se juntar a Charlotte. No meio do caminho, se virou e atravessou a biblioteca até Tessa.

— Tessa — disse —, enquanto estou com Jem, faria uma coisa por mim?

Tessa levantou o olhar e engoliu em seco. Ele estava muito perto, perto demais: todas as linhas, formas e ângulos de Will preenchiam seu campo visual enquanto o som da voz do Caçador de Sombras dominava seus ouvidos.

— Claro, certamente — respondeu. — O quê?

Para: Edmund e Linette Herondale
Solar Ravenscar
West Riding, Yorkshire

~~Queridos Pai e Mãe,~~

~~Sei que fui covarde em sair como o fiz, bem cedo, antes que acordassem, com apenas um bilhete explicando minha ausência. Não suportei encará-los, sabendo o que tinha decidido fazer, e ciente de que eu era a pior das filhas desobedientes.~~

~~Como posso explicar minha decisão, como cheguei a ela? Mesmo agora, parece uma loucura. Cada dia, aliás, é mais maluco do que o anterior. Você não mentiu, Papai, quando disse que a vida de um Caçador de Sombras era como um sonho febril~~

Cecily passou a ponta da caneta furiosamente sobre as linhas que havia escrito, em seguida amassou o papel e apoiou a cabeça na mesa.

Já tinha iniciado esta carta tantas vezes, mas em nenhuma delas conseguiu uma versão satisfatória. Talvez não devesse estar fazendo isso agora, pensou, não quando tentava se acalmar desde o retorno ao Instituto. Todos estavam preocupados com Jem, e Will, após dar uma olhada rápida nela no jardim para ver se estava ferida, mal tinha voltado a falar com ela. Henry fora correndo atrás de Charlotte, Gideon puxara Gabriel de lado, e Cecily se vira subindo as escadas do Instituto sozinha.

Ela foi para o quarto, sem se incomodar em tirar o uniforme de combate, e se encolheu sobre a cama. Enquanto deitava sob o véu das sombras, ouvindo os ruídos fracos de Londres lá fora, o coração se apertou súbita e dolorosamente com saudades de casa. Pensou nas colinas verdes do País de Gales, na mãe e no pai, e saiu da cama como se tivesse sido empurrada, tropeçando até a mesa e pegando caneta e papel, mas a tinta manchou seus dedos com a pressa. E nem assim as palavras corretas vieram. Cecily tinha a sensação de sangrar arrependimento e solidão por todos os poros e, no entanto, não conseguia materializar esses sentimentos em algum relato que os pais suportassem ler.

Naquele momento, ouviu uma batida à porta. Ela alcançou um livro que havia deixado repousando sobre a mesa, abriu como se estivesse lendo, e falou:

— Entre.

A porta se abriu; era Tessa, hesitando na entrada. Não estava mais com o vestido de noiva destruído, mas usava outro, simples, de musselina azul, com dois colares brilhando no pescoço: o anjo mecânico e o pingente de jade que ganhou de noivado de Jem. Cecily olhou curiosa para Tessa. Apesar de serem afáveis uma com a outra, não eram próximas. Tessa tomava certo cuidado com ela, e Cecily tinha uma desconfiança quanto à origem daquilo, mas não podia provar; além disso, havia algo de louco e estranho em Tessa. Cecily sabia que a garota conseguia alterar sua forma, se transformar em qualquer pessoa, e não conseguia se livrar da sensação de que isso não era natural. Como seria possível conhecer a verdadeira face de alguém, se a pessoa podia mudá-la com a facilidade de quem troca de roupa?

— Sim? — disse Cecily. — Srta. Gray?

— Por favor, me chame de Tessa — falou, e fechou a porta atrás de si. Não era a primeira vez que pedia que Cecily a chamasse pelo primeiro nome, mas o costume e a teimosia da outra a impediam. — Vim para saber se está tudo bem e se precisa de alguma coisa.

— Ah. — Cecily sentiu uma pontada de decepção. — Estou bem.

Tessa andou um pouco para a frente.

— Está lendo *Grandes esperanças*?

— Estou. — Cecily não revelou que já tinha visto Will o lendo, nem que o pegou para tentar entender o que ele pensava. Até o momento estava lamentavelmente perdida. Pip era mórbido, e Estella, tão terrível que Cecily tinha vontade de sacudi-la.

— "Estella" — disse Tessa suavemente. — "Até a última hora de minha vida você não tem escolha senão permanecer parte do meu caráter, do pouco bem que existe em mim, parte do mal".

— Então você decora passagens literárias, assim como Will? Ou este é um dos seus favoritos?

— Não tenho a memória de Will — disse Tessa, dando mais uns passos tímidos. — Nem o símbolo de *mnemosyne*. Mas gosto muito desse livro.

— Os olhos cinzentos examinaram o rosto de Cecily. — Por que ainda está com o uniforme de luta?

— Estava pensando em ir até a sala de treinamento — respondeu. — Consigo pensar com clareza quando estou lá, e ninguém parece se importar com o que faço ou deixo de fazer.

— Mais treinamento? Cecily, você acabou de lutar! — protestou Tessa. — Sei que, às vezes, é preciso mais de uma rodada de aplicação de símbolos para que o Caçador de Sombras se cure completamente... Antes de poder voltar a treinar, acho que devo chamar alguém para ver você: Charlotte ou...

— Ou Will? — disparou Cecily. — Se um dos dois se importasse, já teria vindo.

Tessa parou ao lado da cama.

— Você não pode achar que Will não se importa com você.

— Ele não está aqui, está?

— Ele me mandou vir porque está com Jem — informou Tessa, como se isso explicasse tudo. Cecily supunha que, de certa forma, explicava. Sabia que Will e Jem eram muito amigos, mas que era mais do que isso. Já tinha lido sobre os *parabatai* no *Códex* e sabia que se tratava de um laço que não existia entre mundanos, algo mais próximo do que irmãos e melhor do que sangue. — Jem é o *parabatai dele*. Ele fez um juramento de estar sempre por perto em momentos como este.

— Ele estaria lá, com ou sem juramento. Estaria lá para *qualquer um* de vocês. Mas sequer passou por aqui para ver se preciso de mais um *iratze*.

— Cecy... — começou Tessa. — A maldição de Will...

— Não era uma maldição de verdade!

— Sabe — disse Tessa, pensativa —, de certa forma, era. Ele acreditava que ninguém podia amá-lo e que, se ele permitisse isso, a pessoa acabaria morrendo. Foi por isso que abandonou vocês. Fugiu para preservá-los e mantê-los em segurança, e aqui está você, agora: a própria definição de *fora* de segurança para ele. Ele não aguenta vir e ver seus ferimentos, pois para Will é como se ele próprio os tivesse provocado.

— Eu escolhi isso. A Caça às Sombras. E não apenas por querer estar com Will.

— Sei disso — retrucou Tessa. — Mas também estive com Will enquanto ele delirava após ser exposto a sangue de vampiro, engasgando com água benta, e eu sei que nome ele chamou. O seu.

Cecily levantou os olhos, surpresa.

— Will me chamou?

— Ah, sim. — Um breve sorriso formou-se na boca de Tessa. — Ele não me disse quem você era, claro, quando perguntei, e quase enlouqueci... — interrompeu-se, e desviou o olhar.

— Por quê?

— Curiosidade — respondeu Tessa, dando de ombros, apesar de ruborizar nas bochechas. — É meu pecado. Seja como for, ele a ama. Sei que com Will tudo é muito confuso, mas o fato de ele *não* estar aqui só me prova ainda mais o quanto a estima. Ele está acostumado a afastar todo mundo que ama, e quanto maior o amor, maior é o empenho em não demonstrá-lo.

— Mas não existe maldição...

— Hábitos e anos não desaparecem tão rapidamente — declarou Tessa, com olhos tristes. — Não cometa o erro de acreditar que ele não a ama só porque age assim, Cecily. Confronte-o, se necessário, e exija a verdade, mas não cometa o erro de se afastar por achar que seu irmão é uma causa perdida. Não o tire do seu coração. Se fizer isso, vai se arrepender.

Para: Membros do Conselho
De: Cônsul Josiah Wayland.

Perdoem o atraso na resposta, cavalheiros. Quis ter a certeza de não estar opinando de maneira precipitada, mas que minhas palavras fossem o resultado de uma reflexão paciente e cuidadosa.

Temo não poder apoiar a recomendação para que Charlotte seja minha sucessora. Apesar de ter um ótimo coração, ela é muito volúvel, passional e desobediente para ser Consulesa. Como sabemos, o sexo frágil é dotado de uma fraqueza que os homens não herdam, e infelizmente ela é vítima desta. Não, não posso recomendá-la. Insisto que considerem outro nome — meu próprio sobrinho, George Penhallow, que completará 25 anos em novembro e é um bom Caçador de Sombras, além de bom homem. Acredito que seja dotado da certeza moral e da retidão de caráter para liderar os Caçadores de Sombras a uma nova década.

Em nome de Raziel,
Cônsul Josiah Wayland.

4

Ser Sábio e Amar

Pois ser sábio e amar
Excede a capacidade do homem.
— Shakespeare, "Troilo e Créssida"

— Achei que, pelo menos, fosse fazer uma canção com isso — disse Jem.

Will olhou curioso para o *parabatai*. Jem, apesar de ter chamado Will, não parecia no melhor dos humores. Estava sentado, quieto, na beira da cama, com uma camisa e uma calça limpas, apesar de a camisa ser larga e deixá-lo parecendo mais magro do que nunca. Ainda tinha manchas de sangue seco na clavícula, uma espécie de colar brutal.

— Fazer uma música sobre o quê?

A boca de Jem se curvou.

— Nosso combate ao verme? — falou. — Depois de todas aquelas suas piadas...

— Não passei as últimas horas de bom humor — explicou Will, e desviou os olhos para os panos ensanguentados sobre a cabeceira e a vasilha de fluido rosado.

— Não se inquiete — disse Jem. — Estão todos inquietos, e não aguento isso; eu o chamei porque... porque você não faria isso. Você me faz rir.

Will jogou os braços para o alto.

— Ah, tudo bem — falou. — Que tal isso:

A verdade é que não labuto mais em vão
Para provar que a varíola demoníaca não é mentira, não.
Apesar de ser uma pena, não é em vão
O verme com varíola foi ao chão:
Para acreditar em mim, todos devem condescender.

Jem gargalhou.

— Nossa, foi péssimo.

— Foi de improviso!

— Will, existe uma coisa chamada *escansão*... — De um instante para o outro, a risada de Jem se transformou em um ataque de tosse. Will correu quando Jem se curvou, os ombros finos balançando, e o sangue respingou na coberta branca da cama.

— Jem...

Com uma das mãos, Jem apontou para a caixa na mesa de cabeceira. Will a alcançou; a mulher delicadamente desenhada na tampa, que servia água de um jarro, era intimamente familiar, e ele detestava a visão dela.

Abriu a caixa — e ficou paralisado. O que parecia uma camada leve de açúcar mal cobria o fundo de madeira. Talvez tivesse uma quantidade maior antes do tratamento dos Irmãos do Silêncio; Will não sabia. O que sabia era que deveria ter sobrado mais, muito mais.

— Jem — disse, com voz sufocada —, por que só tem isso aqui?

Jem já tinha parado de tossir. Tinha sangue nos lábios e, enquanto Will observava, chocado demais para se mover, o menino levantou o braço e limpou o rosto com a manga. O tecido ficou instantaneamente vermelho. Ele parecia febril, a pele pálida brilhava, apesar de não demonstrar nenhum outro sinal externo de agitação.

— Will — falou suavemente.

— Há dois meses — começou Will, e ao perceber que estava elevando a voz, fez um esforço para baixá-la. — Há dois meses comprei *yin fen* suficiente para durar um ano.

Havia uma mistura de desafio e tristeza no olhar de Jem antes de continuar.

— Acelerei o processo de ingestão.

— Acelerou? Quanto?

Agora Jem não olhou nos olhos de Will.

— Tenho tomado duas, talvez três vezes mais.

— Mas a razão com que toma a droga é diretamente proporcional à deterioração da sua saúde — disse Will, e quando Jem não respondeu, a voz do amigo se elevou e saíram duas palavras: — *Por quê*?

— Não quero uma meia-vida...

— Neste ritmo, não terá sequer um quinto de vida! — gritou Will, e respirou fundo. A expressão de Jem havia mudado, e ele teve de bater a caixa na mesa de cabeceira para não socar a parede.

Jem estava sentado ereto, com os olhos ardendo.

— Viver é mais do que *não morrer* — declarou. — Olhe para sua vida, Will. Você arde tão brilhante quanto uma estrela. Eu tomava o suficiente para me manter vivo, mas não o bastante para ficar *bem*. Uma pequena dose extra antes das batalhas, talvez, para ter energia, mas, fora isso, uma meia-vida, um crepúsculo cinza de vida...

— Mas você mudou a dosagem agora? Está assim desde o noivado? — perguntou Will. — É por causa de Tessa?

— Você não pode culpá-la por isso. Foi uma decisão minha. Ela não tem nenhum conhecimento sobre o assunto.

— Ela ia querer vê-lo com vida, James...

— *Eu não vou viver*! — E Jem se levantou, com as bochechas ruborizadas; Will pensou que nunca o vira tão furioso. — Não vou viver, e posso escolher ser tudo que puder por ela, arder tanto quanto quiser, e por um período mais curto, em vez de ser um fardo, fazendo-a passar mais tempo com alguém que não vive por inteiro. É escolha minha, William, e você não pode fazê-la por mim.

— Talvez possa. Sempre fui eu quem comprou seu *yin fen*...

O rosto de Jem perdeu a cor.

— Se for se recusar, compro sozinho. Nunca me opus. Você falou que queria comprar. E quanto a isso... — Tirou o anel Carstairs do dedo e o entregou a Will. — Pegue.

Will deixou os olhos baixarem para o anel e depois direcionou-os para o rosto de Jem. Uma dúzia de coisas horríveis que poderia dizer ou fazer passaram pela sua cabeça. Não se descarta uma personalidade assim tão depressa, descobrira. Passou tantos anos fingindo ser cruel que esse ainda era o traço que buscava em primeiro lugar, assim como um homem poderia conduzir a carruagem automaticamente para a casa onde sempre morou, apesar de ter se mudado há pouco.

— Agora quer se casar *comigo*? — comentou, afinal.

— Venda o anel — disse Jem. — Para conseguir dinheiro. Já disse, você não precisa pagar pelas minhas drogas; já paguei pelas suas uma vez, você sabe, e me lembro da sensação. Foi desagradável.

Will franziu o rosto, em seguida olhou para o símbolo da família Carstairs brilhando na palma pálida e cheia de cicatrizes de Jem. Esticou a mão e pegou gentilmente a do amigo, fechando os dedos sobre o anel.

— Quando você se tornou inconsequente, e eu, cauteloso? Desde quando tenho que protegê-lo de si mesmo? Sempre foi você que me protegeu. — E observou com atenção o rosto de Jem. — Ajude-me a entendê-lo.

Jem ficou completamente imóvel. Em seguida, falou:

— No começo, quando percebi que amava Tessa, achei que talvez fosse o amor que estivesse me fazendo bem. Há muito tempo, não tinha algum ataque. E quando eu a pedi em casamento, falei isso para ela. Que o amor estava me curando. Então, na primeira vez em que eu... na primeira vez em que aconteceu de novo, não tive coragem de contar, por medo de ela achar que meu amor estava diminuindo. Tomei mais da droga, para combater mais uma doença. Logo, comecei a precisar de mais droga para simplesmente me manter de pé do que costumava precisar para passar uma semana. Não disponho de anos, Will. Talvez sequer disponha de meses. E não quero que Tessa saiba. Por favor, não conte a ela. Não só por ela, mas por mim.

Quase contra a vontade, Will começou a compreender; ele teria feito qualquer coisa, pensou, contado qualquer mentira, assumido qualquer risco para fazer Tessa amá-lo. Teria...

Quase qualquer coisa. Não trairia Jem por isso. Era a única coisa que não faria. E cá estava Jem, com a mão na sua, e olhos que pediam solidariedade, compreensão. Como Will poderia não entender? Lembrou-se de si mesmo na sala de estar de Magnus, implorando para ser enviado ao reino dos demônios, pois era melhor do que seguir mais uma hora, mais um instante de uma vida que não suportava mais.

— Então, você vai morrer por amor — disse Will afinal, com a voz soando rouca aos próprios ouvidos.

— Morrendo um pouco mais depressa por amor. E existem razões piores pelas quais morrer.

Will soltou a mão de Jem, que olhou do anel para ele, com olhos inquisidores.

— Will...

— Vou até Whitechapel — disse Will. — Hoje. Comprarei todo o *yin fen* disponível, tudo que possa precisar.

Jem balançou a cabeça.

— Não posso pedir que faça algo que sua consciência não permita.

— Minha consciência. — sussurrou Will. — Você é minha consciência. Sempre foi, James Carstairs. Farei isso por você, mas antes exijo uma promessa.

— Que tipo de promessa?

— Há anos me pediu que parasse de buscar uma cura para você — disse Will. — Quero que me libere dessa promessa. Me libere para procurar, pelo menos. Me libere para buscar.

Jem o olhou, maravilhado.

— Quando penso que o conheço totalmente, você me surpreende outra vez. Sim, eu o libero. Procure. Faça o que quiser. Não posso aprisionar suas boas intenções; seria apenas cruel, e eu faria o mesmo se estivesse em seu lugar. Sabe disso, não sabe?

— Sei. — Will deu um passo à frente. Colocou as mãos nos ombros de Jem, sentindo o quanto eram pontudos, semelhantes às asas de um pássaro. — Esta não é uma promessa vazia, James. Acredite em mim, ninguém sabe mais do que eu sobre a dor de uma falsa esperança. Vou procurar. Se existir alguma coisa a ser encontrada, encontrarei. Mas até lá, a vida é sua para conduzir como quiser.

Por incrível que pareça, Jem sorriu.

— Eu sei disso — respondeu —, mas é gentil me lembrar.

— Não sou nada além de gentil — disse Will. Seus olhos examinaram o rosto de Jem, tão familiar quanto o próprio. — E determinado. *Você não vai me deixar*. Não enquanto eu viver.

Os olhos de Jem se arregalaram, mas ele não disse nada. Não havia mais nada a dizer. Will abaixou as mãos dos ombros do *parabatai* e virou-se para a porta.

* * *

Cecily parou onde tinha estado mais cedo naquele dia, com a faca na mão direita. Olhou reto, puxou a faca para trás e a deixou voar pelo ar. Acertou a parede, no exterior do círculo desenhado.

A conversa com Tessa não aliviou seus nervos; só piorou as coisas. Tessa tinha um ar de tristeza aprisionada e resignada que deixava Cecily irritadiça e ansiosa. Por mais chateada que estivesse com Will, não conseguia afastar a sensação de que Tessa temia por ele, um pavor do qual não falava, e Cecily queria saber o que era. Como poderia proteger o irmão se não sabia contra o que deveria protegê-lo?

Após recuperar a faca, levantou-a à altura do ombro novamente e a arremessou. Desta vez, parou ainda mais longe do círculo, fazendo-a exalar furiosa.

— *Uffern nef*! — murmurou em galês. Sua mãe teria ficado horrorizada, mas ela não estava ali.

— Cinco — disse uma voz arrastada no corredor.

Cecily se assustou e virou. Havia uma sombra à entrada, que à medida que se aproximava, transformava-se em Gabriel Lightwood, cabelos castanhos desgrenhados e olhos verdes aguçados como vidro. Era tão alto quanto Will, talvez mais alto, e mais esguio também.

— Não entendi a observação, Sr. Lightwood.

— Seu arremesso — disse, com o braço elegantemente esticado. — Dou cinco pontos. Sua habilidade e técnica talvez precisem melhorar, mas o talento nato certamente existe. Você precisa é de *prática*.

— Will tem me treinado — declarou Cecily, enquanto Gabriel se aproximava.

O canto da boca do rapaz se curvou levemente para cima.

— Como eu disse.

— Suponho que você pudesse fazer melhor.

Ele parou e puxou a faca da parede. Ela brilhou enquanto ele a girou entre os dedos.

— Poderia — respondeu. — Recebi o melhor dos treinamentos, e ensinei a Srta. Collins e a Srta. Gray...

— Eu soube. Até se entediar. Não é o tipo de comprometimento que alguém procura em um tutor. — Cecily manteve a voz fria; lembrou-se do toque de Gabriel ao levantá-la do chão na Casa dos Lightwood, mas sabia que Will não gostava dele, e a distância petulante na voz do menino a irritava.

Gabriel tocou a extremidade da faca com a ponta do dedo. O sangue brotou como uma conta vermelha. Ele tinha dedos calejados e sardas nas costas das mãos.

— Você trocou de uniforme.

— Estava coberto de sangue e icor. — Ela olhou para ele, avaliando-o da cabeça aos pés. — Vejo que você não fez o mesmo.

Por um instante, um olhar estranho passou pelo rosto de Gabriel. Então desapareceu, mas ela já tinha visto o irmão escondendo emoções o bastante para reconhecer os sinais.

— Minhas roupas não estão aqui — explicou ele —, e não sei onde vou morar. Poderia voltar para uma das casas da minha família, mas...

— Está cogitando ficar no Instituto? — perguntou Cecily, surpresa, lendo o rosto dele. — O que Charlotte diz sobre isso?

— Ela permitirá. — A expressão de Gabriel mudou, e uma vulnerabilidade súbita apareceu onde antes havia apenas rigidez. — Meu irmão está aqui.

— Sim — disse Cecily. — O meu também.

Gabriel fez uma pausa, quase como se não tivesse pensado no assunto.

— Will... — falou. — Você, de fato, se parece muito com ele. Até... dá nervoso. — Então balançou a cabeça, como se estivesse livrando-a de teias de aranha. — Acabei de vê-lo — comentou. — Descendo pelos degraus como se estivesse sendo perseguido pelos Quatro Cavaleiros. Não suponho que saiba do que se trata?

Propósito. O coração de Cecily saltou. Ela pegou a faca da mão de Gabriel, ignorando a expressão espantada dele.

— Nem imagino — respondeu —, mas pretendo descobrir.

Enquanto a cidade de Londres parecia se fechar à medida que acabava o horário comercial, o East End explodia em vida. Will percorreu ruas alinhadas com barracas que comercializavam roupas e sapatos de segunda mão. Coletores e amoladores de facas empurravam seus carrinhos pelos cantos, anunciando seus produtos com vozes roucas. Açougueiros se apoiavam nas entradas dos estabelecimentos, aventais sujos de sangue e carcaças nas janelas. Mulheres estendendo roupas lavadas gritavam umas com as outras com vozes tão marcadas por sotaques carregados que bem poderiam estar falando russo, até onde Will podia ver.

Uma leve garoa começara a cair, molhando o cabelo de Will enquanto ele atravessava em frente a uma loja de tabaco, agora fechada, e dobrava a esquina para uma rua mais estreita. Podia ver o pináculo da Igreja Whitechapel ao longe. À sua volta, as sombras se reuniam, com a névoa espessa e suave, e o cheiro de ferro e lixo. Uma calha estreita corria ao centro da rua, cheia de água fedida. À frente havia uma entrada, um poste de luz em cada lado. Enquanto Will passava, desviou até ela subitamente e esticou a mão.

Ouviu-se um grito, e, em seguida, ele estava puxando uma figura esguia e vestida de preto para perto de si — era Cecily, com uma capa de veludo jogada apressadamente sobre o uniforme de combate. Os cabelos escuros saíam das beiradas do capuz, e seus próprios olhos azuis o encararam de volta, enchendo-o de fúria.

— Solte-me!

— O que está fazendo me seguindo pelos becos de Londres, sua idiota? — Will sacudiu o braço dela.

Os olhos de Cecily se fecharam.

— Hoje de manhã era *cariad*, agora é *idiota*?

— Essas ruas são perigosas — disse Will. — E você não sabe nada sobre elas. Sequer está usando um símbolo de disfarce. Uma coisa é se autoproclamar destemida quando se mora no campo, mas isso aqui é Londres.

— Não tenho medo de Londres — declarou Cecily em tom desafiador.

Will se inclinou, quase sibilando ao ouvido da irmã.

— *Fyddai'n wneud unrhyw dda yn ddweud wrthych i fynd adref*?

Ela riu.

— Não, não adiantaria nada me mandar de volta para casa. *Rwyt ti fy mrawd ac rwy eisiau mynd efo chi.*

Will piscou ao escutar essas palavras. *Você é meu irmão, e quero ir com você.* Era o tipo de coisa que estava acostumado a ouvir Jem falando, e, apesar de Cecily ser totalmente diferente do amigo sob todos os outros aspectos concebíveis, compartilhava uma das qualidades dele: uma teimosia absoluta. Quando Cecily dizia que queria alguma coisa, não era uma expressão de desejo, mas uma determinação inabalável.

— Você nem mesmo se importa em saber para onde estou indo? — disse. — E se estivesse a caminho do inferno?

— Sempre quis conhecer o inferno — respondeu Cecily calmamente. — Quem não quer?

— A maioria das pessoas luta para evitá-lo — falou. — Estou indo a um covil de feiticeiros, se quer saber, comprar drogas de réprobos violentos e devassos. Eles podem bater os olhos em você e decidir vendê-la.

— E você não os impediria?

— Suponho que isso dependa de quanto me pagassem.

Ela balançou a cabeça.

— Jem é seu *parabatai* — disse. — Seu irmão dado pela Clave. Mas sou sua irmã de sangue. Por que faria qualquer coisa por ele, mas em se tratando de mim, só quer que eu vá para casa?

— Como sabe que as drogas são para Jem?

— Não sou burra, Will.

— Não, o que é uma pena — murmurou ele. — Jem... Jem é a melhor parte de mim. Eu não esperaria que entendesse. Devo isso a ele.

— E então o que eu sou? — insistiu Cecily.

Will soltou o ar, exasperado demais para se conter.

— Você é minha fraqueza.

— E Tessa é seu coração — declarou ela, sem raiva, mas reflexiva. — Não sou burra, acabei de dizer — acrescentou ao notar a expressão de espanto do irmão. — Sei que a ama.

Will colocou a mão na cabeça, como se aquelas palavras tivessem provocado uma dor insuportável ali.

— Contou para alguém? Você não deve, Cecily. Ninguém sabe, e é assim que tem de continuar.

— Não contaria a ninguém.

— Não, suponho que não, certo? — A voz de Will havia endurecido. — Deve ter vergonha de seu irmão, que nutre sentimentos ilícitos pela noiva do próprio *parabatai*...

— Não tenho vergonha de você, Will. O que quer que sinta, não fez nada a respeito, e suponho que todo mundo queira algo que não pode ter.

— Ah, é? — retrucou. — E o que você quer que não pode ter?

— Quero que você volte para casa. — Uma mecha de cabelos negros estava presa ao seu rosto pela água da chuva, dando a impressão de que ela tinha chorado, apesar de Will saber que não era esse o caso.

— O Instituto é minha casa. — Will suspirou e apoiou a cabeça no arco de pedra. — Não posso ficar aqui discutindo com você a noite inteira, Cecy. Se está determinada a me acompanhar até o inferno, não posso impedi-la.

— Finalmente, você enxergou a razão. Sabia que conseguiria; é meu parente, afinal.

Will lutou contra o impulso de sacudi-la outra vez.

— Está pronta?

Cecily assentiu, e Will levantou a mão para bater na porta.

A porta se abriu, e Gideon estava na entrada do quarto, piscando como se estivesse em um lugar escuro e acabasse de entrar em outro, iluminado. A calça e a camisa estavam amarrotadas, e um dos suspensórios havia deslizado pelo braço.

— Sr. Lightwood? — disse Sophie, hesitando na entrada. Trazia uma bandeja, cheia de bolos e chá, pesada o suficiente para ser desconfortável. — Bridget me avisou que o senhor pediu uma bandeja...

— Sim. Claro, sim. Entre. — Como se tivesse sido despertado, Gideon se ajeitou e a chamou. Tinha tirado as botas, que chutou para um canto. O quarto não mostrava a arrumação habitual. O uniforme de luta estava jogado sobre uma cadeira de encosto alto (Sophie sentiu um aperto no estômago ao pensar no que aquilo faria com o estofamento), uma maçã comida pela metade se encontrava sobre a cabeceira, e, no meio da cama, ela viu Gabriel Lightwood, adormecido.

Não restava dúvida de que vestia as roupas do irmão, pois estavam muito curtas nos pulsos e calcanhares. Dormindo, ele parecia mais jovem, sem a tensão habitual no rosto. Uma das mãos agarrava um travesseiro, como se aquilo lhe trouxesse segurança.

— Não pude acordá-lo — disse Gideon, abraçando inconscientemente os próprios cotovelos. — Eu devia tê-lo levado de volta ao próprio quarto, mas... — suspirou. — Não consegui.

— Ele vai ficar? — perguntou Sophie, repousando a bandeja na mesa de cabeceira. — No Instituto, quero dizer.

— Eu... eu não sei. Acho que sim. Charlotte disse que seria bem-vindo. Acho que ela o apavorou. — A boca de Gideon se curvou um pouco.

— A Sra. Branwell? — Sophie se eriçou, como sempre acontecia quando pensava na patroa sendo criticada. — Mas ela é a mais gentil das criaturas!

— Sim... por *isso* acho que ela o apavorou. Ela o abraçou e disse que, se ficasse aqui, o incidente com meu pai ficaria no passado. Não sei de *qual* incidente ela estava falando — acrescentou Gideon secamente. — Provavelmente sua tentativa, apoiada por Gabriel, de assumir o Instituto.

— Não acha que ela estava se referindo ao mais recente? — Sophie ajeitou um cacho que havia soltado do chapéu. — Com...

— O verme enorme? Não, estranhamente, não acho. Não faz parte da natureza do meu irmão, no entanto, achar que vai ser perdoado. Por nada. Ele só compreende a mais severa das disciplinas. Pode achar que Charlotte está tentando aplicar algum golpe nele ou que enlouqueceu. Ela mostrou um quarto, mas acho que a situação toda o apavorou. Ele veio aqui conversar comigo sobre o assunto e acabou dormindo. — Gideon suspirou, olhando para o irmão com uma tal mistura de carinho, exasperação e tristeza que fez o coração de Sophie bater solidário.

— Sua irmã... — começou ela.

— Ah, Tatiana não consideraria ficar aqui nem por um segundo — respondeu ele. — Ela fugiu para a casa dos Blackthorn, os sogros, e adeus. Não é uma menina burra, aliás, ela considera a própria inteligência algo bastante superior, mas é vaidosa e egocêntrica, e não há carinho entre ela e meu irmão. Ele estava acordado havia dias, saiba. Esperando naquela casa, trancado do lado de fora da biblioteca, batendo à porta enquanto meu pai não respondia...

— Você quer protegê-lo — observou Sophie.

— Claro que quero; é meu irmão mais novo. — Ele foi para perto da cama e passou a mão no cabelo emaranhado de Gabriel; o menino se mexeu e emitiu um som inquieto, mas não acordou.

— Pensei que ele não fosse perdoá-lo por ter se colocado contra seu pai — comentou Sophie. — Você havia dito... que tinha medo disso. Que ele fosse considerar sua atitude uma traição ao nome dos Lightwood.

— Acho que ele começou a questionar o nome Lightwood. Assim como eu, em Madri. — Gideon se afastou da cama.

Sophie desviou a cabeça.

— Sinto muito — falou. — Sinto muito por seu pai. O que quer que digam sobre ele, ou o que quer que tenha feito, era seu pai.

Gideon virou-se para ela.

— Mas Sophie...

Ela não o corrigiu por chamá-la pelo primeiro nome.

— Sei que ele fez coisas deploráveis — disse ela. — Mas mesmo assim você tem direito a um período de luto. Ninguém pode tirar sua dor; é sua e só sua.

Ele a tocou suavemente na bochecha, com as pontas dos dedos.

— Sabia que seu nome significa "sabedoria"? Foi muito bem escolhido.

Sophie engoliu em seco.

— Sr. Lightwood...

Mas os dedos de Gideon já tinham se espalhado para segurar o rosto dela, e ele estava se curvando para beijá-la.

— *Sophie.* — Ele suspirou, em seguida seus lábios se encontraram com um leve toque, abrindo caminho para a pressão mais intensa enquanto ele se abaixava. Leve e delicadamente, ela curvou as mãos... *tão ásperas, desgastadas de tanto lavar e carregar coisas, esfregar lareiras, espanar e polir*, pensou, mas ele não pareceu notar nem se incomodar... e as pôs nos ombros de Gideon.

Em seguida, ela se aproximou dele, e o calcanhar do sapato prendeu no tapete; enquanto ela caía, Gideon a segurou. Caíram juntos, o rosto de Sophie ardendo de vergonha — santo Deus, ele acharia que ela o puxou de propósito, que era uma espécie de mulher atrevida e louca, cheia de paixão. Seu gorro havia caído, e os cachos escuros escorreram para o rosto. O tapete era macio embaixo dela, e Gideon, por cima, sussurrava seu nome, preocupado. Ela virou a cabeça para o lado, as bochechas ainda queimando, e se viu olhando para baixo da cama.

— Sr. Lightwood — falou, levantando-se, apoiada nos cotovelos. — São *bolinhos* embaixo da cama?

Gideon congelou, piscando feito um coelho cercado por cães de caça.

— Quê?

— Ali. — Ela apontou para as formas escuras empilhadas. — Tem uma *montanha* de bolinhos embaixo da sua cama. O que é isso?

Gideon se sentou, passando as mãos nos cabelos enquanto Sophie se afastava dele, as saias farfalhando ao redor.

— Eu...

— Você pediu esses bolinhos. Quase todos os dias. Você *pediu*, Sr. Lightwood. Por que faria isso, se não os queria?

As bochechas dele ficaram mais vermelhas.

— Foi a única forma que encontrei para conseguir vê-la. Você não queria falar comigo, não ouvia quando eu tentava conversar...

— Então mentiu? — Resgatando o chapéu caído, Sophie se levantou. — Tem alguma ideia do trabalho que me dá, Sr. Lightwood? Carregar carvão e água quente, limpar, polir, arrumar por *você* e pelos outros... Não me importo nem reclamo, mas como ousa me dar trabalho extra, me fazer arrastar bandejas pesadas pelas escadas só para trazer uma coisa que você nem *quer*?

Gideon se levantou aos tropeços, com as roupas ainda mais amarrotadas agora.

— Perdoe-me — falou. — Não pensei nisso.

— Não — disse Sophie, ajeitando o cabelo furiosamente. — Vocês nunca pensam, não é mesmo?

E com isso saiu do quarto, deixando Gideon fitando-a, inconsolável, enquanto ela se retirava.

— Muito bem, irmão — disse Gabriel, da cama, piscando com olhos verdes e sonolentos para Gideon.

Gideon jogou um bolinho nele.

— Henry. — Charlotte atravessou a cripta. As tochas de luz enfeitiçada ardiam tão brilhantes que quase parecia dia, apesar de ela saber que era perto da meia-noite. Henry estava curvado sobre a maior das mesas de madeira que se espalhavam pelo centro da sala. Alguma coisa abominável queimava em uma proveta em outra mesa, emitindo lufadas de fumaça lavanda. Um pedaço enorme de papel, do tipo que açougueiros utilizam para embrulhar carne, encontrava-se espalhado sobre a mesa de Henry, e ele os cobria com todo tipo de cifra misteriosa e cálculos, murmurando baixinho para si enquanto anotava. — Henry, querido, você não está exausto? Está aqui há horas.

O homem levou um susto e olhou para cima, empurrando os óculos de trabalho para o cabelo ruivo.

— Charlotte! — Ele pareceu espantado e até animado em vê-la; somente Henry, Charlotte pensou secamente, ficaria espantado em ver a esposa dentro da própria casa. — Meu anjo. O que está fazendo aqui? Está muito frio. Não pode fazer bem para o bebê.

Charlotte riu, mas não protestou quando Henry se aproximou e a abraçou. Desde que ele soube que teriam um filho, vinha tratando-a como porcelana. Deu um beijo na cabeça dela e recuou para examinar-lhe o rosto.

— Aliás, você está parecendo um pouco adoentada. Talvez, em vez de jantar, devesse pedir a Sophie que trouxesse um caldo de carne fortalecedor para o quarto? Eu vou e...

— Henry. Decidimos que não jantaríamos há horas... Todo mundo levou sanduíches para o próprio quarto. Jem ainda está doente demais para comer, e os Lightwood, muito abalados. E sabe como Will fica quando Jem não está bem. E Tessa também, é claro. Na verdade, a casa está em frangalhos.

— Sanduíches? — disse Henry, que pareceu ter registrado esta parte como a mais importante do discurso de Charlotte, e assumira um ar ansioso.

Charlotte sorriu.

— Tem alguns para você lá em cima, Henry, se conseguir se afastar disso. Suponho que eu não deva censurá-lo... Andei lendo os diários de Benedict, e são fascinantes... mas *o que* você está fazendo?

— Um portal — respondeu Henry prontamente. — Uma forma de transporte. Algo que possa levar um Caçador de Sombras de um ponto a outro do globo em uma questão de segundos. Foram os anéis de Mortmain que me deram a ideia.

Os olhos de Charlotte se arregalaram.

— Mas os anéis de Mortmain são, sem dúvida, objetos de magia sombria...

— Mas isto não é. Ah, e tem mais uma coisa. Venha. É para Buford.

Charlotte permitiu que o marido a pegasse pelo pulso e a conduzisse pelo recinto.

— Já disse cem vezes, Henry, que nenhum filho meu se chamará Buford... Pelo Anjo, isto é um *berço*?

Henry sorriu.

— É melhor do que um berço! — anunciou, esticando o braço para indicar a cama de madeira do bebê, entre dois polos, para balançar de um lado para o outro. Charlotte precisou admitir que era uma peça muito bonita. — É um berço que balança sozinho!

— O quê? — perguntou Charlotte fracamente.

— Observe. — Henry avançou orgulhosamente e apertou um botão invisível. O berço começou a balançar devagar, de um lado para o outro.

Charlotte suspirou.

— É formidável, querido.

— Não é? — Henry se alegrou. — Veja, está balançando um pouco mais rápido agora. — E estava, com um movimento que deixou Charlotte com a sensação de ter sido deixada à deriva em um mar agitado.

— Hum — disse. — Henry, tenho um assunto que gostaria de tratar com você. É uma coisa importante.

— Mais importante que nosso filho sendo embalado todas as noites?

— A Clave decidiu soltar Jessamine — relatou. — Ela voltará ao Instituto. Daqui a dois dias.

Henry a fitou, incrédulo. Atrás dele, o berço balançava mais rápido ainda, como uma carruagem acelerada.

— Ela vai voltar para *cá*?

— Henry, ela não tem para onde ir.

Ele abriu a boca para responder, mas antes que alguma palavra pudesse ser proferida, ouviram um terrível som cortante, e o berço se soltou e voou, colidindo contra a parede oposta, onde explodiu em farpas.

Charlotte se engasgou, levantando a mão para cobrir a boca. O cenho de Henry franziu.

— Talvez com alguns ajustes ao projeto...

— Não, Henry — disse Charlotte, com voz firme.

— Mas...

— De jeito algum — declarou a esposa, com a voz afiada como uma adaga.

Henry suspirou.

— Muito bem, querida.

As Peças Infernais não têm pena. As Peças Infernais não têm arrependimento. As Peças Infernais não têm número. As Peças Infernais jamais deixarão de vir.

As palavras escritas na parede do estúdio de Benedict ecoavam na mente de Tessa quando ela se sentou ao lado da cama de Jem, observando-o dormir. Não sabia ao certo que horas eram; certamente seria cedíssimo, como diria Bridget, passando da meia-noite. Jem estava acordado quando entrou, logo depois que Will saiu, além de sentado e bem o suficiente para tomar chá com torrada, apesar de ofegar mais do que ela gostaria e de estar mais pálido.

Sophie apareceu mais tarde para levar os restos de comida e sorriu para Tessa.

— Afofe os travesseiros dele — sugeriu, com um sussurro, e Tessa o fez, apesar de Jem ter parecido se divertir com o gesto. Tessa nunca teve muita experiência com doentes. Tomar conta do irmão quando ele chegava bêbado fora o mais perto que já chegara de ter uma experiência como enfermeira. Não se importava agora que era Jem, não se importava em ficar sentada segurando sua mão enquanto ele respirava suavemente, com olhos semicerrados, os cílios batendo nas maçãs do rosto.

— Não foi muito heroico — falou ele subitamente, sem abrir os olhos, apesar de tê-lo feito com a voz firme.

Tessa se assustou e se inclinou para a frente. Tinha deslizado os dedos para os dele mais cedo, e as mãos entrelaçadas ficaram ao lado da cama. Os dedos de Jem eram frios nos dela, o pulso lento.

— O que quer dizer?

— Hoje — respondeu ele, com a voz baixa, e tossiu. — Sucumbir e tossir sangue por toda a Casa dos Lightwood...

— Só melhorou a aparência do local — argumentou Tessa.

— Está soando como Will. — Jem deu um sorriso sonolento. — E está mudando de assunto, exatamente como ele faria.

— Claro que estou. Como se eu fosse pensar menos de você por ter ficado doente; sabe que não. E você foi bem heroico hoje. Apesar de Will ter dito mais cedo — acrescentou — que heróis acabam mal, e que não conseguia imaginar por que alguém quereria ser um.

— Ah. — A mão de Jem apertou brevemente a dela e, em seguida, soltou-a. — Bem, Will está analisando pelo ponto de vista do herói, não é mesmo? Quanto ao resto de nós, a resposta é fácil.

— É?

— Claro. Heróis suportam porque precisamos deles. E não em benefício próprio.

— Fala deles como se não fosse um. — Ela esticou a mão para tirar os cabelos da testa do noivo. Ele se inclinou para receber o toque dela, fechando os olhos. — Jem... você já... — hesitou. — Já pensou em maneiras de prolongar sua vida que não sejam pela droga?

Com isso, ele abriu os olhos.

— Como assim?

Pensou em Will, no chão do sótão, engasgando com água benta.

— Transformar-se em um vampiro. Você viveria para sempre...

Ele tentou se erguer nos travesseiros.

— Tessa, *não*. Não... não pode pensar assim.

Tessa desviou o olhar do dele.

— A ideia de se tornar um integrante do Submundo é tão horrível assim para você?

— Tessa... — Ele exalou. — Sou um Caçador de Sombras. Nephilim. Como meus pais antes de mim. É minha herança, assim como a herança que recebi de minha mãe é parte de mim. Não significa que eu deteste meu pai. Mas honro o dom que me deram, o sangue do Anjo, a confiança que depositaram em mim, os votos que fiz. E não acho que eu seria um bom vampiro. Vampiros nos abominam. Às vezes, Transformam um Nephilim, de brincadeira, mas o responsável é desprezado pelos outros. Carregamos o dia e o fogo dos anjos nas veias, tudo que detestam. Eles me rejeitariam, e os Nephilim também. Eu não seria mais *parabatai* de Will, não seria mais bem-vindo no Instituto. Não, Tessa. Prefiro morrer e renascer e voltar a ver o sol do que viver até o fim do mundo sem a luz do dia.

— Um Irmão do Silêncio, então — sugeriu. — O *Códex* diz que os símbolos que colocam em si são poderosos o bastante para garantir a imortalidade.

— Irmãos do Silêncio não podem se casar, Tessa — falou Jem, que erguera o queixo. Tessa sabia que por baixo de sua gentileza havia uma teimosia tão forte quanto a de Will. Agora ela a via: era como o aço sob a seda.

— Prefiro que você viva e não se case comigo a... — A garganta dela se fechou só de pensar.

Os olhos dele suavizaram um pouco.

— O caminho para a Irmandade do Silêncio não está aberto para mim. Com o *yin fen* no meu sangue, contaminando-o, não consigo sobreviver aos símbolos necessários. Eu teria de parar com a droga até que meu organismo se limpasse, e isso provavelmente me mataria. — Jem deve ter visto algo na expressão de Tessa, pois abaixou a voz. — E eles não têm muita vida, os Irmãos do Silêncio, sombras e escuridão, silêncio e... nada de música. — Ele engoliu em seco. — Além disso, não quero viver para sempre.

— Eu posso viver para sempre — disse Tessa. A grandiosidade disso era uma coisa que ainda não conseguia compreender. Era tão difícil entender que sua vida não acabaria quanto assimilar que acabaria.

— Eu sei — disse Jem. — E sinto muito por isso, pois considero um fardo que ninguém deveria ter de suportar. Sabe, acredito que nascemos de novo, Tessa. Eu vou voltar, mesmo que não seja neste corpo. Almas que se amam se atraem em vidas futuras. Encontrarei Will, meus pais, meus tios, Charlotte e Henry...

— Mas não me encontrará. — Não era a primeira vez que pensava nisso, apesar de geralmente combater esses pensamentos quando surgiam. *Se sou imortal, então só tenho esta vida. Não vou me transformar nem mudar como você, James. Não vamos nos encontrar no Céu nem nas margens do rio nem em qualquer vida posterior a essa.*

— Estou com você agora. — Jem esticou o braço e pôs a mão na bochecha dela, os olhos cinza-claro examinando os dela.

— E eu, com você — sussurrou Tessa, e Jem sorriu, cansado, fechando os olhos. Ela pôs a mão sobre a dele, apoiando a bochecha no côncavo da palma do noivo. Ela se sentou, sem falar nada, com os dedos frios em sua pele, até a respiração desacelerar e os dedos amolecerem. Ele adormecera. Com um sorriso pesaroso, abaixou suavemente a mão dele, de modo que se apoiasse na coberta, ao lado do corpo.

A porta do quarto se abriu; Tessa virou-se na cadeira e viu Will na entrada, ainda de casaco e luvas. Uma olhada naquele rosto forte e perturbado a fez levantar e acompanhá-lo até o corredor.

Ele já estava atravessando com a pressa de um homem perseguido pelo demônio. Tessa fechou cuidadosamente a porta do quarto e correu atrás dele.

— O que foi, Will? O que aconteceu?

— Acabei de voltar do East End — falou. A voz estava carregada de dor, uma dor que não ouvia desde aquele dia na sala de estar quando revelou que estava noiva de Jem. — Tinha ido procurar mais *yin fen*. Mas não há mais.

Tessa quase tropeçou quando chegaram aos degraus.

— O que você quer dizer com isso? Jem tem um estoque, não tem?

Will virou-se para encará-la, descendo as escadas de costas.

— Acabou — respondeu, seco. — Ele não queria que você soubesse, mas não há como esconder. Acabou, e não consigo achar mais. Sempre fui o encarregado de comprar. Tinha fornecedores... mas eles sumiram ou não tinham mais. Primeiro, fui àquele lugar, o lugar onde vocês dois me encontraram. Não tinham *yin fen*.

— Outro lugar, então...

— Fui *a todos os lugares* — explicou ele, e girou. Chegaram ao corredor do segundo andar do Instituto; lá ficava a biblioteca e a sala de estar. As portas de ambas estavam abertas, derramando luz amarela no corredor. — Todos os lugares. No último, me contaram que todo o estoque foi deliberadamente comprado nas últimas semanas. Não tem mais nada.

— Mas Jem... — disse Tessa, e o choque crepitava como fogo dentro dela. — ...sem o *yin fen*...

— Ele vai morrer. — Will fez uma pausa na frente da porta da biblioteca, e seus olhos encontraram os dela. — Hoje mesmo ele me autorizou a procurar uma cura para ele. Pesquisar. E agora ele vai morrer porque não consigo mantê-lo vivo por tempo suficiente para isso.

— Não — disse Tessa. — Ele não vai morrer; não vamos permitir.

Will entrou na biblioteca, com Tessa ao lado dele, e passou os olhos por aquela sala tão familiar, com as mesas iluminadas por luminárias e as prateleiras cheias de livros antigos.

— Existiam livros — disse ele, como se ela não tivesse se pronunciado. — Livros que eu vinha consultando, que tratavam de venenos raros. — Ele se afastou dela, em direção a uma prateleira próxima. A mão enluvada passou fervorosamente sobre os tomos arrumados ali. — Foi há alguns anos, antes de Jem me proibir de pesquisar. Já tinha me esquecido...

Tessa foi para perto dele, as saias farfalhando nos calcanhares.

— Will, pare.

— Mas eu preciso *me lembrar*. — Ele foi para outra prateleira, depois outra, o corpo longo e esguio projetando uma sombra angulosa no chão. — Tenho de encontrar...

— Will, não pode ler todos os livros da biblioteca a tempo. Pare! — Foi para trás dele, perto o bastante para enxergar onde o colarinho estava molhado de chuva. — Isto não vai ajudar Jem.

— O que vai, então? *O quê?* — Ele pegou outro livro, fitou-o e jogou-o no chão; Tessa deu um salto.

— Pare — repetiu, e o pegou pela manga, virando-o para encará-la. Ele estava ruborizado, arfando, com o braço duro como ferro de tanta tensão. — Quando procurou a cura antes não sabia o que sabe agora. Vamos procurar Magnus Bane e perguntar. Ele dispõe de olhos e ouvidos no Submundo e conhece todo tipo de mágica. Ele o ajudou com sua maldição; pode nos ajudar com isso também.

— Não havia maldição — argumentou Will, como se estivesse recitando as falas de uma peça; os olhos estavam vítreos.

— Will... ouça. Vamos procurar Magnus. Ele pode ajudar.

Will fechou os olhos e respirou fundo. Tessa o encarou. Não conseguia deixar de olhar quando sabia que ele não podia vê-la — os cílios finos contra as maçãs do rosto, o azul desbotado nas pálpebras.

— Sim — disse, afinal. — Sim. Claro. Tessa... obrigado. Não pensei.

— Você estava sofrendo — falou ela, subitamente consciente de que ainda o segurava pelo braço e de que estavam tão próximos que poderia tê-lo beijado ou o abraçado para confortá-lo. Tessa recuou e o soltou. Ele abriu os olhos. — E achou que ele sempre fosse proibi-lo de procurar uma cura. Sabe que nunca me conformei com isso. Já tinha pensado em Magnus antes.

Os olhos de Will examinaram o rosto da garota.

— Mas nunca perguntou?

Ela balançou a cabeça.

— Jem não queria que o fizesse. Mas agora... tudo mudou.

— Sim. — Will recuou, mantendo os olhos nela. — Vou descer e chamar Cyril para que ele prepare a carruagem. Encontre-me no pátio.

Para: Cônsul Josiah Wayland
De: Membros do Conselho

Prezado senhor,

Só podemos expressar nossa grande angústia ao receber sua carta. Tínhamos a impressão de que Charlotte Branwell era uma escolha plenamente apoiada pelo senhor, e que ela já havia se mostrado uma líder adequada do Instituto de Londres. Nosso próprio Inquisidor, Whitelaw, fala dela com grande estima, e na forma como superou o desafio de sua autoridade por parte de Benedict Lightwood.

Nossa opinião como organização é a de que George Penhallow não é um sucessor adequado para o lugar de Cônsul. Ao contrário da Sra. Branwell, ele não demonstrou ser um líder. É verdade que a Sra. Branwell é jovem e passional, mas o papel de Consulesa requer paixão. Insistimos para que deixe de lado suas considerações sobre o Sr. Penhallow, que é jovem e imaturo demais para o cargo, e pense novamente na possibilidade de ter a senhora Branwell.

Atenciosamente, em nome de Raziel,

Membros do Conselho.

5
Um Coração Dividido

Sim, apesar de Deus procurar com toda a cautela,
Não existe coisa sã em nada disso;
Apesar de vasculhar todas as minhas veias, examinando-as,
Nelas não encontrará nada inteiro, além de amor.
— Algernon Charles Swinburne, "Laus Veneris"

Para: Integrantes do Conselho
De: Josiah Wayland, Cônsul

É com o coração pesaroso que pego a caneta para escrever-lhes, cavalheiros. Muitos de vocês me conhecem há alguns anos, e, ao longo de vários deles, eu os liderei na posição de Cônsul. Creio que fui um bom líder e servi ao Anjo da melhor forma possível. Contudo, errar é humano, e acredito que errei ao indicar Charlotte Branwell como líder do Instituto de Londres.

Quando lhe ofereci o cargo, achei que fosse seguir os passos do pai e se mostrar uma líder fiel, obediente às regras da Clave. Também pensei que seu marido fosse controlar suas tendências femininas naturais à impulsividade e inconsequência. Infelizmente, não foi este o caso. Henry Branwell não tem firmeza de caráter para conter a mulher, e, liberta das obrigações femininas, ela deixou a virtude da obediência para trás. Somente outro dia descobri que Charlotte havia ordenado que a espiã Jessamine Lovelace retornasse ao Instituto ao ser solta da Cidade do Silêncio, apesar do meu expresso desejo de que fosse enviada a Idris. Também acredito que ela ouça àqueles que não são amigos da causa dos Nephilim e que podem até estar associados a Mortmain, tais como o lobisomem Woolsey Scott.

O Conselho não serve ao Cônsul; sempre foi o contrário. Sou um símbolo do poder do Conselho e da Clave. Quando minha autoridade é enfraquecida por desobediência, isso enfraquece a autoridade de todos nós. Antes um menino responsável como meu sobrinho, cujo valor não foi testado, do que alguém que já passou por testes e deixou a desejar.

Em nome do Anjo,
Cônsul Josiah Wayland

Will se lembrou.

Outro dia, havia meses, no quarto de Jem. A chuva batendo nas janelas do Instituto, marcando o vidro com linhas claras.

— E isso é tudo? — perguntara Jem. — Tudo? A verdade? — Ele estava sentado à mesa, uma das pernas dobrada sob a cadeira; e parecia muito jovem. O violino estava apoiado na lateral da cadeira. Jem estava tocando antes de Will entrar e, sem preâmbulos, anunciar que chegava ao fim uma farsa e ele tinha de confessar uma coisa e pretendia fazê-lo naquela hora.

Aquilo encerrou Bach. Jem repousou o violino com os olhos fixos no rosto de Will e a ansiedade florescendo atrás dos olhos prateados enquanto o outro andava de um lado para o outro, falava, andava outra vez, falava, até se esgotarem as palavras.

— É tudo — anunciara Will, ao finalmente terminar. — E não o culpo se me odiar. Posso entender.

Fez-se uma longa pausa. O olhar de Jem estivera firme no rosto de Will, firme e prateado à luz tremeluzente do fogo.

— Jamais poderia odiá-lo, William.

Will sentiu um nó no estômago quando viu um par de olhos azul cinzentos olhando fixamente para os dele.

— Tentei odiá-lo, Will, mas não consegui — disse ela. Nesse instante, Will teve a dolorosa consciência de que o que havia contado a Jem não era "tudo". Havia outras verdades. Havia seu amor por Tessa. Mas este era seu fardo, e não de Jem. Algo que deveria permanecer oculto para que o outro pudesse ser feliz.

— Eu mereço seu ódio — dissera Will a Jem, com voz rouca. — Eu o coloquei em perigo. Achava que era amaldiçoado e que todos que me amassem morreriam; eu me permiti gostar de você e deixei que fosse meu irmão, arriscando o perigo que isso podia trazer...

— Não havia perigo.

— Mas eu achava que sim. Se eu colocasse um revólver na sua cabeça, James, e puxasse o gatilho, faria alguma diferença eu não saber que não havia balas?

Os olhos de Jem se arregalaram, e ele riu baixinho.

— Acha que eu não sabia que você tinha um segredo? — perguntou ele. — Pensa que embarquei na nossa amizade de olhos fechados? Eu não conhecia a natureza do seu fardo. Mas sabia que havia um. — Jem levantou-se. — Sabia que você achava que envenenava todos ao seu redor — acrescentou ele. — Sabia que você achava que havia alguma força corruptora em você que me destruiria. Quis mostrar para você que eu não seria destruído, que o amor não era tão frágil. Fiz isso?

Will deu de ombros uma vez, desamparado. Quase desejava que Jem ficasse furioso com ele. Teria sido mais fácil. Jamais se sentira tão pequeno como quando se deparou com a bondade expansiva de Jem. Pensou no Satanás de Milton. *Confuso o Diabo ficou / E sentiu o quanto a bondade é terrível.*

— Você salvou minha vida — dissera Will.

Um sorriso se abriu no rosto de Jem, tão brilhante quanto o amanhecer sobre o Tâmisa.

— Isso é tudo que sempre quis.

— Will. — Uma voz suave interrompeu seu devaneio. Tessa, sentada em frente a ele na carruagem, os olhos cinzentos da cor da chuva à luz fraca. — No que está pensando?

Com esforço, ele se desvencilhou da lembrança, fixando os olhos no rosto dela. O rosto de Tessa. Ela estava sem chapéu, e o capuz da capa estava caído. O rosto — mais largo nas maçãs do rosto, ligeiramente anguloso no queixo — estava pálido. Achava que nunca tinha visto um rosto com uma expressão tão poderosa: cada sorriso de Tessa partia seu coração como um raio partiria uma árvore escurecida, assim como cada olhar de tristeza. No momento, ela olhava para ele com uma preocupação nostálgica que envolveu seu coração.

— Jem — disse ele, com sinceridade. — Estava pensando na reação dele quando contei sobre a maldição de Marbas.

— Ele só sentiu tristeza por você — respondeu ela de imediato. — Sei que sim; ele me contou.

— Tristeza, mas não pena — disse Will. — Jem sempre me deu exatamente o que eu necessitava, da forma que eu precisava, até quando eu mesmo não sabia o que era. Todo *parabatai* é dedicado. Temos de ser, para doar tanto de nós mesmos um ao outro, ainda que isso nos dê força. Mas com Jem é diferente. Por tantos anos precisei que ele vivesse, e ele me manteve vivo. Pensei que ele não soubesse o que estava fazendo, mas talvez soubesse.

— Talvez — disse Tessa. — Ele jamais consideraria algum momento desse esforço como um desperdício.

— Ele nunca falou nada disso para você?

Ela balançou a cabeça. Suas mãos pequenas, com as luvas brancas, estavam cerradas em punhos no colo.

— Ele só fala de você com o maior dos orgulhos, Will — declarou. — Ele o admira mais do que você imagina. Quando soube da maldição, sofreu por você, mas também quase teve uma espécie de...

— Apologia?

Tessa assentiu.

— Ele sempre acreditou que você fosse bom — falou. — E isso foi demonstrado.

— Ah, não sei — disse Will amargamente. — Ser bom e ser amaldiçoado não são a mesma coisa.

Ela se inclinou para a frente e pegou a mão dele, pressionando-a com a própria. Seu toque era como fogo branco nas veias de Will. Ele não conseguia sentir a pele de Tessa, apenas o tecido das luvas, mas não tinha importância. *Você me acendeu, monte de cinzas que sou, e me transformou em fogo.* Certa vez, ele imaginou por que o amor era sempre fraseado com termos de chamas. A conflagração em suas próprias veias, neste instante, ofereceu a resposta.

— Você é bom, Will — afirmou ela. — Ninguém melhor do que eu para saber com certeza absoluta o quanto você é bom.

Ele respondeu lentamente, sem querer afastar as mãos dela:

— Sabe, quando tínhamos 15 anos, Yanluo, o demônio que matou os pais de Jem, foi finalmente derrotado. O tio dele resolveu sair da China, para Idris, e convidou Jem para morar com ele. Ele não aceitou o convite por minha causa. Falou que não se abandonava um *parabatai*. Que isso fazia parte do juramento. "Os teus serão os meus". Fico imaginando, se eu tivesse tido a chance de voltar para minha família, será que teria feito o mesmo por ele?

— Está fazendo — respondeu Tessa. — Não pense que não sei que Cecily quer que volte para casa com ela. E não pense que não sei que você fica por causa de Jem.

— E por sua causa — falou, antes que pudesse se conter. Ela recolheu as mãos, e Will se repreendeu silenciosa e furiosamente: *como você pôde ser tão tolo? Como pôde, depois de dois meses? Foi tão cuidadoso. Seu amor por ela não passa de um fardo que ela tolera por educação. Lembre-se disso.*

Mas Tessa só estava abrindo a cortina enquanto a carruagem parava. Eles estavam entrando em uma estrebaria, na qual havia uma placa pendurada: TODOS OS CONDUTORES DE VEÍCULOS DEVEM CAMINHAR COM SEUS CAVALOS AO PASSAREM DEBAIXO DESTE ARCO.

— Chegamos — anunciou ela, como se ele não tivesse dito nada.

Talvez não tivesse, pensou Will. Talvez não tivesse falado em voz alta. Talvez só estivesse enlouquecendo. Certamente não era inimaginável, dadas as circunstâncias.

Quando a porta da carruagem se abriu, trouxe consigo uma lufada do ar frio de Chelsea. Ele viu Tessa levantar a cabeça enquanto Cyril a ajudava a descer, e juntou-se a ela no chão de pedras. O lugar cheirava ao Tâmisa. Antes de o Aterro ser construído, o rio se aproximava mais destas fileiras de casas, as margens suavizadas pelos postes na escuridão. Agora o rio era separado por uma distância maior, mas ainda era possível sentir o forte cheiro da água com sal, sujeira e ferro.

A fachada do número 16 era georgiana, feita de tijolo vermelho, com uma janela saliente acima da porta. Havia um pequeno pátio com lajotas e um jardim, atrás de uma cerca elegante com um trabalho delicado em ferro. O portão já estava aberto. Tessa entrou e foi até os degraus da frente para bater à porta, com Will logo atrás.

A porta foi aberta por Woolsey Scott, vestido em um roupão de seda amarelo-canário sobre a calça e a camisa. Tinha um monóculo de ouro em um dos olhos e fitou os dois, desgostoso.

— Céus — disse. — Teria mandado o lacaio atender e dispensá-los, mas pensei que fosse outra pessoa.

— Quem? — indagou Tessa, o que a Will não parecia nada importante para o caso, mas Tessa era assim: vivia fazendo perguntas e, se a deixassem sozinha em um quarto, ela começaria a questionar os móveis e as plantas.

— Alguém com absinto.

— Tome o bastante e pensará que *você* mesmo é outra pessoa — falou Will. — Procuramos Magnus Bane; se ele não estiver, diga-nos, e não tomaremos mais seu tempo.

Woolsey suspirou como que vencido.

— Magnus — chamou. — É seu garoto de olho azul.

Ouviram passos no corredor atrás de Woolsey, e Magnus apareceu com traje de noite, como se tivesse acabado de chegar de um baile. Camisa e punho brancos engomados, fraque, e o cabelo semelhante a uma franja esfarrapada de seda escura. Desviou os olhos de Will para Tessa.

— A que devo a honra, tão tarde da noite?

— Um favor — respondeu Will, e se corrigiu quando Magnus ergueu as sobrancelhas. — Uma pergunta.

Woolsey suspirou e recuou.

— Muito bem. Venham para a sala.

Ninguém se ofereceu para pegar os chapéus ou os casacos, e, uma vez na sala, Tessa tirou as luvas e ficou com as mãos perto do fogo, estremecendo ligeiramente. Seu cabelo era uma massa úmida de cachos na nuca, e Will desviou o olhar antes que pudesse se lembrar da sensação de passar as mãos por aquele cabelo e sentir os fios entre os dedos. No Instituto era mais fácil, com Jem e os outros para distraí-lo, recordar-se de que não podia pensar em Tessa desta forma. Aqui, sentindo como se estivesse enfrentando o mundo com ela ao seu lado — sentindo que ela estava aqui por ele, em vez de logicamente pela saúde do noivo —, era praticamente impossível.

Woolsey se jogou em uma poltrona com estampa de flores. Ele havia tirado o monóculo e o balançava entre os dedos pela longa corrente de ouro.

— Mal posso esperar para ouvir do que se trata.

Magnus se aproximou da lareira apoiando-se na cornija, o retrato de um jovem cavalheiro entretido. A sala era pintada de azul-claro e decorada por quadros com paisagens de campos de granito, mares azuis reluzentes, homens e mulheres com roupas clássicas. Will teve a impressão de ter reconhecido a reprodução de um Alma-Tadema — ou, pelo menos, *devia* ser uma reprodução, certo?

— Não olhe as paredes boquiaberto, Will — disse Magnus. — Você passou meses ausente. O que o traz aqui agora?

— Não queria incomodá-lo — murmurou Will. Apenas em parte era verdade. Uma vez que Magnus havia demonstrado que a maldição que ele acreditava sofrer era falsa, passou a evitá-lo; não por estar bravo com o feiticeiro, ou por não precisar mais dele, mas porque era doloroso vê-lo. Escrevera-lhe uma carta curta, contando o ocorrido e revelando que seu segredo não era mais secreto. Revelou o noivado de Jem e Tessa. Pediu que Magnus não respondesse. — Mas esta... esta é uma crise.

Os olhos felinos de Magnus se arregalaram.

— Que tipo de crise?

— É sobre *yin fen* — explicou Will.

— Céus — comentou Woolsey. — Não me diga que meu bando voltou a tomar isso?

— Não — disse Will. — Não restou nada para tomarem. — Viu a compreensão no rosto de Magnus e começou a explicar a situação da melhor forma possível. Magnus, não alterou a expressão enquanto Will falava, não mais do que Church quando alguém falava com ele. Simplesmente observou com seus olhos verde-dourados até Will terminar.

— E sem o *yin fen*? — perguntou Magnus, afinal.

— Ele vai morrer — respondeu Tessa, virando-se da lareira. Suas bochechas estavam rubras, mas Will não sabia dizer se era por causa do calor ou do estresse da situação. — Não imediatamente, mas até o fim da semana. O corpo dele não se sustenta sem o pó.

— Como ele toma? — perguntou Woolsey.

— Dissolvido em água ou inalando... O que isso tem a ver? — perguntou Will.

— Nada — respondeu Woosley. — Só para saber. Drogas demoníacas são bastante curiosas.

— Para nós, que o amamos, é uma visão mais do que curiosa — comentou Tessa. Ela empinara o queixo, e Will se lembrou do que tinha dito uma vez sobre sua semelhança com Boadiceia. *Era* corajosa, e ele a adorava por isso, ainda que essa coragem fosse empregada na defesa de seu amor por outra pessoa.

— Por que me procuraram com isso? — A voz de Magnus soou baixa.

— Você já nos ajudou antes — disse Tessa. — Achamos que talvez pudesse fazer isso de novo. Ajudou com De Quincey... e com a maldição de Will...

— Não vivo à disposição de vocês — disse Magnus. — Ajudei com De Quincey porque Camille me pediu, e Will, uma vez, porque me ofereceu um favor em troca. Sou um feiticeiro. E não sirvo a Caçadores de Sombras de graça.

— E eu não sou Caçadora de Sombras — argumentou Tessa.

Fez-se silêncio. Em seguida·

— Humm — disse Magnus, e virou as costas para o fogo. — Entendo, Tessa, que mereça os parabéns?

— Eu...

— Pelo noivado com James Carstairs.

— Ah. — Tessa ficou ruborizada e pôs a mão no pescoço, onde usava o colar da mãe de Jem, que recebera de presente do rapaz. — Sim. Obrigada.

Will *sentiu*, mais do que viu, os olhos de Woolsey nos três — Magnus, Tessa e nele —, desviando de um para o outro, a mente por trás do olhar examinando, deduzindo, *se divertindo*.

Os ombros de Will enrijeceram.

— Ficaria feliz em oferecer qualquer coisa — declarou. — Desta vez. Outro favor, ou o que quer que queira, em troca de *yin fen*. Se for um pagamento, posso arrumar... digo, posso tentar...

— Posso tê-lo ajudado antes — respondeu Magnus. — Mas isso... — Ele suspirou. — *Pensem*, vocês dois. Se alguém está comprando todo o *yin fen* do país, é alguém com um motivo. E quem tem motivo para isso?

— Mortmain — sussurrou Tessa, antes que Will pudesse responder. Ainda conseguia se lembrar da própria voz:

"*Os capangas de Mortmain têm comprado o* yin fen *do East End. Confirmei a informação. Se você ficar sem, e ele for o único com estoque...*"

"*Ficaríamos à mercê dele — completou Jem. — A não ser que você se dispusesse a me deixar morrer, é claro, o que seria a atitude mais sensata*"

Mas com *yin fen* suficiente para durar 12 meses, Will achou que não houvesse perigo. Pensou que Mortmain fosse encontrar outra maneira de perseguir e atormentá-los, pois certamente veria que este plano poderia não funcionar. Will não esperava que um suprimento para um ano fosse se esgotar em oito semanas.

— Você não quer nos ajudar — disse Will. — Não quer se colocar como inimigo de Mortmain.

— Bem, e você pode culpá-lo? — Woolsey se levantou em um redemoinho de seda amarela. — O que *você* poderia oferecer que fizesse valer o risco?

— Darei qualquer coisa — disse Tessa, com uma voz baixa que Will sentiu nos ossos. — Qualquer coisa mesmo, se puder nos ajudar com Jem.

Magnus agarrou um punhado de cabelos pretos da própria cabeça.

— Meu Deus, vocês dois. Posso investigar. Rastrear algumas das rotas de navegação mais incomuns. A velha Molly...

— Já fui até ela — comentou Will. — Algo a assustou tanto que ela sequer está saindo do túmulo.

Woolsey riu.

— E isso não lhe diz nada, Caçadorzinho de Sombras? Vale mesmo a pena prolongar a vida de seu amigo só por mais alguns meses, por mais um ano? Ele vai morrer de qualquer jeito. E quanto mais rápido isso acontecer, mais depressa poderá ter a noiva dele, por quem está apaixonado. — Ele desviou o olhar divertido para Tessa. — Na verdade, você deveria contar os dias para que o prazo dele se expire.

Will não sabia dizer o que aconteceu depois disso; de repente, tudo ficou branco, e o monóculo de Woolsey voou pela sala. A cabeça de Will bateu dolorosamente em algo, e o lobisomem já estava embaixo dele, chutando e xingando. Ambos rolaram sobre o tapete, e ele sentiu uma dor aguda no pulso, onde Woolsey o arranhou. A dor esvaziou sua mente, e ele teve a consciência de que Woolsey estava prendendo-o ao chão, com os olhos amarelos e os dentes expostos, afiados como adagas, prontos para morder.

— Parem! Parem! — gritou Tessa, perto da lareira, pegando um atiçador; Will engasgou e colocou a mão contra o rosto de Woolsey, empurrando-o. Woolsey gritou, e, de repente, o peso saiu do peito de Will; Magnus tinha levantado o lobisomem e o afastara. Em seguida, as mãos do feiticeiro se fecharam na parte de trás do casaco de Will, e o Caçador de Sombras se viu sendo arrastado para fora da sala enquanto Woolsey o observava com uma das mãos na maçã do rosto, no local em que o anel de Will o havia queimado.

— Solte-me. Solte-me! — Will se debateu, mas o aperto de Magnus parecia ser de ferro. Ele empurrou Will pelo corredor e o conduziu a uma biblioteca mal-iluminada. Will se libertou ao mesmo tempo que Magnus o soltou, o que resultou em um tropeço deselegante contra as costas de um sofá de veludo vermelho. — Não posso deixar Tessa sozinha com Woolsey...

— A virtude dela não corre nenhum perigo com ele — afirmou Magnus secamente. — Woolsey vai se comportar, e isso é mais do que posso dizer sobre você.

Will virou-se lentamente, limpando sangue do rosto.

— Você está me olhando de cara feia — disse Will a Magnus. — Está parecendo Church antes de morder alguém.

— Provocar briga com o líder da Praetor Lupus — falou Magnus rispidamente. — Sabe o que o bando dele faria com você, se tivessem uma desculpa. Você *quer* morrer, não quer?

— Não — respondeu Will, surpreendendo um pouco a si mesmo.

— Não sei por que um dia eu o ajudei.

— Você gosta de coisas quebradas.

Magnus deu dois passos e segurou o rosto de Will com seus longos dedos, forçando o queixo do jovem para cima.

— Você *não* é Sydney Carton — falou. — Que bem fará você morrer por James Carstairs quando ele está morrendo de qualquer jeito?

— Se eu salvá-lo, valerá a pena...

— Meu Deus! — Os olhos de Magnus se estreitaram. — *O que* vale a pena? O que poderia valer a pena?

— Tudo que perdi! — gritou Will. — *Tessa*!

Magnus afastou a mão do rosto de Will. Deu diversos passos para trás e respirou lentamente, como se contasse mentalmente até dez.

— Sinto muito — disse, afinal. — Pelo que Woolsey falou.

— Se Jem morrer, não posso ficar com Tessa — disse Will. — Porque será como se eu estivesse esperando a morte dele, ou me alegrasse de alguma forma com a perda, se isso me permitisse tê-la. E eu não serei essa pessoa. Não vou me beneficiar com a morte dele. Então, ele precisa viver. — Abaixou o braço com a manga ensanguentada. — É a única maneira de isso tudo significar alguma coisa. Do contrário, não passará de...

— Dor e sofrimento desnecessários e sem propósito? Não suponho que dizer que a vida é isso vá ajudar de alguma forma. O bom sofrimento, o floreio maldoso e tudo o que é mortal passa.

— Quero mais do que isso — disse Will. — *Você* me fez querer mais. Mostrou que só fui amaldiçoado por me permitir acreditar nisso. Disse que havia possibilidade, sentido. E agora dá as costas para o que criou.

Magnus riu brevemente.

— Você é incorrigível.

— Já ouvi isso antes. — Will se afastou do sofá, franzindo o rosto. — Vai me ajudar, então?

— Vou. — Magnus alcançou a frente da camisa e puxou algo pendurado em uma corrente, algo que brilhava com uma luz vermelha suave. — Pegue isto.

Colocou na mão de Will.

Will o olhou confuso.

— Era de Camille.

— Eu dei de presente a ela — disse Magnus, com um sorriso amargo no canto da boca. — Mês passado ela devolveu todos os presentes que dei. Pode ficar. Avisa quando demônios estão próximos. Pode ser que funcione com aquelas criações mecânicas de Mortmain.

— "O verdadeiro amor não morre" — disse Will, traduzindo a inscrição atrás, sob a luz do corredor. — Não posso usar isso, Magnus. É bonito demais para um homem.

— Você também é. Vá para casa se recompor. Aviso assim que tiver informações. — Lançou um olhar sutil para o garoto. — Enquanto isso, dê tudo de si para ser digno da minha ajuda.

— Se chegar perto de mim, vou atacá-lo na cabeça com este atiçador — ameaçou Tessa, empunhando a ferramenta de lareira entre ela e Woolsey Scott como se fosse uma espada.

— Não tenho dúvidas de que o faria — respondeu ele, olhando para Tessa com uma espécie de respeito rancoroso enquanto limpava o sangue do queixo com um lenço bordado. Will também saiu ensanguentado, sujo com o próprio sangue e com o de Woolsey; sem dúvida, agora estava em outro cômodo com Magnus, espalhando mais sangue por aí. Ele jamais se preocupava muito com o asseio, muito menos quando estava exaltado. — Vejo que começou a ser como os Caçadores de Sombras que parece adorar tanto. O que deu em você para ficar noiva de um deles? E daquele que está morrendo, ainda por cima.

A raiva ardeu em Tessa, e ela cogitou atacar Woolsey com o atiçador, quer ele se aproximasse ou não. Mas ele foi incrivelmente veloz enquanto lutava com Will, por isso, ela não acreditava muito nas próprias chances.

— Você não conhece James Carstairs. Não fale dele.

— Então você o ama, certo? — Woolsey conseguiu fazer com que aquilo soasse desagradável. — Mas também ama Will.

Tessa congelou por dentro. Sabia que Magnus conhecia o afeto de Will por ela, mas a ideia de que o que ela própria sentia estivesse exposto em seu rosto era assustadora demais para ser contemplada.

— Não é verdade.

— Mentirosa — disse Woolsey. — Sério, que diferença faz um deles morrer? Você sempre tem uma boa segunda opção.

Tessa pensou em Jem, no formato de seu rosto, nos olhos fechados e concentrados enquanto tocava violino, na curva da boca ao sorrir, nos dedos cuidadosos nos dela; cada linha do rapaz era inexplicavelmente cara a ela.

— Se você tivesse dois filhos — disse ela —, diria que não tinha problema um deles morrer, pois continuará tendo o outro?

— É possível amar duas crianças. Mas seu coração só pode ser dado em amor a um deles — observou Woolsey. — É a natureza de Eros, não? Pelo menos, é o que nos ensinam os livros, apesar de eu não ter experiência pessoal.

— Passei a entender algumas coisas sobre livros — revelou Tessa.

— E o que foi?

— Não são verdadeiros.

Woolsey ergueu uma sobrancelha.

— Você é engraçada — disse. — Eu diria que entendo o que os meninos veem em você, mas... — Ele deu de ombros. O roupão amarelo estava com um rasgo enorme agora. — Nunca entendi as mulheres.

— E o que há de tão misterioso nelas?

— A finalidade delas, basicamente.

— Bem, você deve ter uma mãe — observou Tessa.

— Alguém me pariu, sim — respondeu, sem muito entusiasmo. — Lembro-me pouco dela.

— Talvez, mas não existiria sem uma mulher, existiria? Por menos utilidade que enxergue em nós, somos mais inteligentes, determinadas e pacientes do que os homens. Homens podem ser mais fortes, mas são as mulheres que sobrevivem.

— É isso que está fazendo? Sobrevivendo? Certamente uma moça que está noiva deveria se sentir mais feliz. — Os olhos claros a analisaram. — Um coração dividido não se sustenta, como dizem. Você ama os dois, e isso a destrói.

— Casa — disse Tessa.

Ele ergueu uma sobrancelha.

— Como?

— Uma casa dividida não se sustenta. Não um coração. Talvez não devesse arriscar citações que não consiga acertar.

— E talvez você devesse parar de sentir pena de si mesma — disse ele. — A maioria das pessoas tem sorte se encontra um grande amor na vida. Você encontrou dois.

— Diz o homem que não tem nenhum.

— Ah! — Woolsey cambaleou para trás com a mão no coração, fingindo estar ferido. — A pombinha tem dentes. Muito bem, se não quer discutir questões pessoais, então que tal algo mais geral? Sua própria natureza? Magnus parece convicto de que você é feiticeira, mas não tenho tanta certeza. Acho que talvez tenha sangue de fadas, afinal, o que é a magia da mudança de forma senão magia de ilusão? E quem domina a magia e o ilusionismo além do Povo das Fadas?

Tessa pensou na fada de cabelos azuis da festa de Benedict, a que afirmou conhecer sua mãe, e perdeu o fôlego. Antes que pudesse falar mais alguma coisa para Woolsey, no entanto, Magnus e Will voltaram pela porta — Will, como previsto, tão ensanguentado quanto antes e franzindo o rosto. Olhou de Tessa para Woolsey e deu uma risada breve.

— Suponho que tenha razão, Magnus — disse. — Tessa não corre nenhum perigo com ele. Mas não se pode dizer o contrário.

— Tessa, querida, guarde o atiçador — pediu Magnus, estendendo a mão. — Woolsey sabe ser desagradável, mas existem maneiras melhores de lidar com suas oscilações de humor.

Com uma última olhada para Woolsey, Tessa entregou o atiçador a Magnus. Foi buscar as luvas enquanto Will pegava o casaco. Houve um borrão de movimentos e vozes, e ela ouviu Woolsey rir. Mal estava prestando atenção; estava concentrada demais em Will. Já podia afirmar pela expressão do rapaz que o que quer que ele e Magnus tenham conversado em particular, não resolvera a questão das drogas de Jem. Ele parecia atormentado, e um pouco fatal, com o sangue marcando as maçãs do rosto apenas para deixar o azul dos olhos ainda mais marcante.

Magnus os conduziu da sala de estar para a porta da frente, onde o ar frio atingiu Tessa como uma onda. Ela calçou as luvas e acenou uma despedida com a cabeça para Magnus, que fechou a porta, deixando os dois no meio da noite.

O Tâmisa brilhava além das árvores, e a estrada, o aterro e os postes de luz na Battersea Bridge reluziam na água, uma visão noturna em azul e dourado. A sombra da carruagem era visível sob as árvores perto do portão. Acima deles, a lua aparecia e desaparecia entre ribanceiras de nuvens cinzentas.

Will estava completamente imóvel.

— Tessa — disse ele.

A voz soou estranha, esquisita e sufocada. Tessa apressou-se em se colocar ao lado dele, olhando para seu rosto. O rosto de Will era tão mutável quanto a luz da lua; Tessa jamais vira a expressão dele tão rígida.

— Ele disse que ajudaria? — sussurrou Tessa. — Magnus?

— Vai tentar, mas... o jeito como me olhou... ele pareceu ter *pena* de mim, Tess. Isso quer dizer que não há esperança, não é? Se até Magnus acha que a investida é perda de tempo, não há nada que eu possa fazer, há?

Ela pôs a mão no braço dele, que não se moveu. Era tão estranho estar assim tão perto dele, a sensação familiar e sua presença, quando havia meses vinham se evitando e mal se falavam. Ele sequer conseguia olhar nos olhos dela. E agora cá estava, cheirando a sabonete, chuva, sangue e Will...

— Você fez muita coisa — sussurrou ela. — Magnus vai tentar ajudar, e vamos continuar procurando. Alguma coisa pode surgir. Você não pode perder as esperanças.

— Eu sei. Eu sei. E, no entanto, sinto tanto medo no coração, como se fosse a última hora da minha vida. Já me senti desesperado antes, Tess, mas nunca tive tanto medo. E eu sabia... sempre *soube*...

Que Jem ia morrer. Ela não disse nada. Ficou entre eles, impronunciado.

— Quem sou eu? — sussurrou. — Há anos finjo ser outra pessoa e, depois, descobri que podia voltar ao meu verdadeiro eu, apenas para descobrir que não existe verdade para a qual retornar. Fui uma criança comum, depois me tornei um homem não tão bom e, agora, não sei mais ser nenhuma das duas coisas. Não sei o que sou, e quando Jem se for, não terei ninguém para me guiar.

— Sei exatamente quem você é. É Will Herondale. — Isso foi tudo que Tessa disse, e, de repente, os braços dele a envolveram, e ele estava com a cabeça no ombro dela. No início, ela ficou paralisada, por puro espanto, em seguida, retribuiu o abraço, segurando-o enquanto tremia. Ele não estava chorando; era algo diferente, uma espécie de ataque, como se estivesse engasgando. Sabia que não deveria tocá-lo, no entanto, não conseguia imaginar Jem querendo que ela afastasse Will em um momento como este. Ela não podia ser Jem para ele, pensou, não tinha como ser a bússola que sempre apontava o norte, mas podia, no mínimo, ajudar a tornar o fardo mais leve.

— Quer esta caixa de rapé horrível que me deram? É de prata, então não posso tocar — disse Woolsey.

Magnus, de pé próximo à janela da sala de estar, com a cortina aberta apenas o suficiente para conseguir ver Will e Tessa nos degraus da frente, abraçando-se como se suas vidas dependessem disso, murmurou uma resposta, indiferente.

Woolsey revirou os olhos.

— Continuam aí?

— Perfeitamente.

— Confusa, toda essa história de amor romântico — disse Woolsey. — Melhor viver como a gente. Apenas as questões físicas.

— De fato. — Will e Tessa finalmente se desvencilharam, apesar de ainda estarem de mãos dadas. Tessa aparentava tentar persuadir Will a descer os degraus. — Acha que você teria se casado se não tivesse sobrinhos para carregar o nome da família?

— Suponho que teria precisado casar. Deus abençoe a Inglaterra, Harry, São Jorge e a Praetor Lupus! — Woolsey riu; servira uma taça de vinho tinto para si e estava girando agora, olhando para o fundo que se modificava. — Você deu o colar de Camille a Will — observou.

— Como você sabia? — A atenção de Magnus não estava totalmente voltada para a conversa; metade dela se dedicava a observar Will e Tessa caminhando para a carruagem. De algum jeito, apesar da diferença de altura e porte, ela é quem parecia atuar como suporte dele.

— Você estava usando quando saiu daqui com ele, mas voltou sem. Não imagino que tenha dito a ele o quanto é caro? Que ele está com um rubi mais valioso que o Instituto?

— Eu não queria — disse Magnus.

— Lembrete trágico de um amor perdido?

— Não combina bem com meu tom de pele. — Will e Tessa já estavam na carruagem, e o cocheiro estalava as rédeas. — Acha que ele tem alguma chance?

— Quem?

— Will Herondale. Chance de ser feliz.

Woolsey suspirou e repousou a taça.

— Existe alguma chance de você ser feliz mesmo que ele *não seja*?

Magnus não disse nada.

— Está apaixonado por ele? — perguntou Woolsey: era curiosidade e não ciúme. Magnus ficou imaginando como seria ter um coração assim ou não ter coração algum.

— Não — respondeu. — Já pensei sobre isso, mas não. É outra coisa. Sinto como se devesse a ele. Já ouvi dizer que quando você salva uma vida, se torna responsável por ela. Eu me sinto responsável por esse garoto. Se ele nunca for feliz, vou achar que falhei com ele. Se não puder ter a garota que ama, vou achar que falhei com ele. Se eu não conseguir manter seu *parabatai* por perto, vou achar que falhei com ele.

— Então, falhará — afirmou Woolsey. — Por isso, enquanto está sofrendo e procurando *yin fen*, acho que vou viajar. Ver o campo. A cidade me deprime no inverno.

— Como quiser. — Magnus soltou a cortina, bloqueando a visão da carruagem de Will e Tessa.

Para: Cônsul Josiah Wayland
De: Inquisidor Victor Whitelaw

Josiah,

Fiquei profundamente preocupado quando soube de sua carta para o Conselho, tratando do assunto Charlotte Branwell. Como somos velhos conhecidos, torci para que você talvez pudesse falar com mais liberdade comigo do que com eles. Há algum problema com ela que o preocupe? O pai de Charlotte foi um amigo estimado de nós dois, e desconheço qualquer atitude desonrada dela.

Saudações preocupadas,
Victor Whitelaw

6
Permita que a Escuridão

Permita que o amor encerre o Pesar para que ambos se afoguem,
Permita que a escuridão conserve seu lustro negro:
Ah, é mais doce se embriagar com a perda,
Do que dançar com a morte e sucumbir ao chão.
— Alfred, Lord Tennyson, "In Memoriam A.H.H"

~~*Para: Inquisidor Victor Whitelaw*~~
~~*De: Cônsul Josiah Wayland*~~

~~*É com uma dose de receio que escrevo esta carta para você, Victor, por nos conhecermos há tantos anos. Sinto-me um pouco como a profetisa Cassandra, fadado a conhecer a verdade, sem que ninguém mais acredite. Talvez seja meu pecado da arrogância que colocou Charlotte Branwell na posição que agora ocupa e na qual me atormenta.*~~

~~*Os desafios dela à minha autoridade são constantes, a instabilidade que temo que vá afligir a Clave. O que deveria ser um desastre para ela — a revelação de que abriga espiões sob seu teto, a cumplicidade da garota Lovelace com os planos do Magistrado — acabou sendo deturpado como um triunfo. O Enclave saúda os habitantes do Instituto como aqueles que descobriram o Magistrado e o espantaram de Londres. O fato de que ele não é visto há meses foi descartado por Charlotte e não foi encarado como o que eu suspeito que seja: um recuo tático para que ele se reorganize. Apesar de eu ser o Cônsul e*~~

~~liderar a Clave, me parece que este ficará marcado como o tempo de Charlotte Branwell, e meu legado será perdido~~

Para: Inquisidor Victor Whitelaw
De: Cônsul Josiah Wayland

Victor,

Aprecio sua preocupação, mas não tenho qualquer ânsia em relação a Charlotte Branwell que não tenha endereçado em minha carta ao Conselho.

Que você encontre conforto na força do Anjo nesta época conturbada,

Josiah Wayland

Inicialmente, o café da manhã foi silencioso. Gideon e Gabriel desceram juntos, ambos entristecidos, e Gabriel praticamente não falou, apenas pediu que Henry passasse a manteiga. Cecily sentara-se à extremidade da mesa e lia enquanto comia; Tessa queria ver o título, mas Cecily havia colocado o livro em um ângulo que tornava isso impossível. Will, em frente à Tessa, tinha sombras escuras sob os olhos, como se não tivesse dormido, um lembrete da movimentada noite anterior; Tessa cutucava o prato, sem entusiasmo, e ficou em silêncio até a porta se abrir e Jem entrar.

Ela ergueu os olhos com surpresa e um gesto de felicidade. Ele não parecia mais doente que o normal, apenas cansado e pálido. Sentou-se graciosamente no assento ao lado dela.

— Bom dia.

— Você parece bem melhor, Jemmy — observou Charlotte, com alegria.

Jemmy? Tessa olhou para Jem, divertida; ele deu de ombros e esboçou um sorriso irônico.

Ela olhou para o outro lado da mesa e viu que Will os observava. Encontrou o olhar dele por apenas um instante, com uma pergunta nos olhos. Será que existia alguma chance de que Will tivesse encontrado um substituto para o *yin fen* no intervalo entre a volta para casa e a manhã? Mas não, ele pareceu tão surpreso quanto ela.

— Estou, muito — respondeu Jem. — Os Irmãos do Silêncio ajudaram bastante. — Ele esticou o braço para se servir de chá, e Tessa observou os ossos e tendões se mexerem naquele pulso fino, perturbadoramente visíveis. Quando repousou o bule, ela alcançou a mão dele embaixo da mesa e ele a pegou. Seus dedos finos envolveram os dela, transmitindo segurança.

A voz de Bridget vinha da cozinha:

"Frio é o vento noturno, querido,
Frias as gotas da chuva;
Meu primeiro amor
Foi aniquilado na floresta.
Farei por meu amor
O que qualquer moça faria;
Sentarei de luto ao pé do túmulo
Por doze meses e um dia."

— Pelo Anjo, como ela é deprimente — comentou Henry, pousando o jornal diretamente sobre o prato e fazendo com que a ponta da publicação se encharcasse de gema de ovo. Charlotte abriu a boca como se quisesse fazer alguma oposição, mas se conteve. — Só fala de corações partidos, morte e amor não correspondido.

— Bem, a maioria das canções trata desses temas — comentou Will. — O amor recíproco é o ideal, mas não inspira músicas.

Jem levantou os olhos, mas antes que pudesse falar qualquer coisa, um som reverberou muito alto pelo Instituto. Tessa já conhecia o bastante sua morada de Londres para reconhecer que aquilo era a campainha. Todos à mesa olharam simultaneamente para Charlotte, como se suas cabeças estivessem sobre molas.

Charlotte, aparentando espanto, repousou o garfo.

— Oh, céus — disse. — Tinha um assunto para discutir com vocês, mas...

— Senhora? — Foi Sophie que falou, entrando na sala com uma bandeja na mão. Tessa não pôde deixar de observar que, apesar de Gideon encará-la, a criada parecia evitar propositalmente o olhar, e as bochechas ruborizaram levemente. — O Cônsul Wayland está lá embaixo, e solicita uma audiência com a senhora.

Charlotte pegou o papel dobrado na bandeja, olhou, suspirou e disse:

— Muito bem. Mande-o subir.

Sophie desapareceu com um giro das saias.

— Charlotte? — Henry soou confuso. — O que está havendo?

— De fato. — Will deixou os talheres caírem sobre o prato. — O Cônsul? Interrompendo nosso café da manhã? Qual será a próxima surpresa? O Inquisidor vem tomar chá? Piqueniques com os Irmãos do Silêncio?

— Tortas de pato no parque — murmurou Jem, e ele e Will sorriram um para o outro, apenas um lampejo antes de a porta se abrir e o Cônsul entrar.

O Cônsul Wayland era um homem grande, de peito largo e braços grossos, e as vestes de Cônsul sempre pendiam de modo estranho daqueles ombros. Tinha barba loura, como um viking, e neste instante exibia uma expressão revoltada.

— Charlotte — falou, sem preâmbulos. — Estou aqui para conversar sobre Benedict Lightwood.

Sentiram um leve tremor; os dedos de Gabriel se fecharam sobre a toalha de mesa. Gideon pôs a mão levemente sobre o pulso do irmão, contendo-o, mas o Cônsul já estava olhando para eles.

— Gabriel — disse ele. — Achei que fosse para a casa dos Blackthorn com sua irmã.

Os dedos de Gabriel apertaram o cabo da xícara de chá.

— Eles estão muito consumidos pela dor da perda de Rupert — argumentou. — Não achei que fosse adequado me intrometer.

— Bem, você está sofrendo por seu pai, não está? — disse o Cônsul. — A dor compartilhada é menor, é o que dizem.

— Cônsul... — começou Gideon, olhando preocupadamente para o irmão.

— Apesar de talvez ser desconfortável morar com sua irmã, considerando que ela registrou uma denúncia de assassinato contra vocês.

Gabriel emitiu um ruído, como se alguém tivesse entornado água fervente nele. Gideon jogou o guardanapo e se levantou.

— Tatiana fez *o quê?* — perguntou.

— Você ouviu — disse o Cônsul.

— Não foi assassinato. — Jem se pronunciou.

— Como dizem — respondeu o Cônsul. — Fui informado de que foi.

— Também foi *informado* de que Benedict se transformou em um verme gigantesco? — indagou Will, e Gabriel o encarou surpreso, como se não esperasse ser defendido por ele.

— Will, por favor — pediu Charlotte. — Cônsul, notifiquei ontem à noite que se descobriu que Benedict Lightwood estava nos últimos estágios de *astriola*...

— Você me falou que houve uma batalha e ele acabou morto — retrucou o Cônsul. — Mas o relato que escutei diz que ele estava doente, com varíola, e como resultado foi caçado e morto, apesar de não ter oferecido resistência.

Will, com olhos suspeitamente brilhantes, abriu a boca. Jem esticou o braço e tapou-a.

— Não consigo entender — disse Jem, falando em meio aos protestos abafados de Will — como podia saber que Benedict Lightwood estava morto, mas não a causa. Se não havia corpo, foi porque havia se tornado mais demônio do que humano e desapareceu quando destruído, como acontece com os demônios. Mas os serventes desaparecidos, a morte do *próprio marido* de Tatiana...

O Cônsul pareceu preocupado.

— Tatiana Blackthorn afirma que um grupo de Caçadores de Sombras do Instituto matou seu pai e que Rupert foi abatido na briga.

— Ela mencionou que o marido foi devorado pelo pai dela? — perguntou Henry, finalmente desgrudando os olhos do jornal. — Ah, sim. Devorado. O que encontramos no jardim foi a bota ensanguentada. Havia marcas de dentes. Adoraria saber como isso poderia ter sido um acidente.

— Acho que isso conta como oferecer resistência — observou Will. — Comer um genro, quero dizer. Mas suponho que todos tenham altercações familiares.

— Não está sugerindo, de fato — argumentou Charlotte —, que nós deveríamos ter controlado e impedido o verme... Benedict... está, Josiah? Ele estava nos últimos estágios da varíola! Enlouqueceu e se transformou em um verme!

— Ele pode ter se transformado em verme e *depois* ter enlouquecido — falou Will diplomaticamente. — Não dá para ter certeza.

— Tatiana está muito perturbada — disse o Cônsul. — Está cogitando pedir indenização...

— Então eu pago — declarou Gabriel, depois de recuar a cadeira e se levantar. — Pagarei à ridícula da minha irmã o meu salário pelo resto da minha vida, se ela quiser, mas *não* vou admitir qualquer má conduta. Nem de minha parte nem de ninguém aqui. Sim, atirei uma flecha no olho dele. No olho *daquilo*. E faria novamente. O que quer que fosse aquela coisa, não era mais meu pai.

Fez-se silêncio. Nem o Cônsul parecia ter palavras para responder. Cecily repousou o livro e estava olhando atentamente de Gabriel para o Cônsul, e novamente para Gabriel.

— Perdoe-me, Cônsul, mas o que quer que Tatiana esteja contando, ela não conhece a verdade da situação — declarou Gabriel. — Só eu estava na casa com meu pai nas duas últimas semanas. Finalmente, vim para cá e implorei pela ajuda de meu irmão — continuou. — Charlotte gentilmente me ofereceu a assistência de seus Caçadores de Sombras. Quando chegamos à casa, a coisa que um dia foi meu pai havia destruído o marido da minha irmã. Garanto ao senhor, Cônsul, que não havia nenhuma maneira pela qual meu pai pudesse ter sido salvo. Estávamos lutando por nossas vidas.

— Então por que Tatiana...

— Porque está humilhada — respondeu Tessa. Foi a primeira vez que falou desde a chegada do Cônsul. — Ela mesma me disse. Achava que seria uma mancha no nome da família se soubessem da varíola demoníaca. Presumo que ela estivesse tentando oferecer algum enredo alternativo, na esperança de que o senhor o repetisse ao Conselho. Mas ela não contou a verdade.

— Sinceramente, Cônsul — falou Gideon. — O que faz mais sentido? Todos termos corrido e matado meu pai, e os filhos encobrirem isso, ou Tatiana estar mentindo? Ela nunca pensa direito nas coisas; o senhor sabe disso.

Gabriel estava de pé, com a mão nas costas da cadeira do irmão.

— Se acha que eu cometeria parricídio com tanta facilidade, fique à vontade para me submeter a um interrogatório na Cidade do Silêncio.

— Essa provavelmente seria a atitude mais sensata — declarou o Cônsul.

Cecily pousou a xícara com uma batida forte que fez todos saltarem.

— Isso não é justo — disse. — Ele está falando a verdade. Todos estamos. Tem de saber disso.

O Cônsul olhou-a longa e analiticamente, em seguida se voltou novamente para Charlotte.

— Espera ter minha confiança? — disse. — E, no entanto, esconde as coisas de mim. Ações trazem consequências, Charlotte.

— Josiah, informei-o sobre os acontecimentos na Casa Lightwood assim que todos voltaram, e garanti que estavam todos bem...

— Tinha de ter me avisado antes — retrucou o Cônsul secamente. — Assim que Gabriel chegou. Esta não foi uma missão de rotina. Dessa maneira, você se colocou em uma posição na qual preciso defendê-la, apesar de ter quebrado o protocolo e partido em uma missão sem a aprovação do Conselho.

— Não havia tempo...

— Basta — disse o Cônsul, com uma voz que insinuava tudo, menos que bastava. — Gideon e Gabriel, vocês vêm comigo para serem interrogados na Cidade do Silêncio. — Charlotte começou a protestar, mas o Cônsul levantou a mão. — É oportuno que os Irmãos os interroguem; evitará maiores problemas e permitirá que eu descarte rapidamente o pedido de indenização de Tatiana. Vocês dois — o Cônsul Wayland se voltou para os Irmãos Lightwood — desçam para minha carruagem e esperem por mim. Nós *três* vamos para a Cidade do Silêncio; quando os Irmãos terminarem, se não encontrarem nada de interessante, vocês voltam para cá.

— *Se* não encontrarem nada — repetiu Gideon, em tom de desgosto. Pegou o irmão pelos ombros e o guiou para fora da sala. Enquanto Gideon fechava a porta atrás deles, Tessa notou algo brilhar em suas mãos. Tinha voltado a usar o anel dos Lightwood.

— Muito bem — disse o Cônsul, voltando-se para Charlotte. — Por que não me contou no mesmo instante que seus Caçadores de Sombras voltaram e informaram sobre a morte de Benedict?

Charlotte fixou os olhos no chá. A boca estava contraída em uma linha fina.

— Quis proteger os meninos — respondeu. — Queria que tivessem alguns instantes de paz e silêncio. Algum descanso, após testemunhar o pai morrendo diante dos próprios olhos, antes que você começasse com suas perguntas, Josiah!

— E isso não é tudo — continuou o Cônsul, ignorando a expressão de Charlotte. — Os livros e papéis de Benedict. Tatiana nos contou sobre eles. Vasculhamos a casa, mas os diários desapareceram, a mesa está vazia. Esta investigação não é sua, Charlotte; aqueles papéis pertencem à Clave.

— O que quer procurar neles? — perguntou Henry, tirando o jornal de cima do prato. Parecia enganosamente desinteressado na resposta, mas tinha um brilho nos olhos que traía o aparente desinteresse.

— Informações sobre a conexão com Mortmain. Informações sobre outros membros da Clave que pudessem ter conexões com Mortmain. Pistas quanto ao paradeiro dele...

— E as peças? — perguntou Henry.

O Cônsul parou no meio da frase.

— As peças?

— As Peças Infernais. O exército de autômatos. É um exército criado com o propósito de destruir os Caçadores de Sombras, e ele pretende utilizá-lo contra nós — falou Charlotte, aparentemente recuperada enquanto pousava o guardanapo. — Aliás, se as anotações progressivamente incompreensíveis de Benedict tiverem crédito, isso acontecerá logo.

— Então você *pegou* as anotações e os diários. O Inquisidor estava convencido disso. — O Cônsul esfregou os olhos com as costas das mãos.

— Claro que peguei. E óbvio que vou entregar a você. Esta sempre foi a intenção. — Absolutamente serena, Charlotte pegou o sininho de prata perto do prato e tocou; quando Sophie apareceu, sussurrou para a menina por um instante, e Sophie, com uma reverência ao Cônsul, se retirou.

— Devia ter deixado os papéis onde estavam, Charlotte. É esse o protocolo — disse o Cônsul.

— Não havia motivo para não olhá-los...

— Você precisa confiar no meu juízo e no da Lei. Proteger os meninos Lightwood não é uma prioridade maior do que descobrir o paradeiro de Mortmain, Charlotte. Você não governa a Clave. Você faz parte do Enclave, e *tem* de se reportar a mim. Está claro?

— Sim, Cônsul — disse Charlotte, enquanto Sophie voltava com um pacote de papéis, que ofereceu silenciosamente ao Cônsul. — Na próxima vez em que um de nossos estimados membros se transformar em verme e comer outro estimado membro, informaremos imediatamente.

O maxilar do Cônsul enrijeceu.

— Seu pai era meu amigo, e por causa disso confiei em você. Não me faça me arrepender de tê-la indicado ou a apoiado contra Benedict Lightwood quando ele desafiou seu cargo.

— Você apoiou Benedict! — gritou Charlotte. — Quando ele sugeriu que eu tivesse apenas 15 dias para completar uma tarefa impossível, você concordou! Não disse uma palavra em minha defesa! Se eu não fosse mulher, você não teria se comportado assim.

— Se você não fosse mulher — disse o Cônsul —, eu não teria de agir dessa maneira.

E com isso, ele se retirou, em um redemoinho de vestes escuras e símbolos brilhantes. Assim que a porta se fechou, Will sibilou:

— Como pôde entregar os papéis a ele? Precisamos daqueles...

Charlotte, que já tinha se ajeitado novamente na cadeira, com os olhos semicerrados, falou:

— Will, já passei a noite copiando as partes relevantes. A maioria era...

— Bobagem? — sugeriu Jem.

— Pornografia? — falou Will ao mesmo tempo.

— Podem ser a duas coisas — disse Will. — Nunca ouviu falar em bobagem pornográfica?

Jem sorriu, e Charlotte pousou o rosto nas mãos.

— Foi mais a primeira do que a segunda, se quer saber — explicou. — Copiei tudo que pude, com a ajuda inestimável de Sophie. — Ela levantou os olhos. — Will... você precisa lembrar. Não é mais encargo nosso. Mortmain é problema da Clave ou, ao menos, é assim que enxergam. Houve um tempo em que fomos os únicos responsáveis por Mortmain, mas...

— Somos responsáveis por proteger Tessa! — disse Will, com uma severidade que espantou até mesmo a própria. Will empalideceu um pouco ao perceber que todos o olharam, surpresos, mas prosseguiu apesar disso: — Mortmain ainda quer Tessa. Não podemos imaginar que tenha desistido. E pode aparecer com autômatos, pode vir com bruxaria, fogo, traição, mas *virá*.

— Claro que vamos protegê-la — declarou Charlotte. — Não precisamos de lembretes, Will. Ela é um dos nossos. E por falar em nossos... Jessamine volta para cá amanhã. — falou, olhando para o prato.

— O quê? — Will derrubou a xícara de chá, ensopando a toalha de mesa com a borra. Houve um burburinho pela mesa, apesar de Cecily só ter assistido, confusa, e Tessa, após respirar fundo, ficar em silêncio. Estava se lembrando da última vez que vira Jessamine na Cidade do Silêncio, pálida e com olhos vermelhos, choramingando e apavorada... — Ela tentou nos trair, Charlotte. E você vai simplesmente permitir que ela volte?

— Ela não tem família, seus bens foram confiscados pela Clave, e, além disso, não está em condições de morar sozinha. Dois meses de interrogatórios na Cidade dos Ossos quase a enlouqueceram. Não acho que representará qualquer perigo para nós.

— Também não achávamos que representaria antes — disse Jem, com uma voz mais dura do que Tessa esperaria dele —, e, no entanto, suas ações quase puseram Tessa nas mãos de Mortmain e envergonharam o restante de nós.

Charlotte balançou a cabeça.

— Aqui existe necessidade de solidariedade e compaixão. Jessamine não é mais o que costumava ser, conforme saberiam se a tivessem visitado na Cidade do Silêncio.

— Não tenho a menor vontade de visitar traidores — disse Will friamente. — Ela continuava divagando sobre Mortmain estar em Idris?

— Sim, por isso os Irmãos do Silêncio finalmente desistiram; não conseguiram extrair nada que fizesse sentido. Ela não tem nenhum segredo, nenhum conhecimento de valor. E entende isso. Ela se *sente* inútil. Se conseguissem se colocar no lugar dela...

— Ah, não duvido nada que ela esteja fazendo um show para você, Charlotte, chorando e rasgando as roupas...

— Bem, se ela está rasgando as *roupas*... — disse Jem, esboçando um sorriso para o *parabatai*. — Você sabe o quanto ela gosta das roupas.

O sorriso retribuído por Will tinha mágoas, mas era real. Charlotte enxergou uma abertura e manteve a vantagem.

— Sequer a reconhecerão quando a virem, prometo — disse. — Deem uma semana, apenas uma semana, e, se nenhum de vocês suportar a presença dela, providenciarei para que seja levada a Idris. — Ela afastou o prato. — E agora, minhas cópias dos papéis de Benedict. Quem vai me ajudar?

Para: Cônsul Josiah Wayland
De: Conselho

Prezado senhor,

Até recebermos sua última carta, achávamos que nossa divergência quanto à Charlotte Branwell fosse simplesmente uma questão de opinião. Embora o senhor não tenha dado permissão expressa para a transferência de Jessamine Lovelace para o Instituto, a aprovação foi concedida pela Irmandade, que é quem se encarrega dessas questões. A nós, pareceu a atitude de um coração generoso permitir que a menina retornasse à única casa que conhece, apesar de seus erros. Quanto a Woolsey Scott, ele lidera a Praetor Lupus, uma organização que há muito consideramos aliada.

Sua sugestão sobre a senhora Branwell poder ter se aliado àqueles que não colocam os interesses da Clave em primeiro lugar é muito perturbadora. Sem provas, no entanto, relutamos em avançar tomando-a como base de informação.

Em nome de Raziel,
Membros do Conselho Nephilim

A carruagem do Cônsul era um landó brilhante vermelho, com os quatro Cs da Clave na lateral, puxado por um par de cavalos cinzentos impecáveis. O dia estava úmido, garoava um pouco, e o cocheiro ocupava o banco da frente, quase totalmente escondido por um chapéu oleado e uma capa. O Cônsul, que não dizia uma palavra desde sua saída da sala de café da manhã do Instituto, franziu a testa, chamou Gideon e Gabriel para a carruagem, entrou depois deles e fechou a porta.

Enquanto a carruagem se afastava da igreja, Gabriel virou para olhar pela janela. Sentia uma pequena pressão ardente por trás dos olhos e do estômago. A sensação ia e vinha desde o dia anterior e, às vezes, era tão forte que ele achava que ia passar mal.

Um verme gigante... estágios finais da astriola... *a varíola demoníaca.*

Quando Charlotte e o restante do grupo acusaram seu pai, inicialmente ele não quis acreditar. A deserção de Gideon lhe parecera uma loucura, uma traição tão aterradora que só podia ser explicada por insanidade. O pai lhe garantira que Gideon repensaria suas atitudes, voltaria para ajudar com a administração da casa e com a responsabilidade de ser um Lightwood. Mas o irmão não voltou, e à medida que os dias se tornaram mais curtos e escuros, e Gabriel passou a ver o pai cada vez menos, começou a imaginar e depois a temer.

Benedict foi caçado e morto.

Caçado e morto. Gabriel repetiu as palavras mentalmente, mas não encontrou sentido nelas. Ele tinha matado um monstro, como foi criado para fazer, mas aquele monstro não era seu pai. Seu pai continuava vivo em algum lugar, e a qualquer momento Gabriel olharia pela janela da casa e o veria aproximando-se da entrada, com o longo casaco cinza batendo ao vento e a silhueta aguda destacada contra o céu.

— Gabriel. — Era a voz do irmão, cortando a névoa da lembrança e do devaneio. — Gabriel, o Cônsul fez uma pergunta.

Gabriel levantou os olhos. O Cônsul fitava-o, os olhos escuros cheios de expectativa. A carruagem percorria a Fleet Street, e jornalistas, advogados e comerciantes se apressavam de um lado para o outro.

— Perguntei — disse o Cônsul — se está gostando da hospitalidade no Instituto.

Gabriel piscou para ele. Pouca coisa se destacava entre a fumaça dos últimos dias. Charlotte abraçando-o. Gideon limpando o sangue das mãos. O rosto de Cecily, como uma flor brilhante e brava.

— Está tudo bem, suponho — respondeu, com voz triste. — Não é minha casa.

— Bem, a Casa dos Lightwood é magnífica — comentou o Cônsul. — Construída sobre sangue e despojos, é claro.

Gabriel o encarou, confuso. Gideon olhava pela janela com a expressão ligeiramente nauseada.

— Achei que quisesse conversar conosco sobre Tatiana — disse.

— Conheço Tatiana — disse o Cônsul. — Nada do senso de seu pai e nada da generosidade de sua mãe. Péssimo para ela, temo. O pedido de indenização será descartado, é claro.

Gideon virou-se no assento e olhou, incrédulo, para o Cônsul.

— Se dá tão pouco crédito a ela, por que estamos aqui?

— Para que eu pudesse conversar a sós com vocês — explicou. — Entendam, quando entreguei o Instituto a Charlotte, achei que um toque feminino faria bem ao local. Granville Fairchild foi um dos homens mais rígidos que já conheci, e, apesar de governar o Instituto de acordo com a Lei, o lugar era frio e nada receptivo. Aqui em Londres, a maior cidade do mundo, um Caçador de Sombras podia não se sentir em casa. — Ele deu de ombros. — Achei que entregar a administração do local para Charlotte poderia ajudar.

— Charlotte *e* Henry — corrigiu Gideon.

— Henry era uma cifra — disse o Cônsul. — Todos nós sabemos, como diz o ditado, que a égua cinzenta é o melhor cavalo nesse casamento. Nunca houve a intenção de que Henry interferisse, e ele, de fato, não o faz. Mas também nunca houve a intenção de que Charlotte interferisse. Ela precisava ser dócil e obedecer minhas vontades. E, nesse aspecto, ela me decepcionou profundamente.

— Você deu apoio a ela contra nosso pai — disparou Gabriel, e imediatamente se arrependeu. Gideon lançou-lhe um olhar de censura, e Gabriel cruzou as mãos enluvadas com firmeza sobre o colo, cerrando os lábios.

As sobrancelhas do Cônsul subiram.

— Porque seu pai teria sido dócil? — falou. — Eram duas possibilidades ruins, e escolhi a melhor que pude. Ainda tinha esperanças de controlá-la, mas agora...

— Senhor — interrompeu Gideon, com a voz mais educada que pôde. — Por que está nos contando isso?

— Ah — disse o Cônsul, olhando para a janela marcada de chuva. — Cá estamos. — Bateu no vidro da carruagem. — Richard! Pare a carruagem no Argent Rooms.

Gabriel desviou os olhos para o irmão, que deu de ombros, espantado. O Argent Rooms era um notório salão de música e um clube de cavalheiros no Piccadilly Circus. Mulheres de má reputação frequentavam o local, e havia rumores de que o negócio pertencia a integrantes do Submundo e de que, em algumas noites, os "shows de mágica" tinham mágica de verdade.

— Eu vinha aqui com seu pai — disse o Cônsul, quando os três já estavam na calçada. Gideon e Gabriel olhavam através da chuva para um teatro italianizado de muito mau gosto, que claramente fora enxertado nos prédios mais modestos que estavam ali antes. Tinha uma galeria tripla e uma cor azul um tanto gritante. — Uma vez a polícia cassou a licença do Alhambra porque a gerência tinha permitido que dançassem cancã aqui. Mas o Alhambra é dirigido por mundanos. Este aqui é mais satisfatório. Vamos entrar?

O tom dele não dava espaço para discordância. Gabriel seguiu o Cônsul pela entrada arqueada, onde o dinheiro trocou de mãos e uma entrada foi comprada para cada um. Gabriel olhou confuso para a própria entrada. Era um tipo de propaganda, prometendo A MAIOR DIVERSÃO DE LONDRES!

— *Proezas da força* — leu no de Gideon enquanto percorriam o longo corredor. — *Animais treinados, mulheres fortes, acrobatas, atrações circenses e cantores cômicos.*

Gideon murmurava baixinho.

— E contorcionistas — acrescentou Gabriel alegremente. — Parece que há uma mulher que consegue colocar o pé n...

— Pelo Anjo, este lugar não passa de um *music hall* barato — falou Gideon. — Gabriel, não olhe para nada, a não ser que eu diga que não tem problema.

Gabriel revirou os olhos quando o irmão o pegou pelo cotovelo e o conduziu ao que claramente era o salão principal — uma sala enorme cujo teto fora pintado com reproduções dos Grandes Mestres Italianos, incluindo o *Nascimento de Vênus*, de Botticelli, no momento com muitas manchas de fumaça. Candelabros pendiam de estruturas douradas de gesso, preenchendo o recinto com uma luz amarelada.

As paredes eram alinhadas com bancos de veludo, nos quais figuras escuras se aglomeravam — cavalheiros cercados por damas com vestidos brilhantes demais, cujas risadas eram muitíssimo altas. A música irradiava do palco à frente. O Cônsul foi naquela direção, sorrindo. Uma mulher com uma cartola e um fraque abaixava e levantava no palco, cantando uma música chamada "É assanhado, mas é bom". Ao virar, seus olhos brilharam verdes sob a luz do lustre.

Lobisomens, pensou Gabriel.

— Esperem aqui um instante, meninos — disse o Cônsul, e desapareceu na multidão.

— Adorável — murmurou Gideon, e puxou Gabriel para perto de si enquanto uma mulher com um vestido de cetim e um corpete apertado passava por eles. Ela cheirava a gim e alguma outra coisa, algo sombrio e doce, um pouco como o cheiro de açúcar queimado de James Carstairs.

— Quem imaginaria que o Cônsul era tão chegado às artes? — comentou Gabriel. — Será que isso não podia ter esperado até depois da Cidade do Silêncio?

— Ele não vai nos levar para a Cidade do Silêncio. — A boca de Gideon estava tensa.

— Não?

— Não seja tolo, Gabriel. Claro que não. Ele quer outra coisa de nós. Ainda não sei o quê. Trouxe-nos aqui para nos desestabilizar: e não teria feito isso se não tivesse certeza de que tem alguma carta na manga para nos impedir de contar a Charlotte ou a qualquer outra pessoa onde estivemos.

— Talvez ele realmente viesse aqui com nosso pai.

— Talvez, mas não é por isso que estamos aqui agora — falou Gideon, com confiança. Apertou ainda mais o braço do irmão quando o Cônsul reapareceu, trazendo uma pequena garrafa do que parecia água-tônica, mas que Gabriel supôs conter, pelo menos, algumas doses de álcool.

— O quê, nada para nós? — perguntou Gabriel, e recebeu um olhar severo do irmão e um sorriso amargo do Cônsul. Gabriel percebeu que não fazia ideia se o próprio Cônsul tinha família ou filhos. Ele era apenas o Cônsul.

— Vocês sequer imaginam — disse ele — o tipo de perigo que estão correndo?

— Perigo? De onde? Charlotte? — falou Gideon, incrédulo.

— Não dela. — O Cônsul voltou o olhar para eles. — Seu pai não transgrediu a Lei apenas; ele cometeu blasfêmia contra elas. Não apenas lidou com demônios; deitou-se entre eles. Vocês são Lightwood, são *tudo* que restou dos Lightwood. Não têm primos, nem tios. Eu poderia riscar toda a sua família dos registros dos Nephilim e jogá-los, junto com sua irmã, na rua, para morrerem de fome ou implorarem por uma morada entre os mundanos, e estaria agindo de acordo com os direitos da Clave e do Conselho. E quem vocês acham que ia defendê-los? Quem falaria por vocês?

Gideon tinha ficado extremamente pálido, e os nós dos dedos, onde agarrava Gabriel, estavam brancos.

— Isso não é justo — disse. — Não sabíamos. Meu irmão confiou no meu pai. Não pode ser responsabilizado...

— Confiou nele? Ele aplicou o golpe derradeiro, não? — disse o Cônsul. — Ah, todos vocês contribuíram, mas foi dele o golpe de misericórdia que aniquilou seu pai, o que quer dizer que ele sabia exatamente em que seu pai havia se transformado.

Gabriel estava consciente de que Gideon o fitava, preocupado. O ar no Argent Rooms era abafado e fechado, e o deixou sem fôlego. A mulher no palco agora entoava uma música chamada "Tudo para agradar uma dama" e andava de um lado para o outro, batendo no palco com a ponta de uma bengala, o que fazia o chão tremer.

— Os pecados do pai, crianças. Ainda podem e serão punidos pelos crimes, se eu assim desejar. O que fará, Gideon, enquanto seu irmão e Tatiana tiverem as Marcas queimadas? Vai ficar e assistir?

A mão direita de Gabriel tremeu; tinha certeza de que teria esticado o braço e agarrado o pescoço do Cônsul, se Gideon não o tivesse detido pelo pulso.

— O que o senhor quer de nós? — perguntou Gideon, com a voz controlada. — Não nos trouxe aqui só para nos ameaçar, a não ser que queira algo em troca. E se fosse algo que pudesse solicitar de modo fácil ou legalmente, faria isso na Cidade do Silêncio.

— Garoto esperto — comentou o Cônsul. — Quero que façam algo por mim. Façam e permitirei que, mesmo com a possibilidade da Casa dos Lightwood ser confiscada, vocês mantenham sua honra e seu nome, a propriedade em Idris e a posição de Caçadores de Sombras.

— O que quer que a gente faça?

— Quero que observem Charlotte. Mais especificamente, a correspondência dela. Informem-me sobre quais cartas ela recebe e envia, em especial de e para Idris.

— O senhor quer que a espionemos — argumentou Gideon, com a voz seca.

— Não quero mais surpresas como a de seu pai — disse. — Ela nunca deveria ter escondido de mim a doença dele.

— Ela não teve escolha — disse Gideon. — Era uma das condições do acordo que fizeram...

Os lábios do Cônsul enrijeceram.

— Charlotte Branwell não tem direto de fazer esse tipo de acordo sem me consultar. Sou seu superior. Ela não pode passar por cima de mim assim. Ela e aquele grupo no Instituto se comportam como se fossem um país independente que existe sob leis próprias. Vejam o que aconteceu com Jessamine Lovelace. Traiu a todos nós, quase nos destruiu. James Carstairs é um viciado moribundo. A menina Gray é uma fada ou uma feiticeira e não pertence ao Instituto; maldito noivado ridículo. E Will Herondale... Will Herondale é um mentiroso mimado que vai crescer e se transformar em um criminoso, se crescer. — O Cônsul pausou, arfando. — Charlotte pode conduzir aquele lugar como se fosse um feudo, mas não é. Trata-se de um Instituto e responde ao Cônsul. E vocês também o farão.

— Charlotte não fez nada para merecer esse tipo de traição da minha parte — declarou Gideon.

O Cônsul apontou um dedo para ele.

— É exatamente disso que estou falando. Sua lealdade não é a ela; não pode ser a ela. É a mim. Tem de ser a mim. Entendeu?

— E se eu disser que não?

— Então perderá tudo. Casa, terras, nome, linhagem, propósito.

— Faremos o que está mandando — respondeu Gabriel, antes que Gideon pudesse se pronunciar novamente. — Vamos vigiá-la para você.

— Gabriel... — começou Gideon.

Gabriel virou para o irmão.

— Não — disse ele. — É demais. Você não quer se tornar mentiroso, entendo isso. Mas nossa lealdade deve ser à família, em primeiro lugar. Os Blackthorn jogariam Tati na rua, e ela não duraria um minuto, nem ela nem a criança...

Gideon empalideceu.

— Tatiana vai ter um filho?

Apesar do horror da situação, Gabriel sentiu uma onda de satisfação por saber algo que o irmão não sabia.

— Vai — respondeu. — Você saberia, se ainda fizesse parte da família.

Gideon olhou em volta, como se procurasse um rosto familiar, depois olhou desamparado para o irmão e o Cônsul.

— Eu...

O Cônsul Wayland sorriu friamente para Gabriel e, em seguida, para Gideon.

— Temos um acordo, cavalheiros?

Após um longo instante, Gideon assentiu.

— Faremos o que pede.

Gabriel não se esqueceria tão cedo da expressão que se formou no rosto do Cônsul. Ela continha satisfação, mas não havia surpresa. Ficou claro que ele não esperava nada de diferente nem nada de melhor dos meninos Lightwood.

— Bolinhos? — perguntou Tessa, incrédula.

A boca de Sophie se abriu em um sorriso. Ela estava ajoelhada diante da lareira com um pano e um balde de água com sabão.

— Quase caí mortinha — confirmou. — Dezenas de bolinhos. Embaixo da cama, todos duros como pedras.

— Meu Deus — comentou Tessa, deslizando para a beira da cama e se inclinando para trás, apoiada nas mãos. Sempre que Sophie chegava para limpar seu quarto, tinha de se segurar para não correr e ajudar a menina com a limpeza. Tentou em algumas ocasiões, mas depois que Sophie a fez sentar como modos delicados, porém firmes, pela quarta vez, ela desistiu.

— E você se irritou? — perguntou Tessa.

— Claro! Me impondo todo aquele trabalho extra, tendo de subir e descer com bolinhos, e ele os esconde assim... Eu não me surpreenderia se surgissem ratos até o fim do outono.

Tessa assentiu, reconhecendo o potencial perigo de roedores.

— Mas não é um tanto lisonjeiro que ele tenha chegado a esse extremo só para vê-la?

Sophie se sentou.

— Não é lisonjeiro. Ele não está pensando. É um Caçador de Sombras, e eu sou mundana. Não posso esperar nada dele. No melhor dos mundos, eu poderia ser sua amante quando ele se casar com uma Caçadora de Sombras.

Tessa sentiu um aperto na garganta ao lembrar-se de Will no telhado, oferecendo-lhe exatamente isso: vergonha e desgraça, e se lembrou de como se sentiu pequena e sem valor. Fora tudo mentira, mas a lembrança ainda trazia dor.

— Não — disse Sophie, olhando novamente para as mãos vermelhas e ásperas. — É melhor que eu nunca nem mesmo considere a ideia. Assim não me decepciono.

— Acho que os Lightwood são melhores do que isso — sugeriu Tessa.

Sophie tirou o cabelo do rosto, os dedos tocando levemente a cicatriz que dividia seu rosto.

— Às vezes, acho que nenhum homem é melhor do que isso.

Nem Gideon nem Gabriel falaram enquanto a carruagem voltava ao Instituto pelas ruas do West End. A chuva caía forte agora, batendo tão ruidosamente na carruagem que Gabriel duvidava que alguém conseguisse escutá-lo, caso falasse.

Gideon examinava os próprios sapatos, e não levantou o olhar enquanto voltavam para o Instituto. Quando o prédio assomou através da chuva, o Cônsul esticou o braço sobre Gabriel e abriu a porta para que os meninos saíssem.

— Confio em vocês, rapazes — falou. — Agora façam Charlotte confiar também. E não contem a ninguém sobre nossa conversa. Quanto a esta tarde, vocês a passaram com os Irmãos.

Gideon saltou sem mais uma palavra, e Gabriel o acompanhou. O landó virou e partiu pela tarde cinzenta de Londres. O céu estava preto e amarelo, a garoa, tão pesada quanto contas de chumbo, e a névoa, tão espessa que Gabriel mal conseguia enxergar os portões do Instituto quando estes se fecharam atrás da carruagem. Ele certamente não viu as mãos do irmão ao avançarem, pegarem-no pelo colarinho da jaqueta e o arrastarem para a lateral do Instituto.

Quase caiu quando Gideon o empurrou contra a parede de pedra da velha igreja. Estavam próximos aos estábulos, semiescondidos por um dos contrafortes, mas não protegidos da chuva. Gotas frias caíam na cabeça e no pescoço de Gabriel, deslizando para dentro da camisa.

— Gideon... — protestou, escorregando sobre as pedras lamacentas.

— Fique quieto. — Os olhos de Gideon estavam enormes e cinzentos à luz fraca, mal tingidos pelo verde.

— Tem razão. — Gabriel falou baixo. — Melhor organizarmos nossa história. Quando nos perguntarem o que fizemos esta tarde, precisamos estar de pleno acordo ou não vão acreditar...

— Falei para ficar *quieto*. — Gideon bateu os ombros do irmão contra a parede, forte o bastante para que Gabriel soltasse um grito de dor. — Não vamos contar a Charlotte sobre nossa conversa com o Cônsul. Mas também não vamos *espioná-la*. Gabriel, você é meu irmão, e eu o amo. Faria qualquer coisa para protegê-lo. Mas não vou vender nossas almas.

Gabriel olhou para o irmão. A chuva ensopou o cabelo de Gideon e pingou para o colarinho do casaco.

— Podemos morrer na rua se nos recusarmos a fazer o que o Cônsul está mandando.

— Não vou mentir para Charlotte — declarou Gideon.

— Gideon...

— Viu o olhar no rosto do Cônsul? — Gideon o interrompeu. — Quando concordamos em espionar para ele e trair a generosidade da casa que nos acolhe? Não ficou nada surpreso. Ele nunca teve um instante de dúvidas em relação a nós. Não espera nada além de traição dos Lightwood. É nossa herança. — Ele apertou as mãos nos braços de Gabriel. — A vida é mais do que apenas sobreviver — falou. — Temos honra, somos Nephilim. Se ele nos tirar isso, não temos nada.

— Por quê? — perguntou Gabriel. — Por que tem tanta certeza de que o lado certo é o de Charlotte?

— Porque não era o do nosso pai — respondeu Gideon. — Porque conheço Charlotte. Porque há meses moro com essas pessoas e elas são boas. Porque Charlotte Branwell não foi outra coisa senão gentil comigo. E Sophie a ama.

— E você ama Sophie.

A boca de Gideon enrijeceu.

— Ela é uma mundana e uma serviçal — falou Gabriel. — Não sei o que espera disso, Gideon.

— Nada — respondeu, com aspereza. — Não espero nada. Mas o fato de você acreditar que eu deveria esperar alguma coisa mostra que nosso pai nos criou para acharmos que só devemos fazer o certo se isso trouxer recompensa. Não vou trair a palavra que dei a Charlotte; a situação é essa, Gabriel. Se não quiser fazer parte, vou mandá-lo morar com Tatiana e os Blackthorn. Tenho certeza de que o acolheriam. Mas não vou mentir para Charlotte.

— Sim, você vai — declarou Gabriel. — Nós dois vamos mentir para Charlotte. Mas também vamos mentir para o Cônsul.

Gideon cerrou os olhos. Gotas de chuva pingavam de seus cílios.

— Como assim?

— Vamos fazer o que o Cônsul mandou e ler a correspondência de Charlotte. Depois faremos relatórios a ele, mas os relatórios serão falsos.

— Se vamos dar relatórios falsos de qualquer forma, por que ler a correspondência?

— Para sabermos o que *não* dizer — respondeu Gabriel, sentindo o gosto da chuva. Parecia ter pingado do telhado do Instituto, amarga e suja. — Para evitar revelar a verdade acidentalmente.

— Se formos descoberto, teremos de enfrentar consequências extremamente severas.

Gabriel cuspiu a água da chuva.

— Então, me diga. Você se arriscaria a sofrer severas consequências pelos moradores do Instituto ou não? Porque eu... eu estou fazendo isso por *você* e porque...

— Por quê?

— Porque cometi um erro. Eu me enganei quanto ao nosso pai. Acreditei nele quando não deveria. — Gabriel respirou fundo. — Errei e quero reparar isso, e se tem um preço a ser pago, eu pagarei.

Gideon o fitou por um longo tempo.

— Este foi seu plano o tempo todo? Quando concordou com as exigências do Cônsul no Argent Rooms, era este seu plano?

Gabriel desviou os olhos do irmão para o pátio molhado. Mentalmente ele se via com o irmão, muito mais jovens, de pé onde o Tâmisa cortava os limites da propriedade, enquanto Gideon mostrava-lhe os caminhos seguros pelo chão pantanoso. O irmão sempre foi o responsável por mostrar os caminhos seguros. Houve um tempo em que era implícito que confiavam um no outro, e ele não sabia quando isso tinha acabado, mas doía em seu coração, mais do que a perda do pai.

— Acreditaria em mim — falou amargamente —, se eu dissesse que sim? Porque esta é a verdade.

Gideon ficou parado por um longo tempo. Então, Gabriel se viu puxado para a frente, o rosto se enterrando na lã molhada do casaco de Gideon, que o segurava forte, murmurando:

— Tudo bem, irmãozinho. Vai ficar tudo bem — dizia, enquanto balançava gentilmente a si mesmo e ao irmão na chuva.

Para: Membros do Conselho
De: Cônsul Josiah Wayland

Muito bem, cavalheiros. Neste caso, só peço paciência e que não ajam precipitadamente. Se querem provas, eu as fornecerei.

Em breve, escreverei mais sobre o assunto.

Em nome de Raziel e em defesa de sua honra,

Cônsul Josiah Wayland

7
Ouse Desejar

Se me oferecessem novamente o ano passado,
E a escolha entre o bem e o mal me fosse apresentada,
Será que eu aceitaria o prazer com a dor
Ou ousaria desejar jamais termos nos conhecido?
— Augusta, Lady Gregory,
"If the Past Year Were Offered Me Again"

Para: Cônsul Wayland
De: Gabriel e Gideon Lightwood

Prezado senhor,

Somos muito gratos por termos recebido a missão de monitorar o comportamento de Charlotte Branwell. Mulheres, como sabemos, precisam ser observadas de perto para não se desviarem. Sentimos muito por informar que temos coisas chocantes a revelar.

Para uma mulher, cuidar do lar é a tarefa mais importante, e uma das virtudes femininas mais admiráveis é a simplicidade. A Sra. Branwell, no entanto, parece viciada em gastos e não se importa com nada além de ostentações.

Apesar de se vestir com simplicidade quando o senhor aparece, sentimos informar que, nas horas vagas, ela se cobre com as sedas mais finas e as joias mais caras que se possa imaginar. O senhor nos pediu, e, por mais que detestemos invadir a privacidade de uma dama, nós o fizemos. Detalharíamos a carta que ela mandou para a modista, mas tememos que isso o espante. Basta dizer que o dinheiro empregado em chapéus equivale ao orçamento anual de uma grande propriedade ou um pequeno país. Não entendemos por que uma dama tão miúda precisa de tantos chapéus. Ela não parece ter cabeças adicionais.

Seríamos cavalheiros demais para comentar sobre as vestimentas de uma moça, exceto pelo efeito deletério que isso tem em nossas obrigações. Ela economiza absurdamente nas necessidades básicas. Todas as noites nos sentamos para jantar papa de aveia enquanto ela ostenta joias e quinquilharias. Isso, como pode imaginar, não é ser justa com seus corajosos Caçadores de Sombras. Estamos tão fracos que um demônio Beemote quase nos destruiu na última terça-feira, e, é claro, essas criaturas são feitas essencialmente de uma substância viscosa. Em perfeitas condições, e bem alimentados, qualquer um de nós poderia destruir dúzias de demônios Beemote de uma só vez, com os saltos dos nossos sapatos.

Torcemos para que possa nos ajudar nessa questão e que o orçamento da Sra. Branwell em chapéus — e outros artigos de vestuário feminino que hesitamos em nomear — seja verificado.

Atenciosamente,

Gideon e Gabriel Lightwood.

— O que são quinquilharias? — perguntou Gabriel, piscando para a carta que tinha acabado de ajudar a escrever. Na verdade, Gideon ditou a maioria; Gabriel apenas passou a caneta sobre a página. Estava começando a desconfiar que, por trás da face severa do irmão, havia um gênio cômico desconhecido.

Gideon acenou a mão, num gesto de indiferença.

— Não importa. Lacre o envelope para entregarmos a Cyril, a fim de que o envie com o correio desta manhã.

Vários dias se passaram desde a batalha com o grande verme, e Cecily estava novamente na sala de treinamento. Começava a se perguntar se deveria simplesmente levar a cama e os móveis para o local, considerando que passava quase todo o tempo ali. O quarto que Charlotte lhe dera não tinha praticamente nenhuma decoração que a fizesse se lembrar de casa. Não havia trazido quase nada pessoal de Gales, pois não esperava ficar tanto tempo.

Pelo menos aqui, na sala das armas, ela se sentia segura. Talvez por nao ter tido nenhuma sala assim quando crescia; era apenas um lugar dos Caçadores de Sombras. Nada ali poderia deixá-la com saudades de casa. As paredes eram cheias de armas. A primeira aula com Will, que fez enquanto ainda fervia de raiva por estar ali, envolveu a memorização do nome de todas elas e o que cada uma fazia. Espadas *katana*, do Japão, sabres de duas mãos, misericórdias de lâminas finas, estrelas e bastões, espadas turcas curvadas, arcos e estilingues, e tubos minúsculos que liberavam agulhas venenosas. Lembrava-se dele cuspindo as palavras como se fossem veneno.

Irrite-se o quanto quiser, irmão, pensara. *Posso fingir que quero ser Caçadora de Sombras, pois com isso você não tem escolha a não ser me manter aqui. Mas mostrarei que essas pessoas não são sua família, e vou levá-lo para casa.*

Agora estava pegando uma espada da parede e equilibrando-a cuidadosamente nas mãos. Will havia ensinado que a maneira de segurar a espada de duas mãos era abaixo das costelas, apontando para a frente. As pernas deveriam estar equilibradas com peso igual em cada uma, e a espada tinha de ser manejada desde os ombros, e não dos braços, para o golpe mortal ser desferido com mais força.

Golpe mortal. Por tantos anos teve raiva do irmão por deixá-los para se juntar aos Caçadores de Sombras de Londres, para se entregar ao que a mãe chamou de uma vida de assassinatos estúpidos, armas, sangue e morte. Qual era o problema dele com as montanhas verdes de Gales? O que faltava à família deles? Por que dar as costas ao mais azul dos mares por algo tão vazio quanto isso tudo?

No entanto, cá estava, sozinha na sala de treinamento com a coleção de armas, por escolha própria. O peso da espada na mão era confortante, quase como se atuasse como uma barreira entre ela e seus sentimentos.

Ela e Will vagaram pela cidade há algumas noites, passando por covis de ópio, infernos de jogatina e recantos de feiticeiros, um borrão de cores, aromas e luzes. Ele não foi exatamente amistoso, mas ela sabia que, para Will, permitir que ela o acompanhasse em uma tarefa tão delicada fora um gesto e tanto.

Cecily gostou do companheirismo dos dois naquela noite. Foi como ter de volta o irmão. Mas, à medida que a noite avançou, Will foi se tornando calado e, quando voltaram ao Instituto, se afastou, evidentemente querendo ficar sozinho e deixando Cecily sem ter o que fazer, além de voltar para o quarto e ficar deitada, solitária, olhando para o teto até o amanhecer.

Ela havia acreditado, de alguma forma, quando planejou vir, que os laços que prendiam o irmão a este lugar não fossem tão fortes. Sua ligação com as pessoas não podia ser como a dele à família. Mas, ao longo da noite, ao ver sua esperança se transformar em decepção a cada estabelecimento onde procuravam *yin fen* sem encontrar, ela compreendeu — ora, já tinham lhe dito, ela já sabia, mas isso não é o mesmo que *compreender* — que os laços que o prendiam ao Instituto eram tão fortes quanto quaisquer laços de sangue.

Agora ela estava cansada, e, apesar de segurar a espada como Will havia ensinado — logo abaixo da guarda, com mão esquerda no punho —, a arma escorregou e caiu, a ponta enterrada no chão.

— Oh, céus — disse uma voz na entrada. — Temo que para *isso* eu só possa atribuir um três. Talvez, quatro, se estivesse inclinado a conceder um ponto extra por você praticar luta em um vestido de tarde.

Cecily, que realmente não tinha trocado de roupa, virou a cabeça e olhou para Gabriel Lightwood, que aparecera como um tipo de diabrete da obstinação.

— Talvez sua opinião não me interesse, senhor.

— Talvez. — Ele deu um passo para dentro do quarto. — O Anjo sabe que, ao seu irmão, ela nunca interessou.

— Neste caso, estou com ele — observou Cecily, tirando a espada do chão.

— Mas não em todas as coisas. — Gabriel avançou para se colocar atrás dela. Ambos estavam refletidos em um dos espelhos de treinamento; Gabriel era uma cabeça mais alto, e ela conseguia enxergá-lo claramente sobre o ombro. Ele tinha um daqueles rostos ossudos: bonito em certos ângulos e estranhamente interessante em outros. Tinha uma pequena cicatriz branca no queixo, como se tivesse sido talhada por uma lâmina fina. — Gostaria que eu lhe mostrasse como empunhar adequadamente a espada?

— Se faz questão.

Ele não respondeu, apenas esticou os braços em volta dela, ajustando a mão sobre o punho.

— Você jamais vai querer segurar sua espada apontando para baixo — ensinou. — Segure assim, com a ponta para a frente, pois se seu oponente atacar, ele será atingido pela lâmina.

Cecily ajustou a mão de acordo com as instruções. Sua mente estava acelerada. Passou tanto tempo pensando nos Caçadores de Sombras como monstros. Monstros que sequestraram seu irmão, e ela, uma heroína vindo salvá-lo, ainda que ele não soubesse que precisava de salvação. Fora estranho e gradual perceber o quanto eram humanos. Pôde sentir o calor irradiando do corpo de Gabriel, a respiração do menino em seu cabelo, e, ah, era estranho ter consciência de tantas coisas em outra pessoa: a sensação dela, o toque da pele, o *cheiro*...

— Vi como lutou na Casa dos Lightwood — murmurou Gabriel Lightwood. Sua mão calejada a tocou nos dedos, e Cecily lutou contra um pequeno tremor.

— Mal? — perguntou ela, assumindo um tom de provocação.

— Com paixão. Há aqueles que lutam por obrigação, e aqueles que o fazem porque amam. Você ama.

— Eu não... — começou Cecily, mas foi interrompida quando a porta da sala de treinamento se abriu com uma batida ruidosa.

Era Will, preenchendo a entrada com sua silhueta esguia e de ombros largos. Os olhos azuis pareciam trovões.

— O que você está fazendo aqui? — perguntou.

Lá se ia a breve paz que estabeleceram naquela noite.

— Estou treinando — disse Cecily. — Você me disse que sem treino eu não melhoraria.

— Não você. Falo com o Gabriel Lightverme aqui. — Will apontou o queixo para o menino. — Desculpe. Light*wood*.

Gabriel tirou lentamente os braços de Cecily.

— Quem quer que tenha instruído sua irmã lhe incutiu diversos maus hábitos. Eu só estava tentando ajudar.

— Eu disse que não tinha problema — retrucou Cecily, sem imaginar por que estava defendendo Gabriel, exceto pela desconfiança de que aquilo irritaria Will.

E irritou. Will estreitou os olhos.

— E *ele* disse a *você* que há anos quer encontrar uma maneira de se vingar de mim pelo que considera um insulto à irmã *dele*? E o que poderia ser melhor do que fazer isso com você?

Cecily virou a cabeça para olhar para Gabriel, que assumiu uma expressão de irritação e desafio.

— Isso é verdade?

Ele não respondeu a ela, mas a Will.

— Se vamos morar na mesma casa, Herondale, então teremos de aprender a nos tratar cordialmente. Não concorda?

— Contanto que eu ainda possa quebrar seu braço com a mesma facilidade com que posso olhar para você, não concordo com isso. — Will esticou o braço e pegou um espadim da parede. — Agora saia daqui, Gabriel. E deixe minha irmã em paz.

Com um único olhar de desdém, Gabriel passou por Will e saiu da sala.

— Isso era mesmo necessário, Will? — perguntou Cecily assim que a porta se fechou.

— Conheço Gabriel Lightwood, você não. Sugiro que deixe que eu me encarregue de ser o melhor juiz do caráter. Ele quer usá-la para me atingir...

— Você realmente não consegue imaginar outra motivação além de você?

— Eu o conheço — repetiu Will. — Ele já deu provas de ser mentiroso e traidor...

— As pessoas mudam.

— Não tanto.

— Você mudou — disse Cecily, atravessando a sala e derrubando a espada no banco, com uma batida.

— Você também — falou Will, surpreendendo-a. Ela se virou para ele.

— Eu mudei? Como *eu* mudei?

— Quando veio para cá — disse ele —, falava sem parar em me levar para casa com você. Não gostava do treinamento. Fingia que gostava, mas eu percebia que não. Aí deixou de ser "Will, volte para casa" e passou a ser "escreva uma carta, Will". E você começou a gostar das aulas. Gabriel Lightwood é um salafrário, mas em uma coisa ele tem razão: você gostou de lutar contra o grande verme na Casa dos Lightwood. O sangue de Caçador de Sombras é como pólvora em suas veias, Cecy. Uma vez aceso, não é fácil apagar. Fique mais tempo aqui e é muito provável que acabe como eu, envolvida demais para sair.

Cecily franziu o rosto para o irmão. Ele estava com a camisa aberta no colarinho, exibindo algo escarlate, cintilando na parte oca da garganta.

— Está usando um colar de mulher, Will?

Will colocou a mão no pescoço com um olhar de espanto, mas antes que pudesse responder, a porta da sala de treinamento tornou a se abrir e Sophie apareceu, com uma expressão ansiosa no rosto marcado.

— Mestre Will, Srta. Herondale — disse. — Estive procurando por vocês. Charlotte solicitou que todos descessem imediatamente para a sala de estar; é um assunto de grande urgência.

Cecily sempre se sentiu uma criança solitária. Era difícil não sê-lo quando seus irmãos mais velhos estavam mortos ou desaparecidos, e não havia por perto jovens da sua idade que os pais considerassem companhias adequadas. Aprendeu cedo a se entreter com as próprias observações de pessoas, que não compartilhava com ninguém, mas mantinha sempre à mão para retirá-las mais tarde e examiná-las quando estivesse sozinha.

Os hábitos de uma vida inteira não se interrompiam tão depressa, e apesar de Cecily não estar mais sozinha, desde que viera ao Instituto há oito semanas, tinha transformado os habitantes da casa em objetos de observação. Eram Caçadores de Sombras, afinal — inicialmente inimigos e, depois, após sua opinião se modificar cada vez mais, tornaram-se simplesmente criaturas fascinantes.

Ela os examinava agora ao entrar na sala de estar ao lado de Will. Primeiro, Charlotte, sentada atrás da mesa. Cecily não a conhecia havia muito tempo, no entanto sabia que ela era o tipo de mulher que mantinha a calma mesmo sob pressão. Era pequena, porém forte, um pouco como a mãe de Cecily, apesar de ter muito menos tendência a murmurar em galês.

Depois, havia Henry. Ele talvez tenha sido o primeiro a convencer Cecily de que apesar de os Caçadores de Sombras serem diferentes, não eram perigosamente diferentes. Não havia nada de assustador em Henry, todo pernas esguias e ângulos ao se apoiar sobre a mesa de Charlotte.

Os olhos dela se desviaram para Gideon Lightwood em seguida, mais baixo e mais encorpado que o irmão — Gideon, cujos olhos cinza-esverdeados normalmente seguiam Sophie pelo Instituto, como um cãozinho esperançoso. Cecily ficou imaginando se os outros já tinham percebido seu apego à serva, e o que a própria Sophie pensaria do assunto.

Então vinha Gabriel. Em relação a ele, os pensamentos de Cecily eram embaralhados e confusos. Tinha olhos brilhantes, e o corpo tenso como uma mola encolhida enquanto se apoiava na poltrona do irmão. Sobre o sofá de veludo escuro no lado oposto ao dos Lightwood, sentava-se Jem, com Tessa ao lado. Ele tinha levantado os olhos quando a porta se abriu e, como sempre fazia, pareceu se alegrar ao ver Will. Era uma qualidade peculiar a ambos, e Cecily ficou imaginando se era assim com todo *parabatai* ou se eles eram os únicos. Como quer que fosse, parecia assustador ser tão ligado a outra pessoa, principalmente a alguém tão frágil quanto Jem.

Enquanto Cecily observava, Tessa colocou a mão sobre a de Jem e disse alguma coisa baixinho, algo que o fez rir. Tessa olhou rapidamente para Will, mas ele apenas atravessou a sala como sempre, indo se apoiar na lareira. Cecily nunca conseguia concluir se ele fazia isso por viver com frio ou por se achar incrivelmente lindo diante das chamas saltitantes.

Você deve ter vergonha do seu irmão, que nutre sentimentos ilícitos pela noiva de seu parabatai, lhe dissera Will. Se ele fosse qualquer outra pessoa, ela teria lhe dito que não adiantava nada esconder seus sentimentos. A verdade surgiria, finalmente. Mas, no caso de Will, não tinha tanta certeza. Ele tinha a vantagem de anos de experiência em contenção e fingimento. Era um ator e tanto. Se ela não fosse sua irmã e não tivesse visto o rosto dele quando Jem não estava olhando, provavelmente nem teria notado.

E ainda havia a terrível verdade de que ele não precisaria esconder para sempre este segredo. Só era necessário fazê-lo enquanto Jem vivesse. Se James Carstairs não fosse tão generoso e bem-intencionado, Cecily pensou, talvez o tivesse odiado em nome do irmão. Não só ia se casar com a menina que Will amava, mas quando morresse, ela temia, Will jamais se recuperaria. Mas não se podia culpar alguém por morrer. Por fugir de propósito, talvez, como seu irmão fez com ela e os pais, mas não por morrer, pois o poder sobre isso certamente estava além do controle de qualquer mortal.

— Fico feliz que estejam todos aqui — disse Charlotte, com uma voz tensa que arrancou Cecily de sua reflexão. A mulher olhava seriamente para uma bandeja polida sobre a mesa, na qual havia uma carta aberta e um pequeno pacote embrulhado em papel. — Recebi uma correspondência um tanto perturbadora do Magistrado.

— De *Mortmain*? — Tessa se inclinou para a frente, e o anjo mecânico que sempre usava no pescoço começou a balançar, brilhando à luz do fogo. — Ele *escreveu* para você?

— Não para perguntar como tem passado, imagino — argumentou Will. — O que ele quer?

Charlotte respirou fundo.

— Vou ler a carta para vocês.

Estimada Sra. Branwell,

Perdoe-me por incomodá-la neste que deve ser um momento complicado para sua casa. Fiquei entristecido, apesar de não, confesso, chocado ao saber do agravamento do estado do Sr. Carstairs.

Creio que saiba que sou portador de uma grande — ouso dizer exclusivamente grande — porção do remédio do qual o Sr. Carstairs necessita para a manutenção de seu bem-estar. Portanto, nos encontramos em uma situação muito interessante, que anseio resolver de modo a agradar a nós dois. Ficaria muito feliz em fazer uma troca: se a senhora se dispuser a me confiar a Srta. Gray, cederei uma grande quantidade de yin fen.

Envio uma demonstração da minha boa vontade. Peço para que me informe de sua decisão através de uma carta. Se a sequência correta de números impressos na base deste papel for falada ao meu autômato, certamente recebê-la-ei.

Cordiais saudações,

Axel Mortmain

— Isso é tudo — disse Charlotte, dobrando a carta ao meio e colocando-a de volta na bandeja. — Há instruções sobre como invocar o autômato ao qual deseja que eu mande a resposta e os números aos quais se refere, mas não nos dá qualquer dica sobre sua localização.

Fez-se um silêncio chocado. Cecily, que havia sentado em uma pequena poltrona florida, olhou para Will e o viu desviar o rosto, como se quisesse esconder sua expressão. Jem empalideceu, o rosto da cor de cinzas velhas, e Tessa — ela ficou totalmente parada, e a luz do fogo lançou sombras em seu rosto.

— Mortmain quer *a mim* — disse ela afinal, interrompendo o silêncio. — Em troca do *yin fen* de Jem.

— É ridículo — declarou Jem. — Insustentável. A carta deve ser entregue à Clave, para ver se eles conseguem extrair alguma pista quanto à localização de Mortmain, e nada mais.

— Não vão conseguir descobrir nada — respondeu Will, em voz baixa. — O Magistrado já cansou de se mostrar esperto demais para isso.

— Isso não é esperteza — argumentou Jem. — É a forma mais bruta de chantagem...

— Concordo — disse Will. — Sugiro pegarmos o pacote como uma bênção, mais um punhado de *yin fen* que vai ajudá-lo, e ignorarmos o resto.

— Mortmain escreveu sobre mim — disse Tessa, interrompendo os dois. — A decisão deve ser minha. — Ela inclinou o corpo na direção de Charlotte. — Eu vou.

Fez-se mais um silêncio mortal. Charlotte empalideceu; Cecily sentiu as próprias mãos escorregadias de suor onde se entrelaçavam no colo. Os irmãos Lightwood pareceram desesperadamente pouco à vontade. Gabriel aparentava querer estar em outro lugar qualquer. Cecily não podia culpá-los. A tensão entre Will, Jem e Tessa parecia pólvora que apenas precisava de um fósforo para explodir.

— Não — disse Jem afinal, levantando-se. — Tessa, você não pode.

Ela repetiu o gesto dele, levantando-se também.

— Posso. Você é meu noivo. Não posso permitir que morra quando tenho como ajudar, e Mortmain não pretende me causar qualquer dano físico...

— Não sabemos o que ele pretende! Não é um sujeito confiável! — disse Will subitamente, então abaixou a cabeça, a mão agarrando a lareira com tanta força que os dedos ficaram brancos. Cecily percebeu que ele estava se forçando a ficar em silêncio.

— Se fosse você que Mortmain quisesse, Will, também iria — disse Tessa, olhando para o irmão de Cecily com olhos que não toleravam contradição. Will se encolheu com essas palavras.

— Não — declarou Jem. — Eu também o proibiria.

Tessa virou-se para Jem com a primeira expressão de raiva que Cecily já tinha visto naquele rosto.

— Não pode me proibir... não mais do que poderia proibir Will...

— Posso — disse Jem. — Por uma razão muito simples. A droga não é uma *cura*, Tessa. Só prolonga minha existência. Não permitirei que jogue fora sua própria vida por um restinho da minha. Se for a Mortmain, será por nada. Vou continuar não tomando a droga.

Will levantou a cabeça.

— James...

Mas Tessa e Jem se encaravam, com olhos fixos.

— Você não faria isso — arfou Tessa. — Não me insultaria jogando fora um sacrifício que fiz por você.

Jem atravessou a sala e pegou o pacote — e a carta — da mesa de Charlotte.

— Prefiro insultá-la a perdê-la — declarou, e, antes que qualquer um pudesse fazer alguma coisa para impedi-lo, jogou os dois itens na fogueira.

A sala explodiu em gritos. Henry correu para a frente, mas Will já tinha se ajoelhado diante da lareira e enfiado as mãos no fogo.

Cecily levantou-se subitamente da cadeira.

— *Will!* — gritou, e correu para o irmão. Pegou-o pelos ombros do casaco e o puxou para longe do fogo. Ele cambaleou para trás, com o pacote ainda em chamas caindo das mãos. Gideon chegou no instante seguinte, apagando o fogo com os pés, deixando uma bagunça de papel queimado e pó prateado no tapete.

Cecily olhou para a lareira. A carta com as instruções sobre como invocar o autômato de Mortmain fora reduzida a cinzas.

— Will — disse Jem, e pareceu nauseado. Ele caiu de joelhos ao lado de Cecily, que continuava segurando os ombros do irmão, e tirou uma estela do bolso. As mãos de Will estavam escarlate, e bolhas de um branco lívido já se formavam na pele, em meio a manchas pretas de fuligem. Sua respiração estava falha e áspera ao ouvido de Cecily; ele emitia engasgos de dor, exatamente como quando caiu do telhado aos 9 anos e quebrou os ossos do braço esquerdo. — *Byddwch yn iawn, Will* — disse, enquanto Jem colocava a estela no antebraço de Will e desenhava rapidamente. — Você vai ficar bem.

— Will — disse Jem, baixinho. — Will, sinto muito, sinto muito. Will...

A respiração falha de Will se ajustava à medida que o *iratze* fazia efeito e a pele voltava à cor normal. Ainda tem um pouco de *yin fen* que pode ser preservado — disse Will, caindo para trás e se apoiando em Cecily. Ele tinha cheiro de fumaça e ferro. Ela conseguia sentir o coração do irmão pelas costas. — Melhor reuni-lo, antes de mais nada...

— Aqui — disse Tessa, ajoelhando; Cecily tinha vaga consciência de todos os outros de pé, e Charlotte, em choque, com uma das mãos na boca. Na mão direita de Tessa havia um lenço, no qual talvez tivesse um punhado de *yin fen*, tudo o que Will salvou do fogo. — Tome isto — disse ela, e o colocou na mão livre de Jem, a que não estava com a estela. Ele parecia prestes a falar com ela, mas ela já havia se levantado. Parecendo muito arrasado, Jem observou enquanto ela se retirava.

— Ah, Will. O que vamos fazer com você?

Will se sentou e sentiu-se um tanto inadequado na poltrona florida da sala de estar, deixando Charlotte, empoleirada em um pequeno banco diante dele, passar pomada em suas mãos. Não doíam mais após três *iratzes*, e já tinham recobrado a cor normal, mas Charlotte insistiu em tratá-las mesmo assim.

Os outros já tinham se retirado, exceto por Cecily e Jem; a irmã estava ao seu lado, no braço da cadeira, e Jem ajoelhara-se no tapete queimado, com a estela ainda nas mãos, sem tocar Will, mas próximo a ele. Recusaram-se a sair, mesmo depois que os outros se retiraram e Charlotte mandou Henry voltar ao trabalho no porão. Não havia mais o que fazer, afinal. As instruções sobre como entrar em contato com Mortmain desapareceram, transformaram-se em cinzas, e não havia mais decisão a se tomar.

Charlotte insistiu para que Will ficasse e passasse pomada nas mãos, e Cecily e Jem se recusaram a deixá-lo. Will precisava admitir que gostou, que gostava de ter a irmã ali no braço da cadeira, gostava dos olhares protetores e ferozes que ela lançava a qualquer um que se aproximasse dele, até mesmo Charlotte, doce e inofensiva, com a pomada e o cacarejo maternal. E Jem, de pé, apoiando-se levemente contra a cadeira, como quando Will recebia curativos após as lutas ou *iratzes* para curar ferimentos de batalhas.

— Lembra-se de quando Meliorn tentou arrancar seus dentes por chamá-lo de um vagabundo orelhudo? — disse ,em Havia tomado um pouco do *yin fen* enviado por Mortmain, e as bochechas tinham recuperado um pouco da cor.

Will sorriu, apesar de tudo; não pôde evitar. Era uma das coisas que o fazia se sentir afortunado nos últimos anos: ter alguém que o conhecia, que sabia o que ele estava pensando antes mesmo de falar em voz alta.

— Eu teria arrancado os dentes dele em troca — falou —, mas quando fui procurá-lo novamente, ele tinha imigrado para os Estados Unidos Para escapar da minha fúria, sem dúvida.

— Humpf — disse Charlotte, como sempre fazia quando achava que Will estava muito convencido. — Ele tinha muitos inimigos em Londres, pelo que sei.

— *Dydw I ddim yn gwybod pwy yw unrhyw um o'r bobl yr ydych yn siarad amdano* — lamentou Cecily.

— Você pode não saber de quem estamos falando, mas ninguém mais sabe o que você está *dizendo* — argumentou Will, apesar de seu tom não ser de reprovação. Pôde ouvir a exaustão na própria voz. A falta de sono da noite anterior estava começando a pesar — Fale em inglês, Cecy.

Charlotte se levantou, voltou para a mesa e pousou o pote de pomada. Cecily puxou um chumaço de cabelo de Will.

— Deixe-me ver suas mãos.

Ele as levantou. Lembrou-se do fogo, da agonia branca e do rosto chocado de Tessa acima de tudo. Sabia que ela entenderia por que tinha feito o que fez, por que não pensou duas vezes antes de agir, mas a expressão em seus olhos — era como se seu coração estivesse partido por ele.

Ele só queria que ela ainda estivesse aqui. Era bom estar com Jem, Cecily e Charlotte, estar cercado por tanto afeto, mas sem a presença dela, sempre haveria algo faltando, um talho em forma de Tessa arrancado de seu coração e que ele jamais recuperaria.

Cecily tocou os dedos dele, que no momento pareciam bastante normais, exceto pela fuligem nas unhas.

— É um tanto surpreendente — disse, em seguida afagou levemente as mãos do irmão, com cuidado para não espalhar a pomada. — Will sempre foi propenso a se ferir — acrescentou, com ternura na voz. — Já perdi a conta dos membros quebrados quando éramos crianças... os arranhões, as cicatrizes.

Jem se inclinou mais para perto contra a cadeira, olhando para o fogo.

— Melhor que fossem minhas mãos — falou.

Will balançou a cabeça. A exaustão mudava as bordas de tudo na sala, borrando o papel de parede e transformando-o em uma massa única de cor escura.

— Não. Suas mãos, não. Precisa delas para o violino. Para que eu preciso das minhas?

— Eu deveria ter imaginado o que você faria — disse Jem, com voz baixa. — Sempre sei o que vai fazer. Eu devia ter percebido que você poria as mãos no fogo.

— E eu devia ter sabido que você descartaria o pacote — respondeu Will, sem rancor. — Foi... foi uma atitude extremamente nobre. Entendo por que o fez.

— Pensei em Tessa. — Jem levantou os joelhos e apoiou o queixo neles, em seguida riu suavemente. — Muito nobre. Esta não é para ser sua especialidade? De repente sou eu que estou fazendo coisas ridículas e você é que me manda parar?

— Meu Deus — disse Will. — Quando trocamos de lugar?

A luz do fogo passou pelo rosto e pelo cabelo de Jem enquanto ele balançava a cabeça.

— Estar apaixonado é algo muito estranho — falou. — Muda a pessoa.

Will olhou para Jem e o que sentiu, mais do que ciúme, mais do que qualquer outra coisa, foi um desejo saudoso de sentir compaixão pelo melhor amigo, falar sobre os sentimentos que tinha no coração. Afinal, não eram os mesmos? Não amavam da mesma forma a mesma pessoa? Mas só o que disse foi:

— Queria que você não se arriscasse.

Jem se levantou.

— Sempre quis o mesmo de você.

Will levantou os olhos, tão cheios de sono e do cansaço que vinha com os símbolos de cura que só conseguiu enxergar Jem como uma figura com um halo de luz.

— Já vai?

— Sim, vou dormir. — Jem tocou levemente as mãos de Will. — Descanse, Will.

Os olhos dele já estavam se fechando, mesmo quando Jem virou para sair. Não ouviu a porta se fechar atrás do *parabatai*. Em algum lugar no corredor, Bridget cantava, e sua voz se elevava acima do crepitar do fogo. Will não achou tão irritante quanto normalmente o faria, porém mais como uma canção de ninar que sua mãe teria cantado para ele um dia, para embalá-lo no sono.

Oh, o que brilha mais que a luz?
O que é mais escuro que a noite?
O que é mais afiado que um machado?
O que é mais suave que cera derretida?

A verdade brilha mais que a luz,
A falsidade é mais escura que a noite.
A vingança é mais afiada que um machado,
E o amor, mais suave que a cera derretida.

— Uma música de enigma — disse Cecily, com a voz sonolenta e semiacordada. — Sempre gostei destas. Lembra-se de quando mamãe cantava para nós?

— Um pouco — admitiu Will. Se não estivesse tão cansado talvez sequer tivesse admitido. Sua mãe vivia cantando, preenchendo todos os cantos da casa; cantava enquanto caminhava ao lado das águas no estuário de Mawddach ou entre os narcisos nos jardins. *Llawn yw'r coed o ddail a blode, llawn o goriad merch wyf inne.*

— Lembra-se do mar? — perguntou ele, a exaustão o deixando com a voz pesada. — Do lago em Tal-y-Llyn? Aqui em Londres não há nada tão azul quanto essas duas coisas.

Ele ouviu Cecily respirar fundo.

— Claro que me lembro. Pensei que você não se lembrasse.

Imagens de sonhos se pintaram no interior das pálpebras de Will, e o sono o alcançou como uma corrente, afastando-o da costa clara.

— Acho que não consigo me levantar desta cadeira, Cecy — murmurou. — Vou descansar aqui esta noite.

Ela ergueu a mão, procurou a dele e a envolveu sem apertar.

— Então vou ficar com você — disse ela, sua voz se tornando parte da corrente de sonhos, e o sono finalmente o dominou, afogando-o.

Para: Gabriel e Gideon Lightwood
De: Cônsul Josiah Wayland

Fiquei muito surpreso ao receber sua carta. Não entendo como eu poderia ter sido mais claro. Quero que me relatem os detalhes das correspondências entre a Sra. Branwell e seus parentes e amigos de Idris. Não pedi chacota sobre a modista da moça. Não me importo nem com o figurino nem com o cardápio diário de vocês.

Peço que escrevam algo contendo informações relevantes. Espero muito que a referida carta seja mais adequada a Caçadores de Sombras e menos a lunáticos.

Em nome de Raziel,
Cônsul Wayland

8

Aquele Fogo do Fogo

Você chama de esperança — aquele fogo do fogo!
Não é nada além de agonia do desejo.
— Edgar Allan Poe, "Tamerlane"

Tessa sentou-se à penteadeira, escovando o cabelo de forma metódica. O ar lá fora era frio, porém úmido, e parecia prender a água do Tâmisa, que tinha odor de ferro e de sujeira urbana. Era o tipo de clima que normalmente deixava seus cabelos volumosos e ondulados, além de embaraçados nas pontas. Não que estivesse preocupada com cabelo; era apenas um gesto repetitivo, o ato de pentear, que a fazia manter uma espécie de calma forçada.

Não parava de ver, em sua mente, o choque de Jem enquanto Charlotte lia a carta de Mortmain, as mãos queimadas de Will e o pouquinho de *yin fen* que ele conseguiu reunir do chão. Via os braços de Cecily envolvendo Will e a angústia de Jem ao se desculpar: *sinto muito, sinto muito.*

Ela não suportou. Ambos sofriam de agonia, e ela amava os dois. A dor foi por causa dela — era *ela* que Mortmain queria. Era a causa da escassez de *yin fen* e da tristeza de Will. Quando virou-se e saiu da sala, foi por não aguentar mais. Como três pessoas que gostavam tanto umas das outras podiam se ferir tanto?

Repousou a escova e se olhou no espelho. Parecia cansada, com olheiras, assim como Will, que passou o dia com ela na biblioteca ajudando

Charlotte com os papéis de Benedict, traduzindo algumas das passagens em grego, latim ou Purgatic, a pena percorrendo graciosamente no papel e a cabeça escura curvada. Era estranho olhar para Will à luz do dia e se lembrar do menino que a segurou como se ela fosse um bote salva-vidas em uma tempestade nos degraus da casa de Woolsey. Sua face diurna não era despida de problemas, mas também não era aberta nem generosa. Ele não foi grosseiro nem frio, mas também não levantou os olhos nem sorriu para ela por cima da mesa, tampouco reconheceu os eventos da noite anterior.

Ela queria chamá-lo de lado e perguntar se tivera notícias de Magnus, falar para ele: *ninguém além de mim entende o que você sente, então por que não podemos sentir juntos?* Mas se Magnus tivesse entrado em contato, Will teria contado a ela; ele era honrado. Todos eram honrados. Se não fossem, ela pensou, olhando para as próprias mãos, talvez as coisas não fossem tão terríveis.

Foi tolice se oferecer para ir a Mortmain — sabia disso agora —, mas a ideia se apoderou dela com a força de uma paixão. Ela *não* podia ser a causa de tanta infelicidade e não fazer nada para aliviá-la. Se ela se entregasse para Mortmain, Jem viveria por mais tempo, e ele e Will teriam um ao outro; seria como se ela jamais tivesse vindo para o Instituto.

Mas agora, nas horas frias da noite, ela sabia que nada do que fizesse poderia voltar o tempo ou desfazer os sentimentos que existiam entre todos eles. Sentiu-se vazia por dentro, como se um pedaço de si estivesse faltando; no entanto, estava paralisada. Parte dela queria correr para Will, para ver se as mãos do rapaz estavam curadas, e dizer que ela entendia. A outra parte queria cruzar o corredor até o quarto de Jem e implorar por seu perdão. Jamais tinham se irritado um com o outro, e ela não sabia como controlar um Jem furioso. Será que ele quereria terminar o noivado? Será que estaria decepcionado com ela? Por alguma razão, esse pensamento era tão intolerável quanto imaginar que Jem pudesse estar decepcionado com ela.

Scratch. Ela levantou o rosto e olhou em volta — um ruído suave. Talvez tivesse imaginado? Estava cansada; talvez fosse hora de chamar Sophie para ajudá-la com o vestido, e depois ir para a cama com um livro. Estava na metade de *O castelo de Otranto*, que vinha se revelando uma excelente distração.

Havia se levantado da cadeira para tocar o sino dos criados quando o barulho voltou, mais determinado. Um *scratch, scratch* contra a porta do quarto. Com ligeira trepidação, atravessou o quarto e abriu a porta.

Church estava abaixado do outro lado, o pelo azulado, eriçado, e a expressão, furiosa. Em volta do pescoço tinha um laço de prata, e preso ao laço um pedaço de papel enrolado, como um pequeno pergaminho. Tessa se ajoelhou, alcançou o laço e o desamarrou. O laço caiu, e o gato imediatamente correu pelo corredor.

O papel se soltou, e Tessa o pegou e desenrolou. Era uma letra redonda e familiar no bilhete.

Encontre-me na sala de música
— J

— Não há nada aqui — disse Gabriel.

Ele e Gideon estavam na sala de estar. Estava bem escura, com as cortinas abertas; não fosse pelas pedras enfeitiçadas de cada um, estaria negro como breu. Gabriel vasculhava apressadamente as correspondências sobre a mesa de Charlotte pela segunda vez.

— Como assim, nada? — disse Gideon, perto da porta. — Estou vendo uma pilha de cartas. Certamente uma delas deve ser...

— Nada escandaloso — respondeu Gabriel, fechando a gaveta da mesa. — Nem sequer interessante. Algumas cartas trocadas com um tio em Idris, que aparentemente tem gota.

— Fascinante — murmurou Gideon.

— Não se pode deixar de imaginar em que exatamente Charlotte está envolvida. Alguma espécie de traição ao Conselho? — Gabriel pegou a pilha de cartas e fez uma careta. — Poderíamos garantir que ela é inocente se soubéssemos do que ele suspeita.

— Isso se eu acreditasse que ele quer garantias de inocência — disse Gideon. — Ao que me parece, ele está torcendo por um flagrante. — Ele esticou a mão. — Dê-me essa carta.

— A do tio? — Gabriel estava em dúvida, mas fez como o outro dissera. Levantou a pedra de luz enfeitiçada, os raios brilhando sobre a mesa enquanto Gideon se inclinava e, com uma das canetas de Charlotte, começou a rabiscar uma carta para o Cônsul.

Gideon soprava a tinta para secar quando a porta da sala de estar se abriu. O menino endireitou-se no mesmo instante. Um brilho amarelo invadiu o recinto, muito mais brilhante do que a fraca luz da pedra enfeitiçada; Gabriel levantou a mão para cobrir os olhos, piscando. Devia ter aplicado um símbolo de Visão Noturna, pensou, mas demoraria a desbotar e levantaria suspeitas. Nos instantes em que a visão demorou a ajustar, ouviu o irmão exclamar, espantado:

— *Sophie*?

— Já disse para não me chamar assim, Sr. Lightwood. — Seu tom era frio. A visão de Gabriel se ajustou, e ele viu a criada na entrada, com um lampião aceso em uma das mãos. A menina estava com os olhos apertados. Cerrou-os ainda mais ao olhar para Gabriel, com a correspondência de Charlotte na mão. — Vocês estão... esta é a correspondência da Sra. Branwell?

Gabriel derrubou as cartas apressadamente na mesa.

— Eu... Nós...

— Andaram *lendo as cartas dela*? — Sophie parecia furiosa, como uma espécie de anjo vingador, empunhando o lampião. Gabriel olhou rapidamente para o irmão, mas Gideon parecia congelado e sem fala.

Em toda sua vida, Gabriel não conseguia se lembrar do irmão sequer ter dado um segundo de atenção a meninas Caçadoras de Sombras. No entanto, olhava para esta mundana com a cicatriz no rosto como se ela fosse o sol nascendo. Era inexplicável, mas também inegável. Podia enxergar o horror na face do irmão enquanto a boa opinião que Sophie fazia dele se destruía bem diante de seus olhos.

— Sim — disse Gabriel. — Sim, estamos de fato olhando a correspondência dela.

Sophie deu um passo para trás.

— Vou buscar a Sra. Branwell imediatamente...

— Não... — Gabriel estendeu a mão. — Não é o que você pensa. Espere. — Ele resumiu rapidamente o que tinha acontecido: as ameaças do Cônsul, o pedido para que espionasse Charlotte e a solução que deram ao problema. — Jamais tivemos qualquer intenção de revelar uma palavra do que ela realmente escreveu — concluiu. — Nossa intenção era protegê-la.

A expressão desconfiada de Sophie não mudou.

— E por que eu deveria acreditar em alguma palavra do que diz, Sr. Lightwood?

Gideon finalmente falou:

— Srta. Collins — disse ele. — Por favor. Sei que desde... o infortúnio... com os bolinhos, a senhorita não me tem em grande estima, mas, por favor, acredite que eu não trairia a confiança depositada em mim por Charlotte, e nem recompensaria sua gentileza com traição.

Sophie hesitou por um instante, em seguida olhou para baixo.

— Sinto muito, Sr. Lightwood. *Quero* acreditar no senhor, mas minha lealdade é para com a Sra. Branwell em primeiro lugar.

Gabriel pegou da mesa a carta que o irmão havia acabado de escrever.

— Srta. Collins — disse. — Por favor, leia esta carta. Era o que pretendíamos enviar ao Cônsul. Se, depois de lê-la, ainda estiver determinada a procurar a Sra. Branwell, não tentaremos impedi-la.

Sophie olhou de Gabriel para Gideon. Em seguida, com uma rápida inclinação de cabeça, avançou e colocou a luz sobre a mesa. Tomando a carta de Gideon, desdobrou e a leu em voz alta:

Para: Cônsul Josiah Wayland
De: Gideon e Gabriel Lightwood

Prezado senhor,

O senhor demonstrou a sabedoria habitual ao nos pedir que lêssemos as cartas da Sra. Branwell a Idris. Obtivemos um olhar íntimo e observamos que ela mantém uma comunicação quase diária com o tio-avô Roderick Fairchild.

O conteúdo dessas cartas, senhor, ia chocá-lo e decepcioná-lo. Fez com que perdêssemos boa parte da nossa fé no sexo frágil.

A Sra. Branwell demonstra uma atitude muito insensível, desumana e nada feminina em relação às graves doenças que o afligem. Recomenda a aplicação de menos álcool para curar sua gota, demonstra sinais inconfundíveis de divertimento com a terrível hidropsia da qual sofre, e ignora totalmente a menção que ele faz a uma substância suspeita que se acumula em seus ouvidos e outros orifícios.

Indícios do cuidado feminino que se esperaria de uma mulher em relação a seus parentes homens, e o respeito de uma moça relativamente jovem a seu tio mais velho, como deve ser... não existem! A Sra. Branwell, tememos, enlouqueceu com o poder. Precisa ser conti-

da antes que seja tarde e muitos Caçadores de Sombras sejam abatidos pela falta de cuidado feminino.

Atenciosamente,

Gideon e Gabriel Lightwood

Fez-se silêncio quando ela terminou. Sophie ficou parada pelo que pareceu uma eternidade, encarando o papel com olhos arregalados. Finalmente falou:

— Qual dos dois escreveu isso?

Gideon limpou a garganta.

— Eu.

Ela levantou a cabeça. Havia cerrado os lábios, mas tremia. Por um terrível instante, Gabriel acreditou que fosse chorar.

— Oh, céus — disse. — E esta foi a primeira?

— Não, houve mais uma — Gabriel admitiu. — Sobre os chapéus de Charlotte.

— Os chapéus? — Um esboço de riso escapou dos lábios de Sophie, e Gideon olhou para ela como se jamais tivesse visto algo tão maravilhoso. Gabriel tinha de admitir que ela ficava muito bonita quando ria, com ou sem cicatriz. — E o Cônsul ficou furioso?

— Extremamente — respondeu Gideon.

— Vai contar para a Sra. Branwell? — perguntou Gabriel, pois não suportava mais aquele suspense.

Sophie havia parado de rir.

— Não — respondeu —, pois não quero comprometê-los aos olhos do Cônsul e também porque acho que esta notícia ia magoá-la, e à toa. Espioná-la desse jeito, que homem terrível! — O olhar de Sophie brilhou. — Se desejarem ajuda nos planos de frustrar as armações do Cônsul, fico feliz em colaborar. Deixem-me ficar com a carta e me certificarei de que seja enviada amanhã.

A sala de música não estava tão empoeirada quanto Tessa se lembrava — parecia ter recebido uma boa faxina recentemente; a madeira dos parapeitos e do chão brilhava, assim como o grande piano no canto. Um fogo piscava na lareira, destacando Jem entre as chamas quando ele virou de costas e, ao vê-la, deu um sorriso nervoso.

Tudo naquele recinto parecia suave, leve como aquarela — a luz do fogo trazendo à vida os instrumentos cobertos por lençóis brancos, como fantasmas, o brilho negro do piano, as chamas como leves reflexos dourados nas janelas. Ela também podia ver a si mesma e a Jem, olhando um para o outro: uma menina com um vestido de noite, azul-escuro, um menino magro com cabelos prateados bagunçados e o casaco preto muito largo sobre a figura esguia.

À sombra, seu rosto era pura vulnerabilidade, ansiedade na curva suave da boca.

— Eu não tinha certeza de que viria.

Com isso, ela deu um passo à frente, querendo abraçá-lo, mas se conteve. Precisava falar primeiro.

— Claro que vim — falou. — Jem, sinto muito. Muito mesmo. Não consigo explicar... Foi uma espécie de loucura. Não pude suportar a ideia do mal que se abateria sobre você por minha causa, porque, por alguma razão, estou ligada a Mortmain, e ele, a mim.

— Não é sua culpa. Nunca foi uma escolha sua...

— Eu não estava enxergando com clareza. Will tem razão; Mortmain não é confiável. Mesmo que eu fosse até ele, não há garantias de que ele cumpriria com sua parte do acordo. E eu estaria colocando uma arma na mão do inimigo. Não sei para que ele pretende me usar, mas não é para o bem dos Caçadores de Sombras; disso podemos ter certeza. No fim das contas, posso até ser o que vai machucar a todos vocês — lágrimas arderam em seus olhos, mas ela as conteve com esforço. — Perdoe-me, Jem. Não podemos perder o tempo que nos resta com raiva um do outro. Entendo por que fez o que fez... Eu faria o mesmo por você.

Os olhos dele se tornaram suaves como prata enquanto ela falava.

— *Zhe shi jie shang, wo shi zui ai ne de* — sussurrou ele.

Ela entendeu. *Em todo o mundo, você é o que mais amo.*

— Jem...

— Você sabe disso; precisa saber. Eu jamais poderia deixá-la sair de perto de mim, correr perigo... não enquanto eu viver. — Ele levantou a mão, antes que ela pudesse dar um passo em direção a ele. — Espere. — Inclinou-se e, ao se levantar, estava com a caixa quadrada do violino e o arco. — Eu... Tem uma coisa que gostaria de lhe dar. Um presente de casamento quando o oficializássemos. Mas gostaria de oferecer agora, se me permitir.

— Um presente — disse ela, curiosa. — Depois... Mas nós brigamos!

Com isso, ele sorriu, o sorriso adorável que iluminava seu rosto e fazia com que qualquer um se esquecesse do quanto estava magro e esgotado.

— Um problema constante na vida de casados, me disseram. Terá sido um bom treino.

— Mas...

— Tessa, você achou que pudesse haver alguma briga, grande ou pequena, capaz de me fazer deixar de amá-la? — Ele parecia surpreso, e ela, de repente, pensou em Will, nos anos em que Will testou a lealdade de Jem, enlouqueceu-o com mentiras, evasões e autodestruição, e, durante todo o tempo, o amor de Jem pelo irmão de sangue jamais se abalou, quanto mais se quebrou.

— Tive medo — respondeu suavemente. — E eu... não tenho nenhum presente para você.

— Sim, você tem — disse ele baixinho, mas com firmeza. — Sente-se, Tessa, por favor. Você se lembra de como nos conhecemos?

Tessa sentou-se em uma cadeira baixa, com braços dourados, as saias amarrotando ao redor.

— Invadi seu quarto no meio da noite, como uma lunática.

Jem sorriu.

— Você entrou *graciosamente* no meu quarto e me encontrou tocando violino — falou, apertando o parafuso no arco. Quando concluiu, pousando-o, retirou o violino da caixa. — Você se importaria se eu tocasse para você agora?

— Sabe que adoro ouvi-lo tocar. — Era verdade. Até adorava escutá-lo falar sobre o violino, apesar de entender muito pouco do assunto. Poderia ouvi-lo divagar com paixão durante horas sobre resina, cravelhas, volutas, arcos, notas e sobre a tendência da corda "lá" de arrebentar, sem se entediar.

— *Wo wei ni xie de* — disse ele ao levar o violino até o ombro esquerdo e colocá-lo sob o queixo. Ele havia lhe contado que muitos violinistas utilizavam uma espaleira, um apoio no ombro, mas ele não. Tinha uma marquinha na lateral do pescoço, como um hematoma permanente, onde o violino se encaixava.

— Você... fez uma coisa para mim?

— *Compus* uma coisa para você — corrigiu, com um sorriso, e começou a tocar.

Ela assistiu, impressionada. Jem começou com simplicidade e sutileza, a pegada leve no arco produzindo um som suave e harmônico. A melodia a envolveu, fresca e doce como água, esperançosa e adorável como o nascer do sol. Ela observou os dedos dele com fascínio enquanto se moviam e uma nota linda emergia do instrumento. O som se aprofundava à medida que o arco acelerava, o antebraço de Jem movendo-se para a frente e para trás, o corpo esguio parecendo um borrão com os movimentos do ombro. Os dedos deslizaram levemente para cima e para baixo, e o tom da música se elevou, nuvens carregadas se reuniram em um horizonte claro, um rio que se tornara uma torrente. As notas sucumbiam ao chão e se elevavam para cercá-la; o corpo inteiro de Jem parecia se mover de acordo com os sons que ele extraía do instrumento, apesar de ela saber que os pés dele estavam firmes no chão.

O coração de Tessa acelerou para acompanhar o ritmo da música; os olhos de Jem estavam fechados, os cantos da boca curvados para baixo, como se sentisse dor. Parte dela queria se levantar apressadamente para abraçá-lo; a outra parte não queria fazer nada para conter a música, o adorável som. Era como se ele tivesse pegado o arco e o utilizasse como um pincel, criando uma tela que claramente expunha sua alma. Enquanto as notas voavam cada vez mais alto, subindo ao céu, Tessa percebeu que estava com o rosto molhado, mas só quando a música acabou e ele abaixou o violino foi que percebeu que estava chorando.

Lentamente, Jem guardou o violino de volta no estojo e pousou o arco ao lado. Levantou-se e virou-se para ela. Sua expressão era tímida, apesar de a camisa branca estar transparente com suor e a veia no pescoço pulsar visivelmente.

Tessa ficou sem palavras.

— Gostou? — perguntou. — Eu poderia ter lhe dado... joias, mas preferi alguma coisa que fosse inteiramente *sua*. Que mais ninguém pudesse ouvir ou ter. E não sou bom com palavras, então pus em música o que sinto por você. — Ele fez uma pausa. — Gostou? — perguntou novamente, e a queda da voz no fim da pergunta indicava que ele esperava receber uma resposta negativa.

Tessa levantou o rosto para que ele pudesse ver as lágrimas.

— Jem.

Ele se ajoelhou diante dela, com o rosto totalmente contraído.

— *Ni jue de tong man, qin ai de?*

— Não... não — disse ela, meio chorando, meio rindo. — Não estou magoada. Nem infeliz. De jeito algum.

Um sorriso cortou o rosto dele, acendendo seus olhos com deleite.

— Então você gostou.

— Foi como enxergar sua alma nas notas da música. E foi lindo. — Ela se inclinou para a frente e tocou-o de leve, a pele lisa sobre a maçã do rosto dura, os cabelos como penas nas costas de sua mão. — Vi rios, barcos como flores, todas as cores do céu noturno.

Jem soltou o ar, deixando-se cair no chão perto da cadeira, como se sua força tivesse se esgotado.

— Isso é uma magia rara — disse ele, inclinando a cabeça até encostar a têmpora no joelho de Tessa. Ela manteve o ritmo da carícia em seu cabelo, passando os dedos naquela suavidade. — Meus pais adoravam música — revelou subitamente. — Meu pai tocava violino, minha mãe *qin*. Escolhi o violino, apesar de ter podido aprender qualquer um. Às vezes, me arrependi, pois existem melodias chinesas que não consigo extrair do violino e que minha mãe gostaria que eu soubesse. Ela costumava me contar a história de Yu Boya, que era um ótimo músico de *qin*. Ele tinha um melhor amigo, um marceneiro chamado Hong Ziqi, e tocava para ele. Dizem que quando Yu Boya tocava uma música sobre a água, o amigo imediatamente sabia que ele estava descrevendo rios correntes, e quando tocava sobre montanhas, Ziqi enxergava os picos. E Yu Boya dizia, "é porque ele entende minha música". — Jem olhou para a própria mão, levemente curvada sobre o joelho. — As pessoas ainda utilizam a expressão "*zhi yin*" para falar de "amigos próximos" ou "almas gêmeas", mas o que realmente significa é "compreensão musical". — Ele esticou o braço e pegou a mão dela. — Quando eu toquei, você viu o que vi. Você entende minha música.

— Não sei nada sobre música, Jem. Não sei diferenciar sonata de partita...

— Não. — Ele se virou, ajoelhou-se e apoiou-se nos braços da cadeira. Estavam próximos o bastante agora para que ela pudesse ver o cabelo dele molhado de suor nas têmporas e na nuca, e sentir seu cheiro de resina e açúcar queimado. — Não é desse tipo de música que estou falando. Estou falando... — Ele emitiu um ruído de frustração, pegou a mão de Tessa, trouxe-a para o peito e pressionou-a contra o coração. A batida firme martelou a palma da mão da menina. — Cada respiração tem uma melodia própria — disse ele. — Você conhece a minha.

— O que aconteceu com eles? — sussurrou Tessa. — Com o marceneiro e o músico?

O sorriso de Jem estava triste.

— Zhong Ziqi morreu, e Yu Boya tocou sua última música sobre o túmulo do amigo. Depois quebrou o *qin* e nunca mais tocou.

Tessa sentiu a pressão quente das lágrimas sob os cílios, tentando forçar a passagem.

— Que história horrível.

— É? — O coração de Jem saltou e falhou sob os dedos dela. — Enquanto ele viveu e foram amigos, Yu Boya compôs algumas das melhores músicas que conhecemos. Será que ele teria conseguido isso sozinho? Nossos corações precisam de um espelho, Tessa. Enxergamos o melhor de nós mesmos naqueles que nos amam. E existe uma beleza que só a brevidade oferece. — Abaixou o olhar, depois levantou-o para encontrar o dela. — Eu lhe daria tudo de mim — disse. — Eu lhe daria mais em duas semanas do que a maioria dos homens daria em uma vida.

— Não há nada que não tenha me dado, nada com que eu não esteja satisfeita...

— Para mim, há — falou ele. — Quero estar casado com você. Esperaria para sempre, mas...

Não temos para sempre.

— Eu não tenho família — disse Tessa lentamente, com os olhos nos dele. — Não tenho guardião. Ninguém que pudesse... se ofender... com um casamento mais imediato.

Os olhos de Jem se arregalaram singelamente.

— Eu... Está falando sério? Eu não ia querer que você não tivesse todo o tempo necessário para se preparar.

— Que tipo de preparação você imagina que preciso? — perguntou Tessa, e só por um instante seus pensamentos se voltaram para Will, para a forma como ele colocara a mão no fogo para salvar as drogas de Jem, e, ao observá-lo, não pôde deixar de se lembrar do episódio na sala, quando ele revelou que a amava, e, quando saiu, ela cerrou a mão em torno de um atiçador, para que a dor ardente na pele pudesse apagar, ainda que por um instante, a dor no coração.

Will. Mentiu para ele naquela ocasião — se não o fez com palavras, o fez por omissão. Permitiu que acreditasse que ela não o amava. Pensar nisso ainda lhe causava dor, mas ela não se arrependia. Não havia outro jeito. Ela conhecia Will o suficiente para saber que mesmo que tivesse terminado o relacionamento com Jem, ele não ficaria com ela. Não suportaria um amor conquistado em detrimento da felicidade de seu *parabatai*. E se existia uma parte de seu coração que pertencia a Will, e somente a Will, e sempre pertenceria, não faria bem nenhum revelar. Ela também amava Jem — o amava mais ainda agora que tinha concordado em se casar com ele.

Às vezes, a pessoa deve escolher entre ser generoso ou honrado, Will lhe dissera. Às vezes é impossível ser os dois.

Talvez isso dependesse do livro, pensou ela. Mas neste, o livro de sua vida, a desonra era apenas maldosa. Ainda que tivesse magoado Will na sala de estar, com o tempo, à medida que os sentimentos que ele tinha por ela desbotassem, um dia ele a agradeceria por mantê-lo livre. Tessa acreditava nisso. Não podia amá-la para sempre.

Ela havia escolhido este caminho havia muito tempo. Se pretendia chegar ao próximo mês, então podia chegar ao dia seguinte. Sabia que amava Jem, e, apesar de parte dela também amar Will, não deixar que nenhum dos dois soubesse era o melhor presente que poderia oferecer a ambos.

— Não sei — disse Jem, olhando para ela, do chão, e sua expressão era uma mistura de esperança e incredulidade. — O Conselho ainda não aprovou nosso pedido... e você não tem vestido...

— Não me importo com o Conselho. E não ligo para a roupa. Se está falando sério, Jem, caso quando você quiser.

— Tessa. — Ele arfou. Segurou-a como se estivesse se afogando, e ela abaixou a cabeça para tocar os lábios dele com os seus. Jem se levantou sobre os joelhos. A boca dele roçou a dela, uma, duas vezes, até ela abrir os lábios e conseguir sentir a doçura de açúcar queimado. — Você está muito longe — sussurrou ele, e então seus braços a envolveram, e não havia espaço entre os dois; Jem a puxou da cadeira e os dois ficaram ajoelhados no chão, se abraçando.

Ele a segurou perto, e as mãos de Tessa traçaram a forma de seu rosto, as maçãs do rosto agudas. *Tão agudas, tão agudas, os ossos da face, a pulsação do sangue próximo demais da superfície da pele, a clavícula rígida como um colar de metal.*

As mãos de Jem deslizaram da cintura para os ombros de Tessa; ele passou os lábios sobre a clavícula da noiva, a porta oca da garganta, enquanto os dedos dela giravam na camisa dele, puxando-a para cima, de modo que tocou a pele nua de Jem com as palmas. Ele era tão magro; a espinha era dura sob o toque. Contra a luz da lareira, ela pôde vê-lo pintado em sombra e fogo, o caminho dourado das chamas transformando o cabelo branco em dourado.

Eu te amo, ele dissera. *Em todo o mundo você é o que mais amo.*

Ela sentiu a pressão quente da boca do noivo na concavidade da garganta, depois mais embaixo. Os beijos dele terminaram onde o vestido começava. Tessa sentiu o coração batendo sob a boca de Jem, como se tentasse alcançá-lo, tentasse bater por ele. Sentiu a mão tímida do rapaz deslizar pelo seu corpo, para o ponto em que os laços fechavam o vestido...

A porta se abriu com um rangido, e eles se desvencilharam, ambos arfando como se tivessem acabado uma corrida. Tessa ouviu o próprio sangue pulsar ruidosamente nos ouvidos ao olhar para a porta vazia. Ao seu lado, o engasgo de Jem se transformou em riso.

— O que... — Ela começou.

— Church — disse ele, e Tessa baixou o olhar para ver o gato atravessando a sala de música após abrir a porta, parecendo muito satisfeito consigo mesmo.

Nunca vi um gato tão satisfeito — disse ela enquanto Church, ignorando-a como sempre, caminhava até Jem e o tocava com o focinho.

— Quando falei que talvez precisássemos de um acompanhante, não foi nisso que pensei — observou Jem, mas acariciou a cabeça do gato assim mesmo e sorriu para Tessa com o canto da boca. — Tessa — disse. — Falou sério? Sobre se casar comigo amanhã?

Ela levantou o queixo e olhou diretamente nos olhos dele. Não suportava a ideia de esperar ou desperdiçar mais um instante da vida do noivo. Súbita e furiosamente quis estar ligada a ele — na saúde e na doença, na alegria e na tristeza —, ligada a uma promessa, e capaz de lhe dar sua palavra e seu amor sem se conter.

— Falei — respondeu.

A sala de jantar não estava cheia, pois nem todos haviam chegado para o café, quando Jem fez o anúncio.

— Eu e Tessa vamos nos casar — declarou, muito calmamente, colocando o guardanapo no colo.

— É para ser surpresa? — perguntou Gabriel, que estava de uniforme de combate, como se pretendesse treinar após o desjejum. Já havia tirado todo o bacon da bandeja, e Henry o olhava pesarosamente. — Já não são noivos?

— A data estava marcada para dezembro — explicou Jem, esticando o braço sob a mesa para apertar a mão de Tessa e confortá-la. — Mas mudamos de ideia. Pretendemos nos casar amanhã.

O efeito foi galvânico. Henry engasgou com o chá, e Charlotte precisou bater nas costas dele, que parecia ter perdido a fala. Gideon derrubou a xícara sonoramente sobre o pires, e até Gabriel parou com o garfo a caminho da boca. Sophie, que tinha acabado de vir da cozinha com uma leva de torradas, arfou.

— Mas não podem! — disse a criada. — O vestido da Srta. Gray estragou, e o novo ainda nem começou a ser preparado!

— Ela pode usar qualquer vestido — disse Jem. — Não precisa do dourado dos Caçadores de Sombras, pois não é uma Caçadora de Sombras. Ela tem muitos vestidos bonitos; pode escolher o preferido. — Ele desviou a cabeça timidamente em direção a Tessa. — Digo, se não se importar.

Tessa não respondeu, pois naquele instante Will e Cecily apareceram na entrada.

— Estou com *tanta* dor no pescoço — dizia Cecily, com um sorriso. — Mal posso acreditar que consegui dormir nesta posição...

Ela se interrompeu quando os dois pareceram sentir o clima da sala e pararam, olhando em volta. Will parecia mais descansado do que na véspera e contente em ter Cecily ao lado, apesar de este bom humor contido claramente se evaporar ao ver as expressões dos outros presentes.

— O que está havendo? — perguntou. — Aconteceu alguma coisa?

— Eu e Tessa resolvemos adiantar nossa cerimônia de casamento — explicou Jem. — Será nos próximos dias.

Will não disse nada; sua expressão não se alterou, mas ele ficou muito pálido. Não olhou para Tessa.

— Jem, a Clave — disse Charlotte, e parou de bater nas costas de Henry, se levantando com um olhar agitado no rosto. — Ainda não aprovaram seu casamento. Não pode se colocar contra eles...

— Também não podemos esperar por eles — disse Jem. — Pode levar meses, um ano... sabe como preferem atrasar a dar uma notícia que temam ser desagradável.

— E nosso casamento não é a prioridade deles agora — comentou Tessa. — Os papéis de Benedict Lightwood, a busca por Mortmain... tudo é mais importante. Mas esta é uma questão pessoal.

— Não existem questões pessoais para a Clave — afirmou Will. A voz soou oca e estranha, como se ele estivesse muito longe. Uma veia pulsava em seu pescoço. Tessa pensou na harmonia delicada que começaram a estabelecer ao longo dos últimos dias e ficou imaginando se isso a destruiria, estilhaçando-a como uma peça delicada contra pedras. — Minha mãe e meu pai...

— Existem Leis para casamentos com mundanos. Não existem Leis para um casamento entre um Nephilim e o que Tessa é. E, se eu precisar, assim como seu pai, abro mão de ser Caçador de Sombras em nome disso.

— James...

— Pensei que você, mais que todo mundo, fosse entender — disse Jem, com o olhar fixo em Will, ao mesmo tempo confuso e magoado.

— Não estou dizendo que não entendo. Só estou pedindo que *pense*...

— Pensei. — Jem reclinou-se. — Tenho uma licença de casamento mundana, legal e assinada. Poderíamos entrar em qualquer igreja e nos casar hoje mesmo. Prefiro que todos compareçam, mas, se não puderem, casaremos assim mesmo.

— Casar com uma moça só para torná-la viúva — observou Gabriel Lightwood. — Muitos não considerariam isso gentil.

Jem enrijeceu ao lado de Tessa, a mão dura na dela. Will avançou, mas Tessa já estava de pé, perfurando Gabriel Lightwood com os olhos.

— Não *ouse* falar de Jem como se ele tivesse toda a escolha e eu não tivesse nenhuma — disse ela, sem desviar os olhos do rosto dele. — Este noivado não me foi imposto, tampouco cultivo ilusões quanto à saúde de Jem. Escolhi ficar com ele por quantos dias e minutos tivermos, e me considerarei abençoada por vivê-los.

Os olhos de Gabriel eram tão frios quanto as águas do mar do Novo Mundo.

— Só me preocupei com seu bem, Srta. Gray.

— Melhor cuidar de si. — Tessa se irritou.

E agora aqueles olhos verdes estreitaram-se.

— O que quer dizer?

— Acredito que a dama se refira — entoou Will — à questão de que *ela* não matou o próprio pai. Ou já se recuperou tão rápido disso que não precisa mais se preocupar com seus próprios problemas, Gabriel?

Cecily engasgou. Gabriel se levantou, e, em sua expressão, Tessa viu novamente o rapaz que desafiou Will para um combate direto no dia em que ela o conheceu; pura arrogância, rigidez e ódio.

— Se ousar... — começou.

— *Parem* — disse Charlotte, e então se interrompeu, quando, pela janela, veio o ruído dos portões enferrujados do Instituto se abrindo e o som de cavalos trotando. — Ah, pelo Anjo. *Jessamine.* — Charlotte se levantou, descartando o guardanapo no prato. — Vamos... Precisamos descer para recebê-la.

Aquela chegada infeliz sob diversos aspectos, acabou se mostrando uma excelente distração. Houve um ligeiro burburinho e muita confusão por parte de Gabriel e Cecily, pois nenhum deles entendia exatamente quem era Jessamine nem seu papel na vida do Instituto. Continuaram pelo corredor de forma desordeira, Tessa um pouco para trás; estava sem fôlego, como se o corpete tivesse sido apertado demais. Pensou na noite anterior, no abraço em Jem enquanto se beijavam e sussurravam durante horas um para o outro, sobre a cerimônia que teriam, a união que se seguiria — como se tivessem todo o tempo do mundo. Como se casar fosse torná-lo imortal, apesar de ela saber que não era este o caso.

Ao descer pelas escadas para a entrada, tropeçou, distraída. A mão de alguém a segurou. Levantou os olhos e viu Will.

Ficaram ali por um segundo, congelados como uma estátua. Os outros já estavam descendo pelas escadas, as vozes subindo como fumaça. A mão de Will tocava suavemente o braço de Tessa, apesar de o rosto dele estar quase sem expressão, como se tivesse sido esculpido em granito.

— Você não concorda com o restante deles, concorda? — perguntou ela, mais afiada do que pretendia. — Que eu não deva me casar com Jem hoje. Você me perguntou se eu o amava o suficiente para casar com ele e fazê-lo feliz, e eu respondi que sim. Não sei se posso fazê-lo completamente feliz, mas posso tentar.

— Se alguém pode, é você — respondeu ele, fixando os olhos nos dela.

— Os outros acham que cultivo ilusões quanto à saúde dele.

— Esperança não é ilusão.

As palavras eram estimulantes, mas havia algo na voz de Will, algo morto, que a apavorava.

— Will. — Ela o segurou pelo pulso. — Você não me abandonaria agora... não me deixaria sozinha à procura de uma cura? Sem você, eu não consigo.

Ele respirou fundo e semicerrou os olhos azuis sombrios.

— Claro que não. Eu jamais desistiria dele ou de você. Vou ajudar. Vou continuar. É só que...

Interrompeu-se, virando o rosto. A luz que vinha da janela do alto iluminava a bochecha, o queixo e a curva de seu maxilar.

— O quê?

— Lembra-se do que falei para você naquele dia, na sala de estar — disse. — Quero que você seja feliz, e ele também. No entanto, quando você atravessar a igreja para encontrá-lo e se unir a ele eternamente, estará pisando em uma trilha invisível dos cacos de meu coração, Tessa. Eu abriria mão da minha própria vida por qualquer um de vocês. Morreria pela felicidade dos dois. Achei que talvez, quando me disse que não me amava, que meus sentimentos fossem diminuir e atrofiar, mas isso não aconteceu. Eles crescem a cada dia. Eu a amo mais desesperadamente neste momento do que jamais o fiz, e daqui a uma hora a amarei ainda mais. É injusto lhe dizer isso, eu sei, quando você não pode fazer nada a respeito. — Respirou fundo e trêmulo. — Como você deve me odiar.

Tessa teve a sensação de que o chão havia sucumbido sob seus pés. Lembrou-se do que havia dito a si mesma na noite anterior: que certamente os sentimentos de Will por ela teriam desbotado. Que, ao longo dos anos, a dor dele seria inferior à dela. Acreditou nisso. Mas agora...

— Não o odeio, Will. Você não foi nada senão honrado... Mais honrado do que eu poderia pedir que fosse...

— Não — falou ele amargamente. — Você não esperava nada de mim, suponho.

— Eu esperava *tudo* de você, Will — sussurrou Tessa. — Mais do que você mesmo esperava de si. Mas me deu ainda mais do que isso. — Sua voz falhou. — Dizem que uma pessoa não pode dividir o coração, no entanto...

Will! Tessa! — Charlotte os chamou da entrada. — Parem de perder tempo! Será que um dos dois pode chamar Cyril? Talvez precisemos de ajuda com a carruagem, se os Irmãos do Silêncio pretenderem ficar.

Tessa olhou desamparada para Will, mas o momento entre os dois havia se rompido; a expressão dele estava fechada; o desespero que o levou ao instante anterior se foi. Estava trancado como se mil cadeados se colocassem entre eles.

— Desça. Já vou — disse ele, sem entonação, depois virou e subiu os degraus.

Tessa pôs a mão na parede enquanto descia pelas escadas. O que quase fez? O que quase revelou a Will?

E, ainda assim, eu te amo.

Mas, por Deus, que bem faria, que benefício traria dizer essas palavras? Só seria um fardo ainda mais pesado para ele, pois saberia dos sentimentos dela, sem poder fazer nada. E o prenderia a ela, não o libertaria para procurar outro amor — alguém que *não* estivesse noiva do seu melhor amigo.

Outro amor. Desceu pelos degraus da frente do Instituto, sentindo o vento entrar através do vestido como uma faca. Os outros estavam lá, reunidos nos degraus, pouco à vontade, principalmente Gabriel e Cecily, que pareciam imaginar que diabos estavam fazendo ali. Tessa mal os notou. Estava se sentindo mal e sabia que não era por causa do frio. Era a ideia de Will apaixonado por outra pessoa.

Mas isso era puro egoísmo. Se Will encontrasse outra pessoa para amar, ela sofreria e morderia os lábios em silêncio, como ele vinha fazendo ao longo de seu noivado com Jem. Devia isso a ele, pensou, enquanto uma carruagem escura conduzida por um cocheiro com vestes cor de pergaminho, como as dos Irmãos do Silêncio, atravessou os portões abertos. Devia a Will um comportamento tão honrado quanto o dele.

A carruagem veio até o pé da escada e parou. Tessa sentiu Charlotte se mover inquieta atrás dela.

— Outra carruagem? — disse ela, e Tessa seguiu o olhar de Charlotte para constatar que, de fato, havia uma segunda carruagem, toda preta e sem brasão, silenciosamente atrás da primeira.

— Um acompanhante — disse Gabriel. — Talvez os Irmãos do Silêncio temam que ela tente escapar.

— Não — disse Charlotte, com espanto na voz. — Ela não faria isso...

O Irmão do Silêncio que conduzia a primeira carruagem soltou as rédeas e desmontou, indo para a porta do veículo. Naquele momento, a segunda carruagem parou atrás dele, e ele virou. Tessa não conseguiu ver a expressão, pois a face estava coberta por um capuz, mas alguma coisa na projeção do corpo exprimia surpresa. Ela cerrou os olhos — havia algo de estranho nos cavalos que traziam a segunda carruagem: os corpos brilhavam, não pelo lustre do pelo, como costumava acontecer, mas como metal, e os movimentos eram estranhamente velozes.

O condutor da segunda carruagem saltou do assento, aterrissando com uma batida forte, e Tessa viu o brilho metálico quando ele levou a mão às vestes cor de pergaminho — e abriu a roupa.

Por baixo havia um corpo metálico brilhante com uma cabeça oval, sem olhos, com parafusos metálicos unindo as juntas dos cotovelos, joelhos e ombros. O braço direito, se é que podia ser chamado assim, terminava em uma besta de bronze. Ele agora levantou o braço e o flexionou. Uma flecha de aço, revestida com metal preto, voou pelo ar e se enterrou no peito do primeiro Irmão do Silêncio, levantando-o do chão, fazendo-o voar e aterrizar a vários metros dali, no jardim. Antes de cair no chão, o sangue ensopou o peito daquelas vestes familiares.

9

Esculpido em Metal

O metal líquido que ele escoava,
Em formas ajustadas preparava; do qual formava
Primeiro, as próprias ferramentas; em seguida, o que pudesse ser fundido
Fuzil ou esculpido em metal.
— John Milton, "Paraíso perdido"

Os irmãos do Silêncio, Tessa viu em choque, sangravam com uma cor tão vermelha quanto qualquer mortal.

Ouviu Charlotte gritar ordens, e em seguida Henry apareceu correndo pelas escadas, apressando-se para a primeira carruagem. Abriu a porta, e Jessamine caiu em seus braços. Estava com o corpo flácido e os olhos semicerrados. Trajava o vestido branco esfarrapado que Tessa a vira usando quando a visitou na Cidade do Silêncio, e seu adorável cabelo louro estava raspado rente ao crânio como uma paciente da febre.

— Henry. — Ela choramingou alto, agarrando-lhe a lapela do casaco. — Por favor, me ajude, Henry. Leve-me para dentro do Instituto, *por favor*...

Henry se levantou, virando-se com Jessamine nos braços no mesmo instante que as portas da segunda carruagem se abriram e os autômatos saíram de dentro dela, juntando-se ao primeiro. Pareciam se multiplicar ao saltarem, como brinquedos de papel — um, dois, três, e, então, Tessa perdeu a conta enquanto os Caçadores de Sombras ao redor sacavam as armas dos cintos. Viu o brilho metálico que voou da ponta da bengala de Jem, ouviu murmúrios em latim de lâminas serafim brilhando em volta como um círculo de fogo sagrado.

E os autômatos atacaram. Um deles correu na direção de Henry e Jessamine, enquanto os outros se apressaram para os degraus. Tessa ouviu Jem chamar seu nome, e percebeu que estava desarmada. Não tinha planejado treinar hoje. Olhou em volta, desesperada, à procura de qualquer coisa, uma pedra pesada ou mesmo um graveto. Na entrada, havia armas penduradas nas paredes — como enfeite, mas arma era arma. Correu e pegou uma delas antes de girar e correr de volta para fora.

A cena que encontrou era caótica. Jessamine no chão, encolhida contra a roda da carruagem, os braços sobre o rosto. Henry se colocou diante dela, uma lâmina serafim indo para a frente e para trás enquanto ele lutava contra o autômato que tentava passar por ele e cujas mãos pontudas miravam Jessamine. O restante das criaturas mecânicas havia se espalhado pelos degraus e lutava contra os Caçadores de Sombras.

Enquanto Tessa erguia a espada, seus olhos percorreram o jardim. Estes autômatos eram diferentes dos que vira antes. Moviam-se com mais agilidade, menos estremecimentos quando subiam, e as juntas de cobre abriam e fechavam suavemente.

No degrau mais baixo, Gideon e Gabriel lutavam furiosamente contra um monstro mecânico de 3 metros com as mãos de espetos atacando como bastões. Gabriel tinha um corte largo no ombro do qual escorria sangue, mas ele e o irmão estavam destruindo a criatura, um pela frente, outro por trás. Jem deu um bote para enfiar a bengala-espada na cabeça de outro autômato. Os braços da criatura tremeram, e ele tentou recuar, mas a espada estava enterrada no crânio de metal. Ele soltou a lâmina, e, quando o autômato voltou, atacou-o nas pernas, tirando uma do chão. Este cambaleou para o lado e caiu sobre as pedras.

Mais próximo de Tessa, o chicote de Charlotte cortou o ar como um raio, arrancando o braço-besta do primeiro autômato. A criatura não desacelerou. Ao alcançá-la com o segundo braço, espatulado e cheio de garras, Tessa correu entre eles e empunhou a espada conforme Gideon havia ensinado, utilizando o corpo todo para imprimir força e atacando de cima para somar poder à gravidade do golpe.

A lâmina caiu e arrancou o segundo braço da criatura. Desta vez, um fluido negro vazou do ferimento. O autômato manteve a rota, curvando-se para atacar Charlotte com a cabeça, na qual havia uma lâmina curta e afiada. Ela gritou ao ser atingida na parte superior do braço. Em seguida, atacou com o chicote, e o electrum ouro-prata envolveu a garganta da criatura, apertando com força. Charlotte puxou de volta o pulso, e a cabeça, arrancada, caiu para o lado; finalmente a criatura despencou, com líquido escuro pulsando dos cortes no metal.

Tessa engasgou e jogou a cabeça para trás; o suor fazia seu cabelo grudar na testa e nas têmporas, mas ela precisava de ambas as mãos para pegar a espada pesada e não podia tirar o cabelo do rosto. Através dos olhos que ardiam, ela viu que Gabriel e Gideon tinham levado o autômato ao chão e estavam atacando; atrás deles, Henry desviou a tempo de escapar de um golpe da criatura que o encurralou contra a carruagem. A mão que parecia um taco socou a janela do veículo, e o vidro caiu sobre Jessamine, que gritou e cobriu a cabeça. Henry ergueu a lâmina serafim, enterrando-a no corpo do autômato. Tessa estava acostumada a ver lâminas serafim queimando demônios, reduzindo-os a nada, mas o autômato apenas cambaleou para trás e atacou novamente, com a lâmina enterrada no peito ardendo como uma tocha.

Com um berro, Charlotte começou a descer pelas escadas em direção ao marido. Tessa olhou em volta — e não viu Jem. Seu coração saltou. Deu um passo para a frente...

E uma figura escura se elevou diante dela, toda vestida de preto. Luvas e botas pretas. Tessa não viu nada além de um rosto branco como a neve cercado pelas dobras do capuz preto, tão terrível e familiar quanto um pesadelo recorrente.

— Olá, Srta. Gray — disse a Sra. Black.

Apesar de ter olhado em todas as salas possíveis, Will não conseguiu encontrar Cyril. Irritou-se com isso, e seu estado de espírito não melhorou com o encontro com Tessa na escada. Após dois meses de tanto cuidado que parecia estar caminhando sobre a ponta de uma faca, ele soltou tudo que estava sentindo, como sangue escorrendo de uma ferida aberta, e somente o chamado de Charlotte impediu que sua tolice se convertesse em desastre.

Ainda assim, a resposta de Tessa o incomodava enquanto ele atravessava o corredor e passava pela cozinha. *Dizem que uma pessoa não pode dividir o coração, no entanto...*

No entanto o quê? O que ela ia dizer?

A voz de Bridget veio da sala de jantar, onde Sophie fazia a limpeza.

"'Oh, mãe, mãe, faça minha cama,
Deixe-a macia e estreita.
Meu William morreu por amor a mim,
E eu morrerei de tristeza'.

Enterraram-na no velho quintal da igreja.
O túmulo do doce William era quase dela
E do túmulo crescia uma rosa vermelha, vermelha,
E dela, uma sarça.

Cresceram e cresceram pelo pináculo da velha igreja,
Até não poderem subir mais,
E se entrelaçaram em um verdadeiro laço de amor,
A rosa vermelha, vermelha, e a sarça."

Will estava imaginando distraidamente como Sophie conseguia não bater na cabeça de Bridget com uma travessa quando sentiu um choque como se tivesse sido atingido no peito. Cambaleou para trás, contra a parede, engasgando-se, e levou a mão à garganta. Sentiu algo batendo ali, como um segundo coração contra o seu. A corrente do pingente que Magnus lhe dera estava fria ao toque, e ele a puxou apressadamente da camisa e olhou enquanto a pedra pendurada se revelava — vermelho-escura e pulsando com uma luz escarlate como o centro de uma chama.

Aos poucos, tomou consciência de que a cantoria de Bridget havia cessado e que ambas as meninas estavam na entrada da sala de jantar, encarando-o com olhos arregalados de espanto. Ele soltou o pingente, permitindo que caísse sobre o peito.

— O que foi, Mestre Will? — perguntou Sophie. Tinha deixado de chamá-lo de Sr. Herondale quando a verdade sobre sua maldição veio à tona, apesar de, às vezes, ainda ter de decidir se gostava mesmo dele ou não. — Está tudo bem?

— Não sou eu — falou. — Precisamos descer, depressa. Alguma coisa muito errada aconteceu.

— Mas você está morta! — Tessa engasgou, recuando um passo. — Eu a vi morrer...

Ela se interrompeu com um grito quando longos braços metálicos surgiram por trás como fitas e a levantaram do chão. Sua espada caiu no chão quando a garra do autômato a apertou, e a Sra. Black deu aquele terrível sorriso frio.

— Ora, ora, Srta. Gray. Não está nem um pouco feliz em me ver? Afinal, fui a primeira a recebê-la na Inglaterra. Apesar de você ter se adaptado muito bem, devo dizer.

— Solte-me! — Tessa desferiu chutes, mas o autômato apenas bateu a cabeça na dela, fazendo-a morder o próprio lábio. Ela engasgou e cuspiu: saliva e sangue se espalharam sobre o rosto pálido da Sra. Black. — Prefiro morrer a ir com você...

A Irmã Sombria limpou o fluido com uma luva e uma careta de desdém.

— Infelizmente, isso não pode ser negociado. Mortmain a quer viva. — Ela estalou os dedos para o autômato. — Leve-a para a carruagem.

O autômato deu um passo para a frente, com Tessa no colo — e caiu. Tessa mal teve tempo de esticar os braços para amortecer a queda ao atingirem o chão, a criatura mecânica por cima dela. Sentiu uma dor agonizante no pulso direito, mas lutou assim mesmo e soltou um grito da garganta ao cair de lado e escorregar diversos degraus, o berro de frustração da Sra. Black ecoando em seus ouvidos.

Levantou os olhos, tonta. A Sra. Black havia desaparecido. O autômato que segurava Tessa se inclinou para o lado nos degraus, parte do corpo metálico cortada. Tessa conseguiu dar uma olhada no que havia dentro ao virar: peças, mecanismos e tubos claros bombeando um fluido repugnante. Jem estava atrás da criatura, arfando, respingado com o sangue negro e oleoso do autômato. Seu rosto estava pálido e rijo. Ele olhou rapidamente para ela, uma checada rápida para constatar que estava bem, e voltou ao ataque, cortando novamente o autômato e arrancando uma das pernas. O autômato teve espasmos, como uma cobra moribunda, e o braço remanescente se esticou, pegou Jem pelo calcanhar e puxou com força.

Os pés do menino voaram do chão, e ele caiu, rolando pelos degraus, preso em um terrível abraço ao monstro de metal. O barulho enquanto o autômato caía, de metal sendo arrastado pela pedra, era horrível. Ao atingirem o chão juntos, a força da queda os separou. Tessa observou, horrorizada, enquanto Jem se levantava tonto e cambaleante, o próprio sangue vermelho se misturando ao fluido negro e manchando suas roupas. A bengala-espada havia desaparecido — ficara em um dos degraus de pedra onde ele a havia derrubado ao cair.

— *Jem* — sussurrou ela, e se ajoelhou. Tentou engatinhar para a frente, mas o pulso cedeu; caiu sobre os cotovelos e alcançou a bengala...

Exatamente quando braços a envolveram, levantando-a, e ela ouviu a voz da Sra. Black sibilando ao seu ouvido.

— Não lute, Srta. Gray, ou vai acabar muito mal para você, muito mal mesmo. — Tessa tentou girar e escapar, mas algo suave surgiu sobre sua boca e o nariz. Sentiu um cheiro doce e nauseante, e, em seguida, a escuridão dominou sua visão e a levou à inconsciência.

Com a lâmina serafim na mão, Will correu pela porta aberta do Instituto e se deparou com um cenário de caos.

A primeira reação foi procurar automaticamente por Tessa, que não estava em lugar algum — graças a Deus. Ela deve ter tido o bom senso de se esconder. Havia uma carruagem negra nos degraus da frente. Encolhida contra uma das rodas, entre uma pilha de vidro quebrado, encontrava-se Jessamine. Em ambos os lados da moça, estavam Henry e Charlotte: Henry com a espada e Charlotte com o chicote, lutando contra três autômatos de pernas compridas e braços de lâminas, as cabeças lisas e vazias. A bengala-espada de Jem estava no chão, totalmente escorregadio com fluido negro oleoso. Perto das portas, Gabriel e Gideon Lightwood combatiam contra outros dois autômatos com a competência de dois guerreiros que treinavam juntos havia anos. Cecily estava ajoelhada perto do corpo de um Irmão do Silêncio, cujas vestes apresentavam-se manchadas de sangue.

Os portões do Instituto estavam abertos, e, através deles, partia uma segunda carruagem preta, afastando-se em alta velocidade. Mas Will mal pensou nela, pois ao pé da escada viu Jem. Pálido como papel, mas ereto, recuava enquanto outro autômato vinha para cima dele. A criatura estava cambaleando, quase inebriada, metade da lateral do corpo e um braço arrancado, mas Jem estava inteiro.

A gravidade fria da batalha dominou Will, e tudo pareceu desacelerar ao seu redor. Notou que Sophie e Bridget, ambas armadas, se dividiram cada uma para um lado — Sophie correu para perto de Cecily, e Bridget, um rodopio de cabelos ruivos e lâminas cortantes, tratou de reduzir um autômato enorme a pedaços de metal com uma ferocidade que em outro momento o teria espantado. Mas seu mundo havia se reduzido a autômatos e a Jem, que, levantando o olhar, viu-o e esticou a mão.

Saltando quatro degraus e deslizando para o lado, Will pegou a bengala-espada e a jogou para Jem. Ele a agarrou no ar exatamente quando o autômato avançou para ele, e Jem o cortou em dois. A parte superior caiu, apesar de as pernas e o tronco inferior, que agora bombeavam um excesso de fluidos negros e verdes nojentos, continuarem avançando. Jem girou para o lado e empunhou a espada outra vez, cortando a coisa nos joelhos. Finalmente ela caiu, e as partes soltas ainda tremendo.

Jem virou a cabeça e olhou para Will. Os olhares se encontraram por um segundo, e Will ofereceu um sorriso — mas Jem não retribuiu; estava branco como sal, e Will não conseguiu ler seus olhos. Será que estava machucado? Estava coberto por tanto óleo e fluido que Will não sabia se o amigo sangrava. A ansiedade o perfurava, e Will começou a descer pelas escadas em direção a Jem, mas antes que pudesse avançar mais do que alguns passos, Jem girou e correu para os portões. Enquanto Will observava, ele desapareceu através deles, sumindo pelas ruas de Londres.

Will correu; e foi contido ao pé da escada quando um autômato apareceu na sua frente, movendo-se tão acelerada e graciosamente quanto a água e bloqueando a passagem. Os braços eram longas tesouras; Will desviou quando uma delas tentou atacá-lo no rosto, e enterrou a lâmina serafim no peito.

Ouviu o ruído de metal derretendo, mas a criatura apenas cambaleou para trás e atacou de novo. Will abaixou-se para desviar dos braços afiados e pegou uma adaga do cinto. Ele girou para trás, esticando a lâmina — apenas para ver o autômato se destruir em tiras diante de seus olhos; grandes pedaços de metal descascando como uma casca de laranja. O fluido negro borbulhou e se espalhou pelo rosto quando a coisa caiu em pedaços amassados.

Ele observou. Bridget o olhou serenamente através do corpo destruído. Seus cabelos se destacavam ao redor da cabeça em uma confusão de cachos ruivos, e o avental branco estava coberto de sangue negro, mas ela não tinha nenhuma expressão.

— Deveria ser mais cuidadoso — disse ela. — Não acha?

Will perdeu a fala; felizmente, Bridget não parecia esperar resposta. Jogou o cabelo para o lado e foi na direção de Henry, que lutava contra um autômato particularmente assustador de, no mínimo, 4 metros. Henry tinha conseguido arrancar um braço, mas o outro, uma monstruosidade comprida e articulada, com a ponta de lâmina curva semelhante a um *kindjal*, continuava atacando. Bridget chegou calmamente por trás e atacou a junta do tronco com sua lâmina. Faíscas voaram, e a criatura começou a cambalear para a frente. Jessamine, ainda encolhida contra a roda da carruagem, soltou um grito e começou a engatinhar para Will.

Will observou, surpreso e espantado, enquanto ela machucava as mãos e joelhos nos cacos de vidro da janela quebrada da carruagem, mas continuava rastejando. Em seguida, como se tivesse sido obrigado a agir, ele avançou, passando por Bridget, correndo até alcançar Jessie e a envolver nos braços, levantando-a do chão. Ela soltou um suspiro — o nome dele, achou — e, em seguida, esmoreceu em seu colo, com apenas as mãos firmes agarrando-o pela lapela.

Ele a afastou da carruagem, com os olhos atentos ao que acontecia no jardim. Charlotte havia despachado seu autômato, e Bridget e Henry estavam acabando com outro. Sophie, Gideon, Gabriel e Cecily tinham dois autômatos no chão entre si e os esfaqueavam como um assado de Natal. Jem não voltara.

— Will — chamou Jessie, com voz muito fraca. — Will, por favor, me ponha no chão.

— Preciso levá-la para dentro, Jessamine.

— Não. — Ela tossiu, e Will percebeu, horrorizado, que havia sangue escorrendo dos cantos de sua boca. — Não vou sobreviver muito tempo. Will... se algum dia se importou comigo, um mínimo que fosse, ponha-me no chão.

Will desceu para o pé da escada com Jessie nos braços, fazendo o possível para manter a cabeça dela apoiada em seu ombro. O sangue manchava seu pescoço e a frente do vestido branco, grudando o tecido ao corpo. Ela estava terrivelmente magra, a clavícula ressaltando como as asas de um pássaro, as bochechas côncavas. Parecia muito mais uma paciente de hospício do que a menina bonita que os deixara há apenas oito semanas.

— Jess — disse ele, suavemente. — Jessie. Onde você se feriu?

Ela sorriu uma espécie de sorriso fantasmagórico. A cor vermelha contornava as beiradas dos dentes.

— As garras de uma das criaturas perfuraram minhas costas — sussurrou, e, de fato, quando Will olhou para baixo, viu que a parte de trás do vestido estava ensopada de sangue. O sangue manchou as mãos, a calça, a camisa, e encheu sua garganta com um terrível cheiro de cobre que o sufocava. — Penetrou meu coração. Posso sentir.

— Um *iratze*... — Will começou a procurar a estela no cinto.

— Nenhum *iratze* vai me ajudar agora. — A voz de Jessamine era firme.

— Então, os Irmãos do Silêncio...

— Nem os poderes deles podem me salvar. Além disso, não suportaria que voltassem a me tocar. Prefiro morrer. *Estou* morrendo e feliz com isso.

Will olhou para ela, espantado. Lembrava-se de quando Jessie chegou ao Instituto, com 14 anos e tão perversa quanto um gato zangado com todas as garras de fora. Ele nunca fora gentil com ela, nem ela com ele — ela jamais fora gentil com ninguém, além de Jem —, mas Jessie o poupou de ter de se arrepender. Mesmo assim, ele a admirava de um jeito estranho, venerava a força do ódio e a força da vontade.

— Jessie. — Will pôs a mão na bochecha dela, espalhando, desajeitado, o sangue.

— Não precisa. — Ela tossiu novamente. — Ser gentil comigo, quero dizer. Sei que me odeia.

— Não a odeio.

— Não me visitou nem uma vez na Cidade do Silêncio. Todos os outros foram. Tessa e Jem, Henry e Charlotte. Mas você não. Você não perdoa, Will.

— Não — disse ele, porque era verdade e porque parte do motivo pelo qual não gostava de Jessamine era que, de certo modo, ela o lembrava dele mesmo. — Jem é que sabe perdoar.

— E, no entanto, sempre gostei mais de você. — Os olhos passearam pensativos pelo rosto de Will. — Ah, não, não assim. Não pense nisso. Mas a forma como se odeia... Eu entendia. Jem sempre quis me dar uma chance, assim como Charlotte. Mas não quero presentes de corações generosos. Quero ser vista como sou. E como você não tem pena de mim, sei que se eu lhe pedir uma coisa, você vai fazer.

Ela respirou, engasgada. O sangue havia formado bolhas em sua boca. Will sabia o que isso significava: os pulmões estavam perfurados ou se dissolvendo, e ela estava se afogando no próprio sangue.

— O que é? — perguntou ele, com urgência. — O que quer que eu faça?

— Cuide deles — sussurrou. — Do bebê Jessie e das outras.

Will demorou um instante para perceber que ela estava falando das bonecas. Meu Deus.

— Não deixarei que destruam suas coisas, Jessamine.

Ela esboçou um sorriso.

— Pensei que talvez... não quisessem nada que lembrasse a mim.

— Ninguém odeia você, Jessamine. Seja qual for o mundo além deste, não embarque achando isso.

— Ah, não? — Os olhos dela estavam se fechando. — Apesar de que certamente teriam gostado mais de mim se eu tivesse revelado o paradeiro de Mortmain. Talvez assim não tivesse perdido seu amor.

— Conte-me agora. — Will insistiu. — Conte-me, se puder, e recupere esse amor...

— Idris — sussurrou ela.

— Jessamine, *sabemos* que isso não é verdade...

Os olhos de Jessamine se abriram. As partes brancas estavam manchadas de vermelho agora, como sangue na água.

— Você — disse ela. — Você, entre todas as pessoas, deveria ter entendido. — Os dedos enrijeceram subitamente, sofrendo espasmos sobre a lapela. — É um péssimo galês — falou, com dificuldade, e então seu peito se moveu uma última vez. Estava morta.

Olhos abertos, fixos no rosto dele. Ele os tocou levemente, fechando as pálpebras, deixando as marcas ensanguentadas do polegar e do indicador.

— *Ave atque vale*, Jessamine Lovelace.

— *Não!* — Fora Charlotte. Will levantou os olhos em um misto de choque para ver os outros reunidos ao seu redor: Charlotte encolhida nos braços de Henry; Cecily com olhos arregalados; e Bridget, com duas lâminas sujas de óleo, sem expressão. Atrás deles, Gideon estava na escada do Instituto ladeado pelo irmão e por Sophie. Estava inclinado para trás, muito pálido, sem o casaco; tinha uma tira de tecido amarrada na perna, e Gabriel aplicava o que parecia um símbolo de cura em seu braço.

Henry passou o nariz pelo pescoço de Charlotte e murmurou coisas reconfortantes para a esposa. Will olhou para eles, depois para a irmã.

— Jem — falou, e o nome era uma pergunta.

— Foi atrás de Tessa — respondeu Cecily. Estava olhando para Jessamine com uma mistura de pena e pavor.

Uma luz branca pareceu brilhar diante dos olhos de Will.

— *Foi atrás de Tessa*? Como assim?

— Um... um dos autômatos a pegou e a jogou dentro de uma carruagem. — Cecily fraquejou com a força do tom dele. — Nenhum de nós podia seguir. As criaturas nos bloquearam. Então, Jem correu pelos portões. Presumi...

Will viu que suas mãos estavam cerradas, inconscientemente, nos braços de Jessamine, deixando marcas lívidas na pele.

— Alguém pegue Jessamine — disse asperamente. — Preciso ir atrás deles.

— Will, não... — começou Charlotte.

— *Charlotte*. — A palavra rasgou sua garganta. — Preciso ir...

Ouviu-se uma batida — o ruído dos portões do Instituto se fechando. A cabeça de Will se levantou, e ele viu Jem.

Os portões tinham acabado de fechar, e ele vinha na direção de todo mundo. Movia-se lentamente, como se estivesse bêbado ou ferido, e ao se aproximar, Will viu que estava coberto de sangue. O sangue negro dos autômatos, mas bastante sangue vermelho também — na camisa, manchando o rosto, as mãos e o cabelo.

Chegou perto deles e parou onde estava. Estava com a mesma expressão de Thomas quando Will o encontrou na escada do Instituto, sangrando e quase morto.

— James? — chamou Will.

Havia um mundo de perguntas naquela palavra.

— Ela se foi — respondeu Jem, com a voz seca e monocórdia. — Corri atrás da carruagem, mas era muito veloz e não consegui ser rápido o bastante. Eu os perdi perto do Temple Bar. — Ele desviou os olhos para Jessamine, mas nem pareceu enxergar o corpo nem Will o segurando ou qualquer outra coisa. — Se eu tivesse conseguido correr mais depressa... — falou, e, em seguida se curvou como se tivesse sido atingido, uma tosse o rasgando. Atingiu o chão com os joelhos e os cotovelos, e o sangue se espalhou a seus pés. Arranhou a pedra com os dedos. Em seguida, rolou de costas e ficou imóvel.

10

Como Água na Areia

Espantava-me que outros, sujeitos à morte, viviam, considerando aquele a quem amei, como se não devesse morrer jamais, estava morto; e espantei-me que eu, que era para ele uma segunda vida, pudesse viver, estando ele morto. Bem disse um de seus amigos, "tu, metade da minha alma"; pois sentia que minha alma e a dele eram "uma alma em dois corpos": portanto, minha vida era um horror para mim, pois não podia viver pela metade. E, portanto, eu talvez temesse morrer, com receio de que aquele que amei morresse por inteiro.

— Santo Agostinho, "Confissões, Livro IV"

Cecily abriu a porta do quarto de Jem com as pontas dos dedos e olhou para dentro.

O quarto estava silencioso, porém movimentado. Dois Irmãos do Silêncio se encontravam ao lado da cama de Jem, com Charlotte entre eles. Ela estava com o rosto sério e manchado de lágrimas. Will se ajoelhava ao lado da cama, ainda com as roupas ensanguentadas da luta. Estava com a cabeça abaixada sobre os braços cruzados e parecia rezar. Parecia jovem, vulnerável e desesperado, e, apesar dos sentimentos conflituosos, parte de Cecily queria entrar e confortá-lo.

O restante dela viu a figura branca e imóvel, deitada na cama, e se conteve. Estava aqui havia tão pouco tempo; a única sensação que tinha era a de estar invadindo a vida dos habitantes do Instituto — a dor, a tristeza.

Mas ela *precisava* falar com Will. Tinha de falar. Avançou...

E sentiu a mão de alguém no ombro, puxando-a. Suas costas atingiram a parede do corredor, e Gabriel Lightwood imediatamente a soltou.

Ela o olhou, surpresa. Ele parecia exausto, os olhos verdes sombreados, vestígios de sangue nos cabelos e nos punhos da camisa. O colarinho estava molhado. Claramente vinha do quarto do irmão. Gideon sofreu um ferimento sério na perna ao ser atacado pelo autômato, e, apesar de os *iratzes* terem ajudado, parecia haver um limite para o que podiam curar. Tanto Sophie quanto Gabriel o ajudaram a ir para o quarto, apesar de ele ter protestado, dizendo que toda a atenção disponível deveria ser concedida a Jem.

— Não entre aí — falou Gabriel, com a voz baixa. — Estão tentando salvar Jem. Seu irmão tem de estar lá, apoiá-lo.

— Estar lá? O que ele pode fazer? Will não é médico.

— Mesmo inconsciente, James extrai energia do *parabatai.*

— Preciso falar com Will, só por um instante.

Gabriel passou as mãos nos cabelos emaranhados.

— Não convive com Caçadores de Sombras há muito tempo — disse. — Pode não entender. Perder seu *parabatai* não é algo pequeno. É tão sério quanto perder um cônjuge ou um irmão. É como se fosse você naquela cama.

— Will não se importaria tanto se fosse eu naquela cama.

Gabriel riu.

— Seu irmão não se preocuparia em me mandar ficar longe de você se não se importasse, Srta. Herondale.

— Não, ele não gosta muito de você. Por quê? E por que está me dando conselhos sobre ele? Você também não gosta dele.

— Não — disse Gabriel. — Não é bem assim. Eu não *gosto* de Will Herondale. Há anos não gostamos um do outro. Aliás, ele já quebrou meu braço uma vez.

— Quebrou? — As sobrancelhas de Cecily se elevaram.

— E, no entanto, estou começando a perceber que muitas coisas que sempre achei certas, na verdade, não o são. E Will é uma delas. Eu o considerava um patife, mas Gideon me falou mais sobre ele, e estou começando a entender que ele tem um senso de honra muito peculiar.

— E você respeita isso.

— Quero respeitar. Quero entender. E James Carstairs é um dos melhores de nós; mesmo que eu detestasse Will, eu preferia que ele fosse poupado agora, por causa de Jem.

— O que preciso contar ao meu irmão — disse Cecily. — Jem gostaria que ele soubesse. É muito importante. E só vai levar um instante.

Gabriel esfregou a pele das têmporas. Era tão alto — parecia uma torre sobre Cecily, de tão esguio. O rosto era anguloso, não exatamente bonito, mas elegante, e o lábio inferior tinha a forma quase exata de um arco.

— Muito bem — disse. — Vou entrar e chamá-lo.

— Por que você? E não eu?

— Se ele estiver irritado, se estiver dominado pela dor, é melhor que eu veja, e que ele se enfureça comigo, não com você — explicou Gabriel calmamente. — Estou confiando em você, Srta. Herondale, de que se trata de um assunto importante. Espero que não me decepcione.

Cecily não disse nada, apenas observou enquanto Gabriel abria a porta e entrava. Ela se apoiou na parede com o coração acelerado enquanto um murmúrio de vozes vinha de dentro. Ouviu Charlotte falar alguma coisa sobre símbolos de reposição de sangue, que aparentemente eram perigosos — então a porta se abriu, e Gabriel surgiu.

Ela se levantou.

— Will...

Os olhos de Gabriel brilharam para ela, e um instante mais tarde Will apareceu, logo atrás de Gabriel, esticando o braço para fechar a porta atrás de si. Gabriel acenou com a cabeça para Cecily e saiu pelo corredor, deixando-a sozinha com o irmão.

Ela sempre imaginou como alguém podia ficar sozinho com outra pessoa. Se estava com alguém, então, por definição, ela *não* estava sozinha, certo? Mas sentia-se completamente sozinha agora. Ele sequer parecia irritado. Apoiou-se contra a parede perto da porta, ao lado dela, e, mesmo assim, parecia tão vazio quanto um fantasma.

— Will — disse ela.

Ele não pareceu escutar. Tremia, e as mãos balançavam de cansaço e tensão.

— Gwilym Owain — disse novamente, com mais suavidade.

Ele virou a cabeça para finalmente olhar para ela, apesar de estar com os olhos tão azuis e frios quanto as águas de Llyn Mwyngil no abrigo das montanhas.

— Vim para cá aos 12 anos — disse ele.

— Eu sei — respondeu Cecily, espantada. Será que ele achava que ela poderia se esquecer disso? Perder Ella, depois Will, seu amado irmão mais velho, em uma mera questão de dias? Mas Will nem pareceu ouvir.

— Foi precisamente no dia 10 de novembro daquele ano. E todos os anos depois do primeiro, nesta mesma data, eu ficava de mau humor. Era nessa data, nela e no dia do meu aniversário, que eu mais me lembrava de mamãe, papai e você. Sabia que estavam vivos, bem, que me queriam de volta, e eu não podia ir, sequer podia mandar uma carta. Escrevi dezenas, é claro, e queimei todas elas. Vocês precisavam me odiar e me culpar pela morte de Ella.

— Nunca o culpamos...

— Depois daquele primeiro ano, apesar de ainda temer a aproximação da data, comecei a descobrir que Jem tinha uma coisa que simplesmente *tinha* de fazer no dia 10 de novembro, algum exercício de treinamento, alguma busca que nos levasse para um ponto afastado da cidade naquele clima frio e úmido de inverno. E eu brigava muito com ele por isso, é claro. Às vezes, o frio úmido o deixava doente ou ele se esquecia dos remédios e ficava doente no dia, tossindo sangue e preso a uma cama, e isso também servia como distração. E só depois que aconteceu pela terceira vez, pois sou muito tolo, Cecy, e só penso em mim, foi que percebi que era claro que ele estava fazendo aquilo *por* mim. Ele havia percebido a data e estava fazendo o possível para me afastar da melancolia.

Cecy ficou parada, em choque, olhando para ele. Apesar das palavras que martelavam sua cabeça, ela não conseguia falar nada, pois foi como se o véu de anos tivesse caído e ela finalmente enxergasse o irmão, como ele era quando criança, cuidando desajeitadamente dela quando ficava doente, dormindo no sofá em frente à lareira com um livro aberto no peito, saindo do lago, rindo e sacudindo água do cabelo preto. Will, sem qualquer barreira entre ele e o mundo.

Ele se abraçou como se estivesse com frio.

— Não sei ficar sem ele — disse. — Tessa se foi, e cada momento em que ela não está aqui é como uma faca me cortando por dentro. Ela se foi, e não podem rastreá-la, e não faço ideia de para onde ir ou o que fazer em seguida, e a única pessoa para a qual posso me imaginar falando sobre minha agonia é a pessoa que não pode saber. Mesmo que ele não estivesse morrendo.

— Will. *Will.* — Cecily colocou a mão no braço dele. — Por favor, ouça. Quero falar sobre Tessa. Acho que sei onde Mortmain está.

Com isso, ele arregalou os olhos.

— Como *você* poderia saber?

— Eu estava perto o bastante para ouvir o que Jessamine disse antes de morrer — respondeu Cecily, sentindo o sangue pulsar sob a pele do irmão. O coração estava acelerado. — Ela falou que você é um péssimo galês.

— Jessamine? — Will soou espantado, e Cecily percebeu os olhos do irmão cerrando de leve. Talvez, inconscientemente, ele estivesse começando a seguir a mesma linha de pensamento dela.

— Ela falou que Mortmain estava em Idris. Mas a Clave sabe que não — falou Cecily rapidamente. — Você não conhecia Mortmain quando ele morava em Gales, mas eu sim. Ele conhece bem o lugar. Crescemos à sombra da montanha, Will. *Pense.*

Will olhou para ela.

— Não acha que... Cadair Idris?

— Ele conhece aquelas montanhas, Will — falou. — E acharia engraçado, uma grande zombaria com você e todos os Nephilim. Ele a levou exatamente para o local de onde você fugiu. Ele a levou para nossa casa.

— Caldo? — disse Gideon, pegando a caneca de Sophie. — Estou me sentindo uma criança outra vez.

— Tem tempero e vinho. Vai lhe fazer bem. Fortalecer seu sangue. — Sophie ficou por ali, sem olhar diretamente para Gideon enquanto repousava a bandeja na cabeceira ao lado da cama. Ele estava sentado, uma das pernas da calça cortada abaixo do joelho, e a perna, enfaixada. O cabelo continuava desalinhado por causa da briga, e, apesar de ele ter recebido roupas limpas, ainda cheirava levemente a sangue e suor.

— *Isto* fortalece meu sangue — disse, estendendo um braço no qual dois símbolos de reposição de sangue, *sangliers*, tinham sido marcados.

— Isso quer dizer que também não gosta de caldo? — perguntou ela, com as mãos nos quadris. Ainda se lembrava do quão irritada estava por causa dos bolinhos, mas o perdoara totalmente na noite anterior quando leu a carta para o Cônsul (que ela ainda não tinha conseguido enviar, continuava no bolso do avental ensanguentado). Quando o autômato o atacou na perna nos degraus do Instituto e ele caiu com sangue jorrando da ferida aberta, o coração dela pulou com um pavor que a surpreendeu.

— Ninguém gosta de caldo — respondeu ele, com um sorriso fraco, porém charmoso.

— Tenho de ficar e me certificar de que vai tomá-lo; ou vai jogá-lo embaixo da cama? Porque aí teremos problemas de ratos.

Ele teve a decência de parecer envergonhado; Sophie gostaria de ter estado presente quando Bridget entrou e anunciou que estava ali para limpar os bolinhos debaixo da cama.

— Sophie — disse ele, e quando ela lhe olhou com severidade, tomou um gole apressado do caldo. — Srta. Collins. Ainda não tive a chance de me desculpar adequadamente, então, por favor, me permita fazê-lo agora. Por favor, me perdoe pelo truque que apliquei em você com os bolos. Não tive a intenção de ser desrespeitoso. Espero que não pense que não lhe dou importância por causa de sua função na casa, pois você é uma das damas mais corajosas que já tive o prazer de conhecer.

Sophie tirou as mãos dos quadris.

— Bem — falou. Não são muitos os cavalheiros que pediriam desculpas a uma criada. — Foi um belo pedido de desculpas.

— E tenho certeza de que os bolinhos são muito bons — acrescentou apressadamente. — Simplesmente não gosto de bolos. Jamais gostei. Nada contra *seus* bolos.

— Por favor, pare de falar a palavra "bolos", Sr. Lightwood.

— Tudo bem.

— E não são meus bolos. Bridget os fez.

— Tudo bem.

— E você não está tomando o caldo.

Ele abriu a boca, em seguida fechou-a apressadamente e ergueu a caneca. Quando olhou para ela sobre a borda, ela teve compaixão e sorriu. Os olhos dele se acenderam.

— Muito bem — disse ela. — Você não gosta de bolinhos. O que acha de pão de ló?

Era o meio da tarde, e o sol estava alto e fraco no céu. Mais ou menos uma dúzia de Caçadores de Sombras do Enclave e diversos Irmãos do Silêncio se espalhavam pela propriedade do Instituto. Mais cedo, tinham levado

Jessamine e o corpo do Irmão do Silêncio morto, cujo nome Cecily não sabia. Pôde ouvir vozes no jardim, e o tilintar de metais, enquanto o Enclave analisava os restos do ataque dos autômatos.

Na sala de estar, no entanto, o barulho mais alto de todos era o tique-taque do relógio no canto. As cortinas estavam abertas, e, à luz fraca do sol, o Cônsul estava com o rosto franzido, os braços cruzados sobre o peito.

— Isto é loucura, Charlotte — disse. — Extrema loucura e baseada nas conclusões de uma criança.

— Não sou uma criança — disparou Cecily. Estava sentada em uma cadeira na frente da lareira, a mesma onde Will dormira na noite anterior; fazia tão pouco tempo assim? Will ficou ao lado dela, sorrindo. Não tinha trocado de roupa. Henry estava no quarto de Jem com os Irmãos do Silêncio; Jem ainda não tinha recobrado a consciência, e só a chegada do Cônsul foi capaz de tirar Charlotte e Will de seu lado. — E meus pais conheceram Mortmain, como bem sabem. Ele fez amizade com minha família, com meu pai. Ele nos deu o Solar Ravenscar quando meu pai... quando perdemos nossa casa perto de Dolgellau.

— É verdade — disse Charlotte, que estava atrás da mesa, papéis espalhados pela superfície. — Contei a você no verão o que Ragnor Fell revelou sobre os Herondale.

Will tirou as mãos dos bolsos da calça e olhou furiosamente para o Cônsul.

— Foi uma piada para Mortmain, dar aquela casa para minha família! Ele brincou conosco. Por que não estenderia a brincadeira?

— Aqui, Josiah — disse Charlotte, indicando um dos papéis na frente dela. Um mapa de Gales. — Existe um lago Lyn em Idris... e aqui, lago Ta-y-Llyn ao pé de Cadair Idris...

— "Llyn" quer dizer "lago" — explicou Cecily, em tom exasperado. — E chamamos de Llyn Mwyngil, apesar de alguns se referirem a ele como Tal-y-Llyn...

— E provavelmente há outras localidades no mundo com o nome de Idris — irritou-se o Cônsul, antes de parecer perceber que estava discutindo com uma menina de 15 anos e se conter.

— Mas este aqui *significa alguma coisa* — disse Will. — Dizem que os lagos que cercam as montanhas não têm fundo, que a montanha em si é oca, e dentro jazem os Cŵn Annwn, os Cães do Submundo.

— A Caça Selvagem — disse Charlotte.

— Sim. — Will puxou o cabelo escuro para trás. — Somos Nephilim. Acreditamos em lendas, mitos. *Todas as histórias são verdadeiras*. Que lugar pode ser melhor do que uma montanha oca, que Mortmain já associou à magia sombria e presságios de morte, para se esconder junto com suas engenhocas? Ninguém ficaria impressionado se ruídos estranhos viessem da montanha, e nenhum habitante da região investigaria. Por que ele sequer estaria nesta área? Sempre fiquei imaginando qual era o motivo de seu interesse pela minha família. Talvez tenha sido uma simples proximidade, a oportunidade de incomodar uma família Nephilim. Ele não teria sido capaz de resistir.

O Cônsul estava apoiado sobre a mesa, os olhos no mapa sob as mãos de Charlotte.

— Não é suficiente.

— Não é suficiente? Suficiente para quê? — gritou Cecily.

— Para convencer a Clave. — O Cônsul se levantou. — Charlotte, *você* vai entender. Para lançar uma investida contra Mortmain pelo palpite de que ele está em Gales, teremos de convocar uma reunião do Conselho. Não podemos enviar poucos e correr o risco de sermos superados em número, principalmente quando os adversários são aquelas criaturas. Quantos havia aqui na manhã do ataque?

— Seis ou sete, sem contar o que levou Tessa — relatou Charlotte. — Acreditamos que sejam dobráveis e, portanto, capazes de caber nos confins apertados de uma carruagem.

— E acredito que Mortmain não tenha percebido que Gabriel e Gideon Lightwood estariam aqui e, com isso, subestimou a quantidade necessária de autômatos. Do contrário, desconfio que estariam todos mortos.

— Esqueça os Lightwood — murmurou Will. — Acho que ele subestimou Bridget. Ela cortou aquelas criaturas como se fossem perus de Natal.

O Cônsul jogou as mãos para o alto.

— Nós lemos os papéis de Benedict Lightwood. Neles, está escrito que a fortaleza de Mortmain fica nos arredores de Londres e que Mortmain pretende enviar uma força contra o Enclave de Londres...

— Benedict Lightwood estava enlouquecendo quando escreveu isso. — Charlotte o interrompeu. — Parece provável que Mortmain fosse compartilhar com ele seus verdadeiros planos?

— E o que vem depois e depois? — A voz do Cônsul estava irritadiça, mas também mortalmente fria. — Benedict não tinha motivo para mentir nos próprios diários, Charlotte, que *você* não deveria ter lido. Se não vivesse convencida de que deve saber mais do que o Conselho, você os entregaria imediatamente. Tais atos de desobediência não me inclinam a confiar em você. Se quiser, pode tratar desta questão de Gales com o Conselho quando nos reunirmos daqui a quinze dias...

— Quinze dias? — A voz de Will se elevou; estava pálido, com manchas vermelhas destacadas nas maçãs do rosto. — Tessa foi levada *hoje*. Ela não tem quinze dias.

— O Magistrado a quer em perfeitas condições. Você sabe disso, Will — disse Charlotte, com voz suave.

— Ele também quer se casar com ela! Não acha que ela detestaria se tornar o brinquedo dele tanto quanto detestaria a própria morte? Ela pode se casar ainda hoje...

— E para o diabo se o fizer! — disse o Cônsul. — Uma menina, e que não é Nephilim, não é, *não pode* ser nossa prioridade!

— Ela é *minha* prioridade! — gritou Will.

Fez-se silêncio. Cecily pôde ouvir o som da madeira úmida estalando na lareira. A fumaça que manchava as janelas era amarelo-escura, e o rosto do Cônsul estava imerso nas sombras. Finalmente:

— Pensei que ela fosse noiva do seu *parabatai* — disse ele rigidamente. — E não sua.

Will elevou o queixo.

— Se ela é noiva de Jem, então tenho a obrigação de cuidar dela como se fosse minha. É isso que significa ser *parabatai*.

— Ah, sim. — A voz do Cônsul destilava sarcasmo. — Tanta lealdade é admirável. — Balançou a cabeça. — Esses Herondale. Teimosos como mulas. Lembro-me de quando seu pai queria casar com sua mãe. Nada poderia dissuadi-lo, apesar de ela não ser candidata à Ascensão. Eu esperava mais responsabilidade dos filhos.

— Perdoe a mim e a minha irmã se discordamos — disse Will —, considerando que, se meu pai tivesse sido mais responsável, como diz, nós não existiríamos.

O Cônsul balançou a cabeça.

— Esta é uma guerra — disse. — Não um resgate.

— E ela não é só uma menina — completou Charlotte. — É uma arma nas mãos do inimigo. Estou avisando, Mortmain pretende usá-la contra nós.

— Basta. — O Cônsul pegou o casaco das costas de uma cadeira e o vestiu. — Esta é uma conversa sem propósito. Charlotte, cuide de seus Caçadores de Sombras — passou os olhos sobre Will e Cecily. — Eles me parecem... exaltados demais.

— Vejo que não podemos forçar sua cooperação, Cônsul. — O rosto de Charlotte parecia um trovão. — Mas lembre-se de que vou registrar tê-lo alertado sobre a situação. Se no fim estivermos certos, e desastres resultarem deste atraso, quem responderá será você.

Cecily esperava que o Cônsul fosse parecer irritado, mas ele apenas puxou o capuz, escondendo as feições.

— É isso que significa ser Cônsul, Charlotte.

Sangue. Sangue nas pedras do jardim. Sangue manchando as escadas da casa. Sangue nas folhas das plantas, os restos do que outrora fora o cunhado de Gabriel em uma poça de sangue secando, jatos quentes de sangue respingando no uniforme de Gabriel quando a flecha atingiu o olho de seu pai...

— Está arrependido da decisão de permanecer no Instituto, Gabriel? — A voz fria e familiar interrompeu os pensamentos febris de Gabriel, que levantou o olhar, engasgando.

O Cônsul erguia-se diante dele, banhado pela fraca luz do sol. Ele estava com um casaco pesado, luvas e uma expressão como se Gabriel tivesse feito algo para entretê-lo.

— Eu... — Gabriel recobrou o fôlego e forçou as palavras a saírem direito. — Não. Claro que não.

O Cônsul ergueu uma das sobrancelhas.

— Deve ser por isso que está agachado aqui na lateral da igreja, as roupas manchadas de sangue, parecendo apavorado com a possibilidade de alguém encontrá-lo.

Gabriel se levantou, grato pela parede de pedra atrás dele, sustentando-o. Olhou para o Cônsul.

— Está sugerindo que não lutei? Que fugi?

— Não estou sugerindo nada — disse o Cônsul, calmamente. — Sei que ficou. Sei que seu irmão se feriu...

Gabriel respirou fundo, e os olhos do Cônsul se estreitaram.

— Ah — disse ele. — Então é isso, não é? Viu seu pai morrer e achou que fosse ver o irmão morrer também?

Gabriel queria arranhar a parede atrás dele. Queria bater no rosto debochado e falsamente solidário do Cônsul. Queria correr para o andar de cima e se jogar ao lado da cama do irmão, se recusar a sair, como Will fez com Jem até Gabriel forçá-lo a se retirar. Will era um irmão melhor para Jem do que Gabriel para Gideon, pensou amargamente, e os primeiros sequer tinham laços consanguíneos. Em parte, foi isso que o fez correr do Instituto para este esconderijo atrás dos estábulos. Certamente ninguém o procuraria lá, disse a si mesmo.

Enganou-se. Mas enganava-se com tanta frequência... que diferença fazia mais uma vez?

— Você viu seu irmão sangrar — disse o Cônsul, ainda com a mesma voz moderada. — E se lembrou...

— Eu matei meu pai — disse Gabriel. — Atirei uma flecha no olho dele... derramei seu sangue. Acha que não sei o que isso significa? O sangue dele gritará por mim do chão, como o de Abel gritou por Caim. Todos dizem que ele não era mais meu pai, mas ainda assim era tudo que restara dele. Já foi um Lightwood. E Gideon poderia ter sido morto hoje. Perdê-lo também...

— Entendeu o que eu quis dizer — disse o Cônsul. — Quando falei sobre Charlotte e a recusa dela em obedecer a Lei. O custo de vida que engendra. Poderia ter sido a vida do seu irmão a sacrificada pelo orgulho presunçoso dela.

— Ela não parece orgulhosa.

— Foi por isso que me mandou isto? — O Cônsul retirou do bolso do casaco a primeira carta enviada por Gabriel e Gideon. Olhou para o papel com desdém e o deixou cair no chão. — Esta carta ridícula, feita para me irritar?

— Funcionou?

Por um instante, Gabriel achou que o Cônsul fosse agredi-lo. Mas o olhar de raiva passou rapidamente; quando voltou a falar, foi com calma.

— Suponho que eu não deveria ter esperado que um Lightwood fosse reagir bem à chantagem. Seu pai não teria gostado. Confesso que pensei que vocês fossem mais fracos.

— Se você pretende tentar outra forma de me persuadir, não se incomode — disse Gabriel. — Não adianta.

— Sério? Você é tão leal a Charlotte Branwell, mesmo depois de tudo que a família dela fez com a sua? De Gideon, eu poderia esperar isso... ele puxou à mãe. Confia muito nas pessoas. Mas de você, não, Gabriel. De você eu esperava mais orgulho no sangue.

Gabriel deixou a cabeça cair para trás contra a parede.

— Não tinha nada — disse ele. — Entendeu? Não tinha nada na correspondência de Charlotte que possa interessar a você, ou a *qualquer pessoa*. Você disse que acabaria conosco se não relatássemos as atividades dela, mas não havia o que relatar. Você não nos deu escolha.

— Poderia ter me contado a verdade.

— Você não quis ouvir — disse Gabriel. — Não sou tolo, nem meu irmão. Você quer que Charlotte perca o cargo de diretora do Instituto, mas não quer que fique claro demais que foi sua mão que a removeu. Gostaria de descobrir o envolvimento dela em alguma atividade ilegal. Mas a verdade é que não há nada a ser descoberto.

— A verdade é maleável. A verdade pode ser descoberta, certamente, mas também pode ser criada.

O olhar de Gabriel se voltou para o rosto do Cônsul.

— Preferia que eu mentisse para você?

— Oh, não — disse o Cônsul. — Não para *mim*. — Ele colocou a mão no ombro de Gabriel. — Os Lightwood sempre tiveram honra. Seu pai cometeu erros. Vocês não devem ter de pagar por isso. Deixe-me devolver o que perderam. Deixe-me devolvê-los a Casa dos Lightwood e o bom nome da sua família. Você poderia morar na casa com seus irmãos. Não precisa depender da caridade do Enclave.

Caridade. A palavra era amarga. Gabriel pensou no sangue do irmão nas pedras do Instituto. Se Charlotte não tivesse sido tão tola, tão determinada a aceitar a menina capaz de mudar de forma no coração do Instituto contra as objeções da Clave e do Cônsul, o Magistrado não teria enviado suas forças contra o Instituto. O sangue de Gideon não teria sido derramado.

Aliás, sussurrou uma vozinha no fundo de sua mente, *se não fosse por Charlotte, o segredo do meu pai teria permanecido secreto*. Benedict não teria sido forçado a trair o Magistrado. Não teria perdido a fonte de drogas que controlava a *astriola*. Talvez jamais tivesse se transformado. Os filhos poderiam nunca ter descoberto seus pecados. Os Lightwood poderiam ter continuado a vida na ignorância.

— Gabriel — disse o Cônsul. — Esta oferta é somente para você. Precisa escondê-la do seu irmão. Ele é como sua mãe, leal demais. Leal a Charlotte. A lealdade errada pode lhe dar crédito, mas não vai nos ajudar. Diga a ele que me cansei de suas bobagens; diga que não quero mais nada de vocês. Você é um bom mentiroso. — Ele deu um sorriso amargo. — E tenho certeza de que pode convencê-lo. O que me diz?

Gabriel tensionou o maxilar.

— O que quer que eu faça?

Will se ajeitou na cadeira ao lado da cama de Jem. Já estava ali havia horas, e a coluna estava começando a enrijecer, mas se recusava a sair. Sempre havia a chance de que Jem acordasse e esperasse encontrá-lo ali.

Pelo menos não estava frio. Bridget havia acendido a lareira; a madeira úmida estalava e chiava, causando algumas explosões de faísca ocasionais. A noite lá fora estava escura, sem qualquer sombra de azul ou nuvens, simplesmente negra, como se tivesse sido pintada no vidro.

O violino de Jem estava apoiado ao pé da cama, e a bengala, ainda suja com sangue da luta no jardim, ao lado. O próprio Jem estava imóvel, apoiado em almofadas, o rosto pálido. Will teve a sensação de estar vendo-o pela primeira vez após uma longa ausência, por aquele breve instante em que você consegue notar mudanças em rostos familiares antes que estes se tornem parte do cenário mais uma vez. Jem parecia tão magro — como Will não notou? —, com toda a carne extra ausente dos ossos da bochecha, do queixo e da testa, então ele era todo concavidade e ângulos. Havia um fraco brilho azul nas pálpebras fechadas e na boca. A clavícula se curvava como a proa de um navio.

Will se repreendeu. Como não percebeu nesses meses que Jem estava morrendo — tão depressa, tão cedo? Como não viu a foice e a sombra?

— Will — sussurraram à porta. Ele levantou o olhar e viu Charlotte ali, com a cabeça no vão da entrada. — Tem... alguém aqui para vê-lo.

Will piscou, Charlotte saiu do caminho, e Magnus Bane passou por ela e entrou no quarto. Por um instante, Will não conseguiu pensar em nada para dizer.

— Ele diz que você o chamou — declarou Charlotte, soando um tanto desconfiada. Magnus se levantou, parecendo indiferente, com um terno cinza-escuro. Tirava lentamente as luvas cinzentas das mãos finas e morenas.

— Eu *realmente* o chamei — disse Will, sentindo-se como se estivesse acordando. — Obrigado, Charlotte.

Charlotte lançou um olhar que misturava solidariedade e a mensagem silenciosa que dizia *a responsabilidade é sua, Will Herondale*, e saiu, fechando a porta silenciosamente.

— Você veio — disse Will, ciente de que soava tolo. Ele jamais gostava quando as pessoas faziam observações tolas em voz alta, e aqui estava, fazendo justamente isso. Não conseguia se livrar da sensação de confusão. Ver Magnus ali, no meio do quarto de Jem, era como ver uma fada sentada entre os advogados de perucas brancas no Tribunal Criminal da Inglaterra.

Magnus deixou as luvas sobre a mesa e foi para perto da cama. Ele esticou a mão para se apoiar contra uma das colunas enquanto olhava Jem, tão parado e pálido que podia ser uma estátua sobre um túmulo.

— James Carstairs — falou, murmurando as palavras como se tivessem algum poder de encanto.

— Ele está morrendo — disse Will.

— Isso é evidente. — Poderia ter soado frio, mas havia mundos de tristeza na voz de Magnus, uma tristeza que Will sentiu com um choque de familiaridade. — Achei que acreditasse que ele tinha alguns dias, uma semana, talvez.

— Não é só a falta da droga. — A voz de Will soou triste; ele limpou a garganta. — Aliás, ainda temos um pouquinho e já administramos. Mas houve uma luta hoje à tarde e ele perdeu sangue e enfraqueceu. Não está forte o suficiente, tememos, para se recuperar.

Magnus esticou a mão e, com grande gentileza, levantou a de Jem. Havia hematomas em seus dedos pálidos, e as veias azuladas corriam como um mapa de rios sob a pele do pulso.

— Ele está sofrendo?

— Não sei.

— Talvez fosse melhor deixá-lo morrer. — Magnus olhou para Will, com os escuros olhos verde-dourados. — Toda vida é finita, Will. E você sabia, quando o escolheu, que ele iria primeiro.

Will fixou o olhar à frente. Teve a sensação de estar atravessando um túnel escuro, que não tinha fim, sem laterais para segurar e desacelerar a queda.

— Se acha que isso seria o melhor para ele.

— Will. — A voz de Magnus era gentil, porém, urgente. — Você me trouxe aqui porque achava que eu pudesse ajudar?

Will levantou os olhos cegamente.

— Não sei por que o chamei — respondeu. — Não acho que tenha sido por acreditar que houvesse algo que podia fazer. Acredito que pensei que você fosse o único capaz de entender.

Magnus pareceu surpreso.

— O único capaz de entender?

— Você viveu tanto — disse Will. — Deve ter visto tantas pessoas morrerem, tantas que amava. E, no entanto, sobreviveu e continuou.

Magnus ainda parecia espantado.

— Você me chamou aqui... um feiticeiro ao Instituto, logo após uma batalha em que quase morreram... para *conversar*?

— É fácil conversar com você — disse Will. — Não sei por quê.

Magnus balançou a cabeça lentamente e se apoiou no poste da cama.

— Você é *tão* jovem — murmurou. — Mas, pensando bem, acho que um Caçador de Sombras nunca me chamou só para passar o tempo com ele.

— Não sei o que fazer — disse Will. — Mortmain levou Tessa, e agora acho que sei onde ela pode estar. Parte de mim não quer nada além de correr atrás dela. Mas não posso deixar Jem. Fiz um juramento. E se ele acordar no meio da noite e descobrir que não estou aqui? — Ele parecia uma criança perdida. — Vai achar que o deixei por vontade própria, sem me importar com o fato de que estava morrendo. Ele não vai saber. Contudo, se pudesse falar, não me mandaria procurar Tessa? Não seria isso que ia querer? — Will abaixou a cabeça. — Não sei dizer, e isso está me destruindo.

Magnus o olhou em silêncio por um longo momento.

— Ele não sabe que você está apaixonado por Tessa?

— Não. — Will levantou o rosto, chocado. — Não. Nunca falei uma palavra. Não é seu fardo para sustentar.

Magnus respirou fundo e falou gentilmente.

Will. Você pediu minha sabedoria, como alguém que viveu muito tempo e enterrou muitos amores. Posso lhe dizer que o fim de uma vida é a soma do amor que ela viveu, que o que quer que você pense que jurou, estar presente no fim da vida de Jem não é o que importa. O que conta foi ter estado aqui ao longo de todo o resto. Desde que o conheceu, jamais o deixou e nunca parou de amá-lo. *Isso* que importa.

— Está sendo sincero — falou Will, contemplativo, e em seguida: — Por que está sendo tão gentil comigo? Ainda lhe devo um favor, não devo? Eu me lembro, apesar de você nunca ter cobrado.

— Não cobrei? — disse Magnus, e, em seguida, sorriu para ele. — Will, você me trata como um ser humano, uma pessoa como você; é muito raro um Caçador de Sombras que trata um feiticeiro assim. Não sou tão insensível a ponto de cobrar favor de um menino que está sofrendo. Um rapaz que eu acho, aliás, que será um grande homem um dia. Então lhe digo o seguinte. Ficarei aqui quando você for, cuidarei de Jem por você e, se ele acordar, explicarei aonde foi e que fez isso por ele. E farei o possível para preservá-lo vivo: não tenho *yin fen*, mas tenho magia, e talvez possa encontrar alguma coisa em um velho livro de feitiços.

— Eu consideraria um imenso favor — disse Will.

Magnus ficou olhando para Jem. Havia tristeza em seu rosto, aquele rosto tão estranhamente alegre ou sarcástico ou indiferente, uma tristeza que surpreendeu Will.

— "*Pois de onde aquela velha tristeza penetrou tão facilmente, eu expus minha alma sobre o pó, ao amar aquele que deve morrer?*" — disse Magnus.

Will olhou para ele.

— O que foi isso?

— *Confissões*, de Santo Agostinho — respondeu. — Você me perguntou como eu, sendo imortal, sobrevivo a tantas mortes. Não existe nenhum grande segredo. Você suporta o que é insuportável, e segue. Só isso. — Afastou-se da cama. — Vou lhe dar um momento a sós com ele, para se despedir como precisar. Pode me encontrar na biblioteca.

Will assentiu, sem ter o que falar, quando Magnus foi buscar as luvas, em seguida, virou e se retirou. A mente de Will estava girando.

Olhou novamente para Jem, imóvel na cama. *Tenho de aceitar que este é o fim*, pensou, e até seus pensamentos pareciam ocos e distantes. *Tenho de aceitar que Jem nunca vai olhar para mim, jamais voltará a falar comigo. Você suporta o que é insuportável, e segue. Só isso.*

E, mesmo assim, não parecia real para ele, como se fosse um sonho. Levantou e se ergueu sobre o vulto imóvel de Jem. Tocou levemente a bochecha do *parabatai.* Estava fria.

— *Atque in perpetuum, frater, ave atque vale* — sussurrou. As palavras do poema nunca pareceram tão adequadas: *para todo o sempre, meu irmão, saudações e adeus.*

Will começou a se levantar, voltando as costas para a cama. E, ao fazê-lo, sentiu algo envolvê-lo firmemente pelo pulso. Olhou para baixo e viu a mão de Jem na dele. Por um instante, ficou chocado demais para fazer qualquer coisa além de encarar.

— Ainda não morri, Will — disse Jem, com a voz suave, fraca e forte como um fio. — O que Magnus quis dizer quando perguntou se eu sabia sobre você estar apaixonado por Tessa?

11

Temer a Noite

Apesar de minha alma viver na escuridão, se erguerá em plena luz.
Amei demais as estrelas para temer a noite.
— Sarah Williams, "The Old Astronomer"

— Will?

Após longo silêncio, no qual só se ouvia a respiração de Jem, falha e áspera, Will pensou por um instante que estava imaginando a voz do melhor amigo falando com ele das sombras. Enquanto Jem soltava seu pulso, ele se sentou na cadeira ao lado da cama. O coração estava acelerado, meio aliviado, meio apavorado.

Jem virou a cabeça contra o travesseiro, em sua direção. Estava com os olhos escuros, a prata engolida pelo negro. Por um instante, os dois rapazes simplesmente se encararam. Era como a calma de quem tinha acabado de entrar em uma batalha, Will pensou, quando os pensamentos sumiam e a inevitabilidade assumia as rédeas.

— Will — repetiu Jem, e tossiu, pressionando a mão contra a boca. Quando retirou-a, tinha sangue nos dedos. — Eu... andei sonhando?

Will se ergueu. Jem soou tão claro, tão certo — *O que Magnus quis dizer quando perguntou se eu sabia sobre você estar apaixonado por Tessa?* —, mas foi como se aquele ímpeto de força o tivesse deixado e agora ele estivesse tonto e espantado.

Será que Jem realmente tinha ouvido o que Magnus dissera? Se ouvira, havia chance de poder dizer que era sonho ou delírio febril? A ideia preencheu Will com uma mistura de alívio e decepção.

— Sonhou o quê?

Jem olhou para a mão sangrenta e lentamente a fechou em um punho.

— A luta no jardim. A morte de Jessamine. E eles a levaram, não levaram? Tessa?

— Sim — sussurrou Will, e repetiu as palavras ditas por Charlotte mais cedo. Não o confortaram, mas talvez confortassem Jem. — Sim, mas duvido que a machuquem. Lembre-se, Mortmain quer que ela fique bem.

— Temos de encontrá-la. Você sabe disso, Will. Temos... — Jem lutou para se sentar e imediatamente voltou a tossir. Sangue respingou na coberta branca. Will segurou os ombros frágeis e trêmulos de Jem até a tosse parar de sacudi-lo, em seguida pegou um dos tecidos úmidos da cabeceira e começou a limpar as mãos de Jem. Quando se esticou para lavar o sangue do rosto do *parabatai*, Jem tirou gentilmente o pano da mão dele e o olhou seriamente. — Não sou criança, Will.

— Eu sei. — Will retraiu as mãos. Não as lavava desde a luta no jardim, e o sangue seco de Jessamine se misturou ao fresco de Jem em seus dedos.

Jem respirou fundo. Tanto ele quanto Will esperaram para ver se teria mais um ataque de tosse, e, quando não aconteceu, Jem falou.

— Magnus disse que você estava apaixonado por Tessa. É verdade?

— Sim — respondeu Will, com a sensação de estar caindo de um penhasco. — Sim, é verdade.

Os olhos de Jem estavam arregalados e luminosos na escuridão.

— *Ela ama você?*

— Não. — A voz de Will falhou. — Contei a ela sobre meu amor, e ela nem titubeou em relação a você. É você que Tessa ama.

O aperto de Jem no tecido relaxou um pouco.

— Você disse a ela — falou — que estava apaixonado.

— Jem...

— Quando foi isso, e que excesso de desespero pode tê-lo feito agir assim?

— Foi antes de saber que estavam noivos. No dia em que descobri que não havia maldição — contou Will hesitante. — Procurei Tessa e declarei meu amor. Ela foi o mais gentil possível ao informar que não me amava, mas sim a você, e que vocês estavam noivos. — Will olhou para baixo. — Não sei se isso fará alguma diferença para você, James. Mas eu realmente não fazia ideia de que você gostava dela. Eu estava completamente obcecado por meus próprios sentimentos.

Jem mordeu o lábio inferior, trazendo cor à pele branca.

— E, perdoe-me por perguntar isso... não é um sentimento passageiro, um afeto efêmero...? — interrompeu-se ao ver o rosto de Will. — Não — murmurou. — Dá para ver que não.

— Eu a amo o suficiente para ter jurado nunca mais falar sobre meus desejos quando ela me garantiu que seria feliz com você, jamais expressaria meu afeto com palavras ou gestos e jamais violaria sua felicidade com ações ou discursos. Meus sentimentos não mudaram, mas gosto dela e de você o suficiente para não falar uma palavra que ameaçasse o que vocês têm. — As palavras jorraram dos lábios de Will; parecia não haver razão para contê-las. Se Jem iria odiá-lo, seria pela verdade e não por uma mentira.

Jem pareceu espantado.

— Sinto muito, Will. Muito, muito, muito. Queria ter sabido...

Will se jogou na cadeira.

— O que você poderia ter feito?

— Poderia ter cancelado o noivado...

— E partido seu coração e o dela? Em que isso me ajudaria? Você me é tão caro quanto a metade da minha alma, Jem. Eu não poderia ser feliz se você fosse infeliz. E quanto a Tessa, ela *o* ama. Que tipo de monstro eu seria, causando um mundo de agonia às duas pessoas que mais amo, deleitando-me com a satisfação de saber que, se Tessa não poderia ser minha, não seria de mais ninguém?

— Mas você é meu *parabatai*. Se você sofre, meu desejo é diminuir o sofrimento...

— Esta — disse Will — é a única coisa pela qual você não pode me confortar.

Jem balançou a cabeça.

— Mas como pude não notar? Eu vi que as muralhas que cercavam seu coração estavam começando a ruir. Achei... achei que soubesse o porquê; disse a você que sempre soube que carregava um fardo, e sabia que tinha ido visitar Magnus. Pensei que talvez tivesse utilizado um pouco da magia dele para se livrar de uma culpa imaginária. Se eu soubesse que era por causa de Tessa, você precisa acreditar, Will, eu jamais teria revelado meus sentimentos por ela.

— Como poderia imaginar? — Por mais arrasado que estivesse, Will se sentiu livre, como se um fardo pesado tivesse sido arrancado dele. — Fiz o possível para esconder e negar. Você... você nunca escondeu seus sentimentos. Olhando para trás, eles sempre foram claros e evidentes, e, contudo, eu nunca os vi. Fiquei impressionado quando Tessa me contou que estavam noivos. Você sempre foi a fonte de muita coisa boa em minha vida, James. Nunca achei que fosse ser fonte de dor e então, erroneamente, nunca pensei nos seus sentimentos. Por isso, fiquei tão cego.

Jem fechou os olhos. As pálpebras estavam azuladas e sombrias, como pergaminhos.

— Estou triste por sua dor — falou. — Mas fico feliz que a ame.

— Fica *feliz*?

— Torna mais fácil — disse Jem. — Pedir que faça o que quero que faça: deixe-me e vá atrás de Tessa.

— Agora? Assim?

Jem, incrivelmente, sorriu.

— Não era o que estava fazendo quando o peguei pela mão?

— Mas... não achei que você fosse recobrar a consciência. Agora é diferente. Não posso deixá-lo assim, para encarar sozinho o que tiver de encarar...

Jem levantou a mão, e, por um instante, Will achou que fosse pegar a sua. Em vez disso, enrolou os dedos no tecido da manga do amigo.

— Você é meu *parabatai* — falou. — Disse que eu podia pedir qualquer coisa.

— Mas *jurei* ficar com você. "Se qualquer coisa além da morte nos separar...".

— A morte *vai* nos separar.

— Você sabe que as palavras do juramento vêm de uma passagem mais longa — disse Will. — "Rogo não deixá-lo ou voltar após segui-lo: pois para onde você for, eu *irei*".

Jem gritou com o que restava de suas forças.

— Você não pode ir para onde vou! E eu nem quereria isso para você!

— E também não posso me retirar e deixá-lo morrer!

Pronto. Will falou a palavra, admitiu a possibilidade. *Morrer.*

— Não posso confiar esta missão a mais ninguém. — Os olhos de Jem estavam brilhantes, febris, quase selvagens. — Acha que não sei que se você não for atrás dela, ninguém o fará? Acha que o fato de eu não poder ir não me mata, ou, pelo menos, não poder ir com você? — Ele se inclinou para Will. Sua pele estava tão pálida quanto o vidro congelado de um poste de luz, e, como tal poste, a luz parecia brilhar através dele, a partir de alguma fonte interna. Deslizou as mãos pela colcha. — Pegue minhas mãos, Will.

Entorpecido, Will fechou as mãos em volta das de Jem. Imaginou poder sentir uma pontada de dor no símbolo no peito do *parabatai*, como se soubesse o que ele não sabia e o alertasse da dor que estava por vir, uma dor tão grande que ele não se imaginava capaz de suportar e viver. *Jem é meu grande pecado*, dissera a Magnus, e este, agora, era o castigo. Pensou que perder Tessa fosse sua penitência; não tinha pensado em como seria quando perdesse os dois.

— Will — disse Jem. — Por todos esses anos, tentei lhe dar o que você não podia dar a si mesmo.

As mãos de Will apertaram as de Jem, que eram tão finas quanto gravetos.

— E o que é?

— Fé — respondeu Jem. — De que você era melhor do que pensava. Perdão, para que não precisasse se punir sempre. Sempre o amei, Will, independentemente do que fizesse. E agora preciso que faça por mim o que não posso fazer pessoalmente. Preciso que seja meus olhos quando eu não os tenho. Que seja minhas mãos quando não posso utilizá-las. Que seja meu coração quando o meu deixar de bater.

— Não — disse Will descontrolado. — Não, não, não. Não serei nada disso. Seus olhos vão ver, suas mãos vão sentir e seu coração continuará batendo.

— Mas se não o fizerem, Will...

— Se pudesse me cortar em dois, eu o faria. Se metade de mim pudesse ficar com você e a outra pudesse seguir Tessa...

— Metade de você não serviria para nenhum de nós — declarou Jem. — Não existe mais ninguém em quem eu confie para ir atrás dela, ninguém que daria a própria vida, como eu faria, para salvar a dela. Eu teria lhe pedido que aceitasse esta missão mesmo sem saber dos seus sentimentos, mas tendo a certeza de que a ama tanto quanto eu... Will, confio mais em você do que em qualquer outra pessoa, sabendo, como sempre, que seu coração está junto com o meu nesta questão. *Wo men shi jie bai xiong di*, somos mais do que irmãos, Will. Embarque nesta jornada, se não por você, por nós dois.

— Não posso deixá-lo encarar a morte sozinho — sussurrou Will, mas sabia que tinha sido derrotado; sua disposição havia se esgotado.

Jem tocou o símbolo de *parabatai* no ombro, através do tecido fino da camisa.

— Não estou sozinho — afirmou. — Onde quer que você esteja, somos um.

Will se pôs de pé lentamente. Não podia acreditar que estava fazendo aquilo, mas claramente estava, tão claro quanto a borda prateada que envolvia os olhos negros de Jem.

— Se existe vida depois dessa — falou —, permita-me encontrá-lo, James Carstairs.

— *Haverá* outras vidas. — Jem estendeu a mão, e, por um instante, se seguraram, como no dia do ritual de *parabatai*, quando se esticaram através de arcos de fogo idênticos para entrelaçarem os dedos. — O mundo é uma roda — falou. — Quando nos elevamos ou caímos, o fazemos juntos.

Will cerrou o punho na mão de Jem.

— Muito bem, então — declarou, com a garganta apertada —, como diz que haverá outra vida para mim, rezemos para que eu não faça uma confusão tão grande quanto fiz nesta.

Jem sorriu para ele, aquele sorriso que, como sempre, mesmo nos dias mais negros de Will, acalmava-o.

— Acho que ainda há esperança para você, Will Herondale.

— Tentarei aprender a ter, sem que você precise me mostrar como.

— Tessa — disse Jem. — Ela conhece o desespero e também a fé. Podem ensinar um ao outro. Encontre-a, Will, e diga que sempre a amei. Se serve de alguma coisa, minha bênção está com vocês dois.

Os olhares se encontraram e se sustentaram. Will não conseguiu dizer adeus nem nada. Apenas apertou a mão de Jem uma última vez e soltou-a, em seguida virou-se e saiu pela porta.

* * *

Os cavalos estavam no estábulo, atrás do Instituto — território de Cyril durante o dia, onde o resto deles raramente se aventurava. O estábulo outrora fora uma casa paroquial, e o chão era feito de pedras desiguais, sempre impecavelmente limpo. Estrebarias alinhavam as paredes, apesar de só duas estarem ocupadas: uma por Balios e a outra por Xanthos, ambos adormecidos com os rabos mexendo singelamente, como acontece com equinos que sonham. As respectivas manjedouras estavam cheias de capim fresco, e arreios brilhantes cobriam as paredes, polidas e perfeitas. Will determinou que, se voltasse vivo da missão, diria a Charlotte que Cyril fazia um ótimo trabalho.

Will acordou Balios com murmúrios gentis e o puxou. Aprendeu a selar e preparar um cavalo para montaria quando pequeno, antes de vir para o Instituto, então deixou a mente vagar enquanto fazia isso agora, passando os estribos pelo couro, verificando os dois lados da sela, alcançando cuidadosamente embaixo de Balios para apertar a cilha.

Não deixou nenhum bilhete para trás, nenhum recado para ninguém do Instituto. Jem avisaria, e Will descobriu que agora, no momento em que mais precisava das palavras que normalmente encontrava com grande facilidade, não conseguia acessá-las. Não conseguia acreditar que poderia estar se despedindo, então não parou de pensar no que tinha guardado nos alforjes: uniforme, uma camisa limpa e um colarinho (quem sabe se precisaria parecer um cavalheiro?), duas estelas, todas as armas que conseguiu encaixar, pão, queijo, frutas secas e dinheiro mundano.

Enquanto Will apertava a cilha, Balios levantou o focinho e relinchou. Will virou a cabeça. Uma esguia figura feminina apareceu na entrada do estábulo. Enquanto ele a encarava, o vulto levantou a mão direita, e a pedra de luz enfeitiçada brilhou, iluminando seu rosto.

Era Cecily, com uma capa de veludo azul, os cabelos escuros soltos e livres em volta do rosto. Estava descalça, e dava para ver-lhe os pés sob a bainha da capa. Ele se esticou.

— Cecy, o que está fazendo aqui?

Ela deu um passo à frente, em seguida parou, olhando para os próprios pés descalços.

— Eu poderia fazer a mesma pergunta.

— Gosto de conversar com cavalos à noite. São boas companhias. E você não deveria estar perambulando de camisola. Há meninos Lightwood por esses corredores.

— Muito engraçado. Aonde você vai, Will? Se for procurar mais *yin fen*, leve-me com você.

— Não vou procurar mais *yin fen*.

A compreensão baixou em seus olhos azuis.

— Você vai atrás de Tessa. Vai até Cadair Idris.

Will assentiu.

— Leve-me — disse ela. — Leve-me com você, Will.

Will não conseguia olhar para ela; foi buscar o cabresto e o freio, apesar de suas mãos tremerem ao pegá-los e se voltar para Balios.

— Não posso levá-la comigo. Você não pode montar Xanthos, não tem treino para isso, e um cavalo comum só desaceleraria nossa viagem.

— Os cavalos da carruagem são autômatos. Não pode achar que vai alcançá-los...

— Não é o que espero. Balios pode ser o cavalo mais veloz da Inglaterra, mas precisa descansar e dormir. Já estou resignado. Não alcançarei Tessa na estrada. Só posso torcer para chegar a Cadair Idris antes que seja tarde demais.

— Então me deixe ir atrás, e não se preocupe se estiver muito à frente...

— Seja razoável, Cecy!

— Razoável? — Ela se irritou. — Só o que vejo é meu irmão me abandonando outra vez! Faz anos, Will! Anos, e vim para Londres procurá-lo, e agora que estamos juntos novamente, você vai embora!

Balios se mexeu, inquieto, enquanto Will ajeitou sua boca e passou o cabresto sobre a cabeça dele. Balios não gostava de gritos. Will o afagou com uma das mãos no pescoço.

— Will. — Cecily soou perigosa. — Olhe para mim ou vou acordar a casa inteira e impedi-lo, juro que vou.

Will apoiou a cabeça no pescoço do animal e fechou os olhos. Sentiu cheiro de capim e cavalo, tecido e suor, e um pouco do aroma doce de fumaça que ainda estava em suas roupas por causa do fogo no quarto de Jem.

— Cecily — disse ele. — Preciso saber que você está aqui, tão segura quanto possível, ou não posso sair. Não posso temer por Tessa à minha frente e por você atrás, ou o medo vai me vencer. Muitos dos que amo já estão correndo perigo.

Fez-se um longo silêncio. Will pôde ouvir as batidas do coração de Balios, mas nada além. Ficou imaginando se Cecily teria se retirado, saído enquanto ele falava, talvez para despertar a casa. Levantou a cabeça.

Mas Cecily continuava no mesmo lugar, a pedra de luz enfeitiçada brilhando em sua mão.

— Tessa disse que você me chamou uma vez — falou. — Quando estava doente. Por que eu, Will?

— Cecily. — A palavra saiu suave como se ele soltasse o ar. — Durante anos você foi meu... meu talismã. Eu achei que tivesse matado Ella. Saí de Gales para mantê-los em segurança. Contanto que pudesse imaginá-los felizes e bem, a dor da saudade de você, mamãe e papai compensava.

— Nunca entendi por que se foi — explicou Cecily. — E acreditava que os Caçadores de Sombras eram monstros. Não entendia por que você tinha vindo para cá, e achei, sempre achei, que quando eu crescesse o bastante, viria, fingiria querer ser Caçadora de Sombras também e conseguiria convencê-lo a voltar. Quando soube da maldição, fiquei sem saber o que pensar. Entendi por que veio, mas não por que ficou.

— Jem...

— Mas mesmo que ele morra — disse ela, e ele se encolheu —, você não vai voltar para casa, para mamãe e papai, vai? Você é um Caçador de Sombras, pura e simplesmente. Como papai nunca foi. É por isso que tem sido tão teimoso em relação a escrever para eles. Não sabe como pedir perdão, e ao mesmo tempo dizer que não voltará para casa.

— Não posso voltar, Cecily, ou, pelo menos, aquela não é mais minha casa. Sou Caçador de Sombras. Está no meu sangue.

— Sabe que sou sua irmã, não sabe? — falou. — Também está no meu.

— Você disse que estava fingindo. — Will examinou o rosto da irmã por um instante e falou lentamente —, mas não está, certo? Já vi você treinando, lutando. Você sente como eu. Como se o chão do Instituto fosse o único piso sólido sob seus pés. Como se tivesse encontrado o local ao qual pertence. Você é uma Caçadora de Sombras.

Cecily não disse nada.

Will sentiu a boca se curvar em um sorriso lateral.

— Fico feliz — disse ele. — Feliz que haja uma Herondale no Instituto, mesmo que eu...

— Mesmo que não volte? Will, deixe-me ir com você, permita-me ajudar...

— Não, Cecily. Não é suficiente que eu aceite que escolha esta vida, uma de lutas e perigo, mesmo que eu sempre tenha desejado muita segurança para você? Não, não posso permitir que venha comigo, mesmo que me odeie por isso.

Cecily suspirou.

— Não seja tão dramático, Will. Precisa sempre insistir que as pessoas o odeiam quando claramente não é este o caso?

— Eu *sou* dramático — disse Will. — Se não fosse Caçador de Sombras, teria tido futuro no palco. Não tenho dúvidas de que seria recebido com muito clamor.

Cecily não pareceu achar graça. Will supôs que não pudesse culpá-la.

— Não estou interessada em sua interpretação de *Hamlet* — falou. — Se não me deixa ir com você, então prometa que se for agora... prometa que vai voltar?

— Não posso prometer isso — respondeu. — Mas se puder, voltarei. E se voltar, escreverei para nossos pais. Isso eu posso prometer.

— Não — disse Cecily. — Nada de cartas. Prometa-me que se voltar, voltará para a casa dos nossos pais comigo e revelará por que nos deixou, e que não os culpa, e que ainda os ama. Não peço que volte para ficar. Nem você nem eu podemos retornar para casa em definitivo, mas confortá-los é o mínimo. Não me diga que isso é contra as regras, Will, porque sei muito bem que você adora transgredir.

— Viu? — perguntou Will. — Conhece um pouco seu irmão, afinal. Dou minha palavra de que se acontecer assim, farei o que está me pedindo.

Os ombros e a face de Cecily relaxaram. Ela parecia pequena e indefesa quando se desfazia da raiva, apesar de ele saber que não era este o caso.

— E Cecy — falou Will lentamente —, antes de ir, quero lhe dar mais uma coisa.

Ele levantou a camisa e alcançou o colar que Magnus lhe dera. Ele balançou, brilhando em rubi vermelho à luz fraca dos estábulos.

— Seu colar de mulher? — perguntou Cecily. — Bem, confesso que não combina com você.

Ele deu um passo em direção a Cecily e colocou a corrente em volta do pescoço dela. O rubi tocou sua garganta como se tivesse sido feito para ela. Ela olhou para ele, com olhos sérios.

— Use-o sempre. Ele vai alertá-lo quando demônios se aproximarem — explicou Will. — Vai ajudar a mantê-la em segurança, que é o que quero, e ajudá-la a ser guerreira, que é o que você quer.

Ela colocou a mão na bochecha do irmão.

— *Da bo ti, Gwilym. Byddaf yn gy golli di.*

— E eu também — falou. Sem olhar para ela outra vez, virou-se para Balios e montou. Ela deu um passo para trás enquanto ele conduzia o cavalo para a porta e, abaixando a cabeça contra o vento, galopou pela noite.

Tessa acordou de sonhos de sangue e monstros metálicos com um susto e engasgou.

Encontrava-se deitada e encolhida como uma criança no banco de uma grande carruagem cujas janelas eram inteiramente cobertas por cortinas pesadas de veludo. O assento era duro e desconfortável, com molas elevadas que a espetavam nas laterais através do tecido do vestido, que estava rasgado e manchado. O cabelo havia se soltado e caía em mechas em volta do rosto. Diante dela, amontoada no canto oposto da carruagem, estava uma figura parada, totalmente coberta por uma capa de pele com o capuz levantado. Não havia mais ninguém na carruagem.

Tessa lutou para se ajeitar, apesar da tontura e da náusea. Pôs as mãos na barriga e tentou respirar fundo, mas o ar fétido no interior da carruagem pouco ajudava a acalmar seu estômago. Ela colocou as mãos no peito, sentindo o suor escorrer pelo corpete do vestido.

— Não vai vomitar, vai? — perguntou uma voz rouca. — Às vezes, o clorofórmio tem esse efeito colateral.

A figura encapuzada rangeu em direção a ela, e Tessa viu o rosto da Sra. Black. Na escada do Instituto, ficou chocada demais para conseguir examinar adequadamente o rosto da antiga captora, mas agora que o via de perto, estremeceu. A pele tinha um tom esverdeado, os olhos traziam nervuras pretas, e os lábios eram caídos, deixando entrever uma língua cinza.

— Para onde está me levando? — quis saber Tessa. Era sempre a primeira pergunta das heroínas dos livros góticos quando eram sequestradas, e isso a irritava constantemente, mas neste momento percebeu que fazia todo sentido. Nesta situação, a primeira coisa que se quer saber é para onde está indo.

— Para Mortmain — respondeu a senhora Black. — E isso é tudo que arrancará de mim, menina. Recebi instruções muito rigorosas.

Não era nada que Tessa não esperasse, mas mesmo assim sentiu um aperto no peito e perdeu o fôlego. No impulso, ela se inclinou para longe da Sra. Black e abriu a cortina da carruagem.

Lá fora estava escuro, e a lua estava semiescondida. O campo era cheio de colinas e angular, sem pontos de luz que indicassem haver habitações. Pedregulhos pretos marcavam a terra. Tessa alcançou a maçaneta o mais sutilmente possível e tentou abrir; estava trancada.

— Não perca tempo — disse a Irmã Sombria. — Não pode destrancar a porta, e, se fugisse, eu a alcançaria. Sou muito mais veloz agora do que você se lembra.

— Foi assim que desapareceu na escadaria? — indagou Tessa. — Do Instituto?

A Sra. Black deu um sorriso arrogante.

— Desapareci diante dos seus olhos. Apenas me retirei com rapidez, depois voltei. Mortmain me deu esse dom.

— É por isso que está agindo assim? — disparou Tessa. — Gratidão a Mortmain? Ele não a estimava tanto assim. Enviou Jem e Will para matarem-na quando achou que você fosse atrapalhá-lo.

Assim que falou os nomes de Jem e Will, empalideceu com a lembrança. Ela havia sido levada enquanto os Caçadores de Sombras lutavam desesperadamente por suas vidas nos degraus do Instituto. Será que tinham conseguido conter os autômatos? Será que algum deles fora ferido ou, Deus os livre, morto? Saberia, conseguiria sentir, se algo assim tivesse acontecido a Jem ou a Will? Tinha tanta consciência deles como pedaços do seu coração.

— Não — disse a Sra. Black. — Respondendo à pergunta estampada em seus olhos: você não saberia se um dos dois estivesse morto, aqueles Caçadores de Sombras tão bonitinhos de quem tanto gosta. As pessoas sempre cultivam essa ideia, mas a não ser que exista uma ligação mágica como o laço entre *parabatai*, não passa de imaginação. Quando saí, estavam lutando por suas vidas. — Ela sorriu, e os dentes brilharam, metálicos, à pouca luz. — Se eu não contasse com ordens de Mortmain para trazê-la em perfeitas condições, eu a teria deixado lá, para ser picadinha.

— Por que ele me quer inteira?

— Você e suas perguntas. Já tinha quase me esquecido do quanto é irritante. Ele quer algumas informações que só você pode oferecer. E ainda deseja desposá-la. Um tolo. Que você o atormente bastante, pelo que me importa; quero o que quero dele, depois vou sumir.

— Não sei de nada que possa interessar a Mortmain!

A Sra. Black riu.

— É tão jovem e tola. Você não é humana, senhorita Gray, e entende muito pouco sobre o que pode fazer. Poderíamos ter lhe ensinado mais, mas você era muito rebelde. Descobrirá que Mortmain é um instrutor menos brando.

— Brando? — Tessa se irritou. — Vocês me surravam.

— Existem coisas piores do que dor física, Srta. Gray. Mortmain não tem muita compaixão.

— Exatamente. — Tessa se inclinou para a frente, e o anjo mecânico bateu mais rápido sob o corpete do vestido. — Por que fazer o que ele pede? Você sabe que não pode confiar nele, que ele a destruiria sem pudor...

— Preciso do que ele pode me dar — respondeu a Sra. Black. — E farei o que for preciso para obter.

— E do que está falando? — perguntou Tessa.

Ouviu a Sra. Black rir, e, em seguida, a Irmã Sombria tirou o capuz e soltou o colarinho da capa.

Tessa havia lido em livros de história sobre cabeças em espetos sobre a ponte de Londres, mas nunca imaginou o horror que era de fato. Obviamente, qualquer que fosse a ruína que se abateu sobre a Sra. Black depois de ser decapitada, não foi revertida, então pele cinza esfarrapada pendurava-se sobre o espeto metálico que empalava seu crânio. Ela não tinha corpo, apenas uma coluna lisa de metal da qual dois braços finos sobressaíam. As luvas de couro que cobriam as extremidades de qualquer que fosse o tipo de mão acrescentavam o último toque macabro.

Tessa gritou.

12

Fantasmas na Estrada

Oh, que beleza, que cordialidade! Diga,
No Paraíso, é crime amar demais?
Ter um coração suave ou firme demais,
Ser um romano ou um amante?
Não existe reviravolta brilhante no céu,
Para aqueles que pensam grande ou morrem corajosamente?
— Alexander Pope, "Elegy to the Memory of an Unfortunate Lady"

Will estava no topo de uma colina baixa, com as mãos enfiadas nos bolsos e olhando impacientemente para a paisagem campestre de Bedfordshire.

Ele havia cavalgado de Londres na máxima velocidade possível para ele e Balios, em direção à Great North Road. Ter saído tão próximo do amanhecer significou que as ruas estavam ligeiramente livres ao atravessar Islington, Holloway e Highgate; passou por alguns carrinhos de vendedores e um ou dois pedestres, mas fora isso não encontrou muitas retenções, e como Balios não se cansava tão depressa quanto um cavalo comum, Will logo saiu de Barnet e pôde galopar por South Mimms e London Colney.

Will adorava galopar — acomodado nas costas do cavalo, com o vento no cabelo e os cascos de Balios consumindo a estrada abaixo. Agora que havia deixado Londres, sentia uma dor cortante e uma curiosa liberdade. Era estranho sentir as duas coisas ao mesmo tempo, mas não podia evitar. Perto de Colney, havia lagos; parou para dar água a Balios antes de continuar.

Agora, quase 50 quilômetros ao norte de Londres, não conseguia deixar de se lembrar da passagem pelo local, havia anos, quando fora para o Instituto. Tinha levado um dos cavalos do pai até a metade do caminho desde Gales, mas o vendeu em Staffordshire ao perceber que não tinha dinheiro para o pedágio das estradas. Agora sabia que tinha conseguido muito pouco dinheiro, e fora muito difícil se despedir de Hengroen, o cavalo que cresceu montando, e mais difícil ainda percorrer o resto dos quilômetros a pé. Quando chegou ao Instituto, seus pés estavam sangrando, e as mãos também, arranhados por conta das quedas na estrada.

Olhou para as mãos agora, com a lembrança que elas traziam. Mãos finas com dedos longos — um traço de todos os Herondale. Jem sempre dizia que era uma pena que ele não tivesse nenhum talento musical, pois tinha mãos feitas para o piano. Pensar em Jem era como levar uma agulhada; Will afastou a lembrança e se voltou novamente para Balios. Tinha parado ali não só para dar água ao cavalo, mas também para alimentá-lo com aveia — boa para a velocidade e a resistência — e deixá-lo descansar. Já havia ouvido falar em cavalarias que montavam os animais até a morte, e por maior que fosse o desespero para encontrar Tessa, não conseguia se imaginar fazendo algo tão cruel.

Havia algum tráfego; carrinhos na rua, carroças com vagões de bebidas e laticínios, e até uma diligência movida a cavalos. Sinceramente, todas essas pessoas *precisavam* estar na rua em plena quarta-feira, enchendo todas as vielas? Pelo menos, não havia ladrões de estrada; ferrovias, pedágios, e policiamento adequado encerraram a carreira dos saqueadores havia décadas. Will detestaria ter de perder tempo matando alguém.

Ele havia passado por Saint Albans, sem se incomodar em parar para almoçar por causa da pressa de chegar a Watling Street — a antiga estrada romana que agora se dividia em Wroxeter, com metade cruzando para a Escócia, e a outra metade cortando a Inglaterra para o porto de Holyhead, em Gales. Havia fantasmas na estrada — Will ouviu sussurros em anglo-saxão antigo nos ventos, chamando a estrada de *Waecelinga Straet* e falando sobre a última resistência das tropas de Boadiceia, que fora derrotada pelos romanos nesta estrada há tantos anos.

Agora, com as mãos nos bolsos, ele olhou para o campo — eram três horas, e o céu começava a ficar escuro, o que significava que em breve Will teria de considerar o anoitecer e precisaria encontrar uma pousada onde pudesse parar, descansar o cavalo e dormir — e não conseguia deixar de se lembrar de quando havia contado a Tessa que Boadiceia provara que mulheres também podem ser guerreiras. Não mencionou que havia lido suas cartas e que já amava sua alma de guerreira, escondida atrás daqueles olhos cinzentos tranquilos.

Lembrou-se de um sonho que havia tido, de céus azulados e de Tessa sentada ao seu lado em uma colina verde. *Você sempre virá em primeiro no meu coração.* Uma raiva feroz floresceu em sua alma. Como Mortmain ousa tocá-la. Ela era um deles. Não pertencia a Will — era dona de si demais para pertencer a alguém, até mesmo a Jem —, mas seu lugar era *com* eles, e silenciosamente repreendeu o Cônsul por não enxergar isso.

Ia encontrá-la e levá-la para casa, e mesmo que ela jamais o amasse, não teria problema, teria feito isso por ela e por ele. Virou para Balios, que o olhou intensamente. Will montou.

— Vamos, rapaz — disse. — O sol está se pondo, e temos de chegar a Hockliffe ao anoitecer, pois parece que vai chover. Bateu com os calcanhares nas laterais do cavalo, e Balios, como se tivesse entendido as palavras de seu cavaleiro, partiu como uma bala.

— Ele foi para Gales *sozinho*? — perguntou Charlotte. — Como pode tê-lo deixado fazer algo tão... tão tolo?

Magnus deu de ombros.

— Não é nem nunca foi minha responsabilidade gerenciar Caçadores de Sombras desobedientes. Aliás, não sei ao certo porque mereço a culpa. Passei a noite na biblioteca esperando que Will voltasse para conversar comigo, coisa que ele não fez. No fim, dormi no setor de Raiva e Licantropia. Woolsey morde, ocasionalmente, e fico preocupado.

Ninguém respondeu a essa informação, apesar de Charlotte parecer mais irritada que nunca. Tinha sido um café da manhã atipicamente silencioso, com alguns ausentes à mesa. A falta de Will não surpreendeu. Presumiram que ele estivesse ao lado do *parabatai*. Portanto, até Cyril entrar, arfando e agitado, para relatar a ausência de Balios, o alarme não foi dado.

Uma busca pelo Instituto levou a Magnus Bane, adormecido em um canto da biblioteca. Charlotte o acordou com sacudidelas. Ao ser perguntado sobre o possível paradeiro de Will, Magnus respondeu, um tanto candidamente, que esperava que Will já tivesse ido para Gales, com o objetivo de descobrir a localização de Tessa e trazê-la para o Instituto, fosse de forma discreta, fosse à base da força. Esta informação, para surpresa de Magnus, deixou Charlotte em pânico, e ela convocou uma reunião na biblioteca, à qual todos os Caçadores de Sombras do Instituto, exceto Jem, foram intimados — até Gideon, que chegou mancando e apoiado em uma bengala.

— Alguém sabe quando Will partiu? — perguntou Charlotte, à cabeceira da longa mesa à qual estavam sentados.

Cecily, com as mãos cruzadas recatadamente diante de si, de repente ficou muito interessada na estampa do tapete.

— É uma bela pedra que está usando, Cecily — observou Charlotte, estreitando os olhos para o rubi no pescoço da menina. — Não me lembro de você com esse colar ontem. Aliás, lembro-me de *Will* com ele. Quando ele lhe deu?

Cecily cruzou os braços sobre o peito.

— Não direi nada. As decisões de Will são dele, e já tentamos explicar ao Cônsul o que precisa ser feito. Considerando que a Clave não está disposta a ajudar, Will resolveu assumir as rédeas. Não sei por que esperavam algo diferente.

— Não pensei que ele fosse deixar Jem — respondeu Charlotte, e em seguida pareceu chocada com o que disse. — Eu... não consigo nem imaginar como contaremos a ele quando acordar.

— Jem sabe... — Cecily começou a explicar, indignada, mas foi interrompida, para sua surpresa, por Gabriel.

— Claro que ele sabe — disse. — Will só está cumprindo seu papel de *parabatai*. Está fazendo o mesmo que Jem faria, se pudesse. Foi no lugar de Jem. É o que um *parabatai* deve fazer.

— *Você* está defendendo Will? — comentou Gideon. — Depois da maneira como sempre o tratou? Depois de repetir dezenas de vezes a Jem que ele tinha um péssimo gosto para *parabatai*?

— Will pode ser uma pessoa condenável, mas pelo menos demonstra não ser um Caçador de Sombras condenável — disse Gabriel, e em seguida, ao ver o olhar de Cecily, acrescentou —, talvez não seja uma pessoa condenável, também. Por inteiro.

— Uma declaração magnânima, Gideon — disse Magnus.

— Sou Gabriel.

Magnus acenou com a mão.

— Todos os Lightwood me parecem iguais...

— *Ahã* — interrompeu Gideon, antes que Gabriel pudesse pegar alguma coisa e atirar em Magnus. — Independentemente das qualidades pessoais de Will e do fracasso de qualquer pessoa em diferenciar um Lightwood de outro, a questão permanece: vamos atrás dele?

— Se Will quisesse ajuda, não teria fugido no meio da noite sem falar nada para ninguém — disse Cecily.

— Sim — respondeu Gideon —, porque Will é famoso por suas decisões cuidadosas e prudentes.

— Ele roubou nosso cavalo mais veloz — observou Henry. — Isso indica consideração da parte dele, de certa forma.

— Não podemos permitir que Will vá combater Mortmain sozinho. Ele será aniquilado — disse Gideon. — Se ele realmente partiu no meio da noite, talvez ainda possamos alcançá-lo pelo caminho...

— O cavalo mais veloz — lembrou Henry, e Magnus riu baixinho.

— Na verdade, não é um massacre inevitável — disse Gabriel. — Poderíamos todos ir atrás de Will, certamente, mas o fato é que uma força dessas, enviada contra o Magistrado, seria mais perceptível do que um menino a cavalo. A maior esperança de Will é não ser detectado. Ao final das contas, não está cavalgando para guerrear. Vai salvar Tessa. Discrição e segredo têm de prevalecer em uma missão dessas...

Charlotte bateu com a mão na mesa com tanta força que o som reverberou pelo recinto.

— Todos vocês, *fiquem em silêncio* — ordenou, em um tom tão autoritário que até Magnus pareceu alarmado.

— Gabriel, Gideon, vocês dois têm razão. É melhor para Will que não o sigamos, e não podemos permitir que um dos nossos seja destruído. Também é verdade que o Magistrado está além do nosso alcance; o Conselho vai se reunir para decidir sobre isso. Não há nada que possamos fazer agora. Portanto, precisamos concentrar nossas energias em salvar Jem. Ele está morrendo, mas não morreu. Parte da força de Will depende dele, e ele é um dos nossos. Finalmente nos deu permissão para procurarmos uma cura para ele, logo, precisamos fazer isso.

— Mas... — começou Gabriel.

— *Silêncio* — disse Charlotte. — Sou a líder do Instituto; você vai se lembrar de quem o salvou de seu pai e me respeitar.

— Assim se coloca Gideon em seu devido lugar, muito bem — comentou Magnus, com satisfação.

Charlotte olhou para ele com olhos ardentes.

— E você também, feiticeiro; Will pode tê-lo convocado, mas você permanece por meu consentimento. Entendo que, conforme me contou esta manhã, prometeu a Will que faria tudo que pudesse para ajudar a encontrar uma cura para Jem enquanto ele está ausente. Vai instruir Gabriel e Cecily sobre onde devem fazer compras, e como acharão os ingredientes necessários. Gideon, considerando que está machucado, ficará na biblioteca e procurará quaisquer livros que Magnus precisar; se necessitar ajuda, eu ou Sophie ajudaremos. Henry, talvez Magnus possa usar seu estúdio como laboratório, a não ser que esteja envolvido com algum projeto que proíba isso? — Ela olhou para Henry com as sobrancelhas erguidas.

— Estou — respondeu Henry, um pouco hesitante —, mas também posso alterá-lo para ajudar Jem, e a colaboração do Sr. Bane seria muito bem recebida. Em troca, ele certamente pode utilizar qualquer um de meus implementos científicos.

Magnus o fitou, curioso.

— Em que está trabalhando, exatamente?

— Bem, você sabe que não executamos mágica, Sr. Bane — explicou Henry, parecendo animado em ver alguém interessado em um de seus experimentos —, mas estou elaborando uma versão científica de um feitiço de transportação. Abriria uma porta em qualquer lugar que você quisesse...

— Incluindo, talvez, um estoque cheio de *yin fen* na China? — comentou Magnus, com os olhos brilhando. — Parece muito interessante, muito interessante mesmo.

— Não, não parece — murmurou Gabriel.

Charlotte o olhou com olhos penetrantes.

— Sr. Lightwood, basta. Acho que todos já receberam suas tarefas. Vão em frente e executem-nas. Não quero ouvir mais nada de nenhum de vocês até me trazerem algum relatório de progresso. Estarei com Jem. — E, com isso, saiu de lá.

— Que resposta satisfatória — disse a Sra. Black.

Tessa a encarou. Estava agachada no canto da carruagem, o mais longe possível da criatura que outrora fora a Sra. Black. Ao vê-la, gritou e tapou a boca apressadamente; mas era tarde demais. A outra já tinha se deleitado completamente com sua reação.

— Você foi decapitada — disse Tessa. — Como você está viva? *Assim*?

— Magia — respondeu a Sra. Black. — Foi seu irmão que sugeriu a Mortmain que minha forma atual poderia ser útil a ele. Foi seu irmão que derramou o sangue que possibilitou a continuidade da minha existência. Vive pela minha vida.

Ela deu um sorriso terrível, e Tessa pensou no irmão, morrendo em seus braços. *Você não sabe tudo que fiz, Tessie.* Ele engoliu a bile. Depois que o irmão morreu, ela tentou se Transformar nele, para reunir informações sobre Mortmain a partir das lembranças do menino, mas não passavam de um redemoinho cinza de raiva, amargura e ambição: não encontrou nada de sólido. Uma onda fresca de ódio a Mortmain, que descobriu a fraqueza de seu irmão e a explorou, ardeu em Tessa. Mortmain, que deteve todo o *yin fen* de Jem em uma tentativa cruel de fazer com que os Caçadores de Sombras dançassem conforme sua música. Até a Sra. Black, de certa forma, era prisioneira de suas manipulações.

— Está obedecendo a Mortmain porque acha que ele vai lhe dar um corpo — disse Tessa. — Não essa... essa coisa que você tem, mas uma espécie de corpo humano.

— Humano. — A Sra. Black riu. — Espero melhor do que *humano*. Mas melhor do que isso também, algo que me permita passar despercebida entre mundanos e me deixe voltar a praticar minha magia. Quanto ao Magistrado, sei que ele terá poder para isso, por causa de você. Logo será todo-poderoso, e você vai ajudá-lo a chegar lá.

— Você é tola em acreditar que ele vai recompensá-la.

Os lábios cinzentos da Sra. Black tremeram de alegria.

— Ah, mas vai. Ele jurou, e eu fiz tudo que prometi. Aqui estou, entregando a noiva perfeita, treinada por mim! Por Azazel, lembro-me de quando você saltou do navio vindo dos Estados Unidos. Parecia tão puramente mortal, tão completamente inútil. Desesperei-me por precisar treiná-la para ter alguma utilidade. Mas com brutalidade suficiente, tudo pode ser moldado. Você agora será ótima.

— Nem tudo que é mortal é inútil.

Riso.

— Pode dizer isso em função de sua associação com os Nephilim. Está com eles e não com outros da sua espécie há tempo demais.

— Que espécie? Não tenho espécie. Jessamine disse que minha mãe era Caçadora de Sombras...

— Ela era Caçadora de Sombras — disse a Sra. Black. — Mas seu pai não.

O coração de Tessa parou.

— Ele era um demônio?

— Não era nenhum anjo. — A Sra. Black riu. — O Magistrado vai explicar tudo, em seu devido tempo: o que você é, por que vive e para que foi criada. — Ela se acomodou para trás, com um rangido das juntas automáticas. — Devo dizer que fiquei quase impressionada quando você fugiu com aquele menino Caçador de Sombras. Mostrou que tinha espírito. Aliás, acabou sendo bom para o Magistrado que tenha passado tanto tempo com os Nephilim. Agora conhece o Submundo e já se mostrou capaz. Foi forçada a utilizar seu dom em circunstâncias árduas. Os testes que eu poderia ter criado para você não teriam sido tão desafiadores nem teriam desenvolvido o mesmo aprendizado e confiança. Vejo a diferença em você. Será uma ótima esposa para o Magistrado.

Tessa emitiu um ruído de incredulidade.

— Por quê? Estou sendo forçada a me casar com ele. Que diferença faz meu espírito ou aprendizado? Por que ele se importaria?

— Ah, você vai ser mais do que esposa dele, Srta. Gray. Será a ruína dos Nephilim. Foi criada para isso. E quanto mais sabe sobre eles, mais solidariedade tem a eles e maior será sua eficiência como arma para destruí-los.

Tessa sentiu como se o ar tivesse sido arrancado de seu pulmão.

— Não me importo com o que Mortmain fizer. Não vou colaborar com a desgraça dos Caçadores de Sombras. Morrerei ou serei torturada antes.

— Não importa o que você quer. Descobrirá que não há resistência capaz de vencer as vontades dele. Além disso, não precisa fazer nada para destruir os Nephilim. Nada além de ser quem é. E de ser casada com Mortmain, o que não exige nenhuma ação de sua parte.

— Estou noiva de outra pessoa — disparou Tessa. — James Carstairs.

— Oh, querida — disse a Sra. Black. — Temo que a reivindicação do Magistrado se sobreponha à dele. Além disso, James Carstairs estará morto antes de terça-feira. Mortmain comprou todo o *yin fen* da Inglaterra e bloqueou novas remessas. Talvez devesse ter pensado nisso antes de se apaixonar por um viciado. Embora eu tenha imaginado que o escolhido seria o de olhos azuis — devaneou. — Normalmente as meninas não se apaixonam por seus libertadores?

Tessa sentiu o véu da irrealidade começar a descer. Não podia acreditar que estava aqui, presa nesta carruagem com a senhora Black, e que a feiticeira parecia feliz em discutir suas tribulações românticas. Virou para a janela. A lua estava alta, e ela pôde ver que estavam passando por uma estrada longa e estreita — havia sombras na carruagem, e abaixo, um desfiladeiro pedregoso desaparecia na escuridão.

— Existem muitas formas de ser libertada.

— Bem — disse a Sra. Black, com um brilho nos dentes ao sorrir. — Pode ter certeza de que agora ninguém virá libertá-la.

Será a ruína dos Nephilim.

— Então eu mesma terei de me libertar — insistiu ela. As sobrancelhas da Sra. Black franziram em sinal de confusão ao virar a cabeça para Tessa com um chiado e um clique. Mas a menina já estava se preparando, reunindo toda a sua energia nas pernas e no corpo, conforme fora ensinada, de modo que quando se lançou para a porta da carruagem, foi com toda a sua força.

Ouviu a tranca da porta quebrar, a Sra. Black gritar e dar um gemido agudo de dor. Um braço metálico pegou as costas de Tessa, segurando a gola do vestido, que rasgou, e Tessa estava caindo, batendo nas pedras à beira da estrada, caindo e deslizando para o desfiladeiro ao mesmo tempo em que a carruagem avançava pela estrada e a Sra. Black gritava para o cocheiro parar. O vento soprou aos ouvidos de Tessa enquanto ela caía, os braços e as mãos girando desgovernadamente contra o espaço vazio ao seu redor, e quaisquer esperanças de que o desfiladeiro fosse raso, ou que pudesse sobreviver à queda, desapareceram. Ao cair, viu uma tira estreita brilhando bem abaixo dela, girando entre pedras íngremes, e soube que ia quebrar como louça frágil ao bater no chão.

Fechou os olhos e torceu para que o fim fosse rápido.

Will estava no topo de uma colina verde e olhava para o mar. O céu e o mar eram tão intensamente azuis que pareciam se fundir um no outro, de modo que não havia ponto fixo no horizonte. Gaivotas e andorinhas-do-mar voavam e gritavam acima dele, e o vento salgado soprava por seus cabelos. Estava tão quente quanto no verão, e seu casaco estava jogado sobre a grama; estava de camisa e suspensório, e tinha mãos morenas e bronzeadas pelo sol.

— Will. — Ele se virou ao ouvir a voz familiar e viu Tessa subindo a colina em direção a ele. Havia uma pequena trilha na lateral, ladeada por flores brancas estranhas, e a própria Tessa parecia uma flor, com um vestido branco como o que usou no baile na noite em que ele a beijou na varanda de Benedict Lightwood. Seus longos cabelos castanhos voavam ao vento. Ela havia tirado o chapéu e o segurava em uma das mãos, acenando para ele e sorrindo, como se estivesse feliz em vê-lo. Mais do que feliz. Como se vê-lo fosse a maior alegria de seu coração.

Seu próprio coração saltou ao vê-la.

— Tess — chamou, e esticou a mão como se ele pudesse puxá-la em sua direção. Mas ela continuava longe: parecia ao mesmo tempo muito perto e muito longe. Will conseguia enxergar cada detalhe do seu belo rosto, mas não conseguia tocá-la, então ficou parado, esperando e desejando, e seu coração batia como asas em seu peito.

Finalmente, ela estava ali, perto o suficiente para que ele pudesse enxergar onde a grama e as flores dobravam sob os sapatos da moça. Ele esticou o braço para ela, e ela para ele. As mãos se fecharam uma na outra, e por um instante ficaram sorrindo, os dedos dela quentes nos dele.

— Estava esperando por você — disse Will, e ela olhou para ele com um sorriso que desapareceu de seu rosto quando os pés deslizaram e ela se desequilibrou em direção à beira do penhasco. As mãos dela soltaram as dele, e de repente ela estava tentando agarrar o ar enquanto caía, silenciosamente, um borrão branco contra o horizonte azul.

Will sentou-se na cama, assustado, e o coração batia forte contra as costelas. O quarto no White Horse era preenchido em parte pelo luar, que claramente contornava as formas estranhas dos móveis: o lavatório e a mesa ao lado, com copião exemplar não lido dos sermões de Fordyce, a cadeira estofada perto da lareira, na qual as chamas se reduziram a brasas. Os lençóis da cama estavam frios, mas ele suava; passou as pernas pela lateral e foi até a janela.

Havia um arranjo de flores secas em um vaso no parapeito. Ele as tirou do caminho e abriu o vidro com dedos doloridos. Seu corpo inteiro doía. Ele jamais tinha ido tão longe e com tanta intensidade, e estava esgotado e dolorido. Precisaria de *iratzes* antes de voltar à estrada amanhã.

A janela abria para fora, e o ar frio soprava contra sua face e seu cabelo, esfriando a pele. Tinha uma dor dentro de si, por baixo das costelas, que não tinha nenhuma relação com a cavalgada. Se era a separação de Jem ou a ansiedade por Tessa, ele não sabia. Não parava de vê-la caindo, as mãos se soltando. Will jamais acreditou nas interpretações proféticas dos sonhos, no entanto não conseguia desatar o nó frio e apertado no estômago nem regular a respiração entrecortada.

Na vidraça escura da janela, conseguia ver o próprio reflexo. Tocou levemente o vidro, as pontas dos dedos deixando marcas na condensação. Ficou imaginando o que diria a Tessa quando a encontrasse, como contaria que foi ele que teve de ir atrás dela, e não Jem. Se houvesse misericórdia no mundo, talvez ao menos pudessem sofrer juntos. Se ela jamais acreditasse no amor dele, se jamais retribuísse seu afeto, que pelo menos a misericórdia permitisse que pudessem compartilhar a tristeza. Quase sem conseguir tolerar a noção de quanto precisava da força silenciosa de Tessa, fechou os olhos e apoiou a testa no vidro frio.

Enquanto atravessavam as ruas sinuosas do East End, da Limehouse Station em direção a Gill Street, Gabriel não conseguia deixar de ter consciência da presença de Cecily ao seu lado. Estavam disfarçados por feitiço, o que era útil, considerando que sua passagem pela parte mais pobre de Londres certamente geraria comentários ou, ainda, chamados insistentes de comerciantes para entrarem em suas lojas. Do jeito que as coisas iam, Cecily demonstrava intensamente sua curiosidade e, com frequência, parava para olhar vitrines — não apenas de modistas e chapeleiros, mas lojas que ofereciam tudo, desde graxa de sapato e livros a brinquedos e soldadinhos de lata. Gabriel precisou lembrar a si mesmo que ela vinha do campo e provavelmente jamais vira um próspero mercado urbano, quanto mais algo como Londres. Gostaria de poder levá-la a um lugar mais adequado a uma dama como ela — as lojas de Burlington Arcade ou Piccadilly, e não a estas ruas escuras e fechadas.

Ele não sabia o que tinha esperado da irmã de Will Herondale. Que fosse tão desagradável quanto Will? Que ela não fosse tão desconcertantemente parecida com ele e, no entanto, ao mesmo tempo, fosse extraordinariamente bonita? Ele raramente olhava para a cara de Will sem querer acertá-la, mas o rosto de Cecily era infinitamente fascinante. Pegou-se querendo escrever poesia sobre como seus olhos azuis eram iguais a estrelas e os cabelos pareciam a noite, porque "noite" e "estrelas" combinavam, mas tinha a impressão de que o poema não sairia bom, e Tatiana já o tinha atrapalhado em relação a apreciar poesia. Além disso, havia coisas impossíveis de serem colocadas em versos, como quando certa menina curvava a boca de certo jeito, e você queria muito se inclinar e...

— Sr. Lightwood — disse Cecily, em um tom impaciente que indicava que esta não era a primeira vez que tentava chamar a atenção de Gabriel. — Acho que já passamos pela loja.

Gabriel resmungou baixinho e virou-se de costas. De fato, já tinham ultrapassado o número que Magnus lhes dera; refizeram os passos até se encontrarem diante de uma loja escura, pouco chamativa e com vitrines turvas. Através do vidro escuro, pôde ver prateleiras com uma variedade de itens peculiares — jarros nos quais serpentes mortas flutuavam, olhos brancos e abertos; bonecas cujas cabeças foram removidas e substituídas por pequenas gaiolas douradas; e pilhas de braceletes feitos com dentes humanos.

— Céus — disse Cecily. — Que desagradável.

— Prefere não entrar? — Gabriel olhou para ela. — Eu poderia ir, em vez...

— E me deixar aqui na rua fria? Que falta de cavalheirismo. Certamente, não. — Ela alcançou a maçaneta e abriu a porta, fazendo um pequeno sino soar em algum lugar da loja. — Depois de mim, por favor, Sr. Lightwood.

Gabriel entrou atrás dela, piscando à luz fraca da loja. O interior não era mais convidativo que o exterior. Longas fileiras de prateleiras empoeiradas levavam a uma bancada sombria. As vitrines pareciam manchadas com uma espécie de unguento escuro, bloqueando boa parte da luz solar. As prateleiras em si eram uma massa acumulada — sinos de bronze com cabos em forma de ossos, velas espessas cujas ceras eram cheias de insetos e flores, uma adorável coroa dourada em formato e diâmetro tão estranhos que jamais caberia em uma cabeça humana. Havia prateleiras de facas, e vasilhas de cobre e pedra cujas bacias tinham marcas marrons peculiares. Pilhas de luvas em todos os tamanhos, algumas com mais de cinco dedos em cada mão. Um esqueleto humano sem nenhum vestígio de carne se pendurava de uma corda fina na direção da frente da loja, girando no ar, apesar de não haver brisa.

Gabriel olhou rapidamente para Cecily para ver se ela havia esmorecido, mas não. Parecia irritada, se tanto.

— Alguém deveria espanar esse lugar — anunciou, e foi para o fundo da loja, as pequenas flores em seu chapéu se sacudindo. Gabriel balançou a cabeça.

Ele alcançou Cecily exatamente quando ela pegou o sino na bancada com a mão enluvada, tocando-o impacientemente.

— Olá? — chamou. — Tem alguém aqui?

— Bem na sua frente, senhorita — disse uma voz irritada, para baixo e para a esquerda. Logo abaixo viram o topo da cabeça de um homem pequeno. Não, não exatamente um homem, pensou Gabriel enquanto o feitiço descascava: um sátiro. Estava de colete e calça, mas sem camisa, e possuía os pés fendidos e os chifres curvos de um bode. Também tinha uma barba aparada, mandíbula pontuda e os olhos de pupila retangulares de um caprino, meio escondidos atrás de óculos.

— Certo — disse Cecily. — Você deve ser o Sr. Sallows.

— Nephilim — observou o dono da loja, com voz sombria. — Detesto Nephilim.

— Humpf — disse Cecily. — Um prazer, tenho certeza.

Gabriel achou que era hora de intervir.

— Como sabia que éramos Caçadores de Sombras? — disparou.

Sallows ergueu as sobrancelhas.

— Suas Marcas, senhor, estão claramente visíveis nas mãos e na garganta — disse, como se falasse com uma criança —, e, quanto à moça, ela é a cara do irmão.

— Como conhece meu irmão? — perguntou Cecily, elevando o tom de voz.

— Não recebemos muitos dos seus aqui — respondeu Sallows. — É notável quando acontece. Seu irmão Will vinha muito aqui há cerca de dois meses, executando tarefas para aquele feiticeiro, Magnus Bane. Também passou por Cross Bones, incomodando a Velha Mol. Will Herondale é bem conhecido no Submundo, apesar de sempre se manter longe de encrencas.

— Isso é uma notícia incrível — comentou Gabriel.

Cecily lançou um olhar sombrio a Gabriel.

— Viemos na autoridade de Charlotte Branwell — disse ela —, diretora do Instituto de Londres.

O sátiro acenou com a mão.

— Não ligo muito para suas hierarquias de Caçadores de Sombras, você sabe; ninguém do Povo das Fadas o faz. Apenas diga-me o que quer, e farei um preço justo.

Gabriel desenrolou o papel que Magnus lhe dera.

— Vinagre de ladrão, raiz de cabeça de morcego, beladona, angélica, folha de damiana, pó de escamas de sereia e seis pregos do caixão de uma virgem.

— *Ora* — disse Sallows. — Não recebemos muitos pedidos assim aqui. Terei de procurar nos fundos.

— Bem, se não recebe muitos pedidos assim, *que* pedidos recebe? — perguntou Gabriel, perdendo a paciência. — Isso aqui não é uma floricultura.

— Sr. Lightwood! — esbravejou Cecily baixinho, mas não tão baixo, pois Sallows ouviu, e seus óculos saltaram no nariz.

— *Sr. Lightwood?* — disse ele. — Filho de Benedict Lightwood?

Gabriel sentiu o sangue aquecendo nas bochechas. Não tinha falado com quase ninguém sobre o pai após a morte de Benedict — se é que aquilo que morreu no jardim italiano podia ser chamado de pai. Houve um tempo em que foram ele e a família contra o mundo, os Lightwood acima de tudo, mas agora — agora havia vergonha no nome Lightwood, tanto quanto outrora existira orgulho, e Gabriel não sabia como falar sobre isso.

— Sim — disse, afinal. — Sou filho de Benedict Lightwood.

— Ótimo. Tenho algumas das encomendas de seu pai. Já estava começando a imaginar se ele algum dia viria buscar. — O sátiro mexeu no fun do, e Gabriel se ocupou examinando a parede. Havia desenhos de paisagens e mapas pendurados ali, mas, ao olhar de perto, viu que não se tratava de representações de nada que conhecesse. Tinha Idris, é claro, com a Floresta Brocelind e Alicante na colina, mas outro mapa mostrava continentes que ele nunca havia visto; e o que era o Mar de Prata? As Montanhas de Espinho? Que tipo de país tinha um céu *roxo*?

— Gabriel — disse Cecily a seu lado, com a voz baixa. Era a primeira vez que o chamava pelo primeiro nome, e ele começou a virar para ela, no instante em que Sallows emergiu do fundo. Em uma das mãos trazia um pacote amarrado, que entregou a Gabriel. Estava bem cheio: evidentemente eram as garrafas com os ingredientes de Magnus. Na outra mão, ele trazia uma pilha de papéis, que repousou na bancada.

— A encomenda de seu pai — disse, com um sorriso.

Gabriel abaixou os olhos para os papéis — e ficou boquiaberto de horror.

— Céus — disse Cecily. — Isso certamente não é possível?

O sátiro esticou a cabeça para ver para onde ela olhava.

— Bem, não com uma pessoa, mas com um demônio Vetis e um bode, provavelmente. — Ele se voltou para Gabriel. — Então, tem dinheiro para isso ou não? Seu pai está atrasado com os pagamentos, e não pode comprar fiado eternamente. O que vai ser, Lightwood?

— Charlotte já lhe perguntou se você gostaria de ser Caçadora de Sombras? — perguntou Gideon.

No meio da escada, com um livro na mão, Sophie congelou. Gideon estava sentado a uma das longas mesas da biblioteca, perto de uma janela com vista para o jardim. Livros e papéis se espalhavam diante dele, e ele e Sophie já tinham passado várias horas agradáveis procurando listas e histórias de feitiços, detalhes sobre *yin fen* e especificações sobre a ciência das ervas. Apesar de a perna de Gideon estar se curando rapidamente, estava apoiada em duas cadeiras à frente dele, e Sophie se ofereceu para subir e descer as escadas para alcançar os livros mais altos. No momento, segurava um chamado *Pseudomonarchia Daemonum*, cuja capa ligeiramente pegajosa ela estava ansiosa para largar, apesar de a pergunta de Gideon tê-la espantado o suficiente para paralisá-la na descida.

— O que você quer dizer? — perguntou, voltando a descer a escada. — Por que Charlotte me faria uma pergunta dessas?

Gideon ficou pálido, ou talvez fosse apenas o reflexo da luz enfeitiçada no rosto.

— Srta. Collins — disse. — Você é uma das melhores lutadoras que já treinei, incluindo os Nephilim. Por isso pergunto. Parece um desperdício de talento. Apesar de, talvez, não ser algo que deseja?

Sophie colocou o livro sobre a mesa e sentou em frente a Gideon. Sabia que deveria hesitar, aparentar analisar a pergunta, mas a resposta veio antes que conseguisse contê-la.

— Ser uma Caçadora de Sombras é tudo que eu sempre quis.

Ele se inclinou para a frente, e a luz enfeitiçada brilhou em seus olhos, desbotando a cor deles.

— Não teme o perigo? Quanto mais velha a pessoa for quando Ascender, mais arriscado é o processo. Já ouvi falarem sobre reduzir a idade limite de Ascensão para 14 ou até mesmo 12.

Sophie balançou a cabeça.

— Jamais temi o risco. Assumiria com prazer. Meu único medo é que... se eu tentasse, a Sra. Branwell acharia que não tenho gratidão por tudo que ela fez por mim. Ela salvou minha vida e me criou. Me deu segurança e moradia. Eu jamais retribuiria tudo isso abandonando o serviço.

— Não. — Gideon balançou a cabeça. — Sophie... Srta. Collins... você é uma criada livre em uma casa de Caçadores de Sombras. Tem o dom da Visão. Sabe tudo que há para saber sobre o Submundo e os Nephilim. É a candidata *perfeita* para Ascensão. — Ele colocou a mão sobre o livro de demonologia. — Tenho voz no Conselho. Falaria em seu favor.

— Não posso — disse Sophie, com uma leve tensão na voz. Será que ele não entendia o que estava oferecendo, a tentação? — E certamente não *agora*.

— Não, agora não, claro, com James tão doente — acrescentou Gideon apressadamente. — Mas no futuro? Talvez? — Examinou com os olhos o rosto dela, que sentiu um rubor começar a subir do colarinho. A forma mais óbvia e comum de uma mundana Ascender à Caçadora de Sombras era através do casamento com um Caçador de Sombras. Ficou imaginando o que significava o fato de ele parecer determinado a não mencionar isso. — Mas quando lhe perguntei, você respondeu com determinação. Disse que ser uma Caçadora de Sombras é tudo que sempre quis. Por quê? Pode ser uma vida brutal.

— Toda vida pode ser brutal — disse Sophie. — Minha vida antes do Instituto não era nenhuma maravilha. Suponho que em parte eu quisesse ser Caçadora de Sombras para que, se outro homem se aproximasse de mim com uma faca, como meu antigo empregador o fez, eu pudesse matá-lo na hora. — Ela tocou a bochecha ao responder, um gesto inconsciente que não conseguia evitar, sentindo a cicatriz sob as pontas dos dedos.

Viu a expressão de Gideon — choque e inquietação misturados — e abaixou a mão.

— Eu não sabia que havia sido assim que tinha recebido esta cicatriz — disse ele.

Sophie desviou o olhar.

— Agora vai dizer que não é tão feia ou que sequer a nota ou coisa parecida.

— Eu noto — disse Gideon, com a voz baixa. — Não sou cego, e somos um povo de muitas cicatrizes. Vejo, mas não é feia. É só mais uma linda parte da garota mais linda que já vi.

Agora Sophie ruborizou mesmo — sentiu as bochechas ardendo — e, enquanto Gideon se inclinava sobre a mesa, com os olhos intensos, verdes como tempestade, ela respirou fundo. Ele *não* era como o antigo empregador. Era Gideon. Não ia afastá-lo desta vez.

A porta da biblioteca se abriu. Charlotte estava na entrada e parecia exausta; tinha manchas úmidas no vestido azul-claro e os olhos sombreados. Sophie se levantou imediatamente.

— Sra. Branwell?

— Ah, Sophie. — Charlotte suspirou. — Gostaria que você ficasse um pouco com Jem. Ele ainda não acordou, mas Bridget precisa preparar o jantar, e acho que aquelas terríveis cantorias estão fazendo com que ele tenha pesadelos.

— Claro! — Sophie se apressou para a porta, sem olhar para Gideon ao fazê-lo. Apesar de que, quando a porta se fechou atrás dela, ela teve quase certeza de tê-lo ouvido praguejar baixinho em espanhol.

— Sabe — disse Cecily —, você realmente não precisava ter defenestrado aquele homem.

— Ele não era um homem — disse Gabriel, e franziu o rosto para os objetos que carregava. Ele pegara o pacote com os ingredientes de Magnus, que Sallows havia preparado, e mais alguns objetos que pareciam úteis. Deixou propositalmente todos os papéis do pai sobre a bancada onde Sallows os colocou, *depois* Gabriel arremessou o sátiro de uma das janelas gordurentas. Foi muito satisfatório, espalhando vidro estilhaçado por todos os lados. A força do golpe até deslocou o esqueleto pendurado, que se desmontara em um acúmulo de ossos bagunçados. — Ele era integrante da Corte Unseelie. E um dos ruins.

— Por isso o perseguiu pela rua?

— Ele não tinha de mostrar aquele tipo de imagem para uma dama — murmurou Gabriel, apesar de precisar admitir que a dama em questão mal se abalou e pareceu mais irritada com Gabriel pela reação do que impressionada com seu cavalheirismo.

— E acho que foi exagerado arremessá-lo no canal.

— Ele vai flutuar.

Os cantos da boca de Cecily tremeram.

— Foi muito errado.

— Você está rindo — disse Gabriel, surpreso.

— Não estou! — Cecily levantou o queixo, virando o rosto, mas não antes de Gabriel ver o sorriso nele. O menino ficou admirado. Depois do desdém que demonstrou, as rebatidas e provocações, ele estava certo de que este último ataque a faria contar tudo para Charlotte assim que chegassem ao Instituto, mas, em vez disso, ela parecia entretida. Ele balançou a cabeça enquanto viravam na Garnet Street. Jamais entenderia os Herondale.

— Entregue-me aquele frasco na prateleira, sim, Sr. Bane? — pediu Henry.

Magnus o fez. Estava no centro do laboratório de Henry, olhando em volta para as formas brilhantes nas mesas ao redor.

— O que são essas engenhocas, se me permite perguntar?

Henry, que estava com dois pares de óculos ao mesmo tempo — um sobre a cabeça e outro sobre os olhos — pareceu satisfeito e nervoso com a pergunta (Magnus presumiu que os dois óculos fossem fruto de distração, mas caso fosse uma opção de moda, achou melhor não perguntar). Henry pegou um objeto quadrado de bronze com botões múltiplos.

— Bem, aquilo é um Sensor. Sente quando há demônios por perto. — Ele aproximou-se de Magnus, e o Sensor emitiu um ruído alto.

— Impressionante! — exclamou Magnus, satisfeito. Levantou uma peça de tecido com um grande pássaro morto empoleirado no topo. — E o que é isso?

— A Touca Letal — declarou Henry.

— Ah — disse Magnus. — Em tempos difíceis, uma dama pode produzir armas com as quais possa destruir os inimigos.

— Bem, não — admitiu Henry. — Mas isso parece uma ideia melhor. Queria que você tivesse estado presente quando a tive. Infelizmente, esta touca se enrola na cabeça do inimigo e o sufoca, contanto que ele a esteja vestindo na hora.

— Imagino que não será fácil convencer Mortmain a usar a touca — observou Magnus. — Embora a cor ficasse ótima nele.

Henry gargalhou.

— Muito engraçado, Sr. Bane.

— Por favor, me chame de Magnus.

— Eu o farei! — Henry jogou a touca sobre o ombro e pegou um vidro redondo que continha uma substância brilhante. — Este é um pó que, quando aplicado no ar, torna os fantasmas visíveis — disse Henry.

Magnus inclinou o vidro de grãos brilhantes para a luz, admirando-os e, quando Henry sorriu encorajadoramente, o feiticeiro removeu a tampa.

— Parece ótimo — disse, e caprichosamente despejou-o, cobrindo a pele marrom e enluvando uma das mãos com um brilho luminoso. — E além da utilização prática, acho que funcionaria para propósitos cosméticos. Este pó faria minha pele brilhar por toda a eternidade.

Henry franziu o rosto.

— Não pela eternidade — disse, e em seguida se alegrou. — Mas posso preparar uma nova remessa quando quiser!

— Eu poderia brilhar sempre que sentisse vontade! — Magnus sorriu para Henry. — São itens fascinantes, Sr. Branwell. Você pensa no mundo de um modo diferente de qualquer Nephilim que já encontrei. Confesso que achava que sua raça não tivesse muita criatividade, apesar de contar com grandes dramas, mas você me deu uma opinião completamente diferente! Certamente a comunidade dos Caçadores de Sombras deve honrá-lo e estimá-lo como um cavalheiro que proporcionou grandes avanços.

— Não — respondeu Henry, entristecido. — Eles gostariam, sobretudo, que eu parasse de sugerir novas invenções e não ateasse mais fogo em nada.

— Mas todas as invenções vêm com risco! — gritou Magnus. — Eu já vi as transformações que o mundo sofreu com a invenção do motor a vapor, a proliferação de materiais impressos, as fábricas e moinhos que mudaram a cara da Inglaterra. Os mundanos tomaram o mundo nas mãos e o transformaram em algo maravilhoso. Feiticeiros, através das eras, sonharam e aperfeiçoaram feitiços para mudarem o mundo. Os Caçadores de Sombras seriam os únicos a permanecerem estagnados e sem mudanças e, portanto, condenados? Como podem virar as costas para a genialidade que acabou de demonstrar? Seria como dar as costas para a luz e perseguir as sombras.

Henry enrubesceu. Era evidente que ninguém nunca o elogiara por suas invenções, exceto, talvez, Charlotte.

— Você me deixa lisonjeado, Sr. Bane.

— Magnus — recordou o feiticeiro. — Agora posso ver seu trabalho neste portal de que estava falando? A invenção que transporta um ser vivo de um ponto a outro?

— Claro! — Henry pegou uma pilha de papel de um canto da mesa amontoada e o empurrou para Magnus. O feiticeiro pegou-a e folheou as páginas com interesse. Cada página era coberta por uma escrita complicada e comprida, além de dúzias e mais dúzias de equações misturando matemática e símbolos em uma harmonia assombrosa. Magnus sentiu o coração acelerando ao passar pelas páginas. Isso era brilhante, realmente brilhante. Havia apenas um problema.

— Vejo o que está tentando fazer — disse ele. — E está quase perfeito, mas...

— Sim, quase. — Henry passou as mãos pelos cabelos ruivos, bagunçando os óculos. — O portal pode ser aberto, mas não há como direcioná-lo. Não é possível saber se você vai chegar ao destino pretendido neste ou em outro mundo, ou mesmo no Inferno. É arriscado demais e, portanto, inútil.

— Você não consegue fazer isso com esses símbolos — disse Magnus. — Precisa de símbolos diferentes dos que está usando.

Henry balançou a cabeça.

— Só podemos utilizar os símbolos do Livro Gray. Qualquer outra coisa é magia. Magia não é a maneira dos Nephilim. É algo que não podemos fazer.

Magnus olhou para Henry por um momento longo e pensativo.

— É algo que *eu* posso fazer — declarou, e empurrou os papéis para ele.

Fadas da Corte Unseelie não gostam muito de luz. A primeira coisa que Sallows — cujo nome não era realmente esse — fez ao voltar para a loja foi colocar papel sobre a janela que o menino Nephilim quebrou tão inconsequentemente. Seus óculos também desapareceram, perdidos nas águas de Limehouse Cut. E ninguém, ao que parecia, ia pagar pelos papéis caros que havia encomendado para Benedict Lightwood. No geral, fora um péssimo dia.

Ele levantou os olhos, irritadiço, quando o sino da loja tocou, alertando que a porta tinha sido aberta, e franziu o rosto. Achou que a tivesse trancado.

— Voltou, Nephilim? — Irritou-se. — Decidiu me jogar no rio não uma, mas duas vezes? Gostaria de informar que tenho amigos poderosos...

— Não duvido, vigarista. — A figura alta e encapuzada na entrada esticou o braço e fechou a porta atrás de si. — Estou muito interessado em saber mais sobre eles. — Uma lâmina fria de ferro brilhou à pouca luz, e os olhos do sátiro se arregalaram de medo. — Tenho algumas perguntas para você — disse o homem na entrada. — E eu não tentaria fugir. Não, se pretende conservar seus dedos...

13

A Mente tem Montanhas

Oh, a mente, mente tem montanhas; penhascos
Assustadores, simples, jamais penetrados por homem algum. Despreze
Aquele que nunca se pendurou. Também não dura nosso pequeno
Acordo de resistência em relação ao íngreme ou profundo. Aqui! Rasteje,
Miserável, sob um conforto em um redemoinho: toda
Vida a morte extingue, e todo dia morre com o sono.
— Gerald Manley Hopkins, "No Worse, There is None"

Tessa jamais se lembraria se havia gritado enquanto caía. Lembrava-se apenas de uma queda longa e silenciosa, o rio e as pedras avançando para ela, o céu aos seus pés. O vento a agrediu no rosto e no cabelo ao girar no ar, e sentiu um puxão agudo na garganta.

Suas mãos voaram para cima. O colar de anjo estava levantando sobre sua cabeça, como se uma mão imensa tivesse se esticado do céu para removê-lo. Um borrão azul a cercou, um par de grandes asas abrindo como portões, e algo a pegou, impedindo a queda. Seus olhos se arregalaram — era impossível, inimaginável —, mas seu anjo mecânico de algum forma crescera até o tamanho de um ser humano e estava pairando sobre ela, as grandes asas mecânicas batendo contra o vento. Ela olhou para um rosto lindo e vazio, a face de uma estátua de metal, sem expressão como sempre — mas o anjo tinha mãos, tão articuladas quanto as dela, e estas a seguravam, suspensa, enquanto as asas batiam, batiam e batiam, e ela agora caía lenta e suavemente, como um dente de leão soprado ao vento.

Talvez eu esteja morrendo, pensou Tessa. E depois, *não pode ser*. Mas enquanto o anjo a segurava e eles flutuavam para a terra, o chão se tornou mais claro e em foco. Agora dava para discernir as pedras individualmente na beira do riacho, a corrente que descia rio abaixo, o reflexo do sol na água. A sombra das asas aparecia contra a terra e se tornava cada vez mais ampla até que Tessa estivesse caindo nela, caindo na sombra, e ela e o anjo mergulharam juntos no chão e aterrissaram na terra macia e nas pedras espalhadas ao lado do riacho.

Tessa engasgou ao pousar, mais por choque do que por impacto, e esticou o braço, como se pudesse amortecer a queda do anjo com o corpo; mas ele já estava encolhendo, tornando-se cada vez menor, as asas se fechando sobre si mesmas até atingir o chão ao seu lado, novamente do tamanho de um brinquedo. Ela esticou a mão trêmula e o pegou. Estava deitada sobre pedras desiguais, semissubmersa na água gelada; as saias já ficando encharcadas. Tessa pegou o pingente, engatinhou para a margem do riacho com a força que lhe restava, e finalmente sucumbiu no chão seco, com o anjo no peito, batendo no ritmo familiar contra seu coração.

Sophie sentou na poltrona ao lado da cama de Jem, que sempre fora o lugar de Will, e o observou dormir.

Houve um tempo, pensou, em que teria ficado imensamente grata por esta oportunidade, uma chance de estar tão perto dele, colocar panos gelados em sua testa enquanto ele se mexia, murmurava e ardia em febre. E apesar de não mais amá-lo como outrora — de um jeito que, agora sabia, uma pessoa amava um desconhecido, com admiração e distância —, ainda lhe apertava o coração vê-lo assim.

Uma das moças da cidade onde crescera morreu de desnutrição, e Sophie se lembrava de como todos falaram que a doença a deixou ainda mais linda antes de matá-la — deixou-a mais pálida e esguia, e emprestou a seu rosto um brilho rosado. Jem agora estava com aquela febre nas bochechas enquanto se virava contra os travesseiros; o cabelo branco-prateado parecia gelo, e os dedos inquietos tremiam contra o cobertor. Vez ou outra ele falava, mas as palavras eram em mandarim, e ela não as conhecia. Chamou Tessa. *Wo ai ni, Tessa. Bu lu run, he qing kuang fa sheng, wo men dou hui zai yi qi.* E também chamou Will, *sheng si zhi jiao*, de um jeito que fez Sophie querer pegar sua mão e segurá-la, mas quando ela se esticou para tocá-lo, ele estava ardendo em febre e puxou a mão com um grito.

Sophie se encolheu contra a cadeira, imaginando se deveria chamar Charlotte, que ia querer saber se o estado de Jem piorasse. Estava prestes a se levantar quando, de repente, Jem engasgou, e seus olhos se abriram. Afundou de volta para a cadeira, com olhos fixos. As íris eram de um prata tão claro que estavam quase brancas.

— Will? — perguntou ele. — Will, é você?

— Não — respondeu ela, quase com medo de se mexer. — É Sophie.

Ele exalou suavemente e virou a cabeça sobre o travesseiro. Ela o viu se concentrar em seu rosto com esforço — e, em seguida, de maneira incrível, ele sorriu, aquele sorriso doce que conquistou seu coração.

— Claro — falou —, Sophie. Will não está... mandei que ele fosse.

— Ele foi atrás de Tessa — respondeu ela.

— Ótimo. — As mãos longas de Jem puxaram o cobertor, se contraíram, em seguida, relaxaram. — Fico feliz.

— Você sente falta dele — observou Sophie.

Jem assentiu lentamente.

— Consigo sentir... a distância, como um cordão dentro de mim muito, muito esticado. Não esperava por isso. Não nos separamos desde que nos tornamos *parabatai*.

— Cecily disse que você o mandou para lá.

— Sim — respondeu Jem. — Foi difícil persuadi-lo. Acho que se ele próprio não estivesse apaixonado por Tessa, eu não teria conseguido fazê-lo ir.

Sophie ficou boquiaberta.

— Você *sabia*?

— Não soube durante muito tempo — respondeu. — Não, eu não seria tão cruel. Se soubesse, não teria pedido Tessa em casamento. Teria me recolhido. Eu não sabia. E, no entanto, agora, enquanto tudo se afasta de mim, todas as coisas aparecem com tanta clareza que eu acho que teria descoberto, mesmo que ele não tivesse me contado. No fim das contas, eu teria sabido. — Ele sorriu um pouco ao notar a expressão rígida de Sophie. — Que bom que não tive de esperar até o fim.

— Não está bravo?

— Fico feliz — declarou ele. — Poderão cuidar um do outro depois que eu me for, ou pelo menos posso torcer para que seja assim. Ele diz que ela não o ama, mas... certamente passará a amá-lo com o tempo. É muito fácil amar Will, e ele deu a ela todo o seu coração. Dá para ver. Espero que ela não o parta.

Sophie não conseguiu pensar em nada para dizer. Não sabia o que alguém poderia falar diante de um amor como este — tanta paciência, tanta resistência, tanta esperança. Houve muitas vezes, nos últimos meses, em que ela se arrependeu de um dia já ter pensado mal de Will Herondale, quando ela viu como ele recuou e permitiu que Tessa e Jem fossem felizes juntos, e ela conhecia a agonia de Tessa com essa felicidade, por saber que estava magoando Will. Somente Sophie, acreditava, sabia que Tessa às vezes chamava Will durante o sono; só ela sabia que a cicatriz na palma da mão de Tessa não resultara de um acidente com o atiçador de fogo, mas fora proposital, algo que ela mesma causou para que, talvez, pudesse sentir uma dor física igual à emocional que sentiu ao negar Will. Sophie segurou Tessa enquanto ela chorava e arrancava as flores do cabelo, que tinham as cores dos olhos de Will, e Sophie cobriu com maquiagem as evidências das lágrimas e das noites insones.

Será que deveria contar a ele? Sophie ficou imaginando. Seria realmente gentil dizer *sim, Tessa também o ama; tentou não amar, mas será que conseguiu?* Será que algum homem poderia querer ouvir isso sobre a moça com quem ia se casar?

— A Srta. Gray tem muita estima pelo Sr. Herondale, e não acho que ela partiria o coração dele — disse Sophie. — Mas gostaria que não falasse como se sua morte fosse inevitável, Sr. Carstairs. Mesmo agora a Sra. Branwell e os outros estão com esperança de encontrar uma cura. Acho que você viverá muitos anos com a Srta. Gray, e vocês serão muito felizes.

Ele sorriu como se soubesse algo que Sophie não sabia.

— É muita gentileza dizer isso, Sophie. Sei que sou um Caçador de Sombras e nós não temos uma transição fácil para a outra vida. Lutamos até o fim. Viemos do reino dos anjos e, no entanto, nós o tememos. Mas eu acho que a pessoa pode encarar o fim e não ter medo, sem ter se curvado à morte. A morte jamais vai me governar.

Sophie olhou para ele, um pouco preocupada; ele soava delirante.

— Sr. Carstairs? Devo buscar Charlotte?

— Daqui a pouco, mas, Sophie... na sua expressão, ali, quando falei... — inclinou-se para a frente. — Então é verdade?

— O que é verdade? — perguntou para ele em voz baixa, mas sabia qual seria a resposta, e não podia mentir para Jem.

* * *

Will estava irritado. O dia amanheceu nebuloso, úmido e terrível. Ele acordou enjoado e mal conseguiu engolir os ovos borrachentos e o bacon frio que a esposa do dono da pousada serviu naquela sala bagunçada; todas as partes do seu corpo chiavam para voltar para a estrada e continuar a jornada.

A chuva o deixara tremendo sob as roupas, apesar de ter aplicado muitos símbolos de aquecimento, e Balios não gostava da lama que grudava em seus cascos enquanto tentavam acelerar pela rua, com Will imaginando, amuado, como era possível a névoa condensar *dentro* das roupas de alguém. Pelo menos, chegou a Northamptonshire, o que já era alguma coisa, mas mal completara 30 quilômetros e simplesmente se recusava a parar, apesar de Balios tê-lo olhado suplicante ao passarem por Towcester, como se implorasse por um estábulo aquecido e um pouco de aveia, e Will estivesse quase inclinado a atendê-lo. Uma sensação de desespero invadiu seus ossos, tão fria e inescapável quanto a chuva. O que ele achava que estava fazendo? Realmente acreditava que fosse encontrar Tessa assim? Ele era um tolo?

E, no momento, estavam passando por um campo desagradável, onde a lama deixava o caminho de pedras traiçoeiro. O paredão de um penhasco se erguia de um dos lados da estrada e bloqueava o céu. Do outro lado, a estrada descia dramaticamente em um desfiladeiro de pedras afiadas. A água distante de um riacho lamacento brilhava fraca na base do desfiladeiro. Will manteve a cabeça de Balios bem puxada, longe da queda, mas mesmo assim o cavalo parecia perto de escorregar. A cabeça do próprio Will estava abaixada, abrigada no colarinho para evitar a chuva fria; foi apenas por acaso que, olhando um instante para o lado, ele viu algo verde e dourado entre as pedras na beira da estrada.

Puxou Balios em um instante e desceu do cavalo tão depressa que quase deslizou na lama. A chuva estava caindo mais pesada agora enquanto ele se aproximava e ajoelhava para examinar a corrente dourada que ficara presa na ponta afiada de uma pedra. Pegou cuidadosamente. Era um pingente jade, circular, com caracteres estampados na parte de trás. Sabia muito bem o que significava.

Quando duas pessoas são como uma em seus corações, elas estilhaçam até mesmo a força do ferro ou do bronze.

O presente de noivado que Jem deu a Tessa. A mão de Will apertou o objeto ao se levantar. Lembrou-se de tê-la encarado na escadaria — a corrente do pingente de jade no pescoço da moça, piscando para ele como um lembrete cruel de Jem enquanto ela dizia, *dizem que uma pessoa não pode dividir o coração, no entanto...*

— Tessa! — gritou subitamente, a voz ecoando das pedras. — *Tessa!*

Ficou parado um instante, tremendo, ao lado da estrada. Não sabia o que esperava — uma resposta? Até parece que ela poderia estar aqui, se escondendo entre pedras espalhadas. Havia apenas silêncio e o som do vento e da chuva. Mesmo assim, ele sabia, sem qualquer sombra de dúvida, que este era o colar de Tessa. Talvez ela o tivesse arrancado e jogado da janela da carruagem para marcar o caminho para ele, como a trilha de pão de João e Maria. É o que uma heroína da literatura faria. Talvez houvesse outros marcadores, se ele continuasse. Pela primeira vez, a esperança voltou a correr em suas veias.

Com um novo senso de resolução, ele voltou para Balios e montou. Não ia desacelerar; chegariam a Staffordshire antes do anoitecer. Ao virar a cabeça do cavalo de volta para a estrada, guardou novamente o pingente no bolso, onde as palavras de amor e compromisso marcadas pareciam queimar como um estigma.

Charlotte nunca se sentira tão cansada. A gravidez a exauria mais do que havia imaginado inicialmente, e ela passara a noite acordada e o dia ocupada. Tinha manchas no vestido, do laboratório de Henry, e seus calcanhares doíam por ter subido e descido as escadas da biblioteca. No entanto, ao abrir a porta do quarto de Jem e vê-lo não apenas acordado, mas sentado e conversando com Sophie, ela se esqueceu do cansaço e sentiu o rosto se abrir em um sorriso inevitável de alívio.

— James! — exclamou. — Fiquei imaginando... Digo, que bom que está acordado.

Sophie, que parecia estranhamente ruborizada, se levantou.

— Devo me retirar, Sra. Branwell?

— Oh, sim, por favor, Sophie. Bridget está em um daqueles momentos; ela diz que não consegue encontrar *Bang Mary*, e não faço ideia do que seja isso.

Sophie quase sorriu — teria sorrido, se seu coração não estivesse acelerado com a consciência de que talvez tivesse feito algo terrível.

— *Bain-marie* — disse. — Vou localizar para ela. — Foi até a porta, parou e lançou um olhar peculiar sobre o ombro para Jem, que estava apoiado contra os travesseiros, parecendo muito pálido, porém, composto. Mas antes que Charlotte pudesse falar qualquer coisa, Sophie desapareceu, e Jem estava chamando Charlotte com um sorriso cansado.

— Charlotte, se não se importa... pode me trazer meu violino?

— Claro! — Charlotte foi até a mesa perto da janela, onde o violino estava guardado no estojo de madeira, com o arco e uma pequena caixa redonda de resina. Levantou o violino e o trouxe até a cama, onde Jem o pegou cuidadosamente, e ela sentou agradecida na cadeira ao lado. — Oh... — disse um segundo depois. — Desculpe. Esqueci o arco. Você quer tocar?

— Tudo bem. — Ele vibrou gentilmente as cordas com as pontas dos dedos, o que produziu ruídos suaves e vibrantes. — Isto é *pizzicato*, a primeira coisa que meu pai me ensinou a fazer quando me mostrou o violino. Me lembra de como é ser criança.

Você ainda é uma criança, Charlotte queria dizer, mas não o fez. Faltavam poucas semanas para o aniversário de 18 anos, afinal, quando Caçadores de Sombras se tornavam adultos, e embora ela olhasse para ele e ainda visse o menino de cabelos escuros que chegou de Xangai agarrando o violino, com olhos arregalados no rosto pálido, isso não queria dizer que ele não tinha crescido.

Charlotte alcançou a caixa de *yin fen* na mesa de cabeceira. Havia apenas uma raspa clara no fundo, mal dava para uma colher de chá. Ela engoliu em seco e colocou o pó em um copo, em seguida, acrescentou água, deixando que o *yin fen* dissolvesse como açúcar. Quando o entregou a Jem, ele colocou o violino de lado e pegou o copo. Olhou para o líquido, com olhos pálidos e pensativos.

— É a última dose? — perguntou.

— Magnus está trabalhando em uma cura — disse Charlotte. — Todos estamos. Gabriel e Cecily estão comprando ingredientes para mantê-lo forte, e Sophie, Gideon e eu estamos pesquisando. Tudo está sendo feito. Tudo.

Jem pareceu um pouco surpreso.

— Eu não sabia.

— Mas claro que sim — disse Charlotte. — Somos sua família; faríamos qualquer coisa por você. Por favor, não perca a esperança, Jem. Preciso que se mantenha forte.

— Toda a força que tenho é sua — falou enigmaticamente. Tomou a solução de *yin fen*, entregando de volta o copo vazio. — Charlotte.

— Sim?

— Já ganhou a briga sobre o nome da criança?

Charlotte riu, espantada. Parecia estranho pensar no bebê agora, mas por que não? *Na morte, estamos na vida.* Era um assunto que não a faria pensar em doença, no desaparecimento de Tessa ou na missão perigosa de Will.

— Ainda não — respondeu. — Henry insiste em Buford.

— Você vai ganhar — disse Jem. — Sempre ganha. Você seria uma ótima Consulesa, Charlotte.

Charlotte franziu o nariz.

— Uma Consulesa? Mulher? Depois de todos os problemas que tive só por governar o Instituto!

— Tem sempre uma primeira vez — declarou Jem. — Não é fácil ser a primeira e não é muito recompensador, mas é importante. — Ele abaixou a cabeça. Depois disse: — Você traz com você um dos meus poucos lamentos.

Charlotte olhou para ele, confusa.

— Eu gostaria de conhecer o bebê.

Foi uma declaração simples e saudosa, mas se alojou no coração de Charlotte como um caco de vidro. Ela começou a chorar, e as lágrimas corriam-lhe suavisamente pelo rosto.

— Charlotte — disse Jem, como se tentasse confortá-la. — Você sempre cuidou de mim. Vai cuidar muito bem deste bebê. Será uma ótima mãe.

— Você não pode desistir, Jem — pediu ela, com a voz engasgada. — Quando o trouxeram a mim, me disseram que só viveria por um ou dois anos. Já está vivo há quase seis. Por favor, viva mais alguns dias. Mais alguns dias, por mim.

Jem lançou a ela um olhar suave e calculado.

— Vivi por você — respondeu. — E vivi por Will, depois por Tessa... e por mim, porque queria ficar com ela. Mas não posso viver pelos outros para sempre. Ninguém pode falar que a morte me achou um camarada disposto ou que fui fácil. Se disser que precisa de mim, ficarei o máximo que conseguir por você. Viverei por você e pelos seus e partirei lutando contra a morte até estar esgotado. Mas não seria minha escolha.

— Então... — Charlotte o olhou hesitante. — Qual seria sua escolha?

Ele engoliu em seco e abaixou a mão para tocar o violino ao seu lado.

— Tomei uma decisão — declarou. — Tomei-a quando mandei Will partir. — Ele desviou a cabeça e, em seguida, olhou para Charlotte, os olhos pálidos e com olheiras fixos em seu rosto, como se quisessem que ela entendesse. — Quero que pare — falou. — Sophie disse que todos continuam procurando uma cura para mim. Sei que dei permissão a Will, mas quero que parem agora, Charlotte. Acabou.

Estava escurecendo quando Cecily e Gabriel voltaram ao Instituto. Sair pela cidade com alguém que não eram Charlotte ou o irmão foi uma experiência única para Cecily, e ela ficou impressionada com o fato de que Gabriel Lightwood fosse uma boa companhia. Ele a fez rir, apesar de ela ter feito o possível para disfarçar, e ele carregou todos os pacotes, embora ela tivesse esperado que ele fosse reclamar de ser tratado como um lacaio.

Era verdade que, provavelmente, ele não deveria ter jogado aquele sátiro pela janela — ou, depois, no canal de Limehouse. Mas ela não podia culpá-lo. Sabia muito bem que não tinha sido por ele ter mostrado imagens impróprias a uma dama que Gabriel se irritou, mas pela lembrança do pai.

Era estranho, pensou, enquanto subiam os degraus do Instituto, o quanto ele era diferente do irmão. Ela gostou de Gideon desde que chegou a Londres, mas o achou quieto e contido. Ele não falava muito e, apesar de às vezes ajudar Will com seu treinamento, era distante e sério com todo mundo, menos com Sophie. Com ela era possível ver flashes de humor. Sabia ser engraçado de um jeito seco quando queria, e tinha uma natureza sombriamente observadora e a alma tranquila.

Com pedacinhos extraídos de Tessa, Will e Charlotte, Cecily havia montado a história dos Lightwood e começado a entender por que Gideon era tão quieto. De certa forma, como Will e ela própria, ele dera as costas para a família deliberadamente e carregava as cicatrizes dessa perda. A escolha de Gabriel tinha sido diferente. Ele havia ficado ao lado do pai e assistido a lenta deterioração do corpo e da mente de Benedict. No que teria pensado enquanto acontecia? Em que momento percebeu que tinha feito a escolha errada?

Gabriel abriu a porta do Instituto, e Cecily entrou; foram recebidos pela voz de Bridget, flutuando pela escada.

"Oh, não o vejo acolá na estrada estreita,
Assaltado violentamente por espinhos e sarças?
É o caminho da justiça,
Apesar de poucos o seguirem.

E você não vê aquela estrada bem larga
Do outro lado dos lírios?
É o caminho da maldade,
Apesar de alguns chamarem de estrada para o Céu."

— Ela está cantando — disse Cecily, começando a subir. — Outra vez.

Gabriel, equilibrando os pacotes agilmente, emitiu um ruído uniforme.

— Estou faminto. Será que ela prepara frango frito e pão na cozinha, se eu disser que não me importo com as músicas?

— Todo mundo se importa com as músicas. — Cecily o olhou de lado; ele tinha um belo perfil. Gideon também era bonito, mas Gabriel tinha ângulos agudos, queixo e maçãs do rosto que ela achava mais elegantes. — Não é culpa sua, você sabe — falou Cecily subitamente.

— O que não é minha culpa? — Eles saíram da escada e foram para o corredor do segundo andar. Cecily achou escuro, pois as luzes enfeitiçadas estavam fracas. Dava para ouvir Bridget, cantando ainda:

"Era uma noite escura, escura, não havia estrelas,
E eles caminharam com sangue vermelho até os joelhos;
Pois todo o sangue entornado na terra
Corre pelas nascentes daquele país."

— Seu pai — disse Cecily.

O rosto de Gabriel enrijeceu. Por um instante, Cecily achou que fosse responder irritado, mas, em vez disso, apenas disse:

— Pode ou não ser minha culpa, mas escolhi fechar os olhos para seus crimes. Acreditei nele quando foi errado fazê-lo, e ele desgraçou o nome dos Lightwood.

Cecily ficou em silêncio por um instante.

— Vim para cá porque acreditava que os Caçadores de Sombras fossem monstros que levaram meu irmão. Acreditava nisso porque meus pais acreditavam. Mas eles estavam errados. Não somos nossos pais, Gabriel. Não precisamos carregar o fardo das escolhas e dos pecados deles. Você pode fazer o nome Lightwood voltar a brilhar.

— Essa é a diferença entre você e eu — disse ele, sem qualquer amargura. — Você escolheu vir aqui. Eu fui expulso de casa, perseguido por um monstro que um dia foi meu pai.

— Bem — falou Cecily gentilmente —, não foi perseguido até aqui. Só em Chiswick, pensei.

— O quê...

Ela sorriu para ele.

— Sou irmã de Will Herondale. Não pode esperar que eu seja séria o tempo *todo*.

A expressão dele ao ouvir isso foi tão cômica que ela riu; ainda estava rindo quando abriram a porta da biblioteca e entraram — e ambos pararam.

Charlotte, Henry e Gideon estavam sentados a uma das longas mesas. Magnus sentara-se mais distante, perto da janela, com as mãos fechadas atrás do corpo. Tinha as costas rígidas e eretas. Henry parecia pálido e cansado, e Charlotte estava com o rosto manchado de lágrimas. O de Gideon era uma máscara.

O riso morreu nos lábios de Cecily.

— O que foi? Alguma notícia? Will...

— Não é Will — disse Charlotte. — É Jem. — Cecily mordeu o lábio enquanto o coração desacelerava com um alívio culpado. Pensou primeiro no irmão, mas claro que o *parabatai* corria um perigo mais iminente.

— Jem? — Ela inspirou.

— Ele ainda está vivo — disse Henry, respondendo a pergunta que ela não fez.

— Bem, então. Trouxemos tudo — disse Gabriel, colocando os pacotes na mesa. — Tudo que Magnus pediu... a damiana, a raiz de cabeça de morcego...

— Obrigado — disse Magnus da janela, sem se virar.

— Sim, obrigada — falou Charlotte. — Fizeram tudo que pedi, e sou grata. Mas temo que sua tarefa tenha sido vã. — Ela olhou para o pacote e depois para eles novamente. Claramente estava fazendo um esforço enorme para falar. — Jem tomou uma decisão — anunciou ela. — Ele quer que paremos de procurar uma cura. Tomou o resto do *yin fen*; acabou, e agora é uma questão de horas. Chamei os Irmãos do Silêncio. É hora da despedida.

Estava escuro na sala de treinamento. As sombras se esticavam sobre o chão, e a luz da lua entrava pelas altas janelas arqueadas. Cecily sentou em um dos bancos gastos e olhou para os desenhos que o luar formava no chão de madeira.

Sua mão direita subiu para o pingente vermelho no pescoço. Não pôde deixar de pensar no irmão. Parte da sua mente estava ali no Instituto, mas o restante permanecia com Will: montado em um cavalo, inclinado ao vento, cavalgando em alta velocidade pelas estradas que separavam Londres de Dolgellau. Ficou se perguntando se ele estaria assustado. Ficou imaginando se voltaria a vê-lo.

Estava tão imersa em pensamentos que se assustou com o rangido da porta ao se abrir. Uma longa sombra se projetou no chão, e ela levantou o olhar e viu Gabriel Lightwood piscando, surpreso.

— Está se escondendo aqui, certo? — disse ele. — Isso é... constrangedor.

— Por quê? — Ficou surpresa pelo quão normal sua voz soou. Calma, até.

— Porque eu pretendia me esconder aqui.

Cecily ficou em silêncio por um instante. Gabriel parecia um pouco incerto — não combinava com ele; normalmente era tão confiante. Apesar de ter uma confiança mais frágil que a do irmão. Estava escuro demais para ela ver a cor de seus olhos ou do cabelo, e pela primeira vez pôde notar a semelhança entre ele e Gideon. Tinham a mesma determinação no queixo, os mesmos olhos espaçados e postura cautelosa.

— Pode se esconder comigo — falou —, se quiser.

Ele assentiu e atravessou a sala até onde ela estava, mas em vez de se aproximar, foi até a janela e olhou para o lado de fora.

— A carruagem dos Irmãos do Silêncio chegou — disse ele.

— Sim — respondeu Cecily. Sabia pelo *Códex* que os Irmãos do Silêncio eram os médicos e os padres do mundo dos Caçadores de Sombras; eles sempre estavam em leitos de mortes, de doentes e de parto. — Achei que eu deveria ver Jem. Por Will. Mas... não consegui. Sou covarde — acrescentou, como se isso só tivesse lhe ocorrido agora. Não era algo sobre o qual ela própria já tivesse pensado.

— Então eu também sou — respondeu Gabriel. O luar desceu sobre a lateral de seu rosto, fazendo com que parecesse que ele estava com metade de uma máscara. — Tinha vindo para cá buscando solidão e, francamente, distância dos Irmãos, pois eles me dão arrepios. Pensei em jogar paciência. Poderíamos jogar cartas, se quiser.

— Como Pip e Estella em *Grandes esperanças* — disse Cecily, entretida. — Mas não... não sei jogar baralho. Minha mãe tentava não ter cartas em casa, considerando que meu pai... tinha uma fraqueza por elas. — Ela olhou para Gabriel. — Sabe, de certa forma, somos iguais. Nossos irmãos nos deixaram e ficamos sozinhos com um pai que se deteriorava. O meu ensandeceu um pouco depois que Will foi embora e Ella morreu. Ele levou anos para se recuperar, e, nesse período, perdemos nossa casa. Exatamente como você perdeu Chiswick.

— Chiswick foi tomada de nós — respondeu Gabriel, com uma amargura ácida. — E, para ser sincero, ao mesmo tempo lamento e não lamento. Minhas lembranças do lugar... — Ele estremeceu. — Meu pai se trancou no escritório quinze dias antes de eu buscar ajuda aqui. Eu deveria ter vindo antes, mas fui orgulhoso demais. Não queria admitir que tivesse me enganado em relação a ele. Por duas semanas, mal dormi. Bati à porta do escritório e implorei para que meu pai saísse, falasse comigo, mas só ouvia barulhos inumanos. Eu trancava meu quarto à noite, e pela manhã havia sangue nas escadas. Disse a mim mesmo que os criados haviam fugido, mas sabia que não. Então, não, não somos iguais, Cecily, porque você *saiu*. Foi corajosa. Eu fiquei até não haver outra escolha além dessa. Fiquei, mesmo sabendo que era errado.

— Você é um Lightwood — disse Cecily. — Ficou porque foi leal ao nome de sua família. Não é covardia.

— Não foi? A lealdade continua sendo uma qualidade louvável mesmo quando é direcionada para o lado errado?

Cecily abriu a boca e fechou novamente. Gabriel a fitava com olhos brilhantes ao luar. Parecia verdadeiramente desesperado para ouvir a resposta. Ela ficou imaginando se ele tinha mais alguém com quem conversar. Dava para ver que podia ser assustador tratar de dilemas morais com Gideon; ele parecia tão convicto, como se nunca tivesse se questionado na vida e não entendesse aqueles que o faziam.

— Acho — disse ela, escolhendo as palavras cuidadosamente — que qualquer impulso bom pode ser convertido em algo ruim. Veja o Magistrado. Ele faz o que faz porque detesta os Caçadores de Sombras, por lealdade aos pais, que cuidaram dele e foram mortos. Não é incompreensível. No entanto, nada justifica o resultado. Acho que quando fazemos escolhas, pois cada escolha independe de qualquer outra que tenhamos feito antes, precisamos examinar não só nossos motivos, mas as consequências que elas trarão e se boas pessoas vão se machucar com nossas decisões.

Fez-se uma pausa. Em seguida:

— Você é muito sábia, Cecily Herondale — concluiu Gabriel.

— Não se arrependa demais das escolhas que fez no passado, Gabriel — falou, ciente do uso do primeiro nome do rapaz, mas incapaz de evitar. — Apenas faça as certas no futuro. Somos capazes de mudar e de sermos o melhor que podemos.

— Isso — falou Gabriel — não seria quem meu pai gostaria que eu fosse, e, apesar de tudo, ainda me pego querendo a aprovação dele.

Cecily suspirou.

— Podemos fazer nosso melhor, Gabriel. Tentei ser a filha que meus pais queriam, a moça que desejavam que eu me tornasse. Saí para levar Will de volta por achar que fosse a coisa certa. Sabia que eles sofriam por ele ter escolhido outro caminho; e é o certo para ele, por mais que tenha chegado de um jeito estranho. É o caminho *dele*. Não escolha o que seu pai teria escolhido ou o que seu irmão escolheria. Seja o Caçador de Sombras que você quer ser.

Ele soou muito jovem ao responder.

— Como sabe que farei a escolha certa?

Do lado de fora da janela, os cascos dos cavalos ressoavam nas pedras do jardim. Os Irmãos do Silêncio estavam se retirando. *Jem*, pensou Cecily, com uma pontada no coração. Seu irmão sempre olhou para ele como uma espécie de Estrela do Norte, uma bússola que sempre o guiava na direção certa. Ela nunca havia pensado no irmão como uma pessoa de sorte, e certamente não esperaria que isso acontecesse hoje, no entanto... no entanto, de certa forma, ele era, sim. Por sempre ter tido a quem recorrer e por não ter de se preocupar constantemente com a possibilidade de estar olhando para as estrelas erradas.

Ela tentou deixar a voz o mais firme e forte que conseguisse, por ela e pelo menino na janela.

— Talvez, Gabriel Lightwood, eu tenha fé em você.

14

Parabatai

Paz, paz! Ele não está morto, não está dormindo,
Acordou do sonho da vida;
Somos nós que, perdidos em visões tempestuosas, mantemos
Com fantasmas um conflito inútil,
E em um transe louco, atacamos com a faca do nosso espírito
Vários nadas invulneráveis. Decompondo
Como corpos em uma câmara mortuária; medo e dor
Nos convulsionam e consomem dia a dia,
E esperanças frias se acumulam como vermes em nosso barro vivo.
— Percy Bysshe Shelley, "Adonais: an Elegy on the Death of John Keats"

O jardim da pousada Green Man Inn estava uma bagunça de lama quando Will parou o cavalo esgotado e saltou das costas de Balios. Estava cansado, rijo e dolorido, e, por causa das más condições da estrada, bem como da exaustão do cavalo, além da própria, não cumpriu grande distância nas últimas horas. Já estava bastante escuro, e ele ficou aliviado em ver um cavalariço correndo em sua direção, com as botas sujas de lama até o joelho e carregando uma lanterna que emanava um brilho amarelo e morno.

— Oi, mas que noite molhada, senhor — disse o menino, alegremente, enquanto se aproximava. Parecia um menino humano normal, mas havia algo de malicioso e um pouco élfico nele. Sangue de fada, às vezes, passado de geração em geração, podia se manifestar em humanos e até em Caçadores de Sombras através da curva de um olho ou no brilho de uma pupila. Claro que o menino tinha Visão. O Green Man era uma estalagem conhecida no Submundo. Will torcera para chegar antes do anoitecer. Estava cansado de fingir na frente de mundanos, cansado de se enfeitiçar, cansado de se esconder.

— Molhada? Você acha? — murmurou, enquanto a água escorria do cabelo para os cílios. Olhou para a porta da frente da pousada, através da qual uma acolhedora luz amarela brilhava. Acima, quase toda a claridade havia desaparecido do céu. Nuvens negras pesadas se espalhavam no alto, carregadas com a promessa de mais chuva.

O menino pegou Balios pela rédea.

— Você tem um desses cavalos mágicos! — exclamou.

— Sim. — Will afagou o flanco do animal. — Ele precisa de uma escovada e de cuidados especiais.

O menino assentiu.

— Então você é um Caçador de Sombras? Não recebemos muitos por aqui. Tivemos um há pouco tempo, mas ele era velho e temperamental...

— Ouça — perguntou Will —, tem algum quarto disponível?

— Não sei se tem algum particular, senhor.

— Bem, eu vou querer um particular, então é bom que tenha. E uma baia para o cavalo passar a noite, além de um banho e uma refeição. Vá e acomode minha montaria, e vou ver o que seu patrão diz.

O dono foi solícito e, ao contrário do menino, não comentou sobre as Marcas nas mãos nem no pescoço de Will, apenas fez as perguntas habituais:

— Quer sua refeição em uma saleta privada ou na sala comunal, senhor? E vai querer um banho antes ou depois da ceia?

Will, que estava carregado de lama, optou pelo banho primeiro, apesar de ter concordado em jantar na sala comunal. Havia trazido uma boa quantidade de dinheiro mundano, mas um jantar privado era uma despesa desnecessária, principalmente quando a pessoa não se importava com o que fosse comer. A comida era combustível para a viagem, e só.

Apesar de o dono da pousada não ter prestado atenção ao fato de Will ser Nephilim, outros na área comum o fizeram. Enquanto Will se inclinava contra a bancada, um grupo de jovens licantropes, que havia passado o dia tomando cerveja barata, murmurou entre si, perto da grande lareira. Will tentou não notá-los ao pedir garrafas de água quente para si e farelo de mistura para o cavalo, como qualquer jovem cavalheiro despótico faria, mas os olhos afiados em Will eram ávidos, absorvendo cada detalhe, desde o cabelo molhado até as botas lamacentas e o casaco pesado, que não dava indícios sobre ele carregar as armas Nephilim habituais em si ou não.

— Acalmem-se, meninos — disse o mais alto do grupo. Estava sentado na frente da lareira, com o rosto em uma sombra densa, apesar de o fogo contornar seus dedos longos enquanto ele pegava um charuto de uma bela caixa de majólica e cutucava pensativamente a tranca. — Eu o conheço.

— Conhece? — perguntou um dos lobos mais jovens, incrédulo. — Aquele Nephilim? É seu amigo, Scott?

— Ah, não é amigo. Não exatamente. — Woolsey Scott acendeu a ponta do charuto com um fósforo e olhou para o menino do outro lado sobre a pequena chama, com um sorriso na boca. — Mas é muito interessante que ele esteja aqui. Muito interessante mesmo.

— *Tessa!* — A voz ecoou em seu ouvido, um grito áspero. Sentou-se ereta à margem, o corpo tremendo.

— *Will*? — Ela se levantou cambaleando e olhou em volta. A lua havia passado atrás de uma nuvem. O céu acima parecia um mármore cinza-escuro com veias negras. O rio corria diante dela, cinzento à pouca luz, e, olhando em volta, ela só viu árvores nodosas, o penhasco íngreme do qual havia caído, e um trecho amplo de campo se estendendo na outra direção: campos e cercas de pedra, alguns pontos distantes marcados por uma fazenda ou uma habitação. Ela não conseguia ver nada como uma cidade ou uma vila, sequer um aglomerado de luzes que pudesse indicar uma aldeia minúscula.

— Will — sussurrou novamente, se abraçando. Tinha *certeza* de que havia ouvido sua voz chamando. A voz de ninguém soava como a dele. Mas era ridículo. Ele não estava aqui. Não podia estar. Talvez, como Jane Eyre, que ouviu Rochester chamá-la, estivesse sonhando acordada.

Pelo menos, foi um sonho que a despertou da inconsciência. O vento era como uma faca de friagem, cortando suas roupas — usava apenas um vestido fino, feito para ambientes internos, sem casaco ou chapéu — e sua pele. As saias ainda estavam úmidas por causa da água do rio, o vestido e a meia rasgados e manchados de sangue. O anjo lhe salvara a vida, ao que parecia, mas não a protegera dos ferimentos.

Tocou o anjo agora, na esperança de que a guiasse, mas ele estava parado e mudo como nunca. No entanto, ao tirar a mão do pescoço, ouviu a voz de Will na cabeça: *às vezes, quando tenho de fazer algo que não quero, finjo ser personagem de um livro. É mais fácil saber o que eles fariam.*

Uma personagem literária, pensou Tessa, uma pessoa boa e sensata, seguiria o rio. Uma personagem saberia que as habitações humanas e as cidadelas normalmente são construídas perto da água, e procuraria ajuda, em vez de se aventurar pelo bosque. Decidida, abraçou a si mesma e começou a descer rio abaixo.

Quando Will — banhado, barbeado e usando uma camisa e um colarinho limpos — voltou à sala comunal para jantar, as pessoas já ocupavam metade do recinto.

Bem, não exatamente as pessoas. Ao ser levado a um assento, passou por mesas onde duendes travessos sentavam encolhidos atrás de canecas de cerveja, parecendo senhores enrugados, exceto pelas presas nas mandíbulas inferiores. Um feiticeiro magro com cabelo castanho desgrenhado e um terceiro olho no centro da testa cortava um pedaço de vitela. Um grupo sentava a uma mesa perto da lareira — lobisomens, Will sentiu, pelo comportamento coletivo. A sala cheirava a umidade, brasas e comida, e o estômago de Will roncou; ele não havia percebido o quanto estava faminto.

Ele examinou um mapa de Gales enquanto tomava o vinho (amargo como vinagre) e comia a refeição que lhe serviram (carne de veado com batatas), e fez o que podia para ignorar os olhares dos outros clientes. Supôs que o cavalariço tivesse razão; eles *não* recebiam muitos Nephilim ali. Teve a sensação de que suas Marcas brilhavam como estigmas. Quando tiraram os pratos, ele pegou papel e escreveu uma carta:

Charlotte,

Sinto muito por ter deixado o Instituto sem sua permissão. Peço perdão; senti que não havia escolha.

Esse, no entanto, não é o motivo pelo qual escrevo. Ao lado da estrada, vi registros da passagem de Tessa. De algum jeito, ela conseguiu jogar o colar de jade pela janela da carruagem, acredito que para podermos encontrá-la. Está comigo agora. É prova irrefutável de que estávamos corretos em relação ao paradeiro de Mortmain.

Ele deve estar em Cadair Idris. Você precisa escrever para o Cônsul e exigir que ele envie força total para a montanha.
Will Herondale

Após selar a carta, Will chamou o dono da pousada e confirmou que, por meia coroa, o menino levaria ao cocheiro noturno para que fosse entregue. Após pagar, Will se sentou, pensando se deveria se forçar a tomar outro copo de vinho para garantir o sono quando sentiu uma dor aguda e penetrante no peito. Foi como receber uma flexada, e Will cambaleou para trás. A taça de vinho caiu e se estilhaçou. Ele se levantou, apoiando ambas as mãos na mesa. Teve vaga consciência dos olhares e da voz ansiosa do dono da pousada ao seu ouvido, mas a dor era forte demais para conseguir pensar, quase grande demais para conseguir respirar.

O aperto no peito, que ele achava ser a ponta de uma corda que o prendia a Jem, estava tão tenso que estrangulava seu coração. Cambaleou para fora da mesa, atravessando um amontoado de clientes perto do bar, e passou para a porta da frente da pousada. Só conseguia pensar em ar, em encher os pulmões de ar e respirar.

Abriu as portas e saiu aos tropeços para a noite. Por um instante, a dor no peito melhorou, e ele caiu contra a parede da pousada. A chuva caía, ensopando seus cabelos e roupas. Engasgou, o coração tremendo com uma mistura de pavor e desespero. Seria apenas a distância de Jem o afetando? Ele jamais havia sentido nada parecido, mesmo nos piores dias de Jem, mesmo quando ele se feria e Will sentia dores solidárias.

A corda se rompeu.

Por um instante tudo ficou branco, e o jardim clareou como se tivessem jogado ácido nele. Will se curvou até os joelhos, vomitando o jantar na lama. Quando os espasmos passaram, ele se levantou cambaleando e se afastou cegamente da pousada, como se tentasse escapar da própria dor. Apoiou-se contra a parede dos estábulos, ao lado do bebedouro dos cavalos. Ajoelhou-se para colocar as mãos na água gelada — e viu o próprio reflexo. Lá estava seu rosto, branco como a morte, sua camisa e uma mancha vermelha se espalhando pela frente.

Com mãos molhadas, ele segurou a lapela e abriu a camisa. Sob a luz fraca que escapava da pousada, ele viu o símbolo *parabatai*, acima do coração, sangrando.

Estava com as mãos cobertas de sangue, sangue e chuva, a mesma chuva que limpava o sangue do peito, mostrando o símbolo que começava a desbotar de preto para prateado, mudando tudo que fazia sentido na vida de Will para uma grande falta de sentido.

Jem estava morto.

Tessa estava andando havia horas, e seus sapatos finos estavam cortados pelas pedras afiadas perto do rio. Começou quase correndo, mas a exaustão e o frio prevaleceram, e ela agora mancava lentamente, ainda que determinada, rio abaixo. O tecido ensopado das saias a atrasava, como uma âncora que a puxaria para o fundo de um mar terrível.

Ela não vira qualquer sinal de habitação humana durante vários quilômetros, e estava começando a perder as esperanças no seu plano quando avistou uma clareira. Tinha começado a chover, mas mesmo através da garoa dava para ver o contorno de uma construção baixa de pedra. À medida que se aproximava, viu o que parecia uma pequena casa com um telhado de palha e uma trilha com a grama alta, que levava até a porta da frente.

Ela acelerou, apressando-se, pensando em um fazendeiro gentil e sua esposa, do tipo que em livros receberiam uma jovem e a ajudariam a procurar a família, como os River fizeram por Jane, em *Jane Eyre*. No entanto, ao se aproximar, notou as janelas sujas e quebradas, e a grama crescendo no telhado de palha. Seu coração quase parou. A casa estava deserta.

A porta já estava meio aberta, a madeira inchada de chuva. Havia algo de assustador no vazio da casa, mas Tessa estava desesperada para se abrigar da tempestade e de qualquer perseguidor que Mortmain pudesse ter enviado. Agarrou-se à esperança de que a Sra. Black pensasse que havia morrido na queda, mas duvidava que Mortmain fosse tão facilmente manipulado. Afinal, se alguém sabia o que seu anjo mecânico poderia fazer, este alguém era Mortmain.

Havia grama crescendo entre as pedras do chão dentro da casa; na lareira, havia sujeira, com um recipiente escurecido ainda pendurado sobre os restos do fogo e as paredes brancas sujas de fuligem pela passagem do tempo. Havia um emaranhado do que pareciam ferramentas de fazenda perto da porta. Um lembrava um longo cano de metal com uma ponta de garfo curvada, os dentes ainda afiados. Sabendo que talvez precisasse de algo com que se defender, ela pegou o instrumento, depois seguiu da sala de entrada para o único outro cômodo da casa: um pequeno quarto onde ficou feliz em encontrar um cobertor mofado na cama.

Olhou desamparada para o vestido molhado. Levaria séculos para retirá-lo sem a ajuda de Sophie, e ela estava desesperada por um pouco de calor. Enrolou-se no cobertor, com a roupa molhada e tudo mais, e se encolheu no colchão de palha. Cheirava a mofo, e provavelmente havia ratos vivendo ali, mas neste momento parecia a cama mais luxuosa em que Tessa já havia deitado.

A menina sabia que seria mais prudente se manter acordada. Mas apesar de tudo, não conseguia mais suportar as exigências de seu corpo agredido e exaurido. Agarrando a arma de metal ao peito, dormiu.

— Então, este é ele? O Nephilim?

Will não sabia há quanto tempo estava encolhido contra a parede do estábulo, molhando-se cada vez mais com a chuva, quando a voz rouca veio da escuridão. Levantou a cabeça, atrasado demais para afastar a mão que o alcançava. Em seguida, ela o pegou pelo colarinho e o levantou.

O Caçador de Sombras olhou, através de olhos cerrados pela chuva e pela agonia, para um grupo de lobisomens em um semicírculo ao seu redor. Havia talvez cinco deles, incluindo o que o segurava contra a parede, com a mão cerrada em sua camisa sangrenta. Todos estavam com roupas similares, trajes pretos tão molhados de chuva que brilhavam como óleo. Nenhum vestia chapéu, seus cabelos — longos, à moda dos lobisomens — grudados às cabeças.

— Tirem as mãos de mim — disse Will. — Os Acordos proíbem que toquem um Nephilim que não provocou...

— Não provocou? — O lobisomem na frente dele o puxou e o jogou novamente contra a parede. Em circunstâncias normais, provavelmente o teria machucado, mas este não era o caso. A dor física do símbolo *parabatai* de Will havia desaparecido, mas seu corpo todo parecia seco e vazio, todo o propósito fora arrancado dele. — Eu diria que provocou. Se não fosse por vocês, Nephilim, o Magistrado jamais teria nos procurado com suas drogas sujas e mentiras imundas...

Will olhou para os lobisomens com um sentimento que beirava a hilaridade. Realmente achavam que podiam machucá-lo, depois do que perdeu? Há anos era sua verdade absoluta. Jem e Will. Will e Jem. Will Herondale vive, portanto, James Carstairs também o faz. *Quod erat demonstrandum.*

Perder um braço ou uma perna seria doloroso, ele imaginava, mas perder a verdade central de sua vida parecia... fatal.

— Drogas sujas *e* mentiras imundas — entoou Will. — *Realmente* não soa nada higiênico. Mas, diga-me, é verdade que, em vez de banho, os lobisomens apenas se lambem uma vez ao ano? Ou vocês lambem um ao outro? Pois foi o que ouvi.

A mão em sua camisa apertou.

— É melhor ser um pouco mais respeitoso, Caçador de Sombras.

— Não — disse Will. — Não, não é.

— Sabemos tudo a seu respeito, Will Herondale — disse um dos outros lobisomens. — Sempre se arrastando para os integrantes do Submundo em busca de ajuda. Queremos vê-lo se arrastar agora.

— Então terá de cortar meus joelhos.

— Isso — disse o lobisomem, segurando Will — pode ser providenciado.

Will entrou em ação. Bateu com a cabeça na cara do lobisomem à sua frente. Ouviu e sentiu o estalo horroroso do nariz do lobisomem quebrando, sangue quente correndo pelo rosto do licantrope enquanto ele cambaleava para trás pelo jardim e se encolhia, ajoelhado sobre as pedras. Estava com as mãos no rosto, tentando conter o fluxo de sangue.

Outra mão agarrou o ombro de Will, e garras furaram o tecido da camisa molhada. Girou para encarar os lobisomens e, na mão do segundo lobo, ele viu, prateado com o luar, o brilho afiado de uma faca. Os olhos de seu agressor, através da chuva, eram verde-dourados e ameaçadores.

Não vieram aqui para me provocar ou machucar, percebeu Will. *Vieram para me* matar.

Por um instante negro, Will ficou tentado a permitir. A ideia parecia um alívio imenso — toda a dor desapareceria, toda a responsabilidade, uma simples submersão à morte e ao esquecimento. Ficou parado sem se mover enquanto a faca vinha em sua direção. Tudo parecia acontecer muito lentamente — a ponta de ferro se aproximando, a careta do lobisomem borrada pela chuva.

A imagem com a qual havia sonhado na noite anterior apareceu diante de seus olhos: Tessa, correndo em uma trilha verde em direção a ele. Tessa. Levantou a mão automaticamente e pegou o pulso do lobisomem em uma das mãos ao desviar do golpe, abaixando sob o braço do lobo. Puxou o braço com força, quebrando o osso violentamente. O licantrope gritou, e um raio sombrio de alegria passou por Will. A adaga caiu nas pedras enquanto ele chutava as pernas do oponente e, em seguida, dava uma cotovelada na têmpora da criatura. O lobo caiu amontoado e não se moveu mais.

Will pegou a adaga e virou para encarar os outros. Havia apenas três deles em pé agora, e pareciam muito menos seguros do que antes. Ele sorriu de forma fria e terrível, e sentiu o gosto metálico de chuva e sangue na boca.

— Venham me matar — disse. — Venham me matar se acham que são capazes. — E chutou o lobisomem inconsciente aos seus pés. — Terão de fazer melhor que seu amigo.

Eles o atacaram, com as garras expostas, e Will caiu pesado sobre as pedras, batendo a cabeça no chão. Um grupo de garras o arranhou no ombro; ele rolou de lado sob uma afobação de golpes e ergueu a adaga. Ouviu um grito agudo de dor que culminou em um gemido, e o peso em cima dele, que se movia e lutava, amoleceu. Will rolou de lado e se levantou, girando.

O lobo que havia esfaqueado estava caído, com os olhos abertos, morto em uma crescente poça de sangue e chuva. Os dois lobisomens remanescentes lutavam para ficar de pé, sujos de lama e encharcados. Will sangrava no ombro, onde um deles deixou marcas profundas com as garras; a dor era imensa. Ele riu através do sangue e da lama enquanto a chuva lavava o sangue da lâmina da adaga.

— De novo — disse, e mal reconheceu a própria voz, esgotada, rouca e mortal. — *De novo.*

Um dos lobisomens virou e correu. Will riu novamente e avançou para o último deles, que estava parado, congelado, com as garras estendidas — de coragem ou pavor, Will não sabia ao certo e não se importava. A adaga parecia uma extensão do seu punho, uma parte do braço. Um bom ataque e um puxão para cima, e rasgaria ossos e cartilagem, esfaqueando em direção ao coração...

— *Pare!* — A voz soou dura, autoritária, familiar. Will desviou os olhos para o lado. Atravessando o jardim, com os ombros encolhidos contra a chuva e a expressão furiosa, vinha Woolsey Scott. — Ordeno que os dois parem neste instante!

O lobisomem abaixou as mãos imediatamente, e as garras desapareceram. Curvou a cabeça no gesto clássico da submissão.

— Mestre...

Uma corrente borbulhante se derramou sobre Will, apagando a racionalidade, o sentido, tudo, menos a raiva. Ele esticou o braço e puxou o lobisomem, passando o braço em torno do pescoço do licantrope, com a lâmina na garganta. Woolsey, a poucos metros de distância, parou onde estava, e seus olhos verdes eram afiados como adagas.

— Aproxime-se mais — disse Will —, e eu corto a garganta do seu lobinho.

— Falei para parar — disse Woolsey, com o tom comedido. Vestia, como sempre, um terno com um belo corte, um casaco de equitação brocado por cima, tudo agora ensopado de chuva. Seus cabelos claros, grudados à testa e ao pescoço, estavam sem cor por causa da água. — Os dois.

— Mas *eu não tenho de obedecer!* — gritou Will. — Eu estava ganhando! *Ganhando!* — Olhou em volta do jardim para os três corpos de lobisomens caídos que havia combatido, dois inconscientes e um morto. — Seu bando me atacou sem provocação. Violaram os Acordos. Eu estava me defendendo. Eles transgrediram a *Lei*! — Ele elevou a voz, que soou dura e irreconhecível. — Eles me devem o sangue, e *eu vou cobrar*!

— Sim, sim, baldes de sangue — disse Woolsey. — E o que faria com ele se o obtivesse? Você não liga para este lobisomem. Deixe-o ir.

— Não.

— Pelo menos, liberte-o para que possa lutar — disse Woolsey.

Will hesitou, em seguida soltou o lobisomem que segurava; este, por sua vez, encarava o líder do bando e parecia apavorado. Woolsey estalou os dedos na direção do lobo.

— Corra, Conrad — ordenou. — Rápido e agora.

O lobisomem não precisou receber a mesma ordem duas vezes; virou-se e correu, desaparecendo atrás dos estábulos. Will deu as costas para Woolsey com uma careta.

— Então, seus lobos são covardes — disse. — Cinco contra um Caçador de Sombras? É assim?

— Não falei para virem atrás de você. São jovens. Tolos. E impetuosos. E metade do bando deles foi morta por Mortmain. Eles culpam sua espécie. — Woolsey se aproximou mais um passo, com os olhos examinando Will, frios como gelo verde. — Presumo que seu *parabatai* esteja morto, então — acrescentou, com uma calma chocante.

Will não estava pronto para ouvir as palavras, jamais estaria. A luta o fizera esquecer a dor por um instante. Agora ela ameaçava voltar, opressora e assustadora. Ele engasgou como se Woolsey o tivesse socado, e deu um passo involuntário para trás.

— E você está tentando se matar por causa disso, Nephilim? É isso que está acontecendo?

Will tirou o cabelo molhado do rosto e olhou com ódio para Woolsey.

— Talvez esteja.

— É assim que respeita a memória dele?

— Que diferença faz? — perguntou Will. — Ele morreu. Nunca vai saber o que faço ou deixo de fazer.

— Meu irmão morreu — disse Woolsey. — Ainda luto para atender aos desejos dele, para continuar com a Praetor Lupus em sua memória e para viver como ele gostaria que eu fizesse. Acha que sou o tipo de pessoa que seria vista em um lugar como este, consumindo caldo de porco e bebendo vinagre, na lama, assistindo a um Caçador de Sombras tedioso destruir ainda mais meu bando já reduzido, se não fosse pelo fato de que sirvo a um propósito maior do que meus próprios desejos e tristezas? E você também, Caçador de Sombras. Você também.

— Oh, Deus! — A adaga caiu da mão de Will e aterrissou na lama aos seus pés. — O que faço agora? — sussurrou ele.

Will não fazia ideia de por que estava perguntando a Woolsey, exceto que não havia mais ninguém no mundo para quem perguntar. Nem mesmo quando achava que era amaldiçoado, Will se sentiu tão sozinho.

Woolsey o olhou friamente.

— Faça o que seu irmão gostaria que você fizesse — disse, então virou as costas e voltou para a pousada.

15
Estrelas, Ocultem seus Fogos

Estrelas, ocultem seus fogos;
Não permitam que a luz enxergue meus desejos negros e profundos.
— Shakespeare, "Macbeth"

Cônsul Wayland,

Escrevo-lhe para tratar de um assunto de suma importância. Um dos Caçadores de Sombras do meu Instituto, William Herondale, está viajando em direção a Cadair Idris neste momento. E, na estrada, encontrou um sinal definitivo da passagem da Srta. Gray. Anexo a carta dele para sua leitura cuidadosa, mas tenho certeza de que concordará que o paradeiro de Mortmain já está estabelecido e que devemos reunir forças imediatamente para marcharmos em direção a Cadair Idris. Mortmain já provou ser dono de uma capacidade ímpar de se livrar das redes que lançamos. Precisamos aproveitar este momento e atacar com o máximo de presteza e força. Aguardo uma resposta o quanto antes.

Charlotte Branwell

O quarto estava frio. O fogo há muito se apagara na lareira, e o vento lá fora uivava nas esquinas do Instituto, chacoalhando as vidraças das janelas. O abajur na mesa de cabeceira estava com a luz fraca, e Tessa estremeceu na poltrona ao lado da cama, apesar do xale enrolado nos ombros.

Na cama, Jem dormia, com a cabeça apoiada na mão. Respirava o suficiente apenas para mover suavemente os cobertores, apesar de estar com o rosto pálido como os travesseiros.

Tessa se levantou, permitindo que o xale escorregasse dos ombros. Estava de camisola, como quando viu Jem pela primeira vez, invadindo seu quarto para encontrá-lo tocando violino perto da janela. Will?, *ele dissera.* Will, é você?

Agora ele se mexia e murmurava enquanto ela se deitava na cama com ele e puxava o cobertor sobre os dois. Colocou as mãos sobre as dele e as segurou. Entrelaçou os pés nos dele e beijou sua bochecha fria, aquecendo a pele do menino com seu hálito quente. Lentamente, sentiu-o se mexer contra ela, como se sua presença o trouxesse à vida.

Os olhos dele se abriram e olharam para os dela. Eram azuis, dolorosamente azuis, o azul do céu onde este encontra o mar.

— Tessa — disse Will, e ela percebeu que era Will em seus braços; era Will que estava morrendo, Will respirando o último suspiro, e havia sangue na camisa, logo acima do coração, uma mancha vermelha que se espalhava...

Tessa se sentou de súbito, arfando. Por um instante, olhou em volta, desorientada. O quarto pequeno e escuro, o cobertor mofado que a envolvia, as próprias roupas úmidas e o corpo ferido pareciam estranhos. A lembrança voltou em uma enxurrada e com uma onda de náusea.

Sentia uma falta aguda do Instituto, de um modo que nunca sentira nem da casa de Nova York. Sentia falta da voz autoritária, porém carinhosa, de Charlotte, do toque compreensivo de Sophie, das invenções de Henry e, claro — não podia evitar — sentia falta de Jem e Will. Estava apavorada por Jem, pela saúde dele, mas por Will também. A batalha no jardim fora sangrenta e vil. Qualquer um poderia ter sido ferido ou morto. O que significava aquele sonho, Jem se transformando em Will? Será que Jem estava doente, será que a vida de Will corria perigo? Nenhum dos dois, rezou silenciosamente. Por favor, deixe que eu morra antes que algum mal se abata sobre eles.

Um ruído a despertou do devaneio — um arranhão seco e repentino que lhe causou um tremor brutal na espinha. Ela congelou. Certamente era só um galho na janela. Mas não — de novo. Um barulho arranhado, arrastado.

Tessa se levantou em um segundo, ainda enrolada ao cobertor. O pavor era algo vivo dentro dela. Todos os contos que já tinha ouvido sobre monstros nos bosques pareciam disputar espaço em sua mente. Ela fechou os olhos, respirando fundo, e viu os autômatos altos e magros na frente do Instituto, as sombras longas e grotescas, como seres humanos deformados.

Puxou o cobertor ainda mais para perto de si, os dedos se fechando em espasmos sobre o tecido. Os autômatos foram ao Instituto por causa *dela*. Mas não eram muito inteligentes — conseguiam obedecer comandos simples, reconhecer alguns humanos em particular. Mesmo assim, não pensavam por si próprios. Eram máquinas, e máquinas podiam ser enganadas.

O cobertor era feito de retalhos, do tipo que teria sido costurado por uma mulher que morava naquela casa. Tessa respirou fundo e *alcançou* — alcançou o cobertor, procurando alguma faísca de propriedade, a assinatura de qualquer espírito que já tivesse criado ou possuído aquilo. Era como enfiar a mão na água escura e procurar um objeto. Após o que pareceu uma era, ela conseguiu — uma centelha na escuridão, a consistência de uma alma.

Concentrou-se naquilo, envolvendo-se como se fosse o cobertor que agarrava. A Transformação era mais fácil agora, menos dolorosa. Viu seus dedos torcerem e mudarem, tornando-se as mãos artríticas de uma idosa. Manchas surgiram na pele, a coluna se curvou, e o vestido começou a se pendurar em sua forma murcha. Quando o cabelo caiu na frente dos olhos, era branco.

O ruído de algo arranhando voltou. Uma voz ecoou no fundo da mente de Tessa, a voz de uma senhora ranzinza exigindo saber quem estava em sua casa. Tessa cambaleou para a porta, arfando, o coração acelerado no peito, e foi para a sala principal da casa.

Por um instante, não viu nada. Seus olhos estavam embaçados, turvos; as formas pareciam borradas e distantes. Em seguida, algo se ergueu ao lado da fogueira, e Tessa conteve um grito.

Era um autômato, que fora construído para parecer quase humano. Tinha um corpo espesso e usava um terno cinza, mas os braços que saíam dos punhos eram finos como gravetos e resultavam em mãos espatuladas. A cabeça acima do colarinho era lisa e oval. Havia dois olhos bulbosos, mas a máquina não tinha outras feições.

— Quem é você? — perguntou Tessa, com a voz da senhora, brandindo o atiçador que pegara antes. — O que faz na minha casa, criatura?

A coisa emitiu um som zumbido e estalado, obviamente confuso. Um instante depois a porta da frente se abriu, e a Sra. Black entrou. Estava com uma capa escura, o rosto branco brilhando sob o capuz.

— O que está acontecendo? — perguntou Tessa, e sua voz soou aguda como a da senhora. — Devo lhe perguntar isso... invadir casas perfeitamente decentes... — Piscou, como se quisesse deixar claro que não enxergava bem. — Saia daqui e leve seu amigo. — E ela apontou o objeto que segurava (*grosa*, disse a voz da senhora em sua mente; *você utiliza para limpar os cascos dos cavalos, tolinha*). — Com você. Não há nada de valor para roubar aqui.

Por um instante, achou que tivesse funcionado. O rosto da Sra. Black não tinha expressão, e ela deu um passo à frente.

— Você não viu uma jovem por aqui, viu? — perguntou. — Muito bem-vestida, cabelos castanhos, olhos cinzentos, parecendo perdida. Os responsáveis por ela estão procurando e oferecem uma boa recompensa.

— Uma história provável, procurando uma menina perdida. — Tessa soou o mais ranzinza possível; não foi difícil. Tinha a sensação de que a mulher cuja aparência vestia seria naturalmente ranzinza. — Saiam daqui, já disse!

O autômato chiou. Os lábios da Sra. Black subitamente se contraíram, como se contivesse uma risada.

— Entendo — disse ela. — Permita-me dizer que este é um belo colar que está usando, senhora.

A mão de Tessa voou para o peito, mas já era tarde demais. O anjo mecânico estava ali, claramente visível, balançando gentilmente.

— Leve-a — comandou a Sra. Black, com a voz entediada, e o autômato avançou, alcançando Tessa. Ela derrubou o cobertor e recuou, brandindo a grosa. Conseguiu arranhar a frente do autômato enquanto ele tentava acertá-la e a atacava no braço. O objeto caiu no chão, e Tessa gritou de dor quando a porta da frente se abriu e uma enxurrada de autômatos encheu o recinto, com braços que tentavam alcançá-la e as mãos mecânicas se fechando em sua carne. Sabendo que estava rendida, que não faria bem algum resistir, finalmente se permitiu gritar.

Will acordou com o sol no rosto e abriu os olhos lentamente.

Céu azul.

Rolou de lado, se esticou e sentou. Estava na subida de uma colina verde, não muito longe da estrada Shrewsbury-Welshpool. Não via nada além de fazendas espalhadas ao longe; tinha passado apenas por alguns lugarejos em sua frenética marcha no meio da madrugada quando deixou o Green Man e cavalgou até literalmente deslizar das costas de Balios em exaustão, caindo no chão com uma força absurda. Meio andando e meio se arrastando, permitiu que o cavalo esgotado o afocinhasse para fora da estrada, para um leve declive no caminho onde se encolheu e dormiu, ignorando a chuva fria que ainda caía.

Em algum momento, o sol nasceu, secando suas roupas e seus cabelos, apesar de ele continuar sujo, a camisa uma bagunça de lama seca e sangue. Ele se levantou, o corpo todo doendo. Não perdeu tempo com nenhum símbolo de cura na noite anterior. Entrou na pousada — deixando um rastro de chuva e lama atrás de si — apenas para pegar suas coisas, antes de voltar para os estábulos, soltar Balios e partir noite adentro. Os ferimentos que sofrera na batalha contra os lobos de Woolsey ainda doíam, assim como os hematomas em consequência da queda do cavalo. Mancou até a área onde Balios comia capim, perto da sombra de um carvalho. Vasculhou os alforjes e pegou uma estela e um punhado de frutas secas. Usou uma das mãos para desenhar símbolos de cura dolorosos e a outra para comer as frutas.

Os eventos da noite anterior pareciam a milhares de quilômetros de distância. Lembrava-se de lutar contra os lobos, dos ossos quebrados e do gosto do próprio sangue, da lama e da chuva. Lembrava-se da dor da separação de Jem, apesar de não mais senti-la. Em vez de dor, sentia um vazio. Como se uma gigantesca mão o tivesse alcançado e cortado de suas entranhas tudo que o tornava humano, deixando-o oco.

Quando terminou o desjejum, guardou a estela de volta no alforje, tirou a camisa arruinada e vestiu uma limpa. Ao fazê-lo, não pôde deixar de olhar para o símbolo *parabatai* no peito.

Não estava preto, mas branco e prata, como uma cicatriz desbotada pelo tempo. Will pôde ouvir a voz de Jem em sua mente, firme, séria e familiar: "*E passou... que a alma de Jonathan foi costurada à alma de David, e Jonathan o amava como a própria alma... Então, Jonathan e David fizeram um acordo, pois ele o amava como a própria alma". Eram dois guerreiros, e suas almas foram costuradas pelo Céu, e, com isso, Jonathan, Caçador de Sombras, teve a ideia do* parabatai *e incluiu a cerimônia na Lei.*

Há anos esta Marca e a presença de Jem foram tudo que Will teve como garantia de que era amado por alguém. Tudo que precisava saber era que era real e existia. Passou os dedos sobre as bordas do símbolo *parabatai* desbotado. Achou que fosse odiar, odiar aquela visão à luz do sol, mas, surpreendentemente, não odiou. Ficou feliz ao ver que o símbolo *parabatai* não desbotou simplesmente da pele. Uma Marca que falava de perda ainda era uma Marca, uma lembrança. Não se pode perder algo que nunca se teve.

Do alforje, ele tirou a faca que Jem lhe dera: uma lâmina estreita com um cabo de prata elaborado. À sombra do carvalho, cortou a palma da mão e observou o sangue correr para o chão e ensopar a terra. Depois, ajoelhou-se e enfiou a lâmina no chão. Ajoelhado, hesitou, com a mão no cabo.

— James Carstairs — falou, e engoliu em seco. Era sempre assim; quando mais precisava das palavras, mais dificuldade tinha de encontrá-las. As palavras do juramento bíblico do *parabatai* lhe vieram à mente: *Rogo não deixá-lo ou voltar após segui-lo: pois, para onde fores, irei, e onde estiver, estarei. Os teus serão os meus, e teu Deus, o meu Deus. Onde morreres, morrerei, e lá serei enterrado. Que o Anjo faça isso por mim, e ainda mais, se qualquer coisa além da morte nos separar.*

Mas não. Era isso que se dizia na união, não na separação. David e Jonathan também foram separados pela morte. Separados, porém, não divididos.

— Já lhe disse antes, Jem, que você não me deixaria — falou Will, com a mão sangrenta no cabo da adaga. — E você continua comigo. Quando respirar, pensarei em você, pois, sem você, já estaria morto há anos. Quando eu acordar, e quando dormir, quando levantar as mãos para me defender ou quando deitar para morrer, você estará comigo. Você diz que nascemos e nascemos de novo. Eu digo que há um rio que divide os mortos e os vivos. O que sei é que, se nascermos de novo, eu o encontrarei em outra vida, e se há um rio, você vai esperar na margem até que eu chegue, para podermos atravessá-lo juntos. — Will respirou fundo e soltou a faca. Puxou a mão. O corte na palma já estava curando: resultado de meia dúzia de *iratzes* na pele. — Ouviu isso, James Carstairs? Somos ligados, você e eu, além da divisão da morte, por quantas gerações vierem. *Para sempre.*

Ele se levantou e olhou para a faca. A faca era de Jem, o sangue, dele. Este ponto no chão, mesmo que não fosse capaz de voltar a encontrá-lo, mesmo que não vivesse para tentar, seria deles.

Virou-se para caminhar até Balios, até Gales, até Tessa. Não olhou para trás.

Para: Charlotte Branwell
De: Cônsul Josiah Wayland
Pelo lacaio

Estimada Sra. Branwell,

Não estou certo de que entendi totalmente sua carta. Parece-me incrível que uma mulher sensata como você deposite tanta confiança na simples palavra de um menino tão notoriamente imprudente e instável quanto William Herondale provou ser. O Sr. Herondale, conforme demonstrado na própria carta, fugiu em uma busca selvagem sem seu conhecimento. Ele é absolutamente capaz de mentir em causa própria. Não enviarei uma força dos meus Caçadores de Sombras baseando-me nos caprichos e na palavra descuidada de um menino.

Solicito que cessem seus gritos peremptórios para Cadair Idris. Tenha em mente que sou o Cônsul. Eu comando os exércitos dos Caçadores de Sombras, senhora, e não você. Concentre-se em tentar controlar melhor seus Caçadores de Sombras.

Saudações,
Josiah Wayland, Cônsul

— Há um homem que quer vê-la, Sra. Branwell.

Charlotte levantou os olhos, cansada, e viu Sophie na entrada. Ela parecia fatigada, como todos eles; com traços inconfundíveis de choro sob os olhos. Charlotte conhecia os sinais — ela os viu no próprio espelho naquela manhã.

Estava atrás da mesa na sala de estar, fitando a carta à mão. Não esperava que o Cônsul Wayland fosse ficar satisfeito com a notícia, mas também não esperava esse desprezo e recusa. *Eu comando os exércitos dos Caçadores de Sombras, senhora, e não você. Concentre-se em tentar controlar melhor seus Caçadores de Sombras.*

Controlá-los. Irritou-se. Como se todos fossem crianças e ela não fosse nada senão a governanta ou babá, desfilando-os para o Cônsul quando estavam limpos e vestidos, e escondendo-os no quarto dos brinquedos pelo resto do tempo, para que não o perturbassem. Eram *Caçadores de Sombras*, assim como ela. E se ele não considerava Will confiável, era um tolo. Ele sabia da maldição; ela mesma havia contado. A loucura de Will sempre foi como a de Hamlet, metade brincadeira, metade impetuosidade, e tudo conduzia a um determinado fim.

O fogo estalou na lareira; lá fora a chuva caía, pintando as vidraças com linhas prateadas. Naquela manhã, ela havia passado pelo quarto de Jem, com a porta aberta, a cama desfeita, os objetos retirados. Poderia ser um quarto qualquer. Todas as evidências de seus anos com eles desapareceram com um aceno. Ela se apoiou na parede do corredor, o suor se formou em sua testa, e os olhos arderam. *Raziel, fiz a coisa certa?*

Então passou a mão pelos olhos.

— Justo agora? Não é o Cônsul Wayland, é?

— Não, senhora. — Sophie balançou a cabeça escura. — É Aloysius Starkweather. Ele diz que é um assunto de suma importância.

— *Aloysius Starkweather*? — Charlotte suspirou. Alguns dias simplesmente acumulavam horrores e mais horrores. — Bem, deixe-o entrar, então.

Ela dobrou a carta que terminara de escrever em resposta ao Cônsul e acabara de selá-la quando Sophie voltou e mandou Aloysius Starkweather entrar, antes de se retirar. Charlotte não se levantou da cadeira. Starkweather estava como da última vez em que o vira. Parecia ter calcificado, como se apesar de não poder se tornar mais jovem, também não pudesse envelhecer. Seu rosto era um mapa de linhas enrugadas, emoldurado por barba e cabelos brancos. As roupas estavam secas; Sophie provavelmente pendurou o casaco no andar de baixo. O terno que usava já estava fora de moda há pelo menos dez anos, e ele cheirava vagamente a naftalina.

— Por favor, sente-se, Sr. Starkweather — disse Charlotte da forma mais cortês possível para alguém que ela sabia que não gostava dela e detestava seu pai.

Mas ele não se sentou. Com as mãos nas costas, se virou para examinar o recinto, e Charlotte viu, alarmada, que um dos punhos do casaco estava sujo de sangue.

— Senhor Starkweather — disse, e desta vez se levantou. — Está machucado? Devo chamar os Irmãos?

— Machucado? — soltou. — Por que eu estaria machucado?

— Sua manga — apontou.

Ele afastou o braço e olhou antes de rir.

— O sangue não é meu — explicou. — Estive em uma luta, um pouco mais cedo. Ele se opôs...

— Se opôs a quê?

— A que eu cortasse todos os seus dedos e, em seguida, a garganta — disse Starkweather, olhando nos olhos de Charlotte. Os dele eram cinza e enegrecidos, cor de pedra.

— Aloysius. — Charlotte se esqueceu de ser educada. — Os Acordos proíbem ataques não provocados a integrantes do Submundo.

— Não provocados? Eu diria que foi provocado. A espécie dele matou minha neta. Minha filha quase morreu de tristeza. A Casa dos Starkweather foi destruída...

— Aloysius! — Charlotte ficou seriamente alarmada. — Sua casa não foi destruída. Ainda há membros da linhagem Starkweather em Idris. Não digo isso para minimizar sua dor, pois algumas perdas vivem conosco. — *Jem*, pensou espontaneamente, e a dor do pensamento a fez sentar-se novamente. Ela apoiou os cotovelos sobre a mesa, o rosto nas mãos. — Não sei por que veio me contar isso agora — murmurou. — Não viu os símbolos na porta do Instituto? Este é um momento de muita tristeza para nós...

— Vim contar porque é importante! — Aloysius se irritou. — É sobre Mortmain e Tessa Gray.

Charlotte abaixou as mãos.

— O que você sabe sobre Tessa Gray?

Aloysius virara de costas. Estava voltado para o fogo, e sua longa sombra se projetava sobre o tapete persa no chão.

— Não sou um homem com muita estima pelos Acordos — falou. — Você sabe; já participou de Conselhos comigo. Fui criado para acreditar que tudo que é tocado por demônios é falso e corrupto. Que é direito dos Caçadores de Sombras matar essas criaturas e ficar com seus pertences como espólios e tesouro. A sala dos espólios no Instituto de York ficou sob minha responsabilidade, e eu a mantive cheia até o dia em que as Leis foram aprovadas. — Ele fez uma careta.

— Deixe-me adivinhar — disse Charlotte. — Você não parou por aí.

— Claro que não — respondeu o velho. — O que são as Leis do homem em comparação às do Anjo? Sei o jeito certo de fazer as coisas. Mantive-me mais discreto, mas não deixei de recolher espólios nem de destruir os integrantes do Submundo que cruzaram meu caminho. Um deles foi John Shade.

— Pai de Mortmain.

— Feiticeiros não podem ter filhos — Starkweather rosnou. — Um menino humano que eles encontraram e treinaram. Shade ensinou truques profanos. Ganhou sua confiança.

— É improvável que os Shade tenham roubado Mortmain dos pais — disse Charlotte. — Provavelmente era um menino que teria morrido em um hospício.

— Não era natural. Feiticeiros não devem criar crianças humanas. — Aloysius fixou os olhos nas brasas vermelhas da lareira. — Por isso, invadimos a casa dos Shade e o matamos, assim como a mulher. O menino escapou. O *príncipe mecânico* de Shade — rosnou. — Pegamos diversos itens e levamos para o Instituto, mas nenhum de nós conseguiu identificar nada deles. Foi apenas isso: uma incursão de rotina. Tudo conforme planejado. Isto é, até minha neta, Adele, nascer.

— Sei que ela morreu na cerimônia de aplicação da primeira Marca — disse Charlotte, passando a mão inconscientemente sobre a própria barriga. — Sinto muito. É uma tristeza muito grande ter uma criança doente...

— Ela não nasceu doente! — resmungou. — Foi uma criança saudável. Linda. Com os olhos do meu filho. Todos a mimaram, até a manhã em que minha nora nos acordou com um grito. Insistiu que a criança no berço não era sua filha, apesar de parecerem idênticas. Jurou que conhecia a própria filha e que não era aquela. Achamos que ela tivesse enlouquecido. Mesmo quando os olhos da criança mudaram de azul para cinza... bem, isso acontece com bebês. Foi somente quando tentamos aplicar a primeira Marca que comecei a perceber que minha nora estava certa. Adele... a dor foi demais para ela. Ela gritou, gritou e se contorceu. A pele queimou onde a estela a tocou. Os Irmãos do Silêncio fizeram tudo que podiam, mas antes do amanhecer ela estava morta.

Aloysius pausou e ficou em silêncio por um longo instante, encarando o fogo como que fascinado.

— Minha nora quase enlouqueceu. Não suportou continuar no Instituto. Eu fiquei. Sabia que ela tinha razão... Adele *não* era minha neta. Ouvi boatos sobre fadas e outros membros do Submundo que espalharam ter se vingado dos Starkweather, de ter roubado uma de suas crianças, substituindo-a por um humano doente. Nenhum dos meus investigadores achou nada de concreto, mas eu me determinei a descobrir para onde minha neta fora. — Ele se apoiou na lareira. — Já tinha quase desistido quando Tessa Gray veio para meu Instituto em companhia de dois dos seus Caçadores de Sombras. Ela poderia ser o fantasma da minha nora, de tão parecidas. Mas não aparentava ter nenhum sangue Caçador de Sombras. Um mistério, que persegui.

"A fada que interroguei hoje me forneceu as últimas peças do quebra-cabeça. Na infância, minha neta foi substituída por uma criança humana sequestrada, uma criatura adoentada, que morreu com a aplicação das Marcas porque não era Nephilim. — A voz dele falhou, uma fissura na rocha. — Minha neta foi deixada com uma família mundana, que a criou, e a adoentada Elizabeth deles, escolhida por sua semelhança superficial com minha neta, substituiu nossa garotinha. Foi a vingança da Corte sobre mim. Acreditavam que eu tinha matado os deles, então matariam a minha. — Seus olhos estavam frios ao repousarem em Charlotte. — Adele... Elizabeth... cresceu naquela família mundana, sem saber quem era. E então se casou. Com um mundano. O nome dele era Richard. Richard Gray.

— Sua neta — disse Charlotte lentamente — era a mãe de Tessa? Elizabeth Gray? A mãe de Tessa era Caçadora de Sombras?

— Era.

— Estes são crimes, Aloysius. Você deveria apresentá-los ao Conselho...

— Eles não se importam com Tessa Gray — disse Starkweather asperamente. — Mas você sim. Por causa disso ouviu minha história e, por isso, pode me ajudar.

— Posso — disse Charlotte —, se for a coisa certa a se fazer. Ainda não entendo como Mortmain entra na história.

Aloysius se moveu, impaciente.

— Mortmain soube do que aconteceu e se determinou a fazer uso de Elizabeth Gray, uma Caçadora de Sombras que não sabia que o era. Acredito que Mortmain tenha recrutado Richard Gray como funcionário para ter acesso a Elizabeth. Acredito que ele tenha lançado um demônio Eliodon sobre ela, minha neta, em forma de Richard, e que ele o fez para que ela engravidasse de Tessa. Tessa sempre foi o objetivo. A filha de uma Caçadora de Sombras e de um demônio.

— Mas o fruto de demônios e Caçadores de Sombras é natimorto — respondeu Charlotte automaticamente.

— Mesmo que a Caçadora de Sombras em questão não saiba que o é? — perguntou Starkweather. — Mesmo que não carregue nenhum símbolo?

— Eu... — Charlotte fechou a boca. Não fazia ideia da resposta; até onde sabia, a situação jamais havia ocorrido. Caçadores de Sombras são marcados na infância, homens e mulheres, todos eles.

Mas Elizabeth Gray não foi.

— Sei que a menina consegue alterar sua forma — disse Starkweather. — Mas não acho que seja por isso que ele a queira. Tem alguma outra coisa que ele quer que ela faça. Algo que só ela pode fazer. Ela é a chave.

— A chave de quê?

— Foram as últimas palavras que a fada me disse hoje à tarde. — Starkweather olhou para o sangue na manga. — Ele disse: "Ela será nossa vingança por todas as suas mortes inúteis. Trará ruína aos Nephilim, Londres arderá, e quando o Magistrado governar tudo, vocês não passarão de um rebanho". Mesmo que o Cônsul não queira ir atrás de Tessa por ela, precisam encontrá-la para evitar isso.

— Se eles acreditarem — disse Charlotte.

— Vindo de você, terão de acreditar — retrucou Starkweather. — Se eu dissesse, falariam que sou um velho louco, como há anos o fazem.

— Oh, Aloysius. Você superestima a confiança do Cônsul em mim. Ele vai falar que sou tola e ingênua. Dirá que a fada mentiu para você... bem, eles não podem mentir, mas que distorceu a verdade ou a repetiu conforme a própria crença.

O velho desviou o olhar, e a boca se moveu.

— Tessa Gray é a chave do plano de Mortmain — falou. — Não sei como, mas é. Vim a você, pois não confio no Conselho em relação a Tessa. Ela é parte demônio. Lembro-me do que já fiz no passado com coisas que eram em parte demoníacas ou sobrenaturais.

— Tessa não é uma coisa — disse Charlotte. — É uma menina, foi sequestrada e provavelmente está apavorada. Se eu conseguisse pensar em uma maneira de salvá-la, não acha que já o teria feito?

— Eu falhei — disse Aloysius. — Quero me corrigir. Meu sangue corre nas veias daquela menina, ainda que também haja sangue de demônio ali. Ela é minha bisneta. — Levantou o rosto, os olhos pálidos e marejados contornados de vermelho. — Só lhe peço uma coisa, Charlotte. Quando encontrar Tessa Gray, e sei que a encontrará, diga que ela é bem-vinda ao nome Starkweather.

Não faça com que eu me arrependa de confiar em você, Gabriel Lightwood.

Gabriel sentou-se à mesa do quarto, com papéis espalhados e a caneta na mão. As luzes do quarto não estavam acesas, e as sombras eram escuras nos cantos, e longas no chão.

Para: Cônsul Josiah Wayland
De: Gabriel Lightwood

Honrado Cônsul,

Escrevo hoje com as últimas notícias que me pediu. Eu esperava que viesse de Idris, mas quis o destino que a fonte fosse mais próxima. Hoje, Aloysius Starkweather, diretor do Instituto de York, veio visitar a Sra. Branwell.

Apoiou a caneta e respirou fundo. Tinha ouvido a campainha do Instituto mais cedo, e observara das escadas quando Sophie recebeu Starkweather e o conduziu à sala de estar. Depois disso foi fácil se colocar à porta e ouvir tudo que se passava lá dentro.

Afinal de contas, Charlotte não esperava que a espionassem.

Ele é um velho enlouquecido pela dor e, com isso, fabricou uma elaborada rede de mentiras com as quais explica para si mesmo a própria dor. Certamente é digno de pena, mas não deve ser levado a sério, tampouco devem as políticas do Conselho serem pautadas pelas palavras de um louco.

Os tacos do chão rangeram; Gabriel levantou a cabeça. Seu coração estava acelerado. Se fosse Gideon... ele ficaria horrorizado em descobrir o que estava fazendo. Todos ficariam. Pensou no olhar de traição que floresceria no rosto de Charlotte, se soubesse. Na raiva indignada de Henry. Mas, acima de tudo, pensou nos olhos azuis e no rosto em forma de coração, fitando-o desapontado. *Talvez eu tenha fé em você, Gabriel Lightwood.*

Quando pôs a caneta novamente sobre a carta, ele o fez com tanta fúria que ela quase rasgou o papel.

Sinto relatar isso, mas falaram sobre o Conselho e o Cônsul com grande desrespeito. Está claro que a Sra. Branwell se ressente do que considera uma interferência desnecessária em seus planos. Acreditou nas afirmações insanas do Sr. Starkweather, tais como a de que Mortmain teria reproduzido demônios e Caçadores de Sombras, uma clara impossibilidade. Parece que o senhor tinha razão e que ela é muito teimosa e facilmente influenciável para conduzir um Instituto de modo adequado.

Gabriel mordeu o lábio e se forçou a não pensar em Cecily; em vez disso, pensou na Casa dos Lightwood, seu direito; na restauração de seu bom nome; na segurança dos irmãos. Não estava prejudicando Charlotte de fato. Era apenas uma questão da posição, e não da segurança dela. O Cônsul não tinha planos sombrios para ela, que certamente seria mais feliz em Idris ou em alguma casa no campo, vendo os filhos correrem por verdes prados e sem a constante preocupação com o destino de todos os Caçadores de Sombras.

Apesar de a Sra. Branwell pedir que envie uma força de Caçadores de Sombras a Cadair Idris, qualquer pessoa que confie nas opiniões de loucos e histéricos não tem a objetividade necessária à confiança.

Se preciso, juro pela Espada Mortal que tudo isso é verdade.

Saudações, em nome de Raziel,

Gabriel Lightwood

16

A Princesa Mecânica

Oh Amor! que lamenta
A fragilidade de todas as coisas aqui,
Por que escolher o mais frágil
Para seu berço, sua casa e seu esquife?
— Percy Bysshe Shelley, "Lines: When the Lamp is Shattered"

Para: Cônsul Josiah Wayland
De: Charlotte Branwell

Prezado Cônsul Wayland,

Acabo de receber informações muito importantes, que me apresso em compartilhar com você. Um informante, cujo nome não posso divulgar, mas que julgo confiável, me transmitiu detalhes que sugerem que a Srta. Gray não seja apenas um capricho de Mortmain, mas a chave de seu principal objetivo: a destruição de todos nós.

Ele trama construir peças de maior poder do que qualquer uma que já tenhamos visto, e temo profundamente que as habilidades únicas da Srta. Gray o ajudarão em sua empreitada. Ela jamais pretenderia nos ferir, mas não sabemos que ameaças ou injúrias Mortmain oferecerá. É imperativo que ela seja resgatada o quanto antes, tanto para nos salvar quanto para ajudá-la.

À luz desta nova informação, mais uma vez imploro que reúna suas forças e marche para Cadair Idris.

Saudações sinceramente perturbadas,
Charlotte Branwell

Tessa acordou lentamente, como se a consciência estivesse no fim de um corredor longo e comprido, e ela caminhasse muito devagar, com a mão esticada. Finalmente, a alcançou, abriu a porta e revelou...

Uma luz ofuscante. Uma luz dourada, que não era pálida como luz enfeitiçada. Sentou-se e olhou em volta.

Estava em uma cama simples de bronze, com um forro espesso de pluma espalhado sobre um segundo colchão e um edredom pesado no topo. O quarto onde se encontrava parecia esculpido em uma caverna. Havia uma cômoda alta e um lavatório com um jarro azul, além de um armário — a porta aberta o suficiente para que Tessa pudesse ver as roupas penduradas. Não havia janelas no cômodo, embora houvesse uma lareira na qual uma chama alegre ardia. De ambos os lados da lareira, viam-se retratos.

Deslizou da cama e franziu o rosto quando seus pés descalços tocaram o chão de pedra fria. Não foi tão doloroso quanto ela imaginava, apesar do seu estado. Olhando para baixo, teve dois rápidos choques: o primeiro foi o de não estar usando nada além de um vestido preto de seda grande demais. O segundo foi que seus cortes e hematomas pareciam ter desaparecido. Ainda se sentia ligeiramente dolorida, mas a pele, pálida contra a seda negra, não tinha marcas. Ao tocar o cabelo, sentiu que estava limpo e solto sobre os ombros, e não mais sujo de lama e sangue.

Ela se perguntou quem a teria lavado, cuidado dela e a colocado na cama. Tessa não se lembrava de nada além de uma luta com os autômatos na casinha enquanto a Sra. Black ria. No fim, um deles a enforcou até deixá-la inconsciente, e uma escuridão caridosa a dominou. Mesmo assim, a ideia de ser despida e banhada pela Sra. Black era horrível, apesar de, talvez, não tão horrível quanto a ideia de Mortmain tê-lo feito.

A maior parte da mobília do quarto estava agrupada em um dos lados da caverna. O outro era um imenso vazio, apesar de ela conseguir enxergar o retângulo negro de uma porta cortada na parede oposta. Após uma rápida olhada em volta, Tessa foi até ela...

No entanto, na metade do caminho, foi contida violentamente. Cambaleou para trás, segurando o vestido mais apertado em volta de si, e a testa doeu por ter batido em *alguma coisa*. Cuidadosamente esticou o braço, tateando o ar à sua frente.

E sentiu uma firmeza sólida diante de si, como se uma parede de vidro clara, perfeitamente limpa, se encontrasse entre ela e o outro lado da sala.

Esticou as mãos sobre a barreira. Invisível, porém dura feito diamante. Levantou as mãos, imaginando até que altura poderia ir...

— Eu não perderia meu tempo — disse uma voz fria e familiar vinda da porta. — A configuração se estende por toda a caverna, de ponta a ponta, do chão ao teto. Você está presa atrás dela.

Tessa estava se esticando para cima; com isso, caiu sobre os pés e deu um passo para trás.

Mortmain.

Ele era exatamente como ela se lembrava. Um homem rijo, que não era alto, com o rosto envelhecido e a barba bem-feita. Extraordinariamente comum, exceto pelos olhos, tão frios e cinza quanto uma nevasca de inverno. Usava um terno branco, que não era formal demais, o tipo de coisa que um cavalheiro talvez usasse em uma tarde no clube. Os sapatos eram lustrosos e polidos.

Tessa não disse nada, apenas puxou o vestido preto mais para perto. Era volumoso e escondia todo o corpo, mas sem os pinos da camisa e do corpete, meias e armação, ela se sentia nua e exposta.

— Não entre em pânico — prosseguiu Mortmain. — Não pode me alcançar através da parede, mas eu também não posso alcançá-la. Não sem dissolver o feitiço, e isso levaria tempo. — Fez uma pausa. — Preferi que você se sentisse segura.

— Se quisesse que eu me sentisse segura, teria me deixado no Instituto. — O tom de Tessa era gelado.

Mortmain não respondeu, apenas esticou a cabeça e cerrou os olhos, como um marinheiro olhando para o horizonte.

— Meus pêsames pela morte de seu irmão. Nunca tive a intenção de que isso acontecesse.

Tessa sentiu a boca se contorcer em uma forma terrível. Fazia dois meses que Nate havia morrido em seus braços, mas ela não tinha se esquecido nem perdoado.

— Não quero sua pena. Nem suas condolências. Você o transformou em uma ferramenta, e depois ele morreu. Foi sua culpa, como se tivesse lhe dado um tiro na rua.

— Suponho que não adiantaria enfatizar que foi ele quem me procurou.

— Ele era apenas um *menino* — disse Tessa. Queria se ajoelhar, queria socar a barreira invisível, mas se segurou, ereta e fria. — Não tinha nem 20 anos.

Mortmain colocou as mãos nos bolsos.

— Sabe como foi minha vida quando menino? — perguntou, com um tom tão calmo quanto se estivesse sentado ao lado dela em um jantar, sendo forçado a conversar.

Tessa pensou nas imagens que viu na mente de Aloysius Starkweather.

O homem era alto, tinha ombros largos — e pele verde como a de um lagarto. Seus cabelos eram negros. A criança a quem dava a mão, em contraste, parecia tão normal quanto uma criança deveria ser — pequena, com pulsos gordinhos e pele rosada.

Tessa sabia o nome do homem, porque Starkweather sabia.

John Shade.

Ele levantou a criança para os ombros, e o interior da casa estava cheio de criaturas estranhas e metálicas, como bonecos infantis, mas em tamanhos humanos e com peles feitas de metal brilhante. As criaturas eram desprovidas de feições, embora curiosamente usassem roupas — algumas vestiam macacões pesados de trabalhadores de uma fazenda de Yorkshire; outras, vestidos simples de musselina. Os autômatos juntaram as mãos e começaram a balançar como se estivessem em uma dança campestre. A criança riu e bateu palmas.

— Observe bem, meu filho — disse o homem de pele verde —, pois um dia governarei um reino mecânico formado por essas criaturas, e você será o príncipe.

— Sei que seus pais adotivos eram feiticeiros — falou. — Eles cuidaram de você. Sei que seu pai inventou as criaturas mecânicas que você tanto adora.

— E você sabe o que aconteceu com eles.

... um cômodo destruído, rodas, motores, mecanismos e metal destroçado por todos os cantos, fluido vazando, negro como sangue, e o homem de pele verde e a mulher de cabelo azul deitados mortos entre as ruínas...

Tessa desviou o olhar.

— Deixe-me contar sobre minha infância — disse Mortmain. — Pais adotivos, você diz, mas eram tão meus pais quanto qualquer sangue poderia fazê-los. Fui criado com carinho e amor, assim como você. — Ele apontou para a lareira, e Tessa percebeu, chocada, que os retratos eram de seus pais: a mãe de cabelos claros, e o pai, pensativo, com olhos castanhos e a gravata torta. — E foram mortos por Caçadores de Sombras. Meu pai queria criar esses belos autômatos, essas *criaturas mecânicas*, como as chama. Seriam as mais incríveis máquinas já inventadas, ele sonhava, e protegeriam os integrantes do Submundo contra os Caçadores de Sombras que, rotineiramente, os assassinavam e roubavam. Você viu os espólios no Instituto de Starkweather. — Ele pronunciou rapidamente as últimas palavras. — Viu pedaços dos meus pais. Ele guardou o sangue da minha mãe em um vidro.

E restos de feiticeiros. Mãos mumificadas, como as da Sra. Black. Um crânio descascado, completamente sem carne, de aparência humana exceto por ter presas em vez de dentes. Frascos de sangue lamacento.

Tessa engoliu em seco. *O sangue da minha mãe em um vidro.* Não podia dizer que não entendia sua raiva. No entanto — pensou em Jem, nos pais morrendo na frente dele, na própria vida destruída, e mesmo assim ele nunca procurou vingança.

— Sim, isso foi terrível — disse Tessa. — Mas não justifica as coisas que você fez.

Havia uma faísca de alguma coisa profunda em seus olhos: raiva, rapidamente contida.

— Deixe-me dizer o que fiz — falou. — Criei um exército. Um exército que, uma vez que a última peça seja encaixada, será invencível.

— E a última peça...

— É você — disse Mortmain.

— Você vive dizendo isso, mas se recusa a explicar — insistiu Tessa. — Exige minha colaboração, contudo não me diz nada. Aprisionou-me aqui, senhor, mas não pode me forçar a conversar com você, nem minha vontade, se eu escolher não entregar...

— Você é meio Caçadora de Sombras, meio demônio — disse Mortmain. — Isso é a primeira coisa que deve saber.

Tessa, que já tinha quase virado as costas para ele, congelou.

— Isso não é possível. Frutos de Caçadores de Sombras e demônios são natimortos.

— Sim, são — disse. — São. O sangue de um Caçador de Sombras, os símbolos no corpo de um Caçador de Sombras, matam uma criança feiticeira no ventre. *Mas sua mãe não foi Marcada.*

— Minha mãe não era Caçadora de Sombras! — Tessa olhou descontrolada para o retrato de Elizabeth Gray sobre a lareira. — Ou está dizendo que ela mentiu para meu pai, para todos durante toda a vida...

— Ela não sabia — explicou Mortmain. — Os Caçadores de Sombras não sabiam. Não havia quem contasse a ela. Meu pai construiu seu anjo mecânico, sabe. Era para ser um presente para minha mãe. Contém um pedaço do espírito de um anjo, uma coisa rara, algo que ele levava consigo desde as Cruzadas. O mecanismo em si era para ser sincronizado com a vida dela, de modo que toda vez que algo a ameaçasse, o anjo interviesse para protegê-la. Contudo, meu pai não teve a chance de concluí-lo. Foi assassinado antes. — Mortmain começou a andar de um lado para o outro. — Meus pais não foram exceções, é claro. Starkweather e a raça dele se deleitavam em matar os integrantes do Submundo, enriqueciam com espólios e aceitavam quaisquer desculpas para praticar violência contra eles. Por isso, era odiado no Submundo. Foram as fadas do campo que me ajudaram a escapar quando meus pais foram mortos, e que me esconderam até os Caçadores de Sombras pararem de me procurar. — Ele respirou, trêmulo. — Anos mais tarde, quando decidiram se vingar, eu os ajudei. Institutos são protegidos contra a entrada de integrantes do Submundo, mas não contra mundanos, e não, é claro, contra autômatos.

Ele deu um terrível sorriso.

— Fui eu, com a ajuda de uma das invenções do meu pai, que entrei no Instituto de York e troquei o bebê no berço por um mundano. A neta de Starkweather, Adele.

— Adele — sussurrou Tessa. — Vi um retrato dela. — *Uma jovem de cabelos longos e claros, em um vestido infantil antiquado, com um laço grande coroando sua cabecinha. Tinha o rosto fino, pálido e enfermo, mas os olhos eram luminosos.*

— Ela morreu quando os primeiros símbolos foram aplicados — explicou Mortmain, com gosto. — Morreu gritando, como tantos do Submundo nas mãos dos Caçadores de Sombras. Ali mataram alguém que amavam. Uma retribuição adequada.

Tessa o encarou, horrorizada. Como alguém podia achar que uma morte agonizante era uma retribuição adequada para uma criança inocente? Pensou novamente em Jem, as mãos suaves no violino.

— Elizabeth, sua mãe, cresceu sem saber que era Caçadora de Sombras. Não recebeu nenhuma Marca. Acompanhei o progresso dela, é claro, e quando se casou com Richard Gray, certifiquei-me de empregá-lo. Achei que a ausência dos símbolos em sua mãe significava que ela poderia conceber um filho que fosse metade demônio, metade Caçador de Sombras, e, para testar minha teoria, enviei um demônio disfarçado de seu pai. Ela nunca percebeu a diferença.

Tessa só não vomitou porque estava com o estômago vazio.

— Você... fez *o quê*... com minha mãe? Um demônio? Eu sou metade demônio?

— Era um Demônio Maior, se serve de consolo. A maioria deles já foi anjo um dia. Ele foi suficientemente justo, dadas as circunstâncias. — Mortmain sorriu. — Antes de sua mãe engravidar, passei anos trabalhando na conclusão do anjo mecânico de meu pai. Acabei, e depois que você foi concebida, sincronizei com *sua* vida. Minha maior invenção.

— Mas por que minha mãe se disporia a usá-lo?

— Para salvá-la — explicou Mortmain. — Sua mãe percebeu que havia algo errado quando engravidou. Carregar uma criança feiticeira não é como carregar uma criança humana. Então eu a procurei e lhe dei o anjo mecânico. Disse que usá-lo salvaria a vida da criança. Ela acreditou em mim. Eu não menti. Você é imortal, menina, mas é vulnerável. Pode ser morta. O anjo está ligado à sua vida; foi *feito* para salvá-la, se estiver morrendo. Pode tê-la salvado cem vezes antes mesmo de você nascer, e a salva desde então. Pense nas vezes em que quase morreu. Pense em como o anjo interveio.

Tessa se lembrou do anjo voando para cima do autômato que a enforcou; combatendo as lâminas da criatura que a atacou perto do Solar Ravenscar; a impedindo de se quebrar nas pedras do desfiladeiro.

— Mas não me salvou das torturas nem dos ferimentos.

— Não. Pois isso faz parte da condição humana.

— A morte também — disse Tessa. — Não sou humana, e você permitiu que as Irmãs Sombrias me torturassem. Eu jamais poderia perdoá-lo por isso. Mesmo que me convencesse que meu irmão foi culpado pela própria morte, que a morte de Thomas foi justificada, que seu ódio é razoável, eu jamais o perdoaria por aquilo.

Mortmain levantou uma caixa a seus pés e a abriu. Ouviu-se um barulho quando rodas dentadas caíram dela — rodas dentadas, motores, mecanismos e pedaços de metal sujos com fluido negro e, finalmente, além do resto do lixo, como uma bola de borracha vermelha de criança, uma cabeça decapitada.

Da Sra. Black.

— Eu a destruí — falou. — Por você. Quis mostrar que sou sincero, Srta. Gray.

— Sincero como? — perguntou Tessa. — Por que fez tudo isso? *Por que me criou*?

Os lábios dele tremeram levemente; não foi um sorriso, não de fato.

— Por dois motivos. O primeiro para que pudesse gerar filhos.

— Mas feiticeiros não podem...

— Não — disse Mortmain. — Mas você não é uma feiticeira comum. Em você, o sangue de demônio e o sangue de anjo travaram a própria guerra no Paraíso, e os anjos foram vitoriosos. Você não é Caçadora de Sombras, mas também não é feiticeira. Você é uma coisa nova, inteiramente diferente. *Caçadores de Sombras* — disparou. — Todo híbrido de Caçadores de Sombras e demônios morre, e os Nephilim têm orgulho disso, felizes por seu sangue jamais ser sujo, a linhagem jamais prejudicada por magia. Mas *você*. Você pode fazer mágica. Pode ter filhos como qualquer outra mulher. Não pelos próximos anos, mas quando atingir total maturidade. Os maiores feiticeiros que já viveram me garantiram. Juntos daremos início a uma nova raça, com a beleza dos Caçadores de Sombras e sem a marca dos feiticeiros. Será uma raça que quebrará a arrogância dos Caçadores de Sombras e os substituirá nesta Terra.

As pernas de Tessa cederam. Ela escorregou para o chão, o vestido se acomodando ao redor dela como água negra.

— Você... você quer me usar para *gerar seus filhos?*

Agora sim, ele sorriu.

— Não sou um homem desonrado — disse. — Ofereço casamento. Sempre foi meu plano. — Ele apontou para a pilha de metal rasgado que outrora fora a Sra. Black. — Se puder contar com sua vontade, prefiro. E prometo que cuidarei de todos os seus inimigos.

Meus inimigos. Pensou em Nate, fechando a mão na dela enquanto morria, sangrando em seu colo. Pensou outra vez em Jem, na forma como ele jamais lutou contra o destino, mas o encarou bravamente; pensou em Charlotte, que chorou a morte de Jessamine apesar de ter sido traída por Jessie; e pensou em Will, que dispôs o coração para ser pisado por ela e por Jem, pois a amava mais do que a si próprio.

Havia bondade humana no mundo, pensou. Perdida em desejos e sonhos, arrependimentos e amarguras, ressentimentos e poderes, mas havia, e Mortmain jamais enxergaria.

— Você nunca vai entender — disse ela. — Você diz que constrói, que inventa, mas conheço um inventor, Henry Branwell, e você não é nada parecido com ele. Ele traz coisas à vida; você só destrói. E agora me traz outro demônio morto, como se fossem flores em vez de mais morte. Você não tem sentimentos, Sr. Mortmain, não tem empatia por ninguém. Se eu já não soubesse disso, teria ficado muito claro quando tentou utilizar a doença de James Carstairs para me forçar a vir. Apesar de estar morrendo por sua causa, ele não me deixou vir, não aceitou seu *yin fen*. É assim que pessoas *boas* se comportam.

Viu o olhar no rosto dele. Decepção. Foi apenas um instante, no entanto, antes de ser substituído por um olhar sagaz.

— Não deixou que viesse? — indagou. — Então não a julguei mal; você teria feito isso. Teria vindo a mim, até aqui, por amor.

— Não por amor a você.

— Não — respondeu pensativamente —, não por mim. — E tirou do bolso um objeto que Tessa reconheceu de imediato.

Ela fitou o relógio que ele apontava para ela, pendurado na corrente de ouro. Evidentemente, ele não tinha dado corda. Os ponteiros há muito haviam parado de girar, o tempo aparentemente congelado à meia-noite. As iniciais J.T.S. estavam gravadas na parte de trás, com escrita elegante.

— Falei que a criei por dois motivos — disse ele. — Este é o segundo. Existem alteradores de forma no mundo: demônios e mágicos que conseguem assumir a aparência de outros. Mas só você consegue verdadeiramente *se tornar* outra pessoa. Esse relógio era do meu pai. John Thaddeus Shade. Imploro para que o leve e se Transforme no meu pai, para que eu possa falar com ele mais uma vez. Se fizer isso, darei todo o *yin fen* que possuo, e é uma quantidade considerável, a James Carstairs.

— Ele não vai aceitar — disse Tessa imediatamente.

— Por que não? — O tom de Mortmain era razoável. — Você não é mais uma condição para a droga. É um presente, oferecido por vontade própria. Seria tolice jogá-lo fora, e não serviria de nada. Ao passo que, fazendo esse pequeno favor a mim, você poderia salvar a vida dele. O que diz disso, Tessa Gray?

* * *

Will. Will, acorde.

Era a voz de Tessa, inconfundível, e fez Will se levantar na sela. Pegou a crina de Balios para se ajeitar e olhou em volta com olhos turvos.

Verde, cinza, azul. A vista do campo galês se estendia diante dele. Ele passou por Welshpool e pela fronteira Inglaterra-Gales em algum momento perto do amanhecer. Lembrava-se pouco da viagem, apenas uma progressão contínua e tortuosa de lugares: Norton, Atcham, Emstrey, Weeping Cross, desviando com o cavalo ao redor de Shrewsbury e, finalmente, a fronteira e as colinas galesas ao longe. À luz da manhã, elas eram fantasmagóricas, tudo envolto em bruma, que subia lentamente enquanto o sol se erguia no alto.

Ele supôs que estivesse em algum lugar perto de Llangadfan. Era uma estrada bonita sobre um atalho romano, mas quase desprovida de habitações, exceto por fazendas ocasionais, e parecia infinitamente longa, mais longa do que o céu cinza que se esticava ao alto. No Cann Office Hotel, ele se forçou a parar e comer, mas apenas por alguns instantes. O importante era a jornada.

Agora que estava em Gales, conseguia sentir a atração no sangue em direção ao local onde nasceu. Apesar de todas as palavras de Cecily, ele não tinha sentido nenhuma conexão até agora, quando respirava o ar galês, via as cores galesas: o verde das colinas, o cinza da ardósia e do céu, o branco das casas, os pontos marfim das ovelhas na grama. Pinheiros e carvalhos eram esmeralda-escuro ao longe; mais alto, porém, mais perto da estrada, a vegetação crescia verde-cinzenta e ocre.

À medida que se aproximava do coração do país, as colinas verdes se tornaram mais desoladas, a estrada, mais íngreme, e o sol começou a descer em direção à beira das montanhas distantes. Ele sabia onde estava, soube ao passar pelo Dyfi Valley e ao ver as montanhas se erguerem à sua frente, firmes e íngremes. O pico de Car Afron estava à esquerda, uma descida de ardósia cinza e cascalhos como teias de aranha rompidas ao lado. A estrada era irregular e longa, e enquanto Will conduzia Balios para cima, acomodou-se na sela e, contra a própria vontade, adormeceu. Sonhou com Cecily e Ella correndo por colinas não muito diferentes dessas, chamando-o: *Will! Venha correr conosco, Will!* E sonhou com Tessa, que tinha as mãos estendidas para ele, e soube que não podia parar, não enquanto não a alcançasse. Mesmo que na vida real ela jamais olhasse para ele daquela forma, mesmo que aquela suavidade em seus olhos fosse para outra pessoa. E às vezes, como agora, sua mão deslizava para o bolso e se fechava em volta do pingente jade.

Alguma coisa o atacou forte pelo flanco; ele soltou o pingente ao cair violentamente sobre o chão de pedra ao lado da estrada. Sentiu dor no braço e rolou para o lado a tempo de evitar ser atingido por Balios, que também caiu. Levou um instante, engasgando, para perceber que não tinham sido atacados. Seu cavalo, exausto demais para dar mais um passo, havia desmoronado sob ele.

Will se ajoelhou e engatinhou para perto de Balios. O cavalo preto estava caído, espumando, com os olhos revirando para cima dolorosamente, na direção de Will enquanto ele se aproximava e passava o braço em volta do pescoço do animal. Para seu alívio, os batimentos do cavalo continuavam firmes e fortes.

— Balios, Balios — sussurrou, acariciando a crina do animal. — Sinto muito. Não devia tê-lo feito cavalgar assim.

Lembrou-se de quando Henry comprou os cavalos e tentava escolher um nome para eles. Foi Will quem sugeriu os nomes: Balios e Xanthos, em homenagem aos cavalos imortais de Aquiles. *Nós dois podemos voar tão rápido quanto Zéfiro, que dizem ser o mais veloz dos ventos.*

Mas aqueles cavalos eram imortais, e Balios não. Mais forte do que um cavalo comum, e mais rápido, porém toda criatura tem seus limites. Will deitou, com a cabeça girando, e olhou para o céu — como um lençol cinza puxado com firmeza, alguns toques de nuvens negras aqui e ali.

Ele pensou uma vez, nos breves instantes entre o "fim" da maldição e a descoberta de que Jem e Tessa estavam noivos, em trazer Tessa para Gales a fim de mostrar os lugares de sua infância. Pensou em levá-la a Pembrokenshire para andar em volta de Saint David's Head e ver as flores do topo da colina, ver o mar azul de Tenby e encontrar conchas nas linhas da maré. Tudo agora parecia um sonho distante de criança. Havia apenas a estrada à frente, mais cavalgada e mais cansaço, e uma provável morte no fim.

Com outro afago tranquilizante no pescoço do cavalo, Will se ajoelhou e depois ficou de pé. Lutando contra a tontura, mancou até o topo da colina e olhou para baixo.

Havia um pequeno vale, no qual se encontrava uma pequena vila de pedra, um pouco maior do que um vilarejo. Pegou a estela do cinto e desenhou um símbolo de Visão no pulso esquerdo. Aquilo lhe deu poder suficiente para enxergar que a vila tinha uma praça e uma pequena igreja. Certamente teria alguma pousada onde poderia descansar à noite.

Tudo em seu coração o incentivava a ir, a *concluir a missão* — não podia estar a mais de 30 quilômetros do objetivo —, mas continuar significaria matar o cavalo e, sabia, chegar sozinho em Cadair Idris consistiria em se apresentar sem condições de combater ninguém. Voltou-se novamente para Balios e, com uma aplicação cuidadosa de adulação e punhados de aveia, conseguiu levantar o cavalo. Pegando as rédeas e cerrando os olhos para o pôr do sol, começou a conduzir Balios pela colina, em direção à vila.

A cadeira em que Tessa se sentou tinha um encosto alto e esculpido, preso com pregos imensos cujas pontas cutucavam-lhe as costas. Diante dela havia uma mesa ampla, com livros em uma das pontas. E sobre a mesa havia papel, um pote de tinta e uma pena. Ao lado do papel, o relógio de bolso de John Shade.

De cada lado, havia dois enormes autômatos. Pouco esforço fora empregado em fazê-los parecer humanos. Eram quase triangulares, com braços espessos se projetando de cada lado do corpo e cada braço culminando em uma lâmina afiada. Eram um tanto assustadores, mas Tessa não podia deixar de sentir que, se Will estivesse ali, comentaria que pareciam nabos, e talvez fizesse uma música sobre isso.

— Pegue o relógio — disse Mortmain. — E Transforme-se.

Estava sentado diante dela, em uma cadeira semelhante à dela, com o mesmo encosto alto e curvo. Estavam em outra sala cavernosa, para a qual fora levada por autômatos; a única luz vinha de uma lareira gigante, grande o bastante para assar uma vaca. O rosto de Mortmain estava encoberto por sombras, os dedos sob o queixo.

Tessa ergueu o relógio. Era pesado e frio em suas mãos. Ela fechou os olhos.

Contava apenas com a palavra de Mortmain de que ele havia mandando o *yin fen*; no entanto, ela acreditava. Ele não tinha razão para não fazê-lo, afinal. Que diferença faria se Jem Carstairs vivesse um pouco mais?

Aquilo fora apenas um instrumento de barganha para levá-la às mãos dele, e aqui estava, com ou sem *yin fen*.

Ouviu a respiração de Mortmain chiar entre os dentes, e firmou os dedos sobre o relógio. De repente, ele pareceu pulsar em sua mão, como, às vezes, o anjo mecânico fazia, parecendo que tinha uma própria vida. Sentiu a mão se mexer, e, de repente, a Transformação tomou conta dela — sem precisar se esforçar como normalmente fazia. Engasgou um pouco ao sentir a Transformação dominá-la como um vento forte, puxando-a para baixo. De repente, John Shade estava ao seu redor, sua presença se sobrepondo à dela. A dor conduziu seu braço, e ela soltou o relógio, que caiu ruidosamente sobre a mesa, mas a Transformação não podia ser contida. Seus ombros alargaram sob o vestido, os dedos ficaram verdes, a cor se espalhou pelo corpo como verdete sobre cobre.

A cabeça dela se levantou. Ela parecia pesada, como se um peso enorme a pressionasse. Olhando para baixo, viu que tinha os braços fortes de um homem, uma pele verde, escura e texturizada, as mãos grandes e curvadas. Uma sensação de pânico a dominou, mas era uma faísca pequena, mínima em um imenso golfo de escuridão. Jamais havia se perdido tanto em uma Transformação.

Mortmain havia sentado ereto. Encarava-o com os lábios comprimidos, e os olhos brilhavam com uma luz escura e rígida.

— Pai — disse ele.

Tessa não respondeu. Não pôde responder. A voz que veio de dentro dela não lhe pertencia; era de Shade.

— Meu príncipe mecânico — disse Shade.

A luz nos olhos de Mortmain se expandiu. Ele se inclinou para a frente, empurrando os papéis para Tessa, ansiosamente.

— Pai — falou. — Preciso de sua ajuda, e depressa. Tenho uma Pyxis. Tenho os mecanismos para abri-la. Tenho os corpos dos autômatos. Só preciso do feitiço que criou, o de ligadura. Escreva-o para mim e terei a última peça do quebra-cabeça.

A pequena chama de pânico dentro de Tessa estava crescendo e dominando-a. Este não era um reencontro tocante entre pai e filho. Era algo que Mortmain queria e precisava do feiticeiro John Shade. Ela começou a lutar, a tentar escapar da Transformação, mas estava presa por uma garra que parecia de ferro. Desde que passou a ser treinada pelas Irmãs Sombrias, aprendeu a se livrar de uma Transformação, mas apesar de John Shade estar morto, Tessa podia sentir o controle firme dele sobre ela, mantendo-a aprisionada em seu corpo e forçando aquele corpo a agir. Horrorizada, ela viu a própria mão alcançar a pena, mergulhar a ponta na tinta e começar a escrever.

A pena arranhou o papel. Mortmain se inclinou para a frente. Arfava como se estivesse correndo. Atrás dele, o fogo estalava, alto e alaranjado na lareira.

— É isso — disse ele, e a língua lambeu o lábio superior. — Vejo como funcionaria, sim. Finalmente. É exatamente isso.

Tessa encarou. O que vinha da caneta parecia uma enxurrada de bobagens: números, sinais e símbolos que não compreendia. Novamente tentou lutar, conseguindo apenas borrar a página. Lá se ia a pena outra vez — tinta, papel, mais rabiscos. A mão que segurava a pena tremia violentamente, mas os símbolos continuavam fluindo. Tessa começou a morder o lábio: forte e depois mais forte. Sentiu gosto de sangue na boca. Parte do sangue pingou na página. A pena continuou escrevendo através dele e espalhou um líquido escarlate pela folha.

— É isso — disse Mortmain. — Pai...

A ponta da pena estalou, tão barulhenta quanto um tiro, ecoando nas paredes da caverna. A pena quebrou na mão de Tessa, e ela caiu sobre a cadeira, exausta. O verde desbotava da pele, o corpo encolhia. Seus próprios cabelos castanhos caíam soltos sobre os ombros. Ainda sentia o gosto do sangue na boca.

— Não. — Ela engasgou e se esticou para pegar os papéis. — Não...

Mas seus movimentos foram lentos em consequência da dor e da Transformação, e Mortmain foi mais rápido. Rindo, ele arrancou os papéis da mão dela e se levantou.

— Muito bem — disse ele. — Obrigado, minha pequena feiticeira. Você me deu tudo que eu precisava. Autômatos, levem a Srta. Gray de volta ao quarto.

A mão metálica se fechou nas costas do vestido de Tessa e a levantou. O mundo parecia balançar entorpecidamente diante dela. Ela viu Mortmain esticar o braço e levantar o relógio dourado que caíra sobre a mesa.

Ele sorriu para o objeto, um sorriso selvagem e vil.

— Vou deixá-lo orgulhoso, pai — falou. — Nunca duvide disso.

Tessa, sem conseguir mais assistir, fechou os olhos. *O que eu fiz?*, pensou enquanto o autômato começava a empurrá-la de lá. *Meu Deus, o que fiz?*

17

É Nobre Ser Bom

Seja como for, me parece,
É nobre ser bom.
Corações generosos são mais que coroas,
E a simples fé é mais do que o sangue normando.
— Alfred, Lord Tennyson, "Lady Clara Vere de Vere"

A cabeça escura de Charlotte estava curvada sobre uma carta quando Gabriel entrou na sala de estar. Estava frio, e o fogo se apagara na lareira. Gabriel ficou imaginando por que Sophie não o acendera — passava muito tempo treinando. Seu pai não teria tolerado isso. Gostava de criados treinados para lutar, mas preferia que já tivessem essas habilidades antes de contratá-los.

Charlotte levantou o olhar.

— Gabriel — disse ela.

— Queria falar comigo? — Gabriel fez o possível para manter a voz firme. Não pôde evitar a sensação de que os olhos escuros de Charlotte enxergavam através dele, como se ele fosse de vidro. Seus olhos desviaram para o papel na mesa. — O que é isso?

Ela hesitou.

— Uma carta do Cônsul. — A boca estava contraída em uma linha rija e infeliz. Olhou para baixo novamente e suspirou. — Tudo o que eu sempre quis foi governar este Instituto como meu pai fez. Nunca pensei que fosse tão difícil. Vou escrever novamente para ele, mas... — Ela se interrompeu, com um sorriso duro e forçado. — Mas não o chamei aqui para falar de mim — disse. — Gabriel, você me parece cansado e tenso ultimamente. Sei que estamos todos aflitos, e temo que nessa aflição sua... situação... tenha ficado esquecida.

— Minha situação?

— Seu pai — explicou Charlotte, levantando-se da cadeira e se aproximando dele. — Você deve estar sofrendo por ele.

— E Gideon? — perguntou o menino. — Era pai dele também.

— Gideon sofreu por seu pai há algum tempo — retrucou Charlotte, que, para sua surpresa, estava parada ao lado dele. — Para você, deve ser novo e desagradável. Não queria que você pensasse que esqueci.

— Depois de tudo que aconteceu — disse ele, a garganta começando a se fechar de espanto e mais alguma coisa, algo que ele não queria identificar muito de perto —, depois de Jem, Will, Jessamine, Tessa, depois que sua casa quase foi dividida ao *meio*, você não quer que eu pense que se esqueceu de *mim*?

Ela pôs a mão no braço dele.

— Essas perdas não diminuem a sua...

— Não pode ser isso — disse. — Você não pode querer me confortar. Chamou-me para descobrir se minha lealdade ainda está com meu pai ou com o Instituto...

— Gabriel, não. Não é nada disso.

— Não posso dar a resposta que quer — disse Gabriel. — Não posso esquecer que ele ficou comigo. Minha mãe morreu, Gideon foi embora, Tatiana é uma tola inútil, e nunca houve mais ninguém, ninguém para me criar, e eu não tinha *nada*, só meu pai, só nós dois, e agora você, você e Gideon esperam que eu o odeie, mas não posso. Ele era meu pai, e eu... — A voz falhou.

— Amava-o — completou Charlotte gentilmente. — Sabe, lembro-me de você quando era menino, e de sua mãe também. E lembro-me do seu irmão, sempre ao seu lado. E da mão do seu pai no seu ombro. Se serve de consolo, acredito que ele também o amava.

— Não importa. Porque matei meu pai — disse Gabriel, com voz trêmula. — Atirei uma flecha no *olho* dele... derramei seu sangue. Parricídio...

— Não foi parricídio. Ele não era mais seu pai.

— Se não era meu pai, se não acabei com a vida do meu pai, então *onde ele está?* — sussurrou Gabriel. — Onde está meu pai? — E sentiu Charlotte esticar o braço, puxá-lo para baixo, como uma mãe o faria, e segurá-lo enquanto ele soluçava secamente contra seu ombro e sentia o gosto das lágrimas na garganta, mas sem conseguir derramá-las. — Onde está meu pai? — repetiu, e quando ela o apertou mais, ele sentiu a firmeza do abraço e a força dela o segurando, e ficou imaginando como pôde achar que esta pequena mulher fosse fraca.

Para: Charlotte Branwell
De: Cônsul Josiah Wayland

Minha estimada senhora Branwell,

Um informante cujo nome não pode revelar? Eu arriscaria dizer que não há informante e que tudo isso é invenção sua, uma estratégia para me convencer de sua razão.

Torço para que pare com a imitação de um papagaio que só faz repetir "marche para Cadair Idris de uma vez" o dia inteiro, e, em vez disso, me mostre que está cumprindo com suas obrigações de líder do Instituto de Londres. Do contrário, temo que deva supor que não está apta ao cargo e serei forçado a substituí-la de uma vez.

Como demonstração de compreensão, devo pedir que pare com esse assunto de uma vez por todas e não implore a nenhum membro do Enclave para que se junte a você nesta busca sem sentido. Se souber que levou o assunto a qualquer outro Nephilim, terei de considerar uma séria desobediência e agir de acordo.

Josiah Wayland, Cônsul da Clave

Sophie havia trazido a carta durante o café da manhã. Charlotte abriu-a com a faca de manteiga, rompendo o selo Wayland (uma ferradura com o C de Cônsul abaixo) e quase a rasgou na ansiedade de lê-la.

O resto das pessoas assistiu, Henry com o rosto aberto e alegre carregado de preocupação ao ver duas manchas vermelhas florescendo nas bochechas de Charlotte enquanto seus olhos examinavam as linhas. Os outros se mantiveram sentados, concentrados nas respectivas refeições, e Cecily não pôde deixar de pensar no quanto era de certa forma estranho ver um grupo de homens preocupados com a reação de uma mulher.

Apesar de ser um grupo de homens menor do que deveria. As ausências de Will e Jem pareciam um novo ferimento, um corte limpo e branco, ainda não preenchido por sangue, o choque quase recente demais para a dor.

— O que foi? — perguntou Henry, ansioso. — Charlotte, querida...

Charlotte leu as palavras da mensagem como as batidas frias de um metrônomo. Quando terminou, afastou a carta, ainda fitando-a.

— Eu simplesmente não consigo... — começou. — Não entendo.

Henry havia ruborizado sob as sardas.

— Como ele ousa escrever assim para você — disse Henry, com uma ferocidade inesperada. — Como ousa se dirigir a você dessa maneira, desconsiderar suas preocupações...

— Talvez ele tenha razão. Talvez esteja louco. Talvez todos nós estejamos — disse Charlotte.

— Não estamos! — exclamou Cecily, e viu Gabriel olhar de lado para ela. Sua expressão era difícil de ser lida. Ele estava pálido desde que entrara na sala, e mal falou ou comeu; em vez disso, ficou encarando a toalha de mesa como se ali estivessem todas as respostas do universo. — O Magistrado está em Cadair Idris. Tenho certeza disso.

Gideon estava com a testa franzida.

— Acredito em você — disse ele. — Todos acreditamos, mas sem o ouvido do Cônsul a questão não pode ser apresentada ao Conselho, e, sem um Conselho, não pode haver assistência para nós.

— O portal já está quase pronto para ser utilizado — disse Henry. — Quando estiver funcionando, poderemos transportar quantos Caçadores de Sombras forem necessários para Cadair Idris em uma questão de instantes.

— Mas não haverá Caçadores de Sombras para serem transportados — argumentou Charlotte. — Veja, o Cônsul me proíbe de tocar nesse assunto com o Enclave. A autoridade dele é maior que a minha. Passar por cima de uma ordem dessa... Poderíamos perder o Instituto.

— E? — perguntou Cecily acaloradamente. — Você se importa mais com sua posição do que com Will e Tessa?

— Srta. *Herondale* — começou Henry, mas Charlotte o calou com um gesto. Ela parecia muito cansada.

— Não, Cecily, não é isso, mas o Instituto nos oferece proteção. Sem ele, nossa capacidade de ajudar Will e Tessa fica severamente comprometida. Como líder do Instituto, posso oferecer a assistência que um único Caçador de Sombras não...

— Não — intrometeu-se Gabriel. Ele empurrara o prato, e seus dedos finos estavam tensos e pálidos enquanto gesticulava. — Não pode.

— Gabriel? — disse Gideon, em tom de questionamento.

— Não ficarei em silêncio — respondeu Gabriel, e se levantou, como se pretendesse fazer um discurso ou se afastar da mesa, Cecily não sabia ao certo. Ele voltou os olhos verdes e assombrados para Charlotte. — No dia em que o Cônsul veio aqui, quando levou meu irmão e eu para um interrogatório, ele nos ameaçou até prometermos espioná-la.

Charlotte empalideceu. Henry começou a se levantar. Gideon levantou a mão, suplicante.

— Charlotte — disse ele. — Não o fizemos. Nunca dissemos uma palavra. Nenhuma verdade, pelo menos — corrigiu-se, olhando ao redor enquanto todos o encaravam. — Algumas mentiras. Desorientações. Ele parou de perguntar depois de duas cartas. Sabia que não tinha utilidade.

— É verdade, senhora — disse uma voz baixinha vinda do canto da sala. Sophie. Cecily quase não a notou ali, pálida sob a touca branca.

— Sophie! — Henry pareceu completamente chocado. — Você sabia sobre isso?

— Sim, mas... — A voz de Sophie tremeu. — Ele fez ameaças terríveis a Gideon e Gabriel, Sr. Branwell. Disse que eliminaria os Lightwood dos registros de Caçadores de Sombras, que colocaria Tatiana na rua. E, mesmo assim, não contaram nada. Quando ele parou de perguntar, achei que tivesse percebido que não havia o que descobrir e desistira. Sinto muito. Eu só...

— Ela não queria machucá-los — disse Gideon desesperadamente. — Por favor, Sra. Branwell. Não culpe Sophie por isso.

— Não culpo — respondeu Charlotte, com os olhos escuros e rápidos movendo-se entre Gabriel, Gideon e Sophie, e de volta para Gabriel. — Mas imagino que haja mais nessa história. Certo?

— Isso é tudo, de verdade... — começou Gideon.

— Não — declarou Gabriel. — Não é. Quando o procurei, Gideon, e falei que o Cônsul não queria mais nossos relatórios sobre Charlotte, era mentira.

— O quê? — Gideon pareceu horrorizado.

— Ele me chamou sozinho, no dia do ataque ao Instituto — relatou Gabriel. — Falou que, se eu ajudasse a descobrir algum deslize de Charlotte, devolveria os bens dos Lightwood, restauraria a honra do nosso nome, encobriria as falhas do nosso pai... — Ele respirou fundo. — E eu concordei.

— *Gabriel* — resmungou Gideon, e enterrou o rosto nas mãos. Gabriel parecia prestes a vomitar, quase cambaleando. Cecily estava dividida entre pena e horror, lembrando-se daquela noite na sala de treinamento, em como dissera que tinha fé de que ele faria as escolhas certas.

— Por isso pareceu tão assustado quando o chamei para conversar mais cedo — disse Charlotte, com o olhar firme em Gabriel. — Achou que eu tivesse descoberto.

Henry começou a se levantar, e seu rosto agradável e receptivo escureceu com o primeiro sinal verdadeiro de raiva que Cecily já havia visto nele.

— Gabriel Lightwood — disse ele. — Minha mulher não demonstrou nada além de generosidade a você, e é assim que retribui?

Charlotte colocou a mão no braço do marido, a fim de contê-lo.

— Henry, espere — disse ele. — Gabriel, o que você fez?

— Ouvi sua conversa com Aloysius Starkweather — relatou Gabriel, com a voz oca. — Em seguida, escrevi uma carta para o Cônsul, contando que você estava baseando seus pedidos de marcha para Gales nas palavras de um louco, que era influenciável e teimosa...

Os olhos de Charlotte pareceram perfurar Gabriel como pregos; Cecily pensou que jamais ia querer receber um olhar daqueles, nunca na vida.

— Você escreveu — disse Charlotte. — Enviou?

Gabriel respirou fundo, com dificuldade.

— Não — respondeu, e alcançou a própria manga. Retirou um papel dobrado e o jogou sobre a mesa. Cecily olhou para o papel. Estava marcado com impressões digitais e tinha as bordas gastas, como se tivesse sido aberto e fechado diversas vezes. — Não consegui. Não contei nada a ele.

Cecily soltou o ar que não percebeu que estava prendendo.

Sophie emitiu um ruído baixo; foi em direção a Gideon, que parecia se recuperar de um soco no estômago. Charlotte permaneceu calma como durante todo o processo. Esticou o braço, pegou a carta, deu uma olhada e a colocou de volta na mesa.

— Por que não enviou? — perguntou.

Ele olhou para ela, um olhar compartilhado e estranho se passou entre eles, e respondeu:

— Tive meus motivos para reconsiderar.

— Por que não me procurou? — disse Gideon. — Gabriel, você é meu irmão...

— Não pode fazer todas as escolhas por mim, Gideon. Às vezes, preciso agir por conta própria. Como Caçadores de Sombras, temos de ser altruístas. Morrer por mundanos, pelo Anjo, e, acima de tudo, por nós mesmos. Esses são nossos princípios. Charlotte vive de acordo; nosso pai nunca o fez. Percebi isso quando me enganei antes ao depositar minha lealdade no meu sangue, acima dos princípios, acima de tudo. E percebi que o Cônsul está enganado em relação à Charlotte. — Gabriel parou subitamente; estava com a boca rija em uma linha fina e branca. — Ele se enganou. — Voltou-se para Charlotte. — Não posso mudar o que fiz no passado ou o que cogitei fazer. Não sei como compensar minha dúvida em sua autoridade nem minha ingratidão por sua bondade. Só o que posso é contar o que sei: você não pode esperar por uma aprovação do Cônsul Wayland, que nunca virá. Ele jamais marchará para Cadair Idris por você, Charlotte. Ele não quer concordar com nenhum plano que conte com seu selo de autoridade. Ele a quer fora do Instituto. Substituída.

— Mas foi ele que me colocou aqui — disse Charlotte. — Ele me apoiou...

— Porque achou que você seria fraca — respondeu Gabriel. — Porque ele acha que as mulheres são fracas e facilmente manipuláveis, mas você demonstrou ser diferente, e isso arruinou todos os planos dele. Ele não quer apenas que você seja desacreditada; ele *precisa* disso. Foi bem claro em relação a isso: se não conseguisse descobrir nenhum deslize, eu tinha permissão para inventar uma mentira que a condenasse. Desde que fosse algo convincente.

Charlotte cerrou os lábios.

— Então ele nunca teve fé em mim — sussurrou ela. — Nunca.

Henry apertou o braço dela.

— Mas deveria — disse ele. — Ele a subestimou, e isso não é uma tragédia. Você ter demonstrado ser melhor, mais inteligente e mais forte do que se esperava, Charlotte... é um triunfo.

Charlotte engoliu em seco, e Cecily ficou imaginando, só por um instante, como seria ter alguém que a olhasse como Henry olhava para Charlotte: como se ela fosse a maravilha da Terra.

— O que faço?

— O que achar melhor, Charlotte, querida — respondeu Henry.

— Você é líder do Enclave e do Instituto — falou Gabriel. — Temos fé em você, mesmo que o Cônsul não tenha. — Ele abaixou a cabeça. — Tem minha lealdade de hoje em diante. Seja qual for o valor dela para você.

— Vale muito — afirmou Charlotte, e havia alguma coisa em sua voz, uma autoridade quieta que fez Cecily querer levantar e declarar a própria lealdade, simplesmente para obter a aprovação da mulher. Cecily não conseguia se imaginar se sentindo assim, percebeu, em relação ao Cônsul. *E é por isso que o Cônsul a odeia*, pensou. *Porque ela é mulher, e, no entanto, ele sabe que ela consegue obter lealdade de uma forma que ele jamais conseguiria.* — Procederemos como se o Cônsul não existisse — continuou Charlotte. — Se ele estiver determinado a me retirar de minha posição aqui, então não tenho o que proteger. É simplesmente uma questão de fazer o que é preciso antes que ele tenha a chance de nos impedir. Henry, quanto tempo até a invenção ficar pronta?

— Amanhã — respondeu Henry prontamente. — Vou trabalhar durante toda a noite...

— Será a primeira vez que será utilizada — comentou Gideon. — Não parece um pouco arriscado?

— Não temos outra maneira de chegar a Gales a tempo — respondeu Charlotte. — Depois que eu enviar minha mensagem, teremos pouco tempo até que o Cônsul apareça para me destituir do cargo.

— Que mensagem? — perguntou Cecily, espantada.

— Vou mandar um recado para todos os membros da Clave — explicou Charlotte. — De uma vez. Não para o Enclave. Para a *Clave*.

— Mas somente o Cônsul pode... — começou Henry, e então fechou a boca, como uma caixa. — Ah.

— Vou relatar a situação atual e solicitar assistência — declarou Charlotte. — Não sei com que resposta poderemos contar, mas certamente alguns ficarão do nosso lado.

— *Eu* estarei com vocês — disse Cecily.

— E eu, é claro — afirmou Gabriel. Sua expressão era resignada, nervosa, pensativa, determinada. Cecily jamais gostara tanto dele.

— E eu... apesar de que... — disse Gideon, e seu olhar, ao passar pelo irmão, foi de preocupação —, com apenas seis de nós, e uma Caçadora pouco treinada, contra qualquer que seja a força de Mortmain... — Cecily ficou dividida entre o prazer de ter sido considerada uma integrante e a irritação pela qualificação de pouco treinada. — Pode ser uma missão suicida.

A voz suave de Sophie se pronunciou novamente.

— Podem ter apenas seis *Caçadores de Sombras* com vocês, mas têm, ao menos, nove combatentes. Também sou treinada e gostaria de lutar com vocês. Assim como Bridget e Cyril.

Charlotte pareceu meio satisfeita e meio espantada.

— Mas, Sophie, você começou a ser treinada há pouco...

— Recebo treinamento há mais tempo do que a Srta. Herondale — disse Sophie.

— Cecily é Caçadora de Sombras...

— A Srta. Collins tem talento natural — declarou Gideon. Falou lentamente, com um conflito evidente no rosto. Não queria Sophie na luta, correndo perigo; no entanto, não podia mentir sobre suas habilidades. — Ela deveria poder Ascender e se tornar Caçadora de Sombras.

— Gideon... — começou Sophie, espantada, mas Charlotte já estava olhando para ela com olhos escuros e afiados.

— É isso que deseja, Sophie, querida? Ascender?

Sophie gaguejou.

— Eu... é o que sempre quis, Sra. Branwell, mas não se isso significasse que eu teria de deixar seu serviço. Você foi muito generosa comigo, e não desejo retribuir com abandono...

— Que bobagem — disse Charlotte. — Posso encontrar outra criada; não posso encontrar outra Sophie. Se ser Caçadora de Sombras é seu desejo, minha menina, preferia que tivesse me falado. Eu poderia ter procurado o Cônsul antes de me desentender com ele. Mesmo assim, quando voltarmos...

Ela se interrompeu, e Cecily ouviu as palavras implícitas: *se voltarmos.*

— Quando voltarmos, vou candidatá-la à Ascensão — concluiu Charlotte.

— Deporei em favor dela também — declarou Gideon. — Afinal, o lugar do meu pai no Conselho é meu, os amigos dele vão me ouvir, pois ainda devem lealdade à minha família. Além do mais, de que outra forma podemos nos casar?

— *O quê?* — perguntou Gabriel, com um gesto que acidentalmente derrubou o prato mais próximo, que se estilhaçou no chão.

— Casar? — repetiu Henry. — Vai se casar com uma das amizades de seu pai no Conselho? Qual delas?

Gideon tinha adquirido uma coloração esverdeada; era evidente que não pretendia ter deixado essas palavras escaparem, e não sabia o que fazer agora que já tinham saído. Olhou horrorizado para Sophie, mas não parecia que ela seria de grande ajuda. Parecia tão chocada quanto um peixe que acidentalmente caiu na terra.

Cecily se levantou e derrubou o guardanapo sobre o prato.

— Muito bem — disse, fazendo o melhor que pôde para se aproximar do tom autoritário que a mãe utilizava quando precisava que fizessem alguma coisa na casa. — Todos para fora.

Charlotte, Henry e Gideon começaram a se levantar. Cecily ergueu as mãos.

— *Você* não, Gideon Lightwood — disse. — Sinceramente! Mas você — apontou para Gabriel — pare de encarar. E venha. — Puxando-o pelas costas do casaco, ela o arrastou para fora, com Henry e Charlotte logo atrás.

Assim que saíram da sala de refeições, Charlotte foi em direção à sala de estar com o propósito anunciado de compor uma mensagem para a Clave, com Henry ao seu lado. (Ela parou na virada do corredor para olhar para Gabriel com um sorriso entretido no rosto, mas Cecily suspeitou que ele não tivesse visto.) No entanto, Cecily esqueceu aquilo rapidamente. Estava ocupada demais com o ouvido na porta da sala de jantar, tentando captar o que se passava lá dentro.

Gabriel, após um instante de pausa, se apoiou contra a parede ao lado da porta. Estava, ao mesmo tempo, pálido e ruborizado, com as pupilas dilatadas de choque.

— Você não deveria fazer isso — disse ele, afinal. — Ouvir a conversa alheia é muito errado, Srta. Herondale.

— É *seu* irmão — sussurrou Cecily, com a orelha na parede. Ouviu murmúrios lá dentro, mas nada definido. — Eu achava que você deveria se interessar.

Ele passou as mãos no cabelo e exalou como alguém que tivesse acabado de correr uma longa distância. Em seguida, virou-se para ela e pegou uma estela do bolso do casaco. Desenhou um rápido símbolo no próprio pulso e pôs a mão na porta.

— Sim, eu me interesso.

O olhar de Cecily foi da mão dele para a expressão pensativa no rosto.

— Você consegue *ouvi-los*? — perguntou. — Ah, isso não é justo!

— É tudo muito romântico — disse Gabriel, e, em seguida, franziu o rosto. — Ou seria, se meu irmão conseguisse dizer alguma palavra sem soar como um sapo engasgado. Temo que ele não vá entrar para a história como um dos grandes galanteadores.

Cecily cruzou os braços, aborrecida.

— Não sei por que está sendo tão difícil — disse ela. — Ou está incomodado por seu irmão querer se casar com uma criada?

A expressão que Gabriel dirigiu a ela foi feroz, e Cecily, de repente, se arrependeu de provocá-lo depois de tudo pelo que ele tinha acabado de passar.

— Não consigo pensar em nada que ele possa fazer que seja pior do que o que meu pai fez. Pelo menos, o gosto dele é por mulheres humanas.

Ainda assim, era tão difícil *não* provocá-lo. Ele era tão *insuportável*.

— Essa está longe de ser uma boa descrição para uma menina tão formidável quanto Sophie.

Gabriel parecia prestes a devolver uma resposta afiada, mas pensou melhor.

— Não foi isso o que quis dizer. Ela é uma boa moça e será uma boa Caçadora de Sombras quando Ascender. Trará honra à nossa família, e o Anjo sabe que precisamos disso.

— Acredito que você também honrará sua família — disse Cecily, em voz baixa. — O que acabou de fazer, o que confessou a Charlotte... exigiu coragem.

Gabriel ficou parado por um instante. Em seguida, esticou a mão para ela.

— Pegue minha mão — falou. — Vai conseguir ouvir o que está se passando na sala de refeições através de mim, se quiser.

Após um instante de hesitação, Cecily pegou a mão de Gabriel. Era quente e áspera contra a dela. Ela sentiu a vibração do sangue do rapaz em sua pele, o que era estranhamente confortante — e de fato, através dele, como se estivesse com o ouvido colado na porta, ouviu o murmúrio baixo das palavras: a voz suave e hesitante de Gideon e a delicada, de Sophie. Fechou os olhos e ouviu.

— Oh — disse Sophie baixinho, e se sentou em uma das cadeiras. — Oh, céus.

Não pôde deixar de se sentar; as pernas estavam bambas e fracas. Gideon, enquanto isso, estava perto do guarda-louça e parecia apavorado. Seu cabelo castanho-alourado estava desgrenhado como se tivesse acabado de passar as mãos nele.

— Minha querida Srta. Collins... — começou.

— Isto é — começou Sophie, e pausou. — Eu não... Isto é muito inesperado.

— É? — Gideon se afastou do móvel e se apoiou na mesa; as mangas da camisa estavam ligeiramente dobradas, e Sophie se pegou olhando para os pulsos dele, cobertos por pelos louros e marcados pelas lembranças brancas das Marcas. — Certamente, deve ter notado o respeito e estima que tenho por você. A admiração.

— Bem — disse Sophie. — Admiração. — Ela conseguiu fazer soar como uma palavra muito fraca, de fato.

Gideon ruborizou.

— Querida Srta. Collins. — Ele começou outra vez. — É verdade que meus sentimentos vão muito além da admiração. Eu os descreveria mais como uma afeição ardente. Sua bondade, beleza, coração generoso... me deixam confuso, e é somente a isso que posso atribuir meu comportamento esta manhã. Não sei o que me deu, para declarar em voz alta os desejos mais profundos do meu coração. Por favor, não se sinta obrigada a aceitar meu pedido só porque o fiz em público. Qualquer constrangimento em relação a este assunto deve ser meu.

Sophie olhou para ele. A cor vinha e voltava nas bochechas, deixando clara sua agitação.

— Mas você não pediu.

Gideon ficou espantado.

— Eu... o quê?

— Não pediu — afirmou ela, com tranquilidade. — Anunciou para toda a mesa de café da manhã que pretendia se casar comigo, mas isso não é um pedido. É apenas uma declaração. Um pedido é quando pergunta a *mim*.

— *Isso* sim é colocar meu irmão em seu devido lugar — afirmou Gabriel, parecendo satisfeito daquele jeito que os irmãos mais novos ficavam quando os mais velhos eram rebaixados.

— Ah, silêncio! — sussurrou Cecily, apertando com força a mão de Gabriel. — Quero ouvir o que diz o Sr. Lightwood!

— Muito bem, então — disse Gideon, do jeito determinado (apesar de ligeiramente apavorado) com que São Jorge partiu para lutar com o dragão. — Um pedido, então.

Os olhos de Sophie o seguiram enquanto atravessava a sala em direção a ela e se ajoelhava a seus pés. A vida era uma coisa incerta, e havia alguns momentos que a pessoa gostaria de se lembrar, registrar de forma que a lembrança pudesse ser acessada mais tarde, como uma flor pressionada entre as páginas de um livro, admirada e apreciada.

Ela sabia que não ia querer se esquecer da maneira como Gideon tocou a mão dela, tremendo, ou da forma como ele mordeu o lábio antes de falar.

— Minha querida Srta. Collins — disse. — Por favor, me perdoe pela minha desagradável explosão. Simplesmente tenho uma... uma estima tão grande... não, não é estima, é *adoração*... por você, que tenho a sensação de que isso deve irradiar de mim o tempo todo. Desde que vim para esta casa, a cada dia sua beleza, coragem e nobreza me afetaram mais. É uma honra que eu jamais deveria merecer, mas que desejo ansiosamente: que você pudesse ser somente minha... digo, se aceitar ser minha esposa.

— Meu Deus — disse Sophie, acima de tudo, espantada. — Você andou *treinando* isso?

Gideon piscou.

— Garanto que foi inteiramente espontâneo.

— Bem, foi adorável. — Sophie apertou as mãos dele. — E sim. Sim, eu o amo e, sim, aceito me casar com você, Gideon.

Um belo sorriso se formou em seu rosto, e ele espantou os dois ao se esticar e beijá-la. Ela segurou o rosto dele entre as mãos enquanto se beijavam — ele tinha um ligeiro gosto de ervas de chá, lábios suaves e um beijo inteiramente doce. Sophie flutuou ali, no prisma do instante, sentindo-se segura de todo o resto do mundo.

Até a voz de Bridget interromper sua alegria, pairando sombriamente da cozinha.

"Em uma terça-feira se casaram,
Antes de sexta, morreram,
Foram enterrados no cemitério da igreja lado a lado,
Oh, meu amor,
E foram enterrados no cemitério da igreja lado a lado."

Desvencilhando-se de Gideon com alguma relutância, Sophie se levantou e espanou o vestido.

— Por favor, perdoe-me, meu querido Sr. Lightwood... digo, Gideon... mas preciso assassinar a cozinheira. Já volto.

— Ahhh. — Cecily suspirou. — Foi *tão* romântico!

Gabriel tirou a mão da porta e sorriu para ela. O rosto dele se transformava quando sorria: as linhas agudas suavizavam, os olhos mudavam da cor do gelo para a cor das folhas verdes sob o sol da primavera.

— Está chorando, Srta. Herondale?

Ela piscou os cílios úmidos, subitamente consciente de que ainda estava segurando a mão dele — ainda sentia o suave ritmo do pulso dele no dela. Ele se inclinou, e ela sentiu o cheiro matutino dele: chá e sabonete de barbear...

Ela se afastou apressadamente, soltando a mão.

— Obrigada por me deixar ouvir — disse. — Tenho de... preciso ir à biblioteca. Tenho algo a fazer antes de amanhã.

O rosto dele se retorceu em confusão.

— Cecily...

Mas ela já estava se apressando pelo corredor, sem olhar para trás.

Para: Edmund e Branwen Herondale
Solar Ravenscar
West Riding, Yorkshire

Queridos mãe e pai,

Iniciei esta carta para vocês muitas vezes e nunca enviei. Primeiro, foi culpa. Sabia que tinha sido uma menina teimosa e desobediente ao deixá-los, e não consegui encarar a prova das minhas falhas em letras negras sobre uma página.

Depois, foi saudade de casa. Senti tanto a falta de vocês. Senti saudade das ricas colinas verdes que se erguiam do solar, e da urze roxa no verão, e de mamãe cantando no jardim. Aqui fazia frio, tudo preto, marrom e cinza, névoa e ar sufocante. Pensei que fosse morrer de solidão, mas como contaria isso a vocês? Afinal, foi uma escolha minha.

Então, foi tristeza. Meu plano era vir aqui para levar Will de volta, fazê-lo enxergar onde estavam suas obrigações. Mas Will tem suas próprias ideias sobre deveres, honras e promessas. Percebi que não podia levar uma pessoa para casa quando ela já está em casa. E não sabia como contar isso a vocês.

Depois, foi felicidade. Isso pode parecer tão estranho para vocês como foi para mim, o fato de que eu não conseguisse voltar para casa por ter encontrado alegria. Conforme fui treinando para me tornar Caçadora de Sombras, senti o agito no meu sangue, o mesmo agito sobre o qual mamãe falava cada vez que saíamos de *Welshpool e víamos Dufi Valley. Com uma lâmina serafim na mão, sou mais do que Cecily Herondale, a mais nova de três filhos, filha de bons pais, que algum dia terá um bom casamento e trará mais crianças ao mundo. Sou Cecily Herondale, Caçadora de Sombras, e minha posição é tão alta e gloriosa quanto pode ser.*

Glória. Uma palavra tão estranha, algo que as mulheres não devem almejar, mas nossa rainha não é triunfante? Nossa rainha Bess não foi chamada de Gloriana?

Mas como poderia lhes contar que eu havia escolhido glória em vez de paz? A difícil paz de deixar a Clave para poder me oferecer? Como poderia dizer que estava feliz como Caçadora de Sombras, sem que isso lhes trouxesse a maior das infelicidades? Esta é a vida que deixaram para trás, a vida cujos perigos desejaram manter longe de Will, de mim e de Ella. O que eu poderia dizer que não partisse seus corações?

Agora... agora é compreensão. Percebi o que significa amar alguém mais do que a si mesmo. Agora compreendo que tudo que sempre quiseram não foi que eu fosse como vocês, mas que fosse feliz. E me deram — nos deram — uma escolha. Vejo aqueles que cresceram na Clave e que nunca tiveram escolha sobre o que queriam ser, e sou grata pelo que fizeram. Escolher esta vida é muito diferente de nascer nela. A vida de Jessamine Lovelace me ensinou isso.

Quanto a Will e a levá-lo para casa: eu sei, mãe, que você temia que os Caçadores de Sombras extraíssem todo o amor de seu menino. Mas ele ama e é amado. Não mudou. E ele os ama, assim como eu. Lembrem-se de mim, pois sempre me lembrarei de vocês.

Sua filha que os adora,
Cecily

Para: Membros da Clave dos Nephilim
De: Charlotte Branwell

Estimados irmãos e irmãs de armas,

É minha triste obrigação relatar a vocês que, apesar de eu ter apresentado ao Cônsul Wayland prova irrefutável, que me foi entregue por um de meus Caçadores de Sombras, de que Mortmain, a maior ameaça que os Nephilim já enfrentaram no nosso tempo, está em Cadair Idris, em Gales, nosso estimado Cônsul decidiu, misteriosamente, ignorar tal informação. Entendo que conhecer a localização do nosso inimigo e a oportunidade de frustrar seus planos para nos destruir é de suma importância.

Por meios que me foram oferecidos por meu marido, o renomado inventor Henry Branwell, os Caçadores de Sombras ao meu dispor no Instituto de Londres vão em uma expedição extrema a Cadair Idris, para darmos nossas vidas em nome de conter Mortmain. Lamento profundamente deixar o Instituto desprotegido, mas, se o Cônsul Wayland puder ser estimulado a qualquer ação, ele é mais do que bem-vindo a enviar guardas para defenderem o local abandonado. Somos apenas nove, três dos quais sequer são Caçadores de Sombras, mas mundanos corajosos treinados por nós no Instituto e que se ofereceram para lutar ao nosso lado. Não posso dizer que temos grandes esperanças nesse instante, mas acredito que a tentativa seja necessária.

Obviamente não posso forçar nenhum de vocês. Conforme o Cônsul Wayland me lembrou, não estou em posição de comandar forças de Caçadores de Sombras, mas ficaria muito grata se qualquer um de vocês que concorde que Mortmain deva ser combatido, e agora, viesse ao Instituto de Londres amanhã ao meio-dia para nos auxiliar.

Saudações,

Charlotte Branwell, diretora do Instituto de Londres.

18

Somente por Isso

Somente por isso na Morte desafogo
A ira que se acumula em meu coração:
Ele separa tanto as nossas vidas
Que não conseguimos ouvir o que um diz ao outro.
— Alfred, Lord Tennyson, "In Memoriam A.H.H"

Tessa estava à beira de um precipício em uma região desconhecida. As colinas ao redor eram verdes, descendo de modo íngreme em precipícios que iam em direção ao mar azul. Aves marinhas rodavam e grasnavam acima dela. Uma trilha cinza se curvava como uma cobra pela borda do topo da colina. Logo à frente, no caminho, estava Will.

Ele trajava uniforme preto e um longo casaco de equitação sujo de lama na bainha, como se tivesse percorrido um caminho extenso. Não usava chapéu nem luvas, e os cabelos escuros estavam emaranhados pelo vento do mar. O vento também levantou o cabelo de Tessa, trazendo o cheiro de sal e mar, de coisas molhadas que crescem à beira do mar; um cheiro que lembrava a viagem marítima no Primordial.

— Will! — chamou ela. Havia algo de tão solitário na figura dele, como Tristão observando através do Mar da Irlanda e esperando o navio que o devolveria Isolda. Will não se virou ao ouvir o som da sua voz, apenas levantou os braços, com o casaco esvoaçando ao vento feito asas atrás dele.

O medo floresceu em seu coração. Isolda voltou para Tristão, mas foi tarde demais. Ele já havia morrido de tristeza.

— Will! — chamou novamente.

Ele deu um passo à frente no penhasco. Ela correu para a beirada e olhou para baixo, mas não havia nada, apenas água azul-cinzenta e espuma branca. A maré parecia carregar a voz dele para ela a cada impulso da água.

— Acorde, Tessa. Acorde.

— Acorde, Srta. Gray. Srta. Gray!

Tessa se levantou de súbito. Tinha caído no sono na cadeira perto da lareira em sua pequena prisão; um cobertor azul grosseiro tinha sido jogado sobre ela, apesar de ela não se lembrar de tê-lo pegado. O quarto ardia com a luz de tochas, e os carvões do fogo estavam baixos. Era impossível dizer se era noite ou dia.

Mortmain se encontrava diante dela, e, ao lado dele, havia um autômato. Um dos mais humanoides que Tessa já vira. Estava até vestido, ao contrário de muitos deles, com túnica militar e calças. As roupas deixavam a cabeça que se erguia do colarinho rijo ainda mais estranha, com aquelas feições exageradamente lisas e a careca metálica. E os olhos — ela sabia que eram de vidro e cristal, as íris vermelhas à luz do fogo, mas a forma como pareciam se fixar nela...

— Você está com frio — observou Mortmain.

Tessa exalou, e a respiração saiu em uma lufada branca.

— O calor de sua hospitalidade deixa a desejar.

Ele sorriu, com os lábios contraídos.

— Muito espirituosa. — Ele próprio estava com um casaco pesado sobre um terno cinza, sempre formal. — Srta. Gray, não a acordo à toa. Venho aqui porque quero que veja o que sua gentil assistência com as lembranças de meu pai me permitiu conquistar. — E gesticulou orgulhosamente para o autômato a seu lado.

— Outro autômato? — perguntou Tessa, desinteressada.

— Que grosseria de minha parte. — Os olhos de Mortmain se desviaram para a criatura. — Apresente-se.

A boca da criatura se abriu; Tessa viu um brilho metálico, e ela falou:

— Sou Armaros — disse. — Por um bilhão de anos percorri os ventos dos grandes abismos entre os mundos. Combati Jonathan, Caçador de Sombras, nas planícies de Brocelind. Por mais mil anos fiquei preso na Pyxis. Agora meu mestre me libertou, e sirvo a ele.

Tessa se levantou, e o cobertor deslizou para os pés, despercebido. O autômato a observava. Seus olhos eram totalmente preenchidos por uma inteligência sombria, uma consciência que nenhum autômato que já tinha visto possuía.

— O que é isso? — sussurrou ela.

— Um corpo de autômato animado por um espírito demoníaco. Os integrantes do Submundo já dispõem de maneiras de capturar energias demoníacas e utilizá-las. Eu mesmo já as usei para ativar os autômatos que você conheceu. Mas Armaros e seus irmãos são diferentes. São demônios com carapaças de autômatos. Conseguem pensar e raciocinar. Não são facilmente enganados. E são muito difíceis de matar.

Armaros se esticou — Tessa não pôde deixar de perceber que ele se movia de maneira fluida, suave, sem as travas dos autômatos que já vira antes. Movia-se como uma pessoa. Sacou a espada pendurada em sua lateral e a entregou a Mortmain. A lâmina estava coberta com os símbolos com os quais Tessa havia se familiarizado nos últimos meses, que decoravam as lâminas de todas as armas de Caçadores de Sombras. Eles as tornavam armas de Caçadores de Sombras. Os símbolos que eram mortais a demônios. Armaros mal deveria ser capaz de olhar para a lâmina, quanto mais empunhá-la.

Tessa sentiu um aperto no estômago. O demônio entregou a espada a Mortmain, que a manejou com a precisão de um experiente oficial da marinha. Girou a lâmina, empunhou-a para a frente e enfiou-a no peito do demônio.

Ouviu-se um som de metal partindo. Tessa estava acostumada a ver autômatos sucumbirem ao serem atacados, derramarem fluido negro ou cambalearem. Mas o demônio se manteve de pé, sem piscar ou se mover, como um lagarto ao sol. Mortmain girou o cabo furiosamente, em seguida, puxou a arma.

A lâmina se desmanchou em cinzas; como uma lenha, queimava na fogueira.

— Entenda — disse Mortmain. — São um exército feito para destruir Caçadores de Sombras.

Armaros era o único autômato que Tessa já tinha visto sorrir; ela não sabia que seus rostos tinham sido construídos para realizar tal propósito. O demônio disse:

— Destruíram muitos dos meus. Será um prazer matar todos eles.

Tessa engoliu em seco, mas tentou não deixar o Magistrado perceber. O olhar dele se desviava de Tessa para o demônio autômato, e foi difícil dizer para qual ele parecia mais feliz em olhar. Ela queria gritar, se jogar nele e arranhá-lo no rosto. Mas a parede invisível se colocava entre os dois, brilhando singelamente, e ela sabia que não podia rompê-la.

Ah, você vai ser mais do que esposa dele, Srta. Gray, a Sra. Black dissera. *Será a ruína dos Nephilim. Para isso foi criada.*

— Os Caçadores de Sombras não serão tão facilmente destruídos — disse ela. — Já os vi destruindo seus autômatos. Talvez estes não possam ser derrotados pelas armas Marcadas, mas qualquer lâmina pode destruir metal e cortar cabos.

Mortmain deu de ombros.

— Caçadores de Sombras não estão acostumados a combater criaturas contra as quais suas armas Marcadas são inúteis. Isso vai desacelerá-los. E tenho incontáveis autômatos. Será como tentar conter a maré. — Ele inclinou a cabeça para o lado. — Vê, agora, a genialidade do que inventei? Mas devo agradecer a você, Srta. Gray, pela última peça do quebra-cabeça. Achei que você talvez pudesse... admirar... o que criamos juntos.

Admirar? Tessa procurou deboche nos olhos dele, mas havia uma espécie de indagação sincera ali, curiosidade misturada à frieza. Ela pensou em quanto tempo já teria passado desde que ele ouvira o elogio de outro ser humano, e respirou fundo.

— É óbvio que você é um grande inventor — disse ela.

Mortmain sorriu, satisfeito.

Tessa tinha consciência do olhar do demônio mecânico nela, da tensão e prontidão, porém tinha mais consciência de Mortmain. Seu coração batia forte. Ela parecia, como no sonho, diante de um precipício. Falar com ele assim era arriscado, e ela cairia ou voaria. Mas precisava arriscar.

— Vejo por que me trouxe aqui — falou. — E não é só por causa dos segredos de seu pai.

Havia raiva nos olhos dele, mas também alguma confusão. Ela não estava se comportando como ele esperava.

— O que quer dizer?

— Você é solitário — respondeu. — Cercou-se de criaturas que não são reais, que não vivem. Vemos nossas próprias almas nos olhos de outros. Há quanto tempo não vê que tem alma?

Os olhos de Mortmain cerraram.

— Eu tinha alma. Foi queimada pelo ofício que atribuí à minha existência: a busca pela justiça e pela retribuição.

— Não busque vingança e chame de justiça.

O demônio riu baixo, apesar de haver desprezo na risada, como se estivesse assistindo ao ataque de um gatinho.

— Permitirá que ela fale assim com você, Mestre? — perguntou. — Posso cortar a língua dela para você, silenciá-la para sempre.

— Não adiantaria nada mutilá-la. Ela possui poderes que você desconhece — respondeu Mortmain, com os olhos ainda em Tessa. — Existe um velho ditado na China, talvez seu amado noivo tenha lhe contado, que diz "um homem não pode viver sob o mesmo Céu que o assassino de seu pai". Preciso dizimar os Caçadores de Sombras do abrigo do Céu; não viverão mais na Terra. Não tente apelar para minha nobreza, Tessa, pois não tenho nenhuma.

Tessa não conseguiu se conter — pensou em *Um conto de duas cidades*, nos apelos de Lucie Manette à nobreza de Sydney Carton. Sempre pensou em Will como Sydney, consumido por pecado e desespero contra a própria sabedoria, mesmo contra o próprio desejo. Mas Will era um bom homem, muito melhor do que Carton já fora. E Mortmain mal era um homem. Não era à nobreza que apelava, mas à vaidade: todos os homens se achavam bons no fim, certamente. Ninguém se considerava vilão. Ela respirou fundo.

— Duvido que seja isso. Com certeza você poderia voltar a ter valor e a ser bom. Fez o que planejou. Trouxe vida e inteligência a estas... estas suas Peças Infernais. Criou aquilo que pode destruir os Caçadores de Sombras. Por toda a vida, buscou justiça por acreditar que os Caçadores de Sombras eram corruptos e vis. Agora, caso se contenha, conquistará a maior das vitórias. Mostrará que é melhor do que eles.

Ela examinou o rosto de Mortmain. Será que havia hesitação ali — será que os lábios tremiam levemente, e a tensão da dúvida se fazia presente em seus ombros?

A boca dele se curvou em um sorriso.

— Então acha que posso ser um homem melhor? E se eu fizesse o que está dizendo, se me contivesse, acha que ficaria comigo por admiração, que não voltaria aos Caçadores de Sombras?

— Ora, sim, Sr. Mortmain. Juro. — E engoliu a amargura na garganta. Se precisasse ficar com Mortmain para salvar Will e Jem, Charlotte, Henry e Sophie, ela o faria. — Acredito que consiga encontrar o melhor de si; acredito que todos nós consigamos.

Os lábios finos do Magistrado se curvaram para cima.

— Já é tarde, Srta. Gray — disse ele. — Não quis acordá-la antes. Venha comigo agora, para fora da montanha. Venha ver o trabalho deste dia, pois tenho algo para lhe mostrar.

Um dedo gélido tocou na espinha. Ela se endireitou.

— E o que é?

O sorriso de Mortmain se espalhou.

— O que estive esperando.

Para: Cônsul Josiah Wayland
De: Inquisidor Victor Whitelaw

Josiah: perdoe minha informalidade, pois escrevo com pressa. Estou certo de que esta não será a única carta que receberá sobre este assunto; aliás, provavelmente sequer é a primeira. Eu mesmo já recebi muitas. Todas tratam da mesma questão que arde em minha mente: a informação de Charlotte Branwell procede? Nesse caso, me parece que há uma boa chance do Magistrado se encontrar em Gales, de fato. Sei de suas dúvidas quanto à veracidade de William Herondale, mas nós dois conhecemos seu pai. Uma alma precipitada e passional demais, mas homem mais honesto não há. Não penso que o Herondale mais jovem seja mentiroso.

Independentemente disso, em consequência da mensagem de Charlotte, a Clave está um caos. Insisto em uma reunião do Conselho imediatamente. Se não o fizermos, a confiança dos Caçadores de Sombras em seu Cônsul e seu Inquisidor será irreversivelmente comprometida. Deixo o anúncio da reunião em suas mãos, mas isto não é um pedido. Convoque o Conselho ou renunciarei ao meu cargo e explicarei meus motivos.

Victor Whitelaw

Will acordou com gritos.

Anos de treinamento se puseram em prática instantaneamente: ele estava agachado no chão antes mesmo de acordar adequadamente. Olhando em volta, viu que o quartinho da pousada estava vazio, exceto por ele e pelos móveis — a cama estreita e a mesa lisa, quase invisíveis à sombra.

Os gritos voltaram, mais altos. Irradiavam de fora da janela. Will se levantou, atravessou o quarto silenciosamente e puxou uma das cortinas a fim de olhar para fora.

Mal se lembrava de ter entrado na cidade, conduzindo Balios atrás de si, que caminhava lentamente, de tão exausto. Uma pequena cidade galesa, como outras cidades do país, nada de extraordinário. Encontrou a pousada facilmente e entregou Balios aos cuidados do cavalariço, solicitando uma escovação e alimentação que consistisse de aveia quente, para reavivá-lo. O fato de que falava galês pareceu relaxar o funcionário da pousada, e rapidamente este lhe mostrou um quarto, onde sucumbiu quase de imediato, vestido, sobre a cama onde dormiu sem sonhar.

A lua brilhava no alto, e sua posição indicava que não era tarde da noite. Uma névoa cinza pairava sobre a cidade. Por um instante, Will achou que fosse uma bruma. Em seguida, ao inalar, percebeu que era fumaça. Pontos vermelhos saltavam entre as casas na cidade. Ele cerrou os olhos. Figuras corriam de um lado para o outro entre as sombras. Mais gritos — um brilho que só podia vir de lâminas...

Ele já estava do lado de fora com as botas quase amarradas em um instante, lâmina serafim na mão. Desceu os degraus e entrou na sala principal da pousada. Estava escuro e frio — não havia fogo, e várias janelas tinham sido quebradas, permitindo a entrada do ar frio da noite. O vidro sujava o chão, como pedaços de gelo. A porta estava aberta, e, quando Will entrou, viu que as dobradiças superiores tinham sido quase arrancadas, como se alguém tivesse tentado retirar a porta...

Ele saiu pela porta e dobrou a esquina da pousada, onde ficavam os estábulos. Ali o cheiro de fumaça era mais pesado, e ele avançou — quase tropeçando em uma figura abaixada no chão. Caiu de joelhos. Era o cavalariço, com a garganta cortada, o chão debaixo em uma mistura de sangue e terra. Os olhos estavam abertos, fixos, e a pele, já fria. Will engoliu bile e se ajeitou.

Foi mecanicamente para os estábulos, a mente explorando as possibilidades. Um ataque demoníaco? Ou será que tinha ido parar no meio de algo não sobrenatural, alguma briga entre membros da cidade ou sabe Deus o quê? Ninguém parecia procurar especificamente por ele, isso era claro.

Ouviu os relinchos ansiosos de Balios ao entrar no estábulo. Parecia tudo normal, do teto de gesso ao chão de pedra com calhas. Não havia outros cavalos abrigados por ali, o que foi bom, pois assim que ele abriu a porta, Balios avançou, quase derrubando Will. O menino mal conseguiu desviar enquanto o cavalo passava por ele e atravessava a porta.

— *Balios!* —Will praguejou e correu atrás do animal, apressando-se pela lateral da pousada e para a estrada principal.

Parou no mesmo instante. A rua estava um caos. Corpos caídos se acumulavam, descartados junto ao meio-feio como se fossem lixo. Casas com portas escancaradas, janelas destruídas. Pessoas correndo de um lado para o outro nas sombras, gritando e chamando nomes. Várias casas queimavam. Enquanto Will observava, horrorizado, viu uma família correr pela porta de uma casa em chamas, o pai, com roupa de dormir, tossia e engasgava, e uma mulher atrás dele segurava a mão de uma menininha.

Mal cambalearam para a rua quando formas surgiram das sombras. A luz do luar refletia no metal.

Autômatos.

Moviam-se com fluidez, sem falhas ou dificuldades. Estavam vestidos — uma seleção de uniformes militares; Will reconheceu alguns, outros não. Mas as faces eram puramente metálicas, assim como as mãos, que empunhavam espadas longas. Havia três deles; um, com uma túnica militar vermelha rasgada, seguia na frente, rindo — *rindo?* — enquanto o pai de família tentava empurrar a mulher e a filha para trás de si, tropeçando nas pedras ensanguentadas da rua.

Tudo acabou em poucos instantes, rápido demais para que Will conseguisse se mover. As lâminas brilharam, e mais três corpos se juntaram à massa nas ruas.

— É isso — disse o autômato, com a túnica rasgada. — Queimar as casas e expulsá-los como ratos. Matá-los quando correrem... — Levantou a cabeça e pareceu ver Will. Mesmo através do espaço que os separava, o menino sentiu a força daquele olhar.

Will ergueu a lâmina serafim.

— *Nakir.*

O brilho da lâmina se intensificou e iluminou a rua, um raio de luz branca entre o vermelho das chamas. Em meio ao sangue e ao fogo, Will viu o autômato de túnica vermelha marchar em sua direção. Brandia uma espada na mão esquerda. A mão era metálica, tinha articulações; curva-va-se em torno do cabo da espada como uma mão humana.

— Nephilim — disse a criatura, parando a poucos centímetros de Will. — Não esperávamos sua espécie aqui.

— Evidentemente — disse Will. Ele deu um passo à frente e enfiou a lâmina serafim no peito do autômato.

Ouviu um chiado fraco, como bacon fritando em uma panela. O autômato olhou para baixo, entretido, e Nakir se reduziu a cinzas, deixando a mão de Will em volta de um cabo destruído.

O autômato riu e levantou o olhar para Will. Seus olhos ardiam com vida e inteligência, e o menino soube, com uma pontada no coração, que estava olhando para algo que jamais havia visto — não apenas uma criatura que conseguia transformar uma lâmina serafim em cinzas, mas um tipo de máquina com vontade, disposição e estratégia suficientes para incendiar uma cidade e matar seus habitantes enquanto fugiam.

— Agora você vê — disse o demônio, pois era isso que estava diante dele. — Nephilim, por todos esses anos vocês nos expulsaram deste mundo com suas lâminas Marcadas. Agora temos corpos nos quais suas armas não funcionam, e este mundo *será nosso.*

Will respirou fundo enquanto o demônio erguia a espada. Deu um passo para trás — a lâmina subiu e desceu — e desviou no mesmo instante em que algo passou correndo a seu lado, algo imenso e negro que levantou, deu um coice e derrubou o autômato de lado.

Balios.

Will esticou o braço e agarrou cegamente a crina do cavalo. O demônio se ergueu da lama e saltou para ele, com a lâmina brilhando, exatamente quando Balios correu, com Will montado em suas costas. Cavalgaram pela rua de pedras, com Will agachado sobre o cavalo, o vento rasgando seu cabelo e secando o rosto molhado — ele não sabia se de sangue ou lágrimas.

Tessa se sentou no chão do quarto, na fortaleza de Mortmain, olhando entorpecida para o fogo.

As chamas brincavam sobre suas mãos e sobre o vestido azul. Ambos manchados de sangue. Não sabia como tinha acontecido; a pele no pulso estava cortada, e Tessa tinha uma lembrança de um autômato levando-a para lá e rasgando sua pele com os dedos afiados de metal enquanto tentava se soltar.

Não conseguia livrar a mente das imagens que a dominavam — lembranças da destruição da vila no vale. Foi levada até lá com vendas nos olhos, carregada por autômatos, antes de ser jogada de qualquer jeito em um afloramento de pedra cinza com vista para a cidade.

— Observe — dissera Mortmain, sem olhar para ela, apenas se gabando. — Observe, Srta. Gray, e depois fale comigo sobre redenção.

Tessa ficou aprisionada, um autômato segurando-a por trás, com uma mão tapando-lhe a boca, e Mortmain murmurou suavemente as coisas que faria se ela ousasse desviar os olhos da cidade. Ela assistiu desamparada enquanto os autômatos marcharam para a cidade, cortando homens e mulheres inocentes pelas ruas. A lua se ergueu, tingida de vermelho, enquanto o exército mecânico incendiava metodicamente as casas, aniquilando as famílias que fugiam, confusas e apavoradas.

E Mortmain riu.

— Agora vê — dissera ele. — Essas criaturas, essas criações, são capazes de pensar, raciocinar e montar estratégias. Como os humanos. Contudo, são indestrutíveis. Olhe ali aquele tolo com a espingarda.

Tessa não queria olhar, mas não teve escolha. E assistiu, com olhos secos e severos, enquanto uma figura distante erguia uma espingarda para se defender. Os tiros atrasaram alguns dos autômatos, mas não os detiveram. Eles continuaram avançando para cima dele, arrancaram a espingarda e o empurraram para a rua.

E então o destroçaram.

— Demônios — murmurara Mortmain. — São selvagens e adoram destruir.

— Por favor. — Tessa se engasgara. — Por favor, chega, chega. Farei o que quiser, mas, por favor, poupe a vila.

Mortmain riu secamente.

— Criaturas mecânicas não têm coração, Srta. Gray — dissera ele. — Não têm compaixão, não mais do que o fogo ou a água. Seria o mesmo que implorar que uma enchente ou um incêndio florestal abandonasse a destruição.

— Não estou implorando a eles — respondera. Com o canto do olho, achou que tivesse visto um cavalo negro correndo pelas ruas da cidade, com um cavaleiro montado. Alguém escapando da carnificina, rezou. — Estou implorando a *você*.

Ele voltou os olhos frios para ela, e estavam tão vazios quanto o céu.

— No meu coração também não há compaixão. Você apelou em vão para minha nobreza mais cedo. Eu a trouxe aqui para mostrar a inutilidade do gesto. Não tenho nobreza para a qual apelar; ela foi destruída há muitos anos.

— Mas eu fiz o que você me pediu — dissera desesperadamente. — Não há necessidade disso, não por mim...

— Não é por você — respondera Mortmain, desviando os olhos dela. — Os autômatos precisavam ser testados antes de serem enviados para a batalha. É simples ciência. Agora têm inteligência. Estratégia. Nada pode detê-los.

— Então vão se voltar contra você.

— Não vão. A vida deles é ligada à minha. Se eu morrer, eles serão destruídos. Para viver, eles precisam me proteger. — O olhar de Mortmain estivera distante e frio. — Basta. Eu a trouxe aqui para mostrar que sou o que sou, e você vai aceitar. Seu anjo mecânico protege sua vida, mas as vidas de outros inocentes estão em minhas mãos, em *suas* mãos. Não me teste ou haverá uma segunda vila. Não quero mais ouvir protestos inúteis.

Seu anjo mecânico protege sua vida. Agora estava com a mão nele, sentindo a batida familiar sob os dedos. Fechou os olhos, mas terríveis imagens passavam por trás de suas pálpebras. Ela viu na mente os Nephilim encarando os autômatos como os mundanos da cidade o fizeram, e viu Jem ser destruído pelos monstros mecânicos, Will, perfurado por lâminas de metal, Henry e Charlotte ardendo...

A mão apertou violentamente o anjo e o arrancou do pescoço, derrubando-o sobre o chão de pedra na mesma hora em que uma acha de lenha caiu na fogueira, levantando uma coluna de faíscas vermelhas. Àquela luz, viu a palma da mão esquerda e a cicatriz clara da queimadura que provocou em si mesma no dia em que contou a Will que estava noiva de Jem.

Como naquele dia, pegou o atiçador da lareira. Levantou-o, sentindo o peso na mão. O fogo havia subido mais alto. Ela viu o mundo através de uma neblina dourada ao levantar o atiçador e trazê-lo contra o anjo mecânico.

Embora o atiçador fosse de ferro, explodiu em pó metálico, com uma nuvem de filamentos brilhantes girando para o chão, e sujou a superfície do anjo mecânico, que permaneceu intocado e intacto no piso diante de seus joelhos.

O anjo começou a se mexer e mudar. As asas tremeram, e as pálpebras fechadas se abriram em pedaços de quartzo esbranquiçado. Deles saíram finos raios de luz clara. Como em quadros da estrela de Belém, a luz se elevou e elevou, irradiando fios brilhantes. Lentamente, começou a se condensar uma forma — a forma de um anjo.

Era um borrão brilhante de luz, tão forte que era difícil olhá-la diretamente. Tessa pôde ver, através da luz, o contorno claro de algo que parecia um homem. Viu olhos que não tinham íris nem pupila — pedacinhos de cristal que brilhavam sob a luz do fogo. As asas do anjo eram largas, esticando-se a partir dos ombros, cada pena com pontas brilhantes de metal. As mãos estavam curvadas sobre o cabo de uma espada graciosa.

Os olhos vazios e brilhantes se fixaram nela.

Por que tenta me destruir? A voz era doce e ecoava em sua mente, como música. *Eu a protejo.*

De repente, ela pensou em Jem, apoiado nos travesseiros sobre a cama, com o rosto pálido e brilhante. *A vida é mais do que viver.*

— Não é você que quero destruir, mas a mim.

Mas por que faria isso? A vida é um dom.

— Quero agir corretamente — respondeu. — Mantendo-me viva, você permite que um grande mal exista.

Mal. A voz musical soou pensativa. *Faz tanto tempo que estou na minha prisão mecânica que me esqueci sobre o bem e o mal.*

— Prisão mecânica? — sussurrou Tessa. — Mas como um anjo pode ser aprisionado?

Foi John Thaddeus Shade que me prendeu. Capturou minha alma em um feitiço e a prendeu neste corpo mecânico.

— Como a Pyxis — observou Tessa. — Só que prendendo um anjo em vez de um demônio.

Sou um anjo do divino, disse ele, pairando diante dela. *Sou o irmão de Sijil, Kurabi e dos Zurah, dos Fravashis e Darkinis.*

— E... esta é sua forma verdadeira? É assim?

Vê apenas uma fração do que sou. Em minha verdadeira forma, sou uma glória mortal. Era minha a liberdade do Céu, antes de ser aprisionado e ligado a você.

— Sinto muito — sussurrou ela.

A culpa não é sua. Você não me prendeu. Nossos espíritos são ligados, é verdade, mas mesmo enquanto eu a protegi no ventre, sabia que era inocente.

— Meu anjo da guarda.

Poucos podem reclamar um único anjo que os guarde. Mas você pode.

— Não quero reclamá-lo — respondeu Tessa. — Quero morrer nos meus próprios termos e não ser forçada a viver nos de Mortmain.

Não posso deixá-la morrer. A voz do anjo estava carregada de pesar. Tessa se lembrou do violino de Jem, tocando a música do seu coração. *É meu encargo.*

Tessa levantou a cabeça. A luz do fogo atravessava o anjo como raios de sol através de um cristal, projetando cores nas paredes da caverna. Não era maldade; era bondade, contorcida e curvada à vontade de Mortmain, mas divina em sua natureza.

— Quando era um anjo — perguntou ela —, qual era seu nome?

Meu nome, disse o anjo, *era Ithuriel.*

— Ithuriel — sussurrou Tessa, e estendeu a mão para o anjo, como se pudesse alcançá-lo, confortá-lo de alguma forma. Mas seus dedos encontraram apenas ar. O anjo brilhou e desbotou, deixando para trás apenas um fulgor, uma explosão de luz no interior das pálpebras de Tessa.

Uma onda de frio atingiu a menina, e ela se levantou e abriu os olhos. Estava meio deitada no chão de pedra fria em frente a um fogo quase apagado. O quarto estava escuro, pouco iluminado pelas brasas avermelhadas na lareira. O atiçador estava no mesmo lugar de antes. A mão de Tessa voou para a garganta — e encontrou o anjo mecânico ali.

Um sonho. O coração da menina ficou apertado. Foi apenas um sonho. Não havia anjo para banhá-la em luz. Havia apenas este quarto frio. a escuridão opressora e o anjo mecânico, que marcava firmemente os minutos para o fim de tudo no mundo.

Will estava no topo de Cadair Idris, segurando as rédeas do cavalo.

Enquanto cavalgava em direção a Dolgellau, viu a imensa parede de Cadair Idris se erguendo sobre o estuário Mawddach, e perdeu o fôlego com um engasgo — ele estava ali. Já tinha subido a montanha antes, quando criança, com o pai, e aquelas lembranças permaneceram com ele ao deixar a estrada Dinas Mawddwy e cavalgar para a montanha nas costas de Balios, que ainda parecia fugir das chamas da cidade que deixaram para trás. Continuaram por um campo — o mar prateado podia ser visto de um dos lados, e o pico de Snowdon, do outro — até o vale Nant Cadair. A vila de Dolgellau abaixo, brilhando com luzes ocasionais, constituía uma bela vista, mas Will não a estava admirando. O símbolo de Visão Noturna que aplicou em si lhe permitiu acompanhar as pegadas das criaturas mecânicas. Havia o suficiente delas para que o chão estivesse partido onde atravessaram a montanha, e ele seguiu com o coração acelerado pela trilha de ruína em direção ao cume.

Os rastros passavam por um grupo de enormes pedregulhos que Will lembrava se chamarem Morena. Formavam uma parede parcial que protegia Cwm Cau, um pequeno vale sobre a montanha em cujo coração estava Llyn Cau, um lago glacial. Os rastros do exército mecânico levavam à beira do lago...

E desapareciam.

Will ficou parado, olhando para as águas frias e claras. Sob a luz do dia, lembrava-se, a vista era magnífica: Llyn Cau era puro azul, cercado por grama verde, e o sol tocava as bordas afiadas de Mynydd Pencoed, os penhascos que contornavam o lago. Sentiu-se a milhares de quilômetros de Londres.

O reflexo da lua na água brilhou para ele. Will suspirou. A água batia gentilmente na beira do lago, mas não conseguia apagar os rastros dos autômatos. Estava claro de onde tinham vindo. Will esticou o braço e afagou o pescoço de Balios.

— Espere aqui — disse. — E, se eu não retornar, volte para o Instituto. Ficarão felizes em vê-lo, garoto.

O cavalo relinchou suavemente e o mordeu na manga, mas Will apenas respirou e entrou em Llyn Cau. O líquido frio subiu por suas botas e atingiu-lhe as calças, ensopando e congelando a pele. Ele perdeu o fôlego com o choque.

— Molhado outra vez — resmungou, e avançou pelas águas geladas do lago. Elas pareceram sugá-lo, como areia movediça; mal teve tempo de respirar fundo antes da água fria arrastá-lo para a escuridão.

Para: Charlotte Branwell
De: Cônsul Wayland

Sra. Branwell,

Você está destituída do cargo de diretora do Instituto. Poderia falar sobre minha decepção com você ou da ruptura da fé que existe entre nós dois agora. Mas palavras, em face de uma traição da magnitude da que me ofereceu, são inúteis. Quando eu chegar a Londres amanhã, espero que você e seu marido já tenham saído e retirado seus pertences. O não cumprimento desta ordem resultará em penas severas pelos preceitos da Lei.

Josiah Wayland, Cônsul da Clave.

19

Jazer e Arder

Agora eu o queimarei de volta, eu o queimarei inteiro,
Apesar de ser condenada por isso, nós dois iremos jazer
E arder.
— Charlotte Mew, "In Nynhead Cemetery"

Só ficou escuro por alguns momentos. A água gelada sugou Will, que começou a cair, até que, em seguida, se curvou sobre si mesmo ao atingir o chão, perdendo o ar.

Engasgou-se e rolou de barriga, ajoelhando-se, com os cabelos e roupas pingando. Alcançou a pedra de luz enfeitiçada, em seguida, abaixou a mão; não queria iluminar nada que trouxesse atenção para ele. O símbolo de Visão Noturna teria de bastar.

Foi o suficiente para mostrar que ele estava em uma caverna pedregosa. Se olhasse para o alto, conseguia ver as águas do lago em redemoinho, suspensas como que por vidro, e um pedaço borrado de luar. Túneis esticavam-se da caverna, sem marcas que mostrassem para onde poderiam ir. Ele se levantou e escolheu aleatoriamente o túnel mais da esquerda, avançando cautelosamente para a escuridão sombria.

Os túneis eram amplos, e o solo era liso e não trazia marcas de possíveis passagens das criaturas mecânicas. As laterais eram de pedra vulcânica áspera. Lembrou-se de ter subido Cafair Idris com o pai, anos atrás. Havia muitas lendas sobre a montanha: que era o trono de um gigante, que ali se sentava e olhava para as estrelas; que o Rei Artur e seus cavaleiros dormiam sob a colina, esperando o momento em que a Bretanha despertasse e precisasse deles novamente; que qualquer um que passasse a noite nos contornos da montanha acordaria poeta ou louco.

Se ao menos soubesse, Will pensou ao dobrar a curva de um túnel e emergir em uma caverna maior, o quão estranha era a verdade dos fatos.

A caverna era larga e se abria para um espaço maior no lado oposto, onde uma luz fraca brilhava. Aqui e ali, Will captou um brilho prateado que pensou ser água correndo em riachos pelas paredes negras, mas, olhando de perto, percebeu que se tratava das veias de um quartzo cristalino.

Will foi em direção à luz fraca. Percebeu que o coração batia acelerado no peito, e tentou respirar uniformemente para acalmá-lo. Sabia o que estava acelerando a pulsação. Tessa. Se Mortmain estivesse com ela, então ela estaria aqui — perto. Em algum lugar, entre esses túneis, ele poderia encontrá-la.

Ouviu a voz de Jem na própria mente, como se seu *parabatai* estivesse ali ao lado, aconselhando-o. Ele sempre dizia que Will corria para o fim de uma missão em vez de proceder comedidamente, e que é preciso olhar para o próximo passo de uma trilha e não para a montanha ao longe, do contrário, a pessoa jamais chegaria ao objetivo. Will fechou os olhos por um instante. Sabia que Jem tinha razão, mas era difícil lembrar quando o objetivo em questão era resgatar a garota que amava.

Abriu os olhos e foi em direção à luz no fim da caverna. O solo abaixo era liso, sem pedras e raiado como mármore. A luz à frente brilhou, e Will parou subitamente; apenas seus anos de treinamento como Caçador de Sombras impediram que caísse para a própria morte.

O solo pedregoso desembocava em uma queda acentuada. Will estava em um afloramento. Olhando para um anfiteatro redondo, cheio de autômatos. Eles estavam em silêncio, parados, como brinquedos mecânicos sem corda. Todos vestidos, como os da cidade, com uniformes militares, alinhados um a um, como soldadinhos de chumbo em tamanho real.

No centro da sala, havia uma plataforma de pedra elevada, e, sobre a mesa, encontrava-se outro autômato deitado, como um cadáver na mesa de um legista. A cabeça era puro metal, mas havia pele humana pálida esticada sobre o resto do corpo — e nela havia símbolos marcados.

Enquanto observava, Will os reconheceu, um por um: Memória, Agilidade, Velocidade, Visão Noturna. Jamais funcionariam, é claro, não em uma engenhoca metálica com pele humana. Poderia enganar Caçadores de Sombras ao longe, mas...

E se ele tiver usado pele de Caçador de Sombras?, sussurrou uma voz em sua mente. *O que poderia criar neste caso? O quão louco ele é, e quando vai parar?* O pensamento e a visão dos símbolos do Paraíso marcados em uma criatura tão monstruosa reviraram o estômago de Will; afastou-se da borda, apoiando-se contra uma parede fria de pedra, as mãos pegajosas de suor.

Ele avistou a vila mais uma vez em sua mente, com os cadáveres nas ruas, e ouviu o sussurro mecânico do demônio ao falar com ele:

Por todos esses anos vocês nos expulsaram deste mundo com suas lâminas Marcadas. Agora temos corpos nos quais suas armas não funcionam, e este mundo será nosso.

A raiva percorreu as veias de Will como fogo. Ele se afastou da parede e entrou por um túnel estreito, longe da sala da caverna. Enquanto se locomovia, teve a impressão de haver escutado um barulho atrás de si — um zumbido, como se o mecanismo de um grande relógio fosse ativado —, mas quando se virou, não viu nada, apenas as paredes lisas da caverna e as sombras imóveis.

O túnel que seguia estreitava na medida em que avançava, até que finalmente Will estava se espremendo para passar por uma borda de pedra. Se apertasse mais, ele sabia, teria de se virar e voltar para a caverna; o pensamento o fez avançar com rigor renovado, e ele deslizou para a frente, quase caindo, quando a passagem se abriu repentinamente em um corredor mais amplo.

Era quase como um corredor no Instituto, só que feito de pedra lisa, com tochas dispostas em suportes metálicos em intervalos. Ao lado de cada tocha havia uma porta arqueada, também de pedra. As duas primeiras abriam-se para quartos escuros e vazios.

Atrás da terceira, estava Tessa.

Will não a viu imediatamente quando entrou. A porta de pedra se fechou parcialmente atrás dele, mas o menino descobriu que não estava no escuro. Havia uma faísca de luz — as chamas diminutas de uma fogueira em uma lareira de pedra no fundo. Para seu espanto, era mobiliado como um quarto em uma pensão, com uma cama e um lavatório, tapetes no chão e até cortinas nas paredes, apesar de estarem sobre pedras, e não janelas.

Em frente ao fogo, havia uma sombra esguia, encolhida no chão. A mão de Will foi automaticamente para a adaga na cintura — então a sombra virou, com os cabelos caindo sobre o ombro, e ele viu seu rosto.

Tessa.

Tirou a mão da adaga, e o coração saltou no peito com uma força impossível e dolorosa. Viu a expressão dela mudar: curiosidade, espanto, incredulidade. Ela se levantou, as saias caindo ao redor enquanto se ajeitava, e ele a viu estender a mão.

— Will? — falou.

Foi como uma chave girando na fechadura, libertando-o; ele avançou. Jamais houve distância tão grande separando-o de Tessa quanto nesse momento. O quarto era grande; agora a distância entre Londres e Cadair Idris não parecia nada em comparação à extensão do quarto. Ele sentiu um tremor, como uma espécie de resistência, e atravessou. Viu Tessa esticar a mão, a boca formar palavras; então, ela estava em seus braços, e os dois quase perderam a respiração ao se encontrarem.

Ela estava nas pontas dos pés, abraçando-o, sussurrando seu nome:

— Will, Will, *Will.* — Ele enterrou o rosto no pescoço dela, onde os cabelos espessos de Tessa ondulavam; ela tinha cheiro de fumaça e água de violeta. Ele a puxou ainda mais forte enquanto ela agarrava o colarinho do Caçador de Sombras, e permaneceram grudados. Por apenas aquele instante, a dor que o comprimia como um punho de ferro desde a morte de Jem pareceu relaxar, e ele pôde respirar.

Ele pensou no inferno pelo qual passou desde que deixou Londres — nos dias de cavalgadas incessantes, nas noites em claro. Sangue e perda, dor e luta. Tudo para trazê-lo aqui. Até Tessa.

— Will — repetiu ela, e o menino olhou para o rosto de Tessa, sujo de lágrimas. Tinha um hematoma na bochecha. Alguém bateu nela ali, e o coração de Will se encheu de raiva. Descobriria o responsável e acabaria com ele. Se fosse Mortmain, ele o mataria apenas após incendiar o laboratório monstruoso, para que o louco testemunhasse a ruína de tudo que criou.

— Will — disse Tessa novamente, interrompendo seus pensamentos. Ela soou quase sem ar. — Will, seu *idiota.*

As noções românticas de Will frearam como uma carroça na Fleet Street.

— Eu... o quê?

— Oh, Will — disse ela. Os lábios tremiam; ela parecia não conseguir se decidir entre rir ou chorar. — Você se lembra de quando me disse que o jovem cavalheiro que vinha para o resgate nunca estava errado, mesmo que dissesse que o céu era roxo e feito de ouriços?

— Na primeira vez em que a vi. Sim.

— Oh, meu Will. — Ela se afastou gentilmente do abraço, ajeitando um cacho de cabelo atrás da orelha. Os olhos dela permaneciam fixos nos dele. — Não consigo imaginar como me encontrou, o quanto deve ter sido difícil. É incrível. Mas... você realmente acha que Mortmain me deixaria sozinha em um quarto com a porta aberta? — Ela virou as costas, se afastou alguns metros dele e parou subitamente. — Aqui — disse, e levantou a mão, abrindo os dedos. — O ar é sólido como uma parede aqui. Esta é uma prisão, Will, e agora você está nela, junto comigo.

Ele foi para o lado de Tessa, já sabendo o que encontraria. Lembrou-se da resistência que sentiu ao atravessar o quarto. O ar ondulou ligeiramente quando ele o tocou com o dedo, mas estava mais duro que um lago congelado.

— Conheço esta configuração — disse ele. — A Clave de vez em quando usa uma versão dela. — Ele cerrou a mão em um punho e socou o ar sólido, forte o suficiente para machucar os ossos. — *Uffern gwaedlyd* — praguejou em galês. — Atravessei o país inteiro para chegar até você e não consigo nem fazer *isso* direito. Assim que a vi só consegui pensar em correr para você. Pelo Anjo, Tessa..

— Will! — Ela o pegou pelo braço. — Não *ouse* se desculpar. Sabe o que sua presença aqui significa para mim? É como um milagre ou uma intervenção direta dos Céus, pois tenho rezado para ver as faces daqueles com os quais me importo antes de morrer — falou simplesmente, sem rodeios. Era uma das características que ele amava em Tessa, que ela não se escondia nem dissimulava, mas falava o que pensava sem floreios. — Quando eu estava na Casa Sombria, não havia ninguém que se importasse o suficiente para me procurar. Quando você me encontrou, foi um acidente. Mas agora...

— Agora nos condenei ambos ao mesmo destino — falou, com a voz baixa. Tirou uma adaga do cinto e a enfiou na parede invisível diante de si. A lâmina prateada Marcada da adaga estilhaçou, e Will descartou o cabo, praguejando novamente, baixinho.

Tessa pôs uma mão de leve no ombro dele.

— Não estamos condenados — disse ela. — Você certamente não veio sozinho, Will. Henry ou Jem nos encontrarão. Podemos ser libertados pelo outro lado da parede. Já vi como Mortmain faz...

Will não sabia o que aconteceu naquele momento. Sua expressão deve ter mudado ao ouvir o nome de Jem, pois viu que Tessa empalideceu. A mão dela apertou o braço dele.

— Tessa — falou —, *estou* sozinho.

A palavra "sozinho" saiu quebrada, como se ele pudesse sentir o gosto amargo da perda na língua e estivesse lutando para falar apesar disso.

— Jem? — disse ela. Foi mais que uma pergunta. Will não falou nada; a voz parecia tê-lo abandonado. Ele tinha pensado em tirá-la daqui antes de contar sobre Jem, imaginou-se revelando em algum lugar seguro, em algum lugar onde houvesse tempo e espaço para confortá-la. Agora sabia que tinha sido um tolo em achar isso, em imaginar que sua perda não estaria estampada em seu rosto. O resto da cor deixou a face de Tessa; foi como ver uma chama piscar e, em seguida, apagar. — Não — sussurrou ela.

— Tessa...

Ela deu um passo para longe dele, balançando a cabeça.

— Não, não é possível. Eu saberia... não pode ser.

Ele esticou a mão para ela.

— Tess...

Ela começara a tremer violentamente.

— Não — repetiu. — Não, *não* diga. Se não disser, não será verdade. Não pode ser verdade. Não é justo.

— Sinto muito — sussurrou Will.

O rosto de Tessa se vincou e estilhaçou como uma barragem com muita pressão. Ela se ajoelhou, curvando-se sobre si, e abraçou o próprio corpo. Estava se segurando com força, como se pudesse quebrar. Will sentiu uma onda fresca da agonia opressora que experimentou no jardim do Green Man. O que tinha feito? Tinha vindo salvá-la, mas, em vez de fazê-lo, só trouxe desespero. Era como se realmente fosse amaldiçoado, capaz apenas de trazer sofrimento aos que amava.

— Sinto muito — falou novamente, com todo o coração nas palavras. — Muito. Eu teria morrido por ele, se pudesse.

Com essas palavras, ela levantou os olhos. Ele se preparou para a acusação nos olhos dela, mas não viu nada. Em vez disso, ela esticou a mão para ele, em silêncio. Espantado e surpreso, Will a pegou e permitiu que ela o puxasse para perto de si, até que estivesse ajoelhado diante dela.

O rosto de Tessa estava com marcas de lágrimas, cercado pelos cabelos, contornado em dourado pela luz do fogo.

— Eu teria feito o mesmo — falou. — Ah, Will. A culpa é toda minha. Ele jogou a vida fora por mim. Se tivesse tomado o remédio em intervalos mais longos... se tivesse se permitido descansar e ficar doente, em vez de fingir que estava bem por minha causa...

— Não! — Ele a pegou pelos ombros, virando-a para si. — Não é sua culpa. Ninguém poderia imaginar que fosse...

Ela balançou a cabeça.

— Como pode suportar viver a meu lado? — perguntou ela desesperada. — Tirei seu *parabatai* de você. E agora nós dois morreremos aqui. Por minha causa.

— Tessa — sussurrou Will, chocado. Não conseguia lembrar quando fora a última vez em que esteve nesta posição, a última vez em que precisou confortar alguém com o coração partido e, de fato, se *permitiu* fazê-lo, sem se forçar a dar as costas. Sentiu-se tão desajeitado como quando era criança, derrubando facas até Jem ensiná-lo a usá-las. Ele limpou a garganta. — Tessa, venha aqui. — E puxou-a para perto de si, até estar sentado no chão, com ela apoiada nele, a cabeça em seu ombro, seus dedos passando pelo cabelo dela. Will sentiu o corpo dela tremendo contra o dele, mas ela não se afastou. Em vez disso, agarrou-se a ele, como se sua presença realmente trouxesse conforto.

E se ele pensou no calor de Tessa em seus braços, ou no hálito da moça em sua pele, foi apenas por um instante, e podia fingir que não aconteceu.

A dor de Tessa, como uma tempestade, passou lentamente ao longo de horas. Ela chorou, e Will a segurou e não soltou, exceto uma vez em que se levantou para acender a fogueira. Voltou rapidamente e se sentou ao lado dela, ambos de costas para a parede invisível. Ela tocou o braço dele onde as lágrimas molharam o tecido.

— Desculpe — falou. Já tinha perdido a conta das vezes em que pediu desculpas a Will nas últimas horas enquanto compartilhavam relatos do que ocorrera desde a separação no Instituto. Ele falou da despedida de Jem e Cecily, da cavalgada pelo campo, do instante em que soube que

Jem havia partido. Ela relatou as exigências de Mortmain para que ela se Transformasse em seu pai e lhe desse a última peça do quebra-cabeça que transformaria o exército de autômatos em uma força incontrolável.

— Não tem por que se desculpar, Tess — disse Will agora. Ele estava olhando para o fogo, a única luz no recinto, que tingia o local de dourado e preto. As sombras sob os olhos eram violeta, e o ângulo das maçãs do rosto e da clavícula, bastante acentuado. — Você sofreu, assim como eu. Ver a vila destruída...

— Nós dois estávamos lá ao mesmo tempo — observou ela, pensativa. — Se eu soubesse que você estava próximo...

— Se eu soubesse que *você* estava próxima, teria conduzido Balios montanha acima, para chegar perto.

— E teria sido assassinado pelas criaturas de Mortmain no processo. Foi melhor não ter sabido. — Ela seguiu o olhar de Will para a lareira. — No fim das contas, você me encontrou, e é isso que importa.

— Claro que encontrei. Prometi a Jem que encontraria — falou. — Algumas promessas não podem ser quebradas.

Will respirou superficialmente. Ela sentiu na lateral do corpo: estava meio curvada contra ele, e as mãos dele tremiam, quase imperceptivelmente, enquanto a segurava. Reservadamente, sabia que não deveria se deixar ser abraçada assim por nenhum menino que não fosse seu noivo ou seu irmão — mas tanto o noivo quanto o irmão estavam mortos, e amanhã Mortmain encontraria os dois e os puniria. Em face disso tudo, Tessa não podia se preocupar com propriedade.

— De que adiantou toda aquela dor? — perguntou ela. — Eu o amava tanto e nem estava presente quando morreu.

A mão de Will a afagou nas costas — leve e rapidamente, como se temesse que ela fosse se afastar.

— Nem eu — declarou. — Eu estava no jardim de uma pousada, na metade do caminho para Gales, quando soube. Senti. Nosso laço sendo rompido. Foi como se um grande par de tesouras tivesse cortado meu coração ao meio.

— Will... — disse Tessa. A dor do menino era tão palpável que se misturou à dela e criou uma tristeza aguda, um pouco mais leve por ser compartilhada, apesar de ser difícil dizer quem estava confortando quem. — Você também sempre foi metade do coração dele.

— Fui eu que pedi para que ele fosse meu *parabatai* — contou Will. — Ele relutou. Queria que eu entendesse que estava me amarrando em um laço de vida a alguém que não viveria muito. Mas eu queria, queria cegamente uma prova de que não estava sozinho, uma maneira de mostrar a ele o que lhe devia. E ele, no fim, acabou deixando ser como eu queria. Era o que sempre fazia.

— Não — disse Tessa. — Jem não era um mártir. Não foi castigo para ele ser seu *parabatai*. Você era como um irmão; melhor do que um irmão, pois o escolheu. Quando Jem falava de você, era com lealdade e amor, sem qualquer sombra de dúvida.

— Eu o confrontei — prosseguiu Will. — Quando descobri que ele vinha tomando mais *yin fen* do que deveria. Fiquei tão irritado. Acusei-o de jogar a vida fora. Ele disse "posso escolher ser tudo que posso por ela, arder tanto quanto quiser".

Tessa engoliu em seco.

— Foi escolha dele, Tessa. Não foi algo que você impôs. Ele nunca foi tão feliz como quando esteve com você. — Will não estava olhando para ela, mas para o fogo. — Não importa o que eu já tenha dito a você, qualquer coisa, fico feliz por ele ter tido aquele tempo com você. E você deveria sentir o mesmo.

— Você não parece feliz.

Will continuava olhando para o fogo. Os cabelos negros estavam úmidos quando entrou no quarto, e já tinham secado, formando cachos soltos nas têmporas e na testa.

— Eu o decepcionei — falou. — Ele me confiou a missão de segui-la, encontrá-la e levá-la para casa em segurança. E agora falhei na última parte. — Ele finalmente virou para ela, os olhos azuis sem enxergar. — Eu não o teria deixado. Teria ficado com ele se pedisse, até a morte. Teria honrado meu juramento. Mas ele me pediu que viesse atrás de você...

— Então, apenas fez o que ele pediu. Não o decepcionou.

— Mas era também o que estava no meu coração — falou Will. — Não posso separar egoísmo de altruísmo agora. Quando sonhei salvá-la, a maneira como você me olhou... — A voz dele baixou abruptamente. — Fui bem castigado por essa arrogância, de qualquer forma.

— Mas eu fui recompensada. — Tessa pegou a mão dele. Os calos de Will eram ásperos contra sua palma. Ela viu o peito dele inchar com a surpresa. — Pois não estou sozinha; eu o tenho comigo. E não devemos perder todas as esperanças. Talvez ainda exista chance para nós. De vencer Mortmain ou escapar dele. Se alguém consegue criar uma maneira, esse alguém é você.

Voltou o olhar para ela. Os cílios de Will encobriram seus olhos enquanto ele dizia:

— Você é incrível, Tessa Gray. Ter tanta fé em mim, apesar de eu não ter feito nada para merecê-la.

— Nada? — A voz dela se elevou. — Nada para merecê-la? Will, você me salvou das Irmãs Sombrias, afastou-me para me salvar, me resgatou incontáveis vezes. É um bom homem. Um dos melhores que já conheci.

Will pareceu tão espantado quanto se ela o tivesse empurrado. Molhou os lábios secos.

— Preferia que não dissesse isso — sussurrou ele.

Ela se inclinou para ele. Seu rosto era feito de sombras, ângulos e planos; ela queria tocá-lo, tocar a curva da boca, o arco dos cílios contra a bochecha. O fogo refletia nos olhos de Will, como alfinetadas de luz.

— Will — disse ela. — Na primeira vez em que o vi, achei parecido com um herói de um livro. Você brincou que era Sir Galahad. Lembra? E, por muito tempo, tentei entendê-lo assim, como se fosse o Sr. Darcy, Lancelot ou o pobre Sydney Carton, e foi um desastre. Levei tanto tempo para entender, mas consegui, e compreendo agora... Você não é um herói literário.

Will soltou uma risada curta e incrédula.

— É verdade — concordou. — Não sou nenhum herói.

— Não — disse Tessa. — É uma pessoa, assim como eu. — Os olhos de Will examinaram o rosto da menina, mistificados; ela apertou um pouco mais a mão dele, entrelaçando os dedos nos dele. — Não vê, Will? Você é uma pessoa *como* eu. Você é *como eu*. Fala as coisas que penso, mas nunca digo em voz alta. Lê os livros que leio. Gosta das poesias que gosto. Você me faz rir com suas músicas ridículas e com a maneira como enxerga a verdade de tudo. Tenho a sensação de que pode olhar dentro de mim e ver todos os lugares onde sou estranha ou diferente e adaptar seu coração, pois você é estranho e diferente da mesma forma. — Com a mão que não segurava a dele, ela o tocou na bochecha, levemente. — Somos iguais.

Os olhos de Will tremeram e fecharam; ela sentiu os cílios nas pontas dos dedos. Quando ele falou novamente, a voz estava áspera, porém controlada.

— Não diga essas coisas, Tessa. Não diga.

— Por que não?

— Diz que sou um bom homem — falou ele. — Mas não sou um homem *tão* bom. E estou... estou *catastroficamente* apaixonado por você.

— Will...

— Eu a amo tanto, tanto, tanto — continuou —, e quando fica perto assim de mim, esqueço quem você é. Esqueço que pertence a Jem. Eu teria de ser a pior pessoa do mundo para pensar o que estou pensando agora. Mas estou.

— Eu amava Jem — declarou Tessa. — Ainda amo, e ele me amava, mas não sou de ninguém, Will. Meu coração é meu. Está além do seu controle. Está além do *meu* controle.

Os olhos de Will continuavam fechados. O peito dele subia e descia rapidamente, e ela pôde ouvir as batidas fortes do seu coração, aceleradas sob a solidez das costelas. O corpo dele estava quente contra o dela, e vivo, e ela pensou nas mãos frias dos autômatos e nos olhos de Mortmain, ainda mais frios. Pensou no que aconteceria se sobrevivesse e Mortmain alcançasse seus objetivos, se ela ficasse presa a ele pelo resto da vida — um homem que não amava e que, aliás, detestava.

Pensou nas mãos frias dele nela e se aquelas seriam as únicas mãos que a tocariam.

— O que acha que vai acontecer amanhã, Will? — sussurrou. — Quando Mortmain nos encontrar? Seja sincero.

A mão dele se moveu cautelosamente, quase contra a vontade, deslizando por seu cabelo e repousando no pescoço. Tessa imaginou se ele podia sentir sua pulsação, respondendo à dele.

— Acho que Mortmain vai me matar. Ou, para ser exato, vai mandar aquelas criaturas me matarem: elas não podem ser contidas. Lâminas Marcadas não servem mais do que armas comuns, e lâminas serafim não fazem nenhum efeito.

— Mas você não tem medo.

— Existem coisas piores do que a morte — falou. — Não ser amado ou não poder amar: isso é pior. E cair lutando, como um Caçador de Sombras deve fazer, não é nenhuma desonra. Uma morte honrosa: sempre quis que fosse assim.

Um tremor percorreu o corpo de Tessa.

— Há duas coisas que quero — falou, e se surpreendeu com a firmeza da própria voz. — Se acha que Mortmain vai matá-lo amanhã, então desejo receber uma arma. Vou me despir do meu anjo mecânico e lutarei a seu lado; se cairmos, cairemos juntos. Pois também desejo uma morte honrosa, como Boadiceia.

— Tess...

— Prefiro morrer a ser uma ferramenta do Magistrado. Dê-me uma arma, Will.

Sentiu o corpo dele tremer contra o dela.

— Posso fazer isso por você — falou afinal, subjugado. — Qual é a segunda coisa? O que você queria?

Ela engoliu em seco.

— Quero beijá-lo mais uma vez antes de morrer.

Os olhos dele se arregalaram. Azuis como o mar e o céu no sonho de Tessa, quando ele caiu longe dela, azuis como as flores que Sophie colocou em seu cabelo.

— Não...

— Diga nada que não seja sincero — concluiu para ele. — Eu sei. Não estou dizendo. É verdade, Will. E sei que pedir isso ultrapassa todos os limites plausíveis. Sei que devo parecer um pouco louca. — Tessa olhou para baixo, depois para cima outra vez, reunindo coragem. — E se você puder me dizer que pode morrer amanhã sem que nossos lábios voltem a se tocar, e que não lamentará nada, então me diga, e desisto, pois não tenho direito...

As palavras de Tessa foram cortadas, pois ele a pegou e a puxou contra si, tocando a boca na dela. Por uma fração de segundo, foi quase doloroso, afiado de desespero e uma fome quase descontrolada, e ela sentiu gosto de sal e calor na boca, e o engasgo da respiração de Will. E então suavizou, com um controle forçado que ela pôde *sentir* por todo o próprio corpo, e o roçar de lábios contra lábios, a ação recíproca de línguas e dentes, intercalando dor e prazer em um espaço de instantes.

Na varanda dos Lightwood, ele foi tão cuidadoso, mas agora não estava sendo. Deslizou as mãos pelas costas de Tessa, passando os dedos por seus cabelos, agarrando o tecido solto nas costas do vestido. Ele quase a levantou, de modo que os corpos se tocassem; ele estava contra ela, o comprimento longo do corpo de Will ao mesmo tempo rígido e frágil. A cabeça de Tessa se inclinou para o lado enquanto ele usava os lábios para abrir os dela, e eles não apenas se beijavam como se devoravam. Os dedos de Tessa agarravam com firmeza os cabelos de Will, tão forte que devia estar doendo, e os dentes dela tocaram o lábio inferior dele. Ele gemeu e a puxou mais para perto, fazendo-a engasgar sem fôlego.

— Will — sussurrou Tessa, e ele se levantou, erguendo-a nos braços enquanto a beijava. Ela segurou firme nas costas e nos ombros de Will enquanto ele a carregava para a cama e a colocava ali. Tessa já estava descalça; ele tirou as botas e deitou ao lado dela. Parte do treinamento de Tessa foi sobre a remoção do uniforme, e as mãos dela foram leves e velozes sobre a roupa dele, soltando os fechos e a puxando de lado, como uma concha. Ele a descartou impacientemente e se ajoelhou para soltar o cinto de armas.

Tessa o observou, engolindo em seco. Se fosse mandá-lo parar, a hora era agora. As mãos cicatrizadas de Will eram ágeis, abrindo as presilhas, e quando ele virou para deixar o cinto cair ao lado da cama, a camisa — molhada de suor e grudando nele — deslizou para cima, exibindo a curva oca da barriga, o osso arqueado do quadril. Ela sempre achou Will lindo, os olhos, lábios e rosto, mas nunca tinha pensado em seu corpo assim. Mas a forma dele era bela, como os planos e ângulos de *David*, de Michelangelo. Tessa se esticou para tocá-lo, passar a mão, suave como seda, na pele dura e lisa da barriga de Will.

A resposta dele foi imediata e surpreendente. Will respirou fundo e fechou os olhos, e o corpo ficou totalmente imóvel. Ela passou os dedos pelo cós da calça, com o coração acelerado, sem saber o que estava fazendo — havia instinto ali, guiando, algo que não conseguia identificar nem explicar. A mão de Tessa se curvou na cintura de Will, o polegar tocou o osso do quadril e puxou-o para baixo.

Ele deslizou para cima dela lentamente, apoiando os cotovelos em ambos os lados de seus ombros. Seus olhos se encontraram, se sustentaram; tocavam-se por toda a extensão dos corpos, mas nenhum dos dois falou. A garganta de Tessa doía: adoração, melancolia, na mesma intensidade.

— Beije-me — falou.

Ele se abaixou lentamente até os lábios apenas se tocarem. Ela se curvou para cima, querendo encontrar a boca dele com a sua, mas ele recuou, acariciando sua bochecha com o nariz e passando os lábios no canto da boca de Tessa — em seguida, pela mandíbula até a garganta, provocando pequenos choques de prazer pelo corpo da jovem. Ela sempre pensou nos próprios braços, mãos, pescoço, rosto como coisas separadas — que a pele não fosse a mesma que encobria tudo, nem que um beijo na garganta pudesse produzir efeitos até as solas dos pés.

— Will. — As mãos dela puxaram a camisa dele, que cedeu, com os botões arrancados, e a cabeça dele balançou para se livrar do tecido, todo cabelos selvagens, todo Heathcliff nos pântanos. As mãos dele foram menos certas no vestido dela, mas ele também o retirou, por cima da cabeça, e o descartou, deixando Tessa de camisa e espartilho. Ela ficou imóvel, chocada por estar tão despida na frente de alguém além de Sophie, e Will lançou um olhar selvagem para o espartilho que foi apenas em parte por desejo.

— Como... — perguntou ele. — Isso sai?

Tessa não conseguiu se conter; apesar de tudo, riu.

— Ele é amarrado — sussurrou ela. — Nas costas. — E conduziu as mãos dele até que os dedos encontrassem as fitas. Então ela tremeu, não de frio, mas pela intimidade do gesto. Will puxou-a contra si, agora com suavidade, e a beijou mais uma vez na linha da garganta, e em seu ombro, onde a camisa o deixava exposto, com o hálito suave e quente contra a pele dela, até que ela estivesse respirando com a mesma intensidade enquanto as mãos o acariciavam nos ombros, nos braços, nas laterais. Ela beijou as cicatrizes brancas das Marcas na pele de Will, envolvendo-o até se tornarem um emaranhado quente de membros e ela engolir as arfadas de Will.

— Tess — sussurrou ele. — Tess... se quiser parar...

Ela balançou a cabeça em silêncio. O fogo na lareira já estava quase extinto outra vez; Will era todo ângulos, sombras e pele dura contra ela. *Não.*

— Você quer isso? — A voz dele soou rouca.

— Quero — respondeu. — E você?

O dedo dele traçou o contorno de sua boca.

— Por isso, eu seria eternamente condenado. Por isso, eu abriria mão de tudo.

Ela sentiu o ardor por trás dos próprios olhos, a pressão das lágrimas, e piscou cílios molhados.

— Will...

— *Dw i'n dy garu di am byth* — disse ele. — Eu te amo. Sempre. — E se moveu para cobrir o corpo de Tessa com o seu.

* * *

Tarde da noite, ou cedo pela manhã, Tessa acordou. O fogo havia se apagado completamente, mas o quarto estava iluminado pela luz peculiar de uma tocha que parecia acender e apagar sem qualquer nexo.

Ela chegou para trás, apoiando-se no cotovelo. Will estava dormindo a seu lado, preso ao sono mudo dos exauridos. No entanto, ele parecia em paz — como ela nunca havia visto. A respiração fluía uniformemente, os cílios moviam-se levemente com os sonhos.

Ela havia dormido com a cabeça no braço dele, o anjo mecânico ainda em seu pescoço, apoiado no ombro de Will, à esquerda da clavícula. Quando se afastou, o anjo se soltou, e, para sua surpresa, ela viu que onde estivera apoiado, havia deixado uma marca do tamanho de um xelim, em forma de uma estrela branca clara.

20

As Peças Infernais

Como autômatos operados por fios,
Esqueletos finos em silhueta
Deslizaram pela lenta quadrilha
E se deram as mãos
E dançaram uma sarabanda imponente,
As risadas ecoaram finas e agudas.
— Oscar Wilde, "The Harlot's House"

— É *lindo* — suspirou Henry.

Os Caçadores de Sombras do Instituto de Londres — e Magnus Bane — estavam em um semicírculo no estúdio de Henry, olhando para uma das paredes de pedra — ou, mais precisamente, para algo que *apareceu* em uma das paredes de pedra.

Era um arco brilhante, de cerca de 3 metros de altura, e talvez 1,5 metro de largura. Não era talhado na pedra, mas feito de símbolos brilhantes que se entrelaçavam como vinhas em uma grade. Os símbolos não eram do Livro Gray — Gabriel teria reconhecido se fossem —, mas eram símbolos que ele jamais vira antes. Tinham a aparência estranha de uma língua estrangeira, no entanto, cada um era único, lindo e soprava uma música murmurada sobre viagem e distância, de um espaço escuro em turbilhão e da distância entre os mundos

Na escuridão, eles brilhavam em verde, claros e ácidos. No espaço criado pelos símbolos, a parede não era visível — apenas a escuridão, impenetrável, de um grande buraco negro.

— É realmente incrível — observou Magnus.

Todos, exceto o feiticeiro, estavam uniformizados para combate e carregados de armas — a espada longa favorita de Gabriel estava pendurada em suas costas, e ele se coçava para pegar o cabo com as mãos enluvadas. Apesar de gostar de arco e flecha, tinha sido treinado para utilizar esta espada por um mestre que traçava os próprios mestres até Lichtenauer, e Gabriel considerava aquela arma sua especialidade. Além disso, um arco e flecha teria menos utilidade contra autômatos do que uma arma que poderia cortá-los em pedaços.

— Graças a você, Magnus — disse Henry. Ele estava radiante, ou foi o que Gabriel pensou. Poderia ser o reflexo dos símbolos em seu rosto.

— De jeito algum — respondeu Magnus. — Não fosse sua genialidade, isso jamais teria sido criado.

— Apesar de eu estar apreciando essa troca de gentilezas — disse Gabriel, ao perceber que Henry estava prestes a responder —, ainda restam algumas questões centrais em relação à invenção.

Henry o fitou confuso.

— Por exemplo?

— Acredito, Henry, que ele esteja perguntando se essa... entrada... — começou Charlotte.

— Chamamos de Portal — explicou Henry. A letra maiúscula ficou clara no tom.

— Se funciona — concluiu Charlotte. — Você já experimentou?

Henry pareceu magoado.

— Bem, não. Não deu tempo. Mas garanto a você que nossos cálculos foram perfeitos.

Todos, exceto Henry e Magnus, olharam alarmados para o Portal.

— Henry... — começou Charlotte.

— Bem, acho que Henry e Magnus devem ir primeiro — sugeriu Gabriel. — Foram eles que inventaram essa maldita coisa.

Todos olharam para ele.

— É como se ele tivesse substituído Will — comentou Gideon, com as sobrancelhas erguidas. — Dizem o mesmo tipo de coisa.

— *Não* sou como Will! — Gabriel se irritou.

— Espero que não — disse Cecily, mas tão baixinho que ele ficou imaginando se mais alguém teria ouvido. Ela estava particularmente bonita hoje, apesar de Gabriel não saber por quê. Usava a mesma roupa de combate lisa e preta que Charlotte; os cabelos cuidadosamente presos atrás da cabeça, e o colar de rubi no pescoço brilhava sobre a pele. Contudo, Gabriel lembrou a si mesmo, com vigor, que, considerando estarem provavelmente prestes a se colocar em perigo mortal, pensar na aparência de Cecily não deveria ser sua maior preocupação. Ordenou a si mesmo que parasse de imediato.

— Não sou *nada* como Will Herondale — repetiu.

— Estou perfeitamente disposto a ser o primeiro — disse Magnus, com o ar sofrido de um mestre em uma sala cheia de alunos malcomportados. — Preciso de algumas coisas. Estamos torcendo para que Tessa esteja lá, e Will talvez também esteja, então gostaria de uniformes e armas extras para a travessia. Planejo, é claro, esperá-los do outro lado, mas se houver algum... desenvolvimento inesperado, é sempre bom estar pronto.

Charlotte assentiu.

— Sim... é claro. — Ela olhou para baixo por um instante. — Não acredito que ninguém apareceu para nos ajudar. Achei que depois da minha carta pelo menos alguns... — interrompeu-se, engolindo em seco, e levantou a cabeça. — Deixe-me buscar Sophie. Ela pode preparar o que precisa, Magnus. E ela, Cyril e Bridget devem se juntar a nós em breve. — Charlotte desapareceu pelas escadas, e Henry olhou para ela com um carinho preocupado.

Gabriel não podia culpá-lo. Obviamente foi um golpe duro para Charlotte não ser atendida por ninguém, apesar de que ele poderia ter dito a ela que não seria. As pessoas são essencialmente egoístas, e muitos detestavam a ideia de ver uma mulher no comando do Instituto. Não se arriscariam por ela. Há poucas semanas diria o mesmo sobre si próprio. Agora que conhecia Charlotte, percebeu, surpreendentemente, que a ideia de se arriscar por ela era uma honra, como para a maioria dos ingleses seria se arriscar pela rainha.

— *Como* alguém faz o Portal funcionar? — perguntou Cecily, olhando para o arco brilhante como se fosse uma pintura em uma galeria, com a cabeça escura inclinada para o lado.

— Ele o transportará instantaneamente de um ponto a outro — disse Henry. — Mas o truque é... bem, essa parte é magia. — E falou a palavra um pouco nervoso.

— Você precisa visualizar o local para onde vai — explicou Magnus. — Não funcionará para levá-la a algum ponto onde nunca esteve ou que não consegue imaginar. Neste caso, para chegarmos a Cadair Idris, precisaremos de Cecily. Cecily, o quão próximo de Cadair Idris consegue nos deixar?

— No topo — respondeu ela, confiante. — Há várias trilhas que levam ao cume da montanha, e já atravessei duas delas com meu pai. Lembro-me do pico.

— Excelente — afirmou Henry. — Cecily, você se colocará diante do Portal e visualizará nosso destino...

— Mas ela não vai primeiro, vai? — perguntou Gabriel. Assim que as palavras deixaram sua boca, ele mesmo se espantou. Não pretendia dizê-las. Ah, bem não tinha o que fazer, pensou. — Quero dizer: ela é a menos treinada de todos; não seria seguro.

— Posso ir primeiro — declarou Cecily, não parecendo nem um pouco grata pelo apoio de Gabriel. — Não vejo motivo pelo qual...

— Henry! — falou Charlotte, reaparecendo ao pé da escada. Atrás dela estavam os criados do Instituto, todos uniformizados, Bridget parecia prestes a partir em uma caminhada matutina; Cyril, pronto e determinado; e Sophie, trazendo uma bolsa grande de couro.

Atrás deles mais três homens. Homens altos, com vestes de cor bege, que deslizavam os pés de modo peculiar.

Irmãos do Silêncio.

Ao contrário de qualquer Irmão do Silêncio que Gabriel já tinha visto, no entanto, estes estavam armados. Cintos de armas nas cinturas, sobre as túnicas, das quais se penduravam lâminas longas e curvas, cujos cabos eram feitos de *adamas* brilhante, o mesmo material das estelas e lâminas serafim.

Henry levantou o olhar, confuso — em seguida, culpado, olhou do Portal para os Irmãos. Seu rosto ligeiramente sardento empalideceu.

— Irmão Enoch — disse. — Eu...

Acalme-se. A voz do Irmão do Silêncio ecoou na mente de todos. *Não viemos alertá-lo sobre qualquer possibilidade de transgressão da Lei, Henry Branwell. Viemos lutar com vocês.*

— Lutar conosco? — Gideon pareceu espantado. — Mas Irmãos do Silêncio não... digo, não são guerreiros...

Isso é incorreto. Caçadores de Sombras éramos e Caçadores de Sombras permanecemos, mesmo quando mudamos para nos tornarmos Irmãos. Fo-

mos fundados pelo próprio Jonathan Caçador de Sombras e, apesar de vivermos pelo livro, podemos morrer pela espada, se desejarmos.

Charlotte sorria.

— Souberam da minha mensagem — disse ela. — E vieram. Irmão Enoch, Irmão Micah e Irmão Zachariah.

Os dois Irmãos atrás de Enoch inclinaram as cabeças em silêncio. Gabriel lutou contra um tremor. Sempre achou os Irmãos do Silêncio estranhos, apesar de saber que eram parte integral da vida de um Caçador de Sombras.

— O Irmão Enoch também me explicou por que mais ninguém veio — disse Charlotte, e o sorriso desapareceu. — O Cônsul Wayland convocou uma reunião de Conselho para esta manhã, apesar de não ter nos informado. O comparecimento de todos os Caçadores de Sombras foi obrigatório, por Lei.

A respiração de Henry chiou através dos dentes.

— Aquele ho-homem horrível — concluiu, com uma rápida olhada para Cecily, que revirou os olhos. — Sobre o que é a reunião do Conselho?

— Sobre nossa substituição como chefes do Instituto — respondeu Charlotte. — Ele ainda acha que o ataque de Mortmain será contra Londres e que um líder forte deve estar aqui para enfrentar o exército mecânico.

— Sra. Branwell! — Sophie, enquanto entregava a bolsa para Magnus, quase a derrubou. — Não podem fazer isso!

— Ah, podem muito bem — respondeu Charlotte. Olhou em volta, para as faces de todos, e levantou a cabeça. Naquele instante, apesar de pequena, pensou Gabriel, ela pareceu mais alta que o Cônsul. — Todos sabíamos que isso aconteceria — disse. — Não tem importância. Somos Caçadores de Sombras, e nosso dever é uns com os outros, e fazer o que julgamos correto. Acreditamos em Will e temos fé nele. A fé nos trouxe até aqui; vai nos levar mais longe. O Anjo olha por nós, e vamos vencer.

Todos ficaram em silêncio. Gabriel olhou em volta, para a expressão de cada um — todos determinados —, e até Magnus parecia, se não tocado ou convencido, reflexivo e respeitoso.

— Sra. Branwell — disse ele, afinal. — Se o Cônsul Wayland não a considera uma líder, então ele é um tolo.

Charlotte inclinou a cabeça em sua direção.

— Obrigada — disse ela. — Mas não devemos perder mais tempo, temos de ir depressa, pois esta questão não pode mais esperar.

Henry olhou para a esposa por um longo instante e, depois, para Cecily.

— Está pronta?

A irmã de Will assentiu e avançou para se colocar diante do Portal. A luz brilhante projetava uma sombra de símbolos não familiares em seu rosto pequeno e determinado.

— Visualize — disse Magnus. — Imagine com todas as suas forças que está vendo o topo de Cadair Idris.

As mãos de Cecily cerraram nas laterais do corpo. Enquanto encarava, o Portal começou a se mexer, os símbolos ondularam e mudaram. A escuridão da passagem clareou. De repente, Gabriel não estava mais olhando para a sombra. Encarava um retrato de uma paisagem que poderia ter sido pintada dentro do Portal — a curva verde do topo de uma montanha, um lago tão azul e profundo quanto o céu.

Cecily se engasgou um pouco — e, em seguida, sem incentivo, deu um passo à frente, desaparecendo pelo arco. Foi como ver um desenho se apagando. Primeiro, as mãos desapareceram pelo Portal, depois os braços, esticados, e, por fim, o corpo.

Então ela se foi.

Charlotte soltou um gritinho.

— Henry!

Gabriel ouviu um zumbido. Escutou Henry garantindo a Charlotte que nada havia acontecido, mas foi como ouvir uma música que vinha de outro cômodo: as palavras se colocavam apenas como um ritmo sem significado. Tudo que ele sabia era que Cecily, a mais corajosa de todos, havia atravessado uma passagem desconhecida e desaparecido. E não podia deixá-la ir sozinha.

Avançou. Ouviu o irmão chamá-lo pelo nome, mas ignorou; passando por Gideon, chegou ao Portal e atravessou.

Por um instante não viu nada além da escuridão. Em seguida, uma grande mão pareceu se esticar e agarrá-lo, e ele foi puxado para um redemoinho colorido.

O salão do Conselho estava cheio de pessoas gritando.

Na plataforma elevada no centro, encontrava-se o Cônsul Wayland, encarando a gritaria com um olhar de impaciência furiosa no rosto. Os olhos escuros analisavam os Caçadores de Sombras reunidos à sua frente:

George Penhallow gritava com Sora Kaidou, do Instituto de Tóquio; Vijay Malhotra cutucava com um dedo fino o peito de Japheth Pangborn, que atualmente quase não saía de sua casa de campo em Idris e que estava vermelho como um tomate pela indignidade generalizada. Dois dos Blackwell cercaram Amalia Morgenstern, que os ofendia em alemão. Aloysius Starkweather, todo de preto, estava ao lado de um dos bancos de madeira, seus ombros longos quase curvados para cima, em volta das orelhas, enquanto olhava para o pódio com olhos velhos e afiados.

O Inquisidor, ao lado do Cônsul Wayland, bateu com seu bastão de madeira no chão com força suficiente para quase quebrar os tacos.

— Já *BASTA*! — rosnou. — Todos ficarão em silêncio e, *agora*. SENTEM-SE.

Uma onda de choque atravessou o recinto; e, para surpresa do Cônsul, todos se sentaram. Não em silêncio, mas sentaram-se, todos os que tiveram espaço para isso. A câmara estava quase explodindo de tão cheia; esta quantidade de Caçadores de Sombras raramente aparecia em uma mesma reunião. Aqui havia representantes de todos os Institutos — Nova York, Bangcoc, Genebra, Mumbai, Quioto, Buenos Aires. Só os Caçadores de Sombras de Londres, Charlotte Branwell e seu bando, estavam ausentes.

Somente Aloysius Starkweather permanecia de pé, com a capa escura e esfarrapada esvoaçando como as asas de um corvo.

— Onde está Charlotte Branwell? — perguntou ele. — Pela sua mensagem ficou subentendido que ela estaria aqui para explicar o recado que enviou ao Conselho.

— Eu explicarei o recado — disse o Cônsul, através de dentes cerrados.

— Seria preferível ouvir dela — disse Malhorta, com olhos escuros atentos ao olhar do Cônsul para o Inquisidor e de volta ao primeiro. O Inquisidor Whitelaw parecia esgotado, como se andasse sofrendo de insônia; a boca estava dura nos cantos.

— Charlotte Branwell está exagerando — afirmou o Cônsul. — Assumo total responsabilidade por tê-la colocado na direção do Instituto de Londres. Algo que eu jamais deveria ter feito. Ela foi destituída do cargo.

— Eu me encontrei e conversei com a Sra. Branwell — disse Starkweather, com a voz rouca e o sotaque de Yorkshire. — Ela não me parece o tipo de pessoa que exagera com facilidade.

Parecendo se lembrar exatamente de por que tinha ficado tão feliz por Starkweather ter deixado de comparecer às reuniões do Conselho, o Cônsul respondeu secamente:

— Ela está em um estado delicado, e acredito que tenha... se alterado.

Conversas e confusão. O Inquisidor olhou para Wayland e o encarou, enojado. O Cônsul retribuiu o olhar. Estava claro que tinham discutido: o Cônsul estava rubro de raiva, e o olhar que direcionou ao Inquisidor, carregado de traição. Era evidente que Whitelaw não concordava com as palavras do Cônsul.

Uma mulher se levantou dos bancos lotados. Tinha cabelos brancos presos no topo da cabeça e uma postura arrogante. O Cônsul parecia rosnar por dentro. Callida Fairchild, tia de Charlotte.

— Se está sugerindo — disse ela, com voz gelada — que minha sobrinha vem tomando decisões histéricas por estar carregando um dos Caçadores de Sombras da próxima geração, Cônsul, sugiro que pense melhor.

O Cônsul trincou os dentes.

— Não existe prova de que as declarações de Charlotte Branwell sobre Mortmain estar no País de Gales contêm algum grau de veracidade — declarou. — Tudo vem de relatórios de Will Herondale, que não passa de um menino, bastante irresponsável, por sinal. Todas as provas, inclusive os diários de Benedict Lightwood, sugerem um ataque a Londres, e é para lá que devemos enviar nossas forças.

Um burburinho percorreu o recinto. As palavras "ataque a Londres" foram repetidas diversas vezes. Amalia Morgenstern se abanou com um lenço bordado, enquanto Lilian Highsmith, passando os dedos em uma adaga que se projetava do punho de uma luva, pareceu satisfeita.

— Provas! — Callida irritou-se. — A palavra da minha sobrinha *é* prova...

Houve mais um burburinho, e uma jovem se levantou. Usava um vestido de cor verde forte e tinha uma expressão desafiadora. Na última vez em que o Cônsul a vira, ela estava chorando neste mesmo salão do Conselho, exigindo justiça. Tatiana Blackthorn, cujo nome de solteira era Lightwood.

— O Cônsul está certo quanto a Charlotte Branwell! — exclamou. — Charlotte Branwell e William Herondale são os responsáveis pela morte do meu marido!

— Ah? — manifestou-se o Inquisidor Whitelaw, com o tom carregado de sarcasmo. — Quem exatamente matou seu marido? Foi Will?

Houve um murmúrio de espanto. Tatiana pareceu furiosa.

— Não foi culpa do meu pai...

— Ao contrário — interrompeu o Inquisidor. — Isso foi mantido em sigilo, Sra. Blackthorn, mas você me deixa sem saída. Abrimos uma investigação sobre a morte de seu marido e ficou determinado que ele, de fato, foi o culpado, muito culpado. Não fossem as ações de seus irmãos, e de William Herondale e Charlotte Branwell, entre outros do Instituto de Londres, o nome dos Lightwood teria sido riscado dos registros dos Caçadores de Sombras, e você passaria o resto da vida como uma mundana sem amigos.

Tatiana ficou vermelha como um tomate e cerrou os punhos.

— William Herondale já... já me agrediu com insultos impronunciáveis a uma dama...

— Não vejo como isso influi na questão do momento — respondeu o Inquisidor. — A pessoa pode ser grosseira na vida pessoal, porém correta em questões mais importantes.

— Você tomou nossa casa! — gritou Tatiana. — Sou forçada a depender da generosidade da família do meu marido, como uma pedinte...

Os olhos do Inquisidor brilhavam como as pedras de seus anéis.

— Sua casa foi confiscada, Sra. Blackthorn, e não roubada. Investigamos a casa da família Lightwood — prosseguiu, elevando o tom de voz. — Estava cheia de evidências sobre as ligações do patriarca da família com Mortmain, diários detalhando atos sujos, vis e impronunciáveis. O Cônsul cita os diários como provas de que haverá um ataque a Londres, mas quando Benedict Lightwood morreu, já estava louco em consequência da varíola demoníaca. Tampouco é provável que Mortmain tenha lhe confiado seus verdadeiros planos, mesmo que ele estivesse são.

Parecendo quase desesperado, o Cônsul Wayland interrompeu.

— A questão de Benedict Lightwood está encerrada... encerrada e irrelevante. Estamos aqui para discutir Mortmain e o Instituto! Primeiro, como Charlotte Branwell foi destituída do cargo e a situação que nos aguarda está centrada em Londres, precisamos de um novo líder para o Enclave de Londres. Vou abrir a decisão. Alguém gostaria de se colocar como substituto?

Houve um agito. George Penhallow havia começado a se levantar quando o Inquisidor se enfureceu:

— Isto é ridículo, Josiah. Ainda não há provas de que Mortmain não esteja onde Charlotte disse que estaria. Sequer começamos a falar em mandar reforços atrás dela...

— Atrás dela? Como assim, atrás dela?

O Inquisidor estendeu os braços para o salão.

— Ela não está aqui. Onde acha que estão os moradores do Instituto? Foram para Cadair Idris, atrás do Magistrado. No entanto, em vez de discutirmos a possibilidade de enviar auxílio, reunimos o Conselho para tratar do *substituto* de Charlotte?

O Cônsul se irritou.

— Não haverá ajuda! — rugiu. — *Jamais* haverá ajuda para aqueles que...

Mas o Conselho não ficou sabendo o que não seria ajudado, pois naquele instante uma lâmina de aço, mortalmente afiada, cortou o ar atrás do Cônsul e o decapitou.

O Inquisidor cambaleou para trás e alcançou seu bastão enquanto o sangue se espalhava ao redor; o corpo do Cônsul caiu, sucumbindo ao chão em duas partes cortadas: o corpo caiu no piso do estrado ensopado de sangue, enquanto a cabeça decepada rolava como uma bola de tênis. Enquanto caía, um autômato se revelou atrás dele — tão esguio quanto um esqueleto humano, vestido com os restos esfarrapados de um traje militar. Sorriu como uma caveira ao retrair a lâmina escarlate e olhar para a sala silenciada e espantada, cheia de Caçadores de Sombras.

O único outro ruído veio de Aloysius Starkweather, que dava uma risada contínua e baixinha, aparentemente para si mesmo.

— Ela avisou — sibilou. — Ela *avisou* o que aconteceria...

Um instante depois, o autômato avançou, a mão esticada para se fechar na garganta de Aloysius. O sangue explodiu do pescoço do velho enquanto a criatura o levantava do chão, ainda sorrindo. Os Caçadores de Sombras começaram a gritar, e, em seguida, as portas se abriram, permitindo que uma enxurrada de criaturas mecânicas invadisse o salão.

— Bem — disse uma voz bastante entretida. — Isso é inesperado.

Tessa se sentou de súbito, puxando a colcha pesada para cima de si. Ao lado dela, Will se mexeu, apoiando-se nos cotovelos, e seus olhos se abriram lentamente.

— O quê...

Uma luz brilhante preenchera o quarto. As tochas se acenderam com força total, e parecia que o local estava iluminado pela luz do dia. Tessa pôde ver a bagunça que fizeram: roupas espalhadas pelo chão e pela cama, o tapete em frente à lareira, amarrotado, as roupas de cama enroladas neles. Do outro lado da parede invisível, uma figura familiar com um elegante terno escuro e o polegar na barra da calça. Os olhos felinos brilhavam de alegria.

Magnus Bane.

— Talvez seja melhor se levantarem — disse ele. — Todos estarão aqui em breve para resgatá-los, e podem preferir estar vestidos quando chegarem. — Ele deu de ombros. — Eu preferiria, de qualquer forma, mas, pensando bem, sou famoso por ser extremamente tímido.

Will praguejou em galês. Estava sentado agora, com as cobertas na cintura, e tinha feito o possível para se posicionar de modo a proteger Tessa do olhar de Magnus. Will estava sem camisa, é claro, e, à luz mais clara, Tessa viu onde o bronzeado das mãos e do rosto desbotava em um tom mais claro no peito e ombros. A marca da estrela branca brilhava como luz em seu ombro, e ela viu os olhos de Magnus se voltarem para a marca e se fecharem.

— Interessante — disse ele.

Will emitiu um ruído incoerente de protesto.

— *Interessante*? Pelo Anjo, Magnus...

Magnus lançou a ele um olhar irônico. Havia algo ali... algo que fez Tessa ter a sensação de que Magnus soubesse de alguma coisa que eles não sabiam.

— Se eu fosse outra pessoa, teria muito a dizer agora — observou o feiticeiro.

— Aprecio seu controle.

— Em breve, não apreciará — respondeu Magnus secamente. Em seguida, esticou o braço, como se fosse bater a uma porta, e cutucou a parede invisível entre eles. Foi como ver alguém colocar a mão na água: ondas se espalharam do ponto onde seu dedo tocou, e, de repente, a parede deslizou e sumiu em uma cascata de faíscas azuis. — Aqui — disse o feiticeiro, e jogou um saco de couro amarrado para o pé da cama. — Trouxe o uniforme. Achei que pudessem precisar de roupas, apesar de não ter imaginado o *quanto*.

Tessa o encarou por trás do ombro de Will.

— Como nos encontrou? Como sabia... Quais dos outros estão com você? Estão bem?

— Sim. Diversos deles estão percorrendo este local, procurando por vocês. Agora se vistam — instruiu, e virou-se de costas, para lhes dar privacidade. Tessa, mortificada, alcançou o saco na cama, remexeu até encontrar o uniforme, em seguida se levantou com o lençol em volta do corpo e correu para trás do biombo chinês no canto do quarto.

Não olhou para Will enquanto ia; não conseguiu. Como poderia olhar sem pensar no que fizeram? Imaginando se ele estaria horrorizado, se não conseguiria acreditar que pudessem fazer aquilo depois que Jem...

Puxou com força o uniforme de combate. Por sorte, aquela roupa, ao contrário dos vestidos, podia ser vestida sem a ajuda de ninguém. Através da tela, Tessa ouviu Magnus explicando a Will que ele e Henry utilizaram uma combinação de magia e invenção e conseguiram criar um Portal que transportava de Londres a Cadair Idris. Ela viu apenas as sombras dos dois, mas observou Will acenar com a cabeça, aliviado, enquanto Magnus listava os que o acompanharam: Henry, Charlotte, os irmãos Lightwood, Cyril, Sophie, Cecily, Bridget e um grupo de Irmãos do Silêncio.

Ao ouvir o nome da irmã, Will começou a se vestir com mais pressa ainda e, quando Tessa saiu de trás da tela, já estava completamente trajado com o uniforme, com as botas amarradas e as mãos prendendo o cinto de armas. Ao vê-la, esboçou um sorriso tímido.

— Os outros estão espalhados pelos túneis para encontrá-los — explicou Magnus. — Combinamos procurar por meia hora e depois nos encontrarmos na câmara central. Vou lhes dar um instante para... se recomporem. — Ele sorriu e apontou para a porta. — Estarei lá fora, no corredor.

No instante em que a porta se fechou atrás dele, Tessa estava nos braços de Will, com as mãos no pescoço do Caçador de Sombras.

— Oh, pelo Anjo — disse ela. — Que vergonha.

Will passou as mãos pelos cabelos da menina e beijou-a, nas pálpebras, nas bochechas, e, depois, na boca, rapidamente, mas com fervor e concentração, como se nada pudesse ser mais importante.

— Ouça só — disse ele. — Você falou "pelo Anjo". Como uma Caçadora de Sombras. — E beijou o lado de sua boca. — Eu te amo. Meu Deus, eu te amo. Esperei tanto tempo para dizer.

Ela curvou as mãos nas laterais da cintura de Will, segurando-o ali, o tecido do uniforme áspero sob as pontas de seus dedos.

— Will — disse, hesitante. — Você não está... arrependido?

— Arrependido? — Ele a fitou incrédulo. — *Nage ddim*... Está louca, se acha que me arrependo, Tess. — Acariciou-a na bochecha, com a junta do dedo. — Tem mais, tantas coisas que quero falar...

— Não acredito... — provocou. — Will Herondale tem mais coisas a dizer?

Ele ignorou o comentário.

— *Mas* agora não é hora... Não com Mortmain em cima de nós, provavelmente, e Magnus ali fora. Agora é hora de terminar isso. Mas quando acabar, Tess, falarei tudo o que sempre quis. Quanto ao momento... — Ele beijou a cabeça de Tessa e soltou-a, examinando seu rosto. — Preciso saber que acredita em mim quando digo que a amo. Só isso.

— Acredito em tudo que diz — respondeu Tessa, com um sorriso, e suas mãos desceram da cintura para o cinto de armas de Will. Ela fechou os dedos no cabo de uma adaga e puxou-a do cinto, sorrindo enquanto ele a fitava, surpreso. Ela o beijou na bochecha e deu um passo para trás. — Afinal — falou —, você não estava mentindo sobre aquela tatuagem do dragão de Gales, estava?

O local fazia Cecily se lembrar da cúpula de Saint Paul, que Will a levou para visitar em um de seus dias menos mal-humorados depois que ela veio para Londres. Era a maior construção na qual já havia entrado. Testaram os ecos das respectivas vozes no interior da Galeria dos Sussurros e leram a inscrição deixada por Christopher Wren: *si monumentum requiris circumspice*. "Se procura o monumento dele, olhe em volta."

Will explicou o significado, que Wren preferia ser lembrado pelos trabalhos que realizou do que por qualquer túmulo. Toda a catedral era um monumento à sua obra — assim como, de certa forma, todo este labirinto sob a montanha, e particularmente esta sala, era um monumento a de Mortmain.

Aqui também havia uma cúpula no teto, apesar de não ter janelas e se tratar apenas de uma concavidade que subia pela pedra. Uma galeria circular passava pela parte superior da cúpula, e havia uma plataforma ali, da qual supostamente era possível olhar para o chão de pedra lisa.

E aqui também havia uma inscrição na parede. Quatro frases, talhadas na pedra em quartzo brilhante.

AS PEÇAS INFERNAIS NÃO TÊM PENA.
AS PEÇAS INFERNAIS NÃO TÊM ARREPENDIMENTO.
AS PEÇAS INFERNAIS NÃO TÊM NÚMERO.
AS PEÇAS INFERNAIS JAMAIS DEIXARÃO DE VIR.

No chão de pedra, alinhados em fileiras, havia centenas de autômatos. Usavam uma variedade de uniformes militares e estavam mortalmente parados, com os olhos metálicos fechados. Soldados de lata, pensou Cecily, ampliados a um tamanho real. As Peças Infernais. A grande criação de Mortmain — um exército feito para ser invencível, para destruir Caçadores de Sombras e avançar sem remorso.

Sophie fora a primeira a descobrir o salão; ela gritou e os outros correram para descobrir o motivo. Encontraram-na parada, tremendo, entre a massa de criaturas mecânicas. Uma delas estava caída a seus pés; ela havia cortado as pernas com um golpe da lâmina, e a máquina caiu como uma marionete cujas cordas foram talhadas. As outras não se moveram, nem acordaram, apesar do destino da companheira, o que deu coragem aos Caçadores de Sombras para avançar entre elas.

Henry agora estava de joelhos, ao lado da carapaça de um dos autômatos ainda imóveis; ele havia cortado o uniforme da criatura, aberto o peito de metal e examinava seu interior. Os Irmãos do Silêncio estavam em volta, assim como Charlotte, Sophie e Bridget. Gideon e Gabriel também voltaram, e suas buscas foram infrutíferas. Somente Magnus e Cyril ainda não tinham retornado. Cecily não conseguia se livrar da inquietação crescente — não pela presença dos autômatos, mas pela ausência do irmão. Será que ele não estava aqui para *ser* encontrado? Contudo, ela não disse nada. Havia prometido a si mesma que, como Caçadora de Sombras, não perderia o controle nem gritaria, por qualquer que fosse o motivo.

— Olhem isto — murmurou Henry em voz baixa. Dentro do peito da criatura mecânica havia uma confusão de fios e o que, aos olhos de Cecily, parecia uma caixa de metal, do tipo em que se guarda tabaco. Talhado no exterior da caixa havia o símbolo de uma serpente mordendo o próprio rabo. — O *ouroboros*. O símbolo do armazenamento das energias demoníacas.

— Como na Pyxis. — Charlotte assentiu.

— Que Mortmain roubou de nós — confirmou Henry. — Eu já havia me preocupado com a possibilidade de que fosse este o plano de Mortmain.

— Que *qual* fosse o plano de Mortmain? — perguntou Gabriel. Estava ruborizado, e seus olhos verdes brilhavam. Santo Gabriel, pensou Cecily, pois sempre perguntava o que estava em sua mente.

— Animar os autômatos — respondeu Henry distraidamente, alcançando a caixa. — Dar-lhes consciência, até mesmo vontade...

Interrompeu-se quando tocou a caixa, que, de repente, brilhou com luz. Luz, como a iluminação de uma pedra de luz enfeitiçada, entornando da caixa através do *ouroboros*. Henry recuou com um grito, mas já era tarde demais. A criatura se sentou, rápida como um raio, e o pegou. Charlotte berrou e se jogou para a frente, mas não foi veloz o suficiente. O autômato, ainda com o peito grotescamente aberto, pegou Henry por baixo dos braços e bateu seu corpo como um chicote.

Fez-se um terrível ruído de ruptura, e Henry amoleceu. O autômato jogou-o de lado e virou-se para atingir o rosto de Charlotte. Ela se encolheu ao lado do corpo do marido enquanto a criatura mecânica deu um passo à frente e pegou o Irmão Micah. O Irmão do Silêncio bateu com o bastão na mão do autômato, mas a criatura sequer pareceu perceber. Com um estrondo mecânico que soou como uma risada, o monstro esticou o braço e abriu a garganta do Irmão do Silêncio.

O sangue esguichou pela sala, e Cecily fez exatamente o que prometeu que não faria: gritou.

21

Ouro Ardente

Traga meu arco de ouro ardente:
Traga minhas flechas de desejo:
Traga minha lança: Oh nuvens se revelem!
Traga minha carruagem de fogo!
— William Blake, "Jerusalem"

O treinamento de Tessa no Instituto jamais ressaltou o quanto era difícil correr com uma arma presa à lateral do corpo. A cada passo, a adaga acertava-lhe a perna, a ponta arranhando-lhe a pele. Ela sabia que deveria ter colocado a espada na bainha — e a bainha provavelmente estava no cinto de Will —, mas não adiantava chorar pelo leite derramado. Will e Magnus estavam correndo desordenadamente pelos corredores de Cadair Idris, e ela estava fazendo o possível para acompanhar.

Era Magnus quem liderava, pois parecia ser quem mais tinha noção de direção. Tessa não havia atravessado nenhum caminho na montanha sem os olhos vendados, e Will admitiu que pouco se lembrava da jornada solitária da noite anterior.

Os túneis se estreitavam e se alargavam à medida que os três atravessavam o labirinto, sem qualquer sentido, padrão ou coerência. No fim, enquanto se moviam para um túnel mais amplo, ouviram algo — o som de um grito distante de horror.

Magnus ficou inteiramente tenso. A cabeça de Will levantou.

— *Cecily* — disse ele, e, em seguida, estava correndo duas vezes mais rápido; tanto Magnus quanto Tessa aceleraram para acompanhá-lo. Passaram por aposentos estranhos: um cuja porta parecia manchada de sangue, outro que Tessa reconheceu como a sala com a mesa onde Mortmain a fez se Transformar, e ainda outro onde um emaranhado de metal e cobre girava em um vento invisível. À medida que aceleravam, os ruídos de gritos e lutas aumentaram até finalmente chegarem a uma enorme câmara circular.

Estava cheia de autômatos. Filas e filas deles, tantos quantos invadiram a cidade na noite anterior enquanto Tessa assistia de mãos atadas. A maioria das criaturas estava parada, mas um grupo, no centro da sala, se mexia — e lutava uma batalha feroz. Foi como ver novamente os eventos da entrada do Instituto enquanto era arrastada — os Lightwood lutando lado a lado, Cecily empunhando uma lâmina serafim brilhante, o corpo de um Irmão do Silêncio caído no chão. Tessa percebeu ao longe que outros dois Irmãos do Silêncio lutavam ao lado dos Caçadores de Sombras, anônimos sob os capuzes das túnicas, mas a atenção dela não se voltou para eles. Mas sim para Henry, que estava caído, imóvel, no chão. Charlotte, ajoelhada e encolhida, abraçava-o como se pudesse protegê-lo da batalha que se desenrolava ao redor, mas Tessa supôs pela palidez de Henry e por sua imobilidade, que era tarde demais para protegê-lo contra qualquer coisa.

Will avançou.

— Sem lâminas serafim! — gritou. — Lutem com outras armas! As lâminas dos anjos são inúteis!

Cecily ouviu o irmão e recuou assim que sua lâmina serafim atingiu o autômato que combatia — e se desfez como gelo seco, seu fogo apagado. Ela teve a presença de espírito de desviar por baixo do braço da criatura, exatamente quando Cyril e Bridget correram em sua direção, Cyril com um bastão pesado. O autômato caiu com o ataque de Cyril enquanto Bridget, uma ameaça voadora de cabelos vermelhos e lâminas de aço, abria caminho, passando por Cecily e indo para o lado de Charlotte, cortando os braços de dois autômatos com a espada antes de girar, de costas para Charlotte, como se pretendesse defender a líder do Instituto com a própria vida.

De repente, as mãos de Will estavam nos braços de Tessa. Ela viu um lampejo do rosto branco e rijo de Will enquanto ele a empurrava para Magnus, sibilando:

— *Fique com ela!*

Tessa começou a protestar, mas Magnus a agarrou, puxando-a para si enquanto Will corria para a briga, lutando até chegar à irmã.

Cecily combatia um autômato imenso, com peito largo e dois braços do lado direito. Sem a lâmina serafim, ela dispunha apenas de uma espada curta para se defender. O cabelo tinha começado a se soltar das presilhas enquanto ela atacava e apunhalava o ombro da criatura. O monstro rugiu como um touro, e Tessa estremeceu. Meu Deus, essas criaturas emitiam cada *barulho*; antes de Mortmain mudá-los, eram silenciosos — eram *coisas*; agora eram *seres*. Seres malévolos, assassinos. Tessa começou a avançar quando o autômato que lutava contra Cecily agarrava a lâmina da arma da menina e a arrancava dela, puxando-a para a frente — ela ouviu Will gritar o nome da irmã...

E Cecily foi agarrada e jogada para o lado por um dos Irmãos do Silêncio. Em um redemoinho de túnicas, ele girou para encarar a criatura, com um bastão esticado. Quando o autômato avançou, o Irmão atacou com tanta força e velocidade que a criatura cambaleou para trás, o peito amassado. O autômato tentou avançar outra vez, mas o corpo estava deformado demais. Soltou um chiado furioso, e Cecily, cambaleando, levantou-se e gritou em alerta.

Outro autômato havia se erguido ao lado do primeiro. Enquanto o Irmão do Silêncio se virava, o segundo autômato arrancava o bastão e o agarrava, levantando-o do chão e envolvendo-o por trás com seus braços metálicos, como se o abraçasse. O capuz do Irmão caiu para trás, e seus cabelos prateados brilharam na câmara mal-iluminada como uma estrela.

Todo o ar deixou os pulmões de Tessa em um instante. O Irmão do Silêncio era Jem.

Jem.

Foi como se o mundo tivesse parado. Todas as figuras imóveis, inclusive os autômatos, congelados no tempo. Tessa começou a atravessar a sala em direção a Jem, e ele olhou para ela. Jem, com a túnica de um Irmão do Silêncio. Jem, cujos cabelos prateados, caindo sobre o rosto, tinham marcas pretas. Jem, cujas bochechas agora tinham dois cortes vermelhos iguais, um para cada uma delas.

Jem, que não estava morto.

Tessa, arrancada do súbito choque, ouviu Magnus falar alguma coisa, sentiu o feiticeiro alcançá-la pelo braço, mas ela se afastou dele e entrou na batalha. Ele gritou atrás dela, mas tudo que Tessa viu foi Jem — ele agarrando o braço do autômato, que o envolvia pela garganta, e não conseguindo encontrar nada no metal liso. O aperto ficou mais forte, e o rosto de Jem começou a se encher de sangue enquanto era estrangulado. Ela sacou a adaga, correndo pela passagem aberta à sua frente, mas sabia que era impossível, que não chegaria a tempo...

O autômato rugiu e caiu para a frente. Suas pernas tinham sido cortadas por trás, e, enquanto ele caía, Tessa viu Will se levantar com uma espada longa na mão. Ele esticou o braço para o autômato, como se pudesse alcançá-lo, impedir a queda, mas o monstro já havia caído no chão, metade em cima de Jem, cujo bastão havia rolado da mão. O menino ficou deitado, imóvel, preso sob a imensa máquina.

Tessa correu, desviando sob o braço de uma criatura mecânica. Ouviu Magnus gritar alguma coisa atrás dela, mas o ignorou. Se conseguisse alcançar Jem antes que ele estivesse machucado demais ou esmagado... mas enquanto corria uma sombra bloqueou sua visão. Ela parou e olhou para o rosto de um autômato estrábico, alcançando-a com as garras.

A força da queda e o peso do autômato nas costas arrancaram o ar dos pulmões de Jem quando ele atingiu o chão com força suficiente para deixar marcas. Por um instante, estrelas dançaram diante de seus olhos, e ele lutou para respirar, o peito em espasmos.

Antes de se tornar um Irmão do Silêncio, antes de tocarem a primeira faca de ritual em sua pele e cortarem as linhas no rosto para que o processo de transformação tivesse início, a queda e o ferimento poderiam tê-lo matado. Agora, ao inspirar o ar de volta para os pulmões, se viu girando e alcançando o bastão, mesmo com a mão da criatura fechada em seu ombro.

E sentiu um tremor pelo corpo, provocado pela batida de metal contra metal. Jem pegou o bastão e o empunhou para cima, empurrando a cabeça do autômato para o lado, mesmo enquanto a parte superior do corpo metálico era levantada e jogada para o lado. Ele deu um chute no peso que ainda o prendia pelas pernas, e então isso também desapareceu, e Will estava ajoelhado ao lado dele, no chão. O rosto de Will estava pálido como cinzas.

— Jem — disse.

Houve um silêncio em volta dos dois, um intervalo na batalha, uma pausa misteriosa e atemporal. O peso de mil coisas marcava a voz de Will: incredulidade e assombro, alívio e traição. Jem começou a lutar para se apoiar nos cotovelos no mesmo instante em que a espada de Will, suja de óleo negro e fendida com entalhes, caiu no chão.

— Você está morto — disse Will. — Eu *senti* quando morreu — e pôs a mão no coração, na camisa manchada de sangue, onde se localizava o símbolo *parabatai*. — Aqui.

Jem alcançou a mão de Will, pegou-a com a sua, e pressionou os dedos do irmão de sangue contra o próprio pulso. Esforçou-se para que o *parabatai* entendesse.

Sinta meu pulso, a batida do sangue sob a pele; Irmãos do Silêncio têm corações que batem. Os olhos azuis de Will se arregalaram.

— Eu não morri. Eu mudei. Poderia ter contado... se houvesse jeito...

Will o encarou, e seu peito subia e descia acelerado. O autômato havia arranhado um dos lados do rosto de Will. Ele sangrava de vários arranhões profundos, mas não parecia notar. Soltou a mão de Jem e exalou suavemente.

— *Roeddwn i'n meddwl dy fod wedi mynd am byth* — disse. Falou, sem pensar, em galês, mas Jem entendeu assim mesmo. Os símbolos dos Irmãos do Silêncio significavam que para ele não havia língua desconhecida.

Pensei que tivesse partido para sempre.

— Continuo aqui — disse Jem, então uma faísca passou pelo canto de seu olho, e ele se moveu velozmente, girando para o lado. Um machado de metal chiou no espaço pelo qual havia acabado de passar, e caiu no chão de pedra. Autômatos o cercaram, um anel de metal que zumbia.

Will se levantou, com a espada na mão, e eles ficaram de costas um para o outro enquanto Will dizia:

— Não há símbolo eficiente contra eles; precisam ser destruídos à força...

— Percebi. — Jem agarrou o bastão e atacou intensamente, empurrando um autômato contra uma parede próxima. Faíscas voaram da carapaça de metal.

Will atacou com a espada, cortando os joelhos de duas criaturas.

— Gostei desse seu taco — comentou.

— É um bastão. — Jem manejou a arma para empurrar outro autômato de lado. — Feito pelas Irmãs de Ferro apenas para os Irmãos do Silêncio.

Will avançou, cortando o pescoço de outro autômato. A cabeça rolou pelo chão, e uma mistura de óleo e vapor vazou da garganta cortada.

— Qualquer pessoa pode afiar um taco.

— É um *bastão* — repetiu Jem, e viu o sorriso de Will com o canto do olho. Jem queria retribuir, e houve um tempo em que o teria feito naturalmente, mas alguma coisa na mudança pela qual passou o colocou a anos-luz de distância dos mais simples gestos mortais.

O salão era uma massa de corpos em movimento e de armas agitadas; Jem não conseguia enxergar nenhum dos Caçadores de Sombras com clareza. Tinha consciência da presença de Will ao seu lado, movendo-se no mesmo ritmo de Jem, igualando cada golpe. Enquanto metal batia em metal, alguma parte interna de Jem, alguma parte que havia se perdido sem que mesmo ele soubesse, sentiu prazer em lutar ao lado de Will pela última vez.

— Como queira, James — disse Will. — Como queira.

Tessa girou, elevando a adaga, e atacou o corpo metálico da criatura. A lâmina cortou com um terrível ruído, seguido por — o coração de Tessa ficou apertado — uma risada áspera.

— Srta. Gray — disse uma voz profunda, e ela levantou o olhar para ver a face lisa de Armaros. — Certamente, você é mais inteligente do que isso. Nenhuma arma tão pequena pode me cortar, tampouco você tem a força para isso.

Tessa abriu a boca para gritar, mas as mãos do autômato a alcançaram, e ele a levantou em seus braços, tapando a boca da menina para abafar-lhe o grito. Através do torpor de movimentos no recinto, do brilho das espadas e do metal, ela viu Will cortando o autômato que caiu em cima de Jem. Ele se esticou para retirá-lo, exatamente quando Armaros rosnou ao seu ouvido:

— Posso ser feito de metal, mas tenho o coração de um demônio, e meu coração de demônio quer consumir sua carne.

Armaros começou a carregar Tessa para trás, mesmo enquanto ela lutava, mesmo enquanto o chutava com as botas. Ele empurrou a cabeça da menina para o lado, e os dedos afiados rasgaram a pele da bochecha da jovem.

— Não pode me matar. — Ela engasgou. — Meu anjo protege minha vida...

— Ah, não. É verdade que não posso matá-la, mas posso machucá-la. E machucar muito. Não tenho carne com a qual sentir prazer, então meu único prazer é provocar dor. Enquanto o anjo no seu pescoço protege você, de acordo com as ordens do Magistrado, preciso me conter, mas se os poderes do anjo falhassem, se isso acontecesse, eu a destruiria com minhas mandíbulas metálicas.

Estavam fora do círculo de luta agora, e o demônio a carregava para uma alcova, semioculta por um pilar de pedra.

— Vá em frente. Prefiro morrer por suas mãos a me casar com Mortmain.

— Não se preocupe — respondeu ele, e, ao passo que falava sem ar, as palavras ainda pareciam um sussurro em sua pele, fazendo Tessa estremecer de horror. Dedos frios de metal cercaram seus braços como algemas enquanto ele a arrastava para as sombras. — Certificar-me-ei das duas coisas.

Cecily viu o irmão cortar o autômato que atacava o Irmão Zachariah. O rugido do metal ao cair para a frente agrediu os tímpanos de Cecily. Ela correu em direção a Will, pegou uma adaga do cinto e, em seguida, caiu quando algo se fechou em seu calcanhar, derrubando-a.

Ela tombou sobre os joelhos e cotovelos, e girou para ver que o que a atacou foi a mão decepada de um autômato. Cortada pelo pulso, com líquido negro vazando dos fios que ainda se projetavam do metal rasgado, os dedos agarravam seu uniforme. Ela virou e girou, golpeando a coisa até os dedos soltarem e caírem no chão como um caranguejo morto, tremendo levemente.

Ela rosnou de desgosto e levantou, cambaleando, apenas para descobrir que não sabia mais onde estavam Will ou o Irmão Zachariah. A sala era um borrão caótico de movimentos. Ela viu Gabriel, de costas para o irmão, uma pilha de autômatos mortos ao redor dos dois. O uniforme de combate de Gabriel estava rasgado no ombro, e ele sangrava. Cyril ficou caído no chão. Sophie se movera para perto dele, desenhando um círculo com a espada, a cicatriz lívida no rosto pálido. Cecily não estava vendo Magnus, mas identificou o rastro de faíscas azuis no ar, que indicava sua presença. E então havia Bridget, visível em lampejos entre os corpos em movimento das criaturas mecânicas: a arma, um borrão, os cabelos ruivos como uma bandeira ardente. E a seus pés...

Cecily começou a tentar abrir caminho por uma multidão que se aproximava. Na metade do caminho derrubou a adaga, pegando um machado de cabo longo que um dos autômatos havia derrubado. Achou-o surpreendentemente leve e emitiu um barulho muito satisfatório ao atingir o peito de um demônio mecânico que se esticou para agarrá-la, fazendo o autômato girar para trás.

E, em seguida, se viu pulando sobre uma pilha de autômatos caídos, a maioria destroçada, com os membros espalhados — sem dúvida, a origem da mão que a agarrou pelo calcanhar. Na outra extremidade da pilha, encontrava-se Bridget, rodando enquanto enfrentava a onda de monstros mecânicos que tentava avançar sobre Charlotte e Henry. Bridget dirigiu a Cecily apenas um olhar quando esta correu por ela e se ajoelhou ao lado da líder do Instituto.

— Charlotte — sussurrou Cecily.

Charlotte levantou os olhos. Estava com o rosto branco de choque, as pupilas tão dilatadas que pareciam ter engolido o castanho-claro dos olhos. Abraçava Henry, a cabeça dele caída nos ombros frágeis da esposa, cujas mãos o agarravam pelo peito. Ele parecia completamente inerte.

— Charlotte — repetiu Cecily. — Não temos como vencer esta luta. Precisamos recuar.

— Não posso carregar Henry!

— Charlotte... não podemos mais ajudá-lo.

— Não, podemos sim — respondeu Charlotte furiosamente. — Ainda consigo sentir o pulso.

Cecily esticou a mão.

— Charlotte...

— Não sou louca! Ele está vivo! Está vivo, e não vou deixá-lo!

— Charlotte, o bebê — disse Cecily. — Henry ia querer que vocês se salvassem.

Algo piscou nos olhos de Charlotte, e ela apertou as mãos de Henry.

— Sem Henry, não podemos ir — respondeu. — Não sabemos fazer um Portal. Estamos presos nesta montanha.

Cecily perdeu o fôlego em um engasgo. Não tinha pensado nisso. O coração bateu um recado perverso em suas veias: *Vamos morrer. Vamos todos morrer.* Por que ela escolheu isso? Meu Deus, o que tinha feito? Levantou a cabeça, viu um lampejo familiar de azul e preto com o canto da visão — Will? O azul lembrava alguma coisa — através da fumaça...

— Bridget — disse ela. — Chame Magnus.

Bridget balançou a cabeça.

— Se eu deixá-las, morrerão em cinco minutos — afirmou. Como uma ilustração do argumento, ela rebateu com sua espada um autômato que vinha com tudo, como se estivesse cortando gravetos. A criatura caiu para os lados, partida ao meio em partes iguais.

— Você não entende — disse Cecily. — Precisamos de Magnus...

— Estou aqui. — E lá estava ele, aparecendo sobre Cecily tão repentina e silenciosamente que esta conteve um gritinho. Tinha um longo corte na clavícula, superficial, porém ensanguentado. Feiticeiros sangravam tão vermelho quanto humanos, ao que parecia. Olhou para Henry, e uma terrível tristeza passou por seu rosto. O olhar de um homem que já havia visto centenas de mortes, que já tinha perdido repetidas vezes e encarava a perda mais uma vez. — Meu Deus — falou. — Ele era um bom homem.

— Não — disse Charlotte. — Estou falando, senti o pulso... Não fale como se ele já estivesse...

Magnus se ajoelhou e esticou a mão para tocar as pálpebras de Henry. Cecily ficou imaginando se ele pretendia dizer "*av atque vale*", a despedida obrigatória para Caçadores de Sombras, mas, em vez disso, ele retraiu a mão, cerrando os olhos. Um instante mais tarde, colocou os dedos na garganta de Henry. Murmurou alguma coisa em uma língua que Cecily não entendeu e, em seguida, se aproximou, levantando a mão para o queixo de Henry.

— Fraco — disse ele, um pouco para si mesmo —, fraco, mas o coração ainda bate.

Charlotte respirou fundo.

— Eu falei.

Os olhos de Magnus desviaram para ela.

— Falou. Sinto muito por não ter escutado com atenção. — Ele olhou novamente para Henry. — Agora fiquem quietos, todos vocês. — Levantou a mão que não estava na garganta de Henry e estalou os dedos. Imediatamente o ar ao redor pareceu engrossar e se solidificar como vidro. Uma cúpula dura apareceu sobre eles, prendendo Henry, Charlotte, Cecily e Magnus em uma bolha brilhante de silêncio. Através dela, Cecily ainda conseguia enxergar a sala em volta, a luta contra os autômatos, Bridget atacando de um lado para o outro. Lá dentro, tudo quieto.

Ela olhou rapidamente para Magnus.

— Você fez uma parede protetora.

— Sim. — Estava com a atenção voltada para Henry. — Muito bem.

— Não pode fazer uma para todo mundo e mantê-la assim? Manter todos protegidos?

Magnus balançou a cabeça.

— Mágica requer energia, pequena. Só conseguiria sustentar uma proteção dessas por um curto período, e, quando ela caísse, *eles* cairiam em *nós*. — Inclinou-se para a frente, murmurando alguma coisa, e uma faísca azul saltou de seu dedo para a pele de Henry. O fogo azul-claro pareceu penetrar, acendendo uma espécie de fogueira pelas veias do homem, como se Magnus tivesse acendido um fósforo em uma linha de pólvora, e traços de fogo queimavam-lhe os braços, percorrendo pescoço e rosto. Charlotte, que o segurava, engasgou quando o corpo dele tremeu e a cabeça levantou.

Os olhos de Henry se abriram. Tingidos pelo mesmo fogo que ardia-lhe nas veias.

— Eu... — A voz estava rouca. — O que aconteceu?

Charlotte começou a chorar.

— Henry! Ah, meu querido Henry. — Ela o abraçou e o beijou freneticamente, e ele passou os dedos pelo cabelo da esposa e a manteve assim; Magnus e Cecily desviaram o olhar.

Quando finalmente Charlotte soltou Henry, ainda acariciando o cabelo do marido e murmurando, ele se esforçou para sentar e caiu novamente. Seus olhos encontraram os de Magnus, que olhou para baixo e para o lado, abaixando as pálpebras com exaustão e mais alguma coisa. Algo que fez o coração de Cecily se apertar.

— Henry — disse Charlotte, soando um pouco assustada —, a dor está muito forte? Você consegue levantar?

— A dor é pouca — respondeu. — Mas não consigo levantar. Não consigo sentir minhas pernas.

Magnus continuava olhando para baixo.

— Sinto muito — falou. — Existem coisas que a magia não pode fazer, alguns ferimentos que não pode tocar.

Foi terrível ver a expressão de Charlotte.

— *Henry...*

— Ainda consigo fazer o Portal — interrompeu Henry. Sangue pingava do canto da boca; ele limpou com a manga. — Podemos escapar daqui.

Temos de recuar. — Tentou virar, olhar em volta, e fez uma careta, empalidecendo. — O que está acontecendo?

— Estamos em número muito menor — explicou Cecily. — Todos estão lutando para sobreviver...

— Para sobreviver, mas não para vencer? — perguntou Henry.

Magnus balançou a cabeça.

— Não podemos vencer. Não há esperança. Eles são muitos.

— E Tessa e Will?

— Will a encontrou — respondeu Cecily. — Estão aqui, no salão.

Henry fechou os olhos, respirando fundo, e os abriu novamente. O tom azul já tinha começado a desbotar.

— Então, precisamos fazer um Portal. Mas, primeiro, temos de chamar a atenção de todos: separá-los dos autômatos para que não sejamos todos sugados pelo Portal do Instituto. A última coisa que necessitamos é que alguma dessas Peças Infernais vá parar em Londres. — Ele olhou para Magnus. — Enfie a mão no bolso do meu casaco.

Enquanto Magnus esticava o braço, Cecily viu que sua mão tremia ligeiramente. Sem dúvida, o esforço de sustentar a proteção estava começando a esgotá-lo.

Ele retirou a mão do bolso de Henry. Nela havia uma pequena caixa dourada, sem dobradiças nem aberturas visíveis.

As palavras de Henry saíram com dificuldade.

— Cecily... pegue, por favor. Pegue e jogue. O mais forte e mais longe que puder.

Magnus entregou a caixa para Cecily com dedos trêmulos. Estava quente em sua mão, apesar de ela não saber se era por causa de algum calor interno ou por estar no bolso de Henry.

Ela olhou para Magnus. Seu rosto estava esgotado.

— Vou abaixar a proteção agora — disse. — Jogue, Cecily.

Levantou as mãos. Faíscas voaram; a parede brilhou e desapareceu. Cecily retraiu o braço e jogou a caixa.

Por um instante, nada aconteceu. Então, veio uma implosão abafada, um barulho interno, como se tudo tivesse sido sugado por um enorme ralo. Os ouvidos de Cecily estalaram, e ela afundou para o chão, colocando as mãos nos lados da cabeça. Magnus também estava ajoelhado, e o pequeno grupo se acumulou, como se uma ventania intensa soprasse pelo recinto.

O vento rugiu, e, junto com o ruído deste, veio o som de metal rasgando e rangendo enquanto as criaturas mecânicas começavam a cambalear e tropeçar. Cecily viu Gabriel correr para fora do caminho enquanto um autômato caía a seus pés e começava a sofrer espasmos, com os braços e as pernas de ferro balançando como se estivessem no meio de um ataque histérico. Os olhos dela desviaram para Will e para o Irmão do Silêncio que lutava a seu lado e cujo capuz havia caído. Mesmo com tudo que estava acontecendo, Cecily sentiu um choque. O Irmão Zachariah era... *Jem*. Ela sabia, todos sabiam, que Jem tinha ido para a Cidade do Silêncio para se tornar um Irmão do Silêncio ou morrer tentando, mas que ele estaria bem o suficiente para estar aqui agora, com eles, lutando ao lado de Will como de costume, que ele teria força...

Ouviu-se uma batida quando um monstro mecânico caiu no chão entre Will e Jem, forçando-os a se separar. O cheiro parecia o que precedia uma tempestade.

— *Henry*... — O cabelo de Charlotte voou por seu rosto.

O rosto de Henry estava contorcido de dor.

— É... uma espécie de Pyxis. Feita para arrancar almas demoníacas de seus corpos. Antes da morte. Não tive tempo... de aperfeiçoá-la. Mas pareceu uma tentativa válida.

Magnus se levantou, cambaleando. Sua voz se elevou sobre o som de metal amassando e dos gritos agudos dos demônios.

— Venham aqui! Todos vocês! *Reúnam-se, Caçadores de Sombra!*

Bridget se manteve firme, ainda lutando contra dois autômatos cujos movimentos se tornaram desajeitados e desequilibrados, mas os outros começaram a correr em direção a eles: Will, Jem, Gabriel... mas Tessa, onde estava Tessa? Cecily notou que Will percebeu a ausência de Tessa ao mesmo tempo que ela; ele se virou, com a mão no braço de Jem, e os olhos azuis examinaram a sala. Ela viu os lábios do irmão formarem a palavra "Tessa" apesar de não conseguir escutar nada com o uivo do vento e o barulho dos metais...

— *Pare*.

Um raio de luz prateada se lançou ao chão, como um garfo, do alto da cúpula, e explodiu pelo recinto como faíscas de uma queima de fogos. O vento se acalmou e cessou, deixando a sala com um silêncio ressonante.

Cecily levantou o olhar. Na galeria, a meia altura em direção à cúpula, viu um homem com um terno escuro elegante, um homem que reconheceu imediatamente.

Era Mortmain.

— *Pare.*

A voz ecoou pelo salão, enviando calafrios pelas veias de Tessa. Mortmain. Ela conhecia a fala, a voz, apesar de não conseguir enxergar nada além do pilar de pedra que ocultava a alcova para onde Armaros a arrastou. O demônio autômato continuou segurando-a com firmeza mesmo durante a explosão que balançou o recinto, seguida por uma ventania que passou pelo aposento, deixando-os intocados.

Agora fazia silêncio, e Tessa queria desesperadamente se livrar dos braços metálicos que a prendiam, correr pelo salão e verificar se algum de seus amigos, aqueles que amava, tinha sido ferido ou morto. Mas lutar contra ele era como lutar contra uma parede. Mesmo assim continuou chutando enquanto a voz de Mortmain soava novamente:

— Onde está a Srta. Gray? Tragam-na para mim.

Armaros emitiu um ruído estridente e entrou em ação. Ergueu Tessa pelos braços e a levou da alcova para o salão principal.

O cenário era de caos. Os autômatos permaneceram congelados, olhando para o mestre. Muitos estavam caídos no chão ou desmembrados. O piso estava escorregadio com uma mistura de sangue e óleo.

No centro, em um círculo, encontravam-se os Caçadores de Sombras e seus companheiros. Cyril se ajoelhou com um pedaço ensanguentado de atadura envolvendo sua perna. Perto dele, Henry, meio sentado, meio deitado nos braços de Charlotte. Estava pálido, tão pálido... Os olhos de Tessa encontraram os de Will quando ele levantou a cabeça e a viu. Um olhar de desalento passou por seu rosto, e ele avançou. Jem o segurou pela manga. Também olhava para Tessa; com olhos arregalados, escuros e apavorados. Ela desviou o olhar de ambos, para o alto, para Mortmain. Ele estava na grade da galeria acima, como um pastor em um púlpito, e sorriu para baixo.

— Srta. Gray — falou. — Que bom que se juntou a nós.

Ela cuspiu, sentindo gosto de sangue onde os dedos do autômato a arranharam na bochecha.

Mortmain ergueu uma sobrancelha.

— Coloque-a no chão — ordenou. — Mantenha as mãos nos ombros dela.

O demônio obedeceu com um riso baixo. Assim que os sapatos de Tessa tocaram o chão, ela se esticou, levantando o rosto e olhando com raiva para Mortmain.

— Dá azar ver a noiva antes do casamento — disse ela.

— De fato — disse Mortmain. — Mas azar para quem?

Tessa não olhou em volta. A visão do bando de autômatos e do pequeno grupo de Caçadores de Sombras, que eram tudo que se colocava entre os dois, era dolorosa demais.

— Os Nephilim já penetraram sua fortaleza — falou. — Haverá outros. Vão cercar seus autômatos e destruí-los. Renda-se agora e talvez consiga sair vivo.

Mortmain jogou a cabeça para trás e riu.

— Bravo, senhorita — disse ele. — Está cercada pela derrota e exige que eu me renda.

— Não estamos derrotados... — começou Will, e Mortmain chiou através de dentes cerrados, audível no salão ecoante. Ao mesmo tempo, todos os autômatos viraram as cabeças para Will; uma terrível sincronia.

— Nem uma palavra de vocês, Nephilim — disse Mortmain. — A próxima vez que algum de vocês falar será a última.

— Deixe-os ir — disse Tessa. — Isso não tem nada a ver com eles. Deixe-os ir, e eu fico.

— Você não tem meios para barganhar — disse Mortmain. — Está enganada se acha que outros Caçadores de Sombras virão ajudar. Neste exato momento, boa parte do meu exército está destruindo seu Conselho. — Tessa ouviu Charlotte engasgar, um ruído baixo e abafado. — Muito inteligente da parte dos Nephilim se reunirem em um mesmo lugar, para que eu pudesse dar um só golpe.

— Por favor — disse Tessa. — Não faça nada com eles. Suas mágoas contra os Nephilim não passam disso. Mas se estiverem todos mortos, quem vai aprender com sua vingança? Quem vai reparar? Se não houver quem aprenda com o passado, ninguém transmitirá suas lições. Deixe que vivam. Permita que transmitam seus ensinamentos no futuro. Eles podem ser seu legado.

Ele assentiu pensativamente, como se pesasse as palavras de Tessa.

— *Vou* poupá-los; vou mantê-los aqui, como nossos prisioneiros. Isso a manterá satisfeita e obediente — a voz ficou mais severa —, porque você os ama e porque se tentar escapar, matarei *todos.* — Ele fez uma pausa. — O que me diz, senhorita Gray? Fui generoso e agora me deve gratidão.

O único ruído no salão foi o rangido dos autômatos e do próprio sangue de Tessa latejando em seus ouvidos. Percebia agora o que a Sra. Black quis dizer na carruagem. *E quanto mais sabe sobre eles, mais solidariedade tem a eles e maior será sua eficiência como arma para destruí-los.* Tessa havia se tornado uma Caçadora de sombras, mesmo que não completamente como eles. Importava-se com eles e os amava, e Mortmain utilizaria esse carinho e amor para manipulá-la. Para salvar quem amava, condenaria a todos. No entanto, permitir que Will e Jem, Charlotte e Henry, Cecily e os outros morressem era impensável.

— Sim. — Ela ouviu Jem, ou teria sido Will, emitir um ruído abafado. — Sim, eu aceito. — Tessa olhou para cima. — Diga ao demônio que me solte e subirei até você.

Ela viu os olhos de Mortmain se cerrarem.

— Não — disse ele. — Armaros, traga-a para mim.

As mãos do demônio apertaram os braços dela; Tessa mordeu o lábio de dor. Como em solidariedade, o anjo mecânico na garganta vibrou.

Poucos podem reclamar um único anjo que os guarde. Mas você pode.

A mão de Tessa foi para o pescoço. O anjo pareceu bater sob seus dedos, como se respirasse, como se tentasse lhe comunicar alguma coisa. Sua mão apertou em torno dele, as pontas das asas cortando sua palma. Pensou no sonho.

E... esta é sua forma verdadeira? É assim?

Vê apenas uma fração do que sou. Em minha verdadeira forma, sou uma glória mortal.

As mãos de Armaros se fecharam nos braços de Tessa.

Seu anjo mecânico contém um pedaço do espírito de um anjo, Mortmain dissera. Ela pensou na marca branca de estrela que o anjo deixou no ombro de Will. Pensou no rosto liso, lindo e imóvel do anjo, nas mãos frias que a seguraram quando caiu da carruagem da Sra. Black para as turbulentas águas abaixo.

O demônio começou a levantá-la.

Tessa pensou no sonho.

Respirou fundo. Não sabia se o que estava prestes a fazer era sequer possível ou se era apenas loucura. Enquanto Armaros a levantava com as mãos, ela fechou os olhos, alcançando com a mente, *dentro* do anjo mecânico. Tropeçou por um momento pelo espaço escuro, em seguida para um limbo cinzento, buscando aquela luz, a faísca do espírito, aquela *vida*...

E lá estava, uma chama súbita, uma fogueira, mais luminosa do que qualquer faísca que já houvesse visto. Alcançou-a, enrolando-se, como bobinas de fogo branco que ardiam e marcavam sua pele. Tessa gritou...

E se Transformou.

Fogo branco explodiu por suas veias. Ela se elevou, o uniforme de combate rasgou e caiu, e a luz ardeu ao redor. Ela era fogo. Uma estrela cadente. Os braços de Armaros foram arrancados do corpo de Tessa — silenciosamente, ele derreteu e se dissolveu, incinerado pelo fogo divino que ardia por ela.

Ela estava voando — voando para o alto. Não, estava se elevando, *crescendo*. Seus ossos se esticaram e alongaram, como uma estrutura se expandindo para fora e para cima enquanto ela crescia absurdamente. Sua pele estava dourada, e aumentava e rasgava enquanto ela subia como o pé de feijão do velho conto de fadas, e onde a pele rasgava, substância dourada vazava dos ferimentos. Cachos como raspas de metal branco e quente cresciam de sua cabeça, cercando seu rosto. E das costas surgiam asas — asas imensas, maiores do que as de qualquer pássaro.

Ela supôs que devesse se apavorar. Ao olhar para baixo, viu os Caçadores de Sombras encarando-a, boquiabertos. Toda a sala foi preenchida por uma luz devastadora, que vinha *dela*. Ela havia *se tornado* Ithuriel. O fogo divino dos anjos ardia através dela, queimando seus ossos, agredindo seus olhos. Mas sentiu apenas uma calma firme.

Estava a 6 metros do chão, com os olhos fixos em Mortmain, que havia congelado de pavor, agarrando a grade da bancada. O anjo mecânico, afinal, fora um presente dele para a mãe. Jamais devia ter imaginado que seria utilizado desta forma.

— Não é possível — disse ele, rouco. — Não é possível...

Você aprisionou um anjo do Céu, disse Tessa, apesar de não ser sua voz falando, mas a de Ithuriel que se comunicava através dela. A voz dele ecoou por seu corpo como a vibração de um gongo. Distante, ela se viu imaginando se seu coração estava batendo — anjos tinham coração? Será que isso a mataria? Se matasse, valeria a pena. *Tentou criar vida. Vida é a competência do Céu. E o Céu não gosta de usurpadores.*

Mortmain se virou para correr. Mas ele era lento, como todos os humanos. Tessa esticou a mão, a mão de Ithuriel, e a fechou nele enquanto tentava correr, levantando-o do chão. Ele se contorcia, já queimando, enquanto Tessa cerrava a garra, esmagando o corpo dele em uma gelatina de sangue vermelho e ossos brancos.

Ela abriu os dedos. O corpo esmagado de Mortmain caiu, batendo no chão entre os próprios autômatos. Houve um tremor, um grande grito metálico, como se um prédio desmoronasse, e os autômatos começaram a cair, um por um, sucumbindo ao chão, mortos sem seu Magistrado para animá-los. Um jardim de flores de metal, secando e morrendo uma por uma, e os Caçadores de Sombras estavam no centro, olhando em volta, assombrados.

E, então, Tessa percebeu que ainda tinha um coração, pois este pulou de alegria ao vê-los vivos e seguros. Contudo, enquanto esticava para eles as mãos douradas — uma agora manchada de vermelho, com o sangue de Mortmain misturado à substância dourada de Ithuriel —, eles se encolheram por causa do brilho da luz que a cercava. *Não, não*, queria dizer, *eu jamais os machucaria*, mas as palavras não vieram. Ela não conseguia falar; o ardor era forte demais. Lutou para encontrar o caminho de volta a si, queria se Transformar em Tessa outra vez, mas estava perdida no fogo, como se tivesse caído no coração do sol. Uma agonia de chamas explodiu nela, e ela sentiu que começava a cair, com o anjo mecânico vermelho e quente em sua garganta. *Por favor*, pensou ela, mas tudo era fogo e ardor, e ela caiu, inconsciente, na luz.

22
Trovão na Trombeta

Pois até que venha o trovão na trombeta,
A alma pode se separar do corpo, mas nós não
Nos separaremos um do outro.
— Algernon Charles Swinburne, "Laus Veneris"

Criaturas mecânicas tiraram Tessa das brumas negras. O fogo corria por suas veias, e, quando ela olhou para baixo, estava com a pele rachada e cheia de bolhas, e substância dourada escorria em rios por seus braços. Ela viu os infinitos campos do Paraíso, viu um céu constantemente ardente com um brilho que cegaria qualquer humano. Viu nuvens prateadas nas beiradas, como lâminas, e sentiu o vazio gelado dos corações dos anjos.

— *Tessa.* — Era Will; ela reconheceria seu jeito de falar em qualquer lugar. — *Tessa, acorde, acorde. Tessa, por favor.*

Pôde ouvir a dor na voz dele, e queria alcançá-lo, mas, ao levantar os braços, as chamas se elevavam e queimavam seus dedos. Suas mãos viraram cinzas e voaram ao vento quente.

Tessa se debateu na cama em um delírio de febre e pesadelos. Os lençóis, retorcidos sobre ela, estavam ensopados de suor, os cabelos grudados às têmporas. A pele, sempre pálida, quase transparente, mostrava o mapeamento das veias e a forma dos ossos. O anjo mecânico estava em seu pescoço; vez ou outra, ela o pegava e gritava com uma voz perdida, como se o toque doesse.

— Ela está em tanta agonia. — Charlotte mergulhou um pano em água fria e o pressionou contra a testa ardente de Tessa. A menina emitiu um ruído de protesto contra o toque, mas não tentou bater na mão de Charlotte, que gostaria de acreditar que era porque os panos molhados estavam ajudando, mas sabia que era mais provável que Tessa estivesse simplesmente exausta. — Não há mais nada que possamos fazer?

O fogo do anjo está deixando seu corpo. O Irmão Enoch, ao lado de Charlotte, falou com seu sussurro sombrio e onidirecional. *Vai demorar o tempo que demorar. Ficará livre da dor quando acontecer.*

— Mas ela vai sobreviver?

Sobreviveu até aqui. O Irmão do Silêncio soou severo. *O fogo deveria tê-la matado. Teria matado qualquer ser humano normal. Mas ela é parte Caçadora de Sombras, parte demônio, e era protegida pelo anjo cujo fogo clamou. Ele a protegeu mesmo naqueles últimos momentos enquanto ardia e queimava a própria forma corpórea.*

Charlotte não pôde deixar de se lembrar da sala circular sob Cadair Idris, de Tessa avançando e se transformando de garota a chamas, ardendo como uma coluna de fogo, os cabelos passando de fios a faíscas, a luz ofuscante e assustadora. Ajoelhada no chão, ao lado do corpo de Henry, Charlotte ficou imaginando como anjos podiam arder daquele jeito e viver.

Quando o anjo deixou Tessa, ela caiu, com as roupas penduradas em farrapos e a pele coberta por marcas, como se ela tivesse sido queimada. Vários Caçadores de Sombras correram para o lado dela entre autômatos abatidos, apesar de ter sido tudo um borrão para Charlotte — eram cenas vistas através das lentes trêmulas do terror que sentia por Henry: Will levantou Tessa em seus braços; a fortaleza do Magistrado começou a se fechar, portas bateram enquanto corriam pelos corredores, e o fogo azul de Magnus iluminou uma rota de fuga. A criação de um segundo Portal. Mais Irmãos do Silêncio aguardando no Instituto, com mãos e faces cheias de cicatrizes, bloqueavam Charlotte enquanto se fechavam em torno de Henry e Tessa. Will olhando para Jem, com a expressão apavorada. Ele recorreu ao *parabatai.*

— James — dissera. — Pode descobrir... o que estão fazendo com ela... se vai sobreviver...

Mas o Irmão Enoch se colocou entre eles.

O nome dele não é James Carstairs, dissera. *Agora é Zachariah.*

O olhar de Will, a maneira como abaixou a mão...

— Deixe que ele fale por si próprio.

Mas Jem apenas se virou, se afastou de todos eles, e saiu do Instituto. Will o observou sair, incrédulo, e Charlotte se lembrou da primeira vez em que os meninos se encontraram: *está mesmo morrendo? Sinto muito.*

Foi Will, espantado e incrédulo, que explicou a todos eles, pausadamente, a história de Tessa: a função do anjo mecânico, o conto dos desafortunados Starkweather, e a forma não ortodoxa pela qual ela foi concebida. Aloysius tinha razão, pensou Charlotte. Tessa era sua bisneta. Uma descendente que ele jamais conheceria, pois fora morto no massacre do Conselho.

Charlotte não conseguia deixar de imaginar como teria sido quando as portas do Conselho se abriram e os autômatos invadiram. Não era obrigatório que o Conselho se reunisse sem armas, mas não estavam preparados para o combate. E a maioria dos Caçadores de Sombras jamais havia enfrentado um autômato. Só de imaginar o ataque teve calafrios. Sentia-se oprimida pela enormidade da perda para o mundo dos Caçadores de Sombras, embora pudesse ter sido bem pior se Tessa não tivesse feito o sacrifício. Todos os autômatos sucumbiram com a morte de Mortmain, mesmo aqueles nos salões do Conselho, e a maioria dos Caçadores de Sombras sobreviveu, apesar de ter havido muitas baixas — incluindo o Cônsul.

— Parte demônio e parte Caçadora de Sombras — murmurava Charlotte agora, olhando para Tessa. — O que isso faz dela?

Sangue Nephilim é dominante. Uma nova espécie de Caçadora de Sombras. Novo nem sempre é ruim, Charlotte.

Foi por causa desse sangue Nephilim que foram longe a ponto de tentar aplicar símbolos em Tessa, mas as Marcas simplesmente afundaram em sua pele e desapareceram, como palavras escritas em água. Charlotte agora esticava o braço para tocar a clavícula da menina, onde o símbolo foi marcado. Sua pele estava quente ao toque.

— O anjo mecânico — observou Charlotte. — Parou de bater.

A presença do anjo o deixou. Ithuriel está livre, e Tessa sem proteção, embora com a morte do Magistrado e pelo fato de ser uma Nephilim, provavelmente ela esteja segura. Contanto que não tente se transformar em anjo outra vez. Isso certamente a mataria.

— Há outros perigos.

Todos devemos enfrentar perigos, disse o Irmão Enoch. Era a mesma voz fria, mental e imperturbável que utilizou ao informá-la que Henry viveria, mas não voltaria a andar.

Na cama, Tessa se mexeu, gritando com a voz seca. Enquanto dormia, desde a batalha, chamava nomes. Chamou Nate, a tia e Charlotte.

— Jem — sussurrou agora, agarrando a colcha.

Charlotte deu as costas para Enoch ao pegar novamente o pano e passá-lo na testa de Tessa. Sabia que não deveria perguntar, mas...

— Como ele está? Nosso Jem? Ele está... se adaptando à Irmandade?

Sentiu a reprovação de Enoch.

Sabe que não posso falar disso. Ele não é mais seu Jem. Agora é o Irmão Zachariah. Precisa se esquecer dele.

— Esquecê-lo? Não posso esquecê-lo — respondeu Charlotte. — Ele não é como seus outros Irmãos, Enoch; sabe disso.

Os rituais que fazem um Irmão do Silêncio são nossos segredos mais profundos.

— Não estou pedindo para saber dos rituais — argumento ela. — Mas sei que a maioria dos Irmãos do Silêncio rompe os laços com suas vidas mortais antes de ingressarem na Irmandade. James não pôde fazer isso. Ele ainda tem aquela característica que o prende a este mundo. — Olhou para Tessa, cujas pálpebras tremiam enquanto respirava asperamente. — É uma corda que os prende, um ao outro, e, a não ser que seja dissolvida adequadamente, temo que possa ferir os dois.

"Ela vem, minha, meu doce;
Passos tão graciosos,
Meu coração a ouviria e bateria,
Se fosse a terra de um canteiro;
Meu mundo de terra a ouviria e bateria,
Se eu tivesse passado um século morto;
Tremeria sob seus pés
E floresceria em roxo e vermelho."

— Céus — disse Henry, irritado, enquanto puxava as mangas sujas de tinta do robe. — Não pode ler algo menos deprimente? Alguma coisa com uma boa batalha.

— É Tennyson — respondeu Will, e deslizou os pés para fora do divã perto do fogo. Estavam na sala de estar, a cadeira de Henry perto da lareira e um caderno aberto em seu colo. Ele continuava pálido desde a batalha em Cadair Idris, apesar de estar começando a recuperar a cor. — Vai expandir sua mente.

Antes que Henry pudesse responder, a porta se abriu, e Charlotte entrou, parecendo exausta, as mangas bordadas do vestido com manchas de água. Will imediatamente pousou o livro, e Henry também levantou os olhos do caderno.

Charlotte olhou de um para o outro e notou o livro sobre a mesa ao lado do chá.

— Andou lendo para Henry, Will?

— Sim, uma porcaria cheia de poesia. — O marido segurava uma caneta e tinha papéis espalhados pelo colo e sobre a coberta.

Henry recebeu com a força habitual a notícia de que nem a cura dos Irmãos do Silêncio o faria voltar a andar. E com a convicção de que precisava construir uma cadeira, como uma espécie de cadeira de banho, mas melhor, com rodas que se guiassem sozinhas e vários outros equipamentos. Estava determinado a conseguir subir e descer escadas, para poder continuar acessando suas invenções no porão. Durante toda a hora em que Will leu "Maud", ele rabiscara desenhos da cadeira, pois poesia nunca fora um de seus interesses.

— Bem, Will, você está liberado de suas obrigações, e, Henry, das poesias — disse Charlotte. — Se quiser, querido, posso ajudá-lo a reunir as anotações... — Ela contornou a cadeira do marido e esticou o braço por cima do ombro dele, ajudando a juntar os papéis em uma pilha. Ele a segurou pelo pulso enquanto ela se movia e olhou para ela: um olhar de tanta confiança e adoração que fez Will ter a impressão de que pequenas facas cortavam-lhe a pele.

Não que invejasse Charlotte e Henry pela felicidade compartilhada — longe disso. Mas não podia deixar de pensar em Tessa. Nas esperanças que cultivou e depois reprimiu. Imaginava se algum dia ela o olharia assim. Achava que não. Empenhou-se tanto em destruir sua confiança e, apesar de tudo, queria ter uma chance verdadeira de refazê-la, não podia deixar de temer...

Will afastou os pensamentos sombrios e se levantou, prestes a explicar que pretendia ver Tessa. Antes que pudesse falar, ouviu uma batida à porta, e Sophie entrou, parecendo muito ansiosa. A ansiedade foi explicada logo depois quando o Inquisidor a seguiu para dentro da sala.

Will, acostumado a vê-lo com túnicas cerimoniais em reuniões do Conselho, quase não reconheceu o homem severo com o casaco cinza e as calças escuras. Tinha uma cicatriz na bochecha que não estava ali antes.

— Inquisidor Whitelaw — Charlotte se esticou, com a expressão subitamente séria. — A que devo a honra da visita?

— Charlotte — disse o Inquisidor, e estendeu a mão. Trazia uma carta com o selo do Conselho. — Trouxe um recado para você.

Charlotte o olhou, espantada.

— Não podia ter enviado?

— Esta carta é de suma importância. É imperativo que a leia agora.

Lentamente, Charlotte esticou o braço e a pegou. Puxou a dobra, em seguida, franziu o rosto e atravessou a sala para pegar um abridor de cartas da escrivaninha. Will aproveitou a oportunidade para olhar dissimuladamente para o Inquisidor. O homem estava com o rosto franzido para Charlotte e ignorou Will solenemente. Will não pôde deixar de imaginar se a cicatriz seria uma relíquia da batalha do Conselho com os autômatos de Mortmain.

Ele não tivera dúvida de que todos morreriam juntos, sob a montanha, e então Tessa voou em toda a glória do anjo e atingiu Mortmain como um raio caindo em uma árvore. Foi uma das coisas mais impressionantes que já vira, mas o assombro logo foi consumido pelo terror quando ela caiu após a Transformação, sangrando e inconsciente, por mais que ele tentasse acordá-la. Magnus, exausto, mal deu conta de abrir um Portal para o Instituto com a ajuda de Henry, e Will lembrava-se apenas de um borrão depois disso, um borrão de fadiga, sangue e medo, mais Irmãos do Silêncio convocados para atender os feridos, e a notícia do Conselho de que todos foram mortos na batalha, antes dos autômatos se desintegrarem com a morte de Mortmain. E Tessa — Tessa sem falar, sem acordar, sendo carregada para o quarto pelos Irmãos do Silêncio, e ele sem poder acompanhá-la. Por não ser irmão nem marido, só podia ficar parado e esperar, abrindo e fechando as mãos sujas de sangue. Jamais havia se sentido tão desamparado.

E quando se virou para encontrar Jem, para compartilhar seu medo com a única pessoa no mundo que amava Tessa tanto quanto ele — Jem se fora, de volta à Cidade do Silêncio, por ordens dos Irmãos. Ele se fora sem dizer nada, sem se despedir.

Apesar de Cecily ter tentado confortá-lo, Will estava irritado — irritado com Jem e com o Conselho, e com a própria Irmandade, por permitirem que ele se tornasse um Irmão do Silêncio apesar de Will saber que isso era injusto, que a escolha tinha sido de Jem e que foi a única forma de mantê-lo vivo. No entanto, desde o retorno ao Instituto, Will se sentia constantemente nauseado — como se há anos vivesse em um navio ancorado e, de repente, tivesse sido solto para navegar pelas marés, sem saber que direção seguir. E Tessa...

O som de papel rasgando interrompeu seus pensamentos enquanto Charlotte abria a carta e a lia, empalidecendo. Ela levantou os olhos e encarou o Inquisidor.

— Isso é alguma brincadeira?

A carranca do Inquisidor se intensificou.

— Não é brincadeira, garanto a você. Tem uma resposta?

— Lottie — disse Henry, olhando para a esposa, e até seus cabelos ruivos irradiavam ansiedade e amor. — Lottie, o que foi? Qual é o problema?

Ela olhou para ele, depois para o Inquisidor.

— Não — respondeu. — Não tenho uma resposta. Ainda não.

— O Conselho não quer... — começou, e em seguida pareceu notar Will pela primeira vez. — Se eu puder conversar com você em particular, Charlotte.

Charlotte se empertigou.

— Não vou pedir que Henry e Will se retirem.

Os dois homens se entreolharam, com olhares firmes. Will sabia que Henry o fitava com ansiedade. Depois do desentendimento entre Charlotte e o Cônsul, todos esperaram impacientemente que o Conselho entregasse alguma espécie de avaliação. O controle sobre o Instituto parecia precário. Will percebeu isso no singelo tremor das mãos e na rigidez da boca de Charlotte.

De repente, desejou que Jem ou Tessa estivessem aqui, alguém com quem pudesse falar, para quem pudesse perguntar o que poderia fazer por Charlotte, a quem tanto devia.

— Tudo bem — disse ele, levantando. Queria ver Tessa, mesmo que ela não abrisse os olhos e não o reconhecesse. — Estava mesmo de saída.

— Will... — protestou Charlotte.

— Tudo bem, Charlotte — repetiu Will, e passou pelo Inquisidor, seguindo para a porta. Uma vez no corredor, apoiou-se contra a parede por um instante, para se recuperar. Não pôde deixar de se lembrar de suas próprias palavras; meu Deus, parecia que tinha sido há um milhão de anos e não tinha mais nenhuma graça: *o Cônsul? Interrompendo nosso café da manhã? Qual será a próxima surpresa? O Inquisidor vem tomar chá?*

Se o Instituto fosse tirado de Charlotte...

Se todos perdessem a casa...

Se Tessa...

Não conseguiu concluir o pensamento. Tessa viveria; tinha de viver. Enquanto ele partia pelo corredor, pensou nos azuis, verdes e cinza de Gales. Talvez pudesse voltar para lá, com Cecily, se o Instituto fosse perdido, podiam constituir uma vida em seu país natal. Não seria igual à de Caça às Sombras, mas sem Charlotte, sem Henry, sem Jem, Tessa, Sophie ou até mesmo os malditos Lightwood, ele não queria ser Caçador de Sombras. Eram sua família, e eram preciosos para ele — e apenas tarde demais, pensou, compreendeu isso.

— *Tessa. Acorde. Por favor, acorde.*

Agora era a voz de Sophie, cortando a escuridão. Tessa lutou, forçando os olhos a se abrirem por uma fração de segundos. Viu seu quarto no Instituto, a mobília familiar, as cortinas abertas, a fraca luz do sol projetando quadrados no chão. Ela fez um esforço para segurar a realidade. Era assim: breves períodos de lucidez entremeados por febre e pesadelos — nunca o bastante, nunca o suficiente para se manifestar, falar. *Sophie*, lutou para sussurrar, mas os lábios secos não conseguiam. Um raio passou por sua visão e dividiu o mundo. Ela gritou em silêncio enquanto o Instituto ruía e escapava dela na escuridão.

Foi Cyril quem finalmente contou a Gabriel que Cecily estava no estábulo, depois que o mais novo dos Lightwood passou boa parte do dia procurando-a em vão — embora torcesse para não parecer óbvio — pelo Instituto.

Veio o crepúsculo, e o estábulo estava cheio de luzes quentes e amareladas, e do cheiro de cavalos. Cecily agora estava perto de Balios, com a cabeça apoiada no pescoço do grande cavalo negro. Seus cabelos, quase da mesma cor, estavam soltos sobre os ombros. Ao virar para olhar para ele, Gabriel notou o brilho vermelho do rubi em sua garganta.

Um olhar de preocupação passou pelo rosto da menina.

— Aconteceu alguma coisa com Will?

— Will? — Gabriel se espantou.

— Pensei... o jeito como me olhou... — Ela suspirou. — Ele anda tão estressado nos últimos dias. Como se não bastasse Tessa doente e ferida, saber o que sabe sobre Jem... — E balançou a cabeça. — Tentei conversar sobre isso, mas ele não diz nada.

— Acho que está falando com Jem agora — disse Gabriel. — Confesso que não conheço seu estado mental. Se quiser, posso...

— Não. — A voz de Cecily soou quieta. Seus olhos azuis estavam fixos em algo distante. — Deixe-o quieto.

Gabriel deu alguns passos à frente. O brilho amarelo e suave da luz aos pés de Cecily projetava um ligeiro brilho dourado sobre sua pele. Ela não estava de luvas e tinha as mãos muito brancas contra o pelo negro do cavalo.

— Eu... — começou. — Você parece gostar muito desse cavalo.

Silenciosamente, ele se repreendeu. Lembrou-se do pai uma vez dizendo que as mulheres, o sexo frágil, gostavam de ser galanteadas com palavras charmosas e frases enérgicas. Ele não sabia ao certo o que exatamente era uma frase enérgica, mas sabia que "você parece gostar muito desse cavalo" não se aplicava.

Mas Cecily não pareceu se importar. Afagou distraidamente o cavalo antes de virar para Gabriel.

— Balios salvou a vida do meu irmão.

— Você vai embora? — perguntou Gabriel subitamente.

Os olhos da menina se arregalaram.

— O que foi isso, Sr. Lightwood?

— Não. — Ele levantou a mão. — Não me chame de Sr. Lightwood, por favor. Somos Caçadores de Sombras. Para você, sou Gabriel.

As bochechas de Cecily enrubesceram.

— Gabriel, então. Por que me perguntou se vou embora?

— Você veio para buscar seu irmão — respondeu Gabriel. — Mas é evidente que ele não vai, certo? Está apaixonado por Tessa. Vai ficar onde ela estiver.

— Talvez ela não fique aqui — disse Cecily, com olhos enigmáticos.

— Acho que vai. Mesmo que não fique, ele vai aonde ela for. E Jem... Jem se tornou um Irmão do Silêncio. Ainda é Nephilim. Se Will espera vê-lo novamente, e acho que sabemos que é este o caso, vai ficar. Os anos o transformaram, Cecily. A família dele agora é aqui.

— Acha que está me contando algo que eu ainda não tenha notado? O coração de Will está aqui, e não em Yorkshire, em uma casa onde nunca morou, com pais que não vê há anos.

— Então, se ele não pode ir para casa... pensei que talvez você fosse.

— Para que meus pais não fiquem sozinhos. Sim. Entendo por que pensa isso. — Ela hesitou. — Você sabe, é claro, que em alguns anos deverei me casar e deixar meus pais.

— Mas não para deixar de falar com eles para sempre. Eles estão em exílio, Cecily. Se permanecer aqui, vai ter de se separar deles.

— Diz isso como se quisesse me convencer a voltar.

— Digo porque temo que o faça. — As palavras deixaram sua boca antes que pudesse contê-las; só conseguia olhar para ela enquanto uma onda de embaraço esquentava seu rosto.

Ela deu um passo em direção a ele. Seus olhos azuis, fixos nos dele, se arregalaram. Gabriel ficou imaginando quando eles tinham deixado de lembrá-lo os olhos de Will; eram apenas os olhos de Cecily, um tom de azul que associava apenas a ela.

— Quando vim para cá — disse ela —, achava que os Caçadores de Sombras fossem monstros. Acreditava que precisava resgatar meu irmão. Achava que fôssemos voltar juntos para casa e que meus pais teriam orgulho de nós dois. Que voltaríamos a ser uma família. Então, percebi; você me ajudou a perceber...

— Eu ajudei? Como?

— Seu pai não lhe deu escolhas — disse ela. — Exigiu que você fosse o que ele queria. E essa exigência dividiu sua família. Mas meu pai escolheu deixar os Nephilim e casar com minha mãe. Foi escolha *dele*, assim como ficar com os Caçadores de Sombras é escolha de Will. Escolher entre o amor e a guerra: ambas escolhas corajosas, à sua maneira. Não acho que meus pais sintam rancor pela escolha de Will. Acima de tudo, para eles o que importa é que ele seja feliz.

— Mas e você? — perguntou Gabriel, e agora estavam muito próximos, quase se tocando. — Agora a escolha é sua: ficar ou voltar.

— Vou ficar — respondeu Cecily. — Escolho a guerra.

Gabriel soltou o ar que não sabia que estava prendendo.

— Vai abrir mão de sua casa?

— Uma casa velha e fria em Yorkshire? — respondeu Cecily. — Estamos em Londres.

— E desistir do que é familiar?

— O familiar é monótono.

— Desistir de ver seus pais? É contra a Lei...

Ela sorriu, o esboço de um sorriso.

— Todos transgridem a Lei.

— Cecy — disse ele, diminuindo a distância entre os dois, apesar de não ser muita, e, em seguida, beijando-a: as mãos desajeitadas sobre seus ombros inicialmente, deslizava pelo tafetá engomado do vestido antes de os dedos irem para trás de sua cabeça, acariciando seus cabelos suaves e quentes. Ela se retesou com a surpresa antes de amolecer contra ele, os lábios se abrindo enquanto ele sentia o gosto doce da boca de Cecily. — Cecy? — repetiu ele, com voz rouca.

— Cinco — disse ela. Seus lábios e bochechas estavam ruborizados, mas o olhar muito firme.

— Cinco? — repetiu ele, confuso.

— Minha avaliação — disse ela, e sorriu para ele. — Sua habilidade e técnica talvez exijam trabalho, mas certamente o talento nato está aí. O que precisa é de *prática*.

— Está disposta a ser minha tutora?

— Eu ficaria muito ofendida se você escolhesse outra — respondeu, e se inclinou para beijá-lo novamente.

Quando Will entrou no quarto de Tessa, Sophie estava sentada ao lado da cama, murmurando suavemente. Ela virou quando a porta se fechou atrás de Will. Os cantos de sua boca pareciam comprimidos e preocupados.

— Como ela está? — perguntou ele, enfiando as mãos nos bolsos da calça. Doía ver Tessa assim, como se uma lasca de gelo tivesse se alojado sob suas costelas e perfurasse seu coração. Sophie havia trançado os longos cabelos castanhos de Tessa para que não emaranhassem quando ela sacudisse a cabeça contra os travesseiros. Ela respirava rapidamente, o peito subia e descia velozmente, e os olhos se moviam sob as pálpebras pálidas Ele ficou imaginando o que ela estaria sonhando.

— Do mesmo jeito — respondeu Sophie, que se levantou graciosamente e cedeu a cadeira para ele. — Está chamando novamente.

— Alguém em particular? — perguntou Will, então se arrependeu imediatamente. Sem dúvida, sua motivação era ridiculamente transparente.

Os olhos escuros de Sophie desviaram-se dos dele.

— O irmão — respondeu. — Se quiser alguns momentos a sós com a Srta. Tessa...

— Sim, por favor, Sophie.

Ela parou na porta.

— Mestre William — falou.

Depois de se ajeitar na poltrona ao lado da cama, Will olhou para ela.

— Sinto muito por ter pensado e falado tão mal de você ao longo dos anos — disse Sophie. — Agora entendo que só estava fazendo o que todos nós tentamos fazer. O melhor.

Will esticou a mão e a colocou sobre a mão esquerda de Tessa, que agarrava febrilmente a colcha.

— Obrigado — falou, sem conseguir olhar diretamente para Sophie; logo depois ouviu a porta se fechar suavemente.

Olhou para Tessa. Ela estava momentaneamente quieta, e os cílios batiam enquanto respirava. As olheiras sob os olhos de Tessa eram azul-escuros. As veias, delicadas nas têmporas e nos pulsos. Lembrou-se dela ardendo em glória; era impossível acreditar em sua fragilidade, mas ali estava ela. A mão de Tessa repousava quente na dele, e quando ele tocou as juntas em suas bochechas, a pele dela queimava.

— Tess — sussurrou. — O inferno é frio. Você se lembra de quando me disse isso? Estávamos no porão da Casa Sombria. Qualquer outra pessoa teria entrado em pânico, mas você estava totalmente calma, me dizendo que o inferno era coberto de gelo. Se o fogo do Céu a tirar de mim, seria uma ironia cruel.

Ela respirou fundo, e, por um instante, o coração de Will pulou — será que tinha escutado? Mas os olhos permaneceram fechados.

Apertou a mão dela.

— Volte — pediu. — Volte para mim, Tessa. Henry disse que talvez, como você tocou a alma de um anjo, esteja sonhando com o Céu agora, com campos de anjos e flores de fogo. Talvez esteja feliz nesses sonhos. Mas peço por puro egoísmo. Volte para mim. Pois não suporto perder todo o meu coração.

A cabeça dela virou lentamente para ele, a boca se abriu como se estivesse prestes a falar. Ele se inclinou para a frente, com o coração acelerado.

— Jem? — disse ela.

Will congelou, imóvel, ainda segurando a mão dela. Ela abriu os olhos — tão cinzentos quanto o céu antes da chuva, tão cinzentos quanto as colinas de ardósia em Gales. Cor de lágrimas. Ela olhou para ele, através dele, sem enxergá-lo.

— Jem — repetiu. — Jem, sinto muito. A culpa é toda minha.

Will se inclinou para a frente novamente. Não conseguiu se conter. Ela estava falando compreensivelmente, pela primeira vez em dias. Ainda que não fosse com ele.

— Não é sua culpa — afirmou.

Ela retribuiu a pressão na mão dele; cada um de seus dedos parecia queimar a pele de Will.

— Mas é — falou. — Por minha causa, Mortmain o privou de seu *yin fen*. Por minha causa, você correu perigo. Eu deveria amá-lo e tudo que fiz foi encurtar sua vida.

Will respirou asperamente. A lasca de gelo voltou ao seu coração, e parecia que estava respirando em torno dela. Não era ciúme, mas uma tristeza mais profunda do que qualquer uma que já tivesse conhecido. Pensou em Sydney Carton. *Pense vez ou outra que existe um homem que daria a própria vida para manter uma vida que você ama a seu lado.* Sim, ele teria feito isso por Tessa — morrido para conservar quem ela precisava por perto —, assim como Jem teria feito isso por ele ou por Tessa, assim como Tessa, ele pensou, faria pelos dois. Os três eram um emaranhado quase incompreensível, mas havia uma certeza: a de que não faltava amor entre eles.

Sou forte o bastante para isso, disse a si mesmo, levantando a mão de Tessa gentilmente.

— Viver não é apenas sobreviver — falou. — Também existe felicidade. Conhece seu James, Tessa. Sabe que ele escolheria amor em vez de anos.

Mas a cabeça de Tessa apenas caiu sobre o travesseiro.

— Onde você está, James? Eu o procuro pela escuridão, mas não consigo encontrá-lo. Você é meu pretendente; deveríamos ser ligados por laços que não podem se romper. Contudo, quando estava morrendo, eu não estava lá. Não me despedi.

— Que escuridão? Tessa, onde você está? — Will agarrou-a pela mão. — Diga-me como encontrá-la.

Tessa arqueou as costas na cama subitamente, agarrando a mão dele.

— Sinto muito! — Engasgou-se. — Jem... sinto muito... falhei com você, falhei terrivelmente...

— Tessa! — Will se levantou, mas Tessa já tinha sucumbido sem forças sobre o colchão e respirava com dificuldade.

Ele não pôde evitar. Gritou por Charlotte como uma criança que acordava de um pesadelo, como nunca se permitiu fazer quando era, de fato, uma criança que acordava naquele Instituto estranho, querendo conforto, mas sabendo que não poderia recebê-lo.

Charlotte veio correndo pelo Instituto, como ele sempre soube que faria se chamasse. Ela chegou sem fôlego e assustada; olhou para Tessa na cama e Will agarrando sua mão, e ele viu o pavor sumir de seu rosto, substituído por um olhar de tristeza impronunciada.

— Will...

Will soltou gentilmente a mão de Tessa, voltando-se para a porta.

— Charlotte — disse ele. — Nunca pedi que utilizasse sua posição de chefe do Instituto para me ajudar antes...

— Minha posição não pode curar Tessa.

— Pode. Precisa trazer Jem aqui.

— Não posso pedir isso — respondeu Charlotte. — Jem acabou de começar seu período na Cidade do Silêncio. Novos Iniciados não podem sair por todo o primeiro ano...

— Ele foi para a batalha.

Charlotte tirou um cacho do rosto. Às vezes, ela parecia muito jovem, como agora, apesar de mais cedo, ao olhar para o Inquisidor na sala de estar, não parecesse.

— Isso foi escolha do Irmão Enoch.

A certeza aprumou a espinha de Will. Por tantos anos questionou o conteúdo do próprio coração. Não questionaria agora.

— Tessa precisa de Jem — declarou. — Conheço a Lei, sei que ele não pode vir para casa, mas... os Irmãos do Silêncio devem romper todos os seus laços com o mundo mortal antes de se juntarem à Irmandade. Isso também é Lei. O laço entre Tessa e Jem não foi rompido. Como ela pode voltar ao mundo mortal, se não pode ver Jem uma última vez?

Charlotte ficou em silêncio por um tempo. Havia uma sombra sobre seu rosto que ele não conseguia definir. Sem dúvida, ela queria isso, por Jem, por Tessa, pelos dois?

— Muito bem — disse, afinal. — Vou ver o que posso fazer.

"Diminuíram para beber
Da primavera que corria tão clara,
E lá ela espiava o sangue do coração formoso,
Correndo pelo riacho.
'Aguente, aguente, Lord William', disse ela,
'Pois temo que tenha sido assassinado;
E não é nada além da tinta de minhas roupas escarlate,
Que brilha pelo riacho'."

— Oh, céus — murmurou Sophie ao passar pela cozinha. Bridget realmente precisava ser tão mórbida em todas as suas canções, e realmente precisava usar o *nome* de Will? Como se o coitado já não tivesse sofrido o suficiente...

Uma sombra se materializou da escuridão.

— Sophie?

Sophie gritou e quase derrubou a escova do tapete. Uma luz enfeitiçada brilhou no corredor escuro, e ela viu os olhos verde-cinzentos familiares.

— Gideon! — exclamou. — Céus, quase me matou de susto.

Ele pareceu arrependido.

— Peço desculpas. Só queria desejar boa noite... e você estava sorrindo ao passar. Pensei...

— Estava pensando no Mestre Will — disse ela, em seguida sorriu novamente para a expressão horrorizada de Gideon. — Há apenas um ano, se me dissessem que alguém o atormentava, eu teria me alegrado, mas agora me compadeço dele. Só isso.

Ele pareceu calmo.

— Também sou solidário a ele. A cada dia que Tessa não acorda, dá para vez um pouco da vida dele escoando.

— Se ao menos Mestre Jem estivesse aqui... — suspirou Sophie. — Mas não está.

— Temos de aprender a viver sem muitas coisas hoje em dia. — Gideon a tocou levemente na bochecha. Seus dedos eram ásperos, calejados. Não eram os dedos suaves de um cavalheiro. Sophie sorriu para ele.

— Você não olhou para mim no jantar — disse ele, e baixou a voz. Era verdade, o jantar foi rápido, galinha assada fria e batatas. Ninguém parecia com muito apetite, exceto Gabriel e Cecily, que comeram como se tivessem passado o dia treinando. Talvez fosse o caso.

— Eu estava preocupada com a Sra. Branwell — confessou Sophie. — Ela anda tão preocupada com o Sr. Branwell e com a Srta. Tessa, tem se desgastado, e o bebê... — Ela mordeu o lábio. — Estou preocupada — repetiu. Não conseguia dizer mais nada. Era difícil perder a reticência de uma vida de serviço, ainda que *estivesse* noiva de um Caçador de Sombras agora.

— Seu coração é bondoso — disse Gideon, passando os dedos pela bochecha de Sophie até tocar seus lábios, com o mais suave dos beijos. Em seguida, recuou. — Vi Charlotte entrar sozinha na sala de estar há alguns instantes. Talvez pudesse conversar com ela sobre sua preocupação?

— Não poderia...

— Sophie — disse Gideon. — Você não é apenas empregada de Charlotte; é amiga dela. Se ela se dispuser a falar com alguém, será com você.

A sala estava fria e escura. Não havia fogo na lareira, e nenhuma das luzes estava acesa contra o véu da noite, que projetava sombras e escuridão no recinto. Sophie levou um instante para perceber que uma das sombras era Charlotte, uma figura pequena e silenciosa na cadeira atrás da mesa.

— Sra. Branwell — falou, e foi tomada pela inquietação, apesar do incentivo de Gideon. Há dois dias ela e Charlotte lutaram juntas em Cadair Idris. Agora, era criada outra vez e estava aqui para limpar a lareira e espanar a sala para o dia seguinte. Com um balde de carvão em uma das mãos e uma caixa de pólvora no bolso do avental. — Desculpe... não pretendia interromper.

— Não está interrompendo, Sophie. Não é nada importante. — A voz de Charlotte... Sophie nunca a ouviu soar assim antes. Tão pequena ou tão derrotada.

Sophie repousou o carvão ao lado do fogo e se aproximou, hesitante, da patroa. Charlotte estava sentada com os cotovelos sobre a mesa, o rosto apoiado nas mãos. Havia uma carta na superfície, com o selo do Conselho rompido. O coração de Sophie acelerou, lembrando-se de como o Cônsul ordenou que deixassem o Instituto antes da batalha em Cadair Idris. Mas certamente já havia sido provado que tinham razão? Certamente a vitória sobre Mortmain teria cancelado a ordem do Cônsul, principalmente agora que ele estava morto?

— Está... está tudo bem, senhora?

Charlotte gesticulou para o papel, um aceno desamparado. Com as entranhas congelando, Sophie correu para a mesa de Charlotte e pegou a carta.

Sra. Branwell,

considerando a natureza da correspondência que recebeu do meu falecido colega, Cônsul Wayland, pode ficar surpresa com esta carta. A Clave, no entanto, se vê obrigada a requisitar um novo Cônsul, e, quando abrimos a votação, a principal escolha foi você.

Pode ser compreensível que esteja satisfeita com a direção do Instituto, e que não queira a responsabilidade desta posição, principalmente considerando os ferimentos sofridos por seu marido na brava batalha contra o Magistrado. Contudo, me sinto incumbido a lhe oferecer esta oportunidade, não apenas por você ser a escolha do Conselho, mas porque, considerando o que já vi de você, acho que seria uma das melhores Consulesas que já tive o privilégio de servir.

Minhas mais altas estimas,

Inquisidor Whitelaw

— *Consulesa!* — Sophie se engasgou, e o papel voou de seus dedos. — Querem torná-la Consulesa?

— É o que parece. — A voz de Charlotte soou sem vida.

— Eu... — Sophie procurou o que dizer. A ideia do Instituto de Londres não ser governado por Charlotte era assustadora. No entanto, a posição de Consulesa era uma honra, a mais alta que a Clave poderia conceder, e vê-la recebendo a honra que tanto merecia... — Ninguém merece mais do que você — concluiu, afinal.

— Ah, Sophie, não. Eu que escolhi nos mandar para Cadair Idris. Por minha culpa Henry nunca mais vai andar. *Eu* fiz isso.

— Ele não a culpa.

— Não, ele não me culpa, mas eu sim. Como posso ser a Consulesa e enviar Caçadores de Sombras para morrerem em batalha? Não quero essa responsabilidade.

Sophie pegou a mão de Charlotte e as apertou.

— Charlotte — disse ela. — Não é só uma questão de enviar Caçadores de Sombras para a batalha; às vezes, trata-se de segurá-los. Você tem um coração misericordioso e uma mente justa. Liderou o Enclave por anos. Claro que seu coração está partido pelo Sr. Branwell, mas ser Consulesa não é só tirar vidas, mas também salvá-las. Se não fosse por você, se fosse apenas o Cônsul Wayland, quantos Caçadores de Sombras teriam morrido nas mãos das criaturas de Mortmain?

Charlotte olhou para a mão vermelha e calejada pelo trabalho de Sophie.

— Sophie — disse. — Quando se tornou tão sábia?

A criada enrubesceu.

— Aprendi a ter sabedoria com você, senhora.

— Ah, não — disse Charlotte. — Há um minuto me chamou de Charlotte. Como futura Caçadora de Sombras, Sophie, deve me chamar de Charlotte a partir de agora. E teremos de trazer uma nova empregada para assumir seu lugar, para que você tenha tempo de se preparar para a Ascensão.

— Obrigada — sussurrou Sophie. — Então vai aceitar a oferta? Tornar-se Consulesa?

Charlotte retirou gentilmente a mão da de Sophie e pegou a pena.

— Vou — respondeu. — Com três condições.

— Quais?

— A primeira é que eu possa liderar a Clave do Instituto, aqui, e não precise me mudar com minha família para Idris, pelo menos não nos primeiros anos. Não quero deixá-los, e além disso, quero estar aqui a fim de treinar Will para assumir o Instituto quando eu partir.

— *Will?* — perguntou Sophie, atônita. — Assumir o Instituto?

Charlotte sorriu.

— Claro — respondeu. — Essa é a segunda condição.

— E a terceira?

O sorriso de Charlotte desbotou, substituído por um olhar de determinação.

— Essa, você verá o resultado amanhã, se for aceita — respondeu, e abaixou a cabeça para começar a escrever.

23

Do Que Qualquer Mal

Venha, deixe-nos ir: suas bochechas estão pálidas;
Mas metade da minha vida deixo para trás:
Me parece que meu amigo é vastamente cultuado;
Mas vou passar; meu trabalho vai falhar...
Ouço agora, e o tempo todo,
Eternas saudações aos mortos;
E "Ave, Ave, Ave" disse,
"Adeus, adeus" eternamente.
— Alfred, Lord Tennyson, "In Memoriam A.H.H."

Tessa estremeceu; a água fria passou por ela na escuridão. Achou que pudesse estar caída no fundo do universo, onde o rio do esquecimento dividia o mundo em dois, ou talvez ela ainda estivesse no riacho onde sucumbiu após cair da carruagem da Irmã Sombria, e tudo que aconteceu desde então não passou de um sonho. Cadair Idris, Mortmain, o exército mecânico, os braços de Will à sua volta...

Culpa e tristeza a apunhalaram como uma lança, e ela se esticou para trás, com as mãos procurando apoio na escuridão. O fogo correu por suas veias, milhares de riachos de agonia. Ela arfou em busca de ar e, de repente, sentiu algo frio nos dentes, abrindo seus lábios, e a boca se encheu de amargura gélida. Engoliu em seco, engasgando...

E sentiu o fogo nas veias baixar. Gelo passou por ela. Seus olhos se abriram enquanto o mundo girava e se ajeitava. A primeira coisa que viu foi um par de mãos pálidas e esguias puxando um frasco — *o frio na boca, o gosto amargo na língua* —, e os contornos de seu quarto no Instituto.

— Tessa — disse uma voz familiar. — Isso vai mantê-la lúcida por um tempo, mas você não deve se permitir cair de volta na escuridão dos sonhos.

Ela congelou, sem ousar olhar.

— Jem? — perguntou num sussurro.

O som do frasco sendo colocado sobre a cabeceira. Um suspiro.

— Sim — respondeu. — Tessa. Pode olhar para mim?

Ela se virou e olhou. E respirou fundo.

Era Jem e não era.

Estava com a túnica de um Irmão do Silêncio, aberta na garganta, mostrando o colarinho de uma camisa comum. O capuz estava para trás, revelando seu rosto. Ela pôde ver as mudanças nele, que mal enxergou com todo o barulho e a confusão da batalha em Cadair Idris. Suas bochechas delicadas estavam marcadas com os símbolos que ela havia notado anteriormente, um em cada, longos traços de cicatrizes que não pareciam Marcas comuns de Caçadores de Sombras. O cabelo não era mais puramente prateado — tinha mechas escurecidas, preto-amarronzadas, sem dúvida a cor original. Os cílios também se tornaram negros. Pareciam traços finos de seda contra a pele pálida — apesar de não ser mais tão pálida quanto outrora.

— Como é possível? — sussurrou ela. — Que você esteja aqui?

— Fui chamado da Cidade do Silêncio pelo Conselho. — A voz também não era a mesma. Havia um tom de frieza, algo novo. — Influência de Charlotte, pelo que me disseram. Posso passar uma hora com você, não mais.

— Uma hora — repetiu Tessa, chocada. Levantou a mão para tirar o cabelo do rosto. Como devia estar péssima sua aparência, com a camisola amarrotada, os cabelos descuidados, os lábios secos e rachados. Alcançou o anjo mecânico no pescoço; um gesto familiar e habitual, que buscava conforto, mas o anjo não estava mais ali. — Jem, achei que estivesse *morto*.

— Sim — disse ele, e continuava com a voz remota, uma distância que lembrava os icebergs que ela viu a bordo do *Primordial*, massas de gelo flutuando ao longe. — Desculpe. Desculpe, por alguma razão... não consegui lhe contar.

— Achei que estivesse morto — repetiu Tessa. — Não consigo acreditar que você seja real, agora. Sonhei com você milhares de vezes. Havia um corredor escuro, e você se afastava de mim e, por mais que eu chamasse, não podia ou não queria virar para me olhar. Talvez seja apenas outro sonho.

— Não é sonho. — Ele se levantou e se colocou diante dela, as mãos pálidas entrelaçadas à frente do corpo, e ela não conseguia se esquecer de como ele havia pedido sua mão em casamento: de pé, enquanto ela estava sentada na cama, olhando para ele, incrédula, como agora.

Ele abriu as mãos lentamente, e sobre suas palmas, assim como nas bochechas, ela viu símbolos negros marcados. Não tinha tanta intimidade com o *Códex* para reconhecê-los, mas soube instintivamente que não eram os símbolos de um Caçador de Sombras comum. Falavam de um poder além do deles.

— Você me disse que era impossível — sussurrou Tessa. — Que não podia se tornar um Irmão do Silêncio.

Ele se virou de costas para ela. Alguma coisa em seus movimentos era diferente agora, algo da suavidade deslizante dos Irmãos do Silêncio. Era ao mesmo tempo adorável e melancólico. O que ele estava fazendo? Não suportava olhar para ela?

— Falei o que acreditava — respondeu, com o rosto voltado para a janela. De perfil, ela pôde ver que parte da magreza dolorosa do rosto de Jem havia sumido. As bochechas não eram mais tão acentuadas, e as concavidades das têmporas não eram mais tão escuras. — E o que era verdadeiro. Que o *yin fen* no meu sangue impedia que os símbolos dos Irmãos do Silêncio fossem aplicados em mim. — Ela viu o peito dele subir e descer sob a túnica, e quase se espantou: parecia tão humana, a necessidade de respirar. — Todo o esforço já feito para me livrar aos poucos do *yin fen* quase me matou. Quando parei de tomar porque acabou, senti meu corpo começar a quebrar, de dentro para fora. E achei que não tivesse mais nada a perder. — A intensidade na voz de Jem a aqueceu: seria um tom de humanidade ali, uma rachadura na armadura da Irmandade? — Implorei que Charlotte chamasse os Irmãos do Silêncio e pedisse que eles aplicassem as Marcas da Irmandade no último momento, quando a vida estivesse me deixando. Sabia que os símbolos poderiam me fazer morrer em agonia. Mas era a única chance.

— Você disse que não desejava se tornar um Irmão do Silêncio. Não queria viver eternamente...

Ele dera uns passos pelo quarto e agora estava ao lado da penteadeira. Ele esticou a mão e alcançou algo metálico e brilhante de um recipiente raso. Tessa percebeu com um choque de surpresa que era seu anjo mecânico.

— Ele não bate mais — disse Jem. Ela não conseguiu interpretar sua voz; estava distante, tão lisa e fria quanto uma pedra.

— O coração se foi. Quando me transformei no anjo, libertei-o da prisão mecânica. Ele não mora mais aí dentro. Não me protege mais.

A mão de Jem fechou em torno do anjo, as asas afundaram na carne da palma.

— Devo lhe dizer — contou. — Quando recebi a ordem de Charlotte de vir até aqui, foi contra minha vontade.

— Você não queria me ver?

— Não. Não queria que você me olhasse como está olhando agora.

— Jem... — Ela engoliu em seco, sentindo na língua a amargura da tisana que ele lhe deu. Um turbilhão de lembranças, a escuridão sob Cadair Idris, a cidade em chamas, os braços de Will envolvendo-a... *Will.* Mas ela acreditava que Jem estivesse morto. — Jem — repetiu. — Quando eu o vi ali, vivo, sob Cadair Idris, pensei que fosse um sonho ou uma mentira. Achei que estivesse morto. Foi o momento mais sombrio da minha vida. Acredite em mim, por favor, acredite em mim, que minha alma se alegra em vê-lo novamente quando nunca achei que isso fosse acontecer. É só que...

Ele soltou o anjo metálico, e ela viu as linhas de sangue na mão dele, onde as pontas das asas o cortaram, rasgando os símbolos na palma.

— Sou estranho a você. Não sou humano.

— Sempre será humano para mim — sussurrou ela. — Mas não consigo ver meu Jem em você agora.

Ele fechou os olhos. Ela estava acostumada a sombras escuras em suas pálpebras, mas estas não estavam mais ali.

— Não tive escolha. Você tinha sido levada, e Will tinha ido procurá-la. Não temia a morte, mas temia deixá-los. Este, então, foi meu último recurso. Viver, levantar e lutar.

Um pouco de cor tingiu a voz de Jem: havia paixão ali, sob aquele desapego frio dos Irmãos do Silêncio.

— Mas eu sabia o que ia perder — falou. — Certa vez você entendeu minha música. Agora olha para mim como se não me conhecesse. Como se jamais houvesse me amado.

Tessa deixou as cobertas e se levantou. Um erro. De repente, ficou tonta, com os joelhos bambos. Esticou a mão para segurar um dos postes da cama, mas, em vez disso, se viu agarrada à túnica de Jem. Ele foi em direção a ela com a graça silenciosa dos Irmãos, como fumaça se desenrolando, e os braços dele agora a envolviam, sustentando-a.

Ela ficou parada nos braços de Jem. Ele estava próximo, o suficiente para que ela pudesse sentir o calor do corpo dele, mas não sentiu. O cheiro habitual de fumaça e açúcar queimado havia sumido. Havia apenas um vago aroma de algo seco e frio como pedra ou papel. Tessa pôde sentir as batidas abafadas do coração de Jem, ver a pulsação na garganta. Ela o encarou, maravilhada, memorizando as linhas e ângulos do seu rosto, as cicatrizes nas bochechas, a seda espessa dos cílios, o arco da boca.

— Tessa. — A palavra soou como um resmungo, como se ela o tivesse atingido. Havia um leve traço de cor em suas bochechas, sangue sob a neve. — Meu Deus — disse ele, e enterrou o rosto na curva do pescoço dela, onde começava o ombro, tocando a bochecha no cabelo dela. Estava com as mãos esticadas sobre as costas dela, pressionando-a ainda mais forte contra si. Tessa o sentiu tremer.

Por um instante, ela se sentiu leve com o alívio da sensação de Jem sob suas mãos. Talvez você não acreditasse, de fato, em alguma coisa até poder tocá-la. E cá estava Jem, que ela imaginava morto, abraçando-a, respirando, *vivo*.

— A sensação é a mesma — disse ela. — Mas sua aparência é tão diferente. Você *está* diferente.

Com isso, ele se desvencilhou dela, e o esforço o fez morder o lábio e enrijecer os músculos da garganta. Segurando-a gentilmente pelos ombros, ele a conduziu novamente para a cama. Quando a soltou, cerrou as mãos em punhos. Deu um passo para trás. Ela pôde ver a respiração de Jem, a pulsação na garganta.

— Estou diferente — falou com a voz baixa. — Eu mudei. E de forma irreversível.

— Mas ainda não é inteiramente um *deles* — disse. — Consegue falar... e ver...

Ele exalou lentamente. Continuava encarando o poste da cama, como se ali estivessem os segredos do universo.

— Existe um processo. Uma série de rituais e procedimentos. Não, ainda não sou exatamente um Irmão do Silêncio. Mas, em breve, serei.

— Então, o *yin fen* não impediu.

— Quase. Senti... dor quando fiz a transição. Muita dor, que quase me matou. Eles fizeram o possível. Mas eu jamais serei como os outros Irmãos do Silêncio. — Ele olhou para baixo, os cílios cobrindo seus olhos. — Não serei... exatamente como eles. Serei menos poderoso, pois existem alguns símbolos ainda que não consigo suportar.

— Certamente agora já podem esperar até que o *yin fen* deixe seu organismo por completo?

— Não deixará. Meu corpo ficou preso no estado em que se encontrava quando puseram estes primeiros símbolos em mim. — Ele indicou as cicatrizes no rosto. — Por causa disso, não poderei alcançar algumas habilidades. Levarei mais tempo para dominar a visão e a fala mental.

— Isso significa que não tirarão seus olhos, nem costurarão seus lábios?

— Não sei. — A voz de Jem agora era suave, quase inteiramente a voz do Jem que ela conhecia. Tessa viu um rubor nas bochechas dele e pensou em uma coluna clara de mármore oco enchendo-se lentamente com sangue humano. — Estarei com eles por muito tempo. Talvez para sempre. Não sei o que vai acontecer. Entreguei-me a eles. Meu destino agora está em suas mãos.

— Se pudéssemos libertá-lo...

— Então o *yin fen* que permanece em mim voltaria a queimar, e eu voltaria a ser o que era. Um viciado, morrendo. Foi minha escolha, Tessa, pois a alternativa era a morte. Você sabe disso. Não quero deixá-la. Mesmo sabendo que me tornando um Irmão do Silêncio eu poderia garantir minha sobrevivência, lutei contra a possibilidade, como se fosse uma prisão. Irmãos do Silêncio não podem se casar. Não podem ter um *parabatai*. Só podem viver na Cidade do Silêncio. Não riem. Não podem tocar música.

— Ah, Jem — disse Tessa. — Talvez não possam tocar música, mas os mortos também não. Se esta era a única forma de conservá-lo vivo, então minha alma se alegra por você, mesmo que meu coração sofra.

— Eu a conheço bem demais para achar que você pudesse se sentir de outra maneira.

— E eu o conheço bem demais para saber que está se sentindo culpado. Mas por quê? Não fez nada de errado.

Ele inclinou a cabeça de modo que a testa ficou apoiada no poste da cama. Fechou os olhos.

— Era por isso que eu não queria vir.

— Mas não estou brava...

— Não achei que fosse ficar *brava* — disparou Jem, e foi como gelo de uma cachoeira congelada quebrando, liberando uma torrente. — Estávamos *noivos*, Tessa. Um pedido, uma oferta de casamento, é uma promessa. Uma promessa de amor e cuidado, para sempre. Não pretendia quebrar a minha. Mas era isso ou morrer. Quis esperar, casar com você, viver com você durante anos, mas não foi possível. Eu estava morrendo depressa demais. Teria desistido de tudo para ser casado com você por um único dia. Um dia que jamais viria. Você é um lembrete... um lembrete de tudo que estou perdendo. Da vida que não terei.

— Abrir mão da vida por um dia de casamento... não valeria a pena — respondeu Tessa. Seu coração batia com uma mensagem que falava dos braços de Will ao seu redor, seus lábios nos dela na caverna sob Cadair Idris. Não merecia as confissões generosas de Jem, a penitência, o desejo. — Jem, preciso confessar uma coisa.

Ele olhou para ela. Tessa viu o preto nos olhos dele, traços pretos sobre a prata, lindo e estranho.

— É sobre Will. Sobre Will e eu.

— Ele a ama — disse Jem. — Sei que a ama. Conversamos sobre isso antes de ele partir. — Apesar de a frieza não ter voltado para a voz de Jem, ele soava estranhamente calmo.

Tessa ficou chocada.

— Não sabia que tinham conversado. Will não me disse.

— E você também não me contou sobre os sentimentos dele, apesar de já saber há meses. Todos guardamos segredos por não querermos machucar a quem nos ama. — Havia um tom de alerta em sua voz ou ela estava só imaginando?

— Não quero mais esconder nada de você — disse Tessa. — Achei que estivesse morto. Tanto eu quanto Will. Em Cadair Idris...

— Você me amou? — interrompeu ele. Parecia uma pergunta estranha, contudo ele perguntou, sem implicações nem hostilidade, e esperou em silêncio por uma resposta.

Olhou para ele, e as palavras de Woolsey voltaram até ela, como o sussurro de uma oração. *A maioria das pessoas nunca encontra um grande amor na vida. Você encontrou dois*. Por um instante, ela deixou de lado a confissão.

— Sim, eu o amei. Ainda amo. Também amo Will. Não consigo explicar. Não sabia quando aceitei me casar com você. Eu o amava, ainda amo, nunca o amei menos, mesmo com todo o amor que sinto por ele. Parece loucura, mas se alguém é capaz de entender...

— Eu entendo — disse Jem. — Não há necessidade de me contar mais sobre você e Will. Nada do que possam ter feito poderia me fazer deixar de amar qualquer um dos dois. Will é parte de mim, é minha alma, e, se não posso ter seu coração, não poderia escolher ninguém melhor para desfrutar desta honra. E quando eu me for, você deverá ajudar Will. Isso será... será difícil para ele.

Tessa investigou o rosto de Jem. Não havia mais rubor nas bochechas; ele estava pálido, porém recomposto. O maxilar estava firme. Aquilo dizia tudo que ela precisava entender: *não me diga mais. Não quero saber*.

Alguns segredos, ela pensou, deviam ser contados; outros ficavam melhor como fardos de seus guardiões, para não machucarem ninguém. Foi por isso que não revelou a Will que o amava quando não havia nada que nenhum dos dois pudesse fazer a respeito.

Ela fechou a boca e conteve o que pretendia contar. Em vez disso, falou:

— Não sei como vou ficar sem você.

— Tenho as mesmas dúvidas em relação a mim. Não quero deixá-la. Mas se eu ficar, morrerei.

— Não. Não pode ficar. Não vai ficar. Jem. Prometa que vai embora. Seja um Irmão do Silêncio e viva. Eu lhe diria que o odeio, se você acreditasse, desde que isso o fizesse ir. Quero que viva. Mesmo que isso signifique que nunca mais poderei vê-lo.

— Vai me ver — respondeu ele em voz baixa, levantando a cabeça. — Aliás, existe uma chance... apenas uma chance, mas...

— Mas o quê?

Ele fez uma pausa; hesitou e pareceu tomar uma decisão.

— Nada. Tolice.

— *Jem*.

— Vai voltar a me ver, mas não com frequência. Acabei de começar minha jornada, e existem muitas Leis que regem a Irmandade. Vou me afastar da minha vida prévia. Não posso dizer quais habilidades ou cicatrizes terei. Não sei como serei diferente. Temo que vá me perder e perder minha música. Temo me tornar algo não completamente humano. *Sei* que não serei seu Jem.

Tessa só conseguiu balançar a cabeça.

— Mas os Irmãos do Silêncio... eles visitam, se misturam a outros Caçadores de Sombras... Você não pode...

— Não durante meu treinamento. E mesmo quando acabar, será raro. Vocês nos veem quando alguém está doente ou morrendo, quando uma criança nasce, nos rituais das primeiras Marcas ou nas cerimônias de *parabatai*... mas não visitamos casas de Caçadores de Sombras sem convocação.

— Então, Charlotte irá convocá-lo.

— Ela me chamou aqui desta vez, mas isso não pode ficar se repetindo, Tessa. Um Caçador de Sombras não pode chamar um Irmão do Silêncio sem motivo.

— Mas não sou Caçadora de Sombras — respondeu Tessa. — Não de verdade.

Fez-se um longo silêncio enquanto se olhavam. Ambos teimosos. Ambos imóveis. Finalmente, Jem falou:

— Lembra-se de quando estivemos juntos na Blackfriars Bridge? — perguntou suavemente, e seus olhos eram como aquela noite, pretos e prateados.

— Claro que me lembro.

— Foi quando descobri que a amava — disse Jem. — Farei uma promessa. Todo ano, Tessa, em algum dia, eu a encontrarei naquela ponte. Virei da Cidade do Silêncio e a encontrarei, e estaremos juntos, ainda que por apenas uma hora. Mas não pode contar a ninguém.

— Uma hora por ano — sussurrou Tessa. — Não é muito. — Então se recolheu e respirou fundo. — Mas você vai estar vivo. Vai viver. É isso que importa. Não vou visitar seu túmulo.

— Não. Não por muito tempo — falou, e a distância voltou à sua voz.

— Então, isso é um milagre — disse Tessa. — E milagres não se questionam, nem reclamamos quando não são exatamente como gostaríamos. — Ela levantou a mão e tocou o pingente de jade no pescoço. — Devo devolver isso?

— Não — respondeu. — Não vou me casar com mais ninguém. E não levarei o presente de noivado de minha mãe para a Cidade do Silêncio. — Ele esticou o braço e a tocou levemente no rosto, deixando pele contra pele. — Quando eu estiver na escuridão, quero pensar no colar com você, na luz — falou, e se recompôs, virando-se para a porta. A túnica de Irmão do Silêncio se moveu com ele. Tessa o observou, paralisada, cada batida do coração ecoando o que não podia dizer: *adeus. Adeus. Adeus.*

Ele parou na entrada.

— Nos encontraremos na Blackfriars Bridge, Tessa.

E foi embora.

Se Will fechasse os olhos, podia escutar os ruídos do Instituto ganhando vida pela manhã ou, pelo menos, conseguia imaginá-los: Sophie preparando a mesa do café da manhã, Charlotte e Cyril ajudando Henry a sentar, os irmãos Lightwood lutando, sonolentos, pelos corredores, Cecily procurando por ele em seu quarto, como vinha fazendo quase todas as manhãs ultimamente, tentando — sem conseguir — disfarçar a óbvia preocupação.

E no quarto de Tessa, Jem e Tessa, conversando.

Sabia que Jem estava lá, por causa da carruagem dos Irmãos do Silêncio parada no jardim. Dava para ver da janela da sala de treinamento. Mas não era algo em que podia pensar. Era o que ele queria, o que pedira a Charlotte, mas agora que estava acontecendo, descobriu que não aguentava pensar muito no assunto. Então, foi para o cômodo ao qual sempre recorria quando tinha a mente perturbada; estava arremessando facas na parede desde o amanhecer, e a camisa estava molhada de suor e grudada às costas.

Pá. Pá. Pá. As facas atingiam a parede, todas no centro do alvo. Lembrava-se dos seus 12 anos, quando acertar a faca perto da meta parecia um sonho impossível. Jem o ajudou, mostrou como segurar a lâmina, como alinhar a ponta e arremessar. De todos os lugares no Instituto, a sala de treinamento era a que mais associava a Jem — exceto pelo quarto dele, que tinha sido destituído dos pertences do amigo. Agora, era apenas mais um quarto vazio do Instituto, esperando ser preenchido por outro Caçador de Sombras. Nem Church parecia querer entrar; às vezes, ficava perto da porta e esperava, como os gatos faziam, mas não dormia mais na cama, como acontecia nos tempos de Jem.

Will estremeceu — a sala de treinamento era fria pela manhã: o fogo da lareira estava se extinguindo, uma sombra vermelha e dourada expelia brasas coloridas. Will via dois meninos em sua mente, sentados no chão em frente ao fogo nesta mesma sala, um de cabelos negros e outro de cabelos claros como a neve. Ele ensinava Jem a jogar um jogo de cartas com um baralho que havia roubado da sala de estar.

Em dado momento, irritado por ter perdido, Will jogou o baralho no fogo e assistiu fascinado enquanto as cartas queimavam, uma por uma, e o fogo abria buracos no papel branco acetinado. Jem riu.

— Assim você não consegue ganhar.

— Às vezes, é a única maneira de ganhar — dissera Will. — Queimar tudo.

Foi retirar as facas da parede, franzindo o rosto. *Queimar tudo*. Seu corpo inteiro ainda doía. Enquanto soltava as lâminas, viu que tinha hematomas azul-esverdeados nos braços, apesar dos *iratzes*, e cicatrizes da batalha de Cadair Idris que teria para sempre. Pensou na luta ao lado de Jem. Talvez não tenha apreciado no momento. *A última, última vez.*

Como um eco de seus pensamentos, uma sombra apareceu na porta. Will levantou o olhar — e quase derrubou a faca que segurava.

— Jem? — falou. — É você, James?

— Quem mais? — A voz de Jem. Ao entrar para a luz da sala, Will viu que o capuz de Jem estava abaixado, o olhar na altura dos olhos de Will. O rosto, os olhos, tudo familiar. Mas Will sempre conseguiu sentir Jem antes, sentir a aproximação e sua presença. O fato de que ele o havia surpreendido desta vez foi um lembrete agudo da mudança do *parabatai*.

Não é mais seu parabatai, lembrou-lhe uma voz no fundo da mente.

Jem entrou com os passos mudos dos Irmãos do Silêncio, fechando a porta atrás de si. Will não se mexeu. Não achava que pudesse. A visão de Jem em Cadair Idris foi um choque que atravessou seu sistema como uma incandescência terrível e maravilhosa — ele estava *vivo*, porém mudado; viveu, mas se perdeu.

— Mas — falou. — Você veio ver Tessa.

Jem o olhou calmamente. Seus olhos estavam pretos acinzentados, como ardósia com listras de obsidiana.

— E não achou que eu fosse aproveitar a chance, qualquer chance, para vê-lo também?

— Não sabia. Você foi embora, depois da batalha, sem se despedir.

Jem deu mais alguns passos à frente, para dentro da sala. Will sentiu a espinha enrijecer. Havia algo estranho, profundo e diferente na maneira como ele se movia agora; não era a graciosidade dos Caçadores de Sombras que Will passou anos treinando para imitar, mas algo estranho, diferente e novo.

Jem deve ter notado algo na expressão de Will, pois parou.

— Como eu poderia me despedir — disse — de você?

Will sentiu a faca escorregar da mão. Ela caiu, com a ponta para baixo, na madeira do chão.

— Como fazem os Caçadores de Sombras? *Ave atque vale.* E para sempre, irmão, saudações e adeus.

— Mas essas são as palavras da morte. Catulo as pronunciou sobre o túmulo do irmão, não foi? *Multas per gentes et multa per aequora vectus advenio has miseras, frater, ad inferias...*

Will conhecia as palavras. *Através de muitas águas carregadas, irmão, venho a teu triste jazigo, para lhe dar estes últimos presentes dos mortos. Para todo o sempre, irmão, saudações. Para todo o sempre, adeus.* Encarou-o.

— Você... decorou o poema em latim? Mas você sempre foi o que memorizava música, e não palavras... — Interrompeu-se com uma risada curta. — Esqueça. Os rituais da Irmandade mudam isso. — Ele se virou e se afastou alguns passos; em seguida, voltou abruptamente para encarar Jem. — Seu violino está na sala de música. Achei que tivesse levado... Gostava tanto dele.

— Não podemos levar nada além de nossos corpos e mentes para a Cidade do Silêncio — explicou Jem. — Deixei o violino aqui para algum Caçador de Sombras futuro que deseje tocá-lo.

— Então, não é para mim.

— Ficaria honrado se você o guardasse e cuidasse dele. Mas deixei outra coisa para você. No seu quarto, está minha caixa de *yin fen*. Achei que pudesse querê-la.

— Isso me parece um presente cruel — respondeu Will. — Para que eu me lembre... — *do que o tirou de mim. Do que o fez sofrer. Do que procurei e não encontrei. De como falhei com você.*

— Will, não — disse Jem, que, como sempre, entendeu sem que Will precisasse explicar. — Nem sempre foi uma caixa que guardou minhas drogas. Era da minha mãe. Kwan Yin é a deusa representada na frente. Dizem que, quando ela morreu e chegou aos portões do paraíso, parou e ouviu os gritos de angústia do mundo humano abaixo e não pôde deixá-lo. Ficou para ajudar os mortais quando eles não puderam se ajudar. Ela é o conforto de todos os corações sofredores.

— Uma caixa não vai me confortar.

— Mudança não é perda, Will. Nem sempre.

Will passou as mãos pelos cabelos molhados.

— Ah, sim — respondeu amargamente. — Talvez em outra vida, além desta, quando atravessarmos o rio ou girarmos uma roda ou quaisquer que sejam as palavras delicadas que queira utilizar para descrever deixar este mundo, encontrarei meu amigo novamente, meu *parabatai*. Mas eu o perdi *agora*... agora, quando mais preciso de você!

Jem atravessou a sala — como uma faísca de sombra, a graciosidade leve dos Irmãos do Silêncio presente nele —, ficando ao lado da fogueira. O fogo iluminou seu rosto, e Will viu algo que parecia brilhar através dele: uma espécie de luz que não estava ali antes. Jem sempre brilhou, com uma vida feroz e uma bondade ainda mais selvagem, mas isto era diferente. A luz de Jem parecia arder agora; uma luz distante e solitária, como a luz de uma estrela.

— Não precisa de mim, Will.

Will olhou para si próprio, para a faca no chão, e lembrou-se da que havia enterrado perto da árvore na estrada Shrewsbury-Welshpool, manchada com o próprio sangue e com o de Jem.

— Por toda a minha vida, desde que vim para o Instituto, você foi o espelho da minha alma. Eu via em você minha bondade. Só em seus olhos encontrava graça. Quando você se afastar, quem vai me enxergar assim?

Fez-se um silêncio. Jem estava parado como uma estátua. Com o olhar, Will procurou e achou o símbolo *parabatai* no ombro dele; como o seu, desbotara para um branco claro.

Finalmente, Jem falou. A frieza havia deixado sua voz. Will respirou fundo, lembrando-se de como aquela voz o moldou ao longo dos anos de crescimento, a generosidade constante que ela continha como um farol no escuro.

— Tenha fé em si mesmo. Pode ser seu próprio espelho.

— E se não conseguir? — perguntou Will. — Não sei nem como ser um Caçador de Sombras sem você. Jamais lutei sem você ao meu lado.

Jem deu um passo à frente, e desta vez Will não se moveu para desencorajá-lo. Ele chegou perto o bastante para tocá-lo. Will pensou distraidamente que jamais havia estado tão perto de um Irmão do Silêncio antes, que o tecido da túnica era feito de um estranho material, claro como um tronco de árvore, e que o frio parecia irradiar da pele de Jem como uma pedra que retinha o frescor mesmo em um dia quente.

Jem colocou os dedos sob o queixo de Will, forçando-o a olhar diretamente para ele. Seu toque era frio.

Will mordeu o lábio. Esta talvez fosse a última vez que Jem, como Jem, o tocaria. A lembrança aguda o atravessou como uma faca — anos do leve toque de Jem em seu ombro, a mão se esticando para ajudar Will quando ele caía, Jem o segurando quando ficava furioso, as mãos de Will nos ombros finos dele enquanto tossia sangue na camisa.

— Ouça. Vou embora, mas continuo *vivo*. Não me afastarei completamente de você, Will. Quando lutar agora, continuarei com você. Quando andar pelo mundo, serei a luz a seu lado, o chão firme sob seus pés, a força que guia a espada em suas mãos. Somos ligados, além do juramento. As Marcas não mudaram isso. O juramento não mudou isso. Meramente definiram o que já existia.

— Mas e você? — perguntou Will. — Diga-me o que posso fazer, pois você é meu *parabatai* e não quero que entre sozinho nas sombras da Cidade do Silêncio.

— Não tenho escolha. Mas se existe alguma coisa que posso pedir, é que seja feliz. Quero que tenha uma família e envelheça com quem você ama. E se desejar se casar com Tessa, não deixe que minha lembrança os separe.

— Ela talvez não me queira, você sabe — disse Will.

Jem sorriu, fugazmente.

— Bem, essa parte é com você, acho.

Will retribuiu o sorriso, e por apenas aquele instante foram Jem-e-Will novamente. Will podia enxergar Jem, mas também conseguia enxergar *através* dele, o passado. Lembrou-se dos dois, correndo pelas ruas escuras de Londres, pulando de telhado em telhado com lâminas serafim brilhando nas mãos; horas na sala de treinamento, empurrando um ao outro em poças de lama, arremessando bolas de neve em Jessamine por trás de uma fortaleza de gelo no jardim, dormindo como cachorrinhos na frente de um tapete perto da lareira.

Ave atque vale, pensou Will. *Saudações e adeus*. Nunca tinha pensado muito nas palavras antes, nunca pensou em por que não eram apenas uma despedida, mas também uma saudação. Todo encontro levava a uma partida, e assim seria, enquanto a vida fosse mortal. Em todo encontro, havia um pouco da tristeza da separação, mas, em toda separação, havia um pouco da alegria do encontro.

Ele não esqueceria a tristeza.

— Falamos sobre como se despedir — disse Jem. — Quando Jonathan se despediu de David, ele falou "vá em paz, por tudo que juramos, nós dois, dizendo que o Senhor estaria entre mim e ti, para sempre". Não mais se viram, mas não se esqueceram. Será assim conosco. Quando eu for o Irmão Zachariah, quando não mais vir o mundo com meus olhos humanos, ainda serei, de alguma forma, o Jem que conheceu, e o verei com os olhos do meu coração.

— *Wo men shi sheng si ji jiao* — disse Will, e viu os olhos de Jem se arregalarem consideravelmente, com uma faísca de alegria dentro deles. — Vá em paz, James Carstairs.

Ficaram olhando um para o outro por um longo instante, e, em seguida, Jem levantou o capuz, escondendo o rosto na sombra, e virou as costas.

Will fechou os olhos. Não conseguia ouvir Jem se retirando, não mais; não queria saber o instante em que foi deixado sozinho, nem quando seu primeiro dia como Caçador de Sombras sem *parabatai* começou de fato. E se o ponto sobre seu coração, onde ficava o símbolo *parabatai,* ardeu com uma súbita dor quando a porta de fechou atrás de Jem, Will disse a si mesmo que foi uma brasa da lareira.

Ele se inclinou para trás, contra a parede, em seguida deslizou lentamente até sentar no chão, ao lado da faca. Não sabia por quanto tempo ficou ali, mas ouviu o barulho dos cavalos no jardim, o movimento da carruagem dos Irmãos do Silêncio percorrendo a passagem. A batida do portão se fechando. *Somos pó e sombras.*

— Will? — Levantou os olhos; não tinha notado a figura pequena na entrada da sala de treinamento até ela falar. Charlotte deu um passo à frente e sorriu para ele. Havia bondade em seu sorriso, como sempre, e ele lutou para não fechar os olhos contra as lembranças: Charlotte na entrada desta mesma sala. *Não se lembra do que avisei ontem, que estaríamos recebendo um novo membro no Instituto hoje?... James Carstairs...*

— Will — repetiu ela, agora. — Você estava certo.

Ele levantou a cabeça, com as mãos penduradas entre os joelhos.

— Certo em relação a quê?

— Jem e Tessa — respondeu. — O noivado terminou. E Tessa está acordada. Está acordada e bem, e perguntou por você.

Quando eu estiver na escuridão, pensarei no colar com você, na luz.

Tessa estava sentada contra os travesseiros que Sophie havia ajeitado para ela (as duas se abraçaram, e Sophie escovou os emaranhados do cabelo de Tessa e disse "bênção, bênção" tantas vezes que Tessa precisou pedir que parasse antes que as duas começassem a chorar), e olhava para o pingente de jade nas mãos.

Sentia-se como se fosse dividida em duas pessoas diferentes. Uma que o tempo todo valorizava a própria sorte por Jem estar vivo, por saber que ele voltaria a ver o sol nascer e porque a droga que havia tanto o fazia sofrer não queimaria mais sua vida. A outra...

— Tess? — Uma voz suave na entrada; ela levantou o olhar, e viu Will ali, contornado pela luz que vinha do corredor.

Will. Pensou no menino que entrou em seu quarto na Casa Sombria e a distraiu de seu pavor conversando sobre Tennyson, ouriços e rapazes lindos que faziam resgates, e sobre como eles jamais se enganavam. Naquele instante, ela o achou bonito, mas agora pensava nele como algo completamente diferente. Era *Will*, com toda a sua imperfeição perfeita; Will, cujo coração podia partir tão facilmente quanto ser guardado com cuidado; Will, que não amava sabiamente, mas completamente e dando tudo de si.

— Tess — repetiu ele, hesitando diante do silêncio dela, e entrou, fechando a porta atrás de si. — Eu... Charlotte disse que queria falar comigo...

— Will — disse ela, consciente de que estava pálida demais e com a pele manchada de lágrimas, os olhos ainda vermelhos, mas não tinha importância, porque era Will, e ela estendeu as mãos, e ele imediatamente se aproximou e pegou-as, envolvendo-as em seus próprios dedos quentes e cheios de cicatrizes.

— Como está se sentindo? — perguntou ele, e seus olhos examinaram o rosto de Tessa. — Preciso falar com você, mas não quero cansá-la enquanto não estiver completamente recuperada.

— Estou bem — respondeu ela, retribuindo o aperto dos dedos dele. — Falar com Jem me acalmou. E para você, também foi reconfortante?

Os olhos dele desviaram dos dela, apesar de não ter relaxado o aperto da mão.

— Foi — respondeu —, e não foi.

— Sua mente acalmou — disse ela —, mas não seu coração.

— Isso — falou. — Isso. Exatamente isso. Você me conhece tão bem, Tess. — Ele deu um sorriso pesaroso. — Ele está vivo e, por isso, sou grato. Mas escolheu um caminho de muita solidão. A Irmandade... eles comem, caminham, acordam e enfrentam a noite; fazem tudo isso sozinhos. Eu o pouparia disso, se pudesse.

— Você o poupou de tudo que pôde — respondeu Tessa em voz baixa. — Assim como ele fez com você, e todos nós tentamos poupar um ao outro desesperadamente. No fim, devemos fazer nossas próprias escolhas.

— Está dizendo que não devo sofrer?

— Não. Sofra. Nós dois devemos. Sofra, mas não se culpe, pois não tem nenhuma responsabilidade sobre isso.

Ele olhou para as mãos entrelaçadas. Muito gentilmente, acariciou as juntas de Tessa com os polegares.

— Talvez não — falou. — Mas existem outras coisas sobre as quais tenho responsabilidade.

Tessa respirou breve e superficialmente. A voz dele havia diminuído, e continha uma aspereza que ela não ouvia desde...

O hálito suave e quente contra a pele dela, até que ela estivesse respirando com a mesma intensidade, as mãos acariciando-o nos ombros, nos braços, nas laterais...

Ela piscou apressadamente e afastou as mãos das dele. Não estava olhando para ele agora, mas para a luz do fogo contra as paredes da caverna, e ouvia a voz de Will ao seu ouvido, e na hora tudo pareceu um sonho, momentos extraídos da vida real, como se acontecessem em outro mundo. Mesmo agora mal conseguia acreditar que tinha acontecido.

— Tessa? — A voz de Will soou hesitante, as mãos dele continuavam esticadas. Parte dela queria pegá-las, puxá-lo para perto e beijá-lo, se perder em Will como fez antes. Pois ele era tão eficaz quanto qualquer droga.

E então se lembrou dos olhos turvos de Will no covil de ópio, nos sonhos de felicidade que se arruinaram assim que passaram os efeitos da fumaça. Não. Algumas coisas só podiam funcionar se fossem encaradas. Ela respirou fundo e olhou para Will.

— Sei o que ia dizer — falou. — Está pensando no que aconteceu entre nós dois em Cadair Idris, pois acreditávamos que Jem estivesse morto, e que nós também íamos morrer. Você é um homem honrado, Will, e sabe o que devemos fazer agora. Você precisa me pedir em casamento.

Will, que estava completamente parado, provou que ainda conseguia surpreendê-la e riu. Uma risada suave e pesarosa.

— Não esperava que fosse ser tão direta, mas suponho que deveria ter imaginado. Conheço minha Tessa.

— Sou sua Tessa — disse ela. — Mas, Will, não quero que fale agora. Sobre casamento ou sobre promessas eternas...

Ele se sentou na beira da cama. Vestia roupas de treino, a camisa folgada puxada para cima dos cotovelos, o colarinho aberto, e ela viu as cicatrizes da batalha, que já se curavam, o lembrete branco das Marcas de cura. Também viu um princípio de dor nos olhos dele.

— Você se arrepende do que aconteceu entre nós?

— Alguém pode se arrepender de uma coisa que, por menos sábia que tenha sido, foi linda? — respondeu ela, e a dor nos olhos dele se suavizou, se transformando em confusão.

— Tessa, se teme que eu me sinta relutante, obrigado...

— Não. — Ela levantou as mãos. — É que acho que seu coração está uma mistura de dor, desespero, alívio, felicidade e confusão, e não quero que faça promessas nesse estado tão sobrecarregado. E não me diga que não está oprimido, pois enxergo em você, e sinto o mesmo. Ambos estamos angustiados, Will, e nenhum de nós está em condições de tomar decisões.

Por um instante, ele hesitou. Seus dedos pairaram sobre o coração onde se situava o símbolo *parabatai*, tocando-o levemente — Tessa imaginou se ele tinha consciência do gesto — e, em seguida, falou:

— Às vezes, temo que seja sábia demais, Tessa.

— Bem — disse ela. — Um de nós tem de ser.

— Não há nada que eu possa fazer? — falou. — Prefiro não sair de perto de você. A não ser que queira que eu vá.

Tessa voltou os olhos para a mesa de cabeceira, onde os livros que vinha lendo antes do ataque dos autômatos — parecia que fazia mil anos — estavam empilhados.

— Pode ler para mim — disse ela. — Se não se importar.

Com isso, Will levantou o olhar e sorriu. Um sorriso cru, estranho, porém, real, e era Will. Tessa retribuiu.

— Não me importo — respondeu. — Nem um pouco.

E por isso, cerca de quinze minutos depois, Will estava sentado em uma poltrona, lendo *David Copperfield*, quando Charlotte abriu silenciosamente a porta do quarto de Tessa e espiou seu interior. Ela não podia conter a ansiedade — o menino parecia tão desesperado no chão da sala de treinamento, tão sozinho, e ela se lembrou do medo que sempre nutriu, de que, se Jem partisse, levaria consigo o melhor de Will. E Tessa também continuava tão frágil...

A voz suave de Will preenchia o aposento, junto ao brilho mudo da luz do fogo na lareira. Tessa estava deitada de lado, os cabelos castanhos espalhados sobre o travesseiro, observando Will, cuja face estava inclinada sobre as páginas, com uma expressão doce no rosto, uma ternura espelhada na suavidade da própria voz enquanto ele lia. Uma ternura tão íntima e profunda que Charlotte se afastou imediatamente, deixando a porta se fechar em silêncio atrás de si.

Mesmo assim, a voz de Will a acompanhou pelo corredor enquanto ela se afastava, com o coração muito mais leve do que há poucos instantes.

— *... e não pode cuidar dele, se não for muito ousado dizer isso, tão bem quanto eu. Mas se alguma fraude ou truque forem praticados contra ele, espero que o simples amor e a verdade sejam fortes o bastante no fim. Espero que o verdadeiro amor e a verdade sejam mais fortes no fim, do que qualquer outro mal ou infortúnio no mundo...*

24

A Medida do Amor

A medida do amor é amar sem medida.
— atribuída a Santo Agostinho

A sala do Conselho estava cheia de luz. Um grande círculo duplo tinha sido pintado sobre o pódio na frente do salão, e no espaço entre os círculos havia símbolos: de ligação, de sabedoria, de habilidade e astúcia, e aqueles que representavam o nome de Sophie. Sophie se ajoelhava no centro dos círculos. Os cabelos estavam soltos e caíam até a cintura, uma onda de cachos escuros contra o uniforme ainda mais escuro. Estava linda sob a luz que penetrava a cúpula no teto, a cicatriz no rosto vermelha como uma rosa.

A Consulesa estava diante dela, com as mãos pálidas elevadas, e o Cálice Mortal entre elas. Charlotte usava roupas simples e vermelhas, que ondulavam ao seu redor. Sua face pequena estava séria e severa.

— Pegue o Cálice, Sophia Collins — instruiu, e o salão estava completamente silencioso. A câmara do Conselho não estava lotada, mas na fileira de Tessa estavam: Gideon e Gabriel, Cecily e Henry, e ela e Will, todos inclinados para a frente ansiosos, esperando a Ascensão de Sophie. Em cada extremidade do pódio havia um Irmão do Silêncio, com as cabeças baixas, as túnicas parecendo feitas de mármore.

Charlotte abaixou o Cálice e o entregou a Sophie, que o pegou com cuidado.

— Você jura, Sophia Collins, que vai renunciar à vida mundana e seguir o caminho da Caça às Sombras? Vai tomar o sangue do Anjo Raziel e honrá-lo? Jura servir à Clave, seguir a Lei estabelecida pelo Pacto e obedecer à palavra do Conselho? Defenderá aquilo que é humano e mortal, sabendo que, pelo seu serviço, não haverá recompensa nem agradecimento, apenas honra?

— Juro — respondeu Sophie, com voz muito firme.

— Pode ser um escudo para os fracos, uma luz no escuro, uma verdade entre falsidades, uma torre na enchente, um olho que enxerga quando todos os outros são cegos?

— Posso.

— E, quando morrer, oferecerá seu corpo para ser cremado pelos Nephilim, para que suas cinzas construam a Cidade dos Ossos?

— Oferecerei.

— Então, beba — disse Charlotte. Tessa ouviu Gideon respirar fundo. Esta era a parte perigosa do ritual. Era a parte que poderia matar os não treinados ou indignos.

Sophie abaixou a cabeça e levou o Cálice aos lábios. Tessa chegou para a frente, com o peito apertado por causa da apreensão. Sentiu a mão de Will deslizar sobre a dela, um peso morno e confortante. A garganta de Sophie se moveu ao engolir.

O círculo que envolvia as duas ardeu mais uma vez com uma luz fria azul-esbranquiçada, ofuscando-as. Quando se extinguiu, Tessa ficou piscando estrelas dos olhos enquanto a luz diminuía. Ela piscou os olhos apressadamente e viu Sophie segurando o Cálice. Havia um brilho no Cálice quando o devolveu a Charlotte, que deu um sorriso largo.

— Agora você é uma Nephilim — disse ela. — E eu a batizo Sophia, Caçadora de Sombras, do sangue de Jonathan Caçador de Sombras, filha dos Nephilim. Levante-se, Sophia.

E Sophie se levantou, em meio à comemoração da multidão na qual os gritos de Gideon eram os mais altos dentre muitos. A menina estava sorrindo, o rosto todo brilhando ao sol do inverno que penetrava a claraboia. Sombras percorriam o chão, diretas e rápidas. Tessa olhou para o alto, maravilhada — uma brancura penetrava as janelas, girando suavemente além do vidro.

— Neve — sussurrou Will ao seu ouvido. — Feliz Natal, Tessa.

* * *

Aquela era a noite da festa anual de Natal do Enclave. Era a primeira vez que Tessa via o salão do Instituto aberto e cheio de gente. As janelas imensas brilhavam com luz refletida, projetando um brilho dourado sobre o assoalho polido. Além dos vidros escuros, via-se a neve caindo em grandes flocos brancos, mas o interior do Instituto estava quente e seguro.

O Natal entre Caçadores de Sombras não era o Natal que Tessa conhecia. Não havia coroas de advento nem corais nem biscoitos natalinos. *Tinha* uma árvore, apesar de não ser decorada tradicionalmente. Um grande abeto, que quase tocava o teto na outra extremidade do salão (quando Will perguntou a Charlotte como fizeram para colocá-lo ali, ela apenas acenou e falou qualquer coisa sobre Magnus). Velas se equilibravam em cada galho, apesar de Tessa não conseguir enxergar onde se apoiavam, e projetavam ainda mais luzes douradas pelo salão.

Presos aos galhos da árvore — e pendurados em arandelas, em castiçais sobre as mesas, e nas maçanetas das portas — havia símbolos cristalinos e brilhantes, cada qual claro como vidro, mas, ao mesmo tempo, refratando a luz e lançando arco-íris luminosos pelo salão. As paredes eram decoradas com coroas de hera entrelaçadas, e frutinhas silvestres vermelhas se destacavam contra as folhas verdes. Aqui e ali havia viscos brancos. Tinha até um preso à coleira de Church, que passava por baixo de uma das mesas de Natal e parecia furioso.

Tessa tinha a impressão de nunca ter visto tanta comida. As mesas estavam cheias de galinha e peru, aves de caça e lebre, presunto de Natal e tortas, sanduíches finos, sorvetes, bolos, manjar-branco e pudins de creme, gelatina colorida e sobremesas natalinas regadas a licor e vinho, além de enormes recipientes de prata com ponche natalino. Havia também muitos doces e balas, sacos de São Nicolau, cada qual contendo carvão, um pouco de açúcar ou uma gota de limão, para dizer ao destinatário se seu comportamento naquele ano tinha sido traiçoeiro, doce ou amargo. Mais cedo teve chá e presentes só para os moradores do Instituto, onde trocaram lembranças antes da chegada dos convidados — Charlotte no colo de Henry, que se encontrava sobre a cadeira rolante, abrindo vários presentes para o bebê que nasceria em abril (cujo nome, ficou decidido, seria Charles. "Charles Fairchild", Charlotte anunciou orgulhosamente, segurando o pequeno cobertor que Sophie havia tricotado para ela, com as iniciais *C.F* no canto).

— Charles *Buford* Fairchild. — Henry a corrigiu.

Charlotte fez uma careta. Tessa, rindo, perguntou:

— Fairchild? Não vai se chamar Branwell?

Charlotte deu um sorriso tímido.

— Sou a Consulesa. Ficou decidido que, neste caso, a criança levaria meu nome. Henry não se importa, se importa, Henry?

— De jeito nenhum — respondeu. — Principalmente porque Charles Buford Branwell teria soado tolo, mas Charles Buford Fairchild soa muito bem.

— *Henry...*

Tessa agora sorria com a lembrança. Estava ao lado da árvore de Natal, observando os integrantes do Enclave em toda a sua elegância — mulheres com tons coloridos de inverno, vestidos vermelhos de cetim, seda safira e tafetá dourado, homens com trajes de noite — enquanto riam e conversavam. Sophie estava com Gideon, feliz e relaxada em um vestido de veludo; Cecily estava de azul, de lá para cá, alegre em olhar para tudo, e Gabriel atrás, com membros longos, cabelos emaranhados, divertindo-se em adoração. Uma enorme lenha Yule com pedaços de hera queimava em uma imensa lareira de pedra, e sobre a lareira havia redes contendo maçãs douradas, nozes, pipoca colorida e balas. Também tinha música, suave e assombrosa, e Charlotte finalmente parecia ter achado uma função para a cantoria de Bridget, que se elevava sobre os instrumentos, afinada e doce;

"Ai, meu amor, falha comigo,
Me descarta sem cortesia.
E eu o amo há tanto tempo,
Deleitando-me com sua companhia.

Greensleeves era toda a minha alegria;
Greensleeves era meu deleite;
Greensleeves era meu coração dourado,
E quem, além de Lady Greensleeves?"

— Que o céu chova batatas — disse uma voz entoada. — Que caia uma tempestade ao som de Greensleeves.

Tessa se virou. De algum jeito, Will havia aparecido logo atrás dela, o que era inconveniente, considerando que vinha procurando por ele desde que chegara à sala e não tinha visto nem sinal. Como sempre, vê-lo com traje de noite — todo azul, preto e branco — deixou-a sem fôlego, mas ela disfarçou o aperto no peito com um sorriso.

— Shakespeare — disse ela — *As alegres comadres de Windsor.*

— Não é uma das suas melhores peças — disse Will, cerrando os olhos para assimilá-la. Tessa havia selecionado um vestido de seda cor-de-rosa e nenhuma joia, exceto por um cordão de veludo com duas voltas no pescoço e pendurado atrás. Sophie penteou seu cabelo, por um favor, e não uma obrigação, e o decorou com enfeites brancos entre os cachos. Tessa se sentia muito elegante e chamando a atenção. — Mas tem seus momentos.

— Sempre um crítico literário. — Tessa suspirou, desviando o olhar para onde Charlotte conversava com um homem alto de cabelos claros que Tessa não conhecia.

Will se inclinou para ela. Cheirava a algo verde e invernal, abeto, limão ou cipreste.

— Essas são sementes de azevinho no seu cabelo — disse ele, respirando contra sua bochecha. — Tecnicamente acho que isso quer dizer que qualquer pessoa pode beijá-la a qualquer instante.

Ela arregalou os olhos para ele.

— Acha que vão tentar?

Ele a tocou levemente na bochecha; estava com luvas de chamois, mas Tessa sentiu como se fosse a pele dele na dela.

— Eu mataria qualquer um que o fizesse.

— Bem — respondeu Tessa. — Não seria seu primeiro escândalo natalino.

Ele parou por um instante e depois sorriu, aquele raro sorriso que iluminava seu rosto e alterava toda a natureza do mesmo. O sorriso que Tessa uma vez temeu que houvesse se perdido para sempre, com Jem, pela escuridão da Cidade do Silêncio. Jem não estava morto, mas parte de Will foi com ele quando este se foi, um pedacinho arrancado do coração de Will e enterrado entre os ossos sussurrantes. E Tessa se preocupou naquela primeira semana, temeu que Will não fosse se recuperar, que fosse ser eternamente uma espécie de fantasma, vagando pelo Instituto, sem comer, sempre virando para falar com alguém que não estava ali, a luz do rosto se apagando ao se lembrar e se calar.

Mas ela estava determinada. Seu próprio coração estava partido, mas consertar o de Will, tinha certeza, significaria consertar o próprio, de alguma forma. Assim que se sentiu suficientemente forte, decidiu que levaria chá para ele, mesmo que ele não quisesse, levaria livros, o levaria para a biblioteca e pediria ajuda para treinar. Suplicou a Charlotte que parasse de tratá-lo como um vidro que ia quebrar e o mandasse para a cidade para lutar, como já tinha feito antes, com Gabriel ou Gideon em vez de Jem. E Charlotte o fez, inquieta, mas Will voltava sangrando e ferido, porém com olhos vivos e acesos.

— Isso foi inteligente — disse Cecily a ela mais tarde, enquanto se colocavam perto da janela, observando Will e Gabriel conversando no jardim. — Ser Nephilim dá um propósito ao meu irmão. A Caça às Sombras vai consertar as feridas. A Caça às Sombras e você.

Tessa deixou a cortina cair e se fechar, pensativamente. Ela e Will não conversaram sobre o que aconteceu em Cadair Idris, na noite que passaram juntos. Aliás, ela parecia tão distante quanto um sonho. Como algo que tinha acontecido com outra pessoa, e não com ela, não com Tessa. Não sabia se Will sentia o mesmo. Sabia que Jem sabia, ou supunha, e que perdoou os dois, mas Will não havia se aproximado outra vez, nem dito que a amava, nem perguntado se ela o amava, desde o dia em que Jem se foi.

Parecia que eras intermináveis tinham se passado, apesar de terem sido apenas duas semanas, até Will encontrá-la sozinha na biblioteca e perguntar — um tanto bruscamente — se ela faria um passeio de carruagem com ele no dia seguinte. Confusa, Tessa concordou, imaginando secretamente se havia algum outro motivo para ele querer sua companhia. Um mistério a ser investigado? Uma confissão?

Mas não, foi apenas um passeio de carruagem pelo parque. Estava ficando frio, e o gelo cobria as bordas dos lagos. Os galhos nus das árvores eram ermos e adoráveis, e Will conversou educadamente sobre o tempo e os marcos da cidade. Ele parecia determinado a retomar a educação de Tessa sobre Londres de onde Jem havia parado. Foram ao Museu Britânico, à *National Gallery*, ao *Kew Gardens*, e à Catedral de São Paulo, onde Tessa finalmente perdeu a paciência.

Estavam na famosa Galeria dos Sussurros, e Tessa, apoiada na grade, olhava para a catedral abaixo. Will traduzia as inscrições em latim na parede, onde Christopher Wren fora enterrado — "*Se procura o monumento dele, olhe em volta*" —, quando Tessa esticou distraidamente a mão para alcançar a dele. Ele imediatamente recuou, enrubescendo.

Ela o olhou, surpresa.

— Algum problema?

— Não — respondeu ele, depressa demais. — Eu apenas... não a trouxe aqui para poder agarrá-la na Galeria dos Sussurros.

Tessa explodiu.

— Não estou *pedindo* para me agarrar na Galeria dos Sussurros! Pelo Anjo, Will, pode parar de ser tão *educado*?

Ele a olhou, espantado.

— Mas não prefere...

— Não prefiro. Não quero que seja educado. Quero que seja você! Não quero que me mostre marcos da arquitetura como se fosse um guia! Quero que diga coisas loucas e engraçadas, faça músicas e seja... — *o Will por quem me apaixonei*, quase disse. — E seja Will. — Foi como concluiu. — Ou devo agredi-lo com meu guarda-chuva?

— Estou tentando cortejá-la — respondeu Will, exasperado. — Cortejá-la *adequadamente*. É tudo por isso. Sabe disso, não sabe?

— O Sr. Rochester nunca cortejou Jane Eyre — observou Tessa.

— Não, ele se vestiu de mulher e apavorou a coitada. É isso que quer?

— Você seria uma mulher muito feia.

— Não seria nada. Seria linda.

Tessa riu.

— Pronto — disse ela. — Aí está Will. Não é melhor? Não acha?

— Não sei — disse ele, olhando para ela. — Tenho medo de responder isso. Ouvi dizer que, quando falo, mulheres americanas sentem vontade de me atacar com guarda-chuvas.

Tessa riu outra vez, e logo os dois estavam rindo, as risadas sufocadas ecoando nas paredes da Galeria dos Sussurros. Depois disso, as coisas se tornaram decididamente mais fáceis entre os dois, e o sorriso de Will ao ajudá-la a saltar da carruagem na volta foi alegre e verdadeiro.

Naquela noite, houve uma leve batida à porta de Tessa, e quando ela foi atender, não encontrou ninguém, apenas um livro no chão. *Um conto de duas cidades.* Um presente estranho, pensou. Havia uma cópia na biblioteca, que ela podia ler sempre que quisesse, mas esta era nova, com uma nota da Hatchards marcando a primeira folha. Só quando levou o livro consigo para a cama foi que percebeu que havia uma inscrição na mesma página.

Tess, Tess, Tessa.

Já houve algum som mais belo que seu nome? Dizê-lo em voz alta faz meu coração tocar como um sino. Estranho imaginar isso, não? — um coração tocando? Mas quando você me toca, é assim que me sinto, como se meu coração soasse no peito e a música percorresse minhas veias e explodisse meus ossos com alegria.

Por que escrevi estas palavras neste livro? Por sua causa. Você me ensinou a amar esta história, quando eu a desprezava. Quando li pela segunda vez, com mente e coração abertos, senti um completo desespero e uma inveja de Sydney Carton — sim, Sydney, pois por mais que não tivesse qualquer esperança de ser amado pela mulher que amava, ele, ao menos, conseguia se declarar. Ao menos, podia fazer algo que provasse sua paixão, ainda que a coisa em questão fosse morrer.

Eu teria escolhido a morte por uma chance de lhe dizer a verdade, Tessa, se pudesse ter a certeza de que a morte seria minha. E por isso invejei Sydney, por ele ser livre.

E agora finalmente estou livre e, finalmente, posso lhe dizer, sem que isso a ponha em perigo, tudo que sinto no meu coração.

Você não é o último sonho da minha alma.

É o primeiro, o único que jamais fui capaz de evitar. É o primeiro sonho da minha alma, e deste sonho espero que venham todos os outros, uma vida inteira.

Esperançoso, afinal,
Will Herondale

Ela ficou sentada por um longo tempo depois disso, segurando o livro sem ler, observando o amanhecer erguer-se sobre Londres. Pela manhã, quase voou para se vestir antes de pegar o livro e descer pelas escadas com ele. Encontrou Will saindo do quarto, com os cabelos ainda molhados do banho, e se jogou para ele, pegando-o pela lapela e puxando-o para si, enterrando o rosto em seu peito. O livro caiu no chão entre os dois enquanto ele esticava os braços para envolvê-la, acariciando seus cabelos, sussurrando suavemente:

— Tessa, o que foi, o que houve? Não gostou...

— Nunca escreveram algo tão bonito para mim — respondeu, com o rosto no peito dele, as batidas suaves do coração uniformes sob a camisa e o casaco. — Nunca.

— Escrevi logo depois que descobri que a maldição era falsa — explicou Will. — Pretendia entregar na época, mas... — A mão de Will apertou os cabelos de Tessa. — Quando descobri que estava noiva de Jem, deixei de lado Não sabia quando poderia ou deveria dá-lo a você. Então, ontem, quando me pediu para que eu fosse eu mesmo, tive esperança suficiente para buscar de novo esses velhos sonhos, tirar a poeira do livro e entregá-lo a você.

Foram para o parque naquele dia. Apesar de frio, estava claro, e havia poucas pessoas por ali. O lago Serpentine brilhava sob o sol de inverno, e Will mostrou o lugar onde ele e Jem alimentavam os patos com torta de frango. Foi a primeira vez que ela o ouviu sorrir ao falar de Jem.

Sabia que não podia ser Jem para ele. Ninguém podia. Mas aos poucos o vazio do coração de Will ia se preenchendo. Ter Cecily por perto era uma alegria para ele; Tessa percebia isso quando sentavam juntos diante do fogo, conversando suavemente em galês, e os olhos dele brilhavam; ele havia até aprendido a gostar de Gabriel e Gideon, que eram amigos para ele, apesar de ninguém poder ser amigo como Jem. E, claro, o amor de Charlotte e Henry continuava firme como sempre. A ferida jamais curaria, Tessa sabia, nem a dela nem a de Will, mas à medida que o inverno esfriava, Will sorria com mais frequência e comia com mais frequência, o olhar assombrado desaparecia, e ela começou a respirar com mais facilidade, sabendo que aquele olhar não era mortal.

— Hmmm — disse ele então, cambaleando ligeiramente sobre os pés enquanto examinava o salão. — Você pode ter razão. Acho que foi na época do Natal que fiz a tatuagem de dragão galês.

Com isso, Tessa precisou se concentrar para não enrubescer.

— *Como* isso aconteceu?

Will fez um gesto gracioso com a mão.

— Eu estava bêbado...

— Mentira. Você não ficou realmente bêbado ontem.

— Pelo contrário... para aprender como simular um estado inebriado, a pessoa deve se embriagar pelo menos uma vez, para ter referência. Nigel Seis Dedos estava...

— Não vai me dizer que realmente existe um Nigel Seis Dedos?

— Claro que existe... — começou Will, com um sorriso que subitamente desapareceu; olhou através de Tessa, para o salão. Ela virou para seguir o olhar e viu o mesmo sujeito alto e de cabelos claros que conversava com Charlotte anteriormente abrindo caminho pela multidão em direção a eles.

Era corpulento, talvez quase 40 anos, com uma cicatriz que percorria o queixo. Desgrenhado, cabelos claros, olhos azuis e pele bronzeada pelo sol. Parecia ainda mais escura em contraste com a camisa branca. Havia algo de familiar nele, algo que surgiu no fundo da memória de Tessa.

Ele parou em frente aos dois. Desviou os olhos para Will. Eram de um azul mais claro que os de Will, quase da cor de centáureas. A pele em volta era marrom com alguns pés de galinha. O homem falou:

— Você é William Herondale?

Will assentiu sem falar.

— Sou Elias Carstairs — disse o homem. — Jem Carstairs era meu sobrinho.

Will ficou branco, e Tessa percebeu o que havia de familiar no sujeito — alguma coisa nele, a forma como se portava e o formato das mãos, lembrava Jem. Como Will pareceu incapaz de falar, Tessa disse:

— Sim, este é Will Herondale. E eu sou Theresa Gray.

— A menina capaz de mudar de forma — disse o homem. Elias, Tessa lembrou a si mesma; Caçadores de Sombras utilizam os primeiros nomes. — Foi noiva de James antes de ele se tornar um Irmão do Silêncio.

— Fui — disse Tessa em voz baixa. — Eu o amo muito.

Ele lhe lançou um olhar — que não foi hostil nem desafiador, apenas curioso. Em seguida, se voltou para Will.

— Você era *parabatai* de Jem?

Will reencontrou a voz.

— Ainda sou — respondeu, e tensionou o maxilar teimosamente.

— James falou de você — disse Elias. — Depois que saí da China, quando voltei a Idris, perguntei se ele viria morar comigo. Nós o mandamos para longe de Xangai, pois não considerávamos o lugar seguro para ele enquanto os capangas de Yanluo estavam livres, buscando vingança. Mas, quando perguntei se queria ir para Idris, ele disse que não, não podia. Pedi que reconsiderasse. Falei que era sua família, seu sangue. Mas ele respondeu que não podia abandonar seu *parabatai*, que havia coisas mais importantes que o sangue. — Os olhos claros de Elias estavam firmes. — Eu lhe trouxe um presente, Will Herondale. Algo que pretendia dar para ele quando atingisse a maioridade, pois seu pai não estava mais vivo para lhe dar. Mas não posso fazer isso agora.

Will ficou completamente tenso, como se usasse uma gravata apertada demais. Falou:

— Não fiz nada para merecer um presente.

— Acho que fez. — Elias sacou do cinto uma espada curta com uma bainha elaborada. Estendeu para Will que, após um instante, pegou. A bainha era coberta com desenhos sofisticados de folhas e símbolos, cuidadosamente trabalhados, brilhando sob a luz dourada. Com um gesto decisivo, Will virou a espada e a segurou diante do rosto.

O cabo tinha os mesmos desenhos de símbolos e folhas, mas a lâmina era simples e vazia, exceto por uma linha de palavras no centro. Tessa se inclinou para ler a frase no metal.

Sou Cortana, do mesmo aço e temperamento que Joyeuse e Durendal.

— Joyeuse era a espada de Carlos Magno — disse Will, com a voz ainda rígida, daquele jeito que Tessa sabia que significava que ele estava contendo emoções. — Durendal era de Rolando. Esta espada é... é do estofo de lendas.

— Forjadas pelo primeiro fabricante de armas de Caçadores de Sombras, Wayland, o Ferreiro. Tem uma pena da asa do Anjo no cabo — disse Elias. — Está na família Carstairs há centenas de anos. Fui instruído pelo pai de Jem a lhe dar quando ele fizesse 18 anos. Mas os Irmãos do Silêncio não podem aceitar presentes. — Ele olhou para Will. — Você era seu *parabatai*. Deve ficar com ela.

Will embainhou a espada.

— Não posso aceitar. Não vou aceitar.

Elias ficou espantado.

— Mas precisa — disse. — Você era *parabatai* de Jem, ele o amava...

Will estendeu a espada de volta para Elias Carstairs, segurando pela lâmina. Após um instante, Elias pegou, e Will virou e se afastou, sumindo na multidão.

Elias ficou olhando em choque.

— Não tive a intenção de ofender.

— Você falou de Jem no passado — explicou Tessa. — Jem não está conosco, mas não está morto. Will... não consegue suportar que pensem em Jem como alguém perdido ou esquecido.

— Não falei no sentido de esquecê-lo — disse Elias. — Só falei que os Irmãos do Silêncio não têm emoções como nós. Não sentem como nós. Se amam...

— Jem ainda ama Will — afirmou Tessa. — Sendo Irmão do Silêncio ou não. Existem coisas que nenhuma magia pode destruir, pois elas são mágicas. Você nunca os viu juntos, mas eu vi.

— Pretendia dar Cortana a ele — disse Elias. — Não posso dar a James, então achei que devesse ficar com o *parabatai*.

— Você tem boas intenções — observou Tessa. — Mas, perdoe minha impertinência, senhor Carstairs: não pretende ter filhos?

Os olhos dele se arregalaram.

— Não tinha pensado...

Tessa olhou para a lâmina brilhante, em seguida para o homem que a segurava. Conseguia enxergar um pouco de Jem nele, como se olhasse para o reflexo de quem ama na água ondulante. Aquele amor, recordado e presente, deixou sua voz suave ao falar.

— Se não tem certeza — disse ela —, então guarde. Guarde para seus próprios herdeiros. Will preferiria assim. Pois não precisa de uma espada que lhe lembre de Jem. Por mais nobre que seja a linhagem.

Estava frio na escadaria do Instituto, onde Will se encontrava sem casaco ou chapéu, olhando para a noite congelada. O vento soprava pequenas lufadas de neve contra suas bochechas, as mãos nuas, e ele ouviu, como sempre fazia, a voz de Jem no fundo da mente, dizendo para não ser ridículo, para voltar para dentro antes de se gripar.

O inverno sempre pareceu a estação mais pura para Will — mesmo a fumaça e a sujeira de Londres, no frio, congelavam, duras e limpas. Naquela manhã, ele havia quebrado uma camada de gelo que se formou em seu jarro de água, antes de jogar o líquido gélido no rosto e tremer ao se olhar no espelho, com os cabelos molhados pintando o rosto com linhas negras. *Primeira manhã de Natal sem Jem em seis anos.* O frio mais puro, trazendo a dor mais pura

— *Will.* — A voz foi um sussurro, muito familiar. Virou a cabeça, uma imagem da Velha Molly subindo em sua mente, mas fantasmas raramente iam para longe de onde tinham morrido ou sido enterrados, e além disso, o que ela poderia querer com ele agora?

Um olhar encontrou o seu, firme e escuro. O restante dela não era tão transparente, mas sim contornado em prata: o cabelo louro, o rosto de boneca, o vestido branco com o qual tinha morrido. Sangue, vermelho como uma flor, no peito.

— Jessamine — disse ele.

— *Feliz Natal, Will.*

O coração dele, que havia parado por um instante, começou a bater novamente, o sangue correndo veloz pelas veias.

— Jessamine, por que... O que faz aqui?

Ela fez beicinho.

— Estou aqui porque morri aqui — explicou, e a voz se fortaleceu. Não era incomum que um fantasma adquirisse mais massa e poder auditivo quando estava perto de um humano, principalmente um que pudesse ouvi-los. Apontou para o jardim em volta, onde Will a segurou enquanto morria, o sangue correndo nas pedras. — Não está feliz em me ver, Will?

— Deveria? — perguntou ele. — Jessie, normalmente, quando vejo fantasmas é porque existe algum assunto não concluído ou alguma tristeza que os prende a esse mundo.

Ela levantou a cabeça, olhando para a neve. Apesar de cair ao seu redor, não caía nela, como se estivesse sob um vidro.

— E se eu tivesse uma tristeza, me ajudaria a curá-la? Jamais gostou muito de mim quando eu era viva.

— Gostei — disse Will. — E sinto muito se dei a impressão de não gostar de você ou odiá-la, Jessamine. Acho que você fazia com que eu me lembrasse de mim mesmo mais do que gostaria de admitir, e, portanto, eu a julguei com a mesma severidade com que teria me julgado.

Com isso, ela olhou para ele.

— Nossa, sinceridade direta, Will? Você mudou *mesmo*. — Ela deu um passo para trás, e ele viu que seus pés não deixaram marcas na camada de neve sobre os degraus. — Estou aqui porque em vida não quis ser Caçadora de Sombras, proteger os Nephilim. Agora sou encarregada da guarda do Instituto pelo tempo que precisar ser guardado.

— E não se importa? — perguntou. — Estar aqui, conosco, quando poderia ter atravessado...

Ela franziu o nariz.

— Não quis atravessar. Exigiram tanto de mim em vida, sabe o Anjo como teria sido depois. Não, estou feliz aqui, olhando por vocês, quieta, pairando e invisível. — Seus cabelos prateados brilhavam ao luar enquanto ela inclinava a cabeça para ele. — Mas *você* está quase me enlouquecendo.

— Eu?

— Sim. Sempre disse que você seria um péssimo pretendente, Will. E agora está me provando isso.

— Sério? — perguntou Will. — Voltou do mundo dos mortos, como o fantasma do Velho Marley, para me importunar em relação às minhas chances românticas?

— Que chances? Já levou Tessa em tantos passeios de carruagem que imagino que ela seja capaz de desenhar um mapa de Londres de cabeça, mas já a pediu em casamento? Não. Uma dama não pode se pedir em casamento, William, e ela não pode dizer que o ama se não deixar claras suas intenções!

Will balançou a cabeça.

— Jessamine, você é incorrigível.

— E tenho razão — observou. — Do que tem medo?

— Que, se declarar minhas intenções, ela vai dizer que não me ama, não como amava Jem.

— Ela não vai amá-lo como amava Jem. Ela vai amá-lo como ama a *você*, Will, uma pessoa completamente diferente. Gostaria que ela não tivesse amado Jem?

— Não, mas também não quero me casar com alguém que não me ama.

— Precisa perguntar a ela para descobrir — falou Jessamine. — A vida é cheia de riscos, a morte é mais simples.

— Por que não a vi antes, se esteve aqui o tempo todo? — perguntou.

— Ainda não posso entrar no Instituto, e, quando você está no jardim, está sempre com alguém. Já tentei atravessar as portas, mas uma espécie de força me impede. Mas é melhor do que antes. Primeiro, só conseguia subir alguns degraus. Agora estou como me vê. — Indicou sua posição na escadaria. — Um dia, conseguirei entrar.

— E, quando entrar, vai descobrir que seu quarto continua como sempre, e suas bonecas também — disse Will.

Jessamine deu um sorriso que fez Will imaginar se ela teria sido sempre tão triste ou se a morte a transformara mais do que ele achava que fantasmas podiam se transformar. Mas, antes que voltasse a falar, uma expressão de alarme atravessou seu rosto, e ela desapareceu em um turbilhão de neve.

Will virou para ver o que a assustou. As portas do Instituto se abriram, e Magnus aparecera. Estava com um casaco de lã e uma cartola de seda já marcada pelos flocos de neve.

— Eu devia saber que o encontraria aqui, fazendo o possível para virar picolé — disse Magnus, descendo os degraus até estar ao lado de Will, olhando para o jardim.

Will não quis mencionar Jessamine. Por alguma razão, sentiu que ela não gostaria que o fizesse.

— Estava deixando a festa? Ou só me procurando?

— As duas coisas — respondeu Magnus, vestindo um par de luvas brancas. — Aliás, estou saindo de Londres.

— Saindo de Londres? — repetiu Will, espantado. — Não pode estar falando sério.

— Por que não? — Magnus apontou um dedo para um floco de neve errante. Brilhou azul e desapareceu. — Não sou londrino, Will. Estou na casa de Woolsey há algum tempo, mas ela não é minha, e eu e ele cansamos da companhia um do outro rapidamente.

— Para onde vai?

— Nova York. Um Novo Mundo! Uma nova vida, um novo continente. — Magnus lançou as mãos para cima. — Talvez até leve seu gato comigo. Charlotte disse que ele anda triste desde que Jem se foi.

— Bem, ele morde todo mundo. Pode ficar com ele. Acha que vai gostar de Nova York?

— Quem sabe? Vamos descobrir juntos. O inesperado é o que me impede de estagnar.

— Nós, que não vivemos eternamente, não gostamos de mudança tanto quanto vocês, que vivem. Estou cansado de perder pessoas — disse Will.

— Eu também — concordou Magnus. — Mas é como falei, não é? Você aprende a suportar.

— Certa vez, ouvi dizer que os homens que perdem um braço ou uma perna podem continuar sentindo dor nesses membros, apesar de não existirem mais — disse Will. — Às vezes, é assim. Sinto Jem comigo, apesar de ele ter nos deixado, e é como se faltasse um pedaço de mim.

— Mas não falta — disse Magnus. — Ele não está morto, Will. Está vivo porque você o deixou ir. Ele teria ficado com você e morrido, se você pedisse, mas você o amava o bastante para preferir que ele vivesse, ainda que uma vida separada. E isso, acima de tudo, prova que você não é Sidney Carton, Will, que o seu amor não é o tipo de amor que só pode ser obtido pela destruição. Foi o que vi em você, o que sempre vi em você, o que me fez querer ajudá-lo. Que você não está se desesperando. Que tem uma capacidade infinita de se alegrar. — Pôs uma mão enluvada sob o queixo de Will e levantou sua cabeça. Havia poucas pessoas para as quais Will tinha de levantar a cabeça para olhar no olho, mas Magnus era uma delas. — Estrela brilhante — disse Magnus, com olhos pensativos, como se lembrasse de alguma coisa ou de alguém. — Vocês, que são mortais, ardem tão ferozmente. E você é mais feroz do que a maioria, Will. Jamais vou esquecê-lo.

— Nem eu — respondeu Will. — Devo muito a você. Quebrou minha maldição.

— Você não era amaldiçoado.

— Sim, era — disse Will. — Era. Obrigado, Magnus, por tudo que fez por mim. Se não agradeci antes, faço isso agora. Obrigado.

Magnus abaixou a mão.

— Acho que nenhum Caçador de Sombras me agradeceu antes.

Will deu um sorriso torto.

— Eu tentaria não me acostumar. Não somos uma espécie muito grata.

— Não. — Magnus riu. — Não vou me acostumar. — Seus olhos felinos cerraram. — Deixo-o em boas mãos, acredito, Will Herondale.

— Está falando de Tessa.

— Estou falando de Tessa. Ou nega que ela é a dona do seu coração? — Magnus já havia começado a descer as escadas. Parou e olhou para Will.

— Não nego — respondeu Will. — Mas ela ficará triste que tenha saído sem se despedir.

— Ah — disse Magnus, virando na base da escada com um sorriso curioso. — Acho que não será necessário. Diga que voltarei a encontrá-la.

Will assentiu. Magnus virou, as mãos nos bolsos do casaco, e caminhou para os portões do Instituto. Will observou até a figura desbotar na brancura da neve.

Tessa havia se retirado do salão sem que ninguém percebesse. Até mesmo Charlotte, sempre atenta, estava distraída, sentada ao lado de Henry em sua cadeira de rodas, com a mão na dele, sorrindo para os músicos.

Tessa não demorou para encontrar Will. Imaginava onde ele estaria, e acertou — na escadaria do Instituto, sem casaco nem chapéu, deixando a neve cair-lhe na cabeça e nos ombros. Havia uma camada branca por todo o jardim, como açúcar, congelando a fileira de carruagens que ali esperavam, os portões de ferro negro, as pedras onde Jessamine morreu. Will olhava fixamente para a frente, como se tentasse identificar alguma coisa através dos flocos.

— Will — disse Tessa, e ele se virou para olhar para ela. Ela havia trazido um xale de seda, mas nada mais pesado, e sentiu a ferroada fria dos flocos de neve na pele nua do pescoço e dos ombros.

— Devia ter sido mais educado com Elias Carstairs — disse Will como resposta. Olhava para o céu, onde uma pálida lua crescente surgia entre nuvens espessas e névoa. Flocos brancos de neve caíram e se misturaram aos cabelos negros de Will. As bochechas e lábios estavam ruborizados pelo frio. Ele estava mais bonito que nunca. — Em vez disso, me comportei como teria feito... antes.

Tessa entendeu o que ele quis dizer. Para Will, só existia um antes e depois.

— Tem direito de se aborrecer — disse ela. — Já falei, não quero que seja perfeito. Só que seja Will.

— Que nunca será perfeito.

— A perfeição é monótona — disse Tessa, e desceu o último degrau para se colocar ao lado dele. — Estão jogando "complete a citação poética". Você poderia ter dado um show. Acho que ninguém lá dentro é capaz de desafiar seus conhecimentos literários.

— Além de você.

— De fato, seria uma competição difícil. Talvez pudéssemos formar uma equipe e dividir os lucros.

— Não parece uma boa forma — falou Will distraído, inclinando a cabeça para trás. A neve o contornava, como se ele estivesse no fundo de um redemoinho. — Hoje, quando Sophie Ascendeu...

— Sim?

— Não é algo que gostaria? — Ele se virou para olhar para ela, brancos flocos de neve presos nos cílios escuros. — Para você?

— Sabe que é impossível para mim, Will. Sou feiticeira. Ou, pelo menos, é o mais próximo do que sou. Jamais posso ser completamente Nephilim.

— Eu sei. — Ele olhou para as mãos, abrindo os dedos para deixar os flocos se ajustarem, derretendo, sob suas palmas. — Mas em Cadair Idris você disse que torcia para ser Caçadora de Sombras, que Mortmain havia destruído suas esperanças...

— Na época, era verdade — admitiu ela. — Mas quando me tornei Ithuriel, quando me Transformei e destruí Mortmain, como pude odiar algo que me permitiu proteger as pessoas que amo? Não é fácil ser diferente, muito menos ser única. Mas começo a achar que nunca poderia ter tido um caminho fácil.

Will riu.

— Um caminho fácil? Não, não para você, minha Tessa.

— Sou sua Tessa? — Ela apertou o xale, fingindo que o tremor era por causa do frio. — *Você* se incomoda pelo que sou, Will? Por não ser como você?

As palavras se colocaram entre eles, não pronunciadas: *não há futuro para um Caçador de Sombras que se envolve com feiticeiros.*

Will empalideceu.

— As coisas que eu disse no telhado, há tanto tempo... sabe que não foram sinceras.

— Eu sei...

— Não quero que seja diferente do que é, Tessa. Você é o que é, e eu a amo. Não amo só as partes que estão em conformidade com a Clave...

Ela ergueu as sobrancelhas.

— Está disposto a suportar o resto?

Ele passou a mão pelo cabelo escuro e molhado.

— Não. Não estou me explicando direito. Não há nada em você que eu possa me imaginar *não* amando. Realmente acha que é tão importante para mim que seja Nephilim? Minha mãe não é Caçadora de Sombras. E quando a vi se Transformar no anjo, quando a vi arder com o fogo divino, foi glorioso, Tess. — Ele deu um passo em direção a ela. — O que você é, o que consegue fazer, é como um grande milagre, como fogo ou flores ou a expansão do mar. Você é única no mundo, assim como é única em meu coração, e jamais haverá um tempo em que não a amarei. Eu a amaria mesmo que não fosse Caçadora de Sombras...

Ela deu um sorriso trêmulo.

— Mas fico feliz em sê-lo, ainda que só metade — falou —, pois significa que posso ficar com você, aqui no Instituto. A família que encontrei aqui pode continuar a ser minha família. Charlotte disse que, se eu quisesse, poderia deixar de ser Gray e assumir o nome que deveria ter sido da minha mãe antes de casar. Poderia ser uma Starkweather. Poderia ter um verdadeiro nome de Caçadora de Sombras.

Ela ouviu Will exalar. Soltou uma lufada branca no frio. Os olhos dele estavam azuis, arregalados e claros, fixos em seu rosto. Tinha a expressão de um homem que havia se preparado para fazer algo assustador e estava fazendo.

— Claro que pode ter um verdadeiro nome de Caçadora de Sombras — disse Will. — Pode ter o meu.

Tessa o encarou, toda em preto e branco, contra o preto e branco da neve e da pedra.

— Seu nome?

Will deu um passo até estarem frente a frente. Em seguida, pegou a mão dela e retirou a luva, que guardou no bolso. Segurou a mão despida de Tessa na dele, curvando os dedos sobre os dela. A mão dele era quente e calejada, e o toque a fez tremer. Seus olhos estavam firmes e azuis; eram tudo que Will era: verdadeiros e ternos, aguçados e inteligentes, amorosos e generosos.

— Case comigo — disse ele. — Case comigo, Tess. Case comigo e seja Tessa Herondale. Ou seja Tessa Gray. Ou o que quiser se chamar, mas case comigo, fique comigo e nunca me deixe, pois não posso suportar viver mais um dia em que você não faça parte da minha vida.

A neve caía em volta deles, branca, fria e perfeita. As nuvens no céu haviam partido, e, pelos buracos, ela via as estrelas.

— Jem me contou o que Ragnor Fell falou sobre meu pai — prosseguiu Will. — Que meu pai só amou uma mulher, e era ela ou nada. Você é isso para mim. Eu te amo e só amarei você até morrer...

— *Will!*

Ele mordeu o lábio. O cabelo estava cheio de neve, os cílios marcados por flocos.

— Foi uma declaração grandiosa demais? Eu a assustei? Sabe como sou com palavras...

— Ah, eu sei.

— Lembro-me do que me disse uma vez — continuou ele. — Que as palavras têm o poder de nos transformar. Suas palavras me transformaram, Tess, me fizeram um homem melhor. A vida é um livro, e há mil páginas que ainda não li. Leria com você, quantas pudesse, antes de morrer...

Ela pôs a mão no peito dele, acima do coração, e sentiu a batida na palma, um ritmo único e próprio.

— Só queria que não falasse sobre morrer — disse ela. — Mas mesmo por isso, sim, sei como é com palavras, e, Will... amo *todas* elas. Cada palavra que diz. As bobas, as loucas, as lindas e as que são só para mim. Amo as palavras e amo você.

Will começou a falar, mas Tessa tapou sua boca com a mão.

— Amo suas palavras, meu Will, mas guarde-as por um instante — disse ela, e sorriu para os olhos dele. — Pense em todas as palavras que guardei dentro de mim por todo esse tempo enquanto não conhecia suas intenções. Quando me procurou na sala de estar e falou que me amava, mandá-lo embora foi a coisa mais difícil que já tive de fazer. Você disse que amava as palavras do meu coração, a forma da minha alma. Eu lembro. Lembro cada palavra que disse daquele dia até hoje. Jamais esquecerei. São tantas que gostaria de dizer a você, e tantas que gostaria de ouvi-lo dizer para mim. Espero que tenhamos todas as nossas vidas para dizê-las um para o outro.

— Então, vai se casar comigo? — disse Will espantado, como se não conseguisse acreditar na própria sorte.

— Sim — respondeu, a última, a mais simples e a mais importante de todas as palavras. E Will, que tinha palavras para todas as ocasiões, abriu e fechou a boca, em silêncio, e, em vez de falar, puxou-a para perto de si. O xale caiu na escada, mas os braços de Will a aqueciam, com a boca quente na dela enquanto ele baixava a cabeça para beijá-la. Tinha gosto de neve e vinho, como inverno e Will em Londres. Tinha a boca suave contra a dela, passava as mãos por seus cabelos, derrubando os enfeites brancos pelos degraus de pedra. Tessa agarrou Will enquanto a neve girava ao redor. Pelas janelas do Instituto, era possível ouvir o singelo som da música tocando no salão: o piano, o violoncelo, e sobressaindo-se, como faíscas saltando para o céu, as notas doces e alegres do violino.

— Não acredito que estamos mesmo indo para casa — disse Cecily. Estava com as mãos fechadas na frente do corpo e saltitava com as botas brancas. Trajava um casaco vermelho de inverno, a coisa mais brilhante do porão escuro, exceto pelo próprio Portal, grande, prateado e brilhante, na parede oposta. Através dele, Tessa viu, como uma imagem em um sonho, o azul do céu (o céu do lado de fora do Instituto era cinzento e londrino) e as colinas cobertas por neve. Will estava ao seu lado, o ombro esbarrando no dela. Parecia pálido e nervoso, e ela queria segurá-lo pela mão.

— Não estamos *indo para casa*, Cecy — disse ele. — Não para ficar. Vamos visitar, quero apresentar nossos pais para minha noiva. — E com isso a palidez diminuiu, e os lábios se curvaram em um sorriso. — Para que conheçam a menina com quem vou me casar.

— Ah, que bobagem — disse Cecily. — Podemos utilizar o Portal para vê-los sempre que quisermos! Charlotte é a Consulesa, então não temos como nos encrencar.

Charlotte resmungou.

— Cecily, esta é uma expedição singular. Não é um brinquedo. Não pode simplesmente utilizar o Portal sempre que quiser, e esta excursão deve ser mantida em segredo. Ninguém, além de nós, pode saber que visitaram seus pais, que eu permiti que transgredissem a Lei!

— Não vou contar para ninguém! — protestou Cecily. — Nem Gabriel. — Olhou para o menino ao seu lado. — Não vai, certo?

— Por que vamos levá-lo? — perguntou Will.

Cecily pôs as mãos no quadril.

— Por que vai levar Tessa?

— Porque Tessa e eu vamos nos *casar* — respondeu ele, e Tessa sorriu; a forma como a irmã caçula de Will conseguia irritá-lo como ninguém ainda a divertia.

— Bem, Gabriel e eu podemos nos casar — disse Cecily. — Um dia.

Gabriel emitiu um ruído engasgado e adquiriu um assustador tom de roxo.

Will jogou as mãos para o alto.

— Não pode se casar, Cecily! Só tem 15 anos! Quando eu me casar, terei 18! Um adulto!

Cecily não pareceu impressionada.

— Podemos ter um noivado longo — disse ela. — Mas não sei por que está me aconselhando a me casar com um homem que meus pais não conhecem!

Will se afobou.

— Não estou aconselhando a se casar com um homem que seus pais não conhecem!

— Então, concordamos. Gabriel precisa conhecer mamãe e papai. — Cecily olhou para Henry. — O Portal já está pronto?

Tessa se inclinou para perto de Will.

— Adoro o jeito como ela lida com você — sussurrou. — É muito divertido.

— Espere até conhecer minha mãe — disse Will, e deu a mão para ela. Seus dedos estavam frios; o coração devia estar acelerado. Tessa sabia que ele tinha passado a noite em claro. A ideia de ver os pais após tantos anos era tão assustadora quanto emocionante. Sabia que aquela mistura de esperança e medo era infinitamente pior do que apenas uma das emoções.

— O Portal está pronto — disse Henry. — E, lembrem-se, em uma hora eu o abrirei novamente para que retornem por ele.

— Entendam que é só desta vez — afirmou Charlotte ansiosamente. — Mesmo que eu seja Consulesa, não posso permitir que visitem sua família mundana...

— Nem mesmo no Natal? — perguntou Cecily, com olhos arregalados e trágicos. Charlotte ficou visivelmente enfraquecida.

— Bem, talvez no Natal...

— E aniversários — completou Tessa. — Aniversários são especiais.

Charlotte pôs as mãos no rosto.

— Ah, pelo Anjo.

Henry riu e apontou para a porta.

— Passem — disse, e Cecily foi primeiro, desaparecendo pelo Portal como se tivesse entrado em uma cachoeira. Gabriel foi atrás, depois Will e Tessa, de mãos dadas. Tessa se concentrou no calor da mão de Will, na pulsação do sangue pela pele, enquanto a escuridão fria os conduzia, fazendo-os rodar por instantes intermináveis e irrespiráveis. Luzes explodiram atrás de seus olhos, e ela despertou da escuridão subitamente, piscando e tropeçando. Will segurou-a, impedindo que caísse.

Estavam na entrada ampla e curva da frente do Solar Ravenscar. Tessa só tinha visto o local de cima, quando ela, Jem e Will visitaram Yorkshire juntos, sem perceber que a família de Will agora morava ali. Lembrava-se que o solar ficava em um vale, entre colinas cobertas por vegetação — agora cobertas por uma camada de neve. Naquela vez, as árvores estiveram verdes; agora estavam despidas de folhas, e, no telhado escuro do solar, havia gelo brilhante.

A porta era de carvalho escuro e tinha uma aldrava pesada de bronze no centro. Will olhou para a irmã, que assentiu, e, em seguida, ele esticou os ombros e o braço para bater. A batida pareceu ecoar pelo vale, e Will praguejou baixinho.

Tessa o tocou levemente com a mão.

— Seja corajoso — disse ela. — Não é um pato, é?

Ele virou para sorrir para ela, os cabelos escuros caindo nos olhos, exatamente quando a porta abriu e revelou uma criada vestida de preto com uma touca branca. Ela olhou para o grupo na entrada e arregalou os olhos.

— Srta. *Cecily*. — Ela se engasgou, em seguida, direcionou o olhar para Will. Botou a mão na boca, virou e correu de volta para casa.

— Oh, céus — disse Tessa,

— Causo esse efeito nas mulheres — observou Will. — Provavelmente deveria ter alertado antes de você concordar em se casar comigo.

— Ainda posso mudar de ideia — comentou Tessa docemente.

— Não ouse... — começou ele, com um riso arfante, e então, de repente, havia pessoas na porta: um homem alto, de ombros largos, cabelos claros com toques grisalhos e olhos azul-claros. Logo atrás, uma mulher: esguia e absurdamente linda, com os cabelos pretos de Will e Cecily e olhos azuis tão escuros quanto violetas. Ela gritou assim que viu Will, e levantou as mãos, balançando-as como passarinhos assustados por uma lufada de vento.

Tessa soltou a mão de Will. Ele parecia congelado, como uma raposa quando os cães de caça estavam por perto.

— Vá — disse Tessa suavemente. Ele deu um passo à frente, e então sua mãe o abraçou, dizendo:

— Eu sabia que voltaria. *Sabia*. — E, em seguida, ouviu-se uma enxurrada de palavras em galês, das quais Tessa só conseguiu identificar o nome de Will. O pai estava espantado, porém sorria, estendendo os braços para Cecily, que correu para ele com uma vontade que Tessa jamais vira.

Pelos próximos instantes, Tessa e Gabriel ficaram na entrada, pouco à vontade, sem olhar um para o outro, mas sem saber ao certo para onde deveriam olhar. Após um longo instante, Will se desvencilhou da mãe, afagando-a suavemente no ombro. Ela riu, apesar de estar com os olhos cheios de lágrimas, e disse algo em galês que Tessa desconfiou fortemente se tratar de um comentário sobre o fato de que Will agora era mais alto do que ela.

— Mãezinha — disse ele afetuosamente, confirmando as suspeitas de Tessa, e se virou exatamente quando os olhos de sua mãe pousaram sobre a jovem, em seguida sobre Gabriel, e se espantaram. — Mãe e pai, esta é Theresa Gray. Estamos noivos e vamos nos casar no ano que vem.

A mãe de Will engasgou — apesar de ter soado mais como surpresa que qualquer outra coisa, para alívio de Tessa —, e o olhar do pai de Will foi imediatamente para Gabriel, depois para Cecily, e ele cerrou os olhos.

— E quem é o cavalheiro?

O sorriso de Will se expandiu.

— Ah, ele — falou. — Este é... o amigo de Cecily, Sr. Gabriel Lightverme.

Gabriel, no meio do gesto de esticar a mão para cumprimentar o senhor Herondale, congelou horrorizado.

— *Lightwood* — disparou. — Gabriel Lightwood...

— *Will!* — disse Cecily, afastando-se do pai para olhar para o irmão.

Will olhou para Tessa, com os olhos azuis brilhando. Ela abriu a boca para adverti-lo, para falar *Will!* como Cecily acabara de fazer, mas era tarde demais: ela já estava rindo.

Epílogo

Digo que o túmulo no qual o morto está fechado
Abre o salão Celestial;
E o que colocamos aqui para o fim de tudo
É o primeiro passo de tudo.
— Victor Hugo, "At Villequier"

Londres, Blackfriars Bridge, 2008

O vento estava forte, soprando poeira e sujeira — pacotes de batata, páginas de jornal, velhas receitas — pela calçada enquanto Tessa olhava rapidamente de um lado para o outro, a fim de verificar o trânsito e atravessar a Blackfriars Bridge.

Para qualquer passante, ela pareceria uma garota normal, no final da adolescência ou com 20 e poucos anos: jeans para dentro das botas, casaco de cashmere que comprou na liquidação de janeiro, e cabelos longos e castanhos, que ondulavam um pouco pelo tempo úmido, batendo em suas costas. Se a pessoa fosse muito ligada em moda, presumiria que seu cachecol fosse uma imitação e não um original Liberty de cem anos, e que a pulseira no braço era uma antiguidade, e não um presente que recebeu do marido ao completar trinta anos de casamento.

Os passos de Tessa desaceleraram ao alcançar um dos intervalos de pedra na parede da ponte. Agora havia bancos de cimento nela, para que fosse possível sentar e olhar para a água verde cinzenta batendo na ponte ou para a catedral de São Paulo ao longe. A cidade estava viva com o barulho — ruídos do trânsito: buzinas, ônibus de dois andares; dezenas de celulares tocando; conversas de pedestres; ruídos fracos de música vazando de fones de iPod.

Tessa se sentou no banco, puxando as pernas para si. A atmosfera estava surpreendentemente limpa e clara — a fumaça e a poluição que deixavam o ar amarelo e preto quando ela era menina desapareceram, e o céu tinha a cor de um mármore azul cinzento. O horror que era a ponte Dover End Chathan também não existia mais; apenas os pilares ainda ficavam na água como um estranho lembrete do que um dia havia sido. Boias amarelas flutuavam na água agora, barcos de turistas passavam, as vozes amplificadas dos guias turísticos vazavam por alto-falantes. Ônibus tão vermelhos quanto balinhas de coração corriam pela ponte levantando folhas mortas que voavam sobre o meio-fio. Ela olhou para o relógio no pulso. Cinco para meio-dia. Chegou um pouco cedo, mas ela sempre chegava cedo para o encontro anual. Tinha uma chance de pensar — pensar e lembrar, e não havia lugar melhor para isso do que aqui, na Blackfriars Bridge, o primeiro local onde realmente conversaram.

Ao lado do relógio, a pulseira de pérolas que sempre usava. Ela nunca a tirava. Will lhe dera de presente de trinta anos de casados, sorrindo ao colocá-la. Naquela época, ele tinha cabelos grisalhos, ela sabia, apesar de nunca reparar. Como se seu amor tivesse dado a ele sua própria habilidade de alterar a forma, independentemente de quanto tempo passasse, quando olhava para ele, sempre via o menino selvagem de cabelos negros por quem se apaixonou.

Ainda lhe parecia incrível que tivessem conseguido envelhecer juntos, ela e Will Herondale, que Gabriel Lightwood uma vez disse que jamais viveria além dos 19 anos. Foram bons amigos dos Lightwood ao longo de todos os anos. Claro que Will não podia deixar de ser amigo do homem que casou com sua irmã. Tanto Cecily quanto Gabriel viram Will no dia que ele morreu, assim como Sophie, apesar de Gideon já ter morrido há alguns anos. Tessa se lembrava claramente daquele dia, o dia em que os Irmãos do Silêncio disseram que não teriam mais o que fazer para manter Will vivo. Naquele momento, ele já não conseguia mais sair da cama. Tessa esticou os ombros e foi transmitir a notícia à família e aos amigos, tentando se manter o mais calma possível por eles, apesar da sensação de que seu coração estava sendo arrancado do peito.

Foi em junho, no verão de 1937, e, com as cortinas abertas, o quarto estava cheio de luz do sol, luz do sol e os filhos de Tessa e Will, os netos, sobrinhas e sobrinhos — os meninos de olhos azuis de Cecy, altos e bonitos, as meninas de Gideon e Sophie — e aqueles que eram tão próximos quanto a família: Charlotte, de cabelos brancos e presos, e os filhos e filhas dos Fairchild, com seus cabelos ruivos e cacheados como outrora foram os de Henry.

Durante todo o dia, Tessa ficou sentada na cama ao lado de Will, deitado no ombro da esposa. A imagem poderia ter parecido estranha aos outros, uma jovem com um homem que parecia velho o bastante para ser seu avô, de mãos dadas, mas, na família deles, era normal — eram Tessa e Will. E por serem Tessa e Will, pessoas entraram e saíram durante todo o dia, como faziam os Caçadores de Sombras no leito de morte, contando histórias sobre a vida de Will e todas as coisas que ele Tessa fizeram durante seus longos anos juntos.

Os filhos falaram carinhosamente sobre como o pai sempre amou a mãe, feroz e dedicadamente, sobre como ele jamais teve olhos para mais ninguém, e sobre como eles deram o exemplo para o tipo de amor que esperavam encontrar um dia. Falaram sobre livros com grande apreço, e sobre como ele os ensinou a amar as leituras também, a respeitar a página escrita, e a admirar as histórias que contavam. Falaram sobre como ele ainda praguejava em galês quando derrubava alguma coisa, apesar de raramente utilizar a língua, e sobre como tinha excelente prosa — escreveu várias histórias sobre Caçadores de Sombras depois que se aposentou e foi muito respeitado — e como sua poesia sempre foi péssima, embora isso nunca o tenha impedido de recitá-las.

O filho mais velho, James, falou alegremente sobre o medo de patos, e sobre a batalha contínua para mantê-los longe do lago da casa da família em Yorkshire.

Os netos se lembraram da música que ele ensinou sobre varíola demoníaca — quando eram jovens demais, Tessa sempre achou — e que todos decoraram. Cantaram juntos e fora de tom, escandalizando Sophie.

Com lágrimas correndo, Cecily lembrou o momento de seu casamento com Gabriel, quando ele fez um belo discurso elogiando o noivo, ao fim do qual anunciou:

— Meu Deus, achei que estivesse se casando com Gideon. Retiro tudo o que disse.

Com isso, envergonhou não apenas Cecily e Gabriel, mas Sophie também — e Will, apesar de cansado demais para rir, sorriu para a irmã e segurou sua mão.

Todos riram sobre seu hábito de levar Tessa em "férias" românticas a locais de livros góticos, inclusive aquela terrível montanha onde alguém morreu, um castelo mal-assombrado e, claro, a praça em Paris onde ele concluiu que Sidney Carton tinha sido guilhotinado, e Will chocou um passante ao gritar em francês:

— Estou vendo sangue nas pedras!

Ao fim do dia, o céu havia escurecido, a família se reuniu em torno da cama de Will, e todos o beijaram, um por um, até Will e Tessa ficarem sozinhos. Tessa deitou ao lado dele e passou o braço por baixo de sua cabeça, apoiando a cabeça em seu peito, escutando os batimentos cada vez mais fracos. E no escuro sussurraram, lembrando as histórias que só eles sabiam. Sobre a menina que jogou um jarro de água na cabeça do rapaz que foi resgatá-la, sobre como ele se apaixonou por ela naquele instante. Sobre um baile e uma varanda, e a lua navegando como um navio pelo céu. Sobre as batidas das asas de um anjo mecânico. Sobre água benta e sangue.

Perto da meia-noite a porta se abriu, e Jem entrou. Tessa supunha que àquela altura já deveria pensar nele como Irmão Zachariah, mas nem Tessa nem Will jamais o chamaram assim. Ele entrou como uma sombra em suas vestes brancas, e Tessa respirou fundo ao vê-lo, pois sabia que era por isso que Will esperava, e que a hora era aquela.

Ele não foi diretamente para Will, mas atravessou o quarto até uma caixa de madeira que ficava no topo da cômoda. Para sempre guardaram o violino de Jem, como Will havia prometido. Era mantido limpo e em perfeito estado, e as dobradiças do estojo não rangeram quando Jem abriu e pegou o instrumento. Eles olharam enquanto pegava o arco com seus dedos esguios e familiares, os pulsos pálidos desaparecendo sob o tecido ainda mais pálido da túnica dos Irmãos.

Então, ele levou o violino ao ombro e ergueu o arco. E tocou.

Zhi yin. Certa vez, Jem dissera a Tessa que isso significava entender a música e também um laço mais profundo que a amizade. Jem tocou e tocou os anos da vida de Will como os enxergava. Tocou os dois meninos em uma sala de treinamento, um ensinando ao outro a arremessar facas, tocou o ritual de *parabatai*: o fogo, os votos e os símbolos ardentes. Tocou dois rapazes correndo pelas ruas de Londres no escuro, parando para se apoiar contra uma parede e rir. Tocou o dia na biblioteca em que ele e Will brincaram com Tessa sobre patos, tocou o trem para Yorkshire no qual Jem falou que *parabatai* eram feitos para se amar como amavam as próprias almas. Tocou esse amor e tocou o amor de ambos por Tessa, o dela por eles, e tocou Will dizendo, *em seus olhos, sempre encontrei a graça*. Tocou as pouquíssimas vezes que os viu desde que entrou para a Irmandade — os breves encontros no Instituto; a vez em que Will foi mordido por um demônio Shax e quase morreu, e Jem veio da Cidade do Silêncio para passar a noite ao lado dele, arriscando ser descoberto e punido. Tocou o nascimento do primeiro filho e a cerimônia de proteção aplicada na criança na Cidade do Silêncio. Will não aceitou que nenhum Irmão do Silêncio a executasse, além de Jem. E Jem tocou a maneira por que cobriu o rosto marcado com as mãos e virou as costas ao descobrir que o nome da criança era James.

Tocou amor e perda e anos de silêncio, palavras não ditas e votos não pronunciados, e todo o espaço entre seu coração e os deles; e, ao terminar, guardou o violino na caixa. Os olhos de Will estavam fechados, mas os de Tessa, cheios de lágrimas. Jem pousou o arco e foi para perto da cama, tirando o capuz, de modo que ela viu seus olhos fechados e o rosto com cicatrizes. Ele se sentou ao lado deles na cama, pegou a mão de Will, a que Tessa não estava segurando, e tanto Will quanto Tessa ouviram a voz de Jem em suas mentes.

Pego sua mão, irmão, para que possa ir em paz.

Will abriu os olhos azuis que nunca perderam a cor ao longo dos anos e olhou para Jem, depois para Tessa. Em seguida sorriu e morreu, com a cabeça de Tessa em seu ombro e a mão na mão de Jem.

Lembrar-se da morte de Will nunca deixava de doer. Depois que ele se foi, Tessa fugiu. Seus filhos eram crescidos e tinham os próprios filhos; ela disse a si mesma que não precisavam dela e escondeu no fundo da mente o pensamento que a assombrava: não suportaria ficar e vê-los envelhecer mais do que ela. Uma coisa era sobreviver à morte do marido. Sobreviver à morte dos filhos — não podia ficar ali e assistir. Aconteceria, tinha de acontecer, mas não estaria presente.

Além disso, tinha algo que Will havia lhe pedido.

A estrada que levava de Shrewsbury a Welshpool não ficava no mesmo lugar de outrora quando Will a percorreu em uma busca insana para salvá-la de Mortmain. Will deixara instruções, detalhes, descrições de cidades, de um certo grande carvalho. Ela subiu e desceu a estrada diversas vezes em seu carro antes de encontrá-la: a árvore, exatamente como ele havia desenhado no diário que lhe deu. A mão tremia um pouco, mas a memória era perfeita.

A adaga estava ali, entre as raízes das árvores que cresceram ao redor do cabo. Ela precisou cortar algumas, cavar a terra e as pedras com uma espátula antes de conseguir libertá-la. A lâmina de Jem agora estava manchada pelo clima e pela passagem do tempo. Entregou-a a Jem naquele ano, na ponte. Era 1937 e ainda não tinha ocorrido o bombardeio dos nazistas que destruiu os prédios ao redor da catedral de São Paulo, enchendo o céu com fogo e queimando os muros da cidade que Tessa amava. Mesmo assim, havia uma sombra sobre o mundo, o indício de que a escuridão se aproximava.

— Eles se matam e se matam, e não podemos fazer nada — dissera Tessa, com as mãos sobre a pedra do parapeito da ponte. Estava pensando na Grande Guerra e no desperdício de vidas. Não era uma guerra de Caçadores de Sombras, mas de sangue e guerra nasciam demônios, e era responsabilidade dos Nephilim impedir que os demônios causassem ainda mais destruição.

Não podemos salvá-los deles próprios, Jem havia respondido. Estava com o capuz levantado, mas o vento soprou, mostrando a Tessa o lado da bochecha com a cicatriz.

— Algo se aproxima. Um horror que Mortmain só poderia imaginar. Sinto nos meus ossos.

Ninguém pode livrar o mundo de todo o mal, Tessa.

E quando ela pegou sua adaga do bolso do casaco, embrulhada em seda, apesar de ainda suja e manchada pela terra e pelo sangue de Will, e a entregou a ele, ele abaixou a cabeça, curvando os ombros sobre o objeto como se protegesse um ferimento no coração.

— Will queria que visse — disse ela. — Sei que não pode levá-la com você.

Guarde-a para mim. Pode chegar o dia.

Ela não perguntou a ele o que aquilo queria dizer, mas guardou. Guardou quando foi embora da Inglaterra, dos penhascos de Dover, deixando as nuvens para trás ao cruzar o Canal. Em Paris, encontrou Magnus, que agora vivia em um apartamento e pintava, uma ocupação para a qual não tinha a menor aptidão. Ele permitiu que ela dormisse em um colchão perto da janela, e, à noite, quando acordava gritando o nome de Will, ele vinha e a abraçava, cheirando a turpentina.

— O primeiro é sempre o mais difícil — falou ele.

— O primeiro?

— O primeiro dos seus amores a morrer — disse ele. — Depois fica mais fácil.

Quando a guerra chegou a Paris, foram juntos para Nova York, e Magnus a reapresentou a cidade onde ela nasceu — uma metrópole ocupada, agitada e brilhante que ela mal reconheceu, onde carros lotavam as ruas como formigas e trens corriam por plataformas elevadas. Ela não viu Jem naquele ano, porque a Luftwaffe estava bombardeando Londres e eles concordaram que seria muito perigoso se encontrarem, mas nos anos seguintes...

— Tessa?

O coração dela parou.

Uma grande onda de tonteira passou por ela, e, por um instante, ficou imaginando se estaria enlouquecendo, se depois de tantos anos o passado e o presente se misturaram em suas lembranças até não conhecer mais a diferença. Pois a voz que ouviu não era a voz suave, silenciosa e mental do Irmão Zachariah. A voz que ecoava em sua mente uma vez por ano há 130 anos.

Esta foi uma voz que trouxe lembranças espalhadas por anos de recordações, como papel dobrado e desdobrado muitas vezes. Uma voz que trouxe de volta, como uma onda, a lembrança de outro tempo na ponte, uma noite há tantos anos, tudo preto e prata, e o rio correndo sob seus pés...

Seu coração batia tão forte que ela teve a sensação de que fosse romper suas costelas. Lentamente virou para longe do corrimão. E encarou.

Ele estava no asfalto em frente a ela, sorrindo timidamente, as mãos nos bolsos de um jeans moderno. Vestia um casaco azul de algodão, as mangas puxadas até os cotovelos. Marcas brancas desbotadas como bordados decoravam os antebraços. Viu a forma do símbolo da Quietude que outrora fora tão negra e forte contra sua pele e agora não passava de uma marca prateada.

— Jem? — sussurrou ela, percebendo por que não o viu ao procurá-lo na multidão. Estava procurando o Irmão Zachariah, com a túnica clara, movendo-se de forma invisível pelo bando de londrinos. Mas este não era o Irmão Zachariah.

Era Jem.

Não conseguiu desgrudar o olhar dele. Sempre achou Jem lindo. E não era menos bonito agora. Houve um tempo em que teve cabelos branco-prateados e olhos como céus cinzentos. Este Jem tinha cabelos negros, que ondulavam singelamente no ar úmido, e olhos castanho-escuros com faíscas douradas nas íris. Houve um tempo em que teve a pele pálida; agora ela tinha cor. Onde tivera o rosto marcado ao se tornar um Irmão do Silêncio, havia duas cicatrizes escuras, os primeiros símbolos da Irmandade, destacando-se sombrias e escuras no arco de cada bochecha. Onde o colarinho do casaco mergulhava singelamente, ela viu a forma delicada do símbolo *parabatai* que um dia o ligou a Will. Que talvez ainda ligasse, se a pessoa imaginasse que almas poderiam ser ligadas mesmo após a morte.

— Jem — suspirou ela novamente. À primeira vista, ele parecia ter 19, ou 20 anos, um pouco mais velho do que quando se tornou Irmão do Silêncio. Quando olhou com mais cuidado, viu um homem, os longos anos de dor e sabedoria por trás de seus olhos; até a forma como se mexia transmitia cuidado e sacrifício silencioso. — Você... — A voz de Tessa subiu um tom, com esperança. — Isto é permanente? Não está mais ligado aos Irmãos do Silêncio?

— Não — respondeu ele, e arfou singelamente; ele olhava para ela como se não fizesse ideia de como ela iria reagir à sua súbita aparição. — Não estou.

— A cura... você encontrou?

— Não encontrei pessoalmente — respondeu devagar. — Mas... foi encontrada.

— Encontrei Magnus em Alicante há apenas alguns meses. Falamos de você. Ele não disse...

— Ele não sabia — disse Jem. — Foi um ano difícil, um ano sombrio para os Caçadores de Sombras. Mas, do sangue e do fogo, da perda e da tristeza, nasceram algumas grandes mudanças. — Ele estendeu os braços e, com um pouco de assombro na própria voz, disse: — Eu mesmo mudei.

— Como...

— Vou contar a história. Outra história envolvendo Lightwood, Herondale e Fairchild. Mas vou levar mais de uma hora nisso, e você deve estar com frio. — Ele avançou, como se pretendesse tocá-la no ombro, depois pareceu se lembrar e abaixou a mão.

— Eu... — Tessa ficou sem palavras. Ainda estava chocada por vê-lo assim, em carne e osso. Sim, ela o via todos os anos, neste mesmo lugar, nesta ponte. Mas só agora percebeu que vinha encontrando um Jem transmutado. Agora, isto era como cair no próprio passado, como se o último século tivesse sido apagado, e ela ficou tonta, alegre e apavorada. — Mas... depois de hoje? Para onde vai? Para Idris?

Por um instante, ele pareceu verdadeiramente espantado — e, apesar da idade que ela sabia que ele tinha, pareceu tão *jovem*.

— Não sei — disse ele. — Nunca tive um plano antes.

— Então... para outro Instituto? — *Não vá,* queria dizer Tessa. *Fique. Por favor.*

— Acho que não vou para Idris nem para Instituto algum — falou, depois de uma pausa tão longa, na qual parecia que os joelhos de Tessa iam sucumbir se ele não falasse. — Não sei como viver em um mundo sendo Caçador de Sombras sem Will. E acho que nem quero. Ainda sou um *parabatai*, mas minha outra metade se foi. Se eu fosse para algum Instituto pedir abrigo, jamais me esqueceria disso. Jamais me sentiria inteiro.

— Então o que...

— Depende de você.

— De mim? — Uma espécie de pânico a dominou. Ela sabia o que queria dizer para ele, mas parecia impossível. Durante todo o tempo em que o viu, desde que se tornou um Irmão do Silêncio, ele pareceu distante. Não era ruim nem insensível, mas parecia haver uma camada de vidro entre ele e o mundo. Ela se lembrava do menino que conhecera, que distribuía amor tão livremente quanto respirava, mas aquele não era o homem com quem se encontrou uma vez por ano por mais de um século. Sabia quanto tempo havia se passado e como ela havia mudado. Quanto ele teria mudado? Não sabia o que ele queria desta nova vida ou, mais imediatamente, dela. Tessa queria falar o que ele quisesse ouvir, queria pegá-lo e abraçá-lo, segurá-lo pelas mãos e se lembrar de sua forma, mas não ousou. Não sem saber o que ele queria dela. Fazia tanto tempo. Como poderia presumir que ele se sentia como outrora?

— Eu... — Ele olhou para baixo, para as próprias mãos esguias, agarrando o concreto da ponte. — Há 130 anos, todas as horas da minha vida foram programadas. Pensava tanto no que faria se fosse livre, se algum dia uma cura fosse encontrada. Achei que fosse voar imediatamente, como um pássaro solto de uma gaiola. Não imaginava que fosse emergir em um mundo tão mudado, tão desesperado. Subordinado a fogo e sangue. Quis sobreviver a ele, mas por apenas um motivo. Queria...

— O que você queria?

Ele não respondeu. Em vez disso, esticou o braço e tocou sua pulseira de pérola.

— Este é o seu presente do aniversário de trinta anos de casamento — disse ele. — Ainda o usa.

Tessa engoliu em seco. Sua pele estava coçando, e o pulso acelerando. Percebeu que não sentia isso, esta agitação, há tantos anos que quase se esquecera.

— Sim.

— Desde Will, nunca mais amou ninguém?

— Não sabe a resposta?

— Não falo da forma como ama seus filhos ou seus amigos. Tessa, você *sabe* o que estou perguntando.

— Não sei — disse ela. — Acho que preciso que me responda.

— Íamos nos casar — falou ele. — E eu a amei por todo esse tempo, um século e meio. E sei que amava Will. Eu os vi juntos ao longo dos anos. E sei que aquele amor era tão forte que deve ter transformado outros amores, mesmo o nosso, em pequenos e insignificantes. Você teve uma vida de amor com ele, Tessa. Tantos anos. Filhos. Lembranças que não posso querer...

Ele se interrompeu com um susto violento.

— Não — falou, e soltou o pulso de Tessa. — Não posso. Fui um tolo em pensar... Tessa, me perdoe — disse Jem, e se afastou dela, misturando-se ao bando de pessoas na ponte.

Tessa ficou parada em choque por um momento; foi apenas um momento, mas o suficiente para que ele sumisse na multidão. Ela esticou a mão para se equilibrar. A pedra da ponte era fria sob seus dedos — fria, exatamente como na primeira noite que vieram aqui, na primeira vez em que conversaram. Ele foi a primeira pessoa para quem Tessa revelou seu maior medo: de que seu poder a tornasse algo não humano. *Você é humana*, dissera ele. *De todas as formas que importam.*

Ela se lembrou dele, do adorável menino moribundo que se dispôs a confortar uma menina assustada que sequer conhecia, e não falou nenhuma palavra sobre o próprio medo. Claro que ele havia deixado as digitais no coração dela. Como não?

Ela se lembrou da vez em que ele lhe ofereceu o pingente de jade de sua mãe, entregue por uma mão trêmula. Lembrou-se de beijos em uma carruagem. Lembrou-se de entrar no quarto dele, banhado pela luz do luar, o menino prateado diante da janela tocando uma música mais linda que o desejo com o violino.

Will, ele havia dito. *É você, Will?*

Will. Por um instante, o coração de Tessa hesitou. Lembrou-se da morte de Will, da própria agonia, das longas noites sozinha, apalpando o outro lado da cama todas as manhãs ao acordar, durante anos esperando encontrá-lo ali, e somente aos poucos se acostumando ao fato de que aquele lado da cama ficaria eternamente vazio. Quando achava alguma coisa engraçada olhava para compartilhar com ele, apenas para se surpreender novamente com sua ausência. Os piores momentos eram quando, no café da manhã sozinha, percebia que havia se esquecido do exato tom de azul dos seus olhos ou da profundidade de sua risada; que, assim como a música do violino de Jem, tinham se desbotado ao longe onde as lembranças são silenciosas.

Jem era mortal agora. Envelheceria como Will e, como Will, morreria, e ela não sabia se poderia suportar outra vez.

Mesmo assim.

A maioria das pessoas tem sorte se encontra um grande amor na vida. Você encontrou dois.

De repente, seus pés estavam se movendo, quase automaticamente. Ela estava correndo em meio à multidão, passando por estranhos, pedindo desculpas ao quase tropeçar em um passante ou atingi-lo com os cotovelos. Não se importava. Estava correndo pela ponte, parando ao fim, onde diversos degraus estreitos de pedra levavam à água do Tâmisa.

Desceu dois de cada vez, quase escorregando na pedra. No último degrau, havia uma pequena doca de cimento, com uma grade de metal. O rio estava alto e batia entre as aberturas do metal, preenchendo o pequeno espaço com cheiro de lodo e água do rio.

Jem estava na grade, olhando para a água. Mantinha com as mãos nos bolsos, os ombros curvados como se estivesse se protegendo de um vento forte. Olhava para a frente quase cegamente e com uma atenção tão fixa que não pareceu ouvi-la se aproximar por trás. Ela o pegou pela manga, virando-o para encará-la.

— O quê? — perguntou ela sem ar. — O que está tentando me perguntar, Jem?

Os olhos dele se arregalaram. Suas bochechas estavam ruborizadas, mas ela não sabia ao certo se era pela corrida ou pelo ar frio. Ele olhou para ela como se Tessa fosse alguma planta bizarra que cresceu subitamente, espantando-o.

— Tessa... você me seguiu?

— Claro que segui. Você correu no meio de uma frase!

— Não era uma boa frase. — Ele olhou para o chão, depois novamente para Tessa, com um sorriso tão familiar quanto as lembranças que Tessa tinha se formando nos cantos da boca. Então, voltou à memória uma lembrança perdida, porém não esquecida: o sorriso de Jem sempre foi como o sol. — Nunca fui bom com palavras — disse ele. — Se tivesse meu violino, poderia tocar o que quero dizer.

— Tente.

— Não... não sei se consigo. Tinha seis ou sete discursos preparados e estava passando por todos eles, eu acho.

Estava com as mãos enfiadas nos bolsos da calça. Tessa esticou os braços e o pegou gentilmente pelos pulsos.

— Bem, *eu* sou boa com palavras — falou ela. — Então deixe-me perguntar.

Ele tirou as mãos dos bolsos e permitiu que ela envolvesse os dedos sobre seus pulsos. Ficaram parados, Jem olhando para ela sob os cabelos negros — o vento os soprara para o rosto. Ainda tinha uma mecha prateada contra o preto, o que chamava a atenção.

— Você me perguntou se amei alguém além de Will — disse Tessa. — E a resposta é sim. Eu te amei. Sempre amei e sempre vou amar.

Ela o ouviu respirar fundo. A garganta de Jem pulsava de modo visível sob a pele pálida que ainda tinha marcas brancas dos símbolos da Irmandade.

— Dizem que não é possível amar duas pessoas igualmente ao mesmo tempo — falou ela. — E talvez para os outros isso seja verdade. Mas você e Will... não são pessoas comuns, duas pessoas que teriam ciúme uma da outra ou que imaginariam meu amor por um diminuído pelo amor pelo outro. Fundiram suas almas quando eram crianças. Eu não teria amado Will tanto quanto amei se não te amasse também. E não poderia amar você se não tivesse amado Will como amei.

Seus dedos circularam levemente os pulsos de Jem, abaixo dos punhos do casaco. Tocá-lo assim — era tão estranho; no entanto, isso a fez querer tocá-lo mais. Tinha quase se esquecido da falta que fazia o toque de alguém que amava.

Tessa se forçou a soltá-lo, no entanto, e alcançou o colarinho da própria blusa. Cuidadosamente pegou a corrente que usava no pescoço e a levantou para que ele pudesse ver, pendurado, o pingente de jade que lhe dera há tanto tempo. A inscrição no verso ainda brilhava como se fosse nova:

Quando duas pessoas são uma em seus corações, destroem até mesmo a força do ferro ou do bronze.

— Você se lembra de que deixou isso comigo? — perguntou ela. — Nunca tirei.

Ele fechou os olhos. Os cílios se apoiaram nas maçãs do rosto, longos e finos.

— Todos esses anos — disse ele, e sua voz soou baixa como um sussurro, e não era a voz do menino que ele outrora havia sido. Mas ainda era uma voz que Tessa amava. — Por todos esses anos, você usou? Eu nunca soube.

— Eu achava que só seria um fardo para você enquanto era um Irmão do Silêncio. Temi que pensasse que usá-lo queria dizer que eu tinha alguma espécie de expectativa em relação a você. Uma expectativa que você não pudesse atender.

Ele ficou em silêncio por um longo tempo. Tessa ouviu a corrente do rio, o trânsito ao longe. Tinha a impressão de poder escutar as nuvens se movendo no céu. Cada fibra do seu corpo gritava para que ele falasse, mas Tessa esperou: esperou enquanto as expressões se debatiam no rosto de Jem até que ele finalmente falou.

— Ser um Irmão do Silêncio — começou — é, ao mesmo tempo, ver tudo e não ver nada. Eu enxergava o grande mapa da vida, espalhado diante dos meus olhos. Via as correntes do mundo. E a vida humana começou a parecer uma espécie de encenação, interpretada ao longe. Quando tiraram meus símbolos, quando o manto da Irmandade foi removido, foi como se eu tivesse acordado de um longo sonho, ou como se um escudo de vidro que me cercava tivesse se estilhaçado. Senti tudo de uma vez, correndo sobre mim. Toda a humanidade que os feitiços da Irmandade me tiraram. Se tanta humanidade voltou a mim... é por sua causa. Se eu não tivesse você, Tessa, se não tivesse guiado meus anos a partir desses encontros anuais, não sei se teria conseguido voltar.

Havia uma luz nos olhos escuros de Jem agora, e o coração de Tessa voou no peito. Ela só amou dois homens na vida, e nunca achou que fosse voltar a vê-los.

— Mas voltou — sussurrou ela. — E é um milagre. E você se lembra do que lhe disse certa vez sobre milagres.

Ele sorriu novamente.

— "E milagres não se questionam, nem reclamamos quando não são exatamente como gostaríamos." Suponho que seja verdade. Gostaria de ter voltado mais cedo. Gostaria de ser o mesmo menino que você amou um dia. Temo que esses anos tenham me transformado em outra pessoa.

Tessa examinou o rosto de Jem. Ao longe, ouvia os ruídos do trânsito, mas aqui, à beira do rio, quase conseguia imaginar que era uma garota outra vez, e o ar cheio de névoa e fumaça, o barulho das ferrovias...

— Os anos também me mudaram — disse ela. — Fui mãe e avó, e vi a morte daqueles que amo, e outros nascendo. Você fala das correntes do mundo. Eu também as vi. Se ainda fosse a mesma menina que você conheceu, não teria conseguido falar tão abertamente com você como acabei de fazer. Não seria capaz de pedir o que vou pedir.

Ele levantou a mão e a acariciou na bochecha. Tessa viu a esperança no rosto de Jem, surgindo lentamente.

— O quê?

— Venha comigo — disse ela. — Fique comigo. Esteja comigo. Veja tudo comigo. Viajei o mundo e vi tanta coisa, mas há tantas outras, e não poderia escolher melhor companhia. Eu iria a todos os lugares e a qualquer lugar com você, Jem Carstairs.

O polegar dele deslizou pelo arco da maçã do rosto de Tessa. Ela estremeceu. Há tanto tempo ninguém a olhava daquele jeito, como se ela fosse a maior maravilha do mundo, e ela sabia que estava olhando para ele da mesma forma.

— Parece irreal — disse Jem, com voz rouca. — Faz tanto tempo que a amo. Como isso pode ser verdade?

— É uma das grandes verdades da minha vida — disse Tessa. — Vem comigo? Mal posso esperar para dividir o mundo com você, Jem. Temos muita coisa para ver.

Ela não sabia ao certo quem alcançou quem primeiro. Apenas que um instante depois ela estava em seus braços, e ele sussurrava:

— Sim, claro, sim — falou em seu cabelo. Procurou sua boca timidamente, e ela pôde sentir a tensão suave, o peso de tantos anos entre o último beijo e este. Ela esticou o braço, colocando a mão na nuca de Jem, puxando-o para baixo, sussurrando.

— *Bie zhao ji.* — *Não se preocupe, não se preocupe.* Ela o beijou na bochecha, no canto da boca e, finalmente, na boca, e a pressão dos lábios de Jem nos dela foi intensa e gloriosa, e *ah, a batida do seu coração, o gosto de sua boca, o ritmo da respiração.* Os sentidos de Tessa borraram com a lembrança: como ele era magro, as omoplatas afiadas como facas sob o tecido fino das camisas que outrora vestia. Agora ela sentia músculos fortes e firmes no abraço, a vibração da vida por seu corpo pressionando o dela, o algodão suave do casaco agarrado entre seus dedos.

Tessa tinha consciência de que, acima de seu pequeno aterro, as pessoas continuavam andando pela Blackfriars Bridge, que o trânsito continuava passando, e que os pedestres provavelmente estavam encarando, mas não ligou; depois de tantos anos, a pessoa aprende o que é importante e o que não é. E isto era importante: Jem, a velocidade de seu coração, a graciosidade de suas mãos deslizando para acariciar seu rosto, os lábios suaves nos dela ao traçar a forma de sua boca com a dele. A realidade morna e sólida dele. Pela primeira vez em muitos anos, sentiu seu coração abrir, e soube que o amor era mais que uma lembrança.

Não, a última coisa com a qual se importava era se havia pessoas olhando para o menino e a menina que se beijavam ao lado do rio enquanto Londres, suas cidades, torres, igrejas, pontes e ruas os circulavam como a lembrança de um sonho. E se o Tâmisa que corria ao lado deles, firme e prateado sob a luz da tarde, lembrava uma noite muitos anos atrás, quando a lua brilhou luminosa como um xelim sobre este mesmo menino e esta mesma menina, ou se as pedras de Blackfriars conheciam seus passos e pensaram *finalmente, a roda completou o círculo*, eles ficaram em silêncio.

Observações sobre a Inglaterra de Tessa

Como em *Anjo mecânico* e *Príncipe mecânico*, a cidade de Londres e o país de Gales de *Princesa mecânica* é, até onde foi possível, uma mistura de real e irreal, de famosos e esquecidos. A casa da família Lightwood é baseada na Chiswick House que ainda pode ser visitada. Quanto ao número 16 Cheyne Walk, onde Woolsey Scott mora, na época foi alugada por Algernon Charles Swinburne, Dante Gabriel Rossetti e George Meredith. Eram integrantes do movimento estético, como Woolsey. Apesar de nenhum deles ser (até onde se sabe) lobisomem. O Argent Rooms é baseado no escandaloso Argyle Rooms.

Sobre a louca cavalgada de Will pelo campo de Londres a Gales, devo muito a Clary Booker, que me ajudou a mapear a rota, encontrou pousadas onde Will teria se hospedado e especulou sobre o clima. Tentei ser fiel a ruas e pousadas que existiram (a Shrewsbury-Welshpool agora é a A458). Eu mesma estive pessoalmente em Cadair Idris e subi, visitei Dolgellau e Taly-Lyn e vi Llyn Cau, apesar de não ter mergulhado para ver até onde ele me levaria.

Blackfriars Bridge existe, é claro, e existia naquela época, e a descrição no epílogo foi o mais próximo que minha experiência permitiu fazer. As Peças Infernais começaram com um sonho acordado de Jem e Tessa na Blackfriars Bridge, e acho adequado que também acabe ali.

Agradecimentos

Agradecimentos especiais a Cindy e Margaret Pon pela ajuda com o mandarim; Clary Booker por mapear a jornada de Will de Londres a Cadair Idris; Emily-Jo Thomas pela ajuda com o galês de Will e Cecily; Aspasia Diafa, Patrick Oltman e Wayne Miller pela ajuda com latim e grego antigo. Obrigada, Moritz Wiest, por escanear todo o manuscrito para que pudesse ser entregue durante o furacão Sandy.

Muitos agradecimentos pelo apoio familiar da minha mãe e do meu pai, assim como Jim Hill e Kate Connor; Nao, Tim, David e Ben; Melanie, Jonathan e Helen Lewis; Florence e Joyce. Aos que leram, criticaram e apontaram anacronismos — Sarah Smith, Delia Sherman, Holly Black, Kelly Link, Ellen Kushner, Clary Booker —, milhões de obrigadas. E agradeço àqueles cujas faces risonhas e comentários sarcásticos me incentivam dia a dia: Elka Cloke, Holly Black, Robin Wasserman, Emily Houk, Maureen Johnson, Libba Bray e Sarah Rees Brennan. Minha constante gratidão ao meu agente, Russel Galen; minha editora, Karen Wojtyla; e as equipes da Simon & Schuster, e Walker Books por fazerem tudo acontecer. E finalmente, obrigada Josh, que me trouxe chá e gatos enquanto eu trabalhava.

Este livro foi composto na tipologia Minion-Pro, em
corpo 11,5/15, e impresso em papel off-white,
no Sistema Cameron da Divisão Gráfica
da Distribuidora Record.